CORTE DE ESPINHOS E ROSAS

Obras da autora publicadas pela Galera Record

***Série* Trono de Vidro**
A lâmina da assassina
Trono de vidro
Coroa da meia-noite
Herdeira do fogo
Rainha das sombras
Império de tempestades
Torre do alvorecer
Reino de cinzas

***Série* Corte de Espinhos e Rosas**
Corte de espinhos e rosas
Corte de névoa e fúria
Corte de asas e ruína
Corte de gelo e estrelas
Corte de chamas prateadas

***Série* Cidade da Lua Crescente**
Casa de terra e sangue
Casa de céu e sopro
Casa de chama e sombra

CORTE DE ESPINHOS E ROSAS

SARAH J. MAAS

Tradução
Mariana Kohnert Medeiros

59ª edição

Galera

RIO DE JANEIRO
2026

CIP-BRASIL. CATALOGAÇÃO NA PUBLICAÇÃO
SINDICATO NACIONAL DOS EDITORES DE LIVROS, RJ

M11c Maas, Sarah J., 1986-
59ª ed. Corte de espinhos e rosas / Sarah J. Maas ; tradução Mariana Kohnert. - 59ª ed.
- Rio de Janeiro : Galera Record, 2026.

Tradução de: A court of thorns and roses
ISBN 978-85-01-10587-5

1. Ficção americana. I. Kohnert, Mariana. II. Título.

CDD: 028.5
15-25610 CDU: 087.5

Título original:
A court of thorns and roses

Revisão: Juliana Werneck e Rodrigo Dutra
Leitura sensível: Rane Souza

Esta tradução foi publicada mediante acordo com Bloomsbury Publishing Inc.

Texto revisado segundo o Acordo Ortográfico da Língua Portuguesa de 1990.

Direitos exclusivos de publicação em língua portuguesa somente para o Brasil
adquiridos pela
EDITORA GALERA RECORD LTDA.
Rua Argentina, 120 – Rio de Janeiro, RJ – 20921-380 – Tel.: (21) 2585-2000,
que se reserva a propriedade literária desta tradução.

Impresso no Brasil

ISBN 978-85-01-10587-5

Para Josh —
Porque você iria Sob a Montanha por mim.
Amo você.

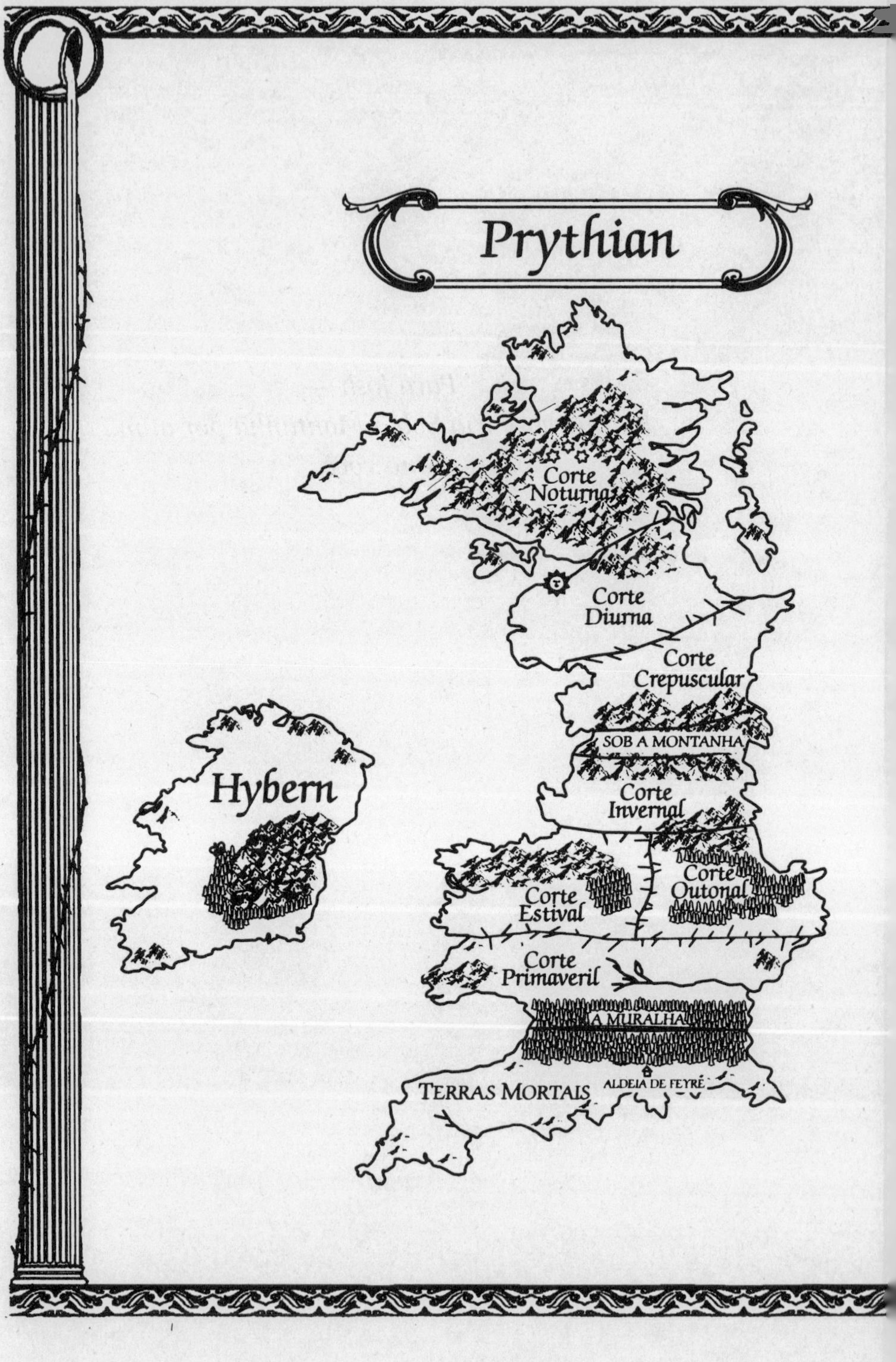
Prythian
Corte Noturna
Corte Diurna
Corte Crepuscular
SOB A MONTANHA
Corte Invernal
Hybern
Corte Estival
Corte Outonal
Corte Primaveril
A MURALHA
TERRAS MORTAIS
ALDEIA DE FEYRE

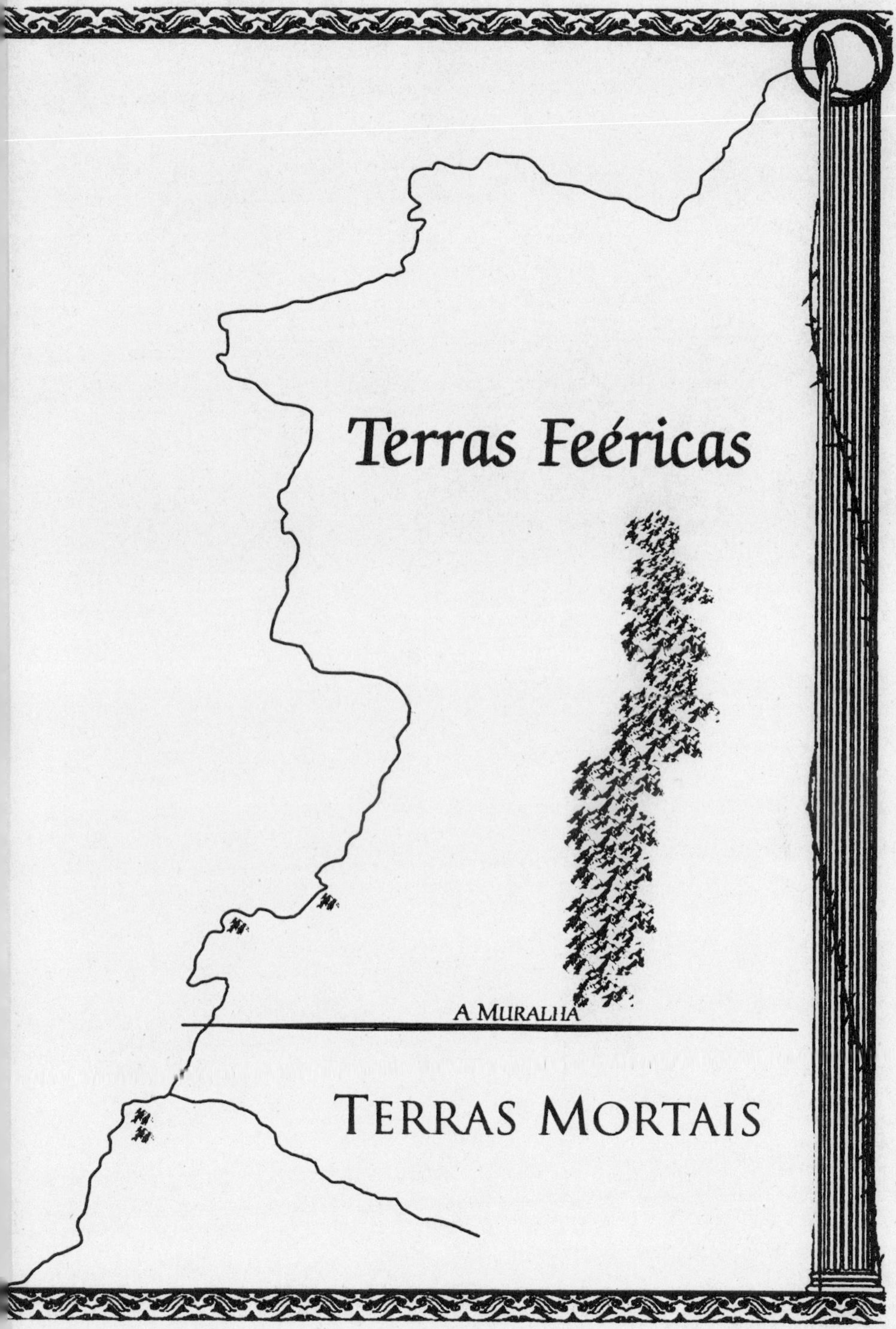
Terras Feéricas
A Muralha
Terras Mortais

Capítulo 1

A floresta tinha se tornado um labirinto de neve e gelo.

Eu monitorava os limites dos arbustos havia uma hora, e meu ponto de vantagem na concavidade de um galho de árvore perdera a utilidade. O vento forte soprava montes espessos de neve que varriam minhas pegadas, mas enterravam com elas qualquer sinal de possíveis pedras.

A fome tinha me levado mais longe de casa do que eu normalmente ousava, mas o inverno era uma época difícil. Os animais tinham se retirado, entrado mais profundamente no bosque do que eu poderia segui-los, e me restava caçar os desgarrados, um a um, rezando para que durassem até a primavera. Não tinham durado.

Passei os dedos dormentes nos olhos, afastando os flocos que se agarravam aos cílios. Aqui, não havia troncos de árvores sem casca, evidência da passagem de cervos — eles ainda não tinham seguido em frente. Permaneceriam até que as cascas acabassem, e então viajariam para o norte, além do território dos lobos, talvez para as terras feéricas de Prythian — onde nenhum mortal ousaria pisar, a não ser que tivesse o desejo de morrer.

Um calafrio percorreu minha coluna quando pensei nisso, e afastei a sensação, me concentrando nos arredores, na tarefa à frente. Era tudo o que eu podia fazer, tudo o que eu conseguia fazer havia anos: me concentrar em sobreviver à semana, ao dia, à próxima hora. E agora, com a neve, teria sorte se visse qualquer coisa àquela altura — principalmente da minha posição no alto da árvore. Eu mal conseguia ver 4 metros adiante. Contendo um resmungo quando braços e pernas enrijecidos protestaram contra o movimento, afrouxei o arco antes de descer da árvore.

A neve dura estalou sob minhas botas desgastadas e trinquei os dentes. Visibilidade ruim, barulho desnecessário — eu estava a caminho de mais uma caçada infrutífera.

Restavam apenas algumas horas de luz do dia. Se eu não partisse logo, precisaria encontrar o caminho de casa no escuro, e os avisos dos caçadores da aldeia ainda pareciam frescos em minha mente: lobos gigantes estavam à espreita, muitos deles. Sem falar dos boatos de um povo estranho avistado na área, alto e sinistro e mortal.

Qualquer coisa, menos feéricos, suplicavam os caçadores aos nossos deuses, havia muito esquecidos; e eu rezava em segredo ao lado deles. Nos oito anos em que morávamos em nossa aldeia, a dois dias de viagem da fronteira imortal de Prythian, tínhamos sido poupados de um ataque — embora caixeiros-viajantes às vezes contassem histórias de aldeias afastadas da fronteira reduzidas a lascas e ossos e cinzas. Esses relatos, certa vez raros o bastante para serem ignorados pelos anciões da aldeia como boatos, tinham, mais recentemente, se tornado sussurros constantes em todos os dias de feira.

Eu arriscara muito ao entrar tanto na floresta, mas tínhamos acabado com o pão no dia anterior, e o restante da carne-seca, no dia anterior àquele. Mesmo assim, eu preferiria passar outra noite com fome a satisfazer o apetite de um lobo. Ou de um feérico.

Não que houvesse muito de mim para se banquetearem. Eu tinha ficado esquálida a essa altura do ano e podia contar muitas das costelas. Andando o mais ágil e silenciosamente que podia entre as árvores, pressionei a mão contra a barriga vazia e dolorida. Sabia qual expressão estaria estampada nos rostos das minhas duas irmãs quando eu voltasse para nosso chalé de mãos vazias mais uma vez.

Depois de alguns minutos de busca cuidadosa, me agachei em um aglomerado de arbustos espinhentos cobertos de neve. Em meio aos espinhos, tinha uma vista relativamente decente de uma clareira e do pequeno riacho que fluía por ela. Alguns buracos no gelo sugeriam que ainda era frequentemente usado. Com sorte, alguma coisa passaria. Com sorte.

Suspirei pelo nariz, enterrando a ponta do arco no chão, e apoiei a testa contra a curva tosca da madeira. Não duraríamos mais uma semana sem comida. E famílias demais já haviam começado a implorar para que eu confiasse na caridade do povo mais rico da aldeia. Testemunhara em primeira mão até que ponto, exatamente, ia tal caridade.

Eu me posicionei o mais confortavelmente possível e acalmei a respiração, fazendo esforço para ouvir a floresta por cima do vento. A neve caía e caía, dançando e rodopiando, como montes de neves brilhantes; o branco era fresco e limpo contra o marrom e o cinza do mundo. E, apesar de não querer, apesar de ter braços e pernas dormentes, silenciei aquela parte inquieta e maligna de minha mente a fim de observar o bosque coberto pelo véu de neve.

Houve um tempo em que, para mim, era instintivo desfrutar o contraste da grama nova contra o solo escuro e revirado, ou um broche de ametista aninhado em dobras de seda esmeralda; houve um tempo em que eu sonhava e respirava e pensava em cores e luzes e formas. Às vezes eu até mesmo me permitia sonhar com o dia em que minhas irmãs estariam casadas e seríamos apenas papai e eu, com comida o suficiente para todos, dinheiro o bastante para comprar tinta e tempo suficiente para colocar aquelas cores e formas em papel, ou tela, ou nas paredes do chalé.

Um sonho que provavelmente não aconteceria tão cedo — talvez nunca. Então, me restava roubar um momento como aquele, admirar o brilho da luz pálida do inverno sobre a neve. Não conseguia me lembrar da última vez que tinha parado a fim de admirar qualquer coisa linda ou interessante.

Horas de ócio em um celeiro decrépito com Isaac Hale não contavam; aquelas horas eram vorazes e vazias, e às vezes cruéis, mas nunca lindas.

O vento uivante se transformou em um suspiro baixo. A neve passou a cair preguiçosamente, em punhados grandes e gorduchos que se acumulavam em cada fresta e protuberância das árvores. Hipnotizante — a beleza letal e suave da neve. Eu me encolhi diante do pensamento de precisar voltar para as estradas lamacentas e congeladas da aldeia, para o calor abafado de nosso chalé.

Arbustos farfalharam na clareira. Sacar o arco foi uma questão de instinto. Olhei entre os espinhos e prendi o fôlego.

A menos de trinta passos estava uma pequena corça, ainda não muito magricela devido ao inverno, mas desesperada o suficiente para arrancar a casca de uma árvore na clareira.

Uma corça como aquela poderia alimentar minha família durante uma semana ou mais.

Minha boca se encheu d'água. Silenciosa como o vento que sussurrava entre as árvores mortas, mirei.

Ela estava tão distraída, tão alheia ao fato de que a própria morte esperava a metros de distância. A corça continuou rasgando tiras de casca, mastigando devagar.

Eu poderia secar metade da carne, e nós poderíamos imediatamente comer o restante — ensopados, tortas... A pele poderia ser vendida, ou talvez transformada em roupa para uma de nós. Eu precisava de botas novas, mas Elain precisava de um manto novo, e Nestha queria qualquer coisa que fosse de outra pessoa.

Meus dedos tremiam. Tanta comida — que salvação. Inspirei para me acalmar, verificando a mira mais uma vez.

Mas havia um par de olhos dourados brilhando nos arbustos adjacentes.

A floresta ficou em silêncio. O vento morreu. Até a neve parou.

Nós mortais não tínhamos mais deuses para quem rezar, mas, se eu soubesse seus nomes perdidos, teria rezado. Para todos eles. Escondido no arbusto, o lobo se aproximou, o olhar fixo na corça distraída.

Era enorme — do tamanho de um pônei. Minha boca secou. Era um dos imensos lobos sobre os quais eu fora avisada.

Jamais tinha visto um tão grande; e, mesmo assim, ele permanecia despercebido pela corça. Se era de Prythian, se era, de alguma forma, feérico, então virar comida era a menor das minhas preocupações. Se ele era feérico, eu já deveria estar correndo.

Mas, talvez... talvez fosse um favor ao mundo, a minha aldeia, a mim mesma, matá-lo enquanto eu estava oculta. Atravessar uma flecha em seu olho não seria um problema.

No entanto, apesar do tamanho, ele *parecia* um lobo, se movia como um lobo. *Animal*, assegurei a mim mesma. *Apenas um animal.*

Eu tinha uma faca de caça e três flechas. As duas primeiras eram comuns — simples e eficientes, mas que provavelmente não seriam mais que picadas de abelha para um lobo daquele tamanho. A terceira flecha, porém, mais longa e mais pesada, eu comprara de um caixeiro-viajante durante um verão em que tínhamos cobre suficiente para alguns luxos. Uma flecha entalhada de freixo, armada com uma ponta de ferro.

Todos sabiam que os feéricos odiavam ferro, mas era a madeira do freixo que fazia com que sua magia curadora e imortal falhasse por tempo suficiente para que um humano lhes desse um golpe mortal. Pelo menos era o que diziam os boatos. A única prova que tínhamos da eficácia do freixo era a raridade da madeira. Eu estudara desenhos das árvores, mas nunca vira uma com meus olhos — não depois que os Grão-Feéricos as tinham queimado, há muito tempo. Então, restavam poucas, a maioria pequena e retorcida, e escondida pela nobreza em bosques murados. Depois de comprar, passei semanas debatendo se aquele pedaço excessivamente caro de madeira tinha sido um desperdício de dinheiro, e, durante três anos, a flecha de freixo ficara aguardada, inutilizada, na aljava.

Agora, eu rapidamente a sacava, contendo os movimentos ao mínimo, eficientemente — qualquer coisa para evitar que aquele lobo monstruoso olhasse em minha direção. A longa flecha era pesada o bastante para causar dano — poderia matar o lobo se eu mirasse direito. Se eu abatesse o lobo, a corça fugiria. Se eu abatesse a corça, o lobo iria atrás do meu pescoço ou da carcaça — e destruiria quantidades preciosas de pele e gordura.

Meu peito ficou tão apertado que doeu. E, naquele momento, percebi que minha vida se reduzia a uma pergunta: o lobo estava sozinho?

Segurei o arco e puxei ainda mais a corda. Eu era boa de tiro, mas jamais enfrentara um lobo. Achei que isso me tornava sortuda — até mesmo abençoada. Mas agora... Não sabia onde acertar ou com que velocidade eles se moviam. Não podia correr o risco de errar. Não quando só tinha uma flecha de freixo.

E se houvesse, de fato, o coração de um feérico batendo sob aquele pelo, então, que morresse. Que morresse depois de tudo o que aquele povo fizera conosco. Eu não correria o risco de que ele espreitasse nossa aldeia mais tarde, atrás de massacrar e aleijar e atormentar. Que morresse ali e naquele momento. Eu ficaria feliz em acabar com ele.

O lobo se esgueirou para mais perto, e um galho se partiu sob uma das patas — cada uma maior que minha mão. A corça ficou rígida. Ela olhou para os dois lados, os ouvidos se esticando na direção do céu cinzento. Com o lobo abaixado a favor do vento, a corça não podia vê-lo nem sentir seu cheiro.

A cabeça do lobo pendeu, e o enorme corpo prateado do animal — tão perfeitamente camuflado na neve e nas sombras — se equilibrou sobre as ancas. A corça ainda olhava na direção errada.

Desviei minha atenção da corça para o lobo e, então, de volta. Pelo menos ele estava sozinho — pelo menos nisso eu fora poupada. Mas, se o lobo assustasse a corça, só me restaria um lobo imenso e faminto — possivelmente um feérico — procurando pela segunda melhor refeição. E se ele a matasse...

Se eu calculasse errado, minha vida não seria a única a ser perdida. Mas minha vida havia sido reduzida a nada além de riscos nos últimos oito anos em que eu caçava no bosque, e eu fazia a escolha certa na maioria das vezes. Na maioria das vezes.

O lobo disparou dos arbustos em um lampejo de cinza, branco e preto, as presas amarelas reluzindo. Era ainda mais colossal exposto, uma maravilha de músculos, velocidade e força bruta. A corça não tinha chance.

Disparei a flecha de freixo no lobo antes que ele destruísse mais a caça.

A flecha encontrou o alvo em um dos flancos do lobo, e eu podia jurar que o próprio chão estremeceu. O lobo uivou de dor, soltando o pescoço da corça conforme seu sangue espirrava na neve — reluzente feito rubi.

O lobo se voltou para mim, aqueles olhos amarelos arregalados, os pelos do pescoço arrepiados. Seu grunhido baixo ressoou no buraco vazio de meu estômago quando fiquei de pé, a neve se revirando ao meu redor, com outra flecha preparada.

Mas o lobo apenas... me olhou, a mandíbula manchada de sangue, minha flecha de freixo despontando, banal, de seu flanco. A neve recomeçou a cair. O lobo *olhou*, e com um tipo de atenção e de surpresa que me fizeram disparar a segunda flecha. Só por precaução — para o caso de aquela inteligência ser do tipo imortal, maliciosa.

Ele não tentou desviar da flecha quando ela perfurou facilmente o olho amarelo e arregalado.

Cor e escuridão giraram, como um redemoinho em minha visão, misturando-se à neve.

O lobo desabou no chão.

Suas patas estremeciam, e um gemido baixo cortou o vento. Impossível — ele deveria estar morto, não morrendo. A flecha atravessou o olho do lobo quase até a ponta de penas de ganso.

Mas lobo ou feérico, não importava. Não com aquela flecha de freixo enterrada no flanco. Mesmo assim, minhas mãos tremeram quando afastei a neve do caminho e me aproximei dele, ainda mantendo uma boa distância. Sangue jorrava dos ferimentos que eu causara, manchando a neve de carmesim.

O lobo batia com a pata no chão, a respiração já mais lenta. Será que sentia muita dor, ou o choro era apenas uma tentativa de afastar a morte? Eu não tinha certeza se queria saber.

A neve girou ao nosso redor. Encarei o lobo até que aquele manto de carvão, obsidiana e marfim parasse de se elevar e descer. Lobo — definitivamente apenas um lobo, apesar de seu tamanho.

O aperto em meu peito diminuiu, e meu fôlego se condensou diante de mim quando suspirei. Pelo menos a flecha de freixo tinha se provado letal, independentemente de quem e o que ela abatesse.

Uma avaliação rápida da corça indicou que eu só podia carregar um animal; e mesmo isso seria difícil. Mas era uma pena deixar o lobo.

Embora tivesse desperdiçado minutos preciosos — minutos durante os quais qualquer predador poderia sentir o cheiro do sangue fresco —, tirei a pele do lobo e limpei as flechas o melhor que pude.

Pelo menos aqueceu minhas mãos. Enrosquei o lado sangrento da pele sobre o ferimento mortal da corça antes de jogá-la por cima do ombro. Nosso chalé ficava a alguns quilômetros dali, e eu não precisava de um rastro de sangue atraindo todos os animais com presas e garras diretamente até mim.

Grunhindo por causa do peso, peguei as pernas da corça e dei uma última olhada para a carcaça fumegante do lobo. O olho dourado que lhe restava encarava o céu, agora carregado de neve, e, por um momento, desejei ter a capacidade de sentir remorso pela coisa morta.

Mas aquilo era a floresta, e era inverno.

CAPÍTULO 2

O sol tinha se posto quando saí da floresta; meus joelhos tremiam. Minhas mãos, rígidas por segurar as pernas do cervo, haviam ficado completamente dormentes quilômetros atrás. Nem mesmo a carcaça conseguia afastar o frio que se intensificava. O mundo estava coberto por matizes de azul-escuro, interrompidos apenas por raios de luz amanteigada que escapavam das janelas fechadas de nosso chalé em ruínas. Era como caminhar por uma pintura viva — um momento de quietude tornado mais lindo pela agilidade com que os azuis se transformavam em escuridão sólida.

Conforme me arrastava pelo caminho, cada passo impulsionado apenas pela fome quase desnorteadora, as vozes das minhas irmãs flutuaram até me encontrar. Não precisei discernir as palavras para saber que, muito provavelmente, conversavam sobre algum rapaz ou sobre as fitas que viram na aldeia, quando deveriam cortar lenha, mas sorri um pouco mesmo assim.

Chutei as botas contra o batente da porta de pedra, tirando a neve do solado. Pedaços de gelo se desprenderam das pedras cinza do chalé, revelando as marcas de proteção desbotadas entalhadas no portal. Meu pai tinha, certa vez, convencido um charlatão fortuito a trocar os entalhes de proteção contra feéricos por uma de suas próprias esculturas de madeira. Meu pai podia fazer tão pouco por nós que não tive coragem de dizer a ele que os entalhes eram inúteis — e, sem dúvida, falsos. Mortais não tinham magia; não possuíam nada da força e da velocidade superiores dos feéricos ou dos Grão-Feéricos. O homem, alegando ter sangue Grão-Feérico em sua linhagem, simplesmente entalhou as espirais, os redemoinhos e as runas ao redor da porta e das janelas, murmurou algumas palavras sem sentido e seguiu seu caminho.

Abri a porta de madeira, e a maçaneta de ferro congelada feriu minha pele como uma víbora. Calor e luz ofuscaram minha visão quando entrei.

— Feyre! — Ouvi o arquejo baixo de Elain, pisquei de volta contra a luminosidade do fogo e, então, vi a segunda mais velha de minhas irmãs diante de mim. Ela estava enrolada em um cobertor, mas os cabelos castanho-dourados, que todas herdamos, estavam perfeitamente presos em um coque. Oito anos de pobreza não a haviam destituído do desejo de parecer linda. — Onde conseguiu isso? — A fome implícita tornou suas palavras afiadas. Não mencionou o sangue em mim. Eu desistira, havia muito, de que elas reparassem se eu voltava da floresta toda noite. Pelo menos até que ficassem com fome de novo. Minha mãe não *as* obrigara a jurar nada em seu leito de morte.

Respirei para me acalmar quando soltei a corça dos ombros. O animal acertou a mesa de madeira com um estampido, chacoalhando uma xícara de cerâmica do outro lado.

— Onde acha que consegui? — Minha voz tinha ficado rouca. Desenrolei a pele de lobo do corpo da corça e, após descalçar as botas e colocá-las ao lado da porta, eu me virei para Elain.

Seus olhos castanhos — os olhos de meu pai — permaneceram na corça.

— Vai demorar muito para você limpar?

Eu. Não ela, não as outras. Nunca vi as mãos de minhas irmãs grudentas de sangue e pele. Eu aprendera a preparar e limpar minhas caças, graças à instrução de outros.

Meu pai e Nestha ainda estavam sentados à lareira, aquecendo as mãos, e minha irmã mais velha o ignorava, como sempre. Elain continuou encarando a carcaça, pressionando a mão contra a barriga, provavelmente tão vazia e dolorida quanto a minha. Não que Elain fosse cruel. Ela não era como Nestha, que nascera com desprezo no rosto. Elain às vezes apenas... não entendia as coisas. Não era maldade que a impedia de oferecer ajuda; simplesmente não lhe ocorria que pudesse ser capaz de sujar as mãos. Jamais consegui decidir se ela realmente não entendia que éramos pobres de verdade, ou se simplesmente não queria aceitar o fato. Isso, mesmo assim, não me impedia de comprar sementes para o jardim de flores que ela cultivava nos meses mais amenos, sempre que podia pagar por elas.

E não impedira Elain de me comprar três pequenas latas de tinta — vermelha, amarela e azul — durante aquele mesmo verão em que consegui o suficiente para comprar a flecha de freixo. Foi o único presente que ela me deu, e nossa casa ainda tinha as marcas dele, mesmo que a tinta agora estivesse desbotando ou descascando: pequenas vinhas e flores ao longo das janelas e dos batentes, e nas beiradas de coisas, minúsculas espirais de chamas nas pedras que ladeavam a lareira. Qualquer minuto a mais que eu tivesse naquele farto verão, usava para ornamentar a casa com cores, às vezes escondendo pequenas decorações dentro de gavetas, atrás das cortinas puídas, sob as cadeiras e na mesa.

Não tivemos um verão tão tranquilo desde então.

— Feyre. — A voz profunda e rouca de meu pai veio da lareira. A barba escura estava perfeitamente aparada, o rosto impecável — como os de minhas irmãs. — Que sorte você teve hoje de nos trazer esse banquete.

Ao lado de meu pai, Nestha riu com escárnio. Não era surpreendente. O mínimo sinal de elogio para qualquer um — eu, Elain, outros aldeões — costumava ser brindado com seu desprezo. E toda palavra de nosso pai costumava ser ridicularizada por Nestha também.

Estiquei as costas, quase cansada demais para ficar de pé, mas apoiei a mão à mesa ao lado da corça quando lancei um olhar a Nestha. De nós, ela sofrera mais com a perda de nossa fortuna. Secretamente se ressentia de meu pai desde o momento em que fugimos de nossa mansão, mesmo depois daquele dia horrível em que um dos credores veio mostrar o quanto estava infeliz com a perda de seu investimento.

Mas pelo menos Nestha não enchia nossas cabeças com conversas inúteis sobre recuperar a riqueza, como meu pai. Não, ela apenas gastava todo o dinheiro que eu não escondesse, e raramente se dava o trabalho de reconhecer a presença de meu pai. Havia alguns dias em que eu não sabia dizer qual de nós era o mais desprezível e amargo.

— Podemos comer metade da carne esta semana — falei, virando o olhar para a corça. O animal ocupava toda a mesa bamba que servia como nossa mesa de jantar, de trabalho e cozinha. — Podemos secar a outra metade — continuei, sabendo que por mais delicadamente que eu falasse, ainda faria a maior parte do trabalho. — E vou ao mercado amanhã ver quanto consigo pelas peles — concluí, mais para mim mesma que para eles.

A perna ruim de meu pai estava estendida à frente, o mais perto da fogueira que conseguia chegar. O frio ou a chuva ou uma mudança na temperatura sempre agravavam os ferimentos horríveis e deformados ao redor de seu joelho. Sua bengala estava apoiada contra a cadeira — uma bengala que Nestha às vezes tinha a propensão de deixar bem longe do alcance dele.

Ele poderia encontrar trabalho se não se sentisse tão envergonhado, sempre dizia Nestha quando brigávamos por causa disso. Ela odiava meu pai pelo ferimento também — por não haver revidado quando aquele credor e seus brutamontes invadiram o chalé e golpearam seu joelho diversas vezes. Nestha e Elain tinham fugido para o quarto, bloqueando a porta. Eu fiquei, implorando e chorando a cada grito de meu pai, a cada esmagar de osso. Eu me borrei — e então vomitei bem nas pedras diante da lareira. Somente então os homens foram embora. Jamais os vimos de novo.

Usamos uma enorme parte do dinheiro restante para pagar o curandeiro. Meu pai levou seis meses apenas para poder andar, um ano antes de conseguir caminhar um quilômetro e meio. As moedas que trazia quando alguém sentia pena dele a ponto de comprar os entalhes de madeira não eram suficientes para nos manter alimentados. Cinco anos atrás, quando o dinheiro acabou de vez, quando meu pai ainda não conseguia — não queria — se mover muito, ele não discutiu quando anunciei que caçaria.

Meu pai não se deu o trabalho de tentar se levantar da cadeira ao lado da lareira, não se deu o trabalho de erguer o rosto do entalhe de madeira. Ele apenas me deixou entrar naquele bosque mortal e assustador que até mesmo os caçadores mais experientes temiam. Ele havia se tornado um pouco mais alerta agora — às vezes oferecia sinais de gratidão, às vezes caminhava com dificuldade até a aldeia para vender as esculturas —, mas não muito.

— Eu adoraria um manto novo — disse Elain, suspirando, ao mesmo tempo que Nestha ficou de pé e declarou:

— Preciso de um novo par de botas.

Fiquei quieta, sabendo que não deveria entrar no meio de uma de suas discussões, mas olhei para as botas ainda reluzentes de Nestha à porta. Ao lado das dela, minhas botas pequenas demais se desfaziam na costura, unidas apenas por cadarços puídos.

— Mas estou congelando com meu manto velho e em frangalhos — implorou Elain. — Vou tremer até a morte. — Ela fixou os olhos arregalados em mim e pediu: — Por favor, Feyre. — Elain pronunciou as duas sílabas de meu nome: *fei-re*, com o choro mais terrível que eu já ouvira e, então, Nestha emitiu um estalo alto com a língua antes de mandar Elain se calar.

Esqueci as duas quando começaram a discutir quem ficaria com o dinheiro das peles no dia seguinte, e notei meu pai, agora de pé à mesa, uma das mãos apoiada contra o móvel a fim de aliviar o peso enquanto inspecionava a corça. Fiquei tensa quando a atenção dele se voltou para a enorme pele de lobo. Os dedos de meu pai, ainda macios como os de um cavalheiro, viraram a pele e traçaram uma linha pela parte inferior ensanguentada.

Seus olhos escuros se voltaram para os meus.

— Feyre — murmurou ele, e a boca se tornou uma linha contraída. — Onde conseguiu isto?

— No mesmo lugar em que consegui a corça — respondi, a voz igualmente baixa, minhas palavras frias e afiadas.

O olhar de meu pai percorreu o arco e a aljava presos às minhas costas, a faca de caça com cabo de madeira na lateral de meu corpo. Os olhos dele se encheram d'água.

— Feyre... o risco...

Indiquei a pele com o queixo, incapaz de evitar o tom afiado da voz quando falei:

— Não tive escolha.

O que eu queria dizer de verdade era: *Você nem sequer se dá o trabalho de tentar sair de casa na maioria dos dias. Se não fosse por mim, passaríamos fome. Se não fosse por mim, estaríamos mortos.*

— Feyre — repetiu ele, e fechou os olhos.

Minhas irmãs tinham se calado, e ergui o rosto a tempo de flagrar Nestha enrugando o nariz ao fungar. Ela pegou meu manto.

— Você fede a porco coberto pelos próprios excrementos. Pode ao menos *tentar* fingir que não é uma camponesa ignorante?

Não deixei a mágoa transparecer. Eu era nova demais para aprender mais que o básico da etiqueta, da leitura e da escrita quando nossa família caiu em desgraça, e ela jamais me deixava esquecer.

Nestha recuou e passou o dedo sobre os cachos trançados dos cabelos castanho-dourados.

— Tire essas roupas nojentas.

Eu me demorei, engolindo as palavras que queria latir de volta para ela. Três anos mais velha que eu, Nestha, de algum modo, parecia mais nova, as bochechas sempre coradas, com um delicado rosa vibrante.

— Pode colocar uma panela de água no fogo e lenha na lareira? — Mas, enquanto perguntava, reparei na pilha de madeira. Restava um só pedaço de lenha. — Achei que iriam cortar lenha hoje.

Nestha limpou as longas unhas cuidadas.

— Odeio cortar lenha. Sempre fico com farpas. — Ela me olhou por baixo dos cílios escuros. De todas nós, Nestha se parecia mais com mamãe. — Além do mais, Feyre — disse ela, com um biquinho —, você é muito melhor nisso! Leva metade do tempo que eu levo. Suas mãos são melhores para isso... já são tão ásperas.

Meu maxilar se contraiu.

— Por favor — pedi, lutando contra a raiva, sabendo que uma discussão era a última coisa que eu queria ou de que precisava. — Por favor, levante-se ao amanhecer para cortar a lenha. — Desabotoei a parte de cima da túnica. — Ou comeremos o café da manhã frio.

Suas sobrancelhas se uniram.

— Não vou fazer uma coisa dessas!

Mas eu já me dirigia ao pequeno segundo quarto, no qual nós, garotas, dormíamos. Elain murmurou uma súplica baixa a Nestha, o que lhe garantiu um sibilo em resposta. Olhei por cima do ombro para meu pai e apontei para o cervo.

— Prepare as facas — falei, sem me dar o trabalho de parecer agradável. — Vou sair logo. — Sem esperar resposta, bati a porta.

O quarto era suficientemente grande para uma cômoda bamba e a enorme cama de pau-ferro na qual dormíamos. O único resquício de nossa antiga riqueza, encomendada como presente de casamento de meu pai para minha mãe. Era a cama na qual todas tínhamos nascido, e a cama na qual minha mãe morrera. Apesar de toda a pintura que fiz na casa nos últimos anos, jamais a toquei.

Joguei as camadas externas de roupa na cômoda gasta — franzindo a testa para as violetas e as rosas que havia pintado em volta dos puxadores da gaveta de Elain, para as chamas crepitantes que pintei em torno dos de Nestha, e para o céu noturno — com espirais de estrelas amarelas em vez de brancas — circundando os meus. Eu havia feito isso para alegrar um quarto sombrio. Elas jamais comentaram. Não sei por que eu esperava que o fizessem.

Resmungando, fiz o possível para não desabar na cama.

Jantamos cervo assado naquela noite. Embora eu soubesse que era tolice, não protestei quando cada uma de nós comeu uma segunda vez antes de eu declarar que já era o bastante. Passaria o dia seguinte preparando as partes restantes da corça para o consumo, e então separaria algumas horas para curtir as duas peles antes de levá-las ao mercado. Eu conhecia alguns mercadores que poderiam se interessar por tal compra — embora nenhum provavelmente me daria a quantia que eu merecia. Mas dinheiro era dinheiro, e eu não tinha tempo ou fundos para viajar até a cidade grande mais próxima a fim de encontrar uma oferta melhor.

Lambi os dentes do garfo, saboreando resquícios de gordura que cobriam o metal. Minha língua deslizou pelas pontas tortas — era parte de um faqueiro tosco que meu pai recuperara da ala dos criados enquanto os credores saqueavam nossa mansão. Nenhum de nossos talheres combinava, mas era melhor que usar os dedos. O faqueiro do dote de minha mãe fora vendido há muito tempo.

Minha mãe. Altiva e fria com os filhos, alegre e deslumbrante entre os conhecidos que frequentavam nossa antiga propriedade, apaixonada por meu pai — a única pessoa que ela realmente amou e respeitou. Mas também amava de verdade as festas; tanto que não tinha tempo de fazer nada comigo, a não ser contemplar como minhas habilidades com desenho e pintura, ainda por desabrochar, poderiam me garantir um futuro marido. Se ela tivesse vivido tempo o bastante para ver nossa riqueza ruir, teria ficado arrasada. Mais que meu pai. Talvez o fato de ela ter morrido tenha sido um ato de misericórdia.

De qualquer forma, pelo menos sobrava mais comida para nós.

Não havia nada dela no chalé além da cama de pau-ferro — e a promessa que eu fizera.

Sempre que olhava para um horizonte, ou pensava se eu não devia simplesmente andar e andar e jamais olhar para trás, ouvia aquela promessa que havia feito, 11 anos antes, enquanto ela definhava no leito de morte. *Fiquem juntos, e cuide deles.* Prometi, jovem demais para perguntar por que ela não havia implorado a minhas irmãs mais velhas, ou a meu pai. Mas jurei para ela, e então ela morreu, e em nosso mundo humano desgraçado — protegido apenas pela promessa dos Grão-Feéricos há cinco séculos, em nosso mundo, no qual havíamos esquecido os nomes de nossos deuses —, promessa era lei; uma promessa era moeda de troca; uma promessa era sua garantia.

Havia momentos em que eu a odiava por ter pedido que eu prometesse. Talvez, delirante de febre, nem soubesse o que estava exigindo. Ou talvez a morte tivesse dado a ela alguma clareza sobre a verdadeira natureza das filhas, do marido.

Pus o garfo na mesa e observei as chamas de nossa minguada lareira dançarem pela lenha restante, estendendo as pernas doloridas sob a mesa.

Virei para minhas irmãs. Como sempre, Nestha reclamava dos aldeões — que não tinham modos, que não tinham traquejo social, ou não faziam ideia de quanto o tecido de suas roupas era inferior, embora fingissem se tratar de seda fina ou *chiffon*. Desde que perdemos nossa fortuna, as antigas amigas passaram a ignorá-las incontestavelmente, e minhas irmãs agiam como se os jovens aldeões fossem um círculo social de segunda classe.

Tomei um gole da xícara de água quente — nem mesmo podíamos pagar por chá ultimamente — enquanto ela continuou a história.

— Bem, eu disse a *ele*: "Se acha que pode simplesmente me pedir de modo tão indiferente, senhor, vou recusar!" E sabe o que Tomas disse? — Nestha falava para Elain, que ouvia com atenção total. Perdido em qualquer lembrança enevoada que o havia tomado, meu pai sorria gentilmente para a amada Elain, a única de nós que se esforçava para falar com ele de verdade.

— Tomas Mandray? — interrompi. — O segundo filho do lenhador?

Os olhos azuis de Nestha semicerraram.

— Sim — disse ela, e se voltou para Elain de novo.

— O que ele quer? — Olhei para meu pai. Nenhuma reação, nenhum sinal de alarme ou de que ao menos ouvia.

— Ele quer se casar com ela — disse Elain, sonhadora. Pisquei.

Nestha inclinou a cabeça. Eu tinha visto predadores fazerem esse movimento antes. Às vezes imaginava se sua determinação irredutível nos teria ajudado a sobreviver melhor — a prosperar, inclusive — se não estivesse tão preocupada com nosso status perdido.

— Algum problema, *Feyre*? — Nestha disparou meu nome como um insulto, e meu maxilar doeu por contraí-lo com força.

Meu pai se mexeu na cadeira, e, embora eu soubesse que era estupidez reagir às provocações, perguntei:

— Você não pode cortar lenha para nós, mas quer se casar com o filho de um *lenhador*?

Nestha empertigou os ombros.

— Achei que tudo que você queria era que saíssemos de casa, casar a mim e Elain para que tenha tempo de pintar suas gloriosas obras-primas. — Ela olhou com desprezo para a coluna de dedaleiras que pintei na borda da mesa; as cores eram escuras e azuis demais, sem nenhuma das manchinhas brancas dentro dos túbulos das flores, mas eu me superei, mesmo que tivesse sofrido por não ter tinta branca, para fazer algo tão defeituoso e duradouro.

Ignorei o insulto, embora desejasse cobrir a pintura com a mão. Talvez no dia seguinte eu simplesmente a raspasse da mesa de vez.

— Acredite — falei para Nestha —, no dia em que você quiser se casar com alguém, vou marchar até a casa dele e entregá-la. Mas não vai se casar com Tomas.

As narinas de Nestha se dilataram delicadamente.

— Não há nada que possa fazer. Clare Beddor me contou esta tarde que Tomas *vai* me pedir em casamento a qualquer momento agora. E então, nunca mais vou precisar comer essas sobras de novo. — Ela acrescentou, com um leve sorriso: — Pelo menos não preciso recorrer a me deitar no feno com Isaac Hale, como se fosse um animal.

Meu pai soltou uma tosse envergonhada, virando o rosto para a cama dele ao lado da lareira. Jamais dissera uma palavra contra Nestha, por medo ou culpa, e aparentemente não começaria agora, mesmo que aquela fosse a primeira vez que ele ouvia falar de Isaac.

Apoiei as palmas das mãos na mesa enquanto a encarava. Elain tirou a mão de onde estava, como se a terra e o sangue sob minhas unhas, de algum modo, fossem saltar para sua pele de porcelana.

— A família de Tomas vive melhor que a nossa por pouco — argumentei, tentando evitar grunhir. — Você seria apenas mais uma boca para alimentar. Se ele não sabe disso, então os pais devem saber.

Mas Tomas sabia — tínhamos nos esbarrado na floresta antes. Vi o brilho de fome desesperada em seus olhos quando Tomas me flagrou carregando uma penca de coelhos. Eu jamais matara outro ser humano, mas, naquele dia, minha faca de caça pareceu um peso na lateral do corpo. Fiquei longe do caminho dele desde então.

— Não podemos pagar um dote — continuei, e embora meu tom de voz fosse firme, minha voz ficou mais baixa. — Para nenhuma de vocês. — Se Nestha quisesse ir embora, tudo bem. Que bom. Eu estaria mais perto de alcançar aquele glorioso e tranquilo futuro, de conseguir uma casa calma e comida o bastante e tempo para pintar. Mas não tínhamos nada, absolutamente nada, para atrair qualquer pretendente a tirar minhas irmãs de minhas mãos.

— Estamos apaixonados — declarou Nestha, e Elain assentiu. Quase ri. Quando tinham deixado de desejar aristocratas para paquerar camponeses?

— Amor não alimenta barriga vazia — repliquei, mantendo o olhar o mais firme possível.

Como se a tivesse golpeado, Nestha deu um salto do banco.

— Você só está com ciúmes, ouvi falar que Isaac vai se casar com alguma camponesa de Greenfield por um bom dote.

E eu também; Isaac tinha se gabado disso na última vez em que nos encontramos.

— Ciúmes? — falei devagar, cavando fundo para esconder o ódio. — Não temos nada para oferecer a eles, nenhum dote, nem mesmo gado. Embora Tomas possa querer se casar com você... você é um fardo.

— O que você sabe? — sussurrou Nestha. — É apenas uma besta semisselvagem, com coragem de dar ordens dia e noite. Continue assim e algum dia, algum dia, Feyre, não haverá ninguém para se lembrar de você, ou para se importar com o fato de que você sequer existiu. — Ela saiu irritada, e Elain disparou atrás dela, arrulhando sua simpatia. As duas bateram a porta do quarto que compartilhávamos com tanta força que a louça chacoalhou.

Eu já tinha ouvido aquelas palavras antes — e sabia que ela só as repetia porque encolhi o corpo da primeira vez que Nestha as dissera. Ainda doíam, mesmo assim.

Tomei um longo gole da xícara lascada. O banco de madeira sob meu pai rangeu quando ele se mexeu. Tomei outro gole e falei:

— Você deveria colocar juízo nela.

Meu pai examinou uma marca de queimadura na mesa.

— O que eu posso dizer? Se é amor...

— *Não pode* ser amor, não da parte dele. Não com aquela família desprezível. Já vi o modo como anda pela aldeia, ele quer algo de Nestha, e *não* é sua mão em...

— Precisamos de esperança tanto quanto precisamos de pão e carne — interrompeu meu pai, os olhos vívidos por um raro momento. — Precisamos de esperança, ou não sobreviveremos. Então, deixe que ela mantenha a esperança, Feyre. Deixe que imagine uma vida melhor. Um mundo melhor.

Eu me levantei da mesa, os dedos se fechando em punhos, mas não havia para onde correr em nosso chalé de dois quartos. Olhei para a pintura desbotada da dedaleira na beira da mesa. As flores mais na borda já estavam lascadas e sumindo, a parte mais baixa do caule tinha se apagado por completo. Em alguns anos, teria desaparecido sem deixar marcas de que estivera ali. De que eu estivera ali.

Quando olhei para meu pai, meu olhar era ríspido.

— Isso não existe.

Capítulo 3

A neve pisoteada, cobrindo a estrada para nossa aldeia, estava salpicada de marrom e preto por conta do tráfego de carroças e cavalos. Elain e Nestha emitiam estalos com a língua e faziam caretas conforme seguíamos pela estrada, desviando das partes especialmente nojentas. Eu sabia por que tinham vindo; elas olharam uma vez para as peles que eu havia dobrado na sacola e pegaram as capas.

Não me dei o trabalho de falar com elas, pois as duas não se dignaram a falar comigo depois da noite anterior, embora Nestha tivesse acordado ao amanhecer para cortar lenha. Provavelmente porque sabia que eu venderia as peles no mercado naquele dia e voltaria para casa com dinheiro no bolso. Elas me seguiram pela estrada solitária, caminhando pelos campos cobertos de neve, até nossa aldeia em ruínas.

As casas de pedra da aldeia eram medíocres e entediantes, e pa reciam ainda mais tristes pela desolação do inverno. Mas era dia de mercado, o que significava que a minúscula praça no centro da aldeia estaria cheia de todo tipo de mercadores que tivessem encarado a manhã gelada.

A um quarteirão, o cheiro de comida quente pairava no ar; temperos que incitavam o fundo de minha memória, chamando. Elain soltou um grunhido baixo atrás de mim. Temperos, sal, açúcar — mercadorias raras para a maioria dos habitantes de nossa aldeia, impossíveis de comprar.

Se eu me saísse bem no mercado, talvez tivesse o suficiente para comprar algo delicioso para nós. Olhei para trás, abrindo a boca para sugerir, mas viramos a esquina e quase tropeçamos umas nas outras quando paramos ao mesmo tempo.

— Que a Luz Imortal brilhe sobre vocês, irmãs — disse a jovem de túnica pálida diretamente em nosso caminho.

Nestha e Elain estalaram a língua; contive um gemido. *Perfeito.* Exatamente do que precisava, os Filhos dos Abençoados na aldeia, em dia de mercado, distraindo e agitando todos. Os anciões da aldeia costumavam permitir que eles permanecessem ali apenas por algumas horas, mas a mera presença dos tolos fanáticos que ainda adoravam os Grão-Feéricos deixava as pessoas nervosas. *Me* deixava nervosa. Há muito tempo, os Grão-Feéricos tinham sido nossos senhores supremos — não deuses. E eles certamente não foram bondosos.

A jovem estendeu as mãos brancas como a lua em um gesto de cumprimento, um bracelete de sinos de prata — prata *de verdade* — tilintando no punho.

— Têm um momento para ouvir a Palavra dos Abençoados?

— Não — rebateu Nestha com desprezo, ignorando as mãos da garota e cutucando Elain para que caminhasse. — Não temos.

Os cabelos escuros e soltos da jovem reluziam à luz da manhã, e seu rosto limpo e descansado brilhava enquanto a garota abria um belo sorriso. Havia cinco outros acólitos atrás dela, rapazes e mulheres, de cabelos longos, não cortados; todos perscrutando o mercado em busca de jovens para incomodar.

— Só levará um minuto — disse a seguidora, postando-se à frente de Nestha.

Era impressionante — impressionante mesmo — ver Nestha ficar ereta como uma vareta, esticar os ombros e olhar com o nariz empinado para a jovem, feito uma rainha sem trono.

— Vá cuspir suas baboseiras fanáticas para algum tolo. Não vai encontrar ninguém para converter aqui.

A garota se encolheu de volta; uma sombra perpassou seus olhos castanhos. Contive minha vontade de encolher o corpo. Talvez não fosse o melhor jeito de lidar com eles, pois poderiam se tornar um verdadeiro transtorno quando agitados...

Nestha ergueu a mão e puxou a manga do casaco para mostrar o bracelete de ferro ali. O mesmo que Elain usava; elas haviam comprado adornos combinados anos antes. A seguidora arquejou, os olhos arregalados.

— Está vendo isto? — sussurrou Nestha, dando um passo à frente. A seguidora recuou. — Isto é o que você *deveria* estar usando. Não uns sininhos de prata para atrair aqueles monstros feéricos.

— Como *ousa* usar essa afronta vil contra nossos amigos imortais...

— Vá pregar em outra aldeia — disparou Nestha.

Duas bonitas e gorduchas esposas de fazendeiros passaram andando a caminho do mercado, de braços dados. Conforme se aproximaram dos acólitos, seus rostos se contorceram com expressões idênticas de desprezo.

— *Prostituta amante de feéricos* — grunhiu uma delas para a jovem. Eu não pude discordar.

Os acólitos ficaram em silêncio. A outra aldeã — abastada o suficiente para ter um colar farto de ferro trançado ao redor da garganta — semicerrou os olhos, o lábio superior se afastando dos dentes.

— Vocês, idiotas, não entendem o que aqueles monstros fizeram conosco durante tantos séculos? O que ainda fazem, por diversão, quando podem sair impunes? Vocês merecem o fim que encontrarão nas mãos dos feéricos. Tolos e prostitutas, todos vocês.

Nestha assentiu para as mulheres conforme seguiram seu caminho. Nós nos voltamos para a jovem ainda parada diante de nós, e até mesmo Elain franziu a testa com desprezo.

Mas a jovem respirou fundo, o rosto mais uma vez se tornando sereno, e disse:

— Eu vivia nessa ignorância também, até ouvir a Palavra dos Abençoados. Cresci em uma aldeia parecida com esta, tão desolada e sombria quanto. Mas, há menos de um mês, uma amiga de minha prima foi para a fronteira, como oferenda a Prythian, e não retornou.

Agora, vive entre riquezas e conforto, como a noiva de um Grão-Feérico, e vocês também poderiam se parassem um momento para...

— Ela provavelmente foi devorada — disse Nestha. — Por isso não voltou.

Ou pior, pensei, se um Grão-Feérico estava realmente envolvido em encorajar a entrada de uma humana em Prythian. Nunca encontrei os Grão-Feéricos cruéis e vagamente semelhantes a humanos que governavam a própria Prythian, ou os feéricos que ocupavam as terras deles, com escamas e asas e longos braços pendentes que poderiam arrastar alguém para muito, muito abaixo da superfície. Eu não sabia o que seria pior de enfrentar.

O rosto da seguidora se contraiu.

— Nossos mestres benevolentes jamais nos feririam de tal maneira. Prythian é uma terra de paz e fartura. Caso os abençoassem com sua atenção, vocês ficariam felizes por viver entre eles.

Nestha revirou os olhos. Elain lançava olhares de nós para o mercado adiante — para os aldeões que agora também nos observavam. Era hora de ir.

Nestha abriu a boca outra vez, mas me coloquei entre elas e percorri os olhos pelas vestes azul-pálidas da jovem, as joias de prata, a limpeza profunda da pele. Não havia marca ou sujeira.

— Você está lutando uma batalha vencida — declarei.

— Uma causa digna. — A garota deu um sorriso beato.

Dei um leve empurrão em Nestha para que saísse andando, e então falei para a seguidora:

— Não, não é.

Pude sentir a atenção dos acólitos ainda sobre nós conforme caminhamos para a movimentada praça do mercado, mas não olhei para tras. Eles iriam embora logo, pregar em outra aldeia. Precisaríamos tomar um caminho mais longo para fora da aldeia a fim de evitá-los. Quando nos afastamos o bastante, olhei por cima do ombro para minhas irmãs. O rosto de Elain permanecia fixo com espanto, mas os olhos de Nestha pareciam tempestuosos, os lábios contraídos. Imaginei se voltaria batendo os pés para a garota e começaria uma briga.

Não era meu problema; não agora.

— Encontro vocês aqui em uma hora — anunciei, e não lhes dei tempo de grudarem em mim antes de seguir para a praça lotada.

Levei dez minutos para contemplar minhas três opções. Estavam meus compradores de sempre: o sapateiro enrugado e o alfaiate de olhar aguçado, que frequentava nosso mercado, vindo de uma aldeia próxima. E, então, o desconhecido: uma mulher grande feito uma montanha, sentada na beira da fonte quadrada de nossa praça em ruínas, sem qualquer carrinho ou barraquinha, mas parecendo disposta a negociar mesmo assim. Suas cicatrizes e as armas que carregava a delatavam facilmente. Era uma mercenária.

Eu conseguia sentir os olhos do sapateiro e do alfaiate em mim, sentir seu desinteresse fingido conforme avaliavam a sacola que eu levava. Tudo bem; seria um daqueles dias então.

Eu me aproximei da mercenária cujos grossos cabelos escuros eram cortados na altura do queixo. O rosto da mulher parecia lapidado em granito, e seus olhos pretos semicerraram levemente quando me viram. Tinha olhos tão interessantes — não apenas de um tom de preto, mas... de muitos, com toques de castanho que reluziam entre as sombras. Afastei aquela parte inútil de minha mente, os instintos que me faziam pensar em cor e luz e forma, e mantive meus ombros para trás conforme a mulher me avaliava como ameaça ou empregadora potencial. Suas armas — reluzentes e perigosas — bastaram para me fazer engolir em seco. E parar a uns bons 60 centímetros de distância.

— Não troco mercadorias por meus serviços — disse ela, a voz carregada com um sotaque que nunca tinha ouvido antes. — Só aceito dinheiro.

Alguns aldeões que passavam tentaram não parecer interessados em nossa conversa, principalmente quando falei:

— Então, você não terá sorte neste tipo de lugar.

Ela se agigantava mesmo sentada.

— Qual é seu interesse em mim, menina?

A mulher podia ter qualquer idade entre 25 e 30, mas imaginei que eu parecesse uma menina para ela, vestindo minhas camadas de roupas, magricela de fome.

— Tenho uma pele de lobo e outra de corça para vender. Achei que pudesse estar interessada em comprá-las.

— Você as roubou?

— Não. — Fixei os olhos nos dela. — Cacei eu mesma. Juro.

A mulher me esquadrinhou com aqueles olhos escuros de novo.

— Como. — Não foi uma pergunta, mas uma ordem. Talvez fosse alguém que tivesse encontrado outros que não consideravam sagrados os juramentos, as palavras como compromisso. E havia punido as pessoas adequadamente.

Então contei a ela como havia abatido os dois e, quando terminei, a mulher apontou para minha sacola com a mão.

— Deixe-me ver. — Peguei as duas peles dobradas cuidadosamente. — Você não estava mentindo quanto ao tamanho do lobo — murmurou a mulher. — Mas não parece um feérico. — Ela examinou as peles com olhar de especialista, percorrendo as mãos por cima e por baixo. A mulher deu o preço.

Pisquei, mas contive a vontade de piscar uma segunda vez. Ela ofereceu um preço alto... muito alto. Encarei a mulher em silêncio.

Ela olhou para além de mim, depois de mim.

— Presumo que aquelas duas meninas observando do outro lado da praça sejam suas irmãs. Vocês todas têm esse cabelo acobreado e esse olhar faminto. — De fato, elas ainda estavam tentando ao máximo ouvir sem ser vistas.

— Não preciso de sua piedade.

— Não, mas precisa do meu dinheiro, e os outros mercadores foram avarentos a manhã toda. Todos estão distraídos demais por aqueles fanáticos de olhos arregalados se lamuriando pela praça. — A mulher indicou com o queixo os Filhos dos Abençoados, que ainda soavam seus sininhos de prata e saltavam no caminho de qualquer um que tentasse passar.

A mercenária dava um leve sorriso quando me voltei para ela.

— Depende de você, menina.

— Por quê?

A mulher deu de ombros.

— Um dia alguém fez o mesmo por mim e pelos meus, numa época em que eu mais precisava. Imaginei que fosse a hora de pagar o que devo.

Eu a observei de novo, sopesando.

— Meu pai tem umas esculturas de madeira que eu também poderia lhe dar para que fique mais justo.

— Viajo com pouco e não tenho necessidade delas. Estas, no entanto — a mulher deu tapinhas nas peles que estavam nas mãos dela —, me poupam o trabalho de matar os animais eu mesma.

Assenti, as bochechas ficando quentes à medida que a mulher levava a mão para a bolsa de moedas dentro do casaco pesado. Estava cheia e pesada, com, no mínimo, prata, possivelmente ouro, se o tilintar fosse algum indicativo. Mercenários costumavam ser bem pagos em nosso território.

Nosso território era pequeno e pobre demais para manter um exército a postos a fim de monitorar a muralha contra Prythian, e os aldeões só podiam contar com a força do Tratado forjado quinhentos anos antes. Mas a classe alta podia contratar espadachins, como aquela mulher, para vigiar as terras que faziam fronteira com o reino imortal. Era uma ilusão de conforto, exatamente como as marcas em nosso portal. Todos sabíamos, bem no fundo, que não havia nada a ser feito contra os feéricos. Todos tínhamos ouvido, independentemente de classe ou patente, desde o momento em que nascemos, os avisos cantados para nós enquanto nos balançavam em berços, ou as rimas entoadas nos pátios das escolas. Um dos Grão-Feéricos poderia transformar nossos ossos em pó a 100 metros de distância. Não que minhas irmãs e eu tivéssemos visto.

Mesmo assim tentávamos acreditar que alguma coisa — qualquer coisa — poderia funcionar contra eles se algum dia os encontrássemos. Havia duas barracas no mercado que alimentavam esses medos, oferecendo amuletos e bugigangas, e encantamentos e pedaços de ferro. Eu não podia pagar por eles; e se, de fato, funcionassem, só nos dariam alguns minutos para nos preparar. Correr era inútil; lutar também. Mas Nestha e Elain ainda usavam os braceletes de ferro sempre que saíam do chalé. Até Isaac tinha uma pulseira do material ao redor de um dos punhos, sempre escondida sob a manga. Ele se oferecera para me comprar uma, certa vez, mas eu recusei. Pareceu pessoal demais, muito semelhante a um pagamento, muito... um lembrete permanente do que quer que nós fôssemos e do que não éramos um para o outro.

A mercenária transferiu as moedas para a palma da minha mão, que esperava, e eu as coloquei no bolso; o peso das moedas lembrava o de uma pedra de moinho. Não havia como minhas irmãs não terem visto o dinheiro; sem dúvida, já estariam imaginando como poderiam me persuadir a dar um pouco a elas.

— Obrigada — agradeci à mercenária, tentando, sem conseguir, evitar a amargura na voz conforme sentia minhas irmãs se aproximarem, como abutres circundando uma carcaça.

A mercenária acariciou a pele de lobo.

— Um conselho, de uma caçadora para outra.

Ergui as sobrancelhas.

— Não entre muito no bosque. Eu nem chegaria perto de onde você esteve ontem. Um lobo deste tamanho seria o menor de seus problemas. Mais e mais, ouço histórias daquelas coisas atravessando o muro.

Um calafrio percorreu minha espinha.

— Elas vão... elas vão atacar? — Se fosse verdade, eu encontraria um modo de tirar minha família deste território miserável e úmido, e rumaria para o sul, para longe da muralha invisível que dividia nosso mundo, antes que pudessem cruzá-la.

Houve um tempo — há muito tempo, e durante milênios antes disso — em que éramos escravizados dos senhores Grão-Feéricos. Houve um tempo em que construímos para eles gloriosas e extensas civilizações com nosso sangue e suor, construímos templos para seus deuses selvagens. Houve um tempo em que nos rebelamos, em todas as terras e territórios. A Guerra fora tão sangrenta, tão destrutiva, que foi preciso que seis rainhas mortais oferecessem um Tratado para que o massacre terminasse dos dois lados e para que a muralha fosse construída: o Norte de nosso mundo foi concedido aos Grão-Feéricos e aos feéricos, que levaram sua magia com eles; o Sul ficou para nós, mortais covardes, eternamente forçados a tirar o sustento da terra.

— Ninguém sabe o que os Grão-Feéricos estão planejando — disse a mercenária, o rosto feito pedra. — Não sabemos se os Grão-Senhores estão afrouxando as rédeas de suas feras, ou se esses são ataques objetivos. Trabalhei como guarda para um velho nobre que alegou uma piora nos últimos cinquenta anos. Ele pegou um navio para o sul há duas semanas, e disse que eu deveria partir, se fosse esperta. Antes de zarpar, o velho admitiu que soubera de um dos amigos que, na calada da noite, um bando de martax atravessou o muro e destroçou metade de sua aldeia.

— Martax? — sussurrei. Eu sabia que havia tipos diferentes de feéricos, que eles variavam tanto quanto qualquer outra espécie de animal, mas só conhecia alguns pelo nome.

Os olhos escuros como a noite da mercenária brilharam.

— O corpo grande como o de um urso, a cabeça parecida com a de um leão, e três fileiras de dentes mais afiados que os de um tubarão. E malignos, mais cruéis que todos os três juntos. Eles deixaram os aldeões literalmente em farrapos, o nobre contou.

Meu estômago se revirou. Atrás de nós, minhas irmãs pareciam tão frágeis, a pele pálida tão infinitamente delicada e quebradiça. Contra algo como os martax, jamais teríamos chance. Aqueles Filhos dos Abençoados eram tolos; tolos fanáticos.

— Então, não sabemos o que todos esses ataques significam — continuou a mercenária —, a não ser mais contratos para mim, e vocês se mantendo bem longe da muralha. Principalmente se os Grão-Feéricos começarem a aparecer, ou pior, um dos Grão-Senhores. Eles fariam os martax parecerem cães.

Avaliei suas mãos cobertas de cicatrizes, ressecadas pelo frio.

— Já encarou outro tipo de feérico?

Os olhos da mulher se fecharam.

— Você não quer saber, menina, a não ser que queira vomitar seu café da manhã.

Eu estava mesmo meio enjoada... enjoada e assustada.

— Era mais mortal que os martax? — ousei perguntar.

A mulher puxou a manga do pesado casaco, revelando um antebraço musculoso salpicado de terríveis cicatrizes distorcidas. O arco que formavam era tão semelhante a...

— Não tinha a força bruta ou o tamanho de um martax — revelou a mulher —, mas sua mordida era cheia de veneno. Dois meses foi o tempo que fiquei apagada; quatro meses até ter forças para andar de novo. — A mulher puxou a perna da calça. Lindo, pensei, mesmo quando o horror daquilo se contorceu em meu estômago. Contra a pele, as veias estavam pretas, um preto sólido, em formato de teia de aranha, que cobria suas pernas, como geada. — O curandeiro disse que nada podia ser feito, que tenho sorte de andar com o veneno ainda em minhas pernas. Talvez me mate um dia, talvez me deixe com alguma deficiência. Pelo menos partirei sabendo que matei a coisa primeiro.

O sangue em minhas veias pareceu gelar quando a mulher desceu a barra da calça. Se alguém na praça tinha visto, não ousou falar a respeito — ou se aproximar. E eu ouvira o bastante por um dia. Então, recuei um passo, me acalmando apesar do que ela havia contado e mostrado.

— Obrigada pelos avisos — agradeci.

A atenção da mulher se voltou para trás de mim, e ela me deu um sorriso levemente divertido.

— Boa sorte.

Então, a mão esguia de alguém se fechou em meu antebraço, me arrastando para longe. Eu sabia que era Nestha antes mesmo de olhar para ela.

— São perigosos — sussurrou minha irmã, os dedos se enterrando em meu braço conforme ela continuava me puxando para longe da mercenária. — Não chegue perto deles de novo.

Encarei Nestha por um momento, e, depois, Elain, cujo rosto ficara pálido e contraído.

— Tem alguma coisa que eu precise saber? — perguntei, baixinho. Não conseguia me lembrar da última vez em que Nestha tentara me avisar sobre alguma coisa; Elain era a única com quem ela se importava.

— São trogloditas e levarão qualquer moeda que conseguirem, mesmo que seja à força.

Olhei para a mercenária, que ainda estava examinando as peles novas.

— Ela roubou você?

— Não ela — murmurou Elain. — Um outro que passou. Só tínhamos algumas moedas, e ele se irritou, mas...

— Por que não o denunciou... ou me contou?

— O que você poderia ter feito? — indagou Nestha, com escárnio. — Desafiaria o homem para uma briga com seu arco e flecha? E quem neste esgoto de aldeia sequer ligaria se nós denunciássemos alguma coisa?

— E quanto a Tomas Mandray? — indaguei, com frieza.

Os olhos de Nestha brilharam, mas um movimento atrás de mim chamou sua atenção, e ela me lançou o que imaginei ser uma tentativa de um sorriso doce, provavelmente quando se lembrou do dinheiro que eu agora levava.

— Seu amigo está esperando você.

Eu me virei. De fato, Isaac observava do outro lado da praça, os braços cruzados ao se recostar contra uma construção. Embora fosse o filho mais velho do único fazendeiro abastado da aldeia, ainda estava magro devido ao inverno, e os cabelos castanhos ficaram ralos. Relativamente bonito, de fala mansa e reservado, mas com um toque sombrio que nos havia atraído um para o outro; aquela compreensão mútua de como nossas vidas eram desprezíveis e sempre seriam.

Nós nos conhecíamos superficialmente havia anos, desde que minha família tinha se mudado para a aldeia, mas nunca pensei muito em Isaac até que acabamos pegando a estrada principal juntos certa tarde. Só conversamos sobre os ovos que ele estava levando ao mercado; e eu admirava a variedade de cores dentro do cesto que Isaac carregava: marrons, escuros e claros, azuis e verdes dos mais pálidos. Simples, tranquilo, talvez um pouco esquisito, mas Isaac me deixou em meu chalé sem que eu me sentisse tão... só. Uma semana depois, eu o puxei para aquele celeiro decrépito.

Isaac fora meu primeiro e único amante nos dois anos em que nos encontrávamos. Às vezes nos encontrávamos toda noite durante uma semana; em outras, passávamos um mês sem nos ver. Mas era sempre igual: uma descarga de roupas jogadas e fôlegos compartilhados e línguas e dentes. De vez em quando, conversávamos, ou melhor, *Isaac* falava sobre as pressões e os fardos que o pai colocava sobre ele. Em geral, não soltávamos uma palavra o tempo todo. Eu não podia dizer que nosso jeito de fazer amor era especialmente habilidoso, mas, ainda assim, era uma libertação, um alívio, um pouco de egoísmo.

Não havia amor entre nós, e jamais houvera — pelo menos o que eu presumia que as pessoas queriam dizer quando falavam sobre amor —, mas parte de mim tinha ficado deprimida quando Isaac contou que em breve se casaria. Eu ainda não estava desesperada o bastante para pedir que ele me visse depois de casado.

Isaac inclinou a cabeça em um gesto familiar, e então desceu a rua para fora da aldeia e para o antigo celeiro no qual ele estaria esperando. Não éramos discretos a respeito de nossos encontros, mas tomávamos medidas para evitar que ficasse óbvio demais.

Nestha emitiu um estalo com a língua, cruzando os braços.

— Espero que vocês dois estejam tomando cuidado.

— É um pouco tarde para fingir que se importa — falei. Mas tomávamos cuidado. Como eu não podia pagar, o próprio Isaac tomava a mistura contraceptiva. Ele sabia que eu não o tocaria de outra maneira. Levei a mão ao bolso, tirando de dentro uma moeda de vinte. Elain inspirou fundo, e não me dei o trabalho de olhar para nenhuma das minhas irmãs quando coloquei a moeda na palma da mão dela e disse:

— Vejo vocês em casa.

Mais tarde, depois de jantar mais cervo, quando estávamos todos reunidos ao redor da lareira para um momento tranquilo antes de dormir, observei minhas irmãs sussurrando e rindo juntas. Parte de mim sempre as invejou pela proximidade. Tinham gastado até o último centavo do que dei a elas — em que, eu não sabia, embora

Elain tivesse trazido um novo cinzel para os trabalhos em madeira de nosso pai. O manto e as botas pelos quais haviam choramingado na noite anterior haviam sido caros demais. Mas não briguei com elas por isso, não quando Nestha saiu uma segunda vez para cortar mais lenha sem que eu pedisse. Felizmente, elas evitaram outro confronto com os Filhos dos Abençoados.

Meu pai cochilava na cadeira, a bengala sobre o joelho retorcido. Era um momento tão bom quanto qualquer outro para tocar no assunto de Tomas Mandray com Nestha. Eu me virei para ela, abrindo a boca.

Mas um rugido quase retumbante ressoou, e minhas irmãs gritaram quando a neve irrompeu na sala e uma silhueta enorme, grunhindo, surgiu à porta.

CAPÍTULO 4

Eu não sabia como o cabo de madeira de minha faca de caça tinha chegado à minha mão. Os primeiros movimentos foram um borrão dos grunhidos de uma besta gigantesca de pelos dourados, os gritinhos esganiçados de minhas irmãs, o frio lancinante que inundou a sala, o rosto aterrorizado de meu pai.

Não era um martax, percebi — embora o alívio tivesse durado pouco. A besta devia ser tão grande quanto um cavalo, e, mesmo tendo o corpo mais ou menos felino, a cabeça era distintamente lupina. Eu não sabia o que pensar dos chifres curvados como os de um cervo que despontavam da cabeça. Mas leão, cão ou cervo, não havia dúvida dos danos que as garras pretas semelhantes a adagas e as presas amareladas poderiam infligir.

Se eu estivesse sozinha no bosque, poderia ter me deixado consumir pelo medo, poderia cair de joelhos e implorar por uma morte limpa e rápida. Mas não tinha tempo de sentir terror, não daria ao medo o mínimo espaço, apesar de meu coração latejar desesperadamente em meus ouvidos. De algum modo, acabei diante de minhas irmãs, mesmo quando a criatura se apoiou sobre as pernas traseiras e gritou com a boca cheia de presas:

— *ASSASSINOS!*

Mas foi outra palavra que ecoou em minha mente:

Feérico.

Aquelas palavras ridículas no portal serviam tanto quanto teias de aranha contra ele. Eu deveria ter perguntado à mercenária como ela matara aquele feérico. Mas o pescoço grande da besta... aquilo parecia um bom lar para minha faca.

Ousei olhar por cima do ombro. Minhas irmãs gritavam, ajoelhadas contra a parede da lareira, e meu pai estava agachado diante delas. Outro corpo para defender. Estupidamente, dei outro passo na direção do feérico, mantendo a mesa entre nós, lutando contra a tremedeira em minha mão. O arco e a flecha estavam do outro lado da sala, além da besta. Eu precisaria passar por ela para pegar a flecha de freixo — e ganhar tempo o suficiente para atirá-la.

— *ASSASSINOS!* — rugiu a besta de novo, os pelos eriçados.

— P-por favor — balbuciou meu pai atrás de mim, incapaz de encontrar forças para ficar ao meu lado. — O que quer que tenhamos feito, foi sem saber, e...

— N-n-nós não matamos ninguém — acrescentou Nestha, engasgando nos soluços, o braço erguido sobre a cabeça, como se aquele minúsculo bracelete de ferro funcionasse contra a criatura.

Peguei outra faca da mesa, que era o melhor que poderia fazer, a não ser que encontrasse um jeito de alcançar a aljava.

— Saia — disparei para a criatura, brandindo as facas diante de mim. Não havia nenhum ferro à vista que eu pudesse usar como arma, a não ser que atirasse os braceletes das minhas irmãs contra ele. — Saia e não volte. — Embora as palavras fossem ríspidas, meus joelhos tremiam, e tive dificuldades em manter meu domínio das facas. Um prego, eu pegaria uma porcaria de prego de ferro se estivesse disponível.

A besta gritou comigo em resposta, e o chalé inteiro estremeceu, os pratos e as xícaras chacoalharam uns contra os outros. Mas, com o grito, o animal deixou o enorme pescoço exposto. Eu não era boa no arremesso, mas atirei a faca de caça mesmo assim.

Rápido — tão rápido que mal consegui ver —, a besta golpeou com a pata, lançando a faca pelos ares no momento em que disparou contra meu rosto com os dentes.

Dei um salto para trás, quase tropeçando sobre meu pai, encolhido. O feérico poderia ter me matado; poderia, mas o ataque tinha sido um aviso. Nestha e Elain, chorando, rezavam para quaisquer deuses havia muito esquecidos que ainda pudessem estar à espreita.

— *QUEM O MATOU?* — A criatura caminhou até nós. Ela apoiou a pata na mesa, e o móvel rangeu sob seu peso. As garras emitiam um som seco à medida que cada uma delas cravava na madeira.

Ousei dar mais um passo à frente enquanto a besta empinava seu focinho sobre a mesa para nos farejar. Seus olhos eram verdes, salpicados de âmbar. Não eram olhos de animal, não com aquele formato e cor. Minha voz saiu surpreendentemente tranquila quando questionei:

— Matou quem?

A besta grunhiu, um ruído baixo que fez o lobo na floresta parecer um filhotinho.

— O lobo — disse a fera, e meu coração quase parou. O rugido tinha sumido, mas a ira permanecia, talvez até mesmo um toque de tristeza.

O choro de Elain atingiu um tom estridente. Mantive o queixo erguido.

— Um lobo?

— Um enorme lobo, com pelagem cinza — grunhiu a besta em resposta. Será que saberia se eu mentisse? Feéricos não podiam mentir, todos os mortais sabiam disso, mas será que podiam farejar as mentiras nas línguas humanas? Não tínhamos chance de escapar daquilo lutando, mas talvez houvesse outras saídas.

— Caso ele tenha sido morto por *engano* — falei para a besta o mais calmamente possível —, que pagamento poderíamos oferecer em troca? — Aquilo era um pesadelo, e eu acordaria rapidamente ao lado da lareira, exausta pelo dia no mercado e pela tarde com Isaac.

A besta soltou um latido que poderia ter sido uma risada amarga. Ela empurrou a mesa para caminhar em um pequeno círculo diante da porta destruída. O frio era tão intenso que estremeci.

— O pagamento que devem oferecer é aquele exigido pelo Tratado entre nossos reinos.

— Por um lobo? — repliquei, e meu pai murmurou meu nome como advertência. Eu tinha vagas lembranças de ouvir o Tratado lido para mim durante as aulas na infância, mas não me lembrava de nada sobre lobos...

A fera se virou para mim.

— Quem matou o lobo?

Encarei aqueles olhos de jade.

— Fui eu.

O animal piscou e, então, olhou para minhas irmãs, depois de volta para mim, para minha magreza, sem dúvida enxergando apenas fragilidade.

— Certamente está mentindo para salvá-las.

— Nós não matamos nada! — choramingou Elain. — Por favor... *por favor*, poupe-nos! — Nestha calou Elain subitamente com o próprio choro, mas empurrou nossa irmã mais para trás de si. Meu peito se apertou ao ver aquilo.

Meu pai ficou de pé, grunhindo devido à dor na perna enquanto cambaleava, mas, antes que conseguisse caminhar até mim, repeti:

— Fui eu. — A besta, que farejava minhas irmãs, me avaliou. Endireitei os ombros. — Vendi a pele no mercado hoje. Se soubesse que era um feérico, não o teria tocado.

— Mentirosa — disparou a besta. — Você sabia. Teria ficado mais tentada a matá-lo se soubesse que era um dos meus.

Verdade, verdade, verdade.

— Pode me culpar?

— Ele atacou você? Você foi provocada?

Abri a boca para dizer que sim, mas...

— Não — respondi, soltando um grunhido também. — Mas considerando tudo o que os seus fizeram conosco, considerando o que os seus ainda *fazem* conosco, mesmo que soubesse, sem sombra de dúvida, foi merecido. — Melhor morrer com a cabeça erguida a morrer feito um verme, encolhida e covarde.

Mesmo que o grunhido de resposta da criatura fosse a definição da ira e do ódio.

A luz da lareira refletiu nas presas expostas do animal, e imaginei qual seria a sensação de tê-las em meu pescoço, e a que altura minhas irmãs gritariam antes que também morressem. Mas eu soube, com uma clareza repentina e certa, que Nestha ganharia tempo para que Elain fugisse. Não para meu pai, por quem sentia rancor com todo o coração de aço. Não para mim, porque Nestha sempre soubera e odiara que ela e eu fôssemos dois lados da mesma moeda, e que eu pudesse travar minhas próprias batalhas. Mas Elain, a jardineira de flores, o coração carinhoso... Nestha morreria lutando por ela.

Foi esse lampejo de percepção que me fez apontar a faca que me restava contra a besta.

— Qual é o pagamento que o Tratado requer?

Os olhos do animal não deixaram meu rosto à medida que ele falava:

— Uma vida por outra. Qualquer ataque não provocado contra feéricos, por humanos, só pode ser pago com uma vida humana em troca.

Minhas irmãs pararam de chorar. A mercenária na aldeia tinha matado um feérico... mas ele a atacara primeiro.

— Eu não sabia — afirmei. — Não sabia dessa parte do Tratado.

Feéricos não podiam mentir, e ele foi bem direto, sem distorcer palavras.

— A maioria de vocês mortais escolheu se esquecer dessa parte do Tratado — disse a besta —, o que torna puni-los muito mais prazeroso.

Meus joelhos falharam. Não podia escapar daquilo, não podia fugir daquilo. Não podia sequer correr, pois o animal tinha bloqueado o único caminho até a porta.

— Faça-o do lado de fora — sussurrei, as palavras falhando. — Não... aqui. — Não onde minha família precisará limpar meu sangue e meus restos. Isso se a besta os deixasse viver.

O feérico bufou com uma risada cruel.

— Disposta a aceitar seu destino tão facilmente? — Quando eu apenas o encarei, o feérico disse: — Por ter a coragem de sugerir *onde* eu deveria matar você, vou lhe contar um segredo, humana: Prythian deve reivindicar sua vida de algum modo pela vida que lhe tirou. Então, como representante do reino imortal, posso estripá-la feito um suíno ou... você pode atravessar a muralha e passar o resto de seus dias em Prythian.

Pisquei.

— O quê?

Ele repetiu devagar, como se eu fosse, de fato, tão burra quanto um suíno:

— Pode morrer esta noite ou oferecer sua vida a Prythian e morar lá para sempre, abrindo mão do reino humano.

— Faça isso, Feyre — sussurrou meu pai atrás de mim. — Vá.

Não olhei para ele quando falei:

— Morar *onde*? Cada centímetro de Prythian é letal para nós. — Seria melhor eu morrer naquela noite que viver em terror absoluto do outro lado da muralha, até encontrar meu fim de um jeito sem dúvida ainda mais terrível.

— Tenho terras — disse o feérico, baixinho, quase relutante. — Darei permissão para que more nelas.

— Por que se incomodar? — Talvez essa fosse a pergunta de um tolo, mas...

— Você assassinou meu amigo — grunhiu a besta. — Assassinou e escalpelou seu cadáver, vendeu-o no mercado e depois disse que ele *mereceu*; mesmo assim, tem a audácia de questionar minha generosidade? — *Tipicamente humano*, ele pareceu acrescentar em silêncio.

— Não precisava mencionar a brecha no Tratado. — Eu me aproximei tanto que conseguia sentir o hálito quente do feérico em meu rosto. Feéricos de fato não podiam mentir, mas eles podiam omitir informações.

A besta grunhiu de novo.

— Tolice minha me esquecer de que humanos têm uma opinião tão baixa a nosso respeito. Vocês, humanos, não entendem mais o que é misericórdia? — censurou ele, as presas a centímetros do meu pescoço. — Vou deixar bem claro para você, menina: pode vir viva para minha casa em Prythian, oferecer sua vida pela do lobo dessa maneira, ou pode sair agora mesmo e ser destroçada. Sua escolha.

Os passos hesitantes de meu pai soaram antes de ele segurar meu ombro.

— Por favor, bom senhor, Feyre é minha caçula. Imploro para que a poupe. Ela é tudo... ela é tudo... — No entanto, o que queria dizer morreu na garganta do meu pai quando a besta rugiu de novo. Mas ao ouvir aquelas poucas palavras que ele conseguiu dizer, o esforço que tinha feito... foi como uma lâmina contra minha barriga. Meu pai tremeu, encolhendo o corpo quando implorou: — Por favor...

— *Silêncio* — disparou a criatura, e o ódio fervilhou tão forte em mim que foi difícil não correr e enfiar a adaga em seu olho. Mas, quando cheguei a levantar o braço, soube que o animal fecharia a boca em meu pescoço.

— Posso conseguir ouro... — disse meu pai, e meu ódio se dissolveu. O único modo de ele conseguir dinheiro era mendigando. Mesmo assim, teria sorte se conseguisse algumas moedas de cobre. Eu tinha visto como os abastados eram impiedosos em nossa aldeia. Já fazia anos que eu sabia que os monstros em nosso reino mortal eram tão ruins quanto aqueles do outro lado da muralha.

A besta riu com escárnio.

— Quanto vale a vida de sua filha para você? Acha que equivale a uma quantia?

Nestha ainda mantinha Elain atrás de si. O rosto de Elain estava tão pálido que se igualava à neve que caía pela porta aberta. Mas, com as sobrancelhas abaixadas, Nestha monitorava cada movimento que a criatura fazia. Ela nem se importou de olhar para meu pai, como se já soubesse qual era a resposta.

Quando ele não respondeu, ousei dar outro passo na direção da fera, atraindo sua atenção para mim. Eu precisava tirá-la dali — afastá-la da minha família. Pelo modo como o animal afastou minha faca, qualquer esperança de escapar estava em, de algum modo, surpreendê-lo. Com a audição aguçada do feérico, eu duvidava de que teria qualquer chance em algum momento, pelo menos até ele acreditar que eu era dócil. Se tentasse atacar o animal ou fugir antes disso, ele destruiria minha família por diversão. E então me encontraria de novo. Eu não tinha escolha a não ser partir. Depois, encontraria uma oportunidade de cortar a garganta do animal. Ou pelo menos debilitá-lo o suficiente para fugir.

Contanto que os feéricos não conseguissem me encontrar de novo, não poderiam me fazer cumprir o Tratado. Mesmo que isso me tornasse uma amaldiçoada quebradora de juramentos. Mas, se fosse com a besta, estaria quebrando a promessa mais importante que eu já fizera. Isso com certeza vencia um tratado antigo que eu nem sequer havia assinado.

Soltei o cabo da adaga que me restava e encarei os olhos verdes em um longo silêncio antes de dizer:

— Quando partimos?

Aquelas feições lupinas permaneceram ferozes, cruéis. Qualquer esperança teimosa de resistência morreu quando o animal foi até a porta — não, até a aljava que eu tinha deixado atrás dela. Ele pegou a flecha de freixo, farejou e grunhiu. Com dois movimentos, o animal partiu a flecha ao meio e a jogou na fogueira atrás das minhas irmãs antes de se voltar para mim. Eu conseguia sentir o cheiro de minha ruína em seu hálito quando o animal decretou:

— Agora.

Agora. Até mesmo Elain ergueu a cabeça para me encarar com horror mudo. Mas não podia olhar para ela, não podia olhar para Nestha; não quando ainda estavam agachadas ali, ainda em silêncio. Eu me virei para meu pai. Os olhos dele estavam marejados, então olhei para os poucos armários que tínhamos. Narcisos desbotados, amarelos demais, se curvavam sobre os puxadores. *Agora*.

A besta caminhou de um lado para outro em frente à porta. Eu não queria contemplar para onde iria ou o que faria comigo. Correr seria tolice até que fosse o momento certo.

— O cervo vai durar duas semanas — falei para meu pai, enquanto reunia minhas roupas para me proteger do frio. — Comece com a carne fresca, então passe para a carne já seca, você sabe como fazer isso.

— Feyre... — sussurrou meu pai, mas segui enquanto fechava o manto.

— Deixei o dinheiro das peles na cômoda — avisei. — Vai durar um tempo, se forem cuidadosos. — Finalmente, olhei para meu pai de novo e me permiti memorizar as feições de seu rosto. Meus olhos arderam, mas pisquei para afastar as lágrimas quando enfiei as mãos nas luvas gastas. — Quando a primavera chegar, cacem perto da vegetação ao sul da grande curva do rio Nascente de Prata; os coelhos fazem as tocas ali. Peçam... peçam a Isaac Hale que mostre como montar armadilhas. Ensinei a ele no ano passado.

Meu pai assentiu, cobrindo a boca com uma das mãos. A besta grunhiu como advertência e saiu noite afora. Fiz menção de a seguir, mas parei a fim de observar minhas irmãs, ainda agachadas ao lado da lareira, como se não ousassem se mover até que eu fosse embora.

Elain disse meu nome sem emitir som, mas continuou encolhida, mantendo a cabeça baixa. Então, me voltei para Nestha, cujo rosto era tão parecido com o de minha mãe, tão frio e determinado.

— O que quer que faça — disse eu, baixinho —, não se case com Tomas Mandray. O pai dele bate na mulher, e nenhum dos filhos faz nada para impedir. — Os olhos de Nestha se arregalaram, mas acrescentei: — Hematomas são mais difíceis de esconder do que pobreza.

Nestha enrijeceu o corpo, mas não disse nada — nenhuma de minhas irmãs disse algo — à medida que me dirigia à porta aberta. Mas a mão de alguém se fechou em meu braço, me puxando até que eu parasse.

Quando me virei para olhar para ele, meu pai abriu e fechou a boca. Do lado de fora, a besta, sentindo que eu tinha sido detida, emitiu um grunhido estrondoso na direção do chalé.

— Feyre — disse meu pai. Seus dedos tremeram quando ele segurou minhas mãos enluvadas, mas seus olhos ficaram mais nítidos e mais decididos do que eu vira em anos. — Você sempre foi boa demais para este lugar, Feyre. Boa demais para nós, boa demais para qualquer um. — Ele apertou minhas mãos. — Se algum dia fugir, se convencê-los de que pagou sua dívida, não volte.

Eu não esperava um adeus de partir o coração, mas não imaginava *aquilo* também.

— *Jamais* volte — aconselhou meu pai, soltando minhas mãos para me sacudir pelos ombros. — Feyre. — Meu pai disse meu nome às pressas, engolindo em seco. — Vá para algum lugar novo e construa sua reputação lá.

Ao longe, a besta era apenas uma sombra me chamando para um destino que eu, sem querer, tinha infligido a mim mesma e a minha família. Uma vida por outra... mas e se a vida oferecida como pagamento também significasse a perda de outras três? Só esse pensamento me deu coragem, me fez voltar à realidade.

Eu jamais contei a meu pai sobre a promessa que tinha feito à mamãe, e não havia por que explicar agora. Então me desvencilhei dele e saí.

Deixei que os sons da neve estalando sob meus pés levassem as palavras de meu pai enquanto seguia a fera para o bosque envolto pela noite.

CAPÍTULO 5

Cada passo em direção ao limite das árvores era ágil demais, me carregava rápido demais para qualquer que fosse o tormento e a infelicidade que me aguardavam. Não ousei olhar para trás, para o chalé.

Entramos no limite da floresta. A escuridão acenava adiante.

Uma égua branca aguardava pacientemente — sem arreio — ao lado de uma árvore, a pelagem feito neve recém-caída ao luar. A égua apenas abaixou a cabeça — em sinal de *respeito*, entre todos os sentimentos — quando a besta caminhou devagar até ela.

O feérico fez um gesto com a enorme pata para que eu montasse. Ainda assim, a égua permaneceu calma, mesmo quando a besta passou perto o bastante para estripá-la com um movimento. Fazia anos desde que eu montara, e só o fizera em um pônei, mas aproveitei o calor da égua contra meu corpo semicongelado quando subi na sela. Ela começou a andar. Sem luz para me guiar, deixei que a égua seguisse a besta. Os dois eram quase do mesmo tamanho. Não fiquei surpresa quando seguimos para o norte — em direção ao território dos feéricos —, embora meu estômago estivesse tão apertado que doía.

Viver com ele. Eu poderia viver o resto de minha vida mortal nas terras dele. Talvez aquilo fosse misericordioso, mas o feérico não havia especificado de que maneira, exatamente, eu viveria. O Tratado proibia feéricos de nos escravizar, mas talvez isso excluísse humanos que assassinavam feéricos.

Nós provavelmente seguiríamos para qualquer que fosse a fenda na muralha que o feérico tinha usado para chegar ali, para me roubar. E depois que passássemos pela muralha invisível, depois que estivéssemos em Prythian, não haveria como minha família me encontrar. Eu seria pouco mais que um cordeiro em um reino de lobos. Lobos... lobo.

Assassinei um feérico. Era o que eu tinha feito.

Minha garganta secou. Eu havia matado um feérico. Mas ele parecia e dava a impressão de que era um lobo. Não conseguia me sentir mal por aquilo. Não com a família que deixara para trás, certamente para morrer de fome; não quando significava menos uma criatura cruel, terrível, no mundo. A besta tinha queimado minha flecha de freixo — então eu dependeria de sorte para conseguir sequer uma farpa da madeira de novo se algum dia tivesse a chance de matá-la. Ou detê-la.

O conhecimento dessa fraqueza, da suscetibilidade deles ao freixo, era o único motivo pelo qual tínhamos sobrevivido contra os Grão-Feéricos durante o antigo levante; um segredo traído por um dos próprios feéricos.

Meu sangue gelou ainda mais conforme, inutilmente, procurei por algum sinal do tronco estreito e da explosão de galhos que eu sabia ser a marca dos freixos. Jamais vira a floresta tão quieta. O que quer que estivesse lá fora, devia ser manso comparado à besta ao meu lado, apesar da tranquilidade da égua perto dela. Eu esperava que a fera mantivesse outros feéricos distantes de nós depois que entrássemos no reino.

Prythian. A palavra era como um prenúncio de morte que ecoava dentro de mim sem parar.

Terras... ele dissera que tinha terras, mas que tipo de residência? Minha égua era linda, e a sela era feita de couro exuberante, o que significava que ele tinha algum tipo de contato com a vida civilizada. Eu jamais ouvira coisas específicas sobre como era a vida dos feéricos ou dos Grão-Feéricos; nunca ouvi muito a respeito de nada, a não ser sobre suas habilidades e seus apetites mortais. Segurei as rédeas com força para evitar que minhas mãos tremessem.

Havia poucos relatos sobre a própria Prythian. Os mortais que atravessavam a muralha — por vontade própria, como tributos dos Filhos dos Abençoados, ou roubados — jamais voltavam. Eu aprendera sobre a maioria das lendas com os aldeões, embora meu pai, ocasionalmente, oferecesse um ou outro conto mais leve nas noites em que fazia uma tentativa de se lembrar que existíamos.

Até onde eu sabia, os Grão-Feéricos ainda governavam as partes ao norte de nosso mundo — de nossa enorme ilha sobre o mar estreito que nos separava do imenso continente, passando pelos fiordes de profundidade infinita, as terras congeladas e os desertos cobertos de areia, até chegar ao enorme oceano do outro lado. Alguns territórios feéricos eram impérios; outros eram governados por reis e rainhas. E havia lugares como Prythian, divididos e governados por sete Grão-Feéricos, seres de poder tão inabalável que, segundo as lendas, podiam derrubar edifícios, destruir exércitos e massacrar uma pessoa antes que ela conseguisse piscar. Eu não duvidava.

Ninguém jamais me contou por que humanos tinham escolhido permanecer em nosso território quando tão pouco espaço fora concedido a nós, e ainda por cima tão próximo de Prythian. Tolos — quaisquer humanos que tivessem permanecido depois da Guerra deviam ser tolos suicidas para viver tão perto de Prythian. Mesmo com o Tratado secular entre os reinos dos mortais e dos feéricos, havia fendas na muralha enfeitiçada que separava nossas terras, buracos grandes o bastante para que aquelas criaturas letais entrassem em nosso território a fim de se divertir ao nos atormentar.

Esse era o lado de Prythian que os Filhos dos Abençoados jamais ousavam reconhecer. Talvez um lado de Prythian que eu em breve testemunharia. Meu estômago se revirou. *Viver com ele*, eu me lembrei, diversas e diversas vezes. *Viver*, não morrer.

Embora eu imaginasse que também pudesse *viver* em um calabouço. Ele provavelmente me trancafiaria e se esqueceria de minha existência, se esqueceria de sequer me alimentar, se esqueceria de que humanos precisam de coisas como comida e água e calor.

Caminhando à frente, os chifres da besta espiralavam em direção ao céu noturno, e fiapos de respiração quente se formavam em seu focinho. Precisávamos montar acampamento em algum momento — a fronteira de Prythian ficava a dias dali. Depois que parássemos, eu ficaria acordada a noite inteira e jamais o perderia de vista. Embora o feérico tivesse queimado minha flecha de freixo, eu tinha escondido a faca restante no manto. Talvez aquela noite me garantisse uma oportunidade de usá-la.

Mas não era meu destino que eu contemplava conforme me deixava mergulhar na depressão, no ódio e no desespero. À medida que seguíamos, com apenas o ruído da neve sendo esmagada sob patas e cascos, eu alternava entre uma arrogância desprezível ao pensar em minha família morrendo de fome e perceber o quanto eu era importante, e um desespero ofuscante ao pensar em meu pai pedindo dinheiro nas ruas, a perna destruída cedendo à medida que ele tropeçava de pessoa em pessoa. E sempre que eu olhava para a besta, podia ver meu pai caminhando com dificuldade pela aldeia, implorando por uma moeda, a fim de manter minhas irmãs vivas. Pior que isso... a que ponto Nestha poderia chegar para manter Elain viva. Ela não se importaria se meu pai morresse. Mas mentiria e roubaria e venderia qualquer coisa por Elain; e por si mesma também.

Observei o modo como o feérico se movia, tentando encontrar qualquer — *qualquer* — fraqueza. Não encontrei nenhuma.

— Que tipo de feérico é você? — perguntei, as palavras quase engolidas pela neve e pelas árvores e pelo céu carregado de estrelas.

A besta não se deu o trabalho de se virar. Não se deu o trabalho de dizer nada. Justo. Eu havia matado seu amigo, no fim das contas.

Tentei de novo:

— Você tem nome? — Ou qualquer coisa que eu pudesse usar para xingá-lo.

A fera soltou uma lufada de ar que poderia ser uma risada amarga.

— Isso ao menos importa para você, humana?

Não respondi. O feérico poderia muito bem mudar de ideia a respeito de poupar minha vida.

Mas talvez eu escapasse antes de ele decidir me estripar. Pegaria minha família e nos esconderíamos em um navio, velejaríamos para longe, muito longe. Talvez eu tentasse matá-lo, independentemente da futilidade do ato, independentemente de isso ser outro ataque não provocado, apenas por ser aquele que reclamou minha vida — minha *vida*, quando aqueles feéricos davam tão pouco valor a nossas vidas. A mercenária tinha sobrevivido; talvez eu também pudesse. Talvez.

Abri a boca para perguntar mais uma vez o nome dele, mas um grunhido de irritação saiu de dentro do animal. Eu não tive chance de lutar, de revidar, quando um odor metálico e forte penetrou meu nariz. A exaustão recaiu sobre mim, e a escuridão me engoliu inteira.

✠

Acordei com um sobressalto em cima da égua, que estava amarrada por cordas invisíveis. O sol já estava alto.

Magia... fora esse o odor, era o que me mantinha montada, mantinha meus braços e pernas bem presos, evitando que eu pegasse a faca. Reconheci o poder no fundo dos ossos, a partir de alguma memória coletiva e terror mortais. Quanto tempo a magia tinha me mantido inconsciente? Quanto tempo *ele* tinha me mantido inconsciente, em vez de falar comigo? Dois dias; levou dois dias do meu chalé até chegarmos à muralha e atravessarmos a fronteira mais ao sul de Prythian. Será que fiquei mesmo presa em um sono enfeitiçado por tanto tempo?

Trincando os dentes, poderia ter exigido respostas dele — ter gritado para onde o feérico ainda seguia lentamente adiante, ignorando minha presença. Mas, então, pássaros cantando passaram por mim, e uma brisa leve beijou meu rosto. Vi um portão de metal ladeado por uma cerca viva adiante.

Minha prisão ou minha salvação... não pude decidir.

O portão se abriu sem porteiro ou sentinela, e a besta seguiu para atravessá-lo. Querendo eu ou não, minha égua seguiu.

Capítulo 6

A propriedade se espalhava por uma ampla terra verde. Eu jamais vira nada como aquilo; mesmo nossa antiga mansão não se comparava. Estava coberta de rosas e hera, com pátios e varandas, e escadas se projetando das laterais de alabastro. A propriedade era cercada pelo bosque, mas se estendia tão longe que eu mal conseguia ver o limite distante da floresta. Tanta cor, tanta luz do sol e movimento e textura... Eu mal conseguia absorver aquilo tão rápido. Pintar seria inútil, jamais faria justiça. Minha percepção poderia ter subjugado o medo, caso o lugar não estivesse tão completamente vazio e silencioso. Mesmo o jardim pelo qual caminhávamos parecia calado e dormente. Acima da variedade de íris ametista, amarilidáceas brancas e narcisos amarelo-manteiga que oscilavam à brisa fragrante, o leve odor de metal chegou a minhas narinas.

É claro que se tratava de magia, porque era primavera ali. Que poder miserável eles tinham que tornava suas terras tão diferentes das nossas, que permitia controlarem as estações e o clima como se fossem donos destes? Suor escorreu por minhas costas conforme as camadas de roupa se tornaram sufocantes. Virei os punhos e me mexi na sela. Quaisquer que fossem as amarras que me seguravam, tinham sumido.

O feérico serpenteou adiante, saltando agilmente os degraus da grandiosa escada de mármore que dava para as enormes portas de carvalho, em um potente movimento fluido. As portas, com dobradiças silenciosas, se abriram para ele, e o animal entrou. Planejara aquela chegada, sem dúvida; ele me mantivera inconsciente para que eu não soubesse onde estava, assim não descobriria o caminho de casa, ou que outros territórios feéricos mortais poderiam espreitar entre mim e a muralha. Tateei em busca da faca, mas encontrei apenas frangalhos.

Ao pensar naquelas garras tocando meu manto em busca da faca, minha boca secou. Afastei o ódio, o terror e o nojo quando a égua parou sozinha ao pé da escadaria. A mensagem era bem clara. A mansão imponente parecia observar, esperar.

Olhei por cima do ombro, na direção dos portões ainda abertos. Se fosse correr, tinha de ser naquele momento.

Sul... tudo o que eu precisava fazer era ir para o sul, e por fim chegaria à muralha. Se não encontrasse nada antes disso. Puxei as rédeas da égua, mas ela permaneceu parada, mesmo quando enfiei os calcanhares em seus flancos. Soltei um assobio baixo e agudo. Tudo bem. A pé.

Meus joelhos falharam quando cheguei ao chão; lampejos de raios ofuscaram minha visão. Segurei a sela e encolhi o corpo enquanto a dor e a fome arruinavam meus sentidos. Agora... eu precisava partir *agora*. Fiz menção de me mover, mas o mundo ainda girava, piscando.

Apenas um tolo fugiria sem comida, sem forças. Eu não cobriria meio quilômetro daquele jeito. Não seguiria meio quilômetro antes que ele me alcançasse e me deixasse em frangalhos, como tinha prometido.

Inspirei fundo e estremeci. Comida... conseguir comida e, *depois*, correr no próximo momento oportuno. Parecia um plano sólido o bastante.

Quando eu me senti firme o suficiente para andar, deixei a égua na base das escadas, subindo um degrau por vez. Com a respiração presa no peito, passei pelas portas abertas e fui para as sombras da casa.

Do lado de dentro, era ainda mais opulenta. Mármore reluzia aos meus pés, em um xadrez preto e branco, estendendo-se por inúmeras portas e uma escada em curva. Um longo corredor se estendia adiante até as imensas portas de vidro do outro lado da casa, e, através delas, vi um segundo jardim, maior que aquele da frente. Nenhum sinal de calabouço; nenhum grito ou súplica subia de ocultas câmaras inferiores. Não, apenas o grunhido baixo vindo de um quarto próximo, tão profundo que chacoalhou os vasos cheios de fartos buquês de hortênsias que adornavam mesas espalhadas pelo corredor. Como que em resposta, um par de portas de madeira polida se abriu à minha esquerda. Um comando se seguiria.

Meus dedos estremeceram quando esfreguei os olhos. Eu sabia que os Grão-Feéricos tinham, um dia, construído palácios e templos ao redor do mundo — construções que meus ancestrais mortais destruíram depois da Guerra, por desprezo —, mas jamais considerei como poderiam viver atualmente, a elegância e a riqueza que poderiam possuir. Jamais contemplei que os feéricos, aqueles monstros bestiais, poderiam possuir propriedades maiores que qualquer residência mortal. Talvez os boatos sobre Prythian ser um lugar cruel e terrível estivessem errados.

Fiquei tensa ao entrar na sala.

Uma mesa longa — mais longa que qualquer uma que já tivemos em nossa mansão — ocupava a maior parte do espaço. Estava coberta de comida e vinho; tantas comidas, algumas fumegando com fiapos de vapor, que minha boca se encheu d'água. Pelo menos eram familiares, e não alguma bizarra iguaria feérica: frango, pão, ervilhas, peixe, aspargo, cordeiro... poderia ser um banquete em qualquer casa mortal. Outra surpresa, se não completamente inútil. A besta caminhou até a cadeira imensa na ponta da mesa.

Fiquei no portal, encarando a comida, toda aquela comida quente e maravilhosa... que eu não podia comer. Essa era a primeira regra que nos ensinavam quando crianças, em geral por músicas ou cânticos: se o azar o levasse à companhia de um feérico, jamais deveria beber de seu vinho, jamais deveria comer de sua comida. Nunca. A não ser que quisesse terminar escravizado, pela mente e pela alma; a não ser que quisesse acabar arrastado para Prythian. Bem, a segunda parte já acontecera, mas eu podia ter a chance de evitar a primeira.

A besta afundou na cadeira, a madeira rangeu e, com um clarão de luz branca, a criatura se transformou em um homem de cabelos dourados.

Contive um grito e pressionei o corpo contra a parede ao lado da porta, tateando em busca do batente, tentando medir a distância entre eu e a fuga. Aquela besta não era um homem, não era um feérico inferior. Ele era um dos Grão-Feéricos, um dos nobres governantes: lindo, letal e impiedoso.

Era jovem... ou o que eu podia ver do rosto dele parecia jovem. O nariz, as bochechas e a testa estavam escondidos por uma exótica máscara dourada, encrustada de esmeralda, com o formato de redemoinhos ou folhas. Alguma moda absurda dos Grão-Feéricos, sem dúvida. Ela só deixava à vista os olhos do feérico — exatamente como eram na forma animal —, o maxilar forte e a boca. A boca se contraiu em uma linha fina.

— Você deveria comer alguma coisa — disse ele. Diferentemente da elegância da máscara, a túnica verde-escura que o feérico usava era bastante simples, acentuada apenas por um boldrié de couro sobre o peito largo. Era mais para lutas que por estilo, mesmo que ele não carregasse armas que eu pudesse detectar. Não era apenas um dos Grão-Feéricos, mas... um guerreiro também.

Eu não queria ponderar sobre o que levava o feérico a usar trajes de guerreiro, e tentei não olhar muito para o couro do boldrié, que reluzia à luz do sol filtrada pelo conjunto de janelas atrás dele. Eu não via um céu sem nuvens como aquele havia meses. O feérico encheu um copo com o vinho de um decantador de cristal exótico e bebeu com gosto. Como se precisasse.

Eu me aproximei da porta, o coração batendo tão rápido que pensei que vomitaria. O metal frio das dobradiças da porta atingiu meus dedos. Se fosse rápida, poderia sair da casa e disparar para o portão em segundos. Ele sem dúvida era mais rápido, mas empurrar alguns daqueles lindos móveis do corredor em seu caminho poderia detê-lo. E os ouvidos feéricos — com os arcos delicados e pontiagudos — captariam qualquer farfalhar de movimento meu.

— Quem é você? — Consegui perguntar. Os cabelos dourado-claro do feérico eram muito parecidos com a cor do pelo de sua forma bestial. Aquelas garras gigantes sem dúvida ainda espreitavam, logo abaixo da superfície da pele.

— Sente-se — ordenou o feérico, bruscamente, gesticulando com a mão enorme para indicar a mesa. — Coma.

Repassei os cânticos na cabeça diversas vezes. Não valia a pena... aplacar minha fome voraz definitivamente não valia o risco de ter mente e alma escravizadas.

O feérico soltou um grunhido baixo.

— A não ser que prefira desmaiar?

— Não é seguro para humanos. — Fui capaz de dizer, pouco importava se o ofendesse.

O feérico deu uma risada abafada. Mais feroz que qualquer outra coisa.

— A comida é adequada para você comer, humana. — Aqueles estranhos olhos verdes se fixaram em mim, como se o feérico pudesse detectar cada músculo em meu corpo que estava ansioso para fugir. — Saia, se quiser — acrescentou ele, exibindo os dentes. — Não sou seu carcereiro. Os portões estão abertos, pode morar em qualquer lugar de Prythian.

E, sem dúvida, ser devorada e atormentada por um feérico desprezível. Mas, embora cada centímetro daquele lugar fosse civilizado e limpo e lindo, eu precisava fugir, precisava voltar para minha família. Aquela promessa a minha mãe, por mais que ela fosse fria e vã, era tudo o que eu tinha. Não fiz nenhum movimento em direção à comida.

— Tudo bem — respondeu ele, a palavra entrelaçada em um grunhido, e começou a se servir.

Eu não precisei enfrentar as consequências de uma segunda recusa, pois alguém passou por mim, dirigindo-se para a cabeceira da mesa.

— Então? — disse o estranho, outro Grão-Feérico: cabelos ruivos, bem-vestido, com uma túnica prateada fosca. Ele também usava uma máscara. O estranho ensaiou um gesto de reverência para o macho sentado, então cruzou os braços. De algum modo, ele não viu onde eu estava, ainda pressionada contra a parede.

— Então *o quê*? — Meu captor inclinou a cabeça, o movimento mais animal que humano.

— Andras está morto, então?

Um aceno de cabeça de meu captor... ou salvador, o que quer que ele fosse.

— Sinto muito — disse ele, em voz baixa, para o estranho.

— Como? — indagou o estranho, os nós dos dedos esbranquiçados quando ele os fechou sobre os braços musculosos.

— Uma flecha de freixo — respondeu o outro. O companheiro de cabelos ruivos sibilou. — O conjuro do Tratado me levou à mortal. Dei refúgio a ela.

— Uma garota... uma garota mortal matou Andras. — Não foi uma pergunta, mas uma cadeia de palavras envoltas em veneno. O estranho olhou para a ponta da mesa, na qual estava minha cadeira vazia. — E o conjuro indicou a garota como responsável.

O de máscara dourada deu uma risada baixa e amarga e apontou para mim.

— A magia do Tratado me levou direto à porta dela.

O estranho se virou com graciosidade fluida. Sua máscara era de bronze, inspirada nas feições de uma raposa, e ocultava tudo, exceto pela parte inferior do rosto — junto ao que parecia ser uma cicatriz cruel, que cortava desde a testa até o maxilar. Não escondia o olho que estava faltando... ou a órbita dourada, entalhada, que substituía o olho e se *movia* como se o feérico pudesse usá-la. A órbita se fixou em mim.

Mesmo do outro lado da sala, eu podia ver o olho restante, avermelhado, se arregalar. Ele farejou uma vez, retraindo um pouco os lábios para revelar perfeitos dentes brancos, e então se virou para o outro feérico.

— Está brincando — disse o estranho, baixinho. — Aquela coisa magricela matou *Andras* com uma única flecha de freixo?

Desgraçado; completo desgraçado. Uma pena eu não ter a flecha agora... para que pudesse acertá-lo.

— Ela admitiu — explicou rispidamente o de cabelos dourados, passando o dedo na borda do cálice. Uma garra longa e letal se projetou, raspando o metal. Lutei para manter a respiração calma. Principalmente quando ele acrescentou: — Ela não tentou negar.

O feérico com a máscara de raposa afundou à beira da mesa, a luz refletindo nos cabelos vermelhos como fogo. Eu podia entender sua máscara, com aquela cicatriz cruel e o olho faltando, mas o outro Grão-Feérico parecia bem. Talvez ele a usasse por solidariedade. Talvez isso explicasse a moda absurda.

— Bem — começou o ruivo, com raiva —, agora estamos empacados com *aquilo*, graças a sua misericórdia inútil, e você destruiu...

Dei um passo adiante... apenas um passo. Não tinha certeza do que diria, mas ao falarem de mim daquela maneira... Mantive a boca fechada, mas o passo adiante bastou.

— Gostou de matar meu amigo, humana? — perguntou o ruivo. — Você hesitou, ou o ódio em seu coração a guiava com força demais para que considerasse poupá-lo? Abatê-lo deve ter sido muito gratificante para uma coisa mortal e pequena como você.

O louro não disse nada, mas seu maxilar se contraiu. Enquanto me avaliavam, tentei alcançar com as mãos uma faca que eu já não possuía.

— De toda maneira — continuou o da máscara de raposa, encarando o colega de novo, com um olhar de desprezo. Provavelmente riria se algum dia eu sacasse uma arma contra ele. — Talvez haja um jeito de...

— Lucien — interrompeu meu captor, baixinho; o nome ecoou com um leve grunhido. — Comporte-se.

Ele ficou rígido, mas saltou da beira da mesa e fez uma reverência intensa para mim.

— Minhas desculpas, *lady*. — Outra piada a minhas custas. — Sou Lucien. Cortesão e emissário. — Ele gesticulou para mim com um floreio. — Seus olhos são como estrelas, e seus cabelos, como ouro queimado.

Ele ergueu as sobrancelhas para mim, esperando que eu dissesse meu nome. Mas contar a ele qualquer coisa sobre mim, sobre minha família, sobre de onde eu vinha...

— O nome dela é Feyre — disse aquele que estava no comando, a besta. Deve ter descoberto meu nome no chalé. Aqueles olhos verdes penetrantes encontraram os meus de novo, e então se voltaram para a porta. — Alis vai levá-la até seu quarto. Você precisa de um banho e de roupas limpas.

Não consegui decidir se foi um insulto ou não. Senti a mão firme de alguém em meu cotovelo e encolhi o corpo. Uma mulher rechonchuda, de cabelos castanhos e máscara de pássaro puxou meu braço e inclinou a cabeça na direção da porta aberta. Seu avental branco estava impecável sobre o vestido marrom artesanal — uma criada. As máscaras deviam ser alguma tendência, então.

Se eles se importavam tanto com as roupas, até mesmo com o que os criados usavam, talvez fossem superficiais e fúteis o suficiente para que eu os enganasse, apesar das roupas de guerreiro do mestre. Mesmo assim, eram Grão-Feéricos. Eu precisaria ser esperta e silenciosa, e tomar meu tempo até poder escapar. Então deixei que Alis me levasse. *Quarto*... não *cela*. Um pequeno alívio, então.

Quando saí, Lucien grunhiu:

— Foi essa a sorte que o Caldeirão nos lançou? *Ela* matou Andras? Jamais deveríamos tê-lo enviado para lá, nenhum deles deveria estar lá fora. Foi uma missão tola. — O grunhido de Lucien foi mais amargo que ameaçador. Será que ele também podia mudar de forma? — Talvez devêssemos simplesmente enfrentar, talvez esteja na hora de dizer *basta*. Jogar a garota em algum lugar, matá-la, não me importo, ela não passa de um fardo aqui. Preferiria apontar uma faca para suas costas que conversar com você, com qualquer um de nós.

— Não — disparou o outro. — Enquanto não tivermos certeza de que não há outra maneira, não agiremos. E quanto à garota, ela fica. Ilesa. Fim da discussão. A vida dela naquele casebre era ruim o bastante. — Minhas bochechas coraram, e evitei olhar para Alis, mesmo quando senti os olhos dela se voltarem para mim. Um casebre... Imagino que nosso chalé fosse isso em comparação com aquele lugar.

— Então você tem muito trabalho pela frente, velho amigo. Tenho certeza de que a vida dela será uma boa substituição para a de Andras, talvez ela possa até mesmo treinar com os demais na fronteira.

Um grunhido de irritação ressoou.

Os corredores brilhantes e impecáveis me envolveram antes que eu conseguisse ouvir mais.

✠

Alis me guiou por corredores de ouro e prata até chegarmos a um quarto luxuoso no segundo andar. Admito que não resisti muito quando ela e mais duas criadas — também mascaradas — me banharam, cortaram meu cabelo e depois me depilaram até que eu me sentisse como uma galinha sendo preparada para o jantar. Até onde eu sabia, poderia muito bem ser a próxima refeição deles.

Era apenas a promessa do Grão-Feérico — de que eu viveria meus dias em Prythian em vez de morrer — que me impedia de sentir enjoo ao pensar naquilo. Embora aqueles feéricos também parecessem humanos, à exceção das orelhas, eu nunca soube como os Grão-Feéricos chamavam os criados. Mas não ousava perguntar, ou sequer falar com eles, não quando apenas suas mãos em mim, a *proximidade*, era o bastante para que me esforçasse apenas em não estremecer.

Mesmo assim, olhei para o vestido de veludo turquesa que Alis tinha colocado na cama e fechei o roupão branco com força ao redor do corpo, afundando em uma cadeira e suplicando para que minhas roupas velhas fossem devolvidas. Alis se recusou, e, quando implorei de novo, fazendo o melhor para parecer patética e triste e digna de pena, ela saiu. Eu não usava um vestido havia anos. Não estava prestes a recomeçar, não quando a fuga era minha principal prioridade. Eu não conseguiria me mover livremente em um vestido.

Enrolada no roupão, permaneci sentada por alguns minutos; o canto de pequenos pássaros no jardim além das janelas era o único som. Nenhum grito, nenhum clangor de armas, nenhuma indicação de qualquer massacre ou tortura.

O quarto parecia maior que nosso chalé inteiro. As paredes eram verde-claras, delicadamente desenhadas com estampas douradas, e as molduras também eram douradas. Eu poderia ter achado antiquado, caso a mobília e os tapetes marfim não combinassem tão bem. A enorme cama tinha um esquema de cores semelhante, e as cortinas que pendiam do enorme dossel oscilavam à leve brisa das janelas abertas. Meu robe era da seda mais fina, com a borda de renda — simples e exótico o bastante para me fazer passar os dedos pelas lapelas.

As poucas histórias que eu tinha ouvido estavam erradas — ou quinhentos anos de separação as deixaram confusas. Sim, eu ainda era a presa, ainda nascera fraca e inútil em comparação a eles, mas aquele lugar era... tranquilo. Calmo. A não ser que isso também fosse uma ilusão, e a brecha no Tratado fosse uma mentira — um truque para me deixar confortável antes de eles me destruírem. Os Grão-Feéricos gostavam de brincar com a comida.

A porta rangeu, e Alis voltou; trazia uma trouxa de roupas. Ela ergueu uma camisa verde encharcada.

— Quer usar isto? — Olhei boquiaberta para os buracos nas laterais e nas mangas. — Ela se desfez assim que as lavadeiras a puseram na água. — Alis ergueu alguns retalhos marrons. — Eis o que restou de suas calças.

Contive o xingamento que se acumulava em meu peito. Ela podia ser uma criada, mas poderia facilmente me matar também.

— Vai usar o vestido agora? — indagou Alis. Eu sabia que deveria me levantar, que deveria concordar, mas afundei ainda mais no assento. Alis me encarou por um momento, antes de sair de novo.

Ela voltou com calças e um manto que cabiam bem em mim, ambos em ricas cores. Um pouco chiques, mas não reclamei quando vesti a camisa branca de seda, ou quando abotoei o manto azul-escuro e passei as mãos pela fita dourada e áspera costurada nas lapelas. Devia custar uma fortuna — e provocou aquela parte da minha mente que admirava coisas lindas, estranhas e coloridas.

Eu era nova demais para me lembrar de muito do que acontecera antes da ruína de papai. Ele me tolerava o suficiente para permitir que eu ficasse no escritório, e às vezes até descrevia várias mercadorias e seu valor, cujos detalhes eu havia esquecido fazia muito tempo. Meus momentos em seu gabinete — cheio de cheiros de temperos exóticos e da música de línguas estrangeiras — constituíam a maioria de minhas poucas memórias felizes. Eu não precisava saber o valor de tudo o que havia no quarto em que estava para entender que somente as cortinas cor de esmeralda — de seda com veludo dourado — poderiam ter alimentado minha família pela vida inteira.

Um frio percorreu minha espinha. Fazia dias desde que eu partira. O cervo já estaria acabando.

Alis me levou para uma cadeira de encosto baixo diante da lareira apagada, e não resisti quando ela passou um pente por meus cabelos e começou a trançá-lo.

— Você mal passa de pele e osso — disse ela, os dedos magníficos contra meu crânio.

— O inverno faz isso com os pobres mortais — respondi, lutando para manter o tom desafiador.

Ela deu uma risada abafada.

— Se você for esperta, ficará de boca fechada e com os ouvidos atentos. Isso lhe será mais útil aqui que uma língua afiada. E guarde essa esperteza para você, pois até mesmo seus sentidos tentarão traí-la aqui.

Tentei não encolher o corpo diante do aviso. Alis continuou.

— Algumas pessoas ficarão contrariadas por causa de Andras. Mas, se me perguntar, Andras era um bom sentinela, mas ele sabia o que enfrentaria quando atravessasse a muralha, sabia que provavelmente encontraria problemas. E os outros entendem os termos do Tratado também, ainda que possam se ressentir de sua presença aqui graças à piedade de nosso mestre. Então, fique de cabeça baixa, e nenhum deles vai incomodar você. Embora Lucien... não lhe faria mal se alguém o enfrentasse, se você tiver coragem.

Eu não tinha, e, quando fui perguntar mais sobre quem deveria evitar, ela já havia terminado com meu cabelo e aberto a porta para o corredor.

CAPÍTULO 7

O Grão-Feérico de cabelos dourados e Lucien estavam à mesa quando Alis me devolveu à sala de jantar. Eles não tinham mais pratos diante de si, mas ainda bebiam de cálices de ouro. Ouro de verdade; não pintado ou folheado. Pensei em nossos talheres descombinados quando parei no meio da sala. Tanta riqueza, tanta riqueza assombrosa, quando não tínhamos nada.

Uma besta semisselvagem, era como Nestha me chamara. Mas, em comparação com ele, em comparação com aquele lugar, em comparação com o modo elegante e tranquilo com que eles seguravam os cálices, o modo como o de cabelos dourados me chamava de *humana*... nós éramos as bestas semisselvagens para os Grão-Feéricos. Mesmo que fossem eles os que vestiam peles e tinham garras.

Observei a comida ainda na mesa. Eu estava faminta — a cabeça tão zonza que achei que fosse desmaiar.

A máscara do Grão-Feérico de cabelos dourados refletiu os últimos raios do sol da tarde.

— Antes que pergunte: a comida ainda é segura para que coma. — Ele apontou para a cadeira na outra ponta da mesa. Nenhum sinal das garras. Quando não me movi, o feérico disse, rispidamente: — O que quer, então?

Não respondi. *Comer, fugir, salvar minha família...*

Lucien falou do assento na extensa lateral da mesa:

— Eu avisei, Tamlin. — Ele olhou para o amigo. — Suas habilidades com fêmeas definitivamente enferrujaram nas últimas décadas.

Tamlin. Ele fulminou Lucien com o olhar, movendo-se no assento. Tentei não enrijecer o corpo diante da outra informação que Lucien dera. *Décadas*.

Tamlin não parecia muito mais velho que eu, mas feéricos eram imortais. Ele podia ter centenas de anos... se não milhares. Minha boca secou enquanto eu avaliava seus estranhos rostos mascarados: sobrenaturais, primitivos e imponentes. Como deuses imóveis ou cortesãos ferais.

— Bem — disse Lucien, o olho avermelhado que lhe restava fixo em mim —, você não parece tão ruim agora. Ainda bem, imagino, já que deve morar conosco. Embora a túnica não seja tão bonita quanto um vestido.

Lobos prontos para atacar — era isso que eram, exatamente como o amigo. Eu estava ciente demais de minha dicção, de cada fôlego que tomei, quando falei:

— Eu prefiro não usar aquele vestido.

— E por que não? — perguntou Lucien.

Foi Tamlin quem respondeu por mim.

— Porque nos matar é mais fácil de calças.

Eu queria gritar para que eles me deixassem em paz, mas, em vez disso, falei, calma:

— Agora que estou aqui, o que... o que planejam fazer comigo?

Lucien deu um riso de escárnio, mas Tamlin respondeu, com um grunhido irritado.

— Apenas sente-se.

Um assento vazio tinha sido puxado à cabeceira da mesa. Tanta comida, quente e fumegando, com temperos sedutores. Os criados provavelmente tinham trazido comida fresca enquanto eu me lavava. Quanto desperdício. Fechei as mãos em punhos.

— Não vamos morder. — Os dentes brancos de Lucien reluziram, o que sugeria o contrário. Evitei seu olhar, evitei aquele estranho olho de metal animado que se fixou em mim conforme eu seguia para meu assento e me acomodava.

Tamlin ficou de pé e deu a volta na mesa, mais e mais perto, cada movimento suave e letal; um predador cujo sangue emanava poder. Foi um esforço me manter parada — principalmente quando ele pegou uma travessa, levou até mim e colocou carne e molho em meu prato.

Falei em voz baixa:

— Posso me servir sozinha. — Qualquer coisa, *qualquer coisa* para mantê-lo longe.

Tamlin parou tão perto que um movimento daquelas garras à espreita sob sua pele poderia rasgar minha garganta. Era por isso que o boldrié de couro não tinha armas: por que usá-las quando você mesmo é letal?

— É uma honra para um humano ser servido por um Grão-Feérico — disse ele, rispidamente.

Engoli em seco. Tamlin continuou empilhando vários alimentos em meu prato, parando apenas quando estava lotado de carne e molho e pão, e depois encheu meu copo com vinho branco frisante. Expirei quando ele voltou para o próprio assento, embora ele provavelmente tivesse ouvido.

Eu só queria enterrar o rosto no prato e comer até chegar à madeira, mas prendi as mãos sob as coxas e encarei os dois feéricos.

Eles me observaram também, com atenção demais para ser casual. Tamlin endireitou um pouco o corpo e falou:

— Você parece... melhor que antes.

Era um elogio? Eu poderia jurar que Lucien deu a Tamlin um aceno de cabeça encorajador.

— E seu cabelo está... limpo.

Talvez fosse a fome voraz que me fazia alucinar aquela tentativa sofrível de me lisonjear. Mesmo assim, recostei e mantive o tom de voz calmo e baixo, como eu usaria com qualquer outro predador.

— Vocês são Grão-Feéricos... a nobreza feérica?

Lucien tossiu e olhou para Tamlin.

— Pode responder essa.

— Sim — respondeu Tamlin, franzindo a testa, como se buscasse algo para me dizer. Ele se contentou com apenas: — Somos.

Tudo bem. Um homem, um feérico de poucas palavras. Eu havia matado o amigo dele, era uma hóspede indesejada. Eu mesma não iria querer conversar comigo.

— O que planeja fazer, agora que estou aqui?

Os olhos de Tamlin não deixaram meu rosto.

— Nada. Faça o que quiser.

— Então você não vai me escravizar? — Ousei perguntar.

Lucien engasgou com o vinho. Mas Tamlin não sorriu.

— Não escravizo ninguém.

Ignorei o alívio em meu peito ao ouvir aquilo.

— Mas o que devo fazer da minha *vida* aqui? — insisti. — Você... deseja que eu faça por merecer minha estadia? Que trabalhe? — Uma pergunta idiota de se fazer, se ele ainda não havia pensado nela, mas... mas eu precisava saber.

Tamlin enrijeceu o corpo.

— O que você faz com sua vida não é problema meu.

Lucien pigarreou de modo espalhafatoso... e Tamlin olhou para ele, irritado. Depois de uma troca de olhares entre os dois que não consegui decifrar, Tamlin expirou e disse:

— Não tem nenhum... interesse?

— Não. — Não era completamente verdade, mas eu não estava disposta a explicar pintura a ele. Não quando, aparentemente, era muito problemático para ele simplesmente falar comigo de modo civilizado.

Lucien murmurou:

— Tão tipicamente humano.

A boca de Tamlin se repuxou para o lado, e ele não repreendeu o amigo. Em vez disso, insistiu:

— Faça o que quiser com seu tempo. Apenas fique longe de problemas.

— Então você realmente pretende que eu fique aqui para sempre. — O que eu quis dizer foi: *Então vou viver neste luxo enquanto minha família morre de fome?*

— Não fiz as regras — grunhiu Tamlin.

— Minha família está *morrendo de fome* — afirmei. Eu não me importava em implorar, não por aquilo. Dera minha palavra e me ativera àquela promessa durante tanto tempo que eu não era nada nem ninguém sem ela. — Por favor, me deixe ir. Deve haver... deve haver alguma outra brecha nas regras do Tratado, algum outro modo de eu me redimir.

— Redimir? — duvidou Lucien. — Você ao menos já pediu desculpas?

Aparentemente, a tentativa de me elogiar tinha acabado. Então, encarei Lucien no olho vermelho que lhe restava e falei:

— Desculpe-me.

Lucien se recostou na cadeira.

— Como o matou? Foi uma luta sangrenta, ou assassinato a sangue frio?

Minha coluna se enrijeceu.

— Disparei uma flecha de freixo contra ele. E, depois, uma flecha comum no olho. Ele não revidou. Depois do primeiro disparo, apenas me encarou.

— Mas o matou mesmo assim, embora ele não tivesse feito nenhum movimento para atacar você. E então o *esfolou* — sussurrou Lucien.

— *Basta*, Lucien — disse Tamlin ao cortesão, com um grunhido. — Não quero ouvir detalhes. — Ele se virou para mim, eterno e brutal e impassível.

Falei antes que Tamlin pudesse dizer qualquer coisa.

— Minha família não vai durar um mês sem mim. — Lucien deu uma risada, e eu trinquei os dentes. — Sabe o que é passar fome? — indaguei, o ódio subindo e devorando qualquer bom senso. — Sabe como é não saber quando será sua próxima refeição? O maxilar de Tamlin se contraiu.

— Sua família está viva e bem-cuidada. Pensa tão mal dos feéricos a ponto de acreditar que eu lhes tiraria a única fonte de renda e alimento sem substituí-la?

Estiquei o corpo.

— Você jura? — Mesmo que feéricos não pudessem mentir, eu precisava ouvir.

Uma risada baixa e incrédula.

— Por tudo que sou e possuo.

— Por que não me contou isso quando saímos do chalé?

— Teria acreditado em mim? Sequer acredita em mim agora? — As garras de Tamlin se cravaram nos braços de sua cadeira.

— Por que deveria confiar em uma palavra do que diz? Vocês são mestres em flexionar a verdade em vantagem própria.

— Há quem diga que não é inteligente insultar um feérico na casa dele — disparou Tamlin. — Há quem diga que você deveria se sentir grata por eu tê-la encontrado antes que qualquer um de meu povo reclamasse a dívida, por ter poupado sua vida e, depois, lhe oferecer a chance de viver com conforto.

Disparei o olhar para meus pés, droga de sabedoria, e estava prestes a empurrar a cadeira para trás quando mãos invisíveis seguraram meus braços e me empurraram de volta para o assento.

— *Não* faça o que quer que esteja pretendendo — avisou Tamlin.

Fiquei imóvel quando a magia penetrou minhas narinas. Tentei me virar na cadeira, testando as amarras invisíveis, mas meus braços estavam presos e minhas costas pareciam pressionadas contra a madeira com tanta força que doía. Olhei para a faca ao lado do prato. Devia ter pegado o objeto primeiro — ainda que fosse um esforço inútil.

— Vou dar um aviso — disse Tamlin, baixinho demais. — Apenas um, e depois é com você, humana. Não me importo se for morar em outro lugar de Prythian. Mas, se atravessar a muralha, se fugir, sua família não será mais assistida.

As palavras eram como uma pedrada na cabeça. Se eu escapasse, se sequer tentasse fugir... poderia muito bem condenar minha família. Mesmo que ousasse arriscar... mesmo que conseguisse alcançá-los, para onde os levaria? Não poderia esconder minhas irmãs em um navio... depois que chegássemos a outro lugar, algum lugar seguro... não teríamos onde viver. Mas Tamlin usar o bem-estar de minha família contra mim, descartar a sobrevivência deles caso eu saísse da linha...

Abri a boca, mas o grunhido de Tamlin chacoalhou os copos.

— Esse não é um bom acordo? E, se fugir, talvez não tenha tanta sorte com quem quer que a busque em seguida. — As garras do feérico deslizaram de volta para debaixo dos nós dos dedos. — A comida não está enfeitiçada, não contém drogas, e será sua própria culpa se desmaiar. Então, vai se sentar a esta mesa e *comer*, Feyre. E *Lucien* fará o possível para ser educado. — Tamlin lançou um olhar contundente na direção de Lucien. O amigo deu de ombros.

As amarras invisíveis se afrouxaram, e encolhi o corpo quando bati com as mãos sob a mesa. As amarras em minhas pernas e no corpo permaneceram intactas. Um olhar para os olhos verdes incandescentes de Tamlin me disse o que eu queria saber: hóspede ou não, eu não levantaria daquela mesa até que comesse alguma coisa. Pensaria na mudança súbita nos planos de fuga mais tarde. Agora... por enquanto... olhei para o garfo de prata e o peguei devagar.

Eles ainda me observavam — observavam cada movimento, o dilatar de minhas narinas quando cheirei a comida no prato. Nenhum odor metálico de magia. E feéricos não podiam mentir. Então, ele devia estar certo quanto à comida. Depois de garfar um pedaço de frango, o mordi.

Foi difícil evitar gemer. Não comia algo tão bom havia anos. Mesmo as refeições que tínhamos antes da ruína eram pouco mais que cinzas em comparação àquilo. Comi o prato todo em silêncio, ciente demais dos Grão-Feéricos que observavam cada mordida, mas, quando estendi a mão para me servir de uma segunda porção de torta de chocolate, a comida desapareceu. Simplesmente... sumiu, como se jamais tivesse existido, nem uma migalha restara.

Engolindo em seco, apoiei o garfo para que eles não vissem minha mão começar a tremer.

— Mais uma garfada e você vai vomitar as tripas — disse Tamlin, bebendo com gosto do cálice, e Lucien riu, sentado na cadeira.

As amarras que me seguravam se soltaram. Permissão silenciosa para ir.

— Obrigada pela refeição — falei. Foi tudo em que consegui pensar.

— Não quer ficar para tomar vinho? — perguntou Lucien, com doce veneno.

Apoiei as mãos na cadeira para me levantar.

— Estou cansada. Gostaria de dormir.

— Faz algumas décadas desde que vi um de seu tipo — disse Lucien —, mas vocês humanos não mudam, então, não acho que esteja errado ao perguntar *por que* acha nossa companhia tão desagradável, quando certamente os homens de onde vem não são muito belos de se admirar.

Do outro lado da mesa, Tamlin lançou um longo olhar de aviso ao emissário. Lucien o ignorou.

— Vocês são Grão-Feéricos — respondi, me contendo. — Eu perguntaria por que se deram o trabalho de me convidar, ou de jantar comigo.

Tola... Eu realmente já deveria ter sido morta dez vezes.

Lucien assentiu:

— Verdade. Mas permita-me: é uma fêmea humana, mas prefere comer carvão quente a se sentar aqui mais que o necessário. Ignorando isto — ele gesticulou para o olho de metal e para a cicatriz brutal no rosto —, não somos tão horríveis de se ver. — Vaidade e arrogância típicas de feéricos. Sobre isso ao menos as lendas estavam certas. Guardei essa informação para o futuro. — A não ser que tenha alguém em sua cidade. A não ser que haja uma fila de pretendes à porta de seu casebre que nos faça parecer vermes em comparação.

Havia tanto desprezo ali que senti um pouco de satisfação ao dizer:

— Eu era próxima de um homem em minha cidade. — *Antes de aquele Tratado me arrancar para longe, antes de se tornar evidente que vocês podem fazer o que quiserem conosco, e nós mal podemos revidar.*

Tamlin e Lucien trocaram olhares, mas foi Tamlin quem perguntou:

— Você está apaixonada por esse homem?

— Não — respondi, o mais casualmente possível. Não era mentira, mas, mesmo que sentisse qualquer coisa do tipo por Isaac, minha resposta seria igual. Já era ruim o suficiente que os Grão-Feéricos agora soubessem que minha família existia. Eu não precisava acrescentar Isaac à lista.

De novo, aquela troca de olhares entre os dois machos.

— E você... ama mais alguém? — insistiu Tamlin, com os dentes trincados.

Uma risada saiu de dentro de mim, com uma ponta de histeria.

— Não. — Olhei de um para outro. Um absurdo. Aqueles seres letais, imortais, realmente não tinham nada melhor para fazer que aquilo? — É isso mesmo que querem saber a meu respeito? Se acho que são mais bonitos que machos humanos, e se tenho um homem em casa? Para que perguntar isso, se ficarei presa aqui pelo resto da vida? — Um fio incandescente de ódio percorreu meus sentidos.

— Queríamos saber mais sobre você, pois ficará aqui por um bom tempo — explicou Tamlin, os lábios contraídos em uma linha fina. — Mas é comum o orgulho de Lucien atravessar o caminho de suas boas maneiras. — Tamlin suspirou, como se estivesse pronto para me dispensar, e ordenou: — Vá descansar. Ambos estamos ocupados na maioria dos dias, então, se precisar de alguma coisa, peça aos empregados. Eles a ajudarão.

— Por quê? — perguntei. — Por que ser tão generoso? — Lucien me olhou de um modo que sugeria que ele também não fazia ideia, considerando que eu havia assassinado o amigo deles, mas Tamlin me encarou por um longo momento.

— Eu já costumo matar com muita frequência — respondeu Tamlin, por fim, com um gesto dos ombros largos. — E você é insignificante o bastante para não causar confusão nesta propriedade. A não ser que decida começar a nos matar.

Um leve calor tomou minhas bochechas, meu pescoço. Insignificante — sim, eu era insignificante para as vidas deles, para o poder deles. Tão insignificante quanto os desenhos desbotados e lascados que havia pintado pelo chalé.

— Bem... — falei, sem me sentir nada agradecida —, obrigada.

Tamlin deu um aceno distraído e indicou para que eu saísse. Estava dispensada. Como a humana inferior que eu era. Lucien apoiou o queixo no punho e me deu um meio sorriso preguiçoso.

Basta. Fiquei de pé e recuei até a porta. Dar-lhes as costas seria como dar as costas a um lobo, poupassem ou não minha vida. Os feéricos não disseram nada quando atravessei a porta.

Um momento depois, a risada alta de Lucien ecoou nos corredores, seguida por um grunhido ríspido e cruel que o calou.

Apesar de ter sido poupada, dormi muito mal naquela noite, e a tranca na porta do quarto pareceu mais uma piada que qualquer outra coisa.

✠

Eu estava bem desperta antes do amanhecer, mas continuei encarando o teto decorado, observando a luz crescente escapar das cortinas, saboreando a suavidade do colchão de penas. Costumava sair do chalé com a primeira luz da manhã, embora minhas irmãs reclamassem toda manhã porque eu as acordava tão cedo. Se estivesse em casa, já teria entrado no bosque, sem desperdiçar um momento da preciosa luz do sol, ouvindo o canto sonolento dos poucos pássaros invernais. Em vez disso, aquele quarto e a casa além dele estavam em silêncio; a enorme cama era estranha e vazia. Eu estava acostumada com o calor dos corpos das minhas irmãs entrelaçados com o meu.

Nestha devia estar esticando as pernas e sorrindo pelo espaço extra. Ela provavelmente estava feliz, me imaginando na barriga de um feérico — provavelmente usando a notícia como uma chance de virar o centro das atenções entre os aldeões. Talvez a notícia os levasse a doar algumas coisas de segunda mão a minha família. Ou talvez Tamlin tivesse dado a ela dinheiro o suficiente — ou comida, ou o que quer que ele acreditasse consistir em "cuidar" deles — para durar o inverno todo. Ou talvez os aldeões se voltassem contra minha família, por não quererem se associar a pessoas com laços com Prythian, e a expulsaria da cidade.

Enterrei o rosto no travesseiro, puxando os cobertores mais para o alto. Se Tamlin tinha, de fato, cuidado deles, se aqueles benefícios cessassem assim que eu cruzasse a muralha, minha família provavelmente se ressentiria, mais que comemoraria, meu retorno.

Seu cabelo está... limpo. Um elogio patético. Imaginei que, se ele havia me convidado para morar ali para poupar minha vida, não devia ser completamente... cruel. Talvez só estivesse tentando suavizar a aspereza de nosso primeiro encontro. Talvez... talvez houvesse algum jeito de persuadir Tamlin a encontrar alguma brecha, a conseguir que a magia regendo o Tratado me poupasse... E, se não houvesse um jeito, talvez houvesse *alguém*...

Eu estava passando de um pensamento para outro, tentando entender a confusão, quando a tranca da porta estalou e...

Houve um guincho e um estampido. Eu me levantei às pressas para ver Alis caída no chão. O pedaço de corda que eu tinha feito das barras da cortina agora pendia solto de onde eu o havia prendido para acertar o rosto de alguém. Era o melhor que eu podia fazer com o que tinha.

— Desculpe, desculpe — balbuciei, saltando da cama, mas Alis já estava de pé, bufando para mim enquanto limpava o avental. Ela olhou para a corda que pendia da lâmpada.

— O que nas profundezas infinitas do Caldeirão é...

— Não achei que ninguém entraria aqui tão cedo, e pretendia tirar e...

Alis me olhou de cima a baixo.

— Acha que um pedaço de corda estapeando meu rosto vai evitar que eu quebre seus ossos? — Meu sangue gelou. — Acha que terá algum efeito contra qualquer um de nós?

Eu poderia continuar pedindo desculpas, não fosse pelo olhar de desprezo que ela me lançou. Cruzei os braços.

— Era um sinal de aviso, para me dar tempo de correr. Não uma armadilha.

Alis parecia pronta para cuspir em mim, mas, então, seus atentos olhos castanhos semicerraram.

— Também não pode correr mais que nós, menina.

— Eu sei — concordei, o coração se acalmando, por fim. — Mas pelo menos eu não enfrentaria a morte inconscientemente.

Alis soltou uma risada.

— Meu senhor deu a palavra de que você poderia viver aqui; viver, não morrer. Nós o obedeceremos. — Ela avaliou o pedaço de corda pendurado. — Mas precisava destruir aquelas cortinas lindas?

Eu não queria, tentei não o fazer, mas um leve sorriso repuxou meus lábios. Alis caminhou até o que restava das cortinas e as abriu, revelando um céu ainda violeta, pincelado com matizes de abóbora e magenta do sol que nascia.

— Desculpe — pedi de novo.

Ela emitiu um estalo com a língua.

— Pelo menos está disposta a brigar, menina. Preciso reconhecer isso.

Abri a boca para falar, mas outra criada do sexo feminino, com uma máscara de pássaro, entrou carregando uma bandeja de café da manhã. Ela fez uma curta reverência de bom-dia para mim, apoiou a bandeja em uma pequena mesa ao lado da janela e depois sumiu na sala de banho anexa. O som de água correndo preencheu o quarto.

Sentei à mesa e avaliei o mingau e os ovos com bacon — *bacon*. De novo, comida muito semelhante à que comíamos do outro lado da muralha. Não sei por que esperava outra coisa. Alis me serviu uma xícara do que parecia e cheirava a chá.

— O que é este lugar? — perguntei a ela, baixinho. — *Onde* é este lugar?

— É seguro, e isso é tudo o que precisa saber — respondeu Alis, apoiando o bule de chá. — Pelo menos a casa é. Se sair para xeretar a propriedade, fique atenta.

Tudo bem, se ela não responderia àquilo... Tentei de novo.

— Com que tipo de... feéricos eu deveria tomar cuidado?

— Todos eles — respondeu Alis. — A proteção do mestre só vai até certo ponto. Eles vão caçá-la e matá-la apenas por ser humana, independentemente do que tenha feito com Andras.

Outra resposta inútil. Ataquei o café da manhã, e Alis foi para a sala de banho. Quando eu havia terminado de comer e me banhar, recusei a oferta de Alis e me vesti sozinha, com outra túnica exótica; dessa vez de um roxo tão profundo que poderia ser preta. Desejei saber o nome da cor, mas a cataloguei mesmo assim. Calcei as botas marrons que tinha usado na noite anterior, e, quando me sentei diante de uma penteadeira de mármore, deixando que Alis trançasse meus cabelos molhados, encolhi o corpo diante do reflexo no espelho.

Não era agradável, mas não pela aparência em si. Embora meu nariz fosse relativamente reto, era a outra feição que eu havia herdado de minha mãe. Ainda me lembrava de como o nariz dela costumava se franzir com interesse fingido quando um de seus amigos incrivelmente abastados fazia alguma piada sem graça.

Pelo menos eu tinha a boca suave de meu pai, embora ela tornasse ridículas minhas maçãs do rosto proeminentes demais e as bochechas profundas. Não conseguia olhar para meus olhos levemente puxados para cima. Sabia que veria Nestha ou minha mãe me encarando de volta. Às vezes eu imaginava se era por isso que minha irmã me insultava com relação a minha aparência. Estava longe de ser feia, mas... eu estampava tanto das pessoas que odiávamos e amávamos que isso era insuportável para Nestha. Para mim também.

Apesar disso, imaginei que para Tamlin — para Grão-Feéricos acostumados com impecável beleza etérea — talvez *tivesse* sido difícil encontrar um elogio.

Alis terminou minha trança, e saltei do banco antes que ela conseguisse colocar nos meus cabelos florezinhas do cesto que trouxera. Eu teria honrado meu nome não fosse pelos efeitos da pobreza, mas jamais me importei muito com isso. A beleza não queria dizer nada na floresta.

Quando perguntei a Alis o que deveria fazer então — *o que eu deveria fazer com o restante de minha vida mortal* —, ela deu de ombros e sugeriu um passeio nos jardins. Quase ri de quanto aquilo parecia frívolo, mas contive a língua. Seria tola de afastar potenciais aliados. Duvidei que Tamlin desse ouvidos a ela, e não poderia pressioná-la a respeito daquilo também, mas... Pelo menos um passeio fornecia a chance de ter alguma ideia dos arredores — e de se havia mais alguém que pudesse levar meu caso a Tamlin.

Os corredores estavam silenciosos e vazios, o que era estranho para uma mansão tão grande. Haviam mencionado *outros* na noite anterior, mas não vi ou ouvi sinais deles. Uma brisa fragrante de... jacinto, percebi — se pelo menos viesse do pequeno jardim de Elain —, flutuava pelos corredores, carregando consigo o canto de um pássaro que eu não ouviria em casa por meses, se é que já ouvira antes.

Eu estava quase na grande escadaria quando reparei nas pinturas.

Não tinha me permitido olhar de verdade no dia anterior, mas agora, no corredor vazio, sem ninguém para me ver... um lampejo de cor em meio a um fundo sombreado e sinistro que me fez parar, uma revolução de cores e texturas que me impeliram a encarar a moldura dourada.

Eu nunca — nunca — tinha visto nada do tipo.

É apenas uma natureza-*morta*, disse parte de mim. E era: um vaso de vidro verde, com uma variedade de flores pendendo sobre a borda estreita, botões e folhas de todas as formas, tamanhos e cores: rosas, tulipas, ipomeias, ervas-lancetas, flores de cenoura, peônias...

Quanta técnica deve ter sido necessária para fazer com que parecessem tão vivas, *mais* do que vivas... Apenas um vaso de flores contra um fundo escuro, mas era mais que isso; as flores pareciam vibrantes com a própria luz, como se desafiassem as sombras reunidas em volta delas. Somente a maestria necessária para fazer o jarro de vidro conter aquela luz, refletir a luz com a água dentro, como se o vaso, de fato, tivesse peso sobre o pedestal de pedra... Incrível.

Eu poderia encarar a pintura durante horas — e as incontáveis pinturas apenas naquele corredor poderiam ter ocupado todo meu dia, mas... jardim. Planos.

Mesmo assim, conforme prossegui, não pude negar que aquele lugar era muito mais... civilizado que eu pensava. Pacífico, até, se eu estivesse disposta a admitir.

Se os Grão-Feéricos fossem de fato mais gentis que as lendas e os boatos humanos me haviam levado a crer, então talvez convencer Alis de minha desgraça não seria tão difícil. Se eu conseguisse conquistar Alis, convencê-la de que o Tratado estivera *errado* ao exigir tal pagamento de mim, ela poderia, de fato, descobrir se havia alguma coisa que me livrasse daquela dívida e...

— Você — disse alguém, e dei um salto para trás. À luz das portas de vidro abertas que davam para o jardim, a silhueta de uma imensa figura masculina estava diante de mim.

Tamlin. Ele vestia aquelas roupas de guerreiro, o corte justo exibindo o corpo musculoso, e três facas simples se achavam embainhadas no boldrié; cada uma longa o bastante para me cortar tão facilmente quanto as garras ferais de Tamlin. Os cabelos louros estavam presos longe do rosto, revelando aquelas orelhas pontudas — e aquela máscara estranha e linda.

— Aonde vai? — perguntou ele, tão rispidamente que quase pareceu uma exigência. *Você...* Imaginei se Tamlin ao menos se lembrava do meu nome.

Levou um momento para que eu reunisse força o bastante nas pernas a fim de me levantar da posição quase agachada.

— Bom dia — cumprimentei, simplesmente. Pelo menos era uma saudação melhor que "*Você*". — Disse que eu deveria passar meu tempo como eu quisesse. Não percebi que estava em prisão domiciliar.

O maxilar de Tamlin se contraiu.

— É claro que não está em prisão domiciliar. — Mesmo cuspindo as palavras, não pude ignorar a pura beleza masculina daquele maxilar forte, a riqueza da pele bronzeada de sol. Tamlin devia ser bonito se algum dia tirasse aquela máscara.

Quando percebeu que eu não responderia, Tamlin exibiu os dentes no que pareceu ser uma tentativa de sorriso, e falou:

— Quer um tour?

— Não, obrigada. — Consegui dizer, ciente de cada movimento desconfortável do meu corpo conforme eu passava por ele.

Tamlin se colocou em meu caminho; tão perto que ele decidiu recuar um passo.

— Fiquei sentado do lado de dentro a manhã inteira. Preciso de ar fresco. — *E você é insignificante o suficiente para não ser um incômodo.*

— Estou bem — falei, tentando desviar de Tamlin casualmente. — Você... foi bastante generoso. — Tentei parecer sincera.

Ele esboçou um meio sorriso, não tão agradável, pois, sem dúvidas, não estava acostumado a ouvir negativas.

— Tem algum tipo de problema comigo?

— Não — respondi em voz baixa, e atravessei as portas.

Ele soltou um grunhido baixo.

— Não vou matar você, Feyre. Não quebro minhas promessas.

Quase tropecei pelos degraus do jardim quando olhei por cima do ombro. Ele estava no alto das escadas, sólido e antigo como as pálidas pedras da mansão.

— Matar... mas não ferir? Essa é outra brecha? Uma que Lucien poderia usar contra mim, ou qualquer outro aqui?

— Eles receberam ordens de nem mesmo tocar em você.

— Mas ainda estou presa em seu reino por ter quebrado uma regra que eu não sabia que existia. Por que seu amigo estava no bosque naquele dia? Achei que o Tratado bania seu povo de nossas terras. — Tamlin apenas me encarou. Talvez tivesse ido longe demais, questionado demais. Talvez ele percebesse por que eu havia perguntado de verdade.

— Aquele Tratado — respondeu Tamlin, em voz baixa — não *nos* impede de fazer nada, exceto escravizar vocês. A muralha é um inconveniente. Se quiséssemos, poderíamos destruí-la e marchar, matando todos vocês.

Meu sangue gelou. Podia ser forçada a viver em Prythian para sempre, mas minha família... Perguntei baixinho:

— E você quer destruir a muralha?

Ele me olhou de cima a baixo, como se decidisse se eu valia o esforço de explicar.

— Não tenho interesse nas terras mortais, embora não possa falar por meu povo.

Mas ele ainda não tinha respondido à pergunta.

— Então o que seu amigo estava fazendo lá?

Tamlin ficou imóvel. Havia uma graciosidade tão sobrenatural, primitiva, até mesmo em sua respiração.

— Há... uma doença nestas terras. Por toda Prythian. Há quase cinquenta anos agora. É por isso que esta casa e estas terras estão tão vazias: a maioria... partiu. — Tamlin falou devagar, com cuidado, como se admitir aquilo para um humano fosse um esforço. — A praga se espalha devagar, mas fez a magia agir... de modo estranho. Meus próprios poderes diminuíram devido a ela. Essas máscaras — Tamlin bateu na máscara — são o resultado de um surto que ocorreu durante um baile de máscaras há 49 anos. Mesmo agora, não conseguimos tirá-las.

Pisquei. Presos em máscaras... havia quase cinquenta anos. Eu teria perdido a cabeça, teria arrancado a pele do rosto.

— Você não usava máscara na forma animal, nem seu amigo.

— A praga é cruel assim.

Viver como animal, ou viver com a máscara.

— Que... que tipo de doença é?

— Não é uma doença, uma peste ou uma enfermidade. Está concentrada apenas na magia, naqueles que moram em Prythian. Andras estava do outro lado da muralha naquele dia porque eu o mandara procurar uma cura.

— Ela pode afetar humanos? — Meu estômago se revirou. — Vai se alastrar para além da muralha?

— Sim — disse Tamlin. — Há... uma chance de afetar mortais e seu território. Mais que isso, não sei. Ela se move devagar, e seu povo está seguro por enquanto. Há décadas que ela não progride, a magia parece ter se estabilizado, embora tenha enfraquecido. — O fato de ele fazer tantas revelações significava muito a respeito de como Tamlin imaginava meu futuro: eu jamais voltaria para casa, jamais encontraria outro humano para o qual poderia contar aquela fraqueza secreta.

— Uma mercenária me contou que acreditava que feéricos poderiam estar pensando em atacar. Isso tem alguma relação?

Um leve sorriso, talvez meio surpreso.

— Não sei. Costuma falar com mercenários?

Enrijeci o corpo.

— Falo com quem quer que se dê o trabalho de me dizer algo de útil.

Tamlin endireitou o corpo, e foi apenas a promessa de não me matar que evitou que eu encolhesse o meu. Então, ele girou os ombros, como que afastando a irritação.

— A armadilha que montou em seu quarto era para mim?

Puxei ar entre os dentes trincados.

— Pode me culpar caso fosse?

— Eu posso assumir uma forma animal, mas sou civilizado, Feyre.

Então ele se lembrava, sim, de meu nome, pelo menos. Mas fiz questão de olhar para suas mãos, para as pontas afiadas como lâminas daquelas garras curvas, despontando da pele.

Ao reparar que eu encarava, Tamlin levou as mãos às costas. Ele falou rispidamente:

— Vejo você no jantar.

Não foi um pedido, mas mesmo assim assenti quando passei entre as cercas vivas, sem me importar aonde iria — apenas me importava o fato de que ele ficaria bem para trás.

Uma doença nas terras deles, afetando a magia, drenando-a dos feéricos... Uma praga mágica que poderia, um dia, se espalhar para o mundo humano. Depois de tantos séculos sem magia... estaríamos indefesos contra ela — contra o que ela pudesse fazer com humanos.

Imaginei se algum dos Grão-Feéricos se daria o trabalho de avisar meu povo.

Não levei muito tempo para descobrir.

CAPÍTULO 8

Fingi passear pelos jardins exóticos e silenciosos enquanto marcava mentalmente os caminhos e os bons esconderijos, caso precisasse deles. Tamlin pegara minhas armas, e eu não era tão burra a ponto de torcer para encontrar ali um freixo do qual pudesse fazer uma arma. Mas o boldrié do feérico estava carregado de facas; devia haver um arsenal em algum lugar da propriedade. E, se não houvesse, eu encontraria outra arma, roubaria, se precisasse. Só por via das dúvidas.

Durante uma inspeção na noite anterior, descobri que minha janela não tinha tranca. Sair e descer pelas trepadeiras não seria nada difícil — eu havia subido em árvores o suficiente para não me incomodar com altura. Não que eu planejasse escapar, mas... era bom saber, pelo menos, como poderia fazê-lo caso me sentisse desesperada o bastante para arriscar.

Eu não duvidava da afirmação de Tamlin de que o resto de Prythian era mortal para um humano; e, se havia mesmo uma praga naquelas terras... eu estava melhor ali por enquanto.

Mas não aceitaria... não podia simplesmente... aceitar que deveria ficar ali para sempre, mesmo com minha família sendo assistida. Não sem tentar encontrar alguém que pudesse levar meu caso a Tamlin.

Embora Lucien... não lhe faria mal se alguém o enfrentasse, se você tiver coragem, disse Alis para mim no dia anterior.

Roí as unhas curtas enquanto caminhava, considerando cada plano e armadilha possíveis. Nunca fora muito boa com palavras, jamais aprendi o jogo de guerra social no qual minha mãe e minhas irmãs eram tão habilidosas, mas... eu não era tão ruim quando vendia peles no mercado da aldeia.

Então, talvez eu buscasse o emissário de Tamlin, mesmo que ele me detestasse. Lucien obviamente tinha pouco interesse em minha estadia ali — ele sugeriu *me matar*. Talvez ficasse ansioso para me enviar de volta, para persuadir Tamlin a encontrar outra maneira de cumprir o Tratado. Se é que havia uma.

Segui na direção de um banco em um recuo cheio de dedaleiras quando o som de passos sobre cascalho preencheu o ar. Dois pares de pés leves e ágeis. Estiquei o corpo, olhando pelo caminho de onde tinha vindo. Mas o caminho estava vazio.

Eu me detive no limite de um campo aberto de ranúnculos murchos. O vibrante campo verde e amarelo estava deserto. Atrás de mim se erguia uma macieira-brava toda retorcida e gloriosamente florida, as pétalas das flores cobriam o banco sombreado no qual eu estivera prestes a me sentar. Uma brisa fez os galhos farfalharem, uma cachoeira de pétalas brancas flutuou para baixo, feito neve.

Continuei verificando o jardim, o campo — com muita, muita atenção, observando e ouvindo em busca dos sons daqueles dois pares de pés. Não havia nada na árvore ou atrás dela. Uma sensação de formigamento percorreu minha espinha. Eu tinha passado tempo o bastante no bosque para confiar em meus instintos.

Alguém estava atrás de mim; talvez duas pessoas. Um leve farejar e uma risada baixa soaram perto, e meu coração saltou para a garganta. Lancei um olhar cuidadoso por cima do ombro, mas só pude ver uma luz prateada e brilhante que lampejou no canto de meu campo visual.

Precisava me virar. Precisava enfrentar.

O cascalho estalou mais perto agora. O brilho no canto de meu olho ficou maior, separando-se em duas figuras pequenas, não maiores que minha cintura. Minhas mãos se fecharam em punhos.

— Feyre! — A voz de Alis atravessou o jardim, e dei um salto de espanto quando ela me chamou de novo. — Feyre, almoço! — gritou Alis. Eu me virei, um grito se formando em meus lábios para alertar Alis do que quer que estivesse atrás de mim. Mas as coisas brilhantes tinham sumido junto às farejadas e às risadas, e me vi diante de uma estátua erodida de dois cordeiros felizes e saltitantes. Esfreguei o pescoço.

Alis me chamou de novo, e inspirei e estremeci conforme voltei para a mansão. Mas, mesmo enquanto caminhava entre as cercas vivas, cuidadosamente refazendo meus passos até a casa, não consegui afastar a sensação arrepiante de que alguém ainda me observava, curioso e querendo brincar.

✢

Roubei uma faca do jantar naquela noite. Apenas para ter algo — *qualquer coisa* — com que me defender.

No fim das contas, o jantar era a única refeição para a qual eu estava convidada, o que não era problema. Três refeições por dia com Tamlin e Lucien teriam sido uma tortura. Eu até poderia suportar uma hora sentada à mesa elegante dos feéricos se isso os fizesse pensar que eu era dócil e não tinha planos de mudar meu destino.

Enquanto Lucien tagarelava com Tamlin sobre algum defeito do olho mágico e entalhado que realmente permitia que ele enxergasse, enfiei a faca dentro da manga da túnica. Meu coração bateu tão rápido que achei que eles conseguiriam ouvir, mas Lucien continuou, e a concentração de Tamlin permaneceu no cortesão.

Imaginei que deveria sentir pena deles, pelas máscaras que eram obrigados a usar, pela praga que havia infectado sua magia e seu povo. Mas quanto menos interagisse, melhor, principalmente enquanto Lucien parecia achar tudo o que eu dizia comicamente humano e deselegante. Reagir com irritação contra ele não ajudaria meus planos. Teria de percorrer um caminho íngreme até conquistar as graças de Lucien, somente pelo fato de que eu estava viva, enquanto o amigo dele não. Eu precisaria lidar com Lucien sozinha, ou arriscaria levantar as suspeitas de Tamlin cedo demais.

Depois de comer o máximo que consegui sem me sentir enjoada, observei os dois. Os cabelos ruivos de Lucien brilhavam à luz da lareira, e as joias no cabo de sua espada cintilavam — a lâmina ornamentada era tão diferente do boldrié de facas ainda preso ao peito de Tamlin. Mas não havia ninguém ali contra quem usar uma espada. E, embora ela fosse encrustada de joias e filigranada, era grande o bastante para ser mais que decoração. Talvez tivesse algo a ver com aquelas coisas invisíveis no jardim. Talvez ele tivesse perdido o olho e ganhado aquela cicatriz em batalha. Meu sangue gelou ao pensar naquilo.

Alis tinha dito que a casa era segura, mas me avisou para ficar esperta. O que poderia estar espreitando além da casa — ou o que poderia usar meus sentidos humanos contra mim? Até que ponto a ordem de Tamlin de não me ferir ou matar se estendia? Que tipo de autoridade ele tinha?

Lucien parou, e vi que sorria maliciosamente para mim, o que deixava sua cicatriz ainda mais brutal.

— Estava admirando minha espada ou apenas considerando me matar, Feyre?

— É claro que não — falei, baixinho, e olhei para Tamlin. As manchas douradas nos olhos dele brilhavam, mesmo do outro lado da mesa. Meu coração batia forte. Será que, de algum modo, ele tinha me *ouvido* pegar a faca, o sussurro do metal sobre a madeira? Eu me obriguei a olhar de novo para Lucien.

O sorriso preguiçoso e provocante de Lucien ainda estava ali. Agir de modo civilizado, comportar-me, possivelmente conquistá-lo para minha causa... Eu poderia fazer isso.

Tamlin quebrou o silêncio.

— Feyre gosta de caçar.

— Não *gosto* de caçar. — Provavelmente deveria ter usado um tom mais educado, mas continuei. — Eu caçava por necessidade. E como soube disso?

O olhar de Tamlin era direto, reflexivo.

— Você tinha um arco e flechas em sua... casa. — Fiquei imaginando se ele quase não falara *casebre*. — Quando vi as mãos de seu pai, soube que não era ele quem os usava. — Tamlin indicou minhas mãos cheias de cicatrizes e calos. — Você contou a ele sobre o racionamento da carne e o dinheiro das peles. Feéricos podem ser muitas coisas, mas não somos burros. A não ser que suas lendas ridículas também nos retratem assim.

Embora eu jamais tivesse deixado que as palavras cruéis das crianças da aldeia sobre a ruína da riqueza de meu pai me afetassem, Elain frequentemente voltava para casa aos prantos, e Nestha, furiosa e com as costas empertigadas. *Ridícula, insignificante*... era assim que Tamlin — que eles — me viam. Não devia ter me afetado; eu deveria ter mais orgulho. Mas aqueles feéricos, imortais e inconsequentes, com tanta comida que poderiam alimentar minha aldeia durante um ano em apenas dias, de alguma forma reduziam meu orgulho a farpas.

Encarei as migalhas de pão e as sobras de molho no prato dourado. Se estivesse em casa, teria lambido o prato até que ficasse limpo, desesperada por qualquer porção extra de nutrientes. E os pratos... eu poderia comprar um conjunto de cavalos, um arado e um campo com apenas um deles.

A opulência daquele lugar me enojava tanto quanto minha rápida adaptação ao mesmo.

Lucien pigarreou.

— Quantos anos tem mesmo?

— Dezenove. — Agradável, civilizada...

Lucien emitiu um *tsc*.

— Tão jovem e tão séria! E já uma assassina habilidosa!

Fechei as mãos em punhos, mas inspirei profunda e longamente. Dócil, tranquila, domada... Eu tinha feito uma promessa a minha mãe e a cumpriria. A assistência de Tamlin a minha família não era o mesmo que *minha* assistência a ela. Aquele sonho selvagem e pequeno ainda poderia acontecer: minhas irmãs bem-casadas e uma vida inteira com meu pai, com comida o bastante para os dois, e tempo suficiente para pintar um pouco; ou talvez aprender o que *eu* quisesse. Ainda poderia acontecer — em uma terra distante, talvez — se algum dia eu me livrasse daquele acordo e me permitissem ir embora. Eu ainda poderia me agarrar àquele retalho de sonho, embora aqueles Grão-Feéricos provavelmente rissem de *como era tipicamente humano* pensar tão pequeno, querer tão pouco.

No entanto, qualquer fração de informação poderia ajudar, e, se eu mostrasse interesse neles, talvez passassem a gostar de mim. Será que aquilo era outra armadilha no bosque? Então falei:

— Então é isso o que vocês fazem da vida? Poupam humanos do Tratado e comem refeições requintadas? — Olhei diretamente para o boldrié de Tamlin, as roupas de guerreiro, a espada de Lucien.

O cortesão deu um risinho.

— Também dançamos com os espíritos sob a lua cheia e roubamos bebês humanos do berço para substituí-los por bebês feéricos...

— Sua... — interrompeu Tamlin, a voz baixa, mas grave — sua mãe não contou nada sobre nós?

Tamborilei na mesa com o indicador, cravando as unhas curtas na madeira.

— Minha mãe não tinha tempo de me contar histórias. — Eu podia revelar ao menos essa parte de meu passado.

Lucien, pelo menos uma vez, não riu. Depois de uma pausa significativa, Tamlin perguntou:

— Como ela morreu? — Quando ergui as sobrancelhas, ele acrescentou, um pouco mais baixo: — Não vi sinais de uma mulher mais velha em sua casa.

Predador ou não, eu não precisava de sua piedade. Mas respondi:

— Tifo. Quando eu tinha 8 anos. — Levantei da cadeira para ir embora.

— Feyre — disse Tamlin, e virei um pouco o corpo. Um músculo se contraiu na bochecha dele.

Lucien encarou cada um de nós, aquele olho de metal se movendo, mas ficou em silêncio. Então, Tamlin balançou a cabeça, com um movimento que foi mais animal que qualquer coisa, e murmurou:

— Sinto muito por sua perda.

Tentei evitar uma careta quando virei e saí. Não queria ou precisava de suas condolências; não por minha mãe, não quando eu não sentia falta dela havia anos. Que Tamlin me achasse uma humana grosseira e inculta, que não merecia seus cuidados atenciosos.

Seria melhor que eu persuadisse Lucien a falar com Tamlin a meu favor — e logo, antes que qualquer dos *outros* que eles haviam mencionado surgissem, ou aquela tal praga se espalhasse. No dia seguinte... Eu falaria com ele então, testaria um pouco.

Em meu quarto, encontrei uma pequena sacola no armário e nela coloquei um conjunto sobressalente de roupas, junto da faca roubada. Era uma lâmina sofrível, mas uma faca era melhor que nada. Apenas para o caso de eu algum dia poder partir... e precisar sair sem aviso.

Apenas para o caso.

Capítulo 9

Na manhã seguinte, enquanto Alis e a outra criada preparavam meu banho, contemplei o plano. Tamlin mencionara que Lucien e ele tinham vários deveres, e, exceto pelo esbarrão do dia anterior, eu não vira nenhum dos dois por perto. Então, localizar Lucien — sozinho — seria a primeira tarefa do dia.

Uma pergunta casual para Alis a fez revelar que Lucien devia estar na patrulha da fronteira naquele dia — e estaria nos estábulos, preparando-se para partir. Assim que me vesti — assim que as criadas se foram —, corri do quarto, rezando para não estar atrasada demais para encontrar Lucien sozinho.

Eu estava a meio caminho dos jardins, na direção das construções que vira no dia anterior, quando Tamlin irrompeu atrás de mim:

— Nenhuma armadilha hoje?

Congelei no meio do caminho e olhei por cima do ombro. Ele estava a poucos metros.

Como tinha se aproximado tão silenciosamente no cascalho? Destreza feérica, sem dúvida. Forcei tranquilidade para minhas veias e para minha mente. Falei o mais educadamente possível:

— Você disse que eu estava segura aqui. Então, dei ouvidos a você.

Os olhos de Tamlin semicerraram levemente, mas ele estampou o que imaginei ser a tentativa de um sorriso agradável.

— Meu trabalho da manhã foi postergado — informou Tamlin. De fato, ele não vestia a túnica de sempre, não usava o boldrié, e as mangas da camisa branca tinham sido puxadas até os cotovelos para revelar antebraços com músculos definidos. — Se quiser dar uma volta pela propriedade, se estiver interessada em sua nova... residência, posso levá-la.

De novo, aquele esforço para ser... acolhedor, mesmo quando cada palavra parecia feri-lo. Talvez ele pudesse, em algum momento, se deixar levar por Lucien. E até então... Até que ponto eu poderia fazer o que quisesse se ele estava tendo tanto trabalho para fazer seu povo jurar não me ferir, para me proteger do Tratado? Dei um sorriso inexpressivo e falei:

— Eu preferiria passar o dia de hoje sozinha, acho. Mas obrigada pela oferta.

Tamlin ficou tenso.

— E quanto a...

— Não, obrigada — interrompi, um pouco impressionada com minha audácia. Mas precisava encontrar Lucien sozinho, precisava sondá-lo. Ele já poderia ter partido.

Tamlin fechou as mãos em punhos, como se lutasse contra as garras que queriam irromper. Mas ele não me repreendeu, não fez nada a não ser caminhar de volta para a casa sem dar mais uma palavra.

Eu poderia ter ficado intrigada, caso não planejasse, em algum momento, deixar aquele lugar. Em breve, com sorte, Tamlin não seria mais meu problema. Corri para os estábulos, guardando a informação. Talvez um dia, se eu fosse libertada, se houvesse um oceano e anos entre nós, eu lembraria e imaginaria por que ele havia se incomodado.

Tentei não parecer ansiosa demais, ofegante demais quando finalmente cheguei aos lindos estábulos pintados. Não me surpreendeu que os cavalariços usassem, todos, máscaras de cavalo. Por eles... por eles, senti uma pontada de pena pelo que a praga provocara, pelas ridículas máscaras que agora precisavam usar até que alguém pudesse descobrir como desfazer a magia que as colava aos rostos. Mas nenhum dos empregados do estábulo olhou para mim; porque eu não valia a pena, ou porque eles também se ressentiam de meu papel na morte de Andras.

Qualquer tentativa de parecer casual foi pelos ares quando finalmente encontrei Lucien montado em um cavalo preto, sorrindo para mim com os dentes brancos demais.

— Bom dia, Feyre. — Tentei esconder a rigidez dos ombros, tentei sorrir um pouco. — Vai montar, ou está apenas reconsiderando a oferta de Tamlin de morar conosco? — Tentei me lembrar das palavras nas quais tinha pensado mais cedo, as palavras para conquistá-lo, mas Lucien riu, e não de maneira agradável. — Vamos lá. Vou patrulhar o bosque ao sul hoje, e estou curioso com relação às... *habilidades* que usou para abater meu amigo, acidentalmente ou não. Faz um tempo desde que encontro um humano, ainda mais um assassino de feéricos. Me acompanhe em uma caçada.

Perfeito. Pelo menos parte daquilo tinha ido bem, mesmo que parecesse tão divertido quanto encarar um urso dentro da toca. Não consegui parecer tão ansiosa, no entanto. Então me desviei para que um dos cavalariços passasse. Ele se moveu com uma suavidade fluida, como todos ali. E não me olhou também, nenhuma pista do que ele pensava sobre ter uma *assassina de feéricos* no estábulo.

Mas meu tipo de caça não podia ser feito no dorso de um cavalo. O meu consistia em perseguição cuidadosa e armadilhas e ciladas bem armadas. Eu não sabia como perseguir do alto de um cavalo. Lucien tinha aceitado uma aljava de flechas do cavalariço, que retornara com um aceno de agradecimento. Ele sorriu de um jeito que não combinava com o olho de metal — ou o vermelho.

— Nenhuma flecha de freixo hoje, infelizmente.

Contraí o maxilar para evitar que uma réplica saltasse de minha língua. Tamlin dera a palavra de que ninguém deveria me tocar, e, como feéricos não podiam mentir, imaginei que isso me deixava a salvo de Lucien... até certo ponto. Mas, se ele não podia me ferir, eu não podia imaginar por que me convidaria para acompanhá-lo, exceto para debochar de mim como pudesse. Talvez estivesse mesmo entediado. Melhor para mim.

Então, dei de ombros.

— Bem... imagino que eu já esteja vestida para uma caçada.

— Perfeito — disse Lucien, o olho metálico reluzindo à luz do sol que penetrava pelas portas abertas do estábulo. Rezei para que

Tamlin não entrasse por elas, rezei para que ele não decidisse montar sozinho e nos pegasse ali.

— Vamos, então — falei, e Lucien gesticulou para que os cavalariços preparassem um cavalo. Me recostei em uma parede de madeira enquanto esperava, atenta à porta, esperando por sinais de Tamlin, e ofereci minhas respostas inexpressivas às observações de Lucien sobre o tempo.

Felizmente, eu estava logo montada em uma égua branca, cavalgando com Lucien pelo bosque tomado pela primavera. Mantive uma distância saudável do feérico com máscara de raposa no caminho amplo, esperando que aquele olho não pudesse ver através da parte de trás da cabeça.

A ideia não era muito tranquilizadora, e então a afastei — junto à parte de mim que se maravilhava pelo modo como o sol iluminava as folhas e os aglomerados de açafrão, que cresciam em clarões de púrpura vibrante contra o marrom e o verde da terra. Aquelas eram coisas que não eram necessárias a meus planos, detalhes inúteis que apenas bloqueavam todo o resto: o formato e a inclinação do caminho, que árvores seriam boas para subir, sons de fontes de água próximas. *Essas* coisas poderiam me ajudar a sobreviver, se eu precisasse. Mas, como o restante da propriedade, a floresta estava totalmente vazia. Não havia nenhum sinal de feéricos, ou de qualquer Grão-Feérico perambulando. Melhor assim.

— Bem, você certamente conhece a parte *silenciosa* da caçada — comentou Lucien, diminuindo o ritmo para cavalgar ao meu lado. Era melhor mesmo que ele fosse até mim, em vez de eu parecer ansiosa demais, amigável demais.

Ajustei o peso da alça da aljava contra o peito, e depois passei o dedo pela curva lisa do arco de teixo no meu colo. O arco era maior que aquele que eu usava em casa, as flechas eram mais pesadas, e as pontas, mais grossas. Eu provavelmente erraria qualquer alvo encontrado, até me acostumar ao peso e ao equilíbrio do arco.

Cinco anos antes, eu tinha usado as últimas moedas de meu pai, de nossa antiga fortuna, para comprar o arco e as flechas. Desde então, guardava uma pequena quantia todo mês para flechas e cordas sobressalentes.

— Então? — insistiu Lucien. — Nenhuma caça boa o bastante para você abater? Passamos por muitos esquilos e pássaros. — O dossel de vegetação projetava sombras na máscara de raposa; luz, escuridão e metal reluzente.

— Você parece já ter comida o suficiente à mesa para que eu some algo a ela, principalmente quando há sempre tantas sobras. — Duvido que *esquilo* seja bom o bastante para a sua dieta.

Lucien deu um riso de escárnio, mas não disse mais nada quando passamos sob um lilás florescente, os cones roxos pendendo baixo o suficiente para roçar minha bochecha, como dedos frios e aveludados. A pungente fragrância adocicada permaneceu em meu nariz mesmo depois que passamos. *Isso não* é útil, disse a mim mesma. Embora... os arbustos espessos além da planta seriam um bom esconderijo se eu precisasse de um.

— Você disse que era um emissário de Tamlin — arrisquei. — Emissários costumam patrulhar a propriedade? — Uma pergunta casual e desinteressada.

Lucien emitiu um estalo com a língua.

— Sou emissário de Tamlin para ofícios formais, mas este era o turno de Andras. Então, alguém precisava preenchê-lo.

Engoli em seco. Andras tinha um lugar ali, e *amigos* ali — ele não fora apenas um feérico sem nome e sem rosto. Sem dúvida sentiam mais falta dele que de mim.

— Eu... desculpe-me — falei, e com sinceridade. — Eu não sabia o que... ele significava para todos vocês.

Lucien deu de ombros.

— Foi o que Tamlin disse, e, por isso, ele a trouxe aqui. Ou talvez você tenha parecido tão patética naqueles retalhos que ele sentiu pena.

— Eu não teria vindo se soubesse que usaria este passeio como desculpa para me insultar. — Alis mencionou que Lucien precisava de alguém que o enfrentasse. Bem fácil.

Lucien riu com desprezo.

— Desculpe-me, Feyre.

Eu poderia tê-lo chamado de mentiroso por aquele pedido de desculpas se não soubesse que ele não podia mentir. O que tornava o pedido... sincero? Eu não conseguia dizer.

— Então — disse Lucien —, quando começará a tentativa de me persuadir a implorar que Tamlin encontre um jeito de libertá-la das regras do Tratado?

Tentei não me sobressaltar.

— O quê?

— Foi por isso que concordou em vir até aqui, não foi? Por que apareceu nos estábulos exatamente quando eu estava partindo? — Lucien me olhou de esguelha com aquele olho vermelho. — Sinceramente, estou impressionado e lisonjeado por você achar que tenho tal influência sobre Tamlin.

Eu não revelaria minha cartada — ainda não.

— Do que está falando...

A cabeça inclinada de Lucien foi resposta suficiente. Ele riu e falou:

— Antes que desperdice seu precioso e parco fôlego humano, deixe-me explicar duas coisas. Uma: se fosse por mim, você teria partido, então não seria preciso que você me convencesse de nada. Duas: não pode ser do meu jeito, porque não há alternativa para o que o Tratado exige. Não há outra brecha.

— Mas... mas deve haver alguma coisa...

— Admiro sua coragem, Feyre, de verdade. Ou talvez seja estupidez. Mas, como Tam não quer matá-la, o que foi *minha* primeira opção, está presa aqui. A não ser que queira ganhar a vida sozinha em Prythian, o que — Lucien me olhou de cima a baixo — não aconselho.

Não... não, eu não poderia simplesmente... *ficar ali*. Para sempre. Até morrer. Talvez... houvesse outra maneira ou outra pessoa que pudesse encontrar uma saída. Controlei a respiração irregular, afastando os pensamentos de pânico e depressão.

— Mas foi um bravo esforço — disse Lucien, com um risinho.

Não me dei o trabalho de esconder meu olhar de irritação.

Cavalgamos em silêncio, e, além de alguns pássaros e esquilos, não vi nada — não ouvi nada — fora do comum. Depois de alguns minutos, acalmei os pensamentos revoltados e perguntei:

— Onde está o resto da corte de Tamlin? Realmente fugiram todos dessa praga sobre a magia?

— Como você sabe sobre a corte? — perguntou Lucien, tão rapidamente que percebi que ele achava que eu queria dizer outra coisa.

Mantive o rosto inexpressivo.

— É comum que propriedades tenham emissários? E criados chilram. Não foi por isso que os fez usar máscaras de pássaros para aquela festa?

Lucien fez uma expressão de raiva, e sua cicatriz se esticou.

— Cada um de nós escolheu o que usar naquela noite para honrar os dons de transfiguração de Tamlin. Os criados também. Mas agora, se tivéssemos escolha, as arrancaríamos com as mãos — rebateu Lucien, puxando a própria máscara. Ela não se moveu.

— O que aconteceu para que a magia agisse assim?

Lucien soltou uma risada áspera.

— Algo foi enviado das cloacas do inferno — disse ele, e, depois, olhou em volta e xingou. — Eu não deveria ter dito isso. Se ela soubesse...

— Quem?

A cor sumira da pele de Lucien. Ele passou a mão pelo cabelo.

— Não importa — respondeu o feérico, e inspirou fundo. — Quanto menos souber, melhor. Tam pode não achar problemático contar a você sobre a praga, mas eu não duvidaria que um humano fosse capaz de vender a informação a quem pagar o maior preço.

Fervilhei de ódio, mas o pouco de informação que Lucien tinha dito faiscava diante de mim como joias brilhantes. Uma *ela* que assustava Lucien o suficiente para fazer com que ele se preocupasse... para deixá-lo com medo que alguém estivesse ouvindo, espionando, monitorando seu comportamento. Mesmo ali fora. Avaliei as sombras entre as árvores, mas não vi nada.

Prythian era governada por sete Grão-Senhores — talvez essa *ela* fosse quem quer que governasse aquele território; se não um Grão-Senhor, uma Grã-Senhora. Se é que era possível.

— Quantos anos você tem? — perguntei, esperando que ele continuasse divulgando mais informações úteis.

— Sou velho — respondeu Lucien. Ele avaliou a vegetação, mas tive a sensação de que os olhos agitados do feérico não estavam procurando caça. Seus ombros estavam tensos demais.

— Que tipo de poderes você tem? Pode mudar de forma como Tamlin?

Lucien suspirou, olhando para o céu antes de refletir, cauteloso, aquele olho de metal semicerrando com concentração determinada.

— Está tentando descobrir minha fraqueza para poder... — Olhei para ele com raiva. — Tudo bem. Não, não posso mudar de forma. Só Tam pode.

— Mas seu amigo... ele apareceu como um lobo. A não ser que aquela fosse a...

— Não, não. Andras era Grão-Feérico também. Tam pode nos transfigurar em outras formas, se for preciso. Ele guarda isso apenas para as sentinelas, no entanto. Quando Andras cruzou a muralha, Tam o transformou em lobo, assim ele não seria descoberto como feérico. Embora o tamanho provavelmente fosse indicação suficiente.

Um estremecimento percorreu minha espinha, tão violento que não reconheci o olhar incandescente de raiva que Lucien lançou em minha direção. Não tive coragem de perguntar se Tamlin poderia me transfigurar.

— Enfim — continuou Lucien —, os Grão-Feéricos não têm *poderes* específicos, como os feéricos menores. Não tenho uma afinidade de nascença, se é o que está perguntando. Não limpo tudo à vista ou atraio mortais para uma morte por afogamento, ou dou respostas a quaisquer perguntas que você possa ter se me prender. Simplesmente existimos... para governar.

Virei para o outro lado para que ele não visse quando revirei os olhos.

— Imagino que, se eu fosse uma de vocês, faria parte dos feéricos, e não dos Grão-Feéricos, certo? Um feérico inferior como Alis, servindo vocês de quatro? — Ele não respondeu, o que significava *sim*. Com aquela arrogância, não era surpresa que Lucien achasse repugnante minha presença como substituta de seu amigo. E como já deveria me odiar para sempre, pois frustrara meus planos antes que eles sequer começassem, perguntei: — Como conseguiu essa cicatriz?

Lucien exibiu uma expressão irritada.

— Não fiquei de boca fechada quando deveria, e fui punido por isso.

— Tamlin fez isso com você?

— Pelo Caldeirão, não. Ele não estava lá. Mas conseguiu o olho substituto para mim depois.

Mais respostas que não eram respostas.

— Então, há feéricos que realmente respondem a qualquer pergunta se você os prender? — Talvez soubessem como me libertar dos termos do Tratado.

— Sim — respondeu Lucien, contendo-se. — Os Suriel. Mas são velhos e cruéis, e não valem o perigo de sair para encontrá-los. E, se você for burra o bastante para continuar parecendo tão intrigada, vou ficar muito desconfiado e dizer a Tam que a mantenha em prisão domiciliar. Embora eu suponha que você faria por merecer se fosse, de fato, burra o suficiente para caçar um Suriel.

Eles deveriam estar próximos, então, se Lucien estava tão preocupado. Ele virou a cabeça para a direita, ouvindo, o olho rangendo baixinho. Os pelos de meu pescoço se arrepiaram, e saquei o arco em um segundo, apontando na direção para a qual Lucien olhava.

— Abaixe esse arco — sussurrou ele, a voz grave e áspera. — Abaixe a porcaria do arco, humana, e olhe para a frente.

Fiz conforme pedido, os pelos em meus braços se arrepiando quando algo farfalhou a vegetação.

— Não reaja — disse Lucien, forçando o olhar adiante também, o olho de metal ficando imóvel e silencioso. — Não importa o que sinta ou veja, não reaja. *Não olhe*. Apenas encare adiante.

Comecei a tremer, segurando as rédeas nas mãos suadas. Poderia ter imaginado se aquilo se tratava de alguma piada ruim, mas o rosto de Lucien tinha ficado muito, muito pálido. As orelhas de nossos cavalos se abaixaram, mas eles continuaram caminhando, como se também tivessem entendido o comando de Lucien.

Então senti.

Capítulo 10

Meu sangue congelou quando um frio arrepiante e penetrante passou. Eu não conseguia ver nada, apenas um vago brilho no canto da visão, e minha égua ficou imóvel sob mim. Forcei o rosto até ficar inexpressivo. Até mesmo os bosques cheirosos da primavera pareceram se encolher, murchar e congelar.

A coisa fria sussurrou, circundando. Eu não conseguia ver nada, mas conseguia *sentir*. E, bem no fundo da mente, uma voz antiga e oca sussurrou:

— *Vou triturar seus ossos entre minhas garras; vou beber sua medula; vou me banquetear com sua carne. Sou o que você teme; sou o que receia... Olhe para mim. Olhe para mim.*

Tentei engolir em seco, mas minha garganta tinha se fechado. Mantive os olhos nas árvores, na folhagem, em qualquer coisa que não fosse a massa fria que nos rodeava diversas e diversas vezes.

Olhe para mim.

Eu queria olhar... precisava ver o que era.

Olhe para mim.

Encarei o tronco áspero de um olmo distante, pensando em coisas agradáveis. Como pão quente e barrigas cheias...

Vou encher minha barriga com você. Vou devorar você. Olhe para mim.

Um céu noturno, estrelado e sem nuvens, tranquilo e brilhante e infinito. O alvorecer no verão. Um banho refrescante no lago da floresta. Encontros com Isaac, me perder por uma ou duas horas em seu corpo, nossas respirações sincronizadas.

Aquilo estava ao nosso redor, tão frio que meus dentes batiam. *Olhe para mim.*

Encarei aquele tronco de árvore que se aproximava cada vez mais, sem ousar piscar. Meus olhos estavam cansados, cheios de lágrimas, e deixei que elas escorressem, recusando-me a reconhecer a coisa que espreitava.

Olhe para mim.

E no momento em que achei que olharia, quando meus olhos doíam tanto de *não* olhar, o frio sumiu na vegetação, deixando um rastro de plantas mortas e murchas para trás.

— O que era aquilo? — perguntei, limpando as lágrimas do rosto.

O rosto de Lucien ainda estava pálido.

— Você não quer saber.

— Por favor. Era aquele... Suriel que você mencionou?

O olho vermelho de Lucien ficou sombrio quando ele respondeu, a voz rouca.

— Não. Era uma criatura que não deveria estar nestas terras. Nós chamamos de Bogge. Não pode caçá-la, não pode matá-la. Mesmo com suas amadas flechas de freixo.

— Por que não posso olhar para ela?

— Porque, quando a olha, quando reconhece sua existência, é quando ela se torna real. É quando pode matar você.

Um calafrio percorreu minha espinha. Aquela era a Prythian que eu esperava — as criaturas que faziam os humanos sussurrarem sobre elas mesmo agora. Foi por esse motivo que eu não hesitei, nem por um segundo, quando considerei a possibilidade de aquele lobo ser um feérico.

— Ouvi a voz dela em minha mente. Ela me disse para olhar.

Lucien gesticulou com os ombros.

— Bem, graças ao Caldeirão que não olhou. Limpar a sujeira teria destruído o resto do meu dia. — Ele me deu um sorriso fraco. Não o devolvi.

Eu ainda ouvia a voz do Bogge sussurrando entre as folhas, me chamando.

Mas depois de uma hora perambulando pelas árvores, mal nos falando, parei de tremer o suficiente para me virar para Lucien.

— Então você é velho — falei, e Lucien encolheu o corpo. — E carrega uma espada, e patrulha a fronteira. Você lutou na Guerra? — Tudo bem, talvez eu não tivesse esquecido a curiosidade a respeito do olho do feérico.

Lucien encolheu o corpo.

— Merda, Feyre... não sou tão velho assim.

— Mas é um guerreiro? — Conseguiria me matar se chegássemos a esse ponto?

Lucien soltou uma risada abafada.

— Não tão bom quanto Tam, mas sei usar minhas armas. — Ele deu um tapinha no cabo da espada. — Gostaria que eu a ensinasse como empunhar uma lâmina, ou já sabe, oh, poderosa caçadora mortal? Se matou Andras, provavelmente não precisa aprender nada. Apenas para onde mirar, certo? — Lucien bateu no peito.

— Não sei como usar uma espada. Só sei caçar.

— É a mesma coisa, não é?

— Para mim, é diferente.

Lucien ficou em silêncio, ponderando.

— Imagino que vocês humanos sejam covardes tão desprezíveis que teria se urinado, se enroscado e esperado a morte se soubesse, sem sombra de dúvida, o que Andras era realmente. — Insuportável. Lucien suspirou quando me olhou de cima a baixo. — Você em algum momento deixa de ser *tão* séria e chata?

— Você deixa de ser um babaca? — disparei de volta.

Morta; mesmo, de verdade, eu deveria estar morta por ter dito aquilo.

Mas Lucien sorriu para mim.

— Muito melhor.

Alis, pelo visto, não estava errada.

Qualquer trégua instável que tínhamos construído naquela tarde sumira à mesa do jantar.

Tamlin estava sentado na cadeira de sempre, com uma longa garra em volta do cálice. O cálice parou no lábio dele assim que entrei, com Lucien em meu encalço. Os olhos verdes dele se fixaram em mim.

Certo. Eu o havia dispensado naquela manhã, alegando que queria ficar sozinha.

Tamlin olhou devagar para Lucien, cujo rosto se tornara severo.

— Fomos caçar — disse Lucien.

— Eu soube — respondeu Tamlin, grosseiramente, olhando de mim para o cortesão conforme ocupamos nossos assentos. — E vocês se divertiram? — Devagar, a garra dele afundou de volta na pele.

Lucien não respondeu, deixando para mim. *Covarde.* Pigarreei.

— Mais ou menos — falei.

— Pegaram alguma coisa? — Cada palavra era calculada.

— Não. — Lucien tossiu para mim de modo contundente, como se implorasse para que eu dissesse algo mais.

Mas eu não tinha o que dizer. Tamlin me encarou por um bom tempo e, então, começou a comer, nem um pouco interessado em falar comigo também.

Então, Lucien falou baixinho:

— Tam.

Tamlin ergueu o rosto, mais animal que humano com aqueles olhos verdes. Um comando para o que Lucien quisesse dizer.

Lucien engoliu em seco.

— O Bogge estava na floresta hoje.

O garfo na mão de Tamlin se dobrou ao meio quando ele indagou, com calma letal:

— Você esbarrou nele?

Lucien assentiu.

— Seguiu o próprio caminho, mas chegou perto. Deve ter entrado pela fronteira.

Metal rangeu quando as garras de Tamlin se projetaram para fora, destruindo o garfo. Ele ficou de pé com um movimento poderoso e brutal. Tentei não tremer diante da fúria contida, de como seus caninos pareceram crescer quando Tamlin disse:

— Onde na floresta?

Lucien contou a ele. Tamlin olhou em minha direção antes de sair andando pela sala e fechar a porta atrás de si com uma delicadeza irritante.

Lucien expirou, afastando o prato pela metade e esfregando as têmporas.

— Aonde ele vai? — perguntei, encarando a porta.

— Caçar o Bogge.

— Você disse que não poderia ser morto, que não se pode olhar para ele.

— Tam pode.

Perdi o fôlego. O Grão-Feérico grosseiro que me elogiava sem vontade era capaz de matar uma coisa como o Bogge. Ainda assim, ele mesmo servira meu prato naquela primeira noite, me oferecera a vida ao invés da morte. Eu sabia que Tamlin era letal, um tipo de guerreiro, mas...

— Então ele foi caçar o Bogge onde estávamos mais cedo hoje?

Lucien deu de ombros.

— Se ele vai encontrar um rastro, é ali.

Eu não fazia ideia de como alguém poderia enfrentar aquele horror imortal que eu havia testemunhado mais cedo, mas... não era problema meu.

E, só porque Lucien não comeria mais, não queria dizer que eu não comeria. O feérico, perdido em pensamentos, nem mesmo reparou no banquete que devorei.

Voltei para o quarto e — acordada sem mais o que fazer — comecei a monitorar o jardim por algum sinal do retorno de Tamlin. Ele não voltou.

Afiei a faca que tinha escondido em um pedaço de pedra que tirei do jardim. Uma hora se passou... e Tamlin ainda não retornara.

A lua mostrou sua face, transformando o jardim abaixo em prata e sombra.

Ridículo. Totalmente ridículo prestar atenção no seu retorno, para ver se Tamlin poderia, de fato, sobreviver ao Bogge. Tirei o rosto da janela, prestes a me arrastar para a cama.

Mas algo se moveu no jardim.

Segui para as cortinas ao lado da janela, sem querer ser flagrada esperando por Tamlin, e olhei para fora.

Não era Tamlin, mas alguém espreitava perto das cercas vivas, olhando para a casa. Olhando para *mim*.

Macho, curvado e...

Perdi o fôlego quando o feérico chegou mais perto com dificuldade, apenas dois passos, para a luz que vinha da casa.

Não era um feérico, mas um homem.

Meu pai.

Capítulo 11

Não me dei a chance de entrar em pânico, de duvidar, de fazer qualquer coisa a não ser desejar que eu tivesse roubado comida da mesa do café da manhã conforme vesti túnica após túnica e me enrolei em um manto, enfiando a faca que havia roubado na bota. As roupas a mais na sacola seriam apenas um fardo para carregar.

Meu pai. Meu pai tinha ido me buscar... me salvar. Quaisquer que fossem os benefícios que Tamlin dera a ele quando parti, não deveriam ser tão tentadores, então. Talvez ele tivesse um navio pronto para nos levar para muito, muito longe — talvez, de algum modo, tivesse vendido o chalé e conseguido dinheiro o suficiente para que nos estabelecêssemos em um novo lugar, um novo continente.

Meu pai; meu pai aleijado e pobre tinha vindo.

Uma leve avaliação do terreno sob minha janela revelou que não havia ninguém do lado de fora... e a casa silenciosa me informou que ninguém tinha visto meu pai ainda. Ele continuava esperando ao lado da cerca viva e me chamava agora. Pelo menos Tamlin não tinha voltado.

Com um último olhar para o quarto, atenta a qualquer um que se aproximasse do corredor, segurei a treliça de glicínias mais próxima e desci devagar o prédio.

Encolhi o corpo ao ouvir o estalar do cascalho sob as botas, mas meu pai já estava se movendo para os portões externos, apoiando-se na bengala. Como tinha *chegado* ali? Devia haver cavalos por perto, então. Ele mal trajava roupas o suficiente para o inverno que nos esperaria depois de cruzarmos a muralha. Mas eu vestira camadas o bastante, poderia emprestar alguns itens se precisasse.

Mantendo os movimentos leves e silenciosos, com o cuidado de evitar a luz da lua, corri atrás de meu pai. Ele se moveu, com rapidez surpreendente, na direção da cerca viva sombreada, para o portão além dela.

Apenas algumas velas do corredor queimavam dentro da casa. Eu não ousei respirar alto demais; não ousei gritar por meu pai à medida que ele caminhava com dificuldade na direção do portão. Se saíssemos naquele momento, se ele de fato tivesse cavalos, poderíamos estar a meio caminho de casa quando perceberem que eu havia sumido. Então fugiríamos... fugiríamos de Tamlin, fugiríamos da praga que em breve poderia invadir nossas terras.

Meu pai chegou aos portões. Já estavam abertos, a floresta escura além deles chamando. Os cavalos deviam estar escondidos nas pro fundezas da mata. Ele se virou para mim, aquele rosto familiar sério e tenso, aqueles olhos castanhos finalmente nítidos, e chamou. *Rápido, rápido*, era o que cada movimento de sua mão parecia gritar.

Meu coração era uma batida desenfreada no peito, na garganta. Apenas alguns metros agora; até ele, até a liberdade, até uma nova vida...

A mão de alguém se fechou em meu braço e me *puxou*.

— Vai a algum lugar?

Merda, merda, *merda*.

As garras furaram minhas camadas de roupas quando ergui o rosto para ele com terror evidente.

Não ousei me mexer, não quando seus lábios se contraíram e os músculos do maxilar estremeceram. Não quando ele abriu a boca e pude ver lampejos de presas — presas longas, de rasgar a garganta — brilhando ao luar.

Ele me mataria... me mataria bem ali e, então, mataria meu pai. Chega de brechas, chega de elogios, chega de piedade. Ele não se importava mais. Eu já estava morta.

— Por favor — sussurrei. — Meu pai...

— Seu *pai*? — Tamlin ergueu o olhar para os portões atrás de mim, e seu grunhido ressoou por meu corpo quando ele exibiu os dentes. — Por que não olha de novo? — disparou ele, e me soltou.

Cambaleei um passo para trás, zonza, inspirando fundo para dizer a meu pai que *corresse*, mas...

Mas ele não estava ali. Restavam apenas um arco pálido e uma aljava de flechas pálidas, apoiados contra os portões. Madeira de freixo da montanha. Não estavam ali segundos antes, não...

Os objetos tremeluziram, como se não passassem de água, e, então, o arco e a aljava se tornaram uma sacola grande, cheia de suprimentos. Outro tremeluzir... e minhas irmãs abraçadas, chorando.

Meus joelhos cederam.

— O que é... — Não terminei a pergunta. Meu pai estava ali agora.

— Não foi avisada para se manter alerta? — disparou ele. — Que seus sentidos humanos a trairiam? — Tamlin deu um passo para além de mim e emitiu um grunhido tão cruel que o que quer que fosse a *coisa* perto dos portões emitiu um lampejo e disparou, tão rápido quanto raio, cortando a escuridão.

— Tola — disse o Grão-Feérico para mim, se virando. — Se algum dia fugir, pelo menos faça-o durante o dia. — Ele me encarou, as presas se retraindo devagar. As garras permaneceram. — Há coisas piores que o Bogge vagando por esses bosques à noite. Aquela coisa no portão não é uma delas, e mesmo assim teria se demorado muito enquanto devorava você.

Por algum motivo, minha boca voltou a funcionar. E entre tudo o que eu poderia dizer, falei:

— Pode me culpar? Meu pai com uma deficiência aparece sob minha janela, e acha que não vou correr até ele? Realmente achou que eu ficaria aqui *para sempre* alegremente, mesmo que tivesse cuidado de minha família, tudo por causa de um Tratado que não teve nada a ver comigo e permite que *seu povo* massacre humanos quando quiser?

Tamlin flexionou os dedos, como se tentasse fazer as garras se recolherem outra vez, mas elas permaneceram projetadas, prontas para dilacerar carne e osso.

— O que você quer, Feyre?

— Quero ir para *casa*!

— Para casa, para que, exatamente? Preferiria aquela existência humana miserável a isto?

— Fiz uma promessa — declarei, a respiração falhando. — Para minha mãe, quando ela morreu. Que eu cuidaria da minha família. Que eu cuidaria deles. Tudo o que fiz, cada dia, cada hora, foi por causa daquela promessa. E só porque eu estava caçando para salvar minha família, para colocar comida em suas barrigas, agora sou forçada a quebrar a promessa.

Tamlin saiu batendo os pés na direção da casa, e dei uma grande vantagem a ele antes de segui-lo. Suas garras se retraíram devagar, como se fosse um grande esforço acalmar o ódio predatório dentro dele. Tamlin não me olhou quando disse:

— Você não está quebrando a promessa, está cumprindo-a, e mais um pouco, ao ficar aqui. Sua família está melhor agora que quando você estava lá.

Aquelas pinturas lascadas e desbotadas dentro do chalé surgiram em minha mente. Talvez eles se esqueceriam de quem as havia pintado. Insignificantes — era isso que se tornariam todos os anos que eu dera a eles, tão insignificantes quanto eu era para esses Grão-Feéricos. E aquele sonho que tive, de algum dia viver com meu pai, com comida e dinheiro o suficiente, e pintar... Tinha sido meu sonho... de mais ninguém.

Esfreguei o peito.

— Não posso, simplesmente, desistir dele... deles. Não importa o que você diga.

Mesmo que eu tivesse sido uma tola, uma tola burra e humana, de acreditar que meu pai de fato viria atrás de mim.

Tamlin me olhou de esguelha.

— Não está desistindo deles.

— Vivendo no luxo, me entupindo de comida? Como isso não é...

— Eles estão sendo assistidos, estão alimentados e confortáveis — repetiu Tamlin.

Alimentados e confortáveis. Se ele não podia mentir, se era verdade, então... então era algo maior do que eu já tivesse ousado sonhar.

Então... a promessa para minha mãe estava cumprida.

Fiquei tão aturdida que não disse nada por um momento conforme caminhamos.

Minha vida agora pertencia ao Tratado, mas... talvez eu tivesse sido liberta de outra maneira.

Nós nos aproximamos da escadaria curva que dava na mansão, e, por fim, perguntei:

— Lucien sai para a patrulha da fronteira, e você mencionou outros sentinelas, mas nunca vi nenhum por aqui. Onde estão todos?

— Na fronteira — falou Tamlin. Como se aquilo fosse resposta o suficiente. Então, ele acrescentou: — Não precisamos de sentinelas se eu estou aqui.

Porque ele era letal o suficiente. Tentei não pensar a respeito, mas perguntei mesmo assim:

— Então você foi treinado como guerreiro?

— Sim. — Quando não respondi, Tamlin acrescentou: — Passei a maior parte da vida na tropa de guerra de meu pai, nas fronteiras, treinando como guerreiro para um dia servi-lo, ou a outros. Governar estas terras... não deveria recair sobre mim. — A inexpressividade com que ele falou me disse muito sobre como Tamlin se sentia a respeito do atual título, sobre por que a presença do amigo de língua afiada era necessária.

Mas era pessoal demais, exigente demais, perguntar o que tinha acontecido para mudar tanto as circunstâncias. Então, pigarreei e perguntei:

— Que tipo de feéricos caminham pelos bosques além do portão se o Bogge não é o pior deles? O que *era* aquela coisa?

O que eu queria dizer era: *O que teria me atormentado e então me devorado? Quem é você para ser tão poderoso a ponto de aquilo não o ameaçar?*

Tamlin parou no degrau mais baixo, esperando que eu o alcançasse.

— Uma puca. Elas usam nossos desejos para nos atrair até algum lugar remoto. Depois, nos devoram. Devagar. Provavelmente sentiu seu cheiro humano no bosque e o seguiu até a casa. — Estremeci e não me dei o trabalho de esconder. Tamlin continuou. — Estas terras costumavam ser bem vigiadas. Os feéricos mais mortais ficavam retidos nas fronteiras de seus territórios nativos, monitorados pelos senhores feéricos locais, ou levados a se esconder. Criaturas como a puca jamais teriam ousado colocar os pés aqui. Mas, agora, a doença que infectou Prythian enfraqueceu os feitiços que os mantinham longe. — Ele deu uma longa pausa, como se as palavras o tivessem feito engasgar. — As coisas estão diferentes agora. Não é seguro viajar sozinho à noite, principalmente quando se é humano.

Porque humanos eram tão indefesos quanto bebês em comparação aos predadores natos, como Lucien — e Tamlin, que não precisavam de armas para caçar. Olhei para as mãos dele, mas não vi traços das garras. O temperamento de Tamlin estava controlado de novo.

— O que mais é diferente agora? — perguntei, seguindo Tamlin para cima dos degraus de mármore da entrada.

Ele não parou dessa vez, nem mesmo olhou por cima do ombro para me ver, quando disse:

— Tudo.

✢

Então, eu deveria mesmo morar ali para sempre. Por mais que desejasse me certificar de que a palavra de Tamlin sobre cuidar de minha família fosse verdade, por mais que sua alegação de que eu estava cuidando mais de minha família ao ficar longe... Mesmo que eu estivesse realmente cumprindo aquela promessa à minha mãe ao ficar em Prythian... Sem o peso da promessa, eu me sentia oca e vazia.

Durante os três dias seguintes, eu me juntei a Lucien na antiga patrulha de Andras enquanto Tamlin caçava o Bogge pela propriedade, sem que o víssemos. Apesar de ser um babaca de vez em quando, Lucien não parecia se incomodar com minha companhia, e era ele quem mais falava, o que não era problema — me permitia pensar nas consequências de disparar uma única flecha.

Uma flecha. Não disparei uma única flecha durante aqueles três dias em que cavalgamos pela fronteira. Naquela exata manhã, vi uma corça vermelha em uma ravina e mirei por instinto, a flecha pronta para voar diretamente até seu olho, enquanto Lucien debochava do fato de *ela*, pelo menos, não ser uma feérica. Mas encarei a corça — gorda e saudável e feliz — e então afrouxei o arco, recoloquei a flecha na aljava e deixei que o animal partisse. Por que caçar quando havia comida o bastante?

Não vi Tamlin pela mansão; estava fora caçando o Bogge dia e noite, informou Lucien. Mesmo no jantar, ele falava pouco antes de sair cedo, para continuar a caçada, noite após noite. Não me importava com sua ausência. Era um alívio, na verdade.

Na terceira noite após meu encontro com a puca, mal consegui sentar antes de Tamlin se levantar, usando a desculpa de não querer perder tempo de caça.

Lucien e eu o encaramos em silêncio por um momento.

O que eu conseguia ver do rosto de Lucien estava pálido e tenso.

— Você está preocupado com ele — constatei.

Lucien afundou na cadeira, em uma atitude completamente indigna de um senhor feérico.

— Tamlin tem seus... humores — disse ele, com cuidado, exausto.

— Ele não quer sua ajuda para caçar o Bogge?

— Prefere ir sozinho. E ter o Bogge em nossas terras... Não imagino que você entenda. Mas ele não deveria estar aqui, e o fato de estar deixa Tamlin furioso. A puca é inferior o bastante para não incomodar Tamlin, mas, mesmo depois que ele tiver dilacerado o Bogge, vai continuar irritado.

— E não há ninguém que possa ajudá-lo?

— Ele provavelmente dilaceraria a pessoa por desobedecer à ordem de ficar longe.

Uma sensação fria percorreu minha nuca.

— Ele seria tão cruel assim?

Lucien avaliou o vinho no cálice.

— Não se mantém poder ao ser amigo de todos. E, entre os feéricos, inferiores e Grão-Feéricos, a mão firme é necessária. Somos poderosos demais, entediados demais com a imortalidade para sermos reprimidos por qualquer coisa.

Parecia uma posição fria e solitária para se ocupar, principalmente quando não se queria isso de verdade. Eu não tinha certeza de por que aquilo me incomodava tanto.

✣

A neve caía pesadamente e sem piedade, já na altura dos meus joelhos conforme eu puxava a corda do arco para trás — mais e mais, até meu braço tremer. Atrás de mim, uma sombra espreitava; não... *observava*. Não ousei me virar a fim de olhá-la, para ver quem poderia estar dentro daquela sombra me observando, não quando o lobo me encarou do outro lado da clareira.

Apenas encarou. Como se esperasse, como se me desafiasse a atirar a flecha de freixo.

Não; não, eu não queria, não dessa vez, não de novo, não...

Mas não tinha controle de meus dedos, e ele ainda me encarava quando disparei.

Um disparo — apenas um, direto naquele olho dourado.

Uma pincelada de sangue espirrando na neve, o estampido de um corpo pesado, um suspiro do vento. *Não*.

Não foi um lobo que atingiu a neve; não, foi um homem, alto e bem constituído.

Não; não um homem, um Grão-Feérico, com aquelas orelhas pontudas.

Pisquei, então... então minhas mãos estavam quentes e grudentas de sangue, e o corpo dele estava vermelho e sem a pele, fumegando no frio, e era sua pele — *sua pele* — que eu segurava nas mãos e...

✣

Acordei em um impulso, o suor escorrendo em minhas costas, e me obriguei a *respirar*, a abrir meus olhos e reparar em cada detalhe do quarto escuro como a noite. Real... aquilo era real.

Eu ainda conseguia ver aquele macho Grão-Feérico com o rosto na neve, minha flecha atravessando seu olho, vermelho e ensanguentado por toda parte onde eu havia cortado e retirado sua pele.

Bile fez minha garganta arder.

Não era real. Apenas um sonho. Mesmo que o que eu tivesse feito a Andras, mesmo como lobo, fosse... fosse...

Esfreguei o rosto. Talvez fosse o silêncio, o vazio dos últimos dias — talvez fosse apenas o fato de eu não mais precisar pensar hora após hora em como manter minha família viva, mas... era arrependimento e, talvez, vergonha que cobriam minha língua, meus ossos.

Estremeci, como se pudesse atirar o sentimento longe, e chutei os lençóis para me levantar da cama.

Capítulo 12

Não consegui afastar totalmente o horror, a sanguinolência do sonho, enquanto eu caminhava pelos corredores escuros e silenciosos da mansão, os criados e Lucien estavam há muito adormecidos. Mas precisava fazer alguma coisa — *qualquer coisa* — depois daquele pesadelo. Mesmo que fosse só para evitar dormir. Com um pedaço de papel em uma das mãos e uma caneta na outra, tracei cuidadosamente meus passos, reparando em janelas, portas e saídas, anotando ocasionalmente esboços vagos e alguns *X* no pergaminho.

Era o melhor que eu podia fazer, e, para qualquer humano alfabetizado, as marcas não teriam feito sentido. Mas... eu não podia escrever ou ler mais que as letras básicas, e o mapa improvisado era melhor que nada. Se fosse permanecer ali, era essencial conhecer os melhores esconderijos, a saída mais fácil caso as coisas dessem errado para mim. Eu não conseguia abandonar totalmente o instinto.

Estava escuro demais para admirar qualquer das pinturas que adornavam as paredes, e não ousei acender uma vela. Nos últimos três dias, havia criados nos corredores quando eu reunia coragem para contemplar a arte — e a parte de mim que falava com a voz de Nestha riu da ideia de um humano ignorante tentando admirar arte feérica. *Em outro momento, então*, eu dizia a mim mesma. Encontraria outro dia, uma hora tranquila, quando ninguém estivesse por perto, para apreciá-las. Tinha muitas horas agora... uma vida inteira adiante. Talvez... talvez eu descobrisse o que queria fazer com ela.

Desci a escadaria principal em silêncio; o luar banhava os azulejos pretos e brancos do saguão da entrada principal. Cheguei à base, os pés descalços silenciosos nos azulejos frios, e ouvi. Nada. Ninguém.

Apoiei o pequeno mapa na mesa do saguão e desenhei alguns *X* e círculos para indicar as portas, as janelas, os degraus de mármore do corredor da entrada. Eu me familiarizaria tanto com a casa que poderia caminhar por ela mesmo que alguém me vendasse.

Uma brisa anunciou a chegada dele, e virei da mesa para o longo corredor, para as portas de vidro que se abriam para o jardim.

Tinha esquecido como ele era imenso naquela forma; esquecido dos chifres retorcidos e do rosto lupino, do corpo, como o de um urso, que se movia com graciosidade felina. Os olhos verdes brilharam na escuridão, fixos em mim, e, conforme as portas se fecharam atrás dele, o clique de garras no mármore preencheu o corredor. Fiquei imóvel; não ousei me mexer, contrair um músculo.

Ele caminhava com certa dificuldade. E, ao luar, deixava um rastro de manchas escuras e brilhantes.

Ele continuou a seguir em minha direção, roubando o ar do corredor inteiro. Era tão grande que o espaço pareceu entulhado, feito uma jaula. O raspar da garra, um bufar de respiração irregular, o sangue pingando.

Entre um passo e o seguinte, ele mudou de forma, e fechei os olhos com força devido ao flash ofuscante. Quando, por fim, meus olhos se ajustaram à escuridão que retornara, ele estava diante de mim.

De pé, mas... mas não exatamente ali. Não havia nenhum sinal do boldrié ou das facas. As roupas estavam em frangalhos — rasgos longos e assustadores que me fizeram imaginar como não tinha sido dilacerado e morto. Mas a pele musculosa que despontava sob a camisa estava lisa, ilesa.

— Você matou o Bogge? — Minha voz mal passava de um sussurro.

— Sim. — Uma resposta inexpressiva e vazia. Como se ele não pudesse se dar o trabalho de lembrar que devia ser agradável. Como se eu estivesse bem no final de uma longa lista de prioridades.

— Está ferido — constatei, ainda mais baixo.

De fato, sua mão estava coberta de sangue, e mais sangue escorria de seu corpo para o chão. Tamlin olhou para o ferimento sem reagir, como se fosse um esforço monumental se lembrar de que ele tinha mão, de que ela estava ferida. Que força de vontade e potência tinham sido necessárias para matar o Bogge, para enfrentar aquela ameaça desprezível? Quão profundamente devia ter buscado dentro de si, por qualquer que fosse o poder imortal e animal que ali vivia, para matar a criatura?

Tamlin olhou para o mapa à mesa, e sua voz estava desprovida de qualquer coisa, emoção, ódio ou diversão, quando indagou:

— O que é isso?

Peguei o mapa.

— Achei que deveria... reconhecer meu ambiente.

Pinga, pinga, pinga.

Abri a boca para apontar para a mão dele de novo, mas Tamlin falou:

— Você não sabe escrever, não é?

Não respondi. Não sabia o que dizer. *Humana ignorante e insignificante.*

— Não é surpreendente que tenha se tornado tão habilidosa em outras coisas.

Imaginei que ele estava tão perdido nos pensamentos sobre o encontro com o Bogge que não percebeu o elogio que me fizera. Se é que era um elogio.

Outro pingo de sangue no mármore.

— Onde podemos limpar sua mão?

Ele ergueu a cabeça para me olhar de novo. Parado, silencioso e cansado. Então, disse:

— Há uma pequena enfermaria.

Eu queria dizer a mim mesma que provavelmente era a coisa mais útil que eu tinha aprendido a noite toda. Mas, enquanto seguia

Tamlin até lá, evitando o sangue que ele deixava para trás, pensei no que Lucien dissera sobre o isolamento de Tamlin, aquele fardo, pensei no que Tamlin havia mencionado sobre como a propriedade jamais deveria ter sido sua e senti... pena dele.

A enfermaria estava bem abastecida, era mais uma despensa com uma mesa de trabalho que realmente um lugar para abrigar feéricos doentes. Imaginei que era tudo de que precisavam quando podiam se curar com os poderes imortais. Mas aquele ferimento... aquele ferimento não estava sarando.

Tamlin encostou na beira da mesa, segurando a mão ferida pelo punho conforme me observava procurar suprimentos nos armários e nas gavetas. Quando reuni aquilo de que precisava, tentei não hesitar quando me detive diante da ideia de tocá-lo, mas... não me permiti ceder ao receio quando peguei a mão de Tamlin; o calor de sua pele era como um inferno contra meus dedos frios.

Limpei a mão ensanguentada e suja; delicadamente, com cuidado, pronta para o primeiro lampejo daquelas garras. Mas as garras permaneceram retraídas, e Tamlin continuou em silêncio enquanto eu atava e enrolava sua mão — surpreendentemente, não passavam de alguns cortes feios, nenhum requeria pontos.

Prendi as ataduras no lugar e me afastei, levando a tigela de água ensanguentada até a pia, nos fundos do quarto. Os olhos de Tamlin eram como um ferrete sobre mim enquanto eu terminava de limpar, e o cômodo ficou pequeno demais, quente demais. Tamlin matou o Bogge e saiu relativamente ileso. Se ele fosse tão poderoso assim, então os Grão-Feéricos de Prythian deviam ser semideuses. Cada instinto mortal em meu corpo berrou, em pânico, ao pensar nisso.

Eu estava quase na porta aberta, contendo a vontade de correr de volta ao quarto, quando ele falou:

— Você não sabe escrever, mas aprendeu a caçar para sobreviver. Como?

Parei com a mão no portal.

— É o que acontece quando você é responsável por vidas que não são a sua, não é? Você faz o que precisa.

— Então, pelo menos temos uma coisa em comum. — Tamlin ainda estava sentado à mesa, ainda sobre aquele limite interno entre aqui e agora e aonde quer que tivesse ido dentro da mente para suportar a luta contra o Bogge. Olhei nos olhos dele, ainda ferais e brilhantes.

— Você não é o que eu esperava... para uma humana — disse Tamlin.

Não respondi. E ele não se despediu quando saí.

Na manhã seguinte, conforme descia a enorme escadaria, tentei não pensar muito nos azulejos de mármore limpos no andar de baixo — não havia nenhum sinal do sangue que Tamlin havia perdido. Tentei não pensar muito em nosso encontro, na verdade.

Quando vi que o corredor da entrada estava vazio, quase sorri para mim mesma; senti uma agitação naquele vazio oco que me rondava. Talvez agora, talvez naquele momento de calma, eu pudesse, por fim, ver a arte nas paredes, tomar meu tempo observando-a, aprender, admirar.

Com o coração acelerado diante do pensamento, eu estava prestes a seguir por um corredor, que reparei estar coberto de pintura após pintura, quando vozes masculinas baixas flutuaram da sala de jantar.

Parei. Estavam baixas e tão tensas que dei passos em silêncio conforme segui para as sombras atrás da porta aberta. Era uma coisa covarde e desprezível de se fazer — mas *o que* eles estavam dizendo me fez afastar qualquer culpa.

— Só quero saber o que acha que está fazendo. — Era Lucien, aquela crueldade e raiva familiares envolviam cada palavra.

— O que *você* está fazendo? — disparou Tamlin. Pelo espaço entre a dobradiça e a porta, eu conseguia ver os dois de pé, quase cara a cara. Na mão livre de ataduras de Tamlin, garras brilhavam à luz da manhã.

— Eu? — Lucien levou a mão ao peito. — Pelo Caldeirão, Tam, não há muito tempo, e você está simplesmente mal-humorado e ranzinza. Nem mesmo tenta fingir mais.

Minhas sobrancelhas se ergueram. Tamlin virou o rosto, mas se voltou um momento depois, os dentes expostos.

— Foi um erro desde o início. Não suporto, não depois do que meu pai fez com o povo deles, com as terras deles. Não vou seguir seus passos, não serei esse tipo de pessoa. *Então, me deixe em paz.*

— Deixar em paz? Deixar em paz enquanto você sela nossos destinos e destrói tudo? Fiquei com você por esperança, não para observá-lo hesitar. Para alguém com o coração de pedra, o seu certamente anda molenga ultimamente. O Bogge estava em nossas terras, o *Bogge*, Tamlin! As barreiras entre as cortes sumiram, e mesmo nossos bosques estão fervilhando de escória como a puca. Vai simplesmente começar a viver ali, massacrando cada verme que rasteja para dentro?

— Cuidado com o que diz — avisou Tamlin.

Lucien deu um passo na direção dele, expondo os dentes também. Um tipo de brisa pulsante me atingiu no estômago, e um odor metálico preencheu meu nariz. Mas eu não conseguia *ver* nenhuma magia, apenas senti-la.

— Não me provoque, Lucien. — O tom de voz de Tamlin se tornou perigosamente baixo, e os pelos da minha nuca se arrepiaram quando ele emitiu um grunhido que era puramente animal. — Acha que eu não sei o que está acontecendo em minhas terras? O que tenho a perder, o que já se perdeu?

A praga. Talvez estivesse contida, mas parecia ainda disseminar o caos, ainda era uma ameaça, e talvez uma sobre a qual eles realmente não quisessem que eu soubesse, por falta de confiança ou porque... porque eu não era ninguém e nada para eles. Inclinei o corpo para a frente, mas, quando o fiz, meu dedo deslizou e bateu baixinho contra a porta. Um humano poderia não ter ouvido, mas os dois Grão-Feéricos se viraram.

Surpreendida, dei um passo na direção do portal, pigarreando. Meu coração acelerou enquanto pensei em dezenas de desculpas para me proteger, mas olhei para Lucien e me obriguei a sorrir. Seus olhos se arregalaram, e imaginei se era por causa de meu sorriso ou porque eu realmente parecia culpada.

— Vai cavalgar? — perguntei, me sentindo um pouco enjoada conforme gesticulava para trás com o polegar. Não tinha planejado cavalgar com ele naquele dia, mas... parecia uma desculpa decente.

O olho vermelho de Lucien estava brilhando, mas o sorriso que ele me deu não o alcançava. O rosto do emissário de Tamlin... ele estava mais treinado para a corte e era o mais calculista que eu jamais tinha visto.

— Estou indisponível hoje — disse Lucien, com suavidade. Ele indicou Tamlin com o queixo. — Ele vai com você.

Tamlin lançou ao amigo um olhar de desdém que não se esforçou muito em esconder. O habitual boldrié de Tamlin estava armado com mais facas do que eu já vira, e os cabos de metal ornamentados reluziram quando ele se virou para mim, com os ombros eretos.

— Quando quiser ir, é só dizer. — As garras da mão livre tinham deslizado de volta sob a pele.

Não. Quase falei quando voltei os olhos suplicantes para Lucien. Aquela oferta tinha algo a ver com a conversa que eu acabara de ouvir? Lucien apenas me deu um tapinha no ombro ao passar.

— Talvez amanhã, humana.

Sozinha com Tamlin, engoli em seco.

Ele estava de pé ali, esperando.

— Não quero ir caçar — admiti, por fim, baixinho. Era verdade. — Odeio caçar.

Tamlin inclinou a cabeça.

— Então, o que quer fazer?

Tamlin me guiou pelos corredores. Uma brisa suave com cheiro de rosas passava pelas janelas abertas e acariciava meu rosto.

— Você tem ido caçar — observou Tamlin, por fim —, mas na verdade não tem interesse nenhum nisso. — Ele me olhou de esguelha. — Não é surpreendente que vocês dois jamais peguem nada.

Não havia nenhum rastro do guerreiro vazio e frio da noite anterior, ou do feérico nobre e revoltado de minutos antes. Ele era apenas Tamlin naquele momento, ao que parece.

Mas eu seria tola se abaixasse a guarda perto de Tamlin, se pensasse que o fato de ele agir naturalmente significava qualquer coisa, principalmente quando algo estava tão obviamente errado na propriedade. Tamlin tinha matado o Bogge, e isso o tornava a criatura mais perigosa que eu jamais havia encontrado. Não sabia muito bem o que pensar dele, e perguntei, um pouco contida:

— Como está sua mão?

Ele flexionou a mão enfaixada, avaliando as ataduras brancas, lisas e limpas contra a pele.

— Não agradeci a você.

— Não precisa.

Mas Tamlin meneou a cabeça, e os cabelos dourados absorveram e refletiram a luz da manhã, como se tivessem se originado do próprio sol.

— A mordida do Bogge foi aperfeiçoada para retardar o processo de cura dos Grão-Feéricos. Por tempo suficiente para nos matar. Você tem minha gratidão. — Quando fiz um gesto de indiferença, ele acrescentou: — Como aprendeu a atar ferimentos desse jeito? Ainda consigo usar a mão, mesmo com as ataduras.

— Tentativa e erro. Eu precisava conseguir puxar a corda do arco no dia seguinte.

Tamlin ficou calado quando viramos em outro corredor de mármore inundado pela luz do sol, e ousei olhar para ele. Percebi que ele me avaliava com atenção, os lábios contraídos em uma linha fina.

— Alguém já cuidou de você? — perguntou, baixinho.

— Não — respondi, simplesmente. Havia muito tempo tinha deixado de sentir pena de mim mesma por causa daquilo.

— Aprendeu a caçar de modo semelhante, por tentativa e erro?

— Observava caçadores quando conseguia não ser vista, e então praticava até acertar alguma coisa. Quando errava, não comíamos. Então, aprender a mirar foi a primeira coisa que dominei.

— Estou curioso — admitiu Tamlin, casualmente. O âmbar nos olhos verdes brilhava. Talvez nem todos os traços daquele guerreiro feral tivessem sumido. — Algum dia vai usar aquela faca que roubou da mesa?

Enrijeci o corpo.

— Como sabia?

Sob a máscara, eu podia jurar que suas sobrancelhas estavam erguidas.

— Fui treinado para perceber essas coisas. Mas consegui sentir o cheiro do medo em você, mais que qualquer outra coisa.

Resmunguei.

— Achei que ninguém tivesse reparado.

Tamlin me deu um sorriso torto, mais sincero que todos os sorrisos falsos e os elogios que me dera antes.

— Independentemente do Tratado, se quiser ter a chance de escapar do meu povo, precisará pensar em coisas mais criativas que roubar facas de jantar. Mas, com sua afinidade para xeretar, talvez algum dia aprenda algo valioso.

Minhas orelhas pulsaram com calor.

— Eu... eu não estava... Desculpe — murmurei. Mas repassei o que tinha ouvido. Não havia por que fingir que eu não tinha xeretado. — Lucien disse que vocês não tinham muito tempo. O que ele quis dizer? Mais criaturas como o Bogge virão até aqui graças à praga?

O corpo de Tamlin enrijeceu, e ele avaliou o corredor ao nosso redor, observando cada visão, som e odor. Depois, deu de ombros, num gesto contido demais para ser sincero.

— Sou imortal. Não tenho nada *além* de tempo, Feyre.

Ele disse meu nome com tanta... intimidade. Como se não fosse uma criatura capaz de matar monstros feitos de pesadelos. Abri a boca para exigir uma resposta decente, mas Tamlin me interrompeu.

— A força que parasita nossas terras e nossos poderes, ela também vai passar um dia se formos abençoados pelo Caldeirão. Mas, sim, agora que o Bogge entrou nestas terras, eu diria que é justo presumir que outros poderão segui-lo, principalmente se a puca já foi bem corajosa.

Se os limites entre as cortes tinham desaparecido, no entanto, como eu tinha ouvido Lucien dizer... Se tudo em Prythian estava diferente, conforme Tamlin alegara, graças a essa praga... bem, eu não queria ser pega no meio de alguma guerra ou revolução violentas.

Tamlin caminhou adiante e abriu um conjunto de portas duplas no fim do corredor. Os músculos poderosos de suas costas se moveram sob as roupas. Ele parecia esculpido em músculos e pedra, moldado de uma força mais antiga que as árvores que se erguiam altas e que as pedras que brotavam do chão cheio de musgo. Não, havia pouco a seu respeito que me fizesse esquecer do que Tamlin era... do que ele era capaz. Do que tinha sido treinado para fazer, pelo visto.

— Conforme pedido — disse Tamlin —, o escritório.

Vi o que havia além, e meu estômago se revirou.

CAPÍTULO 13

Tamlin gesticulou com a mão, e centenas de velas se acenderam. O que quer que Lucien tivesse dito sobre magia drenada e desequilibrada devido à praga obviamente não tinha afetado Tamlin tão dramaticamente assim, ou talvez ele fosse muito mais poderoso no início, se podia transformar os sentinelas em lobos sempre que desejava. O odor pungente de magia atingiu meus sentidos, mas mantive o queixo erguido. Quero dizer, até olhar para dentro.

As palmas de minhas mãos começaram a suar quando observei o enorme e opulento escritório. Fileiras de livros em estantes nas paredes, como soldados de um exército silencioso, e sofás, escrivaninhas e tapetes refinados se espalhavam pela sala. Mas... fazia mais de uma semana que eu deixara minha família. Embora meu pai tivesse me dito para nunca retornar, embora a promessa para minha mãe estivesse cumprida, eu podia ao menos avisar que estava segura — relativamente segura. E avisá-los sobre a doença que varria Prythian e que um dia poderia atravessar a muralha.

Havia apenas um método de passar a informação. Infelizmente, essa opção apresentava tantos obstáculos quanto uma fuga física. Mas eu precisava tentar.

— Precisa de mais alguma coisa? — perguntou Tamlin, e me assustei. Ele ainda estava atrás de mim.

— Não — respondi, caminhando rapidamente para o escritório. Eu não conseguia pensar no poder casual que ele acabara de demonstrar, a indiferença graciosa com que dera vida a tantas chamas. Eu precisava me concentrar na tarefa diante de mim.

Não era totalmente minha culpa que eu mal conseguisse ler. Antes de nossa queda, mamãe negligenciara muito nossa educação, não contratara uma governanta. E, depois que a pobreza nos atingiu e minhas irmãs mais velhas, que sabiam ler e escrever, declararam que a escola da aldeia estava abaixo de nós, elas não se deram o trabalho de me ensinar. Eu conseguia ler o suficiente para me safar — o bastante para compor minhas letras, mas tão mal que mesmo assinar meu nome era vergonhoso.

Era ruim o bastante que Tamlin soubesse. Eu pensaria em *como* entregar a carta a elas quando estivesse terminada; talvez pudesse implorar por um favor a ele ou a Lucien. Mas pedir que eles escrevessem seria muito humilhante. Eu podia ouvir as palavras: *típica humana ignorante*. E, como Lucien parecia convencido de que eu viraria espiã assim que pudesse, ele sem dúvida queimaria a carta e qualquer outra que eu tentasse escrever depois. Então, precisaria aprender sozinha se quisesse avisar minha família.

— Vou deixá-la a sós, então — disse Tamlin, quando nosso silêncio se estendeu demais, ficou excessivamente tenso.

Não me movi até que ele fechasse as portas, me deixando do lado de dentro. Meu coração pulsava pelo corpo, mas inspirei para me acalmar quando me aproximei de uma estante.

Precisei parar a fim de jantar e dormir, mas voltei ao escritório antes que o dia amanhecesse por completo. Tinha encontrado uma pequena escrivaninha em um canto, e peguei papéis e tinta. Meu dedo traçou uma linha de texto, e sussurrei as palavras.

— "*Ela pe-pegou... pegou o sapato, lev... levan... levantando do lug... lu...*" — Recostei na cadeira e pressionei as palmas das mãos contra os olhos quando suspirei irregularmente. Quando já não sentia tanta vontade de arrancar os cabelos, peguei a pena e sublinhei a palavra: *lugar*.

Com a mão trêmula, fiz o melhor para copiar letra após letra na crescente lista que eu mantinha ao lado do livro. Havia ao menos quarenta palavras ali, as letras estavam mal escritas e quase ilegíveis. Eu pesquisaria a pronúncia depois.

Fiquei de pé, precisando esticar as pernas, a coluna... ou apenas sair de perto daquela enorme lista de palavras que não sabia como pronunciar e do calor permanente que agora aquecia meu rosto e meu pescoço.

Imagino que o escritório fosse mais como uma biblioteca, pois eu não conseguia ver nenhuma das paredes, graças aos pequenos labirintos de estantes que ladeavam a área principal, e ao mezanino acima, coberto, de parede a parede, com livros. Mas *escritório* soava menos intimidador. Caminhei por entre algumas das estantes, seguindo um raio de sol até um grupo de janelas no canto mais distante. Então, me vi diante de um jardim de rosas, cheio de dezenas de tonalidades de carmesim e rosa e branco e amarelo.

Poderia ter me permitido um momento para absorver as cores, reluzindo com orvalho sob o sol da manhã, caso não tivesse visto a pintura que se estendia pela parede ao lado das janelas.

Não é uma pintura, pensei, piscando quando recuei um passo para observar sua imensa extensão. Não, era... procurei pela palavra naquela parte da mente quase esquecida. *Mural*. Era isso.

A princípio, não consegui fazer outra coisa que não encarar o tamanho, a ambição, o fato de que aquela obra de arte estava enfiada ali nos fundos para que ninguém jamais a visse, como se não fosse nada — absolutamente nada — criar algo como aquilo.

Ela contava uma história, com o modo como as cores e as formas e a luz fluíam, o modo como o *tom* mudava pelo mural. A história de... Prythian.

Começava com um caldeirão.

Um poderoso caldeirão preto, erguido por esguias mãos femininas, brilhando, em uma noite estrelada e infinita. Aquelas mãos viraram o caldeirão, e, dele, um brilhante líquido dourado se derramou pela borda. Não, não brilhante, mas... efervescente, com pequenos símbolos, talvez alguma antiga língua feérica. O que quer que estivesse escrito ali, o que quer que fosse, o conteúdo do caldeirão foi derramado no vazio abaixo, acumulando-se na terra para formar nosso mundo...

O mapa continha todo o nosso mundo; não apenas a terra na qual estávamos, mas também os mares e os continentes maiores além deles. Cada território estava marcado e colorido, alguns com retratos intricados, ornamentados, dos seres que um dia tinham governado terras que agora pertenciam a humanos. Tudo isso, percebi estremecendo, todo o mundo tinha sido deles um dia; pelo menos até onde eles acreditavam, construído para eles pela portadora do caldeirão. Não havia menção a humanos. Nenhum sinal de nós ali. Supus que éramos tão baixos quanto porcos para eles.

Era difícil olhar para o outro painel. Era tão simples, mas tão detalhado que, por um momento, eu estava ali, naquele campo de batalha, sentindo a textura da lama ensanguentada sob mim, ombro a ombro com os milhares de outros soldados humanos enfileirados, encarando as hordas de feéricos que disparavam contra nós. Um momento de pausa antes do massacre.

As flechas e as espadas humanas pareciam tão inúteis contra os Grão-Feéricos em suas armaduras reluzentes, ou os feéricos preparados com as garras e as presas. Eu sabia — sabia sem que outro painel explicitamente me mostrasse — que os humanos não tinham sobrevivido àquela batalha em especial. O borrão de preto no painel ao lado dele, manchado com brilhos vermelhos, dizia tudo.

Então, vi outro mapa, com um reino feérico muito reduzido. Os territórios ao norte tinham sido cortados e divididos para abrir espaço para os Grão-Feéricos, que tinham perdido as terras ao sul da muralha. Tudo ao norte da muralha ficou com eles; tudo ao sul foi deixado, como um borrão de nada. Um mundo dizimado, esquecido... como se o pintor não quisesse se dar o trabalho de retratá-lo.

Avaliei as diversas terras e os territórios agora entregues aos Grão-Feéricos. Ainda era muito território; um poder tão monstruoso espalhado por todas as partes ao norte de nosso mundo. Eu sabia que eram governados por reis ou rainhas ou conselhos ou imperatrizes, mas jamais vira uma representação disso, de quanto tinham sido forçados a entregar ao Sul, e de quanto as terras agora estavam amontoadas em comparação.

Nossa terra — uma enorme ilha — tinha dado benefícios a Prythian em comparação, com apenas a pontinha inferior entregue a nós, miseráveis humanos. A maior parte do sacrifício tinha sido do território mais ao sul entre os sete territórios: um local retratado com açafrões, ovelhas e rosas. Terras da primavera.

Eu me aproximei até conseguir enxergar o borrão escuro e feio que representava a muralha; outro toque de desprezo do pintor. Nenhum limite no território humano, nada para indicar quaisquer das cidades ou dos centros maiores, mas... encontrei a área aproximada em que estaria nossa aldeia, e o bosque que a separava da muralha. Aqueles dois dias de jornada pareciam tão pequenos — pequenos demais — em comparação com o poder que espreitava acima de nós. Tracei uma linha, meu dedo flutuando sobre a pintura, para cima... para cima, além da muralha, até essas terras, as terras da Corte Primaveril. De novo, nenhum limite, mas estava cheia de toques de primavera: árvores florescendo, tempestades inconstantes, animais jovens...

Olhei para o norte e recuei outra vez. As outras seis cortes de Prythian ocupavam um retalho de territórios. Outonal, Estival e Invernal eram fáceis de distinguir. Então, acima delas, duas cortes reluziam: a mais ao sul era de uma palheta mais suave e avermelhada, a Corte Crepuscular; acima, com dourado forte, amarelo e azul, estava a Corte Diurna. E acima dela, empoleirada em uma cadeia montanhosa congelada de escuridão e estrelas, o amplo e imenso território da Corte Noturna.

Havia coisas às sombras entre aquelas montanhas — pequenos olhos, dentes reluzindo. Era uma terra de beleza mortal. Os pelos do meu braço se arrepiaram.

Eu poderia ter examinado os outros reinos do outro lado dos mares que flanqueavam nossa terra, como o reino feérico isolado a oeste, que parecia ter saído *sem* perda territorial e que ainda tinha sua própria lei, caso não tivesse olhado para o coração daquele lindo mapa vivo.

No centro do território, como se fosse o núcleo ao redor do qual todo o resto se espalhava, ou talvez onde o líquido daquele caldeirão tinha tocado antes de tudo, havia uma pequena e nevada cadeia montanhosa. Dela, um imenso pico solitário se erguia. Livre de neve, livre de vida — como se as forças da natureza se recusassem a tocá-lo. Não havia mais pistas sobre o que poderia ser; nada para indicar sua importância, e imaginei que os espectadores do mural já devessem saber. Aquele não era um mural para olhos humanos.

Com isso em mente, voltei para minha mesinha. Pelo menos tinha aprendido a disposição das terras deles — e sabia que jamais, jamais deveria ir para o norte.

Eu me acomodei no assento e encontrei o ponto em que parara no livro; meu rosto se aqueceu quando olhei para as ilustrações que estavam espalhadas por ele. Um livro infantil, mas eu mal conseguia completar as vinte e poucas páginas. Por que Tamlin tinha livros *infantis* na biblioteca? Seriam da própria infância, ou em antecipação de crianças que viriam? Não importava. Eu mal conseguia lê-los. Odiava o cheiro daqueles livros; o bolor podre das páginas, o sussurro debochado do papel, a pele áspera da encadernação. Olhei para o pedaço de papel, com todas aquelas palavras que eu não conhecia.

Amassei a lista, formando uma bola com o papel, e a joguei no lixo.

— Eu poderia ajudá-la a escrever para eles, se é por isso que está aqui.

Recuei o corpo na cadeira e quase a derrubei ao me virar para ver Tamlin atrás de mim com uma pilha de livros nos braços. Contive o calor que subiu em meu peito e minhas orelhas, o pânico diante da informação que ele poderia imaginar que eu estava tentando enviar.

— Ajuda? Quer dizer que um feérico está deixando passar a oportunidade de debochar de uma mortal ignorante?

Ele apoiou os livros na mesa, o maxilar contraído. Não consegui ler os títulos que reluziam das lombadas de couro.

— Por que eu deveria debochar de você por uma falha que não é sua culpa? Deixe-me ajudá-la. Devo a você pela mão.

Falha. Era uma falha.

Mas uma coisa era enfaixar sua mão, falar com ele como se não fosse um predador feito para matar e destruir; agora, revelar o quão pouco eu realmente sabia, deixar que ele visse aquela parte de mim que ainda era uma criança, inacabada, crua... O rosto de Tamlin parecia indecifrável. Apesar de sua voz não ter demonstrado pena, endireitei o corpo.

— Estou bem.

— Acha que não tenho nada melhor para fazer com meu tempo que pensar em formas elaboradas de humilhar você?

Pensei naquele borrão de nada que o pintor tinha usado para retratar as terras humanas, e não tive resposta, pelo menos não uma que fosse educada. Eu já entregara muito a eles — a ele.

Tamlin balançou a cabeça.

— Então você deixa que Lucien a leve em caçadas e...

— Lucien — interrompi, em voz baixa, mas não com suavidade — não finge ser algo que não é.

— O que isso quer dizer? — grunhiu Tamlin, mas as garras permaneceram retraídas, mesmo quando ele fechou as mãos em punho na lateral do corpo.

Eu estava definitivamente em um caminho perigoso, mas não me importava. Mesmo que ele tivesse me oferecido asilo, não precisava cair a seus pés.

— Quero dizer — prossegui, com aquele mesmo tom baixo e frio — que não conheço você. Não sei quem é, ou *o que* realmente é, ou o que quer.

— Significa que não confia em mim.

— Como posso confiar em um feérico? Não sente prazer em nos matar e nos enganar?

O grunhido de Tamlin fez com que as chamas das velas tremeluzissem.

— Você não é o que eu tinha em mente quando pensava numa *humana*, acredite em mim.

Eu quase conseguia sentir a ferida no fundo do peito conforme ela se abria e todas aquelas palavras terríveis e silenciosas disparavam para fora. *Analfabeta, ignorante, medíocre, orgulhosa, fria* — todas ditas pela boca de Nestha, todas ecoando em minha cabeça com a voz de desprezo da minha irmã.

Fechei os lábios com força.

Tamlin encolheu o corpo e ergueu levemente a mão, como se estivesse prestes a estendê-la para mim.

— Feyre — começou ele, tão suavemente que eu apenas fiz que não com a cabeça e saí da sala. Ele não me impediu.

Mas, naquela tarde, quando fui buscar a lista amassada na lata de lixo, ela havia sumido. E minha pilha de livros tinha sido revirada — os títulos estavam fora de ordem. Provavelmente fora uma criada, assegurei a mim mesma, acalmando o aperto em meu peito. Deve ter sido apenas Alis, ou algum outro feérico com máscara de pássaro, fazendo a limpeza. Eu não tinha escrito nada incriminador; de maneira alguma ele saberia que eu tentava avisar minha família. Duvidava que ele fosse me punir por aquilo, mas... Nossa conversa mais cedo já tinha sido ruim o bastante.

Mesmo assim, minhas mãos estavam trêmulas quando ocupei meu assento na pequena escrivaninha e encontrei o ponto em que havia parado no livro que tinha usado naquela manhã. Eu sabia que era vergonhoso marcar livros com nanquim, mas, se Tamlin podia pagar por pratos de ouro, poderia substituir um ou dois livros.

Encarei o livro sem ver o emaranhado de letras.

Talvez eu fosse uma tola por não aceitar a ajuda dele, por não engolir o orgulho e pedir que Tamlin escrevesse a carta em alguns minutos. Nem mesmo uma carta de aviso, mas apenas... apenas para deixar que soubessem que eu estava segura. Se ele tinha coisas melhores a fazer com o tempo do que pensar em modos de me envergonhar, então certamente tinha coisas melhores a fazer do que me ajudar a escrever cartas para minha família. Mesmo assim, ele se oferecera.

Um relógio próximo soou a hora.

Falha, mais uma de minhas *falhas*. Esfreguei as sobrancelhas com o polegar e o indicador. Eu fora igualmente tola por sentir uma pontada de pena dele, do feérico solitário e deprimido, alguém que eu tão *estupidamente* tinha achado que realmente se importaria se conhecesse alguém que talvez sentisse o mesmo, talvez entendesse —

do meu modo humano, ignorante e insignificante — como era suportar o peso de cuidar dos outros. Eu deveria ter deixado que sua mão sangrasse naquela noite, deveria ter sido mais esperta e não ter pensado que talvez... talvez houvesse alguém, humano, feérico ou o que fosse, que podia entender o que minha vida, o que *eu* havia me tornado nos últimos anos.

Um minuto se passou, depois outro.

Feéricos podiam não conseguir mentir, mas eles certamente podiam omitir informações; Tamlin, Lucien e Alis tinham feito de tudo para não responder minhas perguntas específicas. Saber mais sobre a praga que os ameaçava — saber *qualquer coisa* sobre ela, de onde viera, o que mais poderia fazer e, principalmente, o que poderia fazer com um *humano* — valia meu tempo de aprendizado.

Se havia a chance de eles também terem algum conhecimento sobre uma brecha esquecida naquela porcaria de Tratado, se conhecessem algum modo de pagar a dívida que eu devia *e* me devolver a minha família para que eu pudesse avisá-la sobre a praga pessoalmente... eu precisava arriscar.

Vinte minutos depois, encontrei Lucien no quarto dele. Eu havia marcado no mapa onde ficava — em uma ala separada, no segundo andar, longe do meu —, e depois de procurar nos lugares em que ele costumava estar, era o último a procurar. Bati nas portas duplas pintadas de branco.

— Entre, humana. — Ele provavelmente conseguia me detectar somente pelo padrão da minha respiração. Ou talvez aquele olho conseguisse ver através da porta.

Abri a porta devagar. O quarto era parecido com o meu em formato, mas estava decorado em tons de laranja, vermelho e dourado, com leves traços de verde e marrom. Era como estar em uma floresta no outono. Mas, enquanto meu quarto era todo suave e gracioso, o dele era marcado por aspereza. No lugar da linda mesa de café da manhã ao lado da janela, uma mesa de trabalho surrada dominava o espaço, coberta com várias armas. Era ali que estava sentado, usando uma longa camisa branca e calça, os cabelos ruivos e soltos brilhando como fogo líquido. Era o emissário de Tamlin treinado para a corte, mas era um guerreiro por mérito próprio.

— Não o vi por aí — observei, fechando a porta e recostando o corpo contra ela.

— Precisei cuidar de uns cabeças-quentes na fronteira norte, negócio oficial de emissário — respondeu Lucien, apoiando a faca de caça que estava limpando, que tinha uma cruel lâmina longa. — Voltei a tempo de ouvir sua discussãozinha com Tam e decidi que ficaria mais seguro aqui em cima. Foi bom saber que seu coração humano se abriu para mim, no entanto. Pelo menos não estou no topo de sua lista de assassinatos.

Olhei atentamente para ele.

— Bem — continuou Lucien, e deu de ombros —, parece que conseguiu irritar tanto Tam que ele veio atrás de mim e quase arrancou minha cabeça. Então, acho que posso agradecer a você por destruir o que deveria ter sido um almoço tranquilo. Ainda bem, para mim, que houve uma perturbação na floresta a oeste, e meu pobre amigo precisou ir lidar com ela daquele jeito que somente ele consegue. Fico surpreso por não ter esbarrado com ele nas escadas.

Agradeça aos deuses esquecidos por algumas pequenas graças.

— Que tipo de perturbação?

Lucien deu de ombros, mas o movimento foi tenso demais para parecer despreocupado.

— O tipo de sempre: criaturas indesejadas e terríveis causando o inferno.

Que bom — que bom que Tamlin estava longe e não estaria ali para me surpreender com o que eu planejava fazer. Outra pontada de sorte.

— Fico impressionada por ter respondido isso — falei, tão casualmente quanto pude, pensando minhas palavras. — Mas é uma pena que você não seja como os Suriel, cuspindo qualquer informação que eu queira se eu for esperta o bastante para o aprisionar.

Por um momento, Lucien piscou para mim. Então, sua boca se repuxou para o lado, e aquele olho de metal rangeu e se virou para mim.

— Suponho que não vai me dizer o que quer saber?

— Você tem seus segredos, eu tenho os meus — argumentei, com cuidado. Não sabia dizer se ele tentaria me convencer do contrário se eu contasse a verdade. — Mas se você *fosse* Suriel — acrescentei, com uma lentidão deliberada, caso Lucien não tivesse me entendido —, como, exatamente, eu poderia prendê-lo?

Lucien apoiou a faca e limpou as unhas. Por um momento, imaginei se ele me contaria alguma coisa. Imaginei se correria para Tamlin e me delataria.

Mas, então, ele respondeu:

— Eu provavelmente teria uma fraqueza por jovens arvoredos de bétulas nos bosques do oeste, e galinhas recém-abatidas, e provavelmente seria tão ganancioso a ponto de não reparar na armadilha de corda dupla montada ao redor do arvoredo para prender minhas pernas.

— Hmmm. — Não ousei indagar por que Lucien havia decidido ser prestativo. Ainda havia uma boa chance de ele não se importar em me ver morta, mas eu arriscaria. — Por algum motivo, prefiro você como Grão-Feérico.

Lucien deu um risinho, mas a diversão durou pouco.

— Se eu fosse louco e burro o bastante para ir atrás de um Suriel, também levaria um arco e uma flecha, e talvez uma faca, exatamente como esta. — Ele embainhou a faca que acabara de limpar e a apoiou na beira da mesa; era uma oferta. — E estaria pronto para correr como nunca quando o libertasse, até a água corrente mais próxima, que eles odeiam cruzar.

— Mas você não é louco; então, você estará aqui, são e salvo?

— Estarei convenientemente caçando pela propriedade, e, com minha audição superior, talvez me sinta generoso a ponto de prestar atenção se alguém gritar do bosque a oeste. Mas foi bom que eu não tivesse qualquer participação em dizer a você que saísse hoje, pois Tam estriparia qualquer um que contasse a você como prender um Suriel; e foi bom eu ter planejado caçar, de todo modo, porque, se alguém me surpreendesse ajudando você, haveria problemas de um tipo totalmente diferente a nossa espera. Espero que seus segredos valham a pena. — Lucien disse isso com o sorriso de sempre, mas havia uma ansiedade ali, um aviso que não deixei de ver.

Outra charada... e outra fração de informação.

— Acho bom o fato de você ter audição superior, e o de eu ter habilidades superiores em ficar de boca fechada — confessei.

Lucien deu um riso de escárnio quando peguei a faca da mesa e me virei para pegar meu arco no quarto.

— Acho que estou começando a gostar de você... para uma humana assassina.

Capítulo 14

Bosque a oeste. Jovens arvoredos de bétulas. Galinhas abatidas. Armadilha de corda dupla. Água corrente.

Repeti as instruções de Lucien conforme saí da mansão, passei pelos jardins cultivados, cruzei as selvagens colinas gramadas e levemente inclinadas além deles, cruzei córregos cristalinos e entrei no bosque primaveril adiante. Ninguém tentara me impedir, ninguém sequer estivera por perto para me ver partir, arco e aljava nas costas, a faca de Lucien na lateral do corpo. Carreguei também uma sacola com uma galinha recém-abatida, cortesia da equipe estarrecida da cozinha, e coloquei uma lâmina a mais na bota.

O terreno parecia tão vazio quanto a própria mansão, embora eu ocasionalmente visse algo brilhando no canto do olho. Sempre que me virava para olhar, o brilho se transformava na luz do sol dançando em um lago próximo, ou apenas no vento farfalhando as folhas de uma solitária figueira no alto de uma colina. Quando passei por um grande lago acomodado ao pé de uma colina alta, podia ter jurado que vi quatro cabeças femininas brilhantes despontando da água reluzente, me observando. Apertei o passo.

Apenas pássaros e o chilrear e o farfalhar de pequenos animais ressoavam conforme entrei na floresta oeste ainda verde. Eu jamais tinha cavalgado por aqueles bosques nas caçadas com Lucien. Não havia trilha ali, ou nada civilizado a respeito do lugar. Carvalhos, olmos e faias se entrecruzavam em um emaranhado espesso, quase estrangulando os feixes de luz do sol que se esgueiravam pela folhagem densa. A terra coberta de musgo abafava qualquer som que eu fizesse.

Velha; aquela floresta era antiga. E viva, de uma forma que eu não conseguia descrever, apenas sentir, bem no fundo dos ossos. Talvez eu fosse a primeira humana em quinhentos anos a caminhar sob aqueles galhos escuros e pesados, a cheirar o frescor das folhas de primavera, que escondia a podridão úmida e espessa.

Bétulas — água corrente. Abri caminho pelo bosque, o fôlego bem preso na garganta. A noite era a hora perigosa, lembrei a mim mesma. Só tinha algumas horas até o pôr do sol.

Apesar de o Bogge ter nos perseguido à luz do dia.

O Bogge estava morto, e qualquer que fosse o horror com que Tamlin agora lidasse, morava em outra parte daquelas terras. Nas terras da Corte Primaveril, se aquele mural estava certo. Imaginei de que maneiras Tamlin precisava responder ao Grão-Senhor da Corte Primaveril... ou se fora esse Grão-Senhor que arrancara o olho de Lucien. Talvez fosse a consorte do Grão-Senhor — a *ela* que Lucien havia mencionado — que lhes causava tanto medo. Afastei o pensamento.

Mantive os passos leves, os olhos e os ouvidos atentos, e a respiração calma. Com falhas ou não, eu ainda podia caçar. E as respostas de que eu precisava valiam a pena.

Encontrei uma depressão com bétulas jovens e esguias, e, então, caminhei em círculos cada vez mais amplos até encontrar o córrego mais próximo. Não era profundo, mas tão largo que eu precisaria correr para atravessá-lo. Lucien dissera que eu encontrasse água corrente, e aquilo era perto o bastante para tornar a fuga possível. Se eu precisasse fugir. Esperava que não precisasse.

Fiz e refiz rotas diferentes até o córrego. E algumas rotas alternativas, caso meu acesso até ele, por algum motivo, fosse bloqueado. Quando estava certa de cada raiz, pedra e toca nos arredores, voltei para a pequena clareira envolta naquelas árvores brancas, e montei a armadilha.

Do ponto em que estava, no alto de uma árvore próxima — um carvalho firme e denso, cujas folhas vibrantes me escondiam totalmente de qualquer um abaixo — esperei. E esperei. O sol da tarde subiu, tão quente, até mesmo através da folhagem, que precisei tirar o manto e enrolar as mangas da túnica. Meu estômago roncou, e peguei um pedaço de queijo da sacola. Comer o queijo seria mais silencioso que morder a maçã que eu também havia tirado da cozinha ao sair. Quando terminei, bebi do cantil de água que levara, sedenta devido ao trabalho e ao calor.

Será que Tamlin ou Lucien ficavam cansados de um cotidiano de primavera eterna, ou se aventuravam em outros territórios, pelo menos para experimentar uma estação diferente? Eu não teria me importado com uma primavera infinita e amena enquanto cuidava de minha família — o inverno nos deixava perigosamente próximos da morte todos os anos —, mas, se eu fosse imortal, talvez quisesse um pouco de variedade para passar o tempo. Eu provavelmente desejaria mais que vagar emburrada por uma mansão também. Embora ainda não tivesse reunido coragem para fazer o pedido que surgira em minha mente quando vi o mural.

Eu me movia tanto quanto ousava no galho, apenas para manter o sangue fluindo pelos braços e pernas. Soube que algo se aproximava quando uma onda de silêncio veio em minha direção. Foi como se os sabiás, os esquilos e as mariposas do bosque tivessem prendido o fôlego enquanto algo passava.

Meu arco já estava esticado. Em silêncio, armei uma flecha. Mais e mais perto, o silêncio rastejava.

As árvores pareceram se inclinar para a frente, os galhos entrelaçados se enganchando com mais força, quase uma gaiola viva, impedindo que até mesmo o menor dos pássaros voasse para fora da folhagem.

Talvez aquela tivesse sido uma ideia muito ruim. Talvez Lucien houvesse superestimado minhas habilidades. Ou talvez ele estivesse esperando pela chance de me levar à ruína.

Meus músculos sofriam de ficar imóveis no alto do galho, mas mantive o equilíbrio — e ouvi. Então, escutei: um sussurro, como se um tecido se arrastasse sobre raízes e pedras, uma respiração faminta e chiada vindo da clareira próxima. O som era horrível. Tão antigo quanto as árvores.

Montei as armadilhas com cuidado, fazendo parecer que a galinha fora longe demais e quebrara o próprio pescoço enquanto tentava se libertar de um galho caído. Tomei o cuidado de manter meu cheiro longe do pássaro o máximo possível. Mas aqueles feéricos tinham os sentidos tão aguçados, e, apesar de eu ter apagado meus rastros...

Houve, então, um estalo, um farfalhar e um grito oco e maligno que fizeram meus ossos e músculos e a respiração congelarem.

Outro grito enfurecido cortou a floresta, e minhas armadilhas rangeram ao segurarem, segurarem e segurarem.

Desci da árvore e fui encontrar o Suriel.

Lucien, decidi enquanto caminhava devagar até o feérico na ravina de bétulas, tinha definitivamente superestimado minhas habilidades. Ou queria muito mesmo que eu morresse.

Não sabia o que esperar conforme entrava no círculo de árvores brancas — altas e retas feito mastros —, mas não seria a figura alta e magra, vestindo uma túnica surrada. As costas curvadas do Suriel estavam voltadas para mim; eu conseguia contar os nódulos de sua coluna despontando pelo tecido fino. Braços cinzentos, magricelas e cobertos de feridas puxavam a armadilha com unhas amareladas e quebradas.

Corra, sussurrou alguma parte primitiva e intrinsecamente humana de mim. Implorou. *Corra e corra e não olhe para trás.*

Mas mantive a flecha armada. Falei baixinho:

— Você é um Suriel?

O feérico enrijeceu o corpo. E farejou. Uma vez. Duas.

Então, devagar, ele se virou para mim, o véu escuro que pendia de sua cabeça careca oscilou em uma brisa fantasma.

Tinha um rosto que parecia ter sido feito de desgastado osso seco, a pele fora esquecida ou descartada, uma boca sem lábios e dentes longos demais, presos em gengivas escuras, fendas finas no lugar de narinas e olhos... olhos que não passavam de fossos rodopiantes de um branco leitoso — o branco da morte, o branco da doença, o branco de cadáveres já decompostos, ossos limpos.

Despontando da gola puída da túnica escura havia um conjunto de veias e ossos, secos e sólidos e tão horríveis quanto a textura do rosto dele. O feérico soltou a corda, e os dedos muito longos estalaram enquanto ele me avaliava.

— Humana — disse o feérico, a voz ao mesmo tempo única e múltipla, velha e jovem, linda e grotesca. Meu estômago se revirou. — Montou essa armadilha inteligente e maliciosa para mim?

— Você é um Suriel? — perguntei de novo, as palavras mal passavam de um fôlego irregular.

— Sou, de fato. — *Clique, clique, clique* soaram os dedos dele estalando, um para cada palavra.

— Então, a armadilha era para você. — Consegui dizer. *Corra, corra, corra.*

O feérico permaneceu sentado, os pés descalços e retorcidos presos em minhas cordas.

— Não vejo uma mulher humana há uma era. Chegue mais perto para eu poder olhar minha caçadora.

Não fiz tal coisa.

O feérico soltou uma gargalhada rouca e terrível.

— E qual de meus confrades entregou meus segredos a você?

— Nenhum deles. Minha mãe me contou histórias.

— Mentiras... Posso sentir o cheiro das mentiras em seu hálito. — O feérico fungou de novo, os dedos estalando. Ele inclinou a cabeça para o lado, num movimento aleatório e ágil, o véu escuro seguindo. — O que uma fêmea humana iria querer com um Suriel?

— Diga você — respondi baixinho.

A criatura soltou outra risada baixa.

— Um teste? Um teste tolo e inútil, pois, se ousou me capturar, então deve querer conhecimento desesperadamente. — Não respondi, e o feérico sorriu com aquela boca sem lábios, os dentes cinzentos terrivelmente grandes. — Faça suas perguntas, humana, e depois me liberte.

Engoli em seco.

— Existe... mesmo uma forma de eu voltar para casa?

— Não, a não ser que queira ser morta, e que sua família também o seja. Deve permanecer aqui.

Qualquer último fio de esperança ao qual me segurava, qualquer que fosse o otimismo tolo... se partiu e morreu. Aquilo não mudava nada. Antes de minha briga com Tamlin naquela manhã, eu nem mesmo pensara naquilo, de qualquer forma. Talvez só tivesse ido até o Suriel por ressentimento. Então... tudo bem... ali estava eu, encarando a morte certa, poderia muito bem aprender alguma coisa.

— O que sabe sobre Tamlin?

— Mais específica, humana. Seja mais específica. Pois sei muitas coisas sobre o Grão-Senhor da Corte Primaveril.

A terra girou sob meus pés.

— Tamlin é... Tamlin é um Grão-Senhor?

Clique, clique, clique.

— Você não sabia. Interessante.

Tamlin não era apenas o mesquinho mestre feérico da mansão, mas... um Grão-Senhor de um dos sete territórios. Um Grão-Senhor de Prythian.

— Também não sabia que esta é a Corte Primaveril, pequena humana?

— Sim... sim, isso eu sabia.

O Suriel se acomodou no chão.

— Primaveril, Estival, Outonal, Invernal, Crepuscular, Diurna e Noturna — ponderou a criatura, como se eu não tivesse respondido. — As sete Cortes de Prythian, cada uma governada por um Grão-Senhor, todas letais de seu próprio jeito. Não são apenas poderosas, *são* Poder.

Por isso Tamlin conseguiu enfrentar o Bogge e sobreviver. Grão-Senhor.

Afastei o medo.

— Todos na Corte Primaveril estão presos com uma máscara, mas você não — falei, com cautela. — Você não é membro da Corte?

— Não sou membro de Corte alguma. Sou mais velho que os Grão-Senhores, mais velho que Prythian, mais velho que os ossos deste mundo.

Lucien tinha *definitivamente* superestimado minhas habilidades.

— E o que pode ser feito... quanto a essa praga que se alastrou por Prythian, roubando e alterando a magia? De onde ela veio?

— Fique com o Grão-Senhor, humana — aconselhou o Suriel. — É tudo o que pode fazer. Ficará segura. Não interfira; não saia em busca de respostas depois de hoje, ou será devorada pela sombra que paira sobre Prythian. Ele vai protegê-la; então, fique perto dele, e tudo se acertará.

Aquilo não era exatamente uma resposta. Repeti:

— De onde veio a praga?

Aqueles olhos leitosos se semicerraram.

— O Grão-Senhor não sabe que você veio aqui hoje, sabe? Ele não sabe que sua fêmea humana veio prender um Suriel porque não pode dar a ela as respostas que ele busca. Mas é tarde demais, humana... para o Grão-Senhor, para você, talvez para seu reino também...

Apesar de tudo o que o feérico disse, apesar da ordem para que eu parasse de fazer perguntas e ficasse com Tamlin, foi *sua fêmea humana* que ecoou em minha mente. Aquilo me fez trincar os dentes.

Mas o Suriel continuou.

— Do outro lado do violento mar oeste, há outro reino feérico chamado Hybern, governado por um rei cruel e poderoso. Sim, um rei — afirmou o Suriel, quando ergui a sobrancelha. — Não um Grão-Senhor; lá, o território não está dividido em cortes. Lá, ele é a própria lei. Humanos não existem mais naquele reino, embora o trono seja feito de ossos deles.

Aquela ilha grande que eu vira no mapa, aquela que não tinha perdido nenhuma terra para humanos depois do Tratado. E... e um trono de ossos. O queijo que eu tinha comido se tornou chumbo em meu estômago.

— Faz tempo que o rei de Hybern tem se sentido insatisfeito com o Tratado que os outros Grão-Feéricos governantes do mundo firmaram com vocês humanos, há séculos. Ele se ressente por ter sido forçado a assiná-lo, por libertar seus escravizados mortais e permanecer confinado à ilha verde e úmida no fim do mundo. Então, há cem anos, ele enviou os comandantes de maior confiança e lealdade, os guerreiros mais mortais, sobreviventes dos antigos exércitos com os quais um dia navegara até o continente para travar guerra tão brutal contra vocês humanos, todos eles tão famintos e cruéis quanto o rei. Como espiões, cortesãos e amantes, eles se infiltraram nas diversas cortes, reinos e impérios de Grão-Feéricos pelo mundo durante cinquenta anos, e, quando reuniram informações o suficiente, o rei forjou seu plano. Mas há quase cinco décadas, um dos comandantes o desobedeceu. A Ardilosa. E... — O Suriel enrijeceu o corpo. — Não estamos sozinhos.

Puxei mais a corda do arco, mas mantive a arma apontada para o chão enquanto observava inutilmente as árvores. Mas tudo já estava silencioso na presença do Suriel.

— Humana, deve me libertar e fugir — disse o feérico, com aqueles olhos cheios de morte se arregalando. — Corra para a mansão do Grão-Senhor. Não se esqueça do que contei hoje, *fique com o Grão--Senhor* e viva para ver tudo se acertar.

— O que é? — Se eu soubesse o que estava a caminho, poderia ter uma chance de...

— Os naga, feéricos feitos de sombra e ódio e podridão. Ouviram meu grito e sentiram seu cheiro. Liberte-me, humana. Eles vão me enjaular se me pegarem aqui. *Liberte-me* e volte para o lado do Grão-Feérico.

Merda. *Merda*. Corri para a armadilha, fazendo menção de soltar o arco e pegar a faca.

Mas quatro figuras sombreadas surgiram das bétulas, as peles tão escuras que pareciam feitas de uma noite sem estrelas.

Capítulo 15

Os naga pareciam saídos de um pesadelo. Cobertos de escamas escuras e nada mais, eram uma combinação horrível de feições viperinas e corpos humanoides masculinos, cujos braços fortes terminavam em garras pretas reluzentes, capazes de retalhar carne.

Ali estavam as criaturas das lendas sangrentas, aquelas que escapavam pela muralha para atormentar e trucidar mortais. Aquelas que eu ficaria feliz em matar naquele dia, no bosque nevado. Os olhos imensos, com formato amendoado, observaram vorazmente o Suriel e eu.

Os quatro naga pararam do outro lado da clareira, com o Suriel entre nós, e apontei a flecha para o que estava no centro...

A criatura sorriu, e uma fileira de dentes afiados como lâminas me cumprimentou quando uma língua prateada bifurcada disparou para fora.

— A Mãe Sombria nos mandou um presente hoje, irmãos — disse ele, olhando para o Suriel, que estava raspando as garras na corda da armadilha. Os olhos âmbar do naga se voltaram para mim de novo. — E uma refeição.

— Não é muito para comer — disse outro, flexionando as garras.

Comecei a recuar... na direção do rio, na direção da mansão abaixo, mantendo a flecha apontada para eles. Um grito meu avisaria

Lucien, mas o fôlego era escasso. E ele poderia sequer aparecer se tivesse me mandado até ali. Mantive todos os sentidos fixos nos passos de retirada.

— *Humana* — implorou o Suriel.

Eu tinha dez flechas — nove, depois que disparasse aquela armada no arco. Nenhuma era de freixo, mas talvez contivessem os naga o bastante para que eu fugisse.

Recuei outro passo. Os quatro naga se aproximaram devagar, como se saboreassem a lentidão da caçada, como se soubessem que já haviam vencido.

Eu tinha três batidas do coração para me decidir. Três batidas do coração para executar meu plano.

Puxei mais a corda do arco, com o braço trêmulo.

Então, gritei. Esganiçado e alto, com cada fração de ar nos pulmões pequenos demais.

Com os naga agora concentrados totalmente em mim, disparei contra a corda que mantinha o Suriel preso.

A armadilha se partiu. Como uma sombra no vento, o Suriel disparou numa explosão escura que fez os quatro naga cambalearem para trás.

Aquele mais perto de mim disparou na direção do Suriel, a coluna forte do pescoço escamoso se esticando. Não havia mais chance de meus movimentos serem considerados um ataque não provocado; não agora que tinham visto minha mira. Ainda queriam me matar.

Então, soltei a flecha.

A ponta reluziu como uma estrela cadente pela escuridão da floresta, e tive apenas um piscar de olhos antes de ela atingir o alvo e o sangue jorrar no ar. O naga caiu para trás no momento em que os três restantes se viraram para mim. Eu não soube se fora um tiro fatal. Já estava fugindo.

Corri até o rio usando a trilha que calculara mais cedo, sem ousar olhar para trás. Lucien disse que estaria por perto, mas eu ainda estava nas profundezas do bosque, ainda longe da mansão e de ajuda.

Galhos e gravetos estalaram atrás de mim — perto demais —, e grunhidos, que não pareciam em nada algo que eu tivesse ouvido de

Tamlin, de Lucien, do lobo ou de qualquer animal, preencheram a floresta.

Minha única esperança de escapar com vida era ser mais rápida que eles tempo suficiente para chegar a Lucien... se ele estivesse ali conforme prometido. Não me permiti pensar em todas as colinas que precisaria subir depois que saísse da floresta. Ou o que faria se Lucien tivesse mudado de ideia.

Os estalos pela vegetação ficaram mais altos, mais próximos, e virei para a direita, saltando por cima do córrego. Água corrente poderia ter impedido o Suriel, mas um chiado e um estampido logo atrás me informaram que não fazia nada para deter os naga.

Disparei por arbustos espinhentos, e os espinhos arranharam minhas bochechas. Mal senti os beijos dolorosos ou o sangue morno que escorria por meu rosto. Nem mesmo tive tempo de vacilar, não quando duas figuras escuras estavam ao meu lado, se aproximando para me interceptar.

Meus joelhos reclamaram quando me esforcei mais, concentrada na luminosidade crescente do fim da floresta. Mas o naga à direita disparou até mim, tão rápido que só consegui saltar de banda a fim de evitar as garras afiadas.

Tropecei, mas continuei de pé no momento em que o naga à esquerda pulou. Parei e virei o arco em um semicírculo amplo. Quase o soltei quando atingiu aquele rosto viperino e osso estalou com um grito assustador. Saltei por cima do enorme corpo caído do naga, sem me deter para procurar pelos outros.

Avancei 10 metros antes de o terceiro naga se colocar diante de mim.

Brandi o arco contra a cabeça dele. O naga desviou. Os outros dois chiaram quando surgiram atrás de mim, e segurei o arco com mais força.

Cercada.

Virei lentamente em círculo, o arco pronto para atacar.

Um deles fungou para mim, aquelas narinas em fendas se dilatando.

— Coisa humana esquálida — disparou ele para os outros, cujos sorrisos ficaram mais afiados. — Sabe o que nos custou?

Eu não cairia sem lutar, sem levar alguns deles comigo.

— Vão para o inferno — vociferei, mas saiu como um arquejo.

Eles riram, se aproximando. Golpeei com o arco o mais próximo. Ele desviou, rindo.

— Nós vamos nos divertir muito, embora você talvez não ache tão divertido.

Trinquei os dentes quando ataquei de novo. Eu não seria caçada como um cervo entre lobos. Encontraria um modo de sair daquilo; eu...

A mão escura e cheia de garras de alguém se fechou sobre a parte de madeira do arco, e um ruidoso *estalo* ecoou pelo bosque silencioso demais.

O ar deixou meu peito como uma lufada, e só tive tempo de dar meia-volta antes que um deles me segurasse pelo pescoço e me atirasse ao chão. Ele bateu com meu braço contra a terra com tanta força que meus ossos gemeram e meus dedos se abriram, soltando o que restava do arco.

— Quando terminarmos de arrancar sua pele, vai desejar não ter vindo até Prythian — sussurrou ele ao meu rosto, o fedor de carniça descendo pela minha garganta. Quase vomitei. — Vamos cortar você tão bem que não vai sobrar muito para os corvos bicarem.

Uma chama branca e quente percorreu meu corpo. Ódio ou terror ou instinto selvagem, não sei. Não pensei. Peguei a faca na bota e a enfiei no pescoço encouraçado.

Sangue escorreu por meu rosto, por minha boca, conforme eu vociferava minha fúria, meu terror. O naga caiu para trás. Fiquei de pé antes que os dois restantes pudessem me segurar, mas algo duro como pedra atingiu meu rosto. Senti gosto de sangue e terra e grama quando caí no chão. Estrelas dançaram em minha visão, e fiquei de pé aos tropeços de novo, por instinto, procurando a faca de caça de Lucien.

Não desse jeito, não desse jeito, não desse jeito.

Um dos naga disparou contra mim, e desviei para o lado. Suas garras ficaram presas em meu manto e o puxaram, rasgando o tecido em fitas conforme seu companheiro me atirava ao chão, meus braços se rasgando sob aquelas garras.

— Você vai sangrar — disse um deles, sem fôlego, rindo baixo para a faca que eu ergui. — Vamos sangrá-la bem devagar. — Ele agitou as garras... perfeitas para um corte profundo e brutal. O naga abriu a boca de novo, e um rugido de quebrar os ossos ressoou pela clareira.

Mas não tinha saído da garganta da criatura.

O barulho não terminara de ecoar antes que o naga saísse voando de cima de mim, se chocando com tanta força contra uma árvore que a madeira se partiu. Discerni o dourado reluzente da máscara e dos cabelos, e as longas garras letais antes que Tamlin as cravasse na criatura.

O naga que estava me segurando gritou e me soltou, erguendo-se num salto quando as garras de Tamlin rasgaram o pescoço de seu companheiro. Carne e sangue arrancados.

Fiquei abaixada no chão, a faca pronta, esperando.

Tamlin soltou outro rugido que fez a medula de meus ossos gelar, revelando aqueles imensos caninos, e a criatura restante disparou para a floresta. Ela conseguiu se afastar apenas alguns passos antes que Tamlin a derrubasse, prendendo-a contra a terra. Tamlin estripou o naga com um golpe profundo e extenso.

Permaneci ali, o rosto semienterrado nas folhas e nos galhos e no musgo. Não tentei me levantar. Estava tremendo tanto que achei que desintegraria. Fiz o possível para continuar segurando a faca. Tamlin se ergueu, desvencilhando as garras do abdômen da criatura. Sangue e vísceras pingavam delas, manchando o musgo verde-escuro.

Grão-Senhor. Grão-Senhor. Grão-Senhor.

Ódio feral ainda lhe queimava o olhar, e me encolhi quando Tamlin se ajoelhou ao meu lado. Ele estendeu a mão para mim de novo, mas recuei para longe das garras ensanguentadas ainda expostas. Levantei-me até ficar sentada, antes que a tremedeira voltasse. Eu sabia que não conseguiria ficar de pé.

— Feyre — disse ele. A ira sumiu de seus olhos, e as garras se retraíram para debaixo da pele de novo, mas o rugido ainda soava em meus ouvidos. Não havia nada naquele som, exceto fúria primitiva.

— Como? — Foi tudo o que consegui dizer, mas Tamlin entendeu.

— Eu estava rastreando um bando deles, esses quatro escaparam e devem ter seguido seu cheiro por essa floresta. Ouvi você gritar.

Então, ele não sabia sobre o Suriel. E ele... ele tinha vindo me ajudar.

Tamlin estendeu a mão para mim, e estremeci quando passou os dedos frios e molhados por minhas bochechas doloridas e ardidas. Sangue — aquilo era sangue neles. E pelo modo como meu rosto estava grudento, eu sabia que já havia sangue o suficiente sobre mim para não fazer diferença.

A dor no rosto e no braço diminuiu, e por fim sumiu. Os olhos de Tamlin ficaram sombrios diante do hematoma que já se formava na maçã de meu rosto, mas o latejar diminuiu rapidamente. O cheiro metálico de magia me envolveu e, depois, flutuou para longe em uma brisa leve.

— Encontrei um morto menos de 1 quilômetro daqui — continuou Tamlin, as mãos deixando meu rosto conforme ele soltava o boldrié, e, então, ele tirou sua túnica e me deu. A frente de minha túnica tinha sido rasgada pelas garras dos naga. — Vi uma de minhas flechas na garganta da criatura e segui as pegadas até aqui.

Puxei a túnica de Tamlin sobre a minha, ignorando como era fácil ver a definição dos músculos dele sob a camiseta branca, o modo como o sangue que a encharcava fazia com que os músculos se destacassem ainda mais. Um predador puro-sangue, criado para matar sem pensar duas vezes, sem remorso. Estremeci de novo e aproveitei o calor que o tecido me passava. *Grão-Senhor*. Eu deveria saber, deveria ter adivinhado. Talvez não quisesse... talvez estivesse com medo.

— Aqui — disse Tamlin, ao ficar de pé e estender para mim a mão manchada de sangue. Não ousei olhar para o naga morto conforme segurei a mão estendida e Tamlin me levantava. Meus joelhos falharam, mas fiquei de pé.

Encarei nossas mãos entrelaçadas, ambas cobertas de sangue que não era nosso.

Não, não fora Tamlin o único a derramar sangue agora. Talvez aquilo me tornasse uma besta tanto quanto ele. Mas Tamlin tinha me salvado. Matado por mim.

— Será que eu quero saber o que você estava fazendo aqui? — perguntou ele.

Não. Definitivamente não. Não depois de ter me avisado tantas vezes.

— Achei que não estivesse confinada à casa e ao jardim. Não percebi que tinha vindo tão longe.

Tamlin soltou minha mão e deu um suspiro alto.

— Quando eu for chamado para lidar com... problemas, fique perto da casa.

Assenti um pouco distraída.

— Obrigada — murmurei, lutando contra a tremedeira que tomava meu corpo, minha mente. O sangue do naga sobre mim se tornou quase insuportável. — Não, não apenas por isso. Por salvar minha vida, quero dizer. — Eu queria confessar a ele o quanto significava para mim que o Grão-Senhor da Corte Primaveril achasse que eu era *digna* de ser salva, mas não conseguia encontrar as palavras.

As presas de Tamlin sumiram.

— Era... era o mínimo que eu podia fazer. Eles não deveriam ter se aproximado tanto das minhas terras. — Tamlin balançou a cabeça, mais para si mesmo. — Vamos para casa — disse ele, me poupando do esforço de explicar por que eu estava lá para início de conversa. Não conseguia contar que a mansão não era minha casa, que eu talvez sequer tivesse uma.

Caminhamos de volta em silêncio, ambos pálidos, ensopados de sangue. Eu ainda conseguia sentir a carnificina que tínhamos deixado para trás; o chão e as árvores encharcados de sangue. Os *pedaços* do naga.

Bem, eu tinha aprendido algo com o Suriel pelo menos. Mesmo que não fosse exatamente o que eu quisesse ouvir... ou saber.

Fique com o Grão-Senhor. Tudo bem, fácil. Mas quanto a sua aula de história interrompida, sobre reis cruéis e os comandantes, e como aquilo se relacionava com o Grão-Senhor ao meu lado e à praga... eu ainda não tinha detalhes o suficiente para avisar minha família corretamente. Mas o Suriel tinha me dito para não procurar mais respostas.

Tive a sensação de que certamente seria uma tola se ignorasse o conselho. Minha família precisaria se virar com meu escasso conhecimento, então. Tomara que bastasse.

Não perguntei nada mais a Tamlin sobre os naga — sobre quantos ele havia matado antes de aqueles quatro fugirem —, não perguntei nada, porque não detectei um pingo de triunfo em Tamlin, mas sim um tipo profundo e interminável de humilhação e derrota.

Capítulo 16

Depois de ficar de molho na banheira por quase uma hora, sentei em uma cadeira de encosto baixo diante da lareira crepitante do quarto, aproveitando a sensação de Alis escovando meus cabelos encharcados. Mesmo com o jantar prestes a ser servido, Alis trouxe uma caneca de chocolate derretido e se recusou a fazer qualquer coisa até que eu tomasse alguns goles.

Foi a melhor coisa que já provei. Bebi da caneca grossa enquanto ela escovava meus cabelos, quase ronronando com a sensação de seus dedos finos em meu couro cabeludo.

Mas, quando tive certeza de que as outras criadas tinham descido para ajudar com a refeição da noite, abaixei a caneca até a altura do colo.

— Se mais feéricos continuarem atravessando os limites da corte e atacando, vai haver uma guerra? — *Talvez devêssemos simplesmente enfrentar, talvez esteja na hora de dizer* basta, dissera Lucien a Tamlin naquela primeira noite.

A escova parou.

— Não faça essas perguntas. Vai atrair o azar.

Eu me mexi no assento, olhando com raiva para o rosto mascarado de Alis.

— Por que os outros Grão-Senhores não mantêm seus súditos na linha? Por que essas criaturas horríveis podem perambular por onde quiserem? Alguém... alguém começou a me contar uma história sobre um rei em Hybern...

Alis segurou meu ombro e me virou.

— Não é da sua conta.

— Pois eu acho que é. — Virei de novo, segurando o encosto da cadeira de madeira. — Se isso se espalhar para o mundo humano... se houver uma guerra ou essa praga envenenar nossas terras... — Afastei o pânico esmagador. Precisava avisar minha família, *precisava* escrever para eles. Logo.

— Quanto menos souber, melhor. Deixe que Lorde Tamlin lide com isso, ele é o único que pode. — O Suriel tinha dito o mesmo. Os olhos castanhos de Alis eram rigorosos, impiedosos. — Acha que ninguém me diria o que você pediu à cozinha hoje, ou que ninguém perceberia o que foi caçar? Garota tola e burra. Se o Suriel não estivesse em um humor benevolente, teria merecido a morte que ele lhe daria. Não sei o que é pior: isso ou sua idiotice com a puca.

— Você teria feito diferente? Se tivesse uma família...

— Eu tenho uma família.

Olhei Alis de cima a baixo. Não havia anel em seu dedo.

Ela reparou meu olhar e disse:

— Minha irmã e o companheiro foram assassinados há quase cinquenta anos, deixando duas crianças para trás. Tudo o que faço, tudo pelo que trabalho é para aqueles meninos. Então, você não tem o direito de me olhar assim e perguntar se eu faria diferente, menina.

— Onde eles estão? Onde moram? — Talvez fosse por isso que havia livros infantis no escritório. Talvez aquelas duas figuras pequenas e brilhantes no jardim... Talvez fossem eles.

— Não, eles não moram aqui — respondeu Alis, em tom afiado demais. — Estão em outro lugar... bem longe.

Considerei o que ela falou e inclinei a cabeça.

— Crianças feéricas envelhecem de outro modo? — Se os pais tinham sido mortos havia quase cinquenta anos, eles mal poderiam ser meninos.

— Ah, algumas envelhecem como vocês e podem procriar com a frequência de coelhos, mas há tipos, como eu, como os Grão-Feéricos, que raramente conseguem produzir crias. Aquelas que nascem envelhecem bem devagar. Todos ficamos chocados quando minha irmã concebeu o segundo apenas cinco anos depois, e o mais velho nem vai chegar à fase adulta até fazer 75 anos. Mas são tão raros, todos os nossos jovens o são, e mais caros a nós que quaisquer joias ou ouro. — Alis contraiu o maxilar com tanta força que eu soube que aquilo era tudo o que eu tiraria dela.

— Não pretendia questionar sua dedicação a eles — falei baixinho. Quando Alis não respondeu, acrescentei: — Entendo o que quer dizer... sobre fazer tudo por eles.

Os lábios de Alis se contraíram, mas ela falou:

— Da próxima vez que aquele tolo Lucien lhe der conselhos sobre como aprisionar um Suriel, venha até mim. Galinhas mortas uma pinoia. Tudo o que precisava fazer era oferecer uma nova túnica, e o Suriel teria se prostrado aos seus pés.

Quando cheguei à sala de jantar, tinha parado de tremer e algo semelhante ao calor tinha retornado às minhas veias. Grão-Senhor de Prythian ou não, eu não me acovardaria, não depois do que tinha passado naquele dia.

Lucien e Tamlin já me esperavam à mesa.

— Boa noite — cumprimentei, seguindo para minha cadeira de sempre. Lucien inclinou a cabeça em uma indagação silenciosa, e dei a ele um aceno sutil quando me sentei. O segredo de Lucien ainda estava a salvo, embora ele merecesse ser surrado por me enviar tão despreparada para o Suriel.

Lucien se curvou um pouco na cadeira.

— Soube que teve uma tarde bem animada. Queria poder estar lá para ajudar.

Um pedido de desculpas oculto, talvez sem entusiasmo, mas dei outro aceno sutil.

Ele continuou, com uma despreocupação forçada:

— Bem, você ainda parece encantadora, independentemente da tarde infernal.

Ri com deboche. Nunca pareci encantadora, sequer um dia na vida.

— Achei que feéricos não pudessem mentir.

Tamlin engasgou com o vinho, mas Lucien sorriu, aquela cicatriz forte e cruel.

— Quem lhe contou isso?

— Todos sabem — afirmei, amontoando comida no prato, mesmo conforme comecei a ponderar sobre tudo o que ouvira até então, cada frase que eu aceitara como a pura verdade.

Lucien se recostou na cadeira, sorrindo com um prazer felino.

— É claro que podemos mentir. Achamos que mentir é uma arte. E mentimos quando contamos àqueles mortais antigos que não podíamos dizer uma inverdade. De que outra maneira conseguiríamos que confiassem em nós e fizessem nossa vontade?

Minha boca se tornou uma linha fina e contraída. Ele estava dizendo a verdade, porque se estivesse mentindo... A lógica daquilo fez minha cabeça girar.

— Ferro? — Consegui perguntar.

— Não nos faz mal algum. Apenas freixo, como você bem sabe.

Meu rosto ficou quente. Tinha aceitado tudo o que disseram como verdade. Talvez o Suriel estivesse mentindo mais cedo também, com aquela explicação prolixa sobre a política dos reinos feéricos. Sobre ficar com o Grão-Feérico, e tudo se acertar no final.

Olhei para Tamlin. *Grão-Senhor*. Isso não era mentira — eu podia sentir a verdade em meus ossos. Embora ele não agisse como os Grão-Senhores cruéis das lendas, que sacrificavam virgens e matavam humanos à vontade. Não, Tamlin era... exatamente como aqueles jovens fanáticos de olhos arregalados, os Filhos dos Abençoados, tinham descrito os tesouros e os confortos de Prythian.

— Embora Lucien tenha revelado alguns de nossos *segredos* mais bem guardados — disse Tamlin, atirando a última palavra ao companheiro com um grunhido —, jamais usamos sua falta de informação contra você. — O olhar de Tamlin encontrou o meu. — Jamais mentimos deliberadamente para você.

Consegui assentir e tomei um longo gole de água. Comi em silêncio, tão ocupada tentando decifrar cada palavra que tinha ouvido desde que chegara que não percebi quando Lucien pediu licença e saiu da mesa antes da sobremesa. Fui deixada sozinha com o ser mais perigoso que já havia encontrado.

As paredes da sala me sufocaram.

— Está se sentindo... melhor? — Embora Tamlin estivesse com o queixo apoiado no punho, preocupação, e talvez surpresa pela preocupação, brilhava nos olhos dele.

Engoli em seco.

— Se eu jamais encontrar um naga de novo, vou me considerar sortuda.

— O que estava fazendo no bosque a oeste?

Verdade ou mentira, mentira ou verdade... ambas.

— Ouvi uma lenda certa vez sobre uma criatura que responde a suas perguntas se você conseguir aprisioná-la.

Tamlin encolheu o corpo quando suas garras eclodiram e lhe cortaram o rosto. Mas os ferimentos se fecharam assim que se abriram, apenas um borrão de sangue percorreu a pele, borrão que Tamlin limpou com a manga da camisa.

— Você foi pegar o Suriel.

— Eu peguei o Suriel — corrigi.

— E ele contou o que queria saber? — Eu não tinha certeza se Tamlin estava respirando.

— Fomos interrompidos pelos naga antes que o Suriel pudesse dizer qualquer coisa útil.

A boca de Tamlin se contraiu.

— Eu começaria a gritar, mas acho que hoje foi punição o suficiente. — Ele balançou a cabeça. — Você pegou mesmo o Suriel. Uma garota humana.

Apesar de não querer, apesar da tarde, meus lábios se curvaram em um sorriso.

— Por acaso é difícil?

Ele riu e, depois, tirou algo do bolso.

— Bem, se eu tiver sorte, não precisarei prender o Suriel para descobrir do que se trata isso. — Ele ergueu minha lista amassada de palavras.

Meu coração ficou pesado.

— É... — Não consegui encontrar uma mentira adequada, tudo parecia absurdo.

— *Singular? Amontoavam? Massacrando? Conflagração?* — Ele leu a lista. Eu queria me enroscar e morrer. Palavras que eu não conseguia reconhecer dos livros, palavras que pareciam tão simples, tão absurdamente fáceis agora que ele as pronunciava em voz alta. — É um poema sobre me assassinar e depois atear fogo a meu corpo?

Minha garganta se fechou, e precisei cerrar as mãos em punhos para evitar esconder o rosto atrás delas.

— Boa noite — falei, pouco mais que um sussurro, e fiquei de pé, os joelhos trêmulos.

Eu estava quase à porta quando Tamlin falou de novo.

— Você os ama muito, não é?

Virei um pouco o corpo na direção dele. Seus olhos verdes encontraram os meus quando ele se levantou da cadeira para caminhar até mim. Tamlin parou a uma distância respeitável.

A lista de palavras malformadas ainda amassada em sua mão.

— Imagino se sua família percebe — murmurou Tamlin. — Que tudo o que fez não foi por causa da promessa a sua mãe, ou pelo seu bem, mas pelo deles. — Não respondi, não confiava em minha voz para manter a vergonha escondida. — Eu sei... eu sei que quando falei mais cedo, não saiu bem, mas eu poderia ajudar você a escrever...

— Me deixe em paz — pedi. Eu estava quase à porta quando esbarrei em alguém... nele. Recuei um passo. Tinha me esquecido de como era rápido.

— Não estou insultando você. — A voz baixa de Tamlin piorou tudo.

— Não preciso de sua ajuda.

— Obviamente — respondeu ele, com um meio sorriso. Mas o sorriso sumiu. — Uma humana que consegue abater um feérico em pele de lobo, que aprisionou o Suriel e matou dois dos naga sozinha...

— Tamlin segurou uma risada e sacudiu a cabeça. A luz da lareira dançava em sua máscara. — São tolos. Tolos por não verem. — Ele estremeceu. Mas os olhos de Tamlin não exibiam malícia. — Aqui — disse ele, estendendo a lista de palavras.

Eu a enfiei no bolso. Virei, mas Tamlin segurou meu braço delicadamente.

— Você abriu mão de muita coisa por eles. — Tamlin ergueu a outra mão, como se para acariciar minha bochecha. Eu me preparei para o toque, mas ele abaixou a mão antes. — Você ao menos sabe como rir?

Eu me desvencilhei de seu braço, incapaz de conter as palavras de raiva. Que o Grão-Senhor fosse para o inferno.

— Não quero sua pena.

Os olhos de jade de Tamlin estavam tão brilhantes que eram hipnotizantes.

— Que tal um amigo?

— Feéricos podem ser amigos de mortais?

— Há quinhentos anos, muitos feéricos eram amigos de mortais, a ponto de irem à guerra em seu nome.

— O quê? — Eu nunca ouvira aquilo. E não estava naquele mural no escritório.

Tamlin deu de ombros.

— Como acha que os exércitos humanos sobreviveram tanto tempo e causaram tantos danos que meu povo chegou a concordar com um Tratado? Apenas usando armas de freixo? Havia feéricos que lutaram e morreram ao lado dos humanos, pela liberdade deles, e que ficaram de luto quando a única solução foi separar nossos povos.

— Você era um deles?

— Eu era criança na época, jovem demais para entender o que estava acontecendo, ou mesmo para que me contassem — disse ele. *Uma criança*. O que significava que deveria ter mais de... — Mas, se eu fosse velho o suficiente, teria. Contra escravidão, contra tirania, eu marcharia feliz para minha morte, não importando de quem fosse a liberdade que eu defendia.

Eu não tinha certeza se faria o mesmo. Minha prioridade seria proteger minha família — e eu teria escolhido o lado que os mantivesse mais seguros. Não tinha pensado nisso como uma fraqueza até agora.

— Se faz diferença — disse Tamlin —, sua família sabe que você está segura. Eles não se lembram de uma besta irrompendo no chalé, e acham que uma tia muito distante e rica a chamou para ajudá-la no leito de morte. Sabem que você está viva e alimentada, e que é bem-cuidada. Mas também sabem que houve boatos de uma... ameaça em Prythian, e estão prontos para correr caso qualquer dos sinais de alerta sobre o enfraquecimento da muralha ocorra.

— Você... você alterou as memórias deles? — Dei um passo para trás. Arrogância feérica, tanta arrogância feérica mudar nossas mentes, implantar pensamentos como se não fosse uma violação...

— Encantei-lhes as memórias, como se pusesse um véu sobre elas. Eu tive medo que seu pai viesse atrás de você, ou persuadisse alguns aldeões a atravessarem a muralha com ele para violar ainda mais o Tratado.

E todos teriam morrido de qualquer maneira, depois que encontrassem com coisas como a puca ou o Bogge ou os naga. Um silêncio cobriu minha mente, até que eu estivesse tão exausta que mal conseguisse pensar e não pudesse me impedir de dizer:

— Você não o conhece. Meu pai não teria se dado o trabalho de fazer nenhum dos dois.

Tamlin me olhou por um longo momento.

— Sim, ele teria.

Mas não teria, não com aquele joelho deformado. Não com o joelho como desculpa. Percebi isso no momento em que a ilusão da puca fora revelada.

Alimentados, confortáveis e seguros — foram até avisados sobre a praga, tenham eles entendido o aviso ou não. Os olhos de Tamlin eram diretos, sinceros. Ele fora mais longe do que eu jamais teria imaginado, a fim de apaziguar qualquer preocupação minha.

— Você realmente os avisou sobre... a possível ameaça?

Ele deu um aceno sério.

— Não um aviso descarado, mas... está entrelaçado ao encantamento de suas memórias, junto a uma ordem para que fujam ao primeiro sinal de que algo esteja fora do normal.

Arrogância feérica, mas... mas Tamlin fizera mais do que eu podia. Minha família poderia ter ignorado minha carta completamente. Se eu soubesse que ele tinha tais habilidades, talvez até pedisse ao Grão-Senhor para encantar as memórias deles se ele mesmo já não tivesse feito isso.

Eu realmente não tinha com o que preocupar, exceto pelo fato de que eles provavelmente me esqueceriam mais rápido que eu esperava. Não poderia culpá-los totalmente. Minha promessa cumprida, minha tarefa completa... o que restava para mim?

A luz do fogo dançava na máscara de Tamlin, aquecendo o ouro, fazendo com que as esmeraldas brilhassem. Tantas cores e variações... cores cujos nomes eu não sabia, cores que eu queria catalogar e unir. Cores que eu não tinha motivo para não explorar agora.

— Tinta — falei, pouco mais que um sussurro. Tamlin inclinou a cabeça, e engoli em seco, esticando os ombros. — Se... se não for pedir muito, eu gostaria de um pouco de tinta. E pincéis.

Tamlin piscou.

— Você gosta... de arte? Você gosta de pintar?

As palavras trôpegas não eram grosseiras. Foi o bastante para o que eu dissesse:

— Bem, não sou... não sou nada boa, mas se não for muito incômodo... Eu pinto do lado de fora, para não fazer sujeira, mas...

— Fora, dentro, no telhado, pinte onde quiser. Não me importo — disse ele. — Mas, se precisa de tinta e pincéis, precisa também de papel e tela.

— Eu posso trabalhar... ajudar na cozinha ou nos jardins, para pagar por tudo isso.

— Você seria mais um incômodo. Pode levar alguns dias para eu conseguir tudo, mas a tinta, os pincéis, a tela e o espaço são seus. Trabalhe onde quiser. Esta casa está limpa demais mesmo.

— Obrigada... de verdade, mesmo. Obrigada.

Tamlin respondeu baixinho:

— É claro. — Eu me virei, mas ele falou de novo. — Já viu a galeria?

Espantada, perguntei:

— Tem uma galeria nesta casa?

Ele abriu um sorriso brilhante... um sorriso grande, o Grão-Senhor da Corte Primaveril.

— Eu mandei fechar quando herdei este lugar. — Quando ele herdou um título que parecia não gostar muito de ter. — Parecia um desperdício de tempo pedir que os criados a mantivessem limpa.

É claro que sim, para um guerreiro treinado.

Ele continuou.

— Amanhã estarei ocupado, e a galeria precisa ser limpa, então... Depois de amanhã, deixe-me mostrá-la a você depois de amanhã. — Tamlin esfregou o pescoço, um vermelho leve surgiu naquelas bochechas, mais vivo e acolhedor que eu jamais vira. — Por favor... será um prazer. — E acreditei que seria.

Assenti tolamente. Se as pinturas nos corredores eram exóticas, então aquelas selecionadas para a galeria estariam além de minha imaginação humana.

— Eu gostaria disso... muito.

Tamlin ainda sorria para mim, um sorriso largo, sem restrições ou hesitação. Isaac jamais sorrira para mim daquela maneira. Isaac jamais me fizera perder o fôlego, nem um pouquinho.

A sensação era tão assustadora que saí, segurando o papel amassado no bolso, como se fazer aquilo pudesse evitar que aquele sorriso em resposta despontasse em meus lábios.

CAPÍTULO 17

Acordei sobressaltada no meio da noite, ofegando. Meus sonhos foram repletos de cliques dos dedos esqueléticos do Suriel, de naga sorridentes e de uma mulher pálida, sem rosto, raspando as unhas vermelhas como sangue em meu pescoço, me rasgando pouco a pouco. Ela ficava perguntando meu nome, mas sempre que eu tentava falar, o sangue borbulhava dos ferimentos superficiais em meu pescoço, me fazendo engasgar.

Passei as mãos pelos cabelos encharcados de suor. Conforme recuperei o fôlego, um som diferente preencheu o ar, entrando pela fresta sob a porta do salão da entrada. Gritos e os berros de alguém.

Saí da cama em um segundo. Os gritos não eram agressivos, mas imperativos — organizadores. Mas os berros...

Cada pelo do meu corpo se arrepiou quando abri a porta. Poderia ter ficado e me acovardado, mas ouvira berros como aqueles antes, na floresta de casa, quando não conseguia uma morte limpa e eles sofriam. Eu não suportava. Precisava saber.

Cheguei ao alto da grande escadaria a tempo de ver as portas da frente da mansão se escancararem e Tamlin entrar correndo, o feérico aos berros jogado sobre os ombros. O feérico era quase tão grande quanto Tamlin, mas o Grão-Senhor o carregava como se não passasse de um saco de grãos. Parecia ser de outra espécie de feéricos inferiores; a pele azul, braços e pernas esguios, orelhas pontudas e longos cabelos cor de ônix. Mas, mesmo do alto das escadas, eu conseguia ver o sangue jorrando das costas do feérico — sangue dos cotocos escuros que despontavam de suas omoplatas. Sangue que agora encharcava a túnica verde de Tamlin em poças de cor vibrante e reluzente. Uma das facas do boldrié havia sumido.

Lucien correu para o saguão abaixo no momento em que Tamlin gritou:

— A mesa... abra espaço! — Lucien empurrou o jarro de flores para fora da longa mesa no centro do salão. Ou Tamlin não estava pensando com clareza, ou tinha medo de desperdiçar alguns minutos a mais ao levar o homem até a enfermaria. O som do vidro se estilhaçando colocou meus pés em movimento, e eu cheguei à metade das escadas antes que Tamlin apoiasse o feérico aos berros, de bruços, sobre a mesa. O feérico não usava máscara; não havia nada para esconder a agonia que contorcia as alongadas feições sobrenaturais.

— Batedores o encontraram jogado sobre a fronteira — explicou Tamlin para Lucien, mas seus olhos dispararam até mim. Eles lampejaram um aviso, mas desci mais um degrau. Tamlin disse a Lucien: — Ele é da Corte Estival.

— Pelo Caldeirão — disse Lucien, avaliando os danos.

— Minhas asas — falou o feérico, engasgando, os olhos pretos e lustrosos arregalados, encarando nada. — Ela levou minhas asas.

De novo, aquela *ela* sem nome que lhes assombrava as vidas. Quem era ela? Se não governava a Corte Primaveril, então talvez governasse outra. Tamlin fez um gesto com a mão, e água fervente e ataduras simplesmente *surgiram* à mesa. Minha boca secou, mas cheguei à base das escadas e continuei andando na direção da mesa e da morte que certamente pairava naquele corredor.

— Ela levou minhas asas — repetiu o feérico, estremecendo violentamente. — Ela levou minhas asas — disse ele outra vez, segurando a borda da mesa com finos dedos azuis.

Tamlin murmurou um som baixo e sem palavras — suave de um jeito que eu não tinha ouvido antes —, e pegou um retalho para mergulhar na água. Ocupei um lugar diante de Tamlin à mesa, e o fôlego foi puxado de meu peito quando olhei os danos.

Quem quer que *ela* fosse, não tinha apenas levado as asas dele. Tinha as arrancado.

Sangue escorria dos pretos cotocos aveludados nas costas do feérico. Os ferimentos eram pontiagudos — havia cartilagem e tecido partidos no que pareciam ser cortes irregulares. Como se ela tivesse serrado as asas dele, parte por parte.

— Ela levou minhas asas — disse o feérico de novo, a voz falhando. Enquanto ele tremia, o choque tomava conta, e a pele do feérico reluzia com veias de ouro puro, iridescentes como uma borboleta azul.

— Fique parado — ordenou Tamlin, torcendo o retalho. — Vai sangrar mais rápido.

— N-n-não — começou a dizer o feérico, e tentou se virar sobre as costas, para longe de Tamlin, daquela dor que certamente vinha quando o retalho tocava os cotocos em carne viva.

Foi instinto, ou piedade, ou desespero, talvez, que me levou a segurar os braços do feérico e empurrá-lo para baixo de novo, prendendo-o à mesa o mais cuidadosamente que consegui. Ele se debateu, forte o bastante para que precisasse me concentrar apenas em segurá-lo. A pele do feérico era lisa como veludo e escorregadia, uma textura que eu jamais conseguiria pintar, nem mesmo se tivesse uma eternidade para dominar a técnica. Mas fiz força contra ele, trincando os dentes e desejando que o feérico parasse. Olhei para Lucien, mas a cor tinha sido drenada de seu rosto, deixando um desagradável branco esverdeado doentio no lugar.

— Lucien — falou Tamlin, em um comando silencioso. Mas Lucien continuou olhando boquiaberto para as costas destruídas do feérico, para os cotocos, o olho de metal se estreitando e arregalando, se estreitando e se alargando. Ele recuou um passo. E outro. Então, vomitou em um vaso de planta antes de sair disparado da sala.

O feérico se virou de novo, e segurei firme, os braços tremendo com o esforço. Os ferimentos deviam tê-lo enfraquecido muito se eu conseguia contê-lo.

— Por favor — sussurrei. — Por favor, fique parado.

— Ela levou minhas asas — chorou o feérico. — Ela as levou.

— Eu sei — murmurei, com os dedos doloridos. — Eu sei.

Tamlin tocou com o retalho um dos cortes, e o feérico gritou tão alto que meus sentidos transbordaram, me lançando cambaleante para trás. Ele tentou se levantar, mas seus braços falharam, e o feérico caiu de cara na mesa de novo.

Sangue jorrou — tão rápido e tão forte que levei um segundo para perceber que um ferimento como aquele requeria um torniquete — e que o feérico tinha perdido sangue demais para isso sequer fazer diferença. O líquido jorrava pelas costas, até a mesa, onde percorria a borda e fazia um *pinga, pinga, pinga* no chão perto de meus pés.

Vi que os olhos de Tamlin estavam sobre mim.

— Os ferimentos não estão coagulando — disse ele, sussurrando, enquanto o feérico ofegava.

— Não pode usar sua magia? — perguntei, desejando poder arrancar aquela máscara do rosto de Tamlin para ver sua expressão na plenitude.

Ele engoliu em seco.

— Não. Não para danos tão grandes. Houve um tempo em que sim, mas não mais.

O feérico na mesa soluçou, a respiração ficou mais lenta.

— Ela levou minhas asas — sussurrou ele. Tamlin desviou os olhos verdes, e eu soube, naquele momento, que o feérico morreria. A morte não estava apenas pairando naquele corredor; ela estava fazendo a contagem regressiva nas batidas restantes no coração do feérico.

Peguei uma das mãos do feérico. A pele ali era quase encouraçada, e, talvez mais por reflexo do que qualquer outra coisa, seus longos dedos se enroscaram nos meus, cobrindo-os completamente.

— Ela levou minhas asas — repetiu ele, a tremedeira diminuindo um pouco.

Afastei os cabelos encharcados e longos do rosto meio virado do feérico, revelando o nariz pontudo e uma boca cheia de dentes afiados. Os olhos escuros se voltaram para os meus, suplicando, implorando.

— Vai ficar tudo bem — falei, e esperava que o feérico não conseguisse farejar mentiras como o Suriel conseguia. Acariciei seus cabelos lisos, a textura era como noite líquida, outra que eu jamais conseguiria pintar, mas tentaria, talvez para sempre. — Vai ficar tudo bem. — O feérico fechou os olhos, e eu apertei a mão dele.

Algo quente tocou meus pés, e não precisei olhar para baixo para ver que seu sangue tinha empoçado ao meu redor.

— Minhas asas — sussurrou o feérico.

— Você vai recuperá-las.

O feérico abriu os olhos com dificuldade.

— Jura?

— Sim — sussurrei. Era a primeira promessa que eu fazia que era pura mentira, e me odiei por aquilo. O feérico conseguiu dar um leve sorriso e fechou os olhos de novo. Minha boca tremeu. Desejei ter algo mais a dizer, algo a oferecer a ele além de promessas vazias. Mas Tamlin começou a falar, e, quando olhei para cima, o vi segurar a outra mão do feérico.

— Que o Caldeirão lhe salve — disse ele, recitando palavras de uma oração que provavelmente era mais velha que o reino mortal. — Que a mãe lhe segure. Passe pelos portões e sinta o cheiro da terra imortal de leite e mel. Não tema o mal. Não sinta dor. — A voz de Tamlin hesitou, mas ele terminou. — Vá e adentre a eternidade.

O feérico deu um último suspiro, e sua mão ficou inerte na minha. Não soltou, no entanto, e continuei acariciando seus cabelos, mesmo quando Tamlin o soltou e se afastou alguns passos da mesa.

Eu conseguia sentir os olhos de Tamlin sobre mim, mas não queria soltar a mão do feérico, pois não sabia quanto tempo levava para uma alma deixar o corpo. Fiquei na poça de sangue até que ela ficasse fria, segurando a mão esguia do feérico e lhe acariciando os cabelos, imaginando se percebeu que eu havia mentido quando jurei que ele recuperaria as asas, imaginando se, para onde quer que tivesse ido, ele *tivesse* recuperado as asas.

Um despertador soou em algum lugar da casa, e senti a mão de Tamlin sobre meu ombro.

— Ele se foi. Solte-o.

Avaliei o rosto do feérico — tão sobrenatural, tão pouco humano. Quem poderia ser tão cruel a ponto de feri-lo daquela maneira?

— Feyre — disse Tamlin, apertando meu ombro. Afastei os cabelos do feérico para trás da longa orelha pontuda, desejando que eu soubesse seu nome, e depois soltei sua mão.

Tamlin me levou escada acima, nenhum de nós se importou com as pegadas ensanguentadas que deixei para trás, ou com o sangue gelado que ensopava a frente do meu vestido. Parei no alto da escada, me desvencilhando das mãos de Tamlin, e olhei para a mesa no saguão abaixo.

— Não podemos deixá-lo ali — falei, fazendo menção de descer. Tamlin segurou meu cotovelo.

— Eu sei — disse ele, as palavras muito esgotadas e exaustas. — Ia acompanhá-la para cima primeiro.

Antes de enterrar o feérico.

— Quero ir com você.

— É perigoso demais à noite para você...

— Posso me cuidar...

— Não — interrompeu Tamlin, os olhos verdes brilhando. Estiquei o corpo, mas ele suspirou, os ombros se curvando. — Eu preciso fazer isso. Sozinho.

A cabeça de Tamlin estava curvada, os ombros inclinados para dentro. Nenhuma garra, nenhuma presa — não havia nada que pudesse ser feito contra aquele inimigo, aquele destino. Ninguém com quem lutar. Então assenti, porque eu também preferiria ir sozinha, e virei para o quarto. Tamlin permaneceu no alto das escadas.

— Feyre — disse ele, tão baixinho que me virei para ele de novo. — Por quê? — Ele inclinou a cabeça para o lado. — Você não gosta de nosso povo normalmente. E depois de Andras... — Mesmo no corredor escuro, os olhos em geral brilhantes de Tamlin estavam sombrios. — Então, por quê?

Eu me aproximei um passo, os pés cobertos de sangue grudando no tapete. Olhei para baixo das escadas, para onde ainda conseguia ver a silhueta de bruços do feérico e os cotocos das asas.

— Porque eu não iria querer morrer sozinha — falei, e minha voz falhou quando olhei para Tamlin de novo, me obrigando a encará-lo. — Porque eu iria querer que alguém segurasse minha mão até o fim, e um pouco depois disso. Isso é algo que todos merecem, humanos ou feéricos. — Engoli em seco, a garganta dolorosamente contraída. — Eu me arrependo do que fiz com Andras — admiti, as palavras tão contidas que não passavam de um sussurro. — Eu me arrependo de haver... tanto ódio em meu coração. Eu queria poder desfazer isso, e... sinto muito. Muito mesmo.

Não conseguia me lembrar da última vez — se é que houvera uma — em que falara com alguém daquela maneira. Mas Tamlin apenas assentiu para mim e se virou... e imaginei se deveria dizer mais, me ajoelhar e implorar pelo perdão dele. Se Tamlin sentia tanto rancor, tanta culpa, por um estranho, então Andras... Quando abri a boca, ele já estava descendo as escadas.

Eu observei; observei cada movimento que ele fez, os músculos do corpo visíveis através daquela túnica ensopada de sangue, observei aquele peso invisível sobre os ombros de Tamlin. Ele não me olhou quando pegou o corpo destruído e o carregou até as portas do jardim — além do meu campo visual. Fui até a janela no alto das escadas, observando enquanto Tamlin carregava o feérico pelo jardim iluminado pela lua e para os campos de colinas além dele. Tamlin não olhou para trás uma única vez.

Capítulo 18

No dia seguinte, ao terminar de comer, tomar banho e me vestir, o sangue do feérico já havia sido limpo. Tinha demorado de manhã, e era quase meio-dia quando cheguei ao topo das escadas e olhei para o vestíbulo abaixo. Apenas para me certificar de que tinha sumido.

Eu estava determinada a encontrar Tamlin e explicar — de verdade — o quanto eu sentia por Andras. Se era para eu ficar ali, ficar com ele, então poderia ao menos tentar consertar o que tinha destruído. Olhei para a enorme janela atrás de mim, a vista tão ampla que eu conseguia ver até o reflexo do lago depois do jardim.

A água estava tão calma que o céu vibrante e as fofas nuvens gordas acima eram impecavelmente refletidos. Perguntar sobre eles parecia vulgar depois da noite anterior, mas talvez... talvez depois que as tintas e os pincéis *chegassem*, eu pudesse me aventurar até o lago para retratá-lo.

Eu poderia ter ficado encarando aquele borrão de cor e luz e textura caso Tamlin e Lucien não tivessem surgido de outra ala da mansão, discutindo alguma patrulha ou outra da fronteira. Eles ficaram em silêncio quando desci as escadas, e Lucien disparou porta afora sem nem dar bom dia — apenas um aceno casual. Não um gesto cruel, mas ele obviamente não tinha intenção de participar da conversa que Tamlin e eu estávamos prestes a ter.

Olhei em volta, torcendo por algum sinal daquelas tintas, mas Tam apontou para as portas abertas pelas quais Lucien tinha saído. Do outro lado, vi nossos cavalos, já selados e esperando. Lucien estava montado em um terceiro cavalo. Virei para Tamlin.

Ficar com ele; ele me manteria segura, e as coisas melhorariam. Tudo bem. Eu podia fazer isso.

— Seus suprimentos só chegam amanhã, e a galeria foi limpa, e minha... reunião, adiada. — Ele estava... balbuciando? — Pensei em sairmos para um passeio, sem nenhum assassinato desta vez. Ou um naga com que se preocupar. — Mesmo quando terminou com um meio sorriso, a tristeza passou pelos olhos de Tamlin. De fato, eu vira bastante morte nos últimos dois dias. Bastante morte de feéricos. Morte de qualquer coisa. Nenhuma arma estava embainhada na lateral do corpo de Tamlin, ou em seu boldrié, mas o cabo de uma faca reluziu na bota.

Onde ele havia enterrado aquele feérico? Um Grão-Senhor cavando um túmulo para um estranho. Talvez eu não tivesse acreditado se me contassem, talvez não tivesse acreditado se ele não tivesse me oferecido asilo em vez da morte.

— Para onde? — perguntei. Tamlin apenas sorriu.

Não consegui pensar em palavra alguma quando chegamos — e soube que mesmo que conseguisse pintar, nada teria feito justiça. Não era simplesmente pelo fato de aquele ser o lugar mais lindo ao qual eu já visitara, ou por que ele me enchia de desejo e alegria, mas apenas parecia... certo. Como se as cores e as luzes e os padrões do mundo tivessem se unido para formar um lugar perfeito — um verdadeiro pedaço de beleza. Depois da noite anterior, era exatamente onde eu precisava estar.

Sentamos em uma colina gramada que dava para um campo de carvalhos tão amplo e alto que poderiam ser os pilares e as espirais de um castelo antigo. Tufos trêmulos de sementes de dente-de-leão flutuavam, e a terra na clareira era coberta de açafrões, amarilidáceas e jacintos. Era uma ou duas horas depois do meio-dia quando chegamos, mas a luz estava forte e dourada.

Embora nós três estivéssemos sozinhos, eu podia jurar ter ouvido um canto. Abracei os joelhos e absorvi a ravina.

— Trouxemos um cobertor — disse Tamlin, e olhei por cima do ombro e o vi indicar com o queixo o cobertor roxo que tinham estendido a poucos metros. Lucien se deitou nele e esticou as pernas. Tamlin ficou de pé, esperando minha resposta.

Neguei com a cabeça e olhei para a frente, passando a mão pela grama macia feito pena, catalogando a cor e a textura. Eu jamais tinha sentido grama como aquela e certamente não estragaria a experiência ao me sentar em um cobertor.

Sussurros breves foram trocados atrás de mim, e, antes que conseguisse me virar para investigar, Tamlin ocupou o lugar ao meu lado. Seu maxilar estava contraído tão forte que olhei para a frente rapidamente.

— Que lugar é este? — perguntei, ainda passando os dedos pela grama.

Pelo canto do olho, Tamlin não passava de uma figura dourada reluzente, e vi o branco de seu sorriso.

— Apenas uma ravina. — Atrás de nós, Lucien deu um riso de escárnio. — Gosta? — indagou Tamlin, rapidamente. O verde dos olhos dele combinava com a grama entre meus dedos, e os riscos âmbar eram como os raios de sol que penetravam pelas árvores. Mesmo a máscara, estranha e exótica, parecia se adequar à ravina, como se aquele lugar tivesse sido feito somente para Tamlin. Eu conseguia imaginá-lo ali na forma animal, enroscado na grama, cochilando.

— O quê? — indaguei. Eu tinha esquecido a pergunta.

— Você gosta? — repetiu Tamlin.

Tomei um fôlego entrecortado e encarei a ravina de novo.

— Sim.

Tamlin riu.

— Só isso? *Sim*?

— Gostaria que eu me curvasse de gratidão por ter me trazido aqui, Grão-Senhor?

— Ah. O Suriel não contou nada de importante, não é?

Aquele sorriso incitou uma ousadia em meu peito.

— Ele também disse que você gosta de ser escovado, e, se eu for esperta, posso conseguir treiná-lo oferecendo-lhe mimos.

Tamlin inclinou a cabeça para o céu e gargalhou. Apesar de não querer, soltei uma risada baixinha.

— Talvez eu morra de surpresa — disse Lucien atrás de mim. — Você fez uma piada, Feyre.

Virei para ele com um sorriso frio.

— Não vai querer saber o que o Suriel disse sobre *você*. — Ergui as sobrancelhas, e Lucien ergueu as mãos em sinal de derrota.

— Eu pagaria caro para ouvir o que o Suriel acha de Lucien — disse Tamlin.

Uma rolha estourou, seguida pelo som de Lucien entornando na boca o conteúdo da garrafa e engasgando com um silencioso "escovado".

Os olhos de Tamlin ainda brilhavam com o sorriso quando ele colocou a mão em meu cotovelo, me levantando.

— Vamos — ordenou ele, indicando com a cabeça a descida da colina, o pequeno córrego que percorria a base. — Quero lhe mostrar algo.

Fiquei de pé, mas Lucien permaneceu sentado no cobertor e ergueu a garrafa de vinho em saudação. Ele tomou um gole ao se deitar de costas e encarar a folhagem verde.

Cada um dos movimentos de Tamlin era preciso e eficiente, as poderosas pernas musculosas percorrendo agilmente a terra conforme entrecortava as enormes árvores, saltava por minúsculos riachos e subia colinas íngremes. Paramos no alto de um monte, e soltei as mãos nas laterais do corpo. Ali, em uma clareira cercada por árvores imensas, havia um lago prateado reluzente. Mesmo de longe, eu conseguia ver que não era água, mas algo mais raro e infinitamente mais precioso.

Tamlin segurou meu punho e me puxou colina abaixo; seus dedos calejados carinhosamente arranharam minha pele. Ele me soltou para saltar com facilidade a raiz de uma árvore em um único movimento, e caminhou até a beira da água. Eu só consegui trincar os dentes conforme segui aos tropeços atrás dele, esforçando-me para passar por cima da raiz.

Tamlin se agachou perto do lago e fechou as mãos em cuia para enchê-las. Ele virou as mãos, deixando que a água caísse.

— Olhe.

A água prateada e brilhante que pingara da mão de Tamlin fez com que ondas dançassem pelo lago, cada uma reluzindo com várias cores e...

— Isso parece o brilho das estrelas — sussurrei.

Tamlin deu uma risada abafada, enchendo e esvaziando a mão de novo. Olhei boquiaberta para a água reluzente.

— É brilho das estrelas.

— Isso é impossível — falei, lutando contra a vontade de dar um passo em direção à água.

— Aqui é Prythian. De acordo com suas lendas, nada é impossível.

— Como? — perguntei, incapaz de tirar os olhos do lago, do prateado, mas também do azul e do vermelho e do rosa e do amarelo que brilhavam por baixo, a leveza dele...

— Não sei... nunca perguntei, e ninguém jamais explicou.

Quando continuei a olhar boquiaberta para o lago, Tamlin riu, chamando minha atenção, e o vi desabotoando a túnica.

— Entre — pediu ele, o convite dançando nos olhos.

Nadar um pouco... sem roupas, sozinha. Com um Grão-Senhor. Fiz que não com a cabeça, recuando um passo. Os dedos de Tamlin pararam no segundo botão do colarinho.

— Não quer saber como é?

Eu não sabia a que ele se referia: nadar em brilho das estrelas ou nadar com ele.

— Eu... não.

— Tudo bem. — Tamlin deixou a túnica desabotoada. Havia apenas pele musculosa por baixo.

— Por que este lugar? — perguntei, desviando os olhos de seu peito.

— Era meu lugar preferido quando menino.

— E quando foi isso? — Não consegui evitar que a pergunta viesse.

Tamlin virou o olhar para mim.

— Há muito tempo. — Ele falou tão baixo que me fez mexer os pés com desconforto. Há muito tempo mesmo se ele era menino durante a Guerra.

Bem, como eu já tinha entrado no assunto, então me arrisquei a perguntar:

— Lucien está bem? Depois de ontem à noite, quero dizer. — Lucien parecia ter retornado ao seu normal, habitualmente arrogante e irreverente, mas tinha vomitado ao ver aquele feérico morrendo. — Ele... não reagiu bem.

Tamlin deu de ombros, mas as palavras saíram baixas quando ele disse:

— Lucien... Lucien passou por coisas que fazem momentos como o de ontem à noite... difíceis. Não falo apenas da cicatriz no olho, embora aposto que a noite passada tenha trazido à tona memórias disso também.

Tamlin esfregou o pescoço e depois me encarou. Havia um peso muito antigo nos olhos dele, no maxilar contraído.

— Lucien é o filho mais novo do Grão-Senhor da Corte Outonal. — Estiquei o corpo. — O mais jovem de sete irmãos. A Corte Outonal é... cruel. Linda, mas os irmãos dele só fazem competir entre si, pois o mais forte herdará o título, não o mais velho. O mesmo acontece por toda Prythian, em todas as cortes. Lucien jamais se importou com isso, nunca esperou ser coroado Grão-Senhor; então, ele passou a juventude fazendo tudo o que o filho de um Grão-Senhor provavelmente não deveria: perambulou pelas cortes, fez amizade com os filhos de outros Grão-Senhores — um leve sorriso surgiu nos olhos de Tamlin quando disse isso — e andou com fêmeas que estavam longe da nobreza da Corte Outonal. — Tamlin parou por um momento, e quase senti a tristeza antes que ele dissesse: — Lucien se apaixonou por uma feérica que o pai considerou grotescamente inapropriada para alguém de sua linhagem. Lucien disse que não se importava por ela não ser uma dos Grão-Feéricos, que tinha certeza de que a ligação da parceria aconteceria em breve, e que ele se casaria com ela e deixaria a corte do pai para os irmãos ardilosos. — Um suspiro contido. — O pai de Lucien mandou executar a fêmea. Ela foi executada diante de Lucien enquanto os dois irmãos mais velhos o seguravam e o obrigavam a assistir.

Meu estômago se revirou, e levei a mão ao peito. Não conseguia imaginar, não conseguia entender aquele tipo de perda.

— Lucien partiu. Ele amaldiçoou o pai, abandonou o título e a Corte Outonal, e foi embora. E sem o título para protegê-lo, os irmãos pensaram em eliminar mais um desafiante à coroa do Grão-Senhor. Três deles saíram para matá-lo; um retornou.

— Lucien... os matou?

— Ele matou um — disse Tamlin. — Eu matei o outro, pois haviam entrado em meu território, e eu era Grão-Senhor e podia fazer o que quisesse com invasores que ameaçavam a paz de minhas terras. — Uma afirmativa fria e cruel. — Reclamei Lucien para mim, nomeei-o emissário, pois ele sempre foi bom em falar com as pessoas e eu... às vezes acho difícil. Ele está aqui desde então.

— Como emissário em outras cortes — comecei —, ele já precisou lidar com o pai? Ou os irmãos?

— Sim. O pai nunca pediu desculpas, e os irmãos têm medo demais de mim para arriscar ferir Lucien. — Não havia nenhuma arrogância naquelas palavras, apenas a verdade fria. — Mas Lucien jamais se esqueceu do que fizeram com ela, ou o que os irmãos tentaram fazer com ele. Mesmo que finja que se esqueceu.

E isso não desculpava tudo o que Lucien tinha dito e feito comigo, mas... eu entendia agora. Conseguia entender as muralhas e as barreiras que ele sem dúvida construíra ao redor de si. Meu peito estava apertado demais, pequeno demais para conter a dor que crescia dentro dele. Olhei para o lago de brilho das estrelas reluzente e suspirei profundamente. Precisava mudar de assunto.

— O que aconteceria se eu bebesse a água?

Tamlin esticou um pouco as costas... e depois relaxou, como se estivesse feliz por desabafar aquela velha tristeza.

— De acordo com a lenda, você seria feliz até seu último suspiro. — Ele acrescentou: — Talvez nós dois precisemos de um copo.

— Não acho que esse lago inteiro seria o bastante para mim — falei, e Tamlin riu.

— Duas piadas em um dia, um milagre enviado pelo Caldeirão — disse ele. Dei um sorriso. Tamlin se aproximou um passo, como se forçosamente deixasse para trás aquela mancha escura e triste do que acontecera com Lucien, e o brilho das estrelas dançou em seus olhos quando disse: — O que *seria* suficiente para fazê-la feliz?

Corei desde o pescoço até o topo da cabeça.

— Eu... eu não sei. — Era verdade, eu jamais pensara nesse tipo de coisa, além de conseguir que minhas irmãs fizessem casamentos seguros e que eu tivesse comida o bastante para meu pai e eu, e tempo para aprender a pintar.

— Hmm — ponderou Tamlin, sem se afastar. — Que tal o badalar dos jacintos? Ou um laço de raio de sol? Ou uma grinalda de luz da lua? — Tamlin deu um sorriso malicioso.

Grão-Senhor de Prythian. Grão Senhor das Tolices era mais adequado. E ele sabia, ele sabia que eu diria não, que eu me encolheria um pouco apenas por estar a sós com ele.

Não. Não deixaria que Tamlin tivesse a satisfação de me envergonhar. Já estava cheia disso ultimamente, cheia da... daquela garota encapsulada pelo gelo e pela amargura. Então, dei um sorriso doce, fazendo o melhor para fingir que meu estômago não estava se revirando.

— Nadar parece encantador.

Não me permiti pensar duas vezes. E não me orgulhei pouco do fato de que meus dedos não tremeram uma vez quando retirei as botas, desabotoei a túnica e as calças e as joguei na grama. Minha roupa íntima era modesta o suficiente para que eu não mostrasse muito, mas ainda assim encarei Tamlin diretamente quando fiquei de pé na margem gramada. O ar estava morno e ameno, e uma brisa suave beijou minha barriga exposta.

Devagar, bem devagar, seus olhos desceram e, depois, subiram. Como se Tamlin estivesse estudando cada centímetro, cada curva minha. Embora eu estivesse com a roupa íntima marfim, somente aquele olhar me deixou nua.

Os olhos de Tamlin encontraram os meus, e ele me lançou um olhar preguiçoso antes de tirar as roupas. Botão após botão. Eu podia jurar que o brilho em seus olhos se tornara faminto e feral — tanto que precisei olhar para qualquer lugar, exceto seu rosto.

Eu me permiti saborear o lampejo de um peito largo, os braços delineados por músculos, longas pernas fortes, antes de entrar naquele lago. Tamlin não tinha a constituição de Isaac, cujo corpo ainda estava naquele estágio desengonçado entre menino e homem. Não; o corpo glorioso de Tamlin fora cultivado por séculos de lutas e brutalidade.

O líquido estava deliciosamente morno, e caminhei para dentro até que estivesse fundo o bastante para dar algumas braçadas e casualmente ficar boiando. Não era água, mas algo mais suave, mais espesso. Não era óleo, mas algo mais puro, mais fino. Como ser envolta em seda morna. Eu estava tão ocupada me divertindo com meus dedos puxando a substância prateada que não reparei em Tamlin, até que ele estivesse boiando ao meu lado.

— Quem ensinou você a nadar? — perguntou ele, e afundou a cabeça. Quando ressurgiu, Tamlin sorria, filetes reluzentes de brilho das estrelas percorriam os contornos de sua máscara.

Não mergulhei, não sabia se ele estava brincando a respeito de a água me deixar feliz caso eu a bebesse.

— Quando eu tinha 12 anos, estudei as crianças da aldeia nadando em um lago, e aprendi sozinha.

Tinha sido uma das experiências mais assustadoras da vida, e eu engoli metade do lago no processo, mas peguei o jeito da coisa, consegui dominar o pânico desmedido e o terror e confiar em mim mesma. Saber nadar parecera uma habilidade vital — uma que um dia significaria a diferença entre a vida e a morte. Jamais esperei que levasse *àquilo*, no entanto.

Tamlin mergulhou de novo e, quando voltou, passou a mão pelos cabelos dourados.

— Como seu pai perdeu a fortuna?

— Como sabe sobre isso?

Tamlin riu com escárnio.

— Não acho que camponeses natos têm seu tipo de dicção.

Alguma parte de mim queria fazer um comentário sobre arrogância, mas... bem, ele estava certo, e não podia culpá-lo por ser um observador habilidoso.

— Meu pai era chamado o Príncipe dos Mercadores — falei, simplesmente, percorrendo os dedos por aquela água sedosa e estranha. Mal precisava me esforçar, a água estava tão morna, tão leve, que parecíamos flutuar, cada dor em meu corpo se dissolvia em nada. — Mas esse título, que ele herdara do pai, e o pai dele antes disso, era uma mentira. Éramos apenas um bom nome que mascarava três gerações de dívidas ruins. Meu pai tentava encontrar uma forma de aliviar aquelas dívidas havia anos e, quando encontrou uma oportunidade de pagá-las, aproveitou, independentemente dos riscos. — Engoli em seco. — Há oito anos, ele reuniu nossa riqueza em três navios que zarpariam para Bharat, em busca de temperos e tecidos de valor incalculável.

Tamlin franziu a testa.

— Arriscado mesmo. Aquelas águas são uma armadilha mortal, a não ser que se tome o caminho mais longo.

— Bem, ele não tomou o caminho mais longo. Teria levado tempo demais, e nossos credores estavam em cima dele. Então, meu pai assumiu o risco de enviar os navios diretamente para Bharat. Mas eles jamais chegaram ao litoral de Bharat. — Joguei o cabelo para trás na água, visualizando a lembrança do rosto de meu pai no dia em que chegou a notícia do naufrágio. — Quando os navios afundaram, os credores o circundaram feito lobos. Eles o limparam até que não sobrasse nada além do nome destruído e de algumas moedas de ouro para comprar nosso chalé. Eu tinha 11 anos. Meu pai... Ele simplesmente parou de tentar depois disso. — Eu não consegui mencionar aquele último e terrível momento, quando aquele outro credor apareceu com os capangas para destruir a perna de meu pai.

— Foi quando começou a caçar?

— Não, embora tivéssemos nos mudado para o chalé, levou quase três anos para o dinheiro acabar por completo — falei. — Comecei a caçar quando tinha 14 anos.

Os olhos de Tamlin brilharam; já não havia neles nenhum vestígio daquele guerreiro forçado a aceitar o fardo de um Grão-Senhor.

— E aqui está você. O que mais aprendeu sozinha?

Talvez fosse o lago encantado, ou talvez fosse o interesse sincero por trás da pergunta, mas sorri e contei a Tamlin sobre aqueles anos no bosque.

✣

Cansada, mas surpreendentemente satisfeita com algumas horas nadando e comendo e descansando naquela ravina, olhei para Lucien conforme cavalgávamos de volta para a mansão naquela tarde. Atravessávamos um campo extenso com grama nova da primavera quando ele me flagrou olhando pela décima vez, e me preparei quando Lucien se deteve e saiu do lado de Tamlin.

O olho de metal se estreitou sobre mim enquanto o outro permaneceu cauteloso, nada impressionado.

— Sim?

Foi o bastante para me persuadir a não dizer nada sobre seu passado. Eu também odiaria que sentissem pena de mim. E Lucien não me conhecia, não bem o suficiente para garantir como resposta qualquer coisa que não fosse ressentimento se eu mencionasse o assunto, mesmo que recaísse sobre *mim* o peso de saber, de ficar de luto por ele.

Esperei até que Tamlin estivesse na dianteira o suficiente para que nem mesmo sua audição de Grão-Feérico pudesse ouvir minhas palavras.

— Jamais consegui agradecer a você pelo conselho sobre o Suriel.

Lucien ficou tenso.

— Ah?

Olhei para a frente, para o modo tranquilo como Tamlin cavalgava, o cavalo totalmente à vontade com o cavaleiro poderoso.

— Se ainda me quer morta — falei, baixinho —, vai precisar se esforçar um pouco mais.

Lucien exalou.

— Não era o que eu pretendia. — Olhei para ele por um bom tempo. — Não derramaria nenhuma lágrima — corrigiu ele. Eu sabia que era verdade. — Mas o que aconteceu com você...

— Eu estava brincando — falei, e dei um leve sorriso para Lucien.

— Não pode me perdoar tão facilmente por ter mandado você para o perigo.

— Não. E parte de mim não quer outra coisa que não surrar você pela falta de aviso sobre o Suriel. Mas entendo: sou a humana que matou seu amigo, que agora mora em sua casa, e você precisa lidar comigo. Entendo — repeti.

Lucien ficou quieto por tanto tempo que achei que ele não responderia. Assim que eu estava prestes a seguir, ele disse.

— Tamlin me contou que seu primeiro disparo foi para salvar a vida do Suriel. Não a sua.

— Parecia a coisa certa a fazer.

O olhar que Lucien me deu foi mais contemplativo que qualquer outro que ele tivesse me lançado.

— Eu conheço muitos Grão-Feéricos e feéricos inferiores que não teriam visto a situação dessa maneira, ou se dado o trabalho. — Ele levou a mão para algo em um dos seus flancos e jogou para mim. Precisei me segurar para ficar na sela quando tentei pegar. Era uma faca de caça encrustada de joias. Eu a segurei nas mãos.

— Ouvi você gritar — revelou ele, quando examinei a lâmina nas mãos. Jamais segurara uma tão delicadamente forjada, tão perfeitamente equilibrada. — E hesitei. Não por muito tempo, mas hesitei antes de ir correndo. Apesar de Tam ter chegado a tempo, quebrei minha palavra naqueles segundos em que esperei. — Ele indicou a faca com o queixo. — É sua. Não a enterre em minhas costas, por favor.

Capítulo 19

Na manhã seguinte, minhas tintas e materiais de pintura chegaram de onde quer que Tamlin ou os criados os tivessem desenterrado, mas, antes que o Grão-Feérico me deixasse vê-los, ele me levou, através de corredores, até chegarmos a uma ala da casa na qual eu jamais estivera, mesmo na exploração noturna. Eu sabia aonde íamos sem Tamlin precisar dizer. Os pisos de mármore brilhavam tanto que só podiam ter sido recém-esfregados, e aquela brisa com cheiro de rosas flutuava pelas janelas abertas. Tudo aquilo... ele fizera por mim. Como se eu me importasse com teias de aranha ou poeira.

Quando Tamlin parou diante de duas portas de madeira, seu leve sorriso foi o suficiente para que eu perguntasse:

— Por que fazer algo... algo tão gentil?

O sorriso hesitou.

— Faz muito tempo desde que alguém que apreciasse essas coisas esteve aqui. Gosto de vê-las serem usadas de novo.

Principalmente quando havia tanto sangue e morte em todas as outras partes de sua vida.

Tamlin abriu as portas da galeria, e perdi o fôlego.

O piso de madeira pálida reluzia à luz clara e forte que entrava pelas janelas. A sala estava vazia, exceto por algumas poltronas e uns bancos grandes para ver a... a...

Com uma das mãos no pescoço conforme olhava as pinturas, mal percebi que havia entrado na longa galeria.

Tantas, tão diferentes, mas organizadas para fluírem juntas sutilmente... Visões, retratos e ângulos do mundo tão diferentes. Paisagens, retratos, naturezas-mortas... cada uma, uma história e uma experiência, cada uma, uma voz gritando, sussurrando ou cantando sobre o que aquele momento, aquela sensação fora, cada uma era um grito para o vazio do tempo em que tinham estado ali, tinham existido. Algumas foram pintadas por olhos como os meus, por artistas que viam em cores e formas que eu entendia. Outras exibiam cores que eu não havia considerado; essas carregavam uma perspectiva do mundo que me dizia que olhos diferentes as haviam pintado. Um portal para a mente de uma criatura tão diferente de mim, e, ainda assim... e, ainda assim, olhei para a obra e entendi e senti e me importei.

— Eu nunca soube — disse Tamlin atrás de mim — que humanos eram capazes de... — Ele se interrompeu quando me virei, a mão que eu levava ao pescoço deslizava para a altura do peito, onde meu coração rugia com um tipo de alegria e de luto ferozes, e humildade sobrepujante, humildade diante daquela arte magnífica.

Tamlin ficou parado à porta, a cabeça inclinada daquele jeito animalesco, as palavras ainda perdidas na língua.

Limpei as bochechas molhadas.

— É... — *Perfeito, maravilhoso, além de tudo que eu pudesse imaginar* não parecia suficiente. Mantive as mãos sobre o coração. — Obrigada — falei. Foi tudo o que encontrei para dizer, para mostrar a ele o que aquelas pinturas, o que sequer entrar naquela sala significava.

— Venha quando quiser.

Sorri para ele, mal conseguindo conter a alegria no coração. O sorriso de resposta de Tamlin foi vacilante, mas radiante, e então ele me deixou para que eu admirasse a galeria como quisesse.

Fiquei ali durante horas — até ficar inebriada pela arte, até estar tonta de fome e sair perambulando em busca de comida.

Depois do almoço, Alis me mostrou um quarto vazio no primeiro andar, com uma mesa cheia de telas de vários tamanhos, pincéis cujas hastes de madeira pálida reluziam à luz perfeita e clara, e tintas — tantas, tantas tintas, além das quatro básicas que eu esperava, que perdi o fôlego de novo.

E quando Alis se foi e o quarto ficou em silêncio e à espera e era totalmente meu...

Então comecei a pintar.

Semanas se passaram. Pintei e pintei, a maioria das coisas horrível e inútil.

Eu jamais permitia que alguém visse, não importava quanto Tamlin se intrometesse e Lucien risse de minhas roupas manchadas de tinta; nunca senti a satisfação de que o trabalho combinava com as imagens impressas em minha mente. Em geral, eu pintava do alvorecer ao crepúsculo, às vezes naquele quarto, às vezes no jardim. Os dias se condensaram. De vez em quando, eu fazia uma pausa para explorar as terras Primaveris com Tamlin como guia, e voltava com ideias novas que me faziam saltar da cama na manhã seguinte para rabiscar ou anotar as cenas ou as cores conforme as avistara.

Mas havia dias em que Tamlin era chamado para enfrentar a mais recente ameaça nas fronteiras, e mesmo pintar não me distraía até que ele voltasse, coberto de sangue que não era dele, às vezes na forma animal, às vezes como o Grão-Senhor. Ele jamais voluntariava detalhes do que havia acontecido, e eu não fazia menção de perguntar; seu retorno a salvo me bastava.

Na própria mansão, não havia sinais de criaturas como os naga ou o Bogge, mas fiquei bem longe do bosque oeste, embora eu o pintasse muitas vezes de memória. E, embora meus sonhos continuassem assombrados pelas mortes que eu havia testemunhado, as mortes que havia causado, e por aquela mulher pálida horrível me despedaçando — tudo isso observado por uma sombra que eu jamais conseguia ver —, aos poucos parei de sentir tanto medo. *Fique com o Grão-Senhor. Você estará segura*. Então, fiquei.

A Corte Primaveril era uma terra de colinas verdes e florestas exuberantes, e lagos cristalinos e infinitos. A magia não era apenas abundante nas colinas e nos vales — ela *crescia* ali. Por mais que eu tentasse pintá-la, jamais conseguia capturá-la... capturar a sensação. Então, às vezes ousava pintar o Grão-Senhor, que cavalgava ao meu lado quando passeávamos por seu território em dias preguiçosos; o Grão-Senhor, com quem eu ficava feliz ao conversar ou ao passar horas em silêncio confortável.

Era provavelmente o acalanto da magia que anuviava meus pensamentos, e não pensei em minha família até passar pela muralha de cerca viva mais externa certa manhã, em busca de um novo ponto para pintar. A primavera agora nascia no mundo mortal.

Como tanto tempo havia passado? Minha família, encantada, assistida, segura, ainda não fazia ideia de onde eu estava. O mundo mortal... ele seguira em frente sem mim, como se eu jamais tivesse existido. O sussurro de uma vida miserável... desaparecida, não lembrada por ninguém que eu conhecera ou com quem me importara.

Não pintei nem cavalguei com Tamlin naquele dia. Em vez disso, fiquei sentada diante de uma tela branca, nenhuma cor na mente.

Ninguém se lembraria de mim em casa — eu estava praticamente morta para eles. E Tamlin *permitira* que eu os esquecesse. Talvez as pinturas tivessem até sido uma distração; um modo de me fazer parar de reclamar sobre eles, de parar de ser irritante quanto a querer vê-los. Ou talvez elas fossem uma distração do que quer que estivesse acontecendo com a praga e com Prythian. Eu tinha parado de perguntar, como o Suriel ordenara, como uma humana burra, inútil e obediente.

Precisei da força de minha vontade teimosa para suportar o jantar. Tamlin e Lucien repararam meu humor e mantiveram a conversa entre eles. Isso não ajudou muito minha raiva crescente, e, quando terminei de comer, saí batendo os pés para o jardim iluminado pela lua e me perdi no labirinto de cercas vivas e canteiros de flores.

Não me importava aonde iria. Depois de um tempo, parei no jardim de rosas. O luar manchava as pétalas vermelhas de um roxo profundo e projetava um filme prateado nas flores brancas.

— Meu pai mandou plantarem este jardim para minha mãe — disse Tamlin atrás de mim. Não me dei o trabalho de me virar. Cravei as unhas nas palmas das mãos quando ele parou ao meu lado. — Foi um presente de parceria.

Encarei as flores sem ver nada. As flores que eu pintara na mesa de casa deviam estar se desfazendo, ou já desfeitas àquela altura. Nestha poderia até tê-las raspado.

Minhas unhas arranharam a pele das palmas das mãos. Por mais que Tamlin os sustentasse ou não, encantasse suas memórias ou não, eu tinha sido... apagada de suas vidas. Esquecida. Deixei que Tamlin me apagasse. Ele me ofereceu tintas e o espaço e o tempo para praticar; tinha me mostrado lagos de brilho das estrelas e arco-íris de luar, e peixes que caminhavam em terra. Ele salvara minha vida, como algum tipo de cavaleiro corajoso das lendas, e eu engoli tudo aquilo como vinho de feéricos. Eu não era melhor que aqueles fanáticos Filhos dos Abençoados.

A máscara de Tamlin parecia bronze na escuridão, e as esmeraldas brilhavam.

— Você está... chateada.

Caminhei até a roseira mais próxima, arranquei uma rosa, e meus dedos se arranharam nos espinhos. Ignorei a dor, o calor do sangue que escorria. Jamais poderia pintá-la com precisão; jamais a retrataria da forma como aqueles artistas nas obras da galeria. Eu jamais poderia pintar o jardinzinho de Elain, do lado de fora do chalé, como me lembrava, mesmo que minha família não se lembrasse de mim.

Tamlin não me repreendeu por arrancar uma das rosas de seus pais — que estavam tão ausentes quanto os meus, mas que provavelmente se amaram, e o amaram ainda mais do que os meus se importaram comigo. Uma família que teria se oferecido para tomar o lugar dele caso alguém aparecesse a fim de roubá-lo.

Meus dedos ardiam e doíam, mas continuei segurando a rosa quando confessei baixinho:

— Não sei por que me sinto tão imensamente envergonhada por tê-los deixado. Por que parece tão egoísta e tão horrível pintar. Eu não deveria... me sentir dessa forma, deveria? Eu sei que não, mas não consigo evitar. — A rosa pendeu, frouxa, de meus dedos. — Todos aqueles anos, o que fiz por eles... E eles não tentaram impedir que você me levasse. — Ali estava a imensa dor que me partia ao meio quando eu pensava nela por muito tempo. — Não sei por que esperava que eles... por que acreditei que a ilusão da puca fosse verdade naquela noite. Não sei por que me dou o trabalho de pensar nisso ainda. Ou de me importar. — Tamlin ficou em silêncio por tanto tempo que acrescentei: — Em comparação a você, suas fronteiras e magia enfraquecida, imagino que minha autopiedade seja absurda.

— Se ela a deixa deprimida — disse Tamlin baixinho, as palavras acariciando meus ossos —, então não acho que seja absurda mesmo.

— Por quê? — Uma pergunta inexpressiva, e atirei a rosa aos arbustos.

Ele pegou minhas mãos. Seus dedos calejados, fortes e firmes, foram carinhosos quando ele levou minha mão ensanguentada à boca e beijou a palma. Como se aquilo fosse uma boa resposta.

Os lábios de Tamlin eram macios contra minha pele, o hálito era morno, e meus joelhos tremeram quando ele levou minha outra mão à boca e a beijou também. Beijou com cuidado, de um modo que fez um calor latejar bem no fundo do corpo, entre minhas pernas.

Quando Tamlin recuou, meu sangue brilhava em sua boca. Olhei para minhas mãos, que ele ainda segurava, e vi que os ferimentos tinham sumido. Olhei para o rosto dele de novo, para a máscara de moldura dourada, para a brancura da pele, o vermelho dos lábios cobertos de sangue, quando Tamlin murmurou:

— Não se sinta mal nem um segundo por fazer o que a faz feliz. — Ele se aproximou, soltando uma de minhas mãos para colocar a rosa que eu havia colhido atrás de minha orelha. Não sabia como ela chegara à mão dele, ou para onde tinham ido os espinhos.

Não pude evitar insistir.

— Por que... por que fazer isso?

Tamlin se aproximou, tanto que precisei inclinar a cabeça para trás para vê-lo.

— Por que sua alegria humana me fascina, o modo como vivencia as coisas em sua curta existência, tão selvagem e intensamente e tudo de uma vez, é... hipnotizante. Sou atraído por isso, mesmo quando sei que não deveria, mesmo quando tento não ser.

Porque eu era humana, e envelheceria e... não me permiti chegar tão longe quando ele se aproximou ainda mais. Devagar, como se me desse tempo de me afastar, Tamlin roçou os lábios contra minha bochecha. Suave, morno e carinhoso, de partir o coração. Mal passou de uma carícia, antes que ele endireitasse o corpo. Não me movi desde o momento em que sua boca tocara minha pele.

— Um dia... um dia haverá respostas para tudo — garantiu Tamlin, baixinho, soltando minha mão e se afastando. — Mas não até que o momento chegue. Até que seja seguro. — No escuro, seu tom de voz bastou para que eu soubesse que os olhos de Tamlin estavam cheios de amargura.

Ele me deixou, e inspirei, engasgando, sem perceber que prendia a respiração.

Sem perceber que desejava seu calor, a proximidade de Tamlin, até que ele tivesse ido embora.

A vergonha permanente pelo que eu havia admitido, pelo que havia... *mudado* entre nós me fez sair da mansão deprimida depois do café da manhã, e fugir para o abrigo do bosque para tomar ar fresco... e para estudar a luz e as cores. Levei o arco e as flechas, assim como a faca de caça encrustada de joias que Lucien me dera. Melhor estar armada que ser pega de mãos vazias.

Caminhei devagar entre as árvores e os arbustos por menos de uma hora antes de sentir uma presença atrás de mim... chegando cada vez mais perto, fazendo os animais fugirem em busca de abrigo. Sorri comigo mesma e, vinte minutos depois, me acomodei na reentrância de um olmo alto e esperei.

A vegetação farfalhou; pouco mais que uma brisa passando, mas eu sabia o que esperar, conhecia os sinais.

Um estalo e um rugido de fúria ecoaram pelo território, fazendo os pássaros fugirem.

Quando desci da árvore e caminhei para a clareira, apenas cruzei os braços e ergui o olhar para o Grão-Senhor, pendurado, pelas pernas, na armadilha que eu havia montado.

Mesmo de ponta-cabeça, ele deu um sorriso preguiçoso para mim quando me aproximei.

— Humana cruel.

— É o que merece por perseguir alguém.

Ele riu, e me aproximei bem para ousar passar o dedo pelos sedosos cabelos louros, que pendiam logo acima de meu rosto, admirando as muitas cores — os tons de amarelo e marrom e trigo. Meu coração palpitou, e soube que ele provavelmente conseguia ouvir. Mas Tamlin inclinou a cabeça na minha direção, num convite silencioso, e percorri os dedos pelos fios — com carinho, cuidado. Ele ronronou, o som estremeceu meus dedos, meus braços, minhas pernas e meu interior. Imaginei qual seria a sensação daquele som caso ele estivesse com o corpo pressionado contra o meu, pele contra pele. Recuei.

Tamlin dobrou o corpo para cima em um movimento suave e poderoso, e passou apenas uma garra na trepadeira que eu usara como corda. Inspirei para gritar, mas ele se virou ao cair, aterrissando suavemente de pé. Seria impossível para mim algum dia me esquecer do que ele era, e do que era capaz. Tamlin deu um passo em minha direção, a risada ainda dançando em seu rosto.

— Está se sentindo melhor hoje?

Murmurei alguma resposta despreocupada.

— Que bom — disse ele, ignorando ou escondendo o interesse. — Mas, apenas por precaução, queria lhe dar isto — acrescentou, puxando um maço de papéis da túnica e os estendendo para mim.

Mordi a parte interna da bochecha enquanto encarei as três folhas de papel. Eram uma série de... *poemas* de cinco linhas. Havia oito deles ao todo, e comecei a suar ao ler palavras que não reconhecia. Levaria um dia inteiro apenas para descobrir o que elas significavam.

— Antes que fuja ou comece a gritar... — falou Tamlin, dando a volta para olhar por cima de meu ombro. Se eu ousasse, poderia me recostar no peito dele. Seu hálito aquecia meu pescoço, minha orelha.

Ele pigarreou e leu o primeiro poema.

"*— Havia uma dama linda de se admirar*
Espirituosa, senão singular
Seus amigos escasseavam
Mas os homens se amontoavam
Embora todos ela se apressasse em rejeitar."

Minhas sobrancelhas se ergueram tão alto que achei que tocariam a linha de meus cabelos, e virei, piscando para ele, nossas respirações se misturando quando Tamlin terminou o poema com um sorriso.

Sem esperar minha resposta, ele pegou os papéis e se apressou em ler o segundo poema, o qual não era, nem de perto, tão educado quanto o primeiro. Quando Tamlin terminou de ler o terceiro poema, meu rosto estava quente. Ele parou antes de ler o quarto, e depois me devolveu os papéis.

— A última palavra no segundo e no quarto versos de cada poema — disse ele, indicando com o queixo os papéis em minhas mãos.

Singular. Amontoavam. Olhei para o segundo poema. *Massacrando. Conflagração.*

— Essas são... — comecei a dizer.

— Sua lista de palavras era boa demais para descartar. E nada boa para poemas românticos. — Quando ergui a sobrancelha em uma indagação silenciosa, Tamlin disse: — Fazíamos concursos para ver quem conseguia escrever as quintilhas mais sujas enquanto eu vivia na tropa de guerra de meu pai, na fronteira. Não gosto muito de perder; então, fiz questão de me exceder.

Eu não sabia como ele se lembrava da longa lista que eu havia compilado, nem queria saber. Sentindo que não estava prestes a sacar uma flecha e dispará-la contra ele, Tamlin pegou os papéis e leu o quarto poema, o mais sujo e mais cruel de todos.

Quando ele terminou, inclinei a cabeça para trás e gargalhei, e minha risada foi como a luz do sol partindo gelo endurecido pelo tempo.

✠

Eu ainda sorria quando saímos do parque em direção às colinas íngremes, perambulando de volta à mansão.

— Você disse... naquela noite no jardim de rosas... — Inspirei o ar entre dentes durante um momento. — Você disse que seu pai mandou plantá-lo para sua mãe por ocasião da parceria deles... não do casamento?

— Os Grão-Feéricos em geral se casam — explicou Tamlin, corando um pouco. — Mas, se forem abençoados, encontrarão seu parceiro. Seu igual, aquele com quem combinam em todos os sentidos.

Grão-Feéricos se casam sem a ligação da parceria, mas, se você encontrar seu parceiro, a ligação é tão profunda que o casamento é... insignificante em comparação.

Não tive coragem de perguntar se feéricos já haviam forjado parcerias com humanos, e, em vez disso, ousei indagar:

— Onde estão seus pais? O que aconteceu com eles?

Um músculo se contraiu no maxilar de Tamlin, e me arrependi da pergunta, no mínimo devido à dor que cintilou em seus olhos.

— Meu pai... — As garras de Tamlin despontaram nos nós dos dedos, mas não se projetaram mais que isso. Eu definitivamente tinha feito a pergunta errada, me intrometera demais, achei que tinha o direito. — Meu pai era tão ruim quanto o de Lucien. Pior. Meus dois irmãos mais velhos eram exatamente como ele. Tinham escravizados... Todos eles, e meus irmãos... eu era jovem quando o Tratado foi firmado, mas ainda me lembro do que meus irmãos costumavam... — Ele parou de falar. — Aquilo deixou uma marca, uma marca forte o bastante para que, quando eu a visse, sua casa, não conseguisse... Não me permitiria ser como eles. Não faria mal a sua família ou a você, ou a sujeitaria a caprichos feéricos.

Escravizados... houve escravizados *aqui*. Eu não queria saber; jamais procurara por traços deles, mesmo quinhentos anos depois. Ainda era pouco melhor que uma mulher escravizada para a maioria do povo de Tamlin, de seu mundo. Era por isso, por isso que ele oferecera a brecha no Tratado, por isso me oferecera a liberdade de viver onde quisesse em Prythian.

— Obrigada — agradeci. Tamlin deu de ombros, como se isso dispensasse sua bondade, o peso da culpa que ainda recaía sobre o Grão-Senhor. — E quanto a sua mãe? — perguntei.

Tamlin expirou.

— Minha mãe... ela amava meu pai profundamente. Profundamente demais, mas eles eram parceiros e... mesmo que visse que era um tirano, não falaria nada de ruim sobre ele. Eu jamais esperei, nunca desejei o título de meu pai. Meus irmãos nunca teriam me permitido viver até a adolescência se suspeitassem disso. Então, assim que atingi a idade, me juntei à tropa de guerra de meu pai e treinei para que algum dia pudesse servi-lo, ou a qualquer de meus irmãos que herdasse o título. — Tamlin flexionou as mãos, como se imaginasse as garras sob elas. — Percebi desde cedo que lutar e matar eram as únicas coisas em que eu era bom.

— Duvido — falei, baixinho.

Tamlin deu um sorriso sarcástico.

— Ah, sei tocar um violino excelente, mas filhos de Grão-Senhores não se tornam menestréis ambulantes. Então, treinei e lutei por meu pai contra quem quer que ele mandasse, e teria ficado feliz em deixar as tramoias para meus irmãos. Mas meu poder continuou crescendo, e eu não conseguia escondê-lo... não entre nosso povo. — Tamlin sacudiu a cabeça. — Felizmente, ou infelizmente... todos foram mortos pelo Grão-Senhor de uma corte inimiga. Fui poupado não sei por que motivo, ou pela sorte que me lançou o Caldeirão. Por minha mãe, vesti luto. Pelos outros... — Um gesto de ombros ínfimo. — Meus irmãos jamais teriam tentado me salvar de um destino como o seu.

Ergui o olhar para ele. Um mundo tão cruel e difícil... com a família se matando por poder, por vingança, por desprezo e controle. Talvez a generosidade de Tamlin, sua bondade, fossem uma reação a isso, talvez ele simplesmente tivesse me visto e achado que olhava em algum tipo de espelho.

— Sinto muito por sua mãe — falei, e foi tudo o que pude oferecer, tudo o que ele um dia pudera oferecer a mim. Tamlin deu um leve sorriso. — Então, foi assim que se tornou Grão-Senhor.

— A maioria dos Grão-Senhores é treinada desde o nascimento em boas maneiras, nas leis e nos jogos de guerra da corte. Quando o título recaiu sobre mim, foi uma... transição difícil. Muitos dos cortesãos de meu pai preferiram fugir para outras cortes a suportar um guerreiro bestial grunhindo para eles.

Uma besta semisselvagem, dissera Nestha para mim certa vez. Fiz um esforço para não pegar a mão dele, não tocar em Tamlin e dizer que eu entendia. Apenas falei:

— Então, são idiotas. Você manteve estas terras protegidas da praga, quando parece que outros não se saíram tão bem. São idiotas — repeti.

Mas a escuridão percorreu os olhos de Tamlin, e seus ombros pareceram se curvar levemente. Antes que eu pudesse perguntar, cruzamos o pequeno bosque, uma extensão de colinas e montes ziguezagueava adiante. Ao longe, havia feéricos mascarados no topo de muitos deles, construindo o que pareciam ser fogueiras não acesas.

— O que é aquilo? — perguntei, parando.

— Estão montando fogueiras... para *Calanmai*. É em dois dias.

— Para quê?

— Noite da Fogueira?

Balancei a cabeça.

— Não celebramos dias sagrados no reino humano. Não depois que vocês... que seu povo se foi. Em alguns lugares, é proibido. Nem mesmo lembramos dos nomes de nossos deuses. O que Cala... a Noite da Fogueira celebra?

Tamlin esfregou o pescoço.

— É apenas uma cerimônia de primavera. Acendemos fogueiras, e... e a magia que criamos ajuda a regenerar a terra para o próximo ano.

— Como criam a magia?

— Há um ritual. Mas é... muito feérico. — Tamlin trincou o maxilar e continuou andando, para longe das fogueiras apagadas. — É possível que você veja mais feéricos por aqui que o normal, feéricos desta corte e de outros territórios, que são livres para cruzar as fronteiras nessa noite.

— Achei que a praga havia espantado a maioria deles.

— Espantou, mas haverá muitos deles. Apenas... Fique longe de todos. Você ficará mais segura na casa, mas, se esbarrar em algum antes de acendermos as fogueiras ao pôr do sol, em dois dias, ignore-o.

— E não estou convidada para a cerimônia?

— Não. Não está. — Tamlin fechou os dedos em punho e os abriu, diversas e diversas vezes, como se tentasse conter as garras.

Por mais que eu quisesse ignorar, meu peito se apertou um pouco.

Caminhamos de volta em um silêncio tenso, que não compartilhávamos havia semanas. E, então, Tamlin ficou rígido assim que entramos nos jardins. Não por mim ou pela nossa conversa desconfortável. Tudo estava silencioso, com aquela quietude terrível que costumava significar a proximidade de um feérico mais cruel. Tamlin exibiu os dentes em um grunhido baixo, depois me olhou.

— Esconda-se e, não importa o que ouvir, não saia.

Então, ele sumiu.

Sozinha, olhei para cada lado da trilha de cascalho, como alguma idiota simplória. Se havia mesmo algo ali, eu seria surpreendida a céu aberto. Talvez fosse vergonhoso não sair para ajudá-lo, mas... ele era um Grão-Senhor. Eu apenas ficaria no caminho.

Abaixei logo atrás de uma cerca viva quando ouvi Tamlin e... Lucien se aproximando. Xinguei baixinho e congelei. Talvez pudesse sair de fininho pelos campos, até os estábulos. Se havia algo fora do normal, os estábulos não apenas forneceriam abrigo, mas também um cavalo para que eu fugisse. Estava prestes a disparar para a grama alta, a poucos passos do limite dos jardins, quando o grunhido de Tamlin irrompeu pelo ar do outro lado da cerca viva.

Eu me virei; apenas o bastante para espioná-los entre a folhagem densa. *Fique escondida*, dissera ele. Se eu me movesse agora, certamente reparariam.

— Sei que dia é — disse Tamlin, mas não para Lucien. Na verdade, os dois olhavam para... nada. Alguém que não estava *ali*. Alguém invisível. Eu teria pensado que estavam pregando uma peça em mim se não tivesse ouvido uma voz grave e incorpórea responder.

— Seu comportamento insistente está despertando muito interesse na corte — criticou a voz, grave e sibilante. Estremeci, apesar do calor do dia. — Ela começou a imaginar... por que não desistiu ainda. E por que quatro naga apareceram mortos há pouco tempo.

— Tamlin não e como os outros tolos — disparou Lucien, ombros para trás, elevando-se a toda sua altura, mais guerreiro do que eu jamais o vira. Não era à toa que tinha todas aquelas armas no quarto. — Se ela esperava cabeças curvadas, então é mais idiota que pensei.

A voz sibilou, e meu sangue gelou devido ao ruído.

— Fala tão mal daquela que tem seu destino nas mãos? Com uma palavra, ela poderia destruir esta propriedade patética. Ela não ficou feliz quando soube que enviou seus guerreiros. — A voz agora parecia se voltar para Tamlin. — Mas, como não deu em nada, ela escolheu ignorar.

Um grunhido gutural foi emitido pelo Grão-Senhor, mas suas palavras eram calmas quando falou:

— Diga a ela que estou cheio de limpar o lixo que joga em minhas fronteiras.

A voz riu, e o som era como areia se movendo.

— Ela os liberta como presentes, lembretes do que acontecerá se o flagrar tentando infringir os termos do...

— Ele não o está infringindo — grunhiu Lucien. — Agora, *saia*. Já estamos cheios da sua laia se amontoando nas fronteiras, não precisamos que polua nosso lar também. Falando nisso, fique bem longe da caverna. Não é uma estrada qualquer para escória como você cruzá-la quando quiser.

Tamlin soltou um grunhido em concordância.

A coisa invisível riu de novo, soltando um som muito horrível e cruel.

— Embora você tenha o coração de pedra, Tamlin — disse a coisa, e Tamlin ficou imóvel —, certamente guarda o medo dentro dele. — A voz começou a cantarolar. — Não se preocupe, *Grão-Senhor*. — A coisa pronunciou o título como uma piada. — Tudo se acertará em breve.

— Queime no inferno — respondeu Lucien por Tamlin, e a coisa riu de novo, antes que um bater de asas encouraçadas ecoasse, um vento fedorento acertasse meu rosto e tudo ficasse em silêncio.

Eles respiraram profundamente depois de outro minuto. Fechei os olhos, precisando respirar para me acalmar também, porém mãos enormes se prenderam em meus ombros e gritei.

— Ele se foi — disse Tamlin, me soltando. Eu me segurei para não desabar na cerca viva.

— O que você ouviu? — indagou Lucien, vindo pela lateral e cruzando os braços. Virei o olhar para o rosto de Tamlin, mas vi que estava tão pálido de ódio, ódio daquela *coisa*, que precisei olhar para Lucien outra vez.

— Nada, eu... bem, nada que entendi — confessei, e fui sincera. Nada daquilo fazia sentido. Eu não conseguia parar de tremer. Algo a respeito daquela voz tinha arrancado o calor de dentro de mim. — Quem... *o que* era aquilo?

Tamlin começou a caminhar de um lado para outro, o cascalho se revirando sob suas botas.

— Há alguns feéricos em Prythian que inspiraram as lendas das quais vocês, humanos, têm tanto medo. Alguns, como aquela criatura, são mitos em carne e osso.

Dentro daquela voz sibilante, eu tinha ouvido o grito de vítimas humanas, as súplicas de jovens donzelas cujos peitos tinham sido abertos em altares de sacrifício. Menções a "corte", aparentemente diferentes da de Tamlin... seria a tal *ela* quem matara os pais de Tamlin? Uma Grã-Senhora, talvez, em vez de um Senhor. Considerando quanto os Grão-Feéricos eram implacáveis com as próprias famílias, deviam ser como pesadelos para os inimigos. E, se haveria guerra entre as cortes, se a praga tinha deixado Tamlin já enfraquecido...

— Se o Attor a viu... — disse Lucien, olhando em volta.

— Não viu — afirmou Tamlin.

— Tem certeza de que...

— *Não viu* — rugiu Tamlin por cima do ombro, e depois me olhou, o rosto ainda pálido de fúria, os lábios contraídos e unidos. — Vejo você no jantar.

Entendendo a dispensa, e desejando a porta trancada de meu quarto, caminhei, arrastando os pés, de volta para a casa, meditando sobre quem seria a tal *ela* que deixava Tamlin e Lucien tão nervosos e que comandava aquela *coisa* como mensageira.

A brisa de primavera sussurrou que eu não queria saber.

CAPÍTULO 20

Depois de um jantar tenso, durante o qual Tamlin mal falou comigo ou com Lucien, acendi todas as velas do quarto para afastar as sombras.

Não saí no dia seguinte, e, quando me sentei para pintar, o que surgiu em minha tela foi uma criatura alta, esquelética e cinzenta, com orelhas de morcego e imensas asas membranosas. O focinho estava aberto, como se rugisse, revelando fileira após fileira de presas conforme saltava para o voo. Enquanto eu pintava, podia ter jurado que senti um hálito que fedia a carniça, que o ar sob as asas da criatura sussurrava promessas de morte.

O produto final foi tão aterrorizante que precisei colocar a pintura no fundo do quarto, e fui persuadir Alis a me deixar ajudar com a preparação da comida da Noite da Fogueira, na cozinha. Qualquer coisa para evitar o jardim, onde o Attor poderia aparecer.

O dia da Noite da Fogueira — *Calanmai*, como Tamlin o chamara — chegou, e não vi Tamlin ou Lucien o dia todo. Conforme a tarde se transformou em crepúsculo, me vi novamente nas vias principais da casa. Nenhum dos criados com rosto de pássaro parecia por perto. A cozinha estava vazia, tanto de pessoas quanto da comida que estavam preparando, havia dois dias. Tambores soaram.

Os rufares vinham de longe; além do jardim, depois do parque de caça, dentro da floresta além. Eram profundos, invasivos. Uma única batida, seguida por duas chamadas em resposta. Uma convocação.

Parei às portas do jardim, olhando a propriedade conforme o céu era coberto por tons de laranja e vermelho. A distância, no alto das colinas íngremes que levavam ao bosque, algumas fogueiras tremeluziam, fumaça escura pintava o céu de rubi — as fogueiras apagadas que eu vira dois dias antes. Não convidada, lembrei a mim mesma. Não convidada para qualquer que fosse a festa que fizera com que todos os feéricos da cozinha tagarelassem e rissem entre si.

Os tambores ficaram mais rápidos... mais altos. Embora eu tivesse me acostumado com o cheiro de magia, meu nariz ficou irritado com o crescente odor pungente do metal, mais forte do que eu já havia sentido. Dei um passo adiante e, então, parei, segurando o portal. Deveria voltar para dentro. Atrás de mim, o sol poente manchava os azulejos pretos e brancos do piso do corredor com um tom reluzente de tangerina, e minha longa sombra parecia pulsar com a batida dos tambores.

Mesmo o jardim, geralmente zumbindo com a orquestra dos próprios habitantes, tinha se calado para ouvir os tambores. Havia uma corda... amarrada a meu estômago, que me puxava na direção daquelas colinas, ordenando que eu seguisse, que ouvisse os tambores feéricos...

Eu poderia ter feito exatamente isso se Tamlin não tivesse surgido no final do corredor.

Ele estava sem camisa, apenas o boldrié sobre o peito musculoso. O punho da espada reluzia dourado à luz do sol que esmaecia, e os topos emplumados das flechas estavam manchados de vermelho conforme despontavam acima de seu ombro largo. Encarei Tamlin, e ele me observou de volta. O guerreiro encarnado.

— Aonde vai? — Consegui dizer.

— É *Calanmai* — declarou Tamlin, simplesmente. — Preciso ir. — Ele indicou com o queixo as fogueiras e os tambores.

— Fazer o quê? — perguntei, olhando para o arco em sua mão. Meu coração ecoou os tambores do lado de fora, escalonando para uma batida mais selvagem.

Os olhos verdes estavam sombrios sob a máscara com moldura dourada.

— Como Grão-Senhor, preciso participar do Grande Rito.

— O que é o Grande...

— Vá para seu quarto — grunhiu Tamlin, e olhou para as fogueiras. — Tranque as portas, monte uma armadilha, faça o que faz.

— Por quê? — indaguei. A voz do Attor sibilou em minha memória. Ele dissera algo sobre um ritual bastante feérico, que diabo era? Pelas armas, devia ser brutal e violento, principalmente se a forma animal de Tamlin não era arma o bastante.

— Simplesmente faça o que falei. — Seus caninos começaram a se alongar. Meu coração começou a palpitar. — Não saia até chegar a manhã.

Mais fortes, mais rápidos os tambores bateram, e os músculos no pescoço de Tamlin se contraíram, como se ficar parado fosse doloroso para ele.

— Você vai para a batalha? — sussurrei, e Tamlin soltou uma risada baixa.

Ele ergueu a mão como se para tocar meu braço. Mas abaixou antes que seus dedos pudessem roçar o tecido de minha túnica.

— Fique em seus aposentos, Feyre.

— Mas eu...

— Por favor. — Antes que eu pudesse pedir que Tamlin reconsiderasse a decisão de não me levar, ele saiu correndo. Os músculos poderosos em suas costas se transformaram conforme Tamlin saltou pelo curto lance de escadas e disparou pelo jardim, ligeiro e ágil como um cervo. Em segundos, ele sumira.

Fiz conforme ordenado, embora logo tivesse percebido que me trancara no quarto sem haver jantado. E, com os tambores incessantes e as dezenas de fogueiras que se acendiam nas colinas distantes, não consegui parar de caminhar de um lado para outro do cômodo, olhando para fora, na direção das fogueiras que queimavam ao longe.

Fique em seu quarto.

Mas uma voz selvagem, travessa, que entremeava os rufares, sussurrava o contrário. *Vá*, dizia a voz, me tentando. *Vá ver.*

Às 22 horas, eu não aguentava mais. Segui os tambores.

Os estábulos estavam vazios, mas Tamlin me ensinara a montar sem sela nas últimas semanas, e minha égua branca logo trotava pelo caminho. Não precisava guiá-la; ela também seguiu a atração dos tambores e subiu a primeira das colinas.

Fumaça e magia pairavam fortes no ar. Escondida no manto encapuzado, abri a boca quando me aproximei da primeira fogueira gigante no alto da colina. Havia centenas de Grão-Feéricos sorrindo, mas eu não conseguia discernir nenhuma das feições além das várias máscaras que usavam. De onde tinham vindo... onde viviam se pertenciam à Corte Primaveril, mas não moravam na mansão? Quando tentava me concentrar em algo específico em seus rostos, tudo virava um borrão de cores. Eram mais sólidos quando os focava pelo canto do olho, mas, se eu virasse para encará-los, encontrava sombras e cores rodopiantes.

Era magia; algum tipo de encantamento lançado em *mim*, a fim de evitar que eu os visse claramente, assim como minha família fora enfeitiçada. Eu teria ficado furiosa, teria considerado voltar à mansão, caso os tambores não tivessem ecoado por meus ossos e aquela voz selvagem não tivesse me chamado.

Desci da égua, mas fiquei perto dela conforme segui pela multidão, as distintas feições humanas escondidas nas sombras do capuz. Rezei para que a fumaça e os incontáveis aromas de diferentes Grão-Feéricos e feéricos fossem o bastante para cobrir meu cheiro humano, mas verifiquei a fim de me certificar de que levava as duas facas comigo mesmo assim, conforme me movia mais para dentro da comemoração.

Embora um conjunto de percussionistas tocasse de um lado da fogueira, os feéricos se agrupavam em um fosso entre duas colinas próximas. Deixei a égua amarrada a uma figueira solitária no topo de um monte e segui os feéricos, aproveitando a batida do tambor à medida que ela ressoava através da terra e para as solas de meus pés. Ninguém olhou duas vezes em minha direção.

Quase escorreguei na encosta íngreme enquanto entrava na vala. Em uma ponta, a boca de uma caverna se abria para uma encosta macia. O exterior havia sido adornado com flores e galhos e folhas, e eu conseguia distinguir o início de um chão coberto de pele logo após a abertura da caverna. O que aguardava além não era visível, pois a câmara fazia uma curva depois da entrada, mas a luz de fogueiras dançava nas paredes.

O que estivesse ocorrendo dentro da caverna — ou o que estivesse prestes a acontecer — era o foco dos feéricos à medida que eles, sombreados, alinhavam-se de cada lado da longa trilha até o evento. O caminho entremeava as depressões entre as colinas, e os Grão-Feéricos oscilavam onde estavam, movendo-se ao ritmo dos tambores cujas batidas ressoavam em meu estômago.

Observei-os balançando, e então me mexi, desconfortável. Eu tinha sido banida *daquilo*? Parecia inofensivo. Avaliei a área iluminada por fogueiras, tentando olhar além do véu da noite e da fumaça. Não vi nada interessante, e nenhum dos feéricos mascarados me deu qualquer atenção. Permaneciam na trilha, mais e mais chegavam a cada minuto. Algo definitivamente parecia prestes a acontecer — fosse o que fosse o Grande Rito.

Voltei pela encosta da colina e parei perto de uma fogueira, no limite das árvores, observando os feéricos. Estava prestes a reunir coragem para perguntar a um feérico inferior o que se passava — um criado com máscara de pássaro, como Alis —, que tipo de ritual estava para acontecer, quando alguém segurou meu braço e me virou.

Pisquei para os três estranhos, espantada, enquanto olhava os rostos de feições demarcadas — livres de máscaras. Eles pareciam Grão-Feéricos, mas havia algo levemente diferente a seu respeito, algo mais alto e mais esguio que Tamlin ou Lucien... algo mais cruel nos olhos pretos e infinitos. Feéricos, então.

Aquele que segurava meu braço sorriu, revelando dentes levemente pontudos.

— Fêmea humana — murmurou ele, percorrendo os olhos por mim. — Não vemos uma como você faz tempo.

Tentei puxar o braço de volta, mas ele segurou meu cotovelo com força.

— O que quer? — indaguei, mantendo a voz calma e fria.

Os dois feéricos ao lado dele sorriram para mim, e um segurou meu outro braço — no momento em que tentei pegar a faca.

— Só um pouco de diversão na Noite da Fogueira — disse um deles, estendendo a mão pálida, longa demais, para afastar uma mecha de meu cabelo. Virei a cabeça para longe e tentei me afastar do toque, mas o feérico segurou firme. Nenhum dos feéricos perto da fogueira reagiu, nenhum se deu o trabalho de olhar.

Se eu gritasse por ajuda, será que alguém responderia? Será que Tamlin responderia? Eu não daria tanta sorte assim de novo... provavelmente tinha usado a parte que me cabia com os naga.

Puxei os braços com força. O aperto deles se intensificou, até doer, e os feéricos mantiveram minhas mãos bem longe das facas. Os três se aproximaram, bloqueando-me dos demais. Olhei em volta, procurando qualquer aliado. Havia mais feéricos sem máscaras ali agora. Os três feéricos riram, um barulho baixo e chiado que percorreu meu corpo. Não percebi quanto estava longe de todos... quanto tinha me aproximado do limite da floresta.

— Me deixem em paz — falei, mais alto e com mais raiva que esperava, considerando a tremedeira deflagrada em meus joelhos.

— Uma frase ousada para uma humana durante o *Calanmai* — disse aquele que segurava meu braço esquerdo. As fogueiras não refletiam em seus olhos. Era como se engolissem a luz. Pensei nos naga, cuja aparência exterior horrível combinava com os corações pútridos. De alguma maneira, aqueles feéricos lindos e etéreos eram bem piores. — Depois que o Rito for feito, vamos nos divertir, não vamos? Um achado, que achado, encontrar uma fêmea humana aqui.

Exibi os dentes para ele.

— Tire as mãos de mim — falei, alto o suficiente para que todos ouvissem.

Um deles passou a mão pela lateral de meu corpo, os dedos ossudos pressionando minhas costelas, meus quadris. Recuei, apenas para me chocar contra o terceiro, que passou os longos dedos entre meus cabelos e se aproximou. Ninguém olhou; ninguém reparou.

— Pare — ordenei, mas as palavras saíram como um arquejo engasgado conforme eles começaram a me empurrar para o limite das árvores, na direção da escuridão. Empurrei e me debati contra eles; os feéricos apenas sibilaram. Um deles me empurrou, e cambaleei, me soltando. O chão brotou embaixo de mim, e levei a mão às facas, mas mãos fortes me seguraram sob os ombros antes que eu conseguisse sacá-las ou cair na grama.

Eram mãos fortes — quentes e largas. Nada como os dedos pontiagudos e ossudos dos três feéricos que ficaram completamente calados quando alguém me colocou de pé com cuidado.

— Aí está você. Estava a sua procura — disse uma voz masculina grave e sensual, que eu jamais ouvira. Mas mantive os olhos nos três feéricos, me preparando para fugir quando o homem atrás de mim se colocou ao meu lado e passou um braço despreocupado em volta de meu ombro.

Os três feéricos inferiores empalideceram, os olhos escuros se arregalaram.

— Obrigado por encontrá-la para mim — agradeceu meu salvador, sutil e educado. — Aproveitem o Rito. — Havia um tom afiado o bastante sob as últimas palavras para fazer com que os feéricos enrijecessem o corpo. Sem mais comentários, eles correram de volta às fogueiras.

Saí da proteção do braço de meu salvador e me virei para agradecer. Diante de mim estava o homem mais lindo que eu já vira.

Capítulo 21

Tudo a respeito do estranho irradiava graça sensual e naturalidade. Grão-Feérico, sem dúvida. Os curtos cabelos pretos reluziam como as penas de um corvo, destacando a pele clara e os olhos azuis, tão profundos que pareciam violeta mesmo à luz da fogueira. Eles brilharam com interesse enquanto o estranho me olhava.

Por um momento, não dissemos nada. *Obrigada* não parecia dar conta do que ele fizera por mim, mas algo a respeito do modo como o Grão-Feérico ficava de pé, totalmente imóvel, a noite parecendo se aproximar mais dele, me fez hesitar ao falar... me fez querer correr na direção oposta.

Ele também não estava de máscara. Era de outra corte, então.

Um meio sorriso surgiu, brincalhão, em seus lábios sensuais.

— O que uma mulher mortal faz aqui, na Noite da Fogueira? — A voz do feérico foi como o ronronado de um amante, me fazendo estremecer, acariciando cada músculo, osso e nervo.

Dei um passo atrás.

— Minhas amigas me trouxeram.

O rufar dos tambores estava se intensificando, chegando a um clímax que eu não entendia. Fazia tanto tempo desde que vira um rosto exposto que parecesse vagamente humano. As roupas dele — pretas e requintadas — eram justas o bastante para que eu visse o quanto parecia magnífico. Como se tivesse sido moldado da própria noite.

— E quem são suas amigas? — Ele sorria para mim, como um predador avaliando a presa.

— Duas moças — menti de novo.

— Os nomes delas? — Ele deu mais um passo, enfiando as mãos nos bolsos. Recuei um pouco mais e fiquei de boca fechada. Será que tinha trocado três monstros por algo muito pior?

Quando ficou evidente que eu não responderia, ele riu.

— De nada — disse o feérico. — Por ter salvado você.

Fiquei com raiva de sua arrogância, mas recuei outro passo. Estava perto o bastante da fogueira, daquela pequena caverna na qual os feéricos se reuniam, para chegar lá se corresse. Talvez alguém sentisse pena de mim, talvez Lucien ou Alis estivessem ali.

— É estranho que uma mortal seja amiga de duas feéricas — ponderou ele, e começou a me circundar. Eu podia ter jurado que gavinhas da noite estrelada formaram um rastro atrás dele. — Humanos não costumam morrer de medo de nós? E você não deveria, aliás, ficar do seu lado da muralha?

Eu estava morrendo de medo *dele*, mas não deixaria que soubesse.

— Eu as conheço minha vida inteira. Jamais tive nada a temer delas.

O feérico parou de circundar para me avaliar. Ele agora estava entre mim e a fogueira... e minha rota de fuga.

— No entanto, trouxeram você para o Grande Rito e a abandonaram.

— Elas foram buscar bebidas — falei, e seu sorriso se ampliou. O que quer que eu tivesse dito, me delatou. Eu vi os criados levando a comida, mas... talvez não estivesse ali.

Ele sorriu para mim por mais um segundo. Eu jamais vira alguém tão lindo e nunca sentira tantos alarmes de aviso na cabeça por causa disso.

— Creio que ainda falta muito tempo para a hora das bebidas — disse ele, se aproximando mais. — Pode levar um tempo para que elas voltem. Posso acompanhá-la para algum lugar enquanto isso? — Ele tirou a mão do bolso para oferecer o braço.

Tinha conseguido afugentar aqueles feéricos sem erguer um dedo.

— Não — respondi, a língua enrolada e pesada.

O feérico indicou a depressão, os tambores, com a mão.

— Aproveite o Rito, então. Tente ficar longe de problemas. — Seus olhos brilharam com a sugestão de que ficar longe de problemas significava ficar muito, muito longe dele. Mas eu tinha tantas perguntas e, embora pudesse ter sido o maior risco que eu já assumira, perguntei:

— Então você não faz parte da Corte Primaveril?

Ele voltou-se para mim, cada movimento exótico e entrelaçado com um poder letal, mas fiquei parada conforme ele me dava um sorriso preguiçoso.

— Pareço ser parte da Corte Primaveril? — As palavras estavam salpicadas da arrogância que apenas um imortal poderia alcançar. Ele riu baixo. — Não, não sou parte da nobre Corte Primaveril. E sou feliz por isso. — Ele indicou o rosto, no qual uma máscara poderia estar.

Eu deveria ter ido embora, ter fechado a boca.

— Por que está aqui, então?

Os olhos incríveis do homem pareceram brilhar... com um toque tão mortal que recuei um passo.

— Porque todos os monstros foram libertados de suas jaulas esta noite, não importa a que país pertençam. Então, posso perambular por onde quiser até o alvorecer.

Mais charadas e perguntas a serem respondidas.

— Aproveite o Rito — repeti, o mais inexpressivamente possível.

Corri de volta ao vale, ciente demais do fato de que estava dando as costas a ele. Eu estava feliz por me perder na multidão que seguia pela trilha até a caverna, ainda esperando que chegasse o momento, qualquer que fosse ele.

Quando parei de tremer, olhei em volta, para os feéricos reunidos. A maioria deles ainda usava máscaras, mas havia alguns, como aquele estranho letal e aqueles três feéricos horríveis, que não usavam máscara alguma. Eram feéricos sem lealdade ou membros de outras cortes. Eu não conseguia distinguir. Enquanto avaliava a multidão, meus olhos encontraram aqueles de um feérico mascarado do outro lado da trilha. Um era vermelho e brilhava tão forte quanto seus cabelos ruivos. O outro era... de metal. Pisquei no mesmo momento que ele, e depois seus olhos se arregalaram. Ele sumiu, e, um segundo depois, alguém agarrou meu cotovelo e me puxou para fora da multidão.

— Perdeu a noção? — gritou Lucien, por cima dos tambores. Seu rosto estava pálido como um fantasma. — O que está fazendo aqui?

Nenhum dos feéricos reparou que nós — estavam todos encarando a trilha intensamente — estávamos longe da caverna.

— Eu queria... — comecei, mas Lucien xingou violentamente.

— Idiota! — gritou ele para mim, e depois olhou para trás, para onde os outros feéricos encaravam. — Tola humana inútil. — Sem mais uma palavra, ele me jogou por cima do ombro, como se eu fosse um saco de batatas.

Apesar de eu me debater, e de meus gritos de protesto, apesar das exigências de que ele pegasse minha égua, Lucien segurou firme, e, quando me dei o trabalho de erguer o olhar, reparei que ele estava correndo — rápido. Mais rápido que qualquer coisa deveria ser capaz de se mover. Aquilo me deixou tão enjoada que fechei os olhos, e não parei até o ar ficar mais frio e mais calmo, e os tambores soarem distantes.

Lucien quase me jogou no chão do corredor da mansão, e, quando me equilibrei, vi seu rosto, tão pálido quanto antes.

— Sua mortal burra — disparou ele. — Tamlin não disse a você que ficasse em seu quarto? — Lucien olhou por cima do ombro, na direção das colinas, onde os tambores ficaram tão altos e rápidos que era como uma tempestade.

— Aquilo dificilmente era algo...

— Aquilo sequer foi a cerimônia! — Somente então vi o suor no rosto de Lucien, e o brilho de pânico em seus olhos. — Pelo Caldeirão, se Tam a visse lá...

— E daí? — falei, gritando também. Odiava me sentir como uma criança desobediente.

— É o *Grande Rito*, pelo Caldeirão! Ninguém contou a você o que é? — Meu silêncio foi resposta o suficiente. Eu quase conseguia ver o rufar dos tambores pulsando contra a pele dele, chamando Lucien para que se juntasse novamente à multidão. — A Noite da Fogueira marca o início oficial da primavera, em Prythian e no mundo mortal — explicou Lucien. — Embora as palavras fossem calmas, elas vacilaram levemente. Eu me recostei contra a parede do corredor, me obrigando a demonstrar uma casualidade que não sentia. — Aqui, nossas plantações dependem da magia que regeneramos em *Calanmai*, esta noite.

Enfiei as mãos nos bolsos da calça. Tamlin dissera algo semelhante dois dias antes. Lucien estremeceu, como se afastando um toque invisível.

— Fazemos isso ao conduzir o Grande Rito. Cada um dos sete Grão-Senhores de Prythian realiza isso todo ano, pois sua magia vem da terra e retorna a ela no fim, é um "toma lá, dá cá".

— Mas o que é? — perguntei, e Lucien emitiu um estalo com a língua.

— Esta noite, Tam vai permitir... que uma magia grandiosa e terrível entre no corpo dele — explicou Lucien, encarando as fogueiras distantes. — A magia vai tomar conta de sua mente, do corpo, da alma, e vai transformá-lo no Caçador. Vai preenchê-lo com um único propósito: encontrar a Donzela. Da cópula dos dois, a magia será libertada e se espalhará pela terra, onde regenerará a vida para o ano que chega.

Meu rosto ficou quente, e lutei contra a vontade de demonstrar desconforto.

— Esta noite, Tam não será o feérico que você conhece — continuou Lucien. — Ele sequer saberá o próprio nome. A magia vai consumir tudo nele, exceto por aquele comando mais básico, e a necessidade.

— Quem... quem é a Donzela? — Consegui perguntar.

Lucien riu com deboche.

— Ninguém sabe até chegar a hora. Depois que Tam caçar o cervo branco e matá-lo para a oferenda sacrificial, vai abrir caminho até aquela caverna sagrada, onde encontrará a trilha cheia de fêmeas feéricas esperando para serem escolhidas como suas parceiras para esta noite.

— O quê?

Lucien riu.

— Sim... todas aquelas fêmeas feéricas ao seu redor eram fêmeas para Tamlin escolher. É uma honra ser escolhida, mas são os instintos dele que a selecionam.

— Mas você estava lá... e outros feéricos machos. — Meu rosto queimou tanto que comecei a suar. Era por isso que aqueles três feéricos terríveis estavam lá, e acharam que, somente por minha presença, eu ficaria feliz em seguir os planos deles.

— Ah. — Lucien riu. — Bem, Tam não é o único que tem o direito de realizar o rito esta noite. Depois que fizer a escolha, estamos livres para nos misturar. Embora não seja o Grande Rito, nossos flertes esta noite também ajudarão a terra. — Lucien afastou aquela mão invisível uma segunda vez, e seus olhos recaíram sobre as colinas. — Tem sorte por eu tê-la encontrado quando o fiz, no entanto — disse Lucien baixinho. — Porque ele teria sentido seu cheiro, e reclamado você, mas não teria sido Tamlin quem a levaria para aquela caverna. — Os olhos dele encontraram os meus, e um calafrio percorreu meu corpo. — E não acho que você teria gostado. Esta noite não é para fazer amor.

Engoli a náusea.

— Eu preciso ir — falou Lucien, olhando para as colinas. — Preciso voltar antes que ele chegue à caverna... pelo menos para *tentar* controlá-lo quando sentir seu cheiro e não conseguir encontrá-la na multidão.

Fiquei enojada ao pensar em Tamlin me forçando. Mas ao ouvir que... alguma parte feral dele me *queria*... Minha respiração doeu.

— Fique no quarto esta noite, Feyre — aconselhou Lucien, caminhando para as portas do jardim. — Não importa quem venha bater, mantenha a porta trancada. Não saia até de manhã.

✣

Em algum momento, cochilei enquanto estava sentada na penteadeira. Acordei assim que os tambores pararam. Um silêncio de estremecer percorreu a casa, e os pelos em meus braços se arrepiaram quando a magia passou por mim, ondulando.

Embora não quisesse, pensei na provável fonte da magia e corei, mesmo quando meu peito se apertou. Olhei para o relógio. Tinha passado das duas da manhã.

Bem, ele certamente se demorara com o ritual, o que significava que a garota devia ser linda e encantadora, e apelava aos *instintos* dele.

Imaginei se ela havia ficado feliz por ter sido escolhida. Provavelmente. Fora até a colina por vontade própria. E, afinal de contas, Tamlin era um Grão-Senhor, aquilo era uma grande honra. E suponho que Tamlin seja bonito. Terrivelmente bonito. Embora eu não pudesse ver a parte superior de seu rosto, os olhos eram finos, e a boca linda, curvada e carnuda. E havia o corpo dele, que era... era... sibilei e fiquei de pé.

Encarei minha porta, a armadilha que preparara. Como era absurdo; como se pedaços de corda e madeira pudessem me proteger dos demônios na terra dele.

Como precisava fazer algo com as mãos, cuidadosamente desmontei a armadilha. Então, destranquei a porta e caminhei para o corredor. Que dia sagrado ridículo. Absurdo. Que bom que humanos os haviam abandonado.

Cheguei à cozinha vazia, engoli metade do pão, uma maçã e uma tartelete de limão. Beliscava um biscoito de chocolate conforme caminhava para meu pequeno quarto de pintura. Precisava tirar algumas das imagens furiosas da mente, mesmo que tivesse que pintar à luz de velas.

Estava prestes a virar o corredor quando uma figura alta e masculina surgiu diante de mim. O luar da janela aberta lhe tornava a máscara prateada, e os cabelos dourados — soltos e coroados com folhas de louro — reluziam.

— Vai a algum lugar? — perguntou ele. A voz não era totalmente desse mundo.

Contive um estremecimento.

— Lanchinho da madrugada — falei, e estava muito alerta para cada movimento, cada respiração minha à medida que me aproximava dele.

O peito exposto de Tamlin estava pintado com espirais azuis de tinta de ísatis, e, pelos borrões na tinta, eu sabia exatamente onde ele havia sido tocado. Tentei não reparar que os borrões desciam para além de seu peito musculoso.

Eu estava prestes a continuar meu caminho quando Tamlin me agarrou, tão rápido que não vi nada até que ele estivesse me segurando contra a parede. O biscoito caiu da minha mão quando ele agarrou meus pulsos.

— Senti seu cheiro — sussurrou ele, o peito pintado subindo e descendo muito perto do meu. — Procurei por você, e você não estava lá.

Ele fedia a magia. Quando olhei em seus olhos, resquícios de poder brilhavam ali. Nenhuma bondade, nada daquele humor sarcástico e das repreensões gentis. O Tamlin que eu conhecia tinha ido embora.

— Solte — falei, o mais calma que pude, mas as garras dele se projetaram, se enterrando na madeira acima das minhas mãos. Ainda inebriado pela magia, ele estava semisselvagem.

— Você me fez perder a cabeça — grunhiu Tamlin, e o som ressoou pelo meu pescoço, pelos meus seios, até que eles doessem. — Procurei por você, e você não estava lá. Quando não a encontrei — continuou ele, aproximando o rosto do meu, até que nossas respirações se misturassem —, fui obrigado a escolher outra.

Não conseguia escapar. Não estava tão certa de que queria.

— E ela me pediu para não ser carinhoso — grunhiu Tamlin, os dentes brilhando ao luar. Ele levou os lábios a minha orelha. — Eu teria sido carinhoso com você, no entanto. — Estremeci ao fechar os olhos. Cada centímetro do meu corpo se tensionou quando as palavras ecoaram por mim. — Eu faria com que gemesse meu nome o tempo todo. E eu teria me demorado muito, muito mesmo, Feyre. — Ele disse meu nome como uma carícia, e seu hálito morno fez cócegas em minha orelha. Minhas costas se arquearam levemente.

Tamlin puxou as garras da parede, e meu joelhos falharam quando ele me soltou. Segurei a parede para evitar afundar no chão, para evitar agarrá-lo... para bater ou acariciar, eu não sabia. Abri os olhos. Ele ainda sorria; sorria como um animal.

— Por que eu deveria querer as sobras de alguém? — falei, fazendo menção de empurrar Tamlin para longe. Ele segurou minhas mãos de novo e mordeu meu pescoço.

Gritei quando os dentes de Tamlin se cravaram no ponto macio onde meu pescoço encontrava o ombro. Não conseguia me mover, não conseguia pensar, e meu mundo se reduziu à sensação dos lábios e dos dentes dele contra minha carne. Tamlin não furou minha pele, mas mordeu para me manter presa. A pressão do seu corpo contra o meu, o duro e o macio, me fez enxergar vermelho, ver relâmpagos, me fez roçar os quadris contra os dele. Eu deveria odiá-lo, odiá-lo por aquele ritual idiota, pela fêmea com quem estivera aquela noite...

A mordida de Tamlin ficou mais leve, e sua boca acariciou os pontos em que os dentes estiveram. Ele não se moveu — apenas ficou naquele ponto, beijando meu pescoço. Intencional, territorial e preguiçosamente. Calor latejava entre minhas pernas, e, conforme Tamlin prendia o corpo contra o meu, contra cada ponto desejoso, um gemido escapou de meus lábios.

Ele se afastou. O ar pareceu dolorosamente frio contra minha pele livre, e eu ofegava sob seu olhar.

— Jamais me desobedeça de novo — falou Tamlin, a voz como um ronronar grave que ricocheteou por meu corpo, despertando tudo e acalentando tudo a reboque.

Então, reconsiderei suas palavras e estiquei o corpo. Tamlin sorriu para mim daquele jeito selvagem, e minha mão acertou a cara dele.

— Não me diga o que fazer — sussurrei, a palma da mão doendo. — E não me morda como uma besta enfurecida.

Tamlin deu uma risada amarga. O luar lhe deixava os olhos da cor das folhas à sombra. Mais... eu queria a rigidez do seu corpo esmagando o meu; eu queria a boca e seus dentes, e a língua em minha pele nua, em meus seios, entre minhas pernas. Em todo lugar; eu queria Tamlin em *todo lugar*. Eu estava me afogando naquele desejo.

Suas narinas se dilataram quando ele sentiu meu cheiro — sentiu o cheiro de cada pensamento tórrido e voraz que latejava em meu corpo, meus sentidos. Ele exalou com uma lufada poderosa.

Tamlin grunhiu uma vez, baixo, frustrado e cruel, antes de sair andando.

CAPÍTULO 22

Acordei quando o sol estava alto, depois de me revirar a noite toda, vazia e desejosa.

Os criados ainda dormiam depois da noite de comemoração, e, então, preparei meu banho e fiquei um longo tempo imersa. Por mais que tentasse esquecer a sensação dos lábios de Tamlin em meu pescoço, havia um enorme hematoma onde ele me mordera. Depois do banho, me vesti e me sentei à penteadeira para trançar os cabelos.

Abri as gavetas da cômoda em busca de uma echarpe ou qualquer coisa que cobrisse o hematoma acima do colarinho da túnica azul, mas parei e me olhei no espelho. Ele agira como um bruto e um selvagem, e, se tivesse recobrado os sentidos naquela manhã, ver o que tinha feito seria uma punição mínima.

Fungando, abri mais o colarinho da túnica e prendi mechas soltas dos cabelos castanho dourados para trás das orelhas, para que não tivesse como esconder. Eu havia passado do ponto de me acovardar.

Murmurando comigo mesma e agitando as mãos, desci e segui meu nariz até a sala de jantar, onde eu sabia que o almoço costumava ser servido para Tamlin e Lucien. Quando abri as portas, vi os dois jogados nas cadeiras, e podia ter jurado que Lucien estava dormindo com o corpo esticado, o garfo na mão.

— Boa tarde — cumprimentei, animada, com um sorriso especialmente açucarado para o Grão-Senhor. Tamlin piscou para mim, e os dois feéricos murmuraram cumprimentos quando ocupei uma cadeira diante de Lucien, e não meu lugar de sempre, à frente de Tamlin.

Bebi bastante do cálice de água antes de empilhar comida no prato. Desfrutei do silêncio tenso conforme consumia a refeição diante de mim.

— Você parece... descansada — observou Lucien, lançando um olhar para Tamlin. Dei de ombros. — Dormiu bem?

— Feito um bebê. — Sorri para ele. Peguei mais uma garfada de comida e senti os olhos de Lucien percorrerem meu pescoço como os ponteiros de um relógio.

— Que hematoma é esse? — indagou Lucien.

Apontei o garfo para Tamlin.

— Pergunte a ele. Ele quem fez.

Lucien olhou de Tamlin para mim, depois de volta e deu um leve sorriso.

— Por que Feyre tem um hematoma no pescoço causado por você? — perguntou ele, com bastante interesse.

— Eu a mordi — respondeu Tamlin, sem parar enquanto cortava o bife. — Nós nos esbarramos no corredor depois do Rito.

Estiquei o corpo na cadeira.

— Parece que ela tem impulsos suicidas — continuou Tamlin, cortando a carne. As garras permaneceram retraídas, mas forçaram a pele acima dos nós dos dedos. Minha garganta se fechou. Ah, ele estava com raiva, furioso por minha tolice de deixar o quarto, mas, de algum modo, conseguiu segurar a raiva com rédeas muito, muito curtas. — Portanto, se Feyre não se dá o trabalho de obedecer a ordens, não posso ser responsabilizado pelas consequências.

— Responsabilizado? — disparei, colocando as mãos abertas na mesa. — Você me encurralou no corredor, feito um lobo a um coelho!

Lucien apoiou um braço na mesa e cobriu a boca com a mão, o olho vermelho brilhando.

— Embora eu não estivesse em sã consciência, Lucien *e* eu dissemos a você que ficasse no quarto — falou Tamlin, tão tranquilamente que eu quis arrancar meus cabelos.

Não pude evitar. Nem mesmo tentei lutar contra a onda vermelha de ódio que penetrava meus sentidos.

— Porco feérico! — gritei, e Lucien riu, quase virando a cadeira para trás. Ao ver o sorriso crescente de Tamlin, saí.

Levei algumas horas até parar de pintar pequenos retratos de Tamlin e Lucien com feições de porco. Mas, quando terminei o último — *Dois porcos feéricos se banhando na própria imundície*, foi como o batizei —, sorri para a luz clara e forte de meu estúdio. O Tamlin que eu conhecia tinha voltado.

E aquilo me deixou... feliz.

Nós nos desculpamos no jantar. Ele até levou um buquê de rosas brancas do jardim dos pais dele, e, embora eu as tivesse ignorado como se não fossem nada, me certifiquei de que Alis cuidasse bem delas quando voltei para o quarto. Ela só me deu um aceno de cabeça sarcástico antes de prometer que as colocaria em minha sala de pintura. Caí no sono com um sorriso ainda nos lábios.

Pela primeira vez em muito, muito tempo, dormi em paz.

— Não sei se deveria estar feliz ou preocupada — disse Alis na noite seguinte, quando ela deslizou a combinação dourada por meus braços estendidos, e depois a puxou para baixo.

Sorri um pouco, maravilhada com a complexa renda metálica que se ajustou em meus braços e peito como uma segunda pele antes de cair, solta, no tapete.

— É apenas um vestido — comentei, erguendo os braços de novo quando Alis trouxe o vestido turquesa de tule. Era translúcido o bastante para que fosse possível ver a trama dourada por baixo, e leve e arejado e cheio de movimento, como se fluísse com uma corrente invisível.

Alis apenas riu consigo mesma e me levou até a penteadeira para fazer meu cabelo. Não tive coragem de olhar no espelho enquanto ela me arrumava.

— Isso quer dizer que vai usar vestidos de agora em diante? — perguntou Alis, separando seções de meu cabelo para qualquer que fosse a maravilha que estivesse fazendo.

— Não — respondi rapidamente. — Quero dizer, vou usar minhas roupas de sempre durante o dia, mas achei... que seria legal... tentar, pelo menos esta noite.

— Entendo. Que bom que não está perdendo completamente o bom senso, então.

Contraí a boca para o lado.

— Quem ensinou você a fazer cabelo assim?

Seus dedos ficaram imóveis e depois retomaram o trabalho.

— Minha mãe ensinou a mim e a minha irmã, e a mãe dela a ensinou antes disso.

— Sempre esteve na Corte Primaveril?

— Não — respondeu Alis, prendendo meu cabelo em vários pontos sutis. — Não, éramos originalmente da Corte Estival, e é lá que minha família ainda vive.

— Como acabou aqui?

Ela me encarou pelo espelho, os lábios estreitando.

— Fiz a escolha de vir para cá, e minha família achou que eu tinha perdido a cabeça. Mas minha irmã e o parceiro tinham sido mortos, e pelos meninos dela... — Alis tossiu, como se engasgasse nas palavras. — Vim para fazer o que pudesse. — Ela me deu um tapinha no ombro. — Olhe.

Ousei olhar para meu reflexo.

Saí às pressas do quarto antes que perdesse a coragem.

✠

Precisei manter as mãos fechadas em punho, ao longo do corpo, para evitar limpar as palmas suadas na saia do vestido conforme chegava à sala de jantar, e imediatamente contemplei a ideia de disparar escada acima e vestir túnica e calça. Mas sabia que eles já tinham me ouvido, ou sentido meu cheiro, ou usado qualquer que fosse o sentido aguçado para detectar minha presença; como fugir apenas pioraria as coisas, reuni forças para empurrar as portas duplas.

O que quer que Tamlin e Lucien estivessem discutindo cessou, e tentei não olhar para seus olhos arregalados quando caminhei até meu lugar de sempre no fim da mesa.

— Bem, estou atrasado para algo incrivelmente importante — anunciou Lucien, e, antes que eu pudesse chamar sua atenção para a mentira descarada ou implorar para que ficasse, o feérico com máscara de raposa sumiu.

Eu conseguia sentir todo o peso da atenção exclusiva de Tamlin sobre mim — em cada fôlego que eu tomava e movimento que fazia. Olhei os candelabros no alto da lareira ao lado da mesa. Não tinha nada a dizer que não parecesse absurdo, mas, por algum motivo, minha boca decidiu começar a se mover.

— Você está tão longe. — Gesticulei para a extensão de mesa entre nós. — É como se estivesse em outra sala.

O tampo encolheu, deixando Tamlin a menos de 60 centímetros, sentado a uma mesa infinitamente mais íntima. Dei um gritinho e quase virei na cadeira, e ele sorriu quando olhei boquiaberta para o pequeno móvel que agora estava entre nós.

— Melhor? — perguntou ele.

Ignorei o odor metálico de magia quando falei:

— Como... como *fez* isso? Para onde ela foi?

Tamlin inclinou a cabeça.

— Entre mundos. Pense em... um armário de limpeza enfiado entre os bolsos do mundo. — Tamlin flexionou as mãos e alongou o pescoço, como se afastasse alguma dor.

— Isso sobrecarrega você? — Suor parecia brilhar na coluna forte que era seu pescoço.

Tamlin parou de flexionar as mãos e as apoiou na mesa.

— Houve um tempo em que era fácil como respirar. Mas agora... requer concentração.

Por causa da praga sobre Prythian e o fardo que ela impusera sobre ele.

— Você poderia simplesmente ter ocupado uma cadeira mais próxima — comentei.

Tamlin me deu um sorriso preguiçoso.

— E perder a chance de me exibir para uma linda mulher? Nunca.

Sorri para meu prato.

— Você está linda — disse ele, baixinho. — É sério — acrescentou Tamlin, quando minha boca se contorceu para o lado. — Não se olhou no espelho?

Embora o hematoma ainda manchasse meu pescoço, eu *estava* linda. Feminina. Não chegaria ao ponto de me considerar uma beldade, mas... não me encolhi. Alguns meses ali tinham feito maravilhas pelas esquisitas feições marcadas e os ângulos de meu rosto. E ousaria dizer que algum tipo de luz tinha invadido meus olhos; meus olhos, não os de minha mãe, ou os de Nestha. Os *meus*.

— Obrigada — agradeci, e fiquei feliz por ser capaz de manter silêncio enquanto ele me servia, e depois se servia. Quando meu estômago estava prestes a estourar, ousei olhar para Tamlin, olhar *mesmo* para ele, de novo.

Tamlin recostara-se na cadeira, mas seus ombros estavam tensos, a boca era uma linha fina. Ele não era chamado para a fronteira fazia alguns dias; não voltava coberto de sangue e exausto desde a noite anterior à Noite da Fogueira. Mesmo assim... Ele ficara de luto por aquele feérico sem nome da Corte Estival com as asas cortadas. Que lutos e fardos suportava por quem mais tivesse sido perdido naquele conflito, perdido devido à praga ou aos ataques nas fronteiras? Grão-Senhor, uma posição que ele não queria ou esperava, mas tinha sido forçado a suportar seu peso da melhor maneira possível.

— Venha — chamei, levantando da cadeira, puxando sua mão. Os calos arranharam minhas palmas, porém seus dedos se fecharam quando Tamlin ergueu o olhar para mim. — Tenho algo para você.

— Para mim — repetiu ele, com cautela, mas se levantou. Levei Tamlin para fora da sala de jantar. Quando estava prestes a soltar sua mão, ele não deixou. Isso foi o suficiente para me manter caminhando rapidamente, como se eu pudesse ser mais ligeira que meu coração galopante, ou que a mera presença imortal ao meu lado. Puxei Tamlin, corredor após corredor, até chegarmos a meu pequeno estúdio, e ele finalmente soltou minha mão quando fui pegar a chave. Ar frio beliscou minha pele, sem o calor da mão de Tamlin ao redor da minha.

— Eu sabia que você tinha pedido uma chave a Alis, mas não achei que trancasse o quarto de verdade — disse ele, atrás de mim.

Olhei por cima do ombro para Tamlin, olhos semicerrados, quando empurrei a porta.

— Todos xeretam nesta casa. Não queria que você ou Lucien viessem aqui até que eu estivesse pronta.

Entrei no quarto escuro e pigarreei, num pedido silencioso para que ele acendesse as velas. Levou mais tempo do que eu vira Tamlin precisar antes, e imaginei se encolher a mesa tinha, de alguma forma, havia exaurido o Grão-Senhor mais do que ele demonstrava. O Suriel dissera que os Grão-Senhores *eram* poder, mas... mas algo devia estar realmente, completamente errado se aquilo era tudo o que ele conseguia fazer. O quarto gradualmente se acendeu com luz, e afastei a preocupação quando entrei mais no cômodo. Inspirei fundo e gesticulei para o cavalete e a pintura que eu colocara ali. Esperava que ele não reparasse nas pinturas que eu havia apoiado na parede.

Tamlin se virou, olhando em volta do quarto.

— Sei que são estranhas — admiti, as mãos suando de novo. Eu as levei às costas. — E sei que não são... não são tão boas quanto aquelas que tem aqui, mas... — Caminhei até a pintura no cavalete. Era uma impressão, não um retrato. — Queria que visse esta — falei, apontando para o borrão de verde e dourado e prateado e azul. — É para você. Um presente. Por tudo o que fez.

Calor deixou minhas bochechas incandescentes, meu pescoço, minhas orelhas, conforme ele se aproximou silenciosamente da pintura.

— É a ravina... com o lago de brilho das estrelas — expliquei, rapidamente.

— Sei o que é — murmurou Tamlin, avaliando a pintura. Recuei um passo, incapaz de suportar enquanto o observava olhar o quadro, e desejei não ter levado Tamlin ali, culpei o vinho que tinha tomado no jantar, o vestido idiota. Ele examinou a pintura durante uma eternidade sofrível e depois virou o rosto... até o quadro mais próximo apoiado na parede.

Meu estômago se apertou. Uma paisagem nebulosa, com neve e árvores esqueléticas, e nada mais. Parecia... parecia nada, imaginei, para ninguém além de mim. Abri a boca para explicar, desejando ter virado as outras pinturas, afastando-as de vista, mas Tamlin se pronunciou.

— Aquela era sua floresta. Onde caçava. — Ele se aproximou da pintura, olhando para o frio desértico e vazio, o branco, o cinza, o marrom e o preto. — Isto era sua vida — elucidou Tamlin.

Eu estava envergonhada demais, chocada demais, para responder. Ele caminhou até a pintura seguinte, que eu tinha deixado contra a parede. Escuridão e lampejos de um denso marrom, pinceladas de vermelho-rubi e laranja espremidas entre eles.

— Seu chalé à noite.

Tentei me mover, dizer a ele que parasse de olhar para aqueles quadros e olhasse para os demais que eu deixara expostos, mas não consegui; não consegui sequer respirar direito quando Tamlin se moveu para a pintura seguinte. A mão forte de um homem fechada em punho no feno, os pedaços pálidos do feno entrelaçados com mechas de marrom cobertas de dourado. Meus cabelos. Meu estômago se revirou.

— O homem que você costumava ver, em sua aldeia. — Tamlin inclinou a cabeça de novo ao avaliar a pintura, e um grunhido baixo escapou. — Enquanto vocês faziam amor. — Ele recuou um passo, olhando a fileira de imagens. — Esta é a única com alguma iluminação.

Aquilo era... ciúmes?

— Era a única fuga que eu tinha. — Verdade. Não pediria desculpas por Isaac. Não quando Tamlin acabara de voltar do Grande Rito. Eu não usaria aquilo contra ele, mas, se fosse sentir ciúmes de *Isaac*...

Tamlin devia ter percebido também, pois exalou controladamente, por um longo momento, antes de seguir para a próxima pintura. Sombras altas de homens, vermelho forte pingando de duas mãos em punho, dos tacos de madeira, pairando e preenchendo as beiras da tela conforme se erguiam sobre a figura encolhida no chão, o sangue escorrendo dele, a perna em um ângulo errado.

Tamlin xingou.

— Você estava presente quando destruíram a perna de seu pai.

Minha garganta se apertou quando engoli em seco.

— Alguém precisava implorar que parassem.

Tamlin me lançou um olhar de quem sabia demais, e se virou para examinar o restante das pinturas. Ali estavam todos os ferimentos que eu dessangrava aos poucos durante os últimos meses. Pisquei. Alguns meses. Será que minha família acreditava que ficaria para sempre com aquela suposta tia moribunda?

Por fim, Tamlin olhou para o quadro da ravina e do brilho das estrelas. Ele assentiu, apreciando. Mas apontou para a pintura do bosque coberto de neve.

— Aquela. Quero aquela.

— É frio e melancolia — expliquei, escondendo um encolher do corpo. — Não combina nada com este lugar.

Ele foi até a pintura, e o sorriso que deu era mais lindo que qualquer campo encantado ou lago de estrelas.

— Quero mesmo assim — disse Tamlin baixinho.

Jamais desejei tanto algo como retirar sua máscara e ver o rosto por baixo, descobrir se combinava com a imagem mental que fizera dele.

— Diga que existe alguma forma de ajudá-lo — sussurrei. — Com as máscaras, com qualquer que seja a ameaça que tirou tanto de seu poder. Diga, apenas diga o que posso fazer para ajudar.

— Uma humana quer ajudar um feérico?

— Não deboche de mim — pedi. — Por favor, apenas... diga.

— Não há nada que eu queira que você faça, nada que *possa* fazer... ou qualquer pessoa. É meu fardo para carregar.

— Você não precisa...

— Preciso. O que preciso enfrentar, o que suporto, Feyre... você não sobreviveria.

— Então, devo viver aqui para sempre ignorando a verdadeira extensão do que está acontecendo? Se não quer que eu entenda o que está acontecendo... preferiria... — Engoli em seco. — Preferiria que eu encontrasse outro lugar para viver? Onde eu não seja uma distração?

— *Calanmai* não lhe ensinou nada?

— Apenas que a magia torna você um bruto.

Tamlin riu, mas não totalmente por diversão. Quando permaneci em silêncio, ele suspirou.

— Não, não quero que more em outro lugar. Quero você aqui, onde posso cuidar de você, onde posso voltar para casa e saber que está aqui, pintando e segura.

Não consegui afastar o olhar.

— Pensei em mandá-la para longe, a princípio — murmurou Tamlin. — Parte de mim ainda acha que eu deveria ter encontrado outro lugar para você viver. Mas talvez eu tenha sido egoísta. Mesmo quando você deixou bem claro que estava mais interessada em ignorar o Tratado, ou encontrar um jeito de se livrar dele, não consegui deixar que partisse... à procura de algum lugar em Prythian onde se sentiria confortável o suficiente para não tentar fugir.

— Por quê?

Tamlin pegou a pequena pintura da floresta congelada e a examinou de novo.

— Tive muitas amantes — admitiu ele. — Fêmeas de berço nobre, guerreiras, princesas... — O ódio me tomou, baixo e bem no fundo do estômago ao pensar nelas, ódio dos títulos, da beleza indubitável, de sua proximidade com ele. — Mas elas nunca entenderam. Como era, como *é*, para mim, cuidar de meu povo e de minhas terras. Quais cicatrizes ainda estão aqui, como são os dias ruins. — Aquele ciúme raivoso se dissipou, como orvalho da manhã, conforme ele sorriu para minha pintura. — Ela me faz lembrar disso.

— De quê?

Tamlin abaixou a pintura, me encarando, olhando dentro de mim.

— De que não estou sozinho.

Não tranquei a porta de meu quarto naquela noite.

CAPÍTULO 23

Na tarde seguinte, estava deitada de costas na grama, aproveitando o calor do sol filtrado pela folhagem das árvores, reparando como poderia incorporá-lo à minha próxima pintura. Lucien, alegando que tinha negócios desagradáveis de emissário a tratar, deixou a mim e Tamlin com nossos problemas, e o Grão-Senhor tinha me levado para outro lugar lindo em sua floresta encantada.

Mas não havia encantamentos ali; nenhum lago de brilho das estrelas, nenhuma cachoeira de arco-íris. Era apenas uma ravina gramada, guardada por um salgueiro-chorão e atravessada por um riacho cristalino. Ficamos deitados em um silêncio confortável, e olhei para Tamlin, que cochilava ao meu lado. Os cabelos dourados e a máscara brilhavam forte contra o tapete de cor esmeralda. O arco delicado das orelhas pontudas de Tamlin me fez hesitar. Era um lembrete permanente do quanto éramos diferentes. O que mais seria diferente? Eu queria estender a mão e retirar sua máscara; ver o rosto de Tamlin por um momento. Ele parecia acostumado com a máscara depois de tantos anos com ela presa ali. Mas eu não achava que teria durado tanto sem ter perdido a sanidade... sem sentir o vento e a chuva no rosto.

Tamlin abriu um olho e deu um sorriso preguiçoso para mim.

— O canto daquele salgueiro sempre me faz dormir.

— O que do quê? — perguntei, me apoiando nos cotovelos para olhar a árvore acima de nós.

Tamlin apontou para o salgueiro. Os galhos suspiravam conforme se moviam ao vento.

— Ele canta.

— Imagino que cante quintilhas obscenas de campo de batalha também?

Ele sorriu e quase se sentou, virando-se para me olhar.

— Você é humana — declarou Tamlin, e revirei os olhos. — Seus sentidos ainda estão isolados de tudo.

Fiz uma careta.

— Só mais uma de minhas muitas falhas. — Mas a palavra *falhas* deixara, por algum motivo, de causar mágoas.

Tamlin tirou uma folha de grama de meu cabelo. Calor irradiou de meu rosto quando seus dedos roçaram minha bochecha.

— Eu poderia fazer com que você visse — disse ele. — Os dedos de Tamlin se demoraram na ponta de minha trança, enroscando o cacho de cabelo. — Visse meu mundo, ouvisse, sentisse o cheiro. — Minha respiração ficou rápida quando ele se sentou. — Provasse. — Os olhos dele se voltaram para o hematoma que sumia em meu pescoço.

— Como? — perguntei, e o calor floresceu em meu corpo quando Tamlin se agachou na minha frente.

— Todo dom tem um preço. — Franzi a testa, e ele sorriu. — Um beijo.

— De jeito nenhum! — Mas minha pulsação acelerou, e precisei fechar as mãos na grama para evitar tocá-lo. — Não acha que fico em desvantagem por não poder ver tudo isso?

— Eu sou um Grão-Feérico, não damos nada sem ganhar algo em troca.

Para minha surpresa, concordei:

— Tudo bem.

Ele piscou, provavelmente esperando que eu relutasse um pouco mais. Escondi o sorriso e me sentei para encará-lo, nossos joelhos se tocaram quando nos ajoelhamos na grama. Umedeci os lábios, meu coração batia tão rápido que parecia abrigar um beija-flor no peito.

— Feche os olhos — pediu Tamlin, e obedeci, os dedos se fechando na grama. Os pássaros cantaram, e os galhos do salgueiro suspiraram. A grama estalou quando Tamlin esticou o corpo, ainda de joelhos. Eu me preparei quando ele beijou uma de minhas pálpebras, e depois, a outra. Tamlin se afastou, e fiquei sem fôlego, o toque de sua boca se detinha em minha pele.

O canto dos pássaros se tornou uma orquestra; uma sinfonia de fofoca e alegria. Eu jamais ouvira tantas camadas de música, jamais ouvira as variações e os temas que se entrelaçavam aos arpejos deles. E, além do canto dos pássaros, havia uma melodia etérea — uma mulher, melancólica e exausta... o salgueiro. Arquejando, abri os olhos.

O mundo tinha se tornado mais rico, mais claro. O riacho era um arco-íris quase invisível de água que fluía sobre pedras, tão convidativamente suave quanto seda. As árvores estavam envoltas em um brilho leve, que irradiava do centro delas e dançava pelas bordas das folhas. Não havia cheiro metálico pungente; não, o cheiro de magia tinha se tornado como o de jasmim, como lilás, como rosas. Eu jamais conseguiria pintar aquilo, a riqueza, a sensação... Talvez frações dela, mas não a coisa toda.

Magia... *tudo* era magia, e partia meu coração.

Olhei para Tamlin, e meu coração se partiu de vez.

Era Tamlin, mas não era. Na verdade, era o Tamlin com quem eu tinha sonhado. Sua pele reluzia com um brilho dourado, e, ao redor de sua cabeça, um círculo de luz de sol resplandecia. E os olhos de Tamlin...

Não eram apenas verdes e dourados, mas de todos os tons e variações imagináveis, como se cada folha na floresta tivesse escorrido e formado um único tom. *Aquele* era um Grão-Senhor de Prythian; devastadoramente lindo, cativante, mais poderoso do que se poderia acreditar.

Meu fôlego ficou preso quando toquei os contornos de sua máscara. O metal frio machucou as pontas de meus dedos, e as esmeraldas escorregaram contra minha pele calejada. Ergui a outra mão e cuidadosamente segurei cada lado da máscara. Puxei devagar.

Ela não se moveu.

Tamlin começou a sorrir quando puxei de novo, e pisquei, abaixando as mãos. Instantaneamente, o Tamlin dourado e brilhante sumiu, e aquele que eu conhecia voltou. Ainda conseguia ouvir o canto do salgueiro e dos pássaros, mas...

— Por que não consigo mais ver você?

— Porque coloquei o encantamento de volta.

— Encantamento para quê?

— Para parecer normal. Ou tão normal quanto posso parecer com esta porcaria — acrescentou ele, indicando a máscara. — Ser um Grão-Senhor, mesmo um com... poderes limitados, traz marcas físicas também. Por isso não consegui esconder o que eu estava me tornando de meus irmãos, de ninguém. Assim é mais fácil me misturar.

— Mas a máscara não pode mesmo sair... quero dizer, tem certeza de que ninguém sabe como consertar o que a magia fez naquela noite, mesmo alguém de outra corte? — Não sei por que a máscara me incomodava tanto. Eu não precisava ver o rosto dele por completo para conhecê-lo.

— Desculpe desapontá-la.

— Eu só... só quero saber como você é. — Perguntei a mim mesma quando eu me tornara tão superficial.

— Como acha que sou?

Inclinei a cabeça para o lado.

— Um nariz marcante e reto — falei, inspirada no que certa vez tinha tentado pintar. — Maçãs do rosto altas, que destacam seus olhos. Sobrancelhas levemente... levemente arqueadas — terminei, corando. Tamlin estava sorrindo tanto que quase vi todos os seus dentes, e aquelas presas não estavam à vista. Tentei pensar em uma desculpa por ser tão direta, mas um bocejo me escapou ao sentir um peso repentino nos olhos.

— E quanto a sua parte do acordo?

— O quê?

Tamlin se aproximou, e seu sorriso foi ficando malicioso.

— E quanto a meu beijo?

Segurei os dedos dele.

— Aqui — falei, e choquei minha boca contra o dorso de sua mão. — Aqui está seu beijo.

Tamlin gargalhou, mas o mundo virou um borrão, me acalentando. O salgueiro pedia que eu me deitasse, e obedeci. De longe, ouvi Tamlin xingar.

— Feyre?

Dormir. Eu queria dormir. E não havia lugar melhor para dormir que aquele ali, ouvindo o salgueiro e os pássaros e o riacho. Eu me enrosquei de lado, usando o braço como travesseiro.

— Eu deveria levar você para casa — murmurou Tamlin, mas não se moveu para me colocar de pé. Em vez disso, senti um leve estampido na terra, e o cheiro de chuva de primavera e de grama fresca que exalava dele preencheu meu nariz conforme Tamlin se deitava ao meu lado. Meu corpo formigou de prazer quando ele acariciou meu cabelo.

Aquele era um sonho muito bom. Jamais dormira tão maravilhosamente bem antes. Tão quente, aninhada ao lado dele. Calma. Ecoando baixinho para meu mundo de sono, Tamlin falou de novo.

— Você é exatamente como sonhei que seria também — sussurrou ele, seu hálito acariciando minha orelha, e, depois, a escuridão engoliu tudo.

Capítulo 24

Não foi o alvorecer que me acordou, mas um zumbido em meu quarto. Gemi ao me sentar na cama, e semicerrei os olhos para a mulher baixinha, com pele de textura de casca de árvore, que remexia a louça de meu café da manhã.

— Onde está Alis? — perguntei, empurrando o sono para longe de meus olhos. Tamlin devia ter me carregado até ali, devia ter me carregado até a casa.

— O quê? — Ela se virou em minha direção. A máscara de pássaro da mulher era familiar. Será que tínhamos nos conhecido antes? Eu teria me lembrado de uma feérica com pele como aquela. Já a teria pintado.

— Alis não está bem? — insisti, deslizando para fora da cama. Aquele *era* meu quarto, não era? Uma olhada rápida em volta me confirmou que sim.

— Perdeu o juízo? — disse a feérica. Mordi o lábio. — Eu *sou* Alis — gorjeou ela, e, sacudindo a cabeça, saiu para o banheiro para preparar meu banho.

Era impossível. A Alis que eu conhecia era linda e rechonchuda, e parecia uma Grã-Feérica.

Esfreguei os olhos com o polegar e o indicador. Um encanto... foi o que Tamlin disse que usava. Sua visão feérica tinha despido os encantamentos que eu via. Mas por que se dar o trabalho de encantar tudo?

Porque eu era uma humana covarde, por isso. Porque Tamlin sabia que eu teria me trancado naquele quarto sem jamais sair se os visse como realmente eram.

As coisas só pioraram quando desci para encontrar o Grão-Senhor. Os corredores estavam cheios de feéricos mascarados que eu nunca tinha visto. Alguns eram altos e humanoides — Grão-Feéricos como Tamlin —, outros eram... não eram. Feéricos. Tentei evitar olhar para aqueles, pois pareciam ser os mais surpresos quando reparavam minha atenção.

Eu estava quase tremendo quando cheguei à sala de jantar. Lucien, ainda bem, parecia Lucien. Se era porque Tamlin o avisara que usasse um encantamento melhor, ou se era porque não se dava o trabalho de tentar ser algo que não era, isso estava além de meu conhecimento.

Tamlin estava jogado na cadeira de sempre, mas esticou o corpo quando me detive à porta.

— O que foi?

— Tem... muita gente... feéricos... por aqui. Quando eles chegaram?

Quase gritei quando olhei para fora da janela do quarto e vi todos os feéricos no jardim. Muitos deles — todos com máscaras de insetos — aparavam as cercas vivas e cuidavam das flores. Aqueles eram os mais estranhos de todos, pois de suas costas brotavam asas iridescentes que zumbiam. E, além disso, tinham a pele verde e marrom, e braços e pernas sobrenaturalmente longos e...

Tamlin mordeu os lábios para conter um sorriso.

— Estavam aqui o tempo todo.

— Mas... mas eu não *ouvi* nada.

— É claro que não — disse Lucien, com tom arrastado, e girou uma das adagas entre as mãos. — Nós nos certificamos de que você não pudesse ver ou ouvir ninguém, além daqueles necessários.

Ajustei as lapelas da túnica.

— Então quer dizer que... que quando eu corri atrás da puca naquela noite...

— Uma plateia lhe assistia — terminou Lucien para mim. Achei que tinha sido tão sorrateira. Enquanto isso, estava caminhando na ponta dos pés entre feéricos que provavelmente riram até cair da humana que não conseguia enxergar e seguia uma ilusão.

Lutando contra a humilhação crescente, me virei para Tamlin. Seus lábios se contraíram, e ele os fechou com força, a diversão ainda dançando em seus olhos conforme ele assentia.

— *Foi* uma bela tentativa.

— Mas eu *consegui* ver os naga, e a puca, e o Suriel. E... e... aquele feérico cujas asas foram... arrancadas — balbuciei, encolhendo o corpo discretamente ao me lembrar. — Por que o encantamento não se aplicava a eles?

Os olhos de Tamlin ficaram mais sombrios.

— Não são membros da minha corte — explicou —, então, meu feitiço não funcionou sobre eles. A puca pertence ao vento e ao tempo e a tudo o que muda. E os naga... eles pertencem a outra pessoa.

— Entendo — menti, sem entender nada. Lucien deu um risinho, percebendo, e olhei para ele pelo canto do olho. — Você anda perceptivelmente ausente de novo.

Lucien usou a adaga para limpar as unhas.

— Eu estava ocupado. E você também, pelo que sei.

— O que isso quer dizer? — indaguei.

— Se eu oferecer a você a lua em um barbante, vai me dar um beijo também?

— Não seja babaca — repreendeu Tamlin com um grunhido baixinho, mas Lucien continuou rindo, e ainda ria quando saiu da sala.

Sozinha com Tamlin, me mexi, desconfortável.

— Então, se eu encontrasse o Attor de novo — continuei, mais para evitar o silêncio tenso —, eu o veria de verdade?

— Sim, e não seria agradável.

— Você disse que ele não me viu daquela vez, e certamente não parece ser um membro de sua corte — arrisquei. — Por quê?

— Porque joguei um feitiço sobre você quando entramos no jardim — disse ele, simplesmente. — O Attor não conseguia ver, ouvir ou sentir seu cheiro. — O olhar de Tamlin desviou para a janela além de mim, e ele passou a mão pelo cabelo. — Fiz o possível para manter você invisível para criaturas como o Attor... e piores. A praga está agindo de novo, e mais dessas criaturas são libertadas de suas amarras.

Meu estômago se revirou.

— Se você vir uma — continuou Tamlin —, mesmo que pareça agradável, mas faça com que você se sinta desconfortável, finja que não a vê. Não fale com ela. Se ferirem você, eu... os resultados não serão agradáveis para eles, nem para mim. Lembre-se do que aconteceu com os naga.

Aquilo era para minha segurança, não para a diversão dele. Tamlin não me queria ferida, e ele não queria punir as criaturas por *me* ferirem. Mesmo que os naga não fossem parte desta corte, será que ele ficara magoado ao matá-los?

Percebendo que Tamlin aguardava minha resposta, assenti.

— A... praga está crescendo de novo?

Ele respondeu em voz baixa:

— Até agora, apenas em outros territórios. Você está segura aqui.

— Não é com a minha segurança que estou preocupada.

Os olhos de Tamlin se suavizaram, mas seus lábios se tornaram uma linha fina quando ele disse:

— Vai ficar tudo bem.

— É possível que o surto seja temporário? — Era uma esperança vã.

Tamlin não respondeu, o que era uma boa resposta. Se a praga estava se tornando ativa de novo... eu não me daria o trabalho de oferecer ajuda. Já sabia que ele não permitiria que eu ajudasse com qualquer que fosse o conflito.

Mas pensei naquela pintura que dera a Tamlin, e no que ele dissera sobre ela... e desejei que ele se abrisse para mim mesmo assim.

Na manhã seguinte, achei uma cabeça no jardim.

A cabeça ensanguentada de um Grão-Feérico macho — espetada no alto da estátua de uma enorme garça alçando voo, que ficava no meio de uma fonte. A pedra estava ensopada de sangue a ponto de sugerir que a cabeça estava fresca quando alguém a empalou no bico erguido da garça.

Eu estava reunindo minhas tintas e o cavalete no jardim para pintar um dos canteiros de íris quando esbarrei na cabeça. Minhas latas e os pincéis caíram no cascalho.

Não soube para onde fui enquanto encarava aquela cabeça gritando imóvel, os olhos castanhos esbugalhados, os dentes quebrados e ensanguentados. Nenhuma máscara; então, não se tratava de um membro da Corte Primaveril. Qualquer outra coisa sobre ele, eu não conseguia discernir.

O sangue brilhava forte na pedra cinza, e a boca estava aberta vulgarmente. Recuei um passo... e me choquei contra algo quente e duro.

Virei, as mãos se erguendo por instinto, mas a voz de Tamlin soou:

— Sou eu.

Parei de repente. Lucien estava atrás dele, pálido e sombrio.

— Não é da Corte Outonal — disse Lucien. — Não o reconheço.

As mãos de Tamlin se fecharam em meus ombros quando me voltei para a cabeça.

— Nem eu. — Um grunhido baixo e cruel lhe envolvia as palavras, mas nenhuma garra roçou minha pele conforme ele continuava me segurando. As mãos de Tamlin me apertaram, no entanto, enquanto Lucien entrava na pequena fonte em que ficava a estátua... mais e mais perto, até olhar para o rosto angustiado.

— Eles o marcaram atrás da orelha com uma insígnia — apontou Lucien, xingando. — Uma montanha com três estrelas...

— Corte Noturna — disse Tamlin, a voz baixa demais.

A Corte Noturna... a parte mais ao norte de Prythian, se eu me lembrava bem do mapa no mural. Uma terra de escuridão e brilho de estrelas.

— Por que... por que fariam isso? — sussurrei.

Tamlin me soltou, passando para meu lado enquanto Lucien subia na estátua para remover a cabeça. Olhei na direção de uma macieira-brava em flor e não para ele.

— A Corte Noturna faz o que quer — explicou Tamlin. — Eles têm os próprios códigos, e a própria índole corrupta.

— Eles são assassinos sádicos — completou Lucien. Ousei olhar para ele; estava agora agachado na asa de pedra da garça. Virei o rosto outra vez. — Eles sentem prazer em todo tipo de tortura e achariam este tipo de brincadeira engraçada.

— Engraçada, mas não uma mensagem? — Avaliei o jardim.

— Ah, é uma mensagem — concordou Lucien, e me encolhi diante dos sons úmidos e pesados de carne e osso sobre pedra quando ele puxou a cabeça. Eu já havia esfolado muitos animais, mas aquilo... Tamlin colocou outra mão em meu ombro. — Entrar e sair de nossas defesas, possivelmente ter cometido o crime por perto, com o sangue tão fresco assim... — Ouviu-se uma pancada na água quando Lucien voltou para a fonte. — Isso é exatamente o que o Grão-Senhor da Corte Noturna acha divertido. Aquele desgraçado.

Medi a distância entre a fonte e a casa. Uns 18, talvez 20 metros. Foi quanto ele chegara perto de nós. Tamlin acariciou meu ombro com o polegar.

— Você ainda está segura aqui. Essa foi apenas a ideia deles de uma brincadeira.

— Isso não está ligado à praga? — perguntei.

— Isso significa que eles sabem que a praga está despertando de novo, e querem que saibamos que estão circundando a Corte Primaveril, feito abutres, caso nossas defesas caiam. — Eu devo ter parecido tão mal quanto me senti, porque Tamlin acrescentou: — Não vou deixar isso acontecer.

Não tive coragem de dizer que as máscaras deixavam bem claro que nada poderia ser feito contra a praga.

Lucien saiu da fonte espirrando água, mas não consegui olhar para ele, não com a cabeça em suas mãos.

— Eles vão ter o que merecem em breve. Tomara que a praga os destrua também. — Tamlin grunhiu para que Lucien cuidasse da cabeça, e o cascalho estalou conforme Lucien partia.

Eu me agachei para catar as tintas e os pincéis, as mãos trêmulas à medida que eu tentava pegar o pincel maior. Tamlin se ajoelhou ao meu lado, mas suas mãos se fecharam em volta das minhas, apertando.

— Você ainda está segura — afirmou ele de novo. O comando do Suriel ecoou pela minha mente. *Fique com o Grão-Senhor, humana. Ficará segura.*

Assenti.

— É conduta de corte — disse ele. — A Corte Noturna é mortal, mas esta foi apenas a ideia do senhor deles de uma piada. Atacar qualquer um aqui, atacar você, causaria mais problemas do que vale para ele. Se a praga realmente afetar estas terras e a Corte Noturna entrar em nossas fronteiras, estaremos prontos.

Meus joelhos estremeceram quando me levantei. Política feérica, cortes feéricas...

— A noção deles de piada deve ter sido ainda mais terrível quando fomos escravizados por todos vocês. — Deviam nos torturar sempre que queriam, deviam ter feito coisas inomináveis, pavorosas com seus humanos de estimação.

Uma sombra percorreu os olhos de Tamlin.

— Há dias em que fico muito feliz por ainda ser criança quando meu pai mandou os escravizados que mantinha para o sul da muralha. O que testemunhei na época foi ruim o bastante.

Não quis imaginar. Mesmo agora ainda não tinha procurado saber se algum indício daqueles humanos de épocas passadas tinha ficado para trás. Não achei que cinco séculos bastariam para limpar a mancha dos horrores que meu povo suportara. Eu deveria ter deixado isso de lado; deveria, mas não pude.

— Você se lembra se ficaram felizes ao partir?

Tamlin deu de ombros.

— Sim. Mas eles jamais tinham experimentado liberdade, ou conheciam as estações como vocês conhecem. Não sabiam o que fazer no mundo mortal. Mas, sim, a maioria ficou muito, muito feliz ao partir. — Cada palavra era mais meticulosa que a seguinte. — Fiquei feliz por vê-los partir, mesmo que meu pai não tivesse ficado. — Apesar da quietude com que ele se levantou, as garras de Tamlin despontaram dos nós dos dedos.

Não era à toa que ficara tão desconfortável comigo, que não tivera ideia do que fazer com a minha presença assim que cheguei. Mas falei, baixinho:

— Você não é seu pai, Tamlin. Ou seus irmãos. — Ele olhou para mim, e então acrescentei: — Você jamais fez com que eu me sentisse prisioneira, nunca me fez sentir como se não passasse de uma mercadoria.

As sombras que dançaram em seus olhos quando Tamlin assentiu em agradecimento me disseram que havia mais... ainda mais coisas que ele precisava me contar sobre a família, sobre a vida antes de terem sido mortos e de o título recair sobre ele. Eu não perguntaria, não com a praga pressionando; não até que ele estivesse pronto. Tamlin me dera tanto espaço e respeito... eu não podia oferecer menos.

Mesmo assim, não consegui pintar naquele dia.

Capítulo 25

Tamlin foi chamado para uma das fronteiras horas depois de eu ter encontrado aquela cabeça — onde e por que, não me disse. Mas entendi mesmo o que ele não contou: a praga estava vindo de outras cortes, e diretamente para a nossa.

Tamlin dormiu por lá — era a primeira noite que ele passara longe —, mas mandou Lucien para me informar que estava vivo. Lucien fez tanta questão de enfatizar essa palavra que tive uma péssima noite de sono, mesmo que uma pequena parte de mim tivesse ficado surpresa por Tamlin ter se importado em me avisar sobre o próprio bem-estar. Eu sabia... eu sabia que seguia um caminho que provavelmente terminaria com meu coração mortal despedaçado, mesmo assim... Mesmo assim, não pude evitar. Não conseguia desde aquele dia com os naga. Mas ver aquela cabeça... os jogos que aquelas cortes faziam, com as vidas das pessoas tal qual fichas em um tabuleiro... Precisei de força de vontade para manter a comida no estômago sempre que pensava a respeito.

No entanto, apesar da malícia que se aproximava, acordei no dia seguinte ao som de um alegre violino e, quando olhei pela janela, vi o jardim decorado com laços e serpentinas. Nas colinas distantes, vi fogueiras sendo montadas, e mastros sendo erguidos. Quando perguntei a Alis — cujo povo, eu aprendera, se chamava *urisk* —, ela simplesmente respondeu:

— Solstício de Verão. A principal celebração costumava ser na Corte Estival, mas... as coisas estão diferentes. Então, agora temos uma aqui também. Você irá.

Verão; nas semanas em que estava pintando e jantando com Tamlin, e perambulando pelo território da corte ao seu lado... o verão tinha chegado. Será que minha família ainda acreditava de verdade que eu estava visitando uma tia havia muito perdida? O que faziam da vida? Se era solstício, então haveria uma pequena reunião no centro da aldeia; nada religioso, é claro, embora os Filhos dos Abençoados pudessem aparecer para tentar converter os jovens, mas apenas um pouco de comida compartilhada, cerveja doada da única taverna, e talvez algumas danças de quadrilha. A única coisa a celebrar era uma folga dos longos dias de verão, plantando e arando. Pelas decorações espalhadas pela propriedade, eu podia ver que aquilo seria muito maior... muito mais animado.

Tamlin permaneceu sumido a maior parte do dia. A preocupação me corroía, mesmo enquanto eu pintava um rápido retrato livre das serpentinas e dos laços no jardim. Talvez fosse mesquinho e egoísta, considerando a praga que retornava, mas eu também esperava silenciosamente que o solstício não exigisse os mesmos rituais da Noite da Fogueira; não me permiti pensar demais no que faria se Tamlin tivesse um rebanho de lindas feéricas enfileiradas para ele.

Somente no fim da tarde ouvi a voz grave de Tamlin e a gargalhada estrondosa de Lucien ecoarem pelos corredores até meu quarto de pintura. Senti o alívio inundando meu peito, mas, quando corri para encontrá-los, Alis me puxou escada acima. Ela tirou minhas roupas manchadas de tinta e insistiu que eu colocasse um vestido esvoaçante, de *chiffon*, azul como centáureas. Ela deixou meus cabelos soltos, mas entremeou uma grinalda de flores selvagens rosas, brancas e azuis no topo da minha cabeça.

Eu poderia ter me sentido infantil com o adorno, mas nos meses em que estivera ali, meus ossos pronunciados e as feições esqueléticas tinham sido preenchidos. Eu tinha agora o corpo de uma mulher.

Passei as mãos pelas curvas fluidas e suaves de minha cintura e dos quadris. Nunca achei que sentiria nada além de músculos e ossos.

— Pelo Caldeirão. — Lucien assobiou quando desci as escadas. — Ela parece realmente feérica.

Eu estava ocupada demais avaliando Tamlin — procurando por um ferimento, qualquer sinal de sangue ou marcas que a praga poderia ter deixado — para agradecer a Lucien pelo elogio. Mas Tamlin estava limpo, quase radiante, totalmente desarmado... e sorrindo para mim. O que quer fosse que havia enfrentado deixara-o sem marcas.

— Você está linda — murmurou Tamlin, e algo no tom suave me fez querer ronronar.

Endireitei os ombros, sem querer deixar que Tamlin visse o quanto suas palavras ou sua voz, ou seu simples bem-estar, me afetavam. Ainda não.

— Fico surpresa por poder participar esta noite.

— Infelizmente, para você e seu pescoço — replicou Lucien —, esta noite será apenas uma festa.

— Você fica acordado à noite, pensando em todas as respostas espirituosas para o dia seguinte?

Lucien piscou um olho para mim, e Tamlin riu e me ofereceu o braço.

— Ele está certo — disse o Grão-Senhor. Eu estava ciente de cada centímetro de onde ele tocava, dos músculos fortes sob a túnica verde. Tamlin me levou até o jardim, e Lucien seguiu. — O solstício celebra o equilíbrio entre dia e noite, é um momento de neutralidade, quando todos podem relaxar para simplesmente desfrutar do fato de serem feéricos; não Grão-Feéricos ou feéricos, apenas *nós* e nada mais.

— Então, tem cantoria, dança e bebida em excesso — acrescentou Lucien, caminhando ao meu lado. — E flertes — acrescentou ele, com um sorriso malicioso.

De fato, eu estava intensa e desejosamente ciente do corpo de Tamlin roçando contra o meu, mas o Grão-Senhor apenas segurou meu braço mais forte conforme caminhamos para o jardim e para os campos além dele.

O sol estava começando a se por quando chegamos ao planalto no qual as festividades aconteceriam. Tentei não encarar os feéricos reunidos, mesmo que eu fosse encarada por eles. Nunca tinha visto tantos em um só lugar, pelo menos não sem o encantamento escondendo-os de mim. Agora que meus olhos estavam abertos para a visão, os vestidos exóticos e as silhuetas e os corpos esguios, delineados e coloridos e formados de um jeito tão estranho e diferente, eram uma maravilha de se contemplar. No entanto, a pequena novidade que minha presença ao lado do Grão-Senhor oferecia logo passou... com a ajuda de um grunhido baixo de Tamlin, que os fez se dissiparem para cuidar da própria vida.

Mesa após mesa de comida tinham sido alinhadas no limite do planalto, e me perdi de Tamlin enquanto esperava na fila para encher um prato, fazendo o melhor para não parecer que era seu brinquedinho humano. A música começou perto da gigante fogueira fumacenta; violinos e tambores e instrumentos animados, que me fizeram bater os pés na grama. Iluminada e feliz e ao ar livre, aquela era a irmã alegre da sanguinária Noite da Fogueira.

Lucien, é claro, era mestre em desaparecer quando eu precisava dele, e então comi o quanto pude de bolo de morango, torta de maçã e torta de mirtilo — nada diferente das gostosuras de verão do mundo mortal —, sozinha sob uma figueira coberta com lanternas de seda e fitas brilhantes.

Não me importei com a solidão; não quando estava ocupada demais contemplando o modo como as lanternas e as fitas brilhavam, as sombras que projetavam. Talvez fossem o tema de minha próxima pintura. Ou talvez eu pintasse os feéricos etéreos que começavam a dançar. Havia tantos ângulos e cores neles. Imaginei se algum teria sido o modelo ou o pintor cujo trabalho estava exposto na galeria.

Só me movi para pegar algo para beber. O planalto ficou mais cheio à medida que o sol afundava na direção do horizonte. Do outro lado das colinas, outras fogueiras e festas começavam, e a música destas chegava durante as ocasionais pausas em nossa comemoração. Eu estava me servindo de um cálice de espumante dourado quando

Lucien finalmente surgiu atrás de mim, olhando por cima do meu ombro.

— Eu não beberia isso, se fosse você.

— Ah? — duvidei, franzindo a testa para o líquido frisante.

— Vinho feérico no solstício — sugeriu Lucien.

— Hmm — murmurei, cheirando. Não fedia a álcool. Na verdade, tinha cheiro de verões passados deitada na grama, me banhando em lagos frios. Jamais tinha cheirado algo tão fantástico.

— Estou falando sério — disse Lucien, quando levei o copo aos lábios, minhas sobrancelhas erguidas. — Lembra da última vez que você ignorou meu aviso? — Ele me cutucou no pescoço.

— Também lembro de você me contando que amoras de bruxa eram inofensivas, e a seguir eu estava quase delirante e tropeçando — falei, lembrando daquela tarde, algumas semanas antes. Tive alucinações durante horas, e Lucien riu até cair, tanto que Tamlin o empurrou no espelho d'água. Afastei o pensamento. Hoje, apenas neste dia, eu tinha deixado os cabelos soltos. Hoje era dia de deixar a precaução de lado. De esquecer a praga que pairava nos limites da corte, ameaçando meu Grão-Senhor e suas terras. Onde *estava* Tamlin, afinal? Se houvera alguma ameaça, certamente Lucien teria ficado sabendo, certamente teriam cancelado a comemoração.

— Bem, é sério desta vez — avisou Lucien, e tirei meu cálice do seu alcance. — Tam me estriparia se a visse bebendo isso.

— Sempre cuidando dos próprios interesses — rebati, e fiz questão de virar o conteúdo da taça.

Foi como se milhões de fogos de artifício explodissem dentro de mim, enchendo minhas veias com brilho das estrelas. Ri alto, e Lucien resmungou.

— Humana tola — sibilou ele. Agora, o encantamento de Lucien tinha cessado. Os cabelos ruivos queimavam como metal quente, e o olho vermelho estava incandescente como uma forja infinita. *Aquilo* era o que eu retrataria a seguir.

— Vou pintar você — decidi, e dei uma risadinha, uma *risadinha* mesmo, quando as palavras saíram.

— Que o Caldeirão me cozinhe e me frite — murmurou Lucien, e eu ri de novo. Antes que ele pudesse me impedir, virei outra taça de vinho feérico. Era a coisa mais gloriosa que eu já provara. Ele me libertou de amarras que eu sequer sabia que existiam.

A música se tornou um canto de sereia. A melodia era como um ímã, e eu era impotente contra sua atração. Tudo era lindo e cheio de promessas. Aproveitei a umidade da grama sob meus pés descalços. Nem mesmo percebi que tinha perdido os sapatos.

O céu era um turbilhão de ametista, safira e rubi derretidos, todos escoando para uma poça final de ônix. Eu queria nadar nele, queria me banhar nas cores e sentir as estrelas brilhando entre meus dedos.

Tropecei, piscando, e me vi parada no limite da roda de dança. Um grupo de músicos tocava os instrumentos feéricos, e oscilei onde estava enquanto observava os feéricos dançando, circundando a fogueira. Aquilo não era uma dança formal. Era como se estivessem tão soltos quanto eu. Livres. Eu os amava por aquilo.

— Droga, Feyre — resmungou Lucien, segurando meu cotovelo. — Quer que eu me mate tentando evitar que você empale sua pele mortal em outra pedra?

— O quê? — perguntei, me virando para Lucien. O mundo inteiro girou comigo, delicioso e hipnotizante.

— Idiota — xingou Lucien, quando olhou para meu rosto. — Idiota bêbada.

O ritmo acelerou. Eu queria estar na música, queria pegar carona naquela velocidade e me entremear nas notas. Eu conseguia *sentir* a música ao meu redor, como uma coisa viva que respirava, cheia de maravilhas, alegria e beleza.

— Feyre, pare — ordenou Lucien, e me segurou de novo. Eu estava dançando para longe, meu corpo ainda ondulava na direção do som.

— Pare *você*. Pare de ser tão sério — rebati, afastando-o. Eu queria ouvir a música, queria ouvi-la assim que saísse dos instrumentos. Lucien xingou quando comecei a me mover.

Saltei entre os dançarinos, girando a saia do vestido. Os músicos mascarados sentados não me olharam quando pulei diante eles, dançando sem sair daquele lugar. Não havia nenhuma amarra, nenhum limite — apenas eu e a música, dançando e dançando. Eu não era feérica, mas era parte daquela terra, e a terra era parte de mim, e eu ficaria feliz de dançar sobre ela pelo resto da vida.

Um dos músicos ergueu o rosto do violino, e meus olhos se arregalaram.

Suor reluziu na coluna forte formada pelo pescoço dele quando o músico apoiou o queixo na madeira escura do instrumento. Ele enrolou as mangas da camisa, revelando os músculos delineados nos antebraços. Tamlin mencionou certa vez que gostaria de ser um menestrel itinerante se não fosse um guerreiro ou um Grão-Senhor — agora que eu o ouvia tocar, soube que ele poderia ter feito uma fortuna com aquilo.

— Desculpe, Tam — disse Lucien ofegante, surgindo do nada. — Eu a deixei sozinha por um momento em uma das mesas de comida, e, logo depois que a alcancei, ela estava bebendo o vinho e...

Tamlin não parou de tocar. Os cabelos dourados estavam encharcados de suor, ele parecia maravilhosamente lindo... embora eu não pudesse ver a maior parte de seu rosto. Tamlin me lançou um sorriso feral enquanto eu dançava sem sair diante dele.

— Eu cuido dela — murmurou Tamlin por cima da música, e eu fiquei extasiada, apressando os passos de dança. — Vá se divertir. — Lucien sumiu.

— Não preciso de um guardião! — Eu queria girar e girar e girar.

— Não, não precisa — concordou Tamlin, sem nem uma vez se perder enquanto tocava. O arco do violino dançava sobre as cordas. Os dedos de Tamlin eram firmes e fortes e longos, sem sinal daquelas garras que eu deixara de temer... — Dance, Feyre — sussurrou ele.

Então, dancei.

Eu me soltei, como um pião girando e girando, e não sabia com quem dançava ou qual era a aparência deles, apenas que eu tinha me tornado a música e o fogo e a noite, e não havia nada que pudesse me deter.

Durante todo o tempo, Tamlin e seus músicos tocavam uma música tão alegre que não achei que o mundo pudesse conter toda aquela felicidade. Ziguezagueei em direção a ele, meu senhor feérico, meu protetor e guerreiro, meu amigo, e dancei diante de Tamlin. Ele sorriu para mim, e não parei de dançar quando Tamlin se levantou da cadeira e se ajoelhou diante de mim na grama, oferecendo um solo de violino para mim.

Música apenas para mim... um presente. Ele continuou tocando, os dedos ágeis e firmes sobre as cordas do violino. Meu corpo ondulava como uma cobra; inclinei a cabeça para trás, para o céu, e deixei que a música de Tamlin preenchesse todo o meu corpo.

Senti uma pressão na cintura e fui puxada para os braços de alguém e, depois, jogada de volta para a roda de dança. Gargalhei tanto que achei que fosse explodir, e, quando abri os olhos, vi Tamlin me girando e girando.

Tudo se tornou um borrão de cor e som, e ele era o único objeto ali, me puxando de volta para a sanidade, para meu corpo, que brilhava e queimava em todos os lugares que Tamlin tocava.

Eu estava cheia de raios de sol. Era como se eu jamais tivesse experimentado o verão antes, como se jamais soubesse quem estava esperando para surgir daquela floresta de gelo e neve. Não queria que aquilo terminasse; eu jamais queria deixar o alto daquela colina.

A música encerrou, e, puxando fôlego, olhei para a lua: estava quase descendo. Suor escorreu por cada parte de meu corpo.

Tamlin, também ofegante, pegou minha mão.

— O tempo passa mais rápido quando se está bêbado com vinho feérico.

— Não estou bêbada — assegurei, dando um riso de deboche. Ele apenas riu e me levou para longe da dança. Apertei os calcanhares no chão quando nos aproximamos do círculo de luz da fogueira. — Estão começando de novo — falei, apontando para os dançarinos que se reuniam diante dos músicos, que já haviam descansado.

Ele se aproximou, e o hálito de Tamlin acariciou minha orelha quando ele sussurrou:

— Quero mostrar algo melhor a você.

Parei de protestar. Tamlin me levou para longe da colina, seguindo o luar. Qualquer que fosse o caminho que tivesse escolhido, ele o fez por consideração a meus pés descalços, pois somente grama macia amortecia meus passos. Logo, até mesmo a música se dissipou, e fui deixada apenas com o suspiro das árvores à brisa noturna.

— Aqui — indicou Tamlin, parando na beira de um amplo campo. A mão dele se deteve em meu ombro enquanto admirávamos a paisagem.

A grama alta se movia como água conforme o restante do luar dançava sobre ela.

— O que é? — sussurrei, mas Tamlin levou o dedo aos lábios e me pediu que olhasse.

Durante alguns minutos, nada aconteceu. Então, do lado oposto do campo, dezenas de formas reluzentes flutuaram pela grama, pouco mais do que miragens de luar. Depois, a cantoria começou.

Era uma voz coletiva, mas existia nas formas feminina e masculina; dois lados da mesma moeda, cantando um para o outro em um chamado e uma resposta. Levei a mão ao pescoço à medida que a música aumentava e eles dançavam. Fantasmagóricos e etéreos valsavam pelo campo, não passavam de fiapos esguios de luar.

— O que são?

— Fogos-fátuos, espíritos de ar e luz — respondeu Tamlin, baixinho. — Vieram celebrar o solstício.

— São lindos.

Seus lábios roçaram meu pescoço quando Tamlin murmurou contra minha pele:

— Dance comigo, Feyre.

— Mesmo? — Eu me virei e vi que meu rosto estava a centímetros do dele.

Tamlin deu um sorriso preguiçoso.

— Mesmo. — Como se eu não passasse de ar, ele me puxou para uma dança fluida. Eu mal me lembrava dos passos que tinha aprendido na infância, mas Tamlin compensou com sua graciosidade feral, sem hesitar, sempre sentindo qualquer tropeço antes que eu o desse, conforme dançávamos pelo campo cheio de espíritos.

Eu estava tão livre quanto um tufo de sementes de dente-de-leão, e Tamlin era o vento que me guiava pelo mundo.

Ele sorriu para mim, e me vi sorrir de volta. Não precisava fingir, não precisava ser nada além do que era bem ali, sendo girada pelo campo, os fogos-fátuos dançando ao nosso redor, como dezenas de luas.

Nossa dança desacelerou, e ficamos de pé ali, nos abraçando, enquanto oscilávamos à música dos espíritos. Tamlin apoiou o queixo em minha cabeça e acariciou meu cabelo, os dedos roçando a pele exposta de meu pescoço.

— Feyre — sussurrou ele em minha cabeça. Tamlin fez meu nome soar lindo. — Feyre — sussurrou ele de novo, não como uma pergunta, mas simplesmente como se gostasse de dizê-lo.

Tão rapidamente quanto surgiram, os espíritos sumiram, levando a música consigo. Pisquei. As estrelas estavam sumindo, e o céu ficara roxo-acinzentado.

O rosto de Tamlin estava a centímetros do meu.

— É quase alvorecer.

Assenti, fascinada pela visão dele, pelo cheiro e pela sensação de Tamlin me abraçando. Estendi a mão para tocar sua máscara. Estava tão fria, apesar de a pele estar corada sob ela. Minha mão tremeu, e minha respiração acelerou quando acariciei a pele do maxilar de Tamlin. Era macia... e quente.

Os lábios úmidos dele, a respiração tão irregular quanto a minha. Os dedos de Tamlin se contraíram contra a base de minha coluna, e deixei que ele me puxasse para perto — até que nossos corpos se tocassem, e o calor dele passasse para mim.

Precisei inclinar a cabeça para trás para ver seu rosto. A boca de Tamlin estava em algum lugar entre um sorriso e um esgar.

— O que foi? — perguntei, e apoiei a mão em seu peito, me preparando para afastar o corpo. Mas a outra mão de Tamlin passou para baixo de meu cabelo, detendo-se na base de minha nuca.

— Estou pensando que talvez beije você — disse ele, baixinho, determinado.

— Então beije. — Corei diante da própria ousadia.

Mas Tamlin apenas deu aquela risada rouca e se inclinou.

Os lábios dele tocaram os meus... testando, macios e quentes. Tamlin recuou um pouco, e abri os olhos. Ele ainda me encarava, e eu encarei de volta quando ele me beijou de novo, mais forte, mas nada como havia feito com o meu pescoço. Tamlin recuou mais intensamente dessa vez e me olhou.

— É só isso? — indaguei, e ele riu e me beijou vorazmente.

Minhas mãos envolveram seu pescoço, puxando-o para perto, esmagando meu corpo contra o dele. Suas mãos percorreram minhas costas, brincando com meu cabelo, segurando minha cintura, como se ele não conseguisse tocar o suficiente do meu corpo de uma só vez.

Tamlin soltou um gemido grave e se afastou.

— Venha — disse ele, beijando minha testa. — Vamos perder se não formos agora.

— Vai ser melhor que os fogos-fátuos? — perguntei, mas ele beijou minhas bochechas, meu pescoço e, por fim, meus lábios. Eu o segui para as árvores, pelo mundo que se acendia infinitamente. A mão de Tamlin estava firme e imóvel em volta da minha quando passamos pela névoa baixa e ele me ajudou a subir uma colina exposta que estava escorregadia com orvalho.

Nós nos sentamos no alto da colina, e escondi o sorriso quando Tamlin passou o braço em volta de meus ombros, me puxando para perto. Apoiei a cabeça contra seu peito, e ele brincou com as flores em minha grinalda.

Em silêncio, olhamos para a extensão ondulante e verde.

O céu mudou para lilás, e as nuvens foram preenchidas com luz rosa. Então, como um disco tremeluzente abundante e claro demais para ser descrito, o sol deslizou para cima do horizonte e cobriu tudo de dourado. Foi como ver o mundo nascer, e éramos as únicas testemunhas.

O braço de Tamlin se apertou ao meu redor, e ele beijou o alto da minha cabeça. Recuei e ergui o olhar para ele.

O ouro em seus olhos, cintilando com o sol nascente, tremeluziu.

— O que houve?

— Meu pai me disse uma vez que eu deveria deixar que minhas irmãs imaginassem uma vida melhor, um mundo melhor. E eu disse a ele que tal coisa não existia. — Percorri o polegar sobre a boca de Tamlin, maravilhada, e balancei a cabeça. — Eu jamais entendi, porque eu não podia... não podia acreditar que fosse possível. — Engoli em seco, abaixando a mão. — Até agora.

Tamlin engoliu em seco. Seu beijo dessa vez foi intenso e completo, demorado e determinado.

Deixei que o alvorecer entrasse em mim, que crescesse a cada movimento dos lábios e cada carícia da língua forte de Tamlin contra a minha. Lágrimas surgiram sob minhas pálpebras.

Foi o momento mais feliz da minha vida.

Capítulo 26

No dia seguinte, Lucien se juntou a nós para o almoço — que foi o café da manhã para todos nós. Desde que eu reclamara do tamanho desnecessário da mesa, tínhamos passado a comer em uma versão bastante reduzida. Lucien ficava esfregando as têmporas enquanto comia, em um silêncio incomum, e contive um sorriso ao perguntar:

— E onde você estava ontem à noite?

O olho de metal de Lucien se estreitou em minha direção.

— Fique sabendo que enquanto vocês dois dançavam com os espíritos, eu estava preso na patrulha da fronteira. — Tamlin fingiu uma tosse, e Lucien acrescentou: — Com companhia. — Ele me deu um sorriso malicioso. — De acordo com os boatos, vocês dois só voltaram depois do amanhecer.

Olhei para Tamlin, mordendo o lábio. Eu tinha praticamente flutuado até a cama naquela manhã, mas o olhar dele observava meu rosto, como se procurando por qualquer pontada de arrependimento, de medo. Ridículo.

— Você mordeu meu pescoço na Noite da Fogueira — falei, sussurrando. — Se posso encará-lo depois daquilo, alguns beijos não são nada.

Ele apoiou os antebraços na mesa quando se inclinou para mais perto de mim.

— Nada? — Os olhos de Tamlin recaíram sobre meus lábios. Lucien se mexeu desconfortavelmente na cadeira, murmurando que o Caldeirão o poupasse, mas o ignorei.

— Nada — repeti, um pouco distante, observando a boca de Tamlin mexer, tão ciente de cada movimento que ele fazia, me ressentindo da mesa entre nós. Eu quase conseguia sentir o calor do hálito dele.

— Tem certeza? — murmurou Tamlin, com tanta determinação e voracidade que fiquei feliz por estar sentada. Ele poderia ter meu corpo bem ali, sobre aquela mesa. Eu queria suas mãos grandes percorrendo minha pele nua, queria seus dentes roçando meu pescoço, queria sua boca sobre mim.

— Estou tentando comer — interrompeu Lucien, e pisquei, perdendo o fôlego. — Mas agora que tenho sua atenção, *Tamlin* — disparou ele, embora o Grão-Senhor estivesse olhando para mim de novo, me devorando com os olhos. Mal conseguia ficar parada na cadeira, mal suportava as roupas arranhando minha pele quente demais. Com algum esforço, Tamlin olhou de volta para o emissário.

Lucien se mexeu na cadeira.

— Não quero ser o portador de notícias muito ruins, mas meu contato na Corte Invernal conseguiu enviar uma carta para mim. — Lucien tomou fôlego para se acalmar, e imaginei se ser emissário também significava ser mestre-espião. Pensei por que ele se dava o trabalho de dizer aquilo na minha presença. O sorriso sumiu imediatamente do rosto de Tamlin. — A praga — anunciou Lucien, baixinho. — Ela abateu duas dúzias de suas crianças. *Duas dúzias*, todas se foram. — Ele engoliu em seco. — Simplesmente... extinguiu a magia delas e, depois, destruiu suas mentes. Ninguém na Corte Invernal pôde fazer nada, ninguém conseguiu impedir depois que a praga se concentrou nelas. O luto deles é... imensurável. Meu contato diz que outras cortes estão sendo atingidas seriamente, embora a Corte Noturna, é claro, consiga permanecer ilesa. Mas a praga parece estar enviando sua maldade para este lado, mais para o sul a cada ataque.

Todo o calor, toda a alegria incandescente foi drenada de mim, como sangue descendo pelo ralo.

— A praga pode... pode mesmo matar as pessoas? — Consegui dizer. Crianças. Tinha matado... crianças, como alguma tempestade de escuridão e morte. E, se crianças eram tão raras quanto Alis alegara, a perda de tantas seria mais devastadora do que eu poderia imaginar.

Os olhos de Tamlin estavam sombrios, e ele balançou a cabeça devagar... como se tentasse afastar de dentro de si o luto e o choque por aquelas mortes.

— A praga é capaz de nos ferir de modos que você... — Tamlin ficou de pé tão rapidamente que a cadeira virou. Ele projetou as garras e grunhiu para a porta aberta, os caninos longos e reluzentes.

A casa, em geral cheia do farfalhar de saias e da conversa de criados, tinha ficado silenciosa.

Não o silêncio carregado da Noite da Fogueira, mas um silêncio trêmulo, que me fez querer correr para debaixo da mesa. Ou apenas começar a correr. Lucien xingou e sacou a espada.

— Leve Feyre para a janela, perto das cortinas — grunhiu Tamlin para o emissário, sem tirar os olhos das portas abertas. A mão de Lucien segurou meu cotovelo, me arrastando para fora da cadeira.

— O que... — comecei, mas Tamlin grunhiu de novo, o som ecoando pela sala. Peguei uma das facas da mesa e deixei que Lucien me levasse até a janela, onde ele me empurrou contra as cortinas de veludo. Queria perguntar por que não se dera o trabalho de me esconder atrás delas, mas o feérico com a máscara de raposa apenas pressionou as costas contra mim, me prendendo entre ele e a parede.

O odor de magia subiu por minhas narinas, e, embora a espada de Lucien estivesse apontada para o chão, ele a segurou com mais força, o que fez os nós de seus dedos ficarem brancos. Magia... um encantamento. Para me esconder, para me tornar parte de Lucien; invisível, escondida pela magia e pelo cheiro do feérico. Olhei por cima do ombro dele para Tamlin, que inspirou fundo e retraiu as garras e as presas. Seu boldrié de facas apareceu do nada sobre o peito. Mas Tamlin não sacou nenhuma quando ajeitou a cadeira e se sentou nela, limpando as unhas, como se nada estivesse acontecendo.

Mas alguém estava vindo, alguém terrível a ponto de assustá-los; alguém que iria querer me ferir se soubesse que eu estava ali.

Lembrei da voz sibilante do Attor. Havia criaturas piores que ele, dissera Tamlin. Piores que os naga, e que o Suriel, e que o Bogge também.

Passos ecoaram do corredor. Equilibrados, vagando casualmente.

Tamlin continuou limpando as unhas, e, diante de mim, Lucien assumiu uma posição que fazia parecer que ele olhava pela janela. O som dos passos ficou mais alto... ouvia-se o raspar de botas nos azulejos de mármore. E, então, ele surgiu.

Não usava máscara. Ele, como o Attor, pertencia a outra coisa. A outra pessoa.

E pior... eu o havia encontrado antes. Ele me salvara daqueles três feéricos na Noite da Fogueira.

Com passos graciosos demais, felinos demais, ele se aproximou da mesa de jantar e parou a poucos metros do Grão-Senhor. Era exatamente como eu me lembrava, com as roupas elegantes e opulentas, envoltas em gavinhas da noite: uma túnica ébano bordada a ouro e prata, calça escura e botas pretas na altura dos joelhos. Eu não tinha ousado pintá-lo; e agora sabia que jamais teria coragem.

— Grão-Senhor — cantarolou o estranho, inclinando a cabeça levemente. Não se tratava de uma reverência.

Tamlin permaneceu sentado. De costas para mim, eu não conseguia ver o rosto dele, mas a voz de Tamlin trazia uma promessa de violência quando ele falou:

— O que quer, Rhysand?

Rhysand sorriu — um sorriso muito bonito, devastador — e levou a mão ao peito.

— Rhysand? Vamos lá, Tamlin. Não o vejo há 49 anos e você começa me chamando de Rhysand? Apenas meus prisioneiros e meus inimigos me chamam assim. — O sorriso se alargou quando Rhysand terminou, e algo em sua expressão se tornou feral e mortal, mais do que eu jamais vira em Tamlin. Rhysand se virou, e prendi a respiração quando ele olhou para Lucien. — Máscara de raposa. Apropriado para você, Lucien.

— Vá para o inferno, Rhys — disparou Lucien, e o estranho riu.

— É sempre um prazer lidar com a ralé — ironizou ele, e se virou para Tamlin de novo. Eu ainda não estava respirando. — Espero não ter interrompido.

— Estávamos no meio do almoço — disse Tamlin, a voz desprovida do calor com o qual eu havia me acostumado. A voz do Grão-Senhor. Ela revirava meu estômago.

— Estimulante — ronronou Rhysand.

— O que está fazendo aqui, Rhys? — indagou Tamlin, ainda sentado.

— Eu queria ver você. Saber como estava indo. Se recebeu meu presentinho.

— Seu *presente* era desnecessário.

— Mas foi um bom lembrete da época em que nos divertíamos, não foi? — Rhysand emitiu um estalo com a língua e avaliou a sala. — Quase meio século entocado em uma mansão no campo. Não sei como conseguiu. Mas — continuou ele, encarando Tamlin de novo — você é um desgraçado tão teimoso que isto deve ter parecido um paraíso comparado a Sob a Montanha. Imagino que seja. Fico surpreso, no entanto: 49 anos, e nenhuma tentativa de se salvar, ou salvar suas terras. Mesmo agora que as coisas estão ficando interessantes de novo.

— Não há nada a ser feito — admitiu Tamlin, a voz baixa.

Rhysand se aproximou de Tamlin; cada movimento era sutil como seda. Sua voz tornou-se um sussurro, uma carícia erótica de som que fez minhas bochechas esquentarem.

— É uma pena que você precise suportar tal fardo, Tamlin, e uma pena ainda maior que esteja tão resignado a esse destino. Pode ser teimoso, mas isso é patético. Como é diferente o Grão-Senhor do cruel líder da tropa de guerra de séculos atrás.

Lucien se irritou.

— O que você sabe sobre qualquer coisa? Você é apenas a vadia de Amarantha.

— Posso ser a vadia dela, mas não sem motivos. — Encolhi o corpo quando a voz dele assumiu um tom afiado. — Pelo menos não passei meu tempo entre as cercas vivas e as flores enquanto o mundo virava um inferno.

A espada de Lucien se ergueu levemente.

— Se acha que isso é tudo o que tenho feito, vai descobrir em breve que não.

— Pequeno Lucien. Você certamente deu o que falar quando se mudou para a Primaveril. É muito triste ver sua linda mãe em luto perpétuo por ter perdido você.

Lucien apontou a espada para Rhysand.

— Cuidado com essa boca suja.

Rhysand riu... a risada de um amante, baixa e suave e íntima.

— Isso são modos de falar com um Grão-Senhor de Prythian?

Meu coração parou. Era por isso que aqueles feéricos tinham fugido na Noite da Fogueira. Lutar com ele teria sido suicídio. E pelo modo como a escuridão parecia irradiar de Rhysand, daqueles olhos violetas que ardiam que nem estrelas...

— Vamos lá, Tamlin — debochou Rhysand. — Não deveria repreender seu lacaio por falar comigo desse jeito?

— Não incentivo hierarquia em minha corte — respondeu Tamlin.

— Ainda? — Rhysand cruzou os braços. — Mas é tão divertido quando eles se curvam. Imagino que seu pai jamais tenha se dado o trabalho de lhe ensinar.

— Esta não é a Corte Noturna — rebateu Lucien. — E você não tem poder aqui, portanto, vá embora. A cama de Amarantha está ficando fria.

Tentei não ofegar. Rhysand... fora *ele* quem enviara aquela cabeça. Como um *presente*. Estremeci. Seria na Corte Noturna que aquela mulher, aquela Amarantha, estava também?

Rhysand deu um riso de escárnio e depois avançou contra Lucien, rápido demais para que eu acompanhasse com meus olhos humanos, grunhindo na cara dele. Lucien me pressionou contra a parede com as costas com tanta força que contive o grito quando fui esmagada contra a madeira.

— Eu matava no campo de batalha antes de você sequer ter nascido — disparou Rhysand. Então, tão rapidamente quanto viera, ele recuou, casual e despreocupado. Não, eu jamais ousaria pintar aquela graciosidade sombria e imortal, nem em cem anos. — Além do mais — disse Rhysand, colocando as mãos nos bolsos. — Quem você acha que ensinou seu amado Tamlin o requinte das espadas e das fêmeas? Não pode mesmo acreditar que ele aprendeu tudo nos campos de batalha do pai.

Tamlin esfregou as têmporas.

— Deixe isso para outra hora, Rhys. Vai me ver de novo em breve.

Rhysand passeou em direção à porta.

— Ela já está se preparando para você. Considerando seu estado atual, acho que posso voltar com a certeza que você já foi vencido e vai reconsiderar a oferta. — A respiração de Lucien travou quando Rhysand parou à mesa. O Grão-Senhor da Corte Noturna passou o dedo pelo encosto da minha cadeira... um gesto casual. — Estou ansioso para ver seu rosto quando você...

Rhysand avaliou a mesa.

Lucien ficou imóvel, me pressionando com mais força contra a parede. A mesa ainda estava posta para três, meu prato pela metade estava bem diante dele.

— Onde está seu convidado? — perguntou Rhysand, baixinho, erguendo meu cálice e cheirando-o antes de apoiá-lo de novo sobre a mesa.

— Eu o mandei embora quando pressenti sua chegada — mentiu Tamlin, friamente.

Rhysand agora encarava o Grão-Senhor, e seu rosto perfeito ficou desprovido de emoção antes de as sobrancelhas se levantarem. Um lampejo de animação — talvez até descrença — percorreu suas feições, mas Rhysand virou a cabeça para Lucien. Magia preencheu minhas narinas, e encarei o Grão-Senhor da Corte Noturna com puro terror conforme seu rosto se contorcia de ódio.

— Você *ousa me* enfeitiçar? — grunhiu Rhysand, os olhos violeta ardendo enquanto encararam os meus. Embora a barreira mágica tivesse sumido, Lucien me pressionou com mais força contra a parede.

A cadeira de Tamlin rangeu quando foi empurrada para trás. Ele se levantou, as garras prontas, mais mortais que qualquer das facas presas a seu corpo.

O rosto de Rhysand se tornou uma máscara de fúria contida enquanto ele encarava fixamente meu rosto.

— Lembro de você — ronronou Rhysand. — Parece que ignorou meu aviso de ficar longe de problemas. — Ele se virou para Tamlin. — Quem, diga-me, é sua convidada?

— Minha prometida — respondeu Lucien.

— Ah? E eu aqui pensando que você ainda estava de luto por sua amante plebeia depois de tantos séculos — desdenhou Rhysand, caminhando em minha direção. A luz do sol não refletiu nos fios metálicos de sua túnica, como se fugisse da escuridão que pulsava dele.

Lucien cuspiu aos pés de Rhysand e colocou a espada entre nós.

O sorriso envolto em veneno de Rhysand aumentou.

— Se tirar sangue de mim, Lucien, aprenderá com que rapidez a vadia de Amarantha pode fazer toda a Corte Outonal sangrar. Principalmente sua linda Senhora.

A cor sumiu do rosto de Lucien, mas ele se manteve firme. Foi Tamlin quem respondeu.

— Abaixe a espada, Lucien.

Rhysand passou os olhos sobre mim.

— Eu sabia que você gostava de baixar o nível com suas amantes, Lucien, mas nunca pensei que chegaria a brincar com lixo mortal. — Meu rosto queimou. Lucien estava trêmulo, se por ódio ou medo ou tristeza, eu não sabia dizer. — A Senhora da Corte Outonal ficará muito triste quando souber do filho mais novo. Se eu fosse você, manteria esse novo bichinho de estimação bem longe de seu pai.

— Saia, Rhys — ordenou Tamlin, de pé a alguns metros atrás do Grão-Senhor da Corte Noturna. Mesmo assim, ele não fez menção de atacar, apesar das garras e de Rhysand ainda se aproximar de mim. Talvez uma batalha entre dois Grão-Senhores pudesse demolir a mansão até as fundações, e deixar para trás apenas pó. Ou talvez, se Rhysand fosse mesmo o amante daquela mulher, a retaliação por tê-lo ferido fosse severa demais. Principalmente com o acréscimo do fardo de enfrentar a praga.

Rhysand afastou Lucien como se ele fosse uma cortina.

Não havia nada entre nós agora, e o ar estava cortante e frio. Mas Tamlin permaneceu onde estava, e Lucien nem mesmo piscou quando Rhysand, com um cuidado assustador, pegou a faca das minhas mãos e a jogou quicando pela sala.

— Aquilo não a ajudaria em nada mesmo — disse Rhysand para mim. — Se fosse esperta, sairia gritando e correndo deste lugar, desta gente. É espantoso que ainda esteja aqui, na verdade. — Minha confusão devia estar estampada no rosto, pois Rhysand deu uma risada alta. — Ah, ela não sabe, sabe?

Estremeci, incapaz de encontrar palavras ou coragem.

— Você tem segundos, Rhys — avisou Tamlin. — Segundos para sair.

— Se eu fosse você, não falaria comigo assim.

Contra minha vontade, meu corpo se esticou, cada músculo ficou rígido, meus ossos se repuxaram. Era magia, mas de um tipo mais forte. Poder que se agarrou a tudo dentro de mim e tomou o controle: até mesmo meu sangue fluía para onde ele queria.

Eu não conseguia me mover. Uma mão invisível, com garras nas pontas, arranhou minha mente. E eu soube... um empurrão, um deslize daquelas garras mentais, e quem eu era deixaria de existir.

— Solte-a — falou Tamlin, irritado, mas não avançou. Um tipo de pânico tinha tomado seus olhos, e ele olhou de mim para Rhysand. — *Basta*.

— Eu tinha me esquecido de que as mentes humanas são tão fáceis de estilhaçar quanto cascas de ovos — ameaçou Rhysand, e percorreu um dedo pela base da minha garganta. Estremeci; meus olhos queimavam. — Veja como ela é um deleite, veja como está tentando não gritar de terror. Seria rápido, prometo.

Se eu ainda tivesse qualquer fio de controle sobre o corpo, teria vomitado.

— Ela tem os pensamentos mais deliciosos sobre você, Tamlin — disse Rhysand. — Já imaginou como seria a sensação de seus dedos nas coxas dela, e entre elas também. — Rhysand riu. Mesmo enquanto ele proferia meus pensamentos mais íntimos, mesmo enquanto eu queimava com indignação e vergonha, ainda tremia diante de seu controle sobre minha mente. Rhysand se virou para o Grão-Senhor. — Estou curioso: por que ela imagina se seria tão bom se você mordesse o seio dela do modo como mordeu o pescoço?

— Solte-a. — O rosto de Tamlin estava contorcido com um ódio tão feral que incitou um tipo diferente, mais profundo, de terror em mim.

— Se serve de consolo — confidenciou Rhysand a ele —, ela teria sido a mulher certa para você, e você poderia ter conseguido o que queria. Um pouco tarde, no entanto. Ela é mais teimosa que você.

Aquelas garras invisíveis preguiçosamente acariciaram minha mente de novo... e depois sumiram. Desabei no chão, me enroscando sobre os joelhos, enquanto recuperava tudo o que eu era, enquanto tentava evitar chorar, gritar, esvaziar meu estômago no chão.

— Amarantha vai gostar de acabar com ela — observou Rhysand para Tamlin. — Quase tanto quanto vai gostar de observar *você* enquanto a destrói, pedaço por pedaço.

Tamlin estava congelado, seus braços — as garras — pendendo inertes nas laterais do corpo. Eu jamais o vira daquela forma.

— Por favor! — Foi tudo o que Tamlin disse.

— Por favor *o quê*? — insistiu Rhysand, gentil e persuasivo, como um amante.

— Não conte a Amarantha sobre ela — pediu Tamlin, a voz falhando.

— E por que não? Como a *vadia* de Amarantha — respondeu ele, com um olhar na direção de Lucien —, eu deveria contar tudo.

— Por favor. — Tamlin conseguiu dizer, como se fosse difícil respirar.

Rhysand apontou para o chão, e seu sorriso se tornou cruel.

— Implore, e vou considerar não contar a Amarantha.

Tamlin se ajoelhou e fez uma reverência com a cabeça.

— Mais baixo.

Tamlin encostou a testa no chão, as mãos deslizando sobre o piso na direção das botas de Rhysand. Eu poderia ter chorado de ódio ao vê-lo forçado a se curvar para alguém, diante da visão de meu Grão--Senhor tão humilhado. Rhysand apontou para Lucien.

— Você também, garoto raposa.

O rosto de Lucien estava sombrio, mas ele se ajoelhou e, depois, levou a testa ao chão. Desejei ter a faca que Rhysand jogara longe, ter alguma coisa com que matá-lo.

Parei de tremer por tempo o suficiente para ouvir Rhys falar de novo.

— Está fazendo isso por você ou por ela? — ponderou ele, e depois deu de ombros, como se não estivesse obrigando um Grão-Senhor de Prythian a se curvar. — Está desesperado demais, Tamlin. É desconcertante. Tornar-se Grão-Senhor deixou você tão entediante.

— Vai contar a Amarantha? — perguntou Tamlin, mantendo o rosto no chão.

Rhysand deu um risinho de deboche.

— Talvez conte, talvez não.

Com um lampejo de movimento rápido demais para que eu detectasse, Tamlin ficou de pé, as presas perigosamente próximas do rosto de Rhysand.

— Deixe disso — falou Rhysand, emitindo um estalo com a língua e empurrando Tamlin devagar para o lado com apenas uma das mãos. — Não com uma dama presente. — Seus olhos se voltaram para o meu rosto. — Qual é seu nome, querida?

Dar a ele meu nome — e o nome da minha família — só causaria mais dor e sofrimento. Ele poderia muito bem encontrar minha família e arrastá-la até Prythian para torturá-la, apenas para se divertir. Mas poderia arrancar o nome da minha mente se eu hesitasse muito. Com a mente vazia e calma, disparei o primeiro nome que me veio à cabeça, o de uma amiga de minhas irmãs, da aldeia, com quem eu jamais tinha falado, e cujo rosto eu não lembrava.

— Clare Beddor. — Minha voz não passou de um arquejo.

Rhysand se voltou para Tamlin, inabalado pela proximidade do Grão-Senhor.

— Bem, isso foi divertido. A maior diversão que tive em eras, na verdade. Estou ansioso para vê-los, os três, Sob a Montanha. Darei lembranças a Amarantha.

Então, Rhysand sumiu — como se tivesse entrado em uma falha no mundo —, deixando nós três sozinhos em um silêncio terrível, trêmulo.

Capítulo 27

Eu estava deitada na cama observando os raios de luar se moverem no chão. Me esforcei para não pensar no rosto de Tamlin quando ele ordenou que Lucien e eu saíssemos e fechássemos a porta da sala de jantar. Se eu não estivesse tão determinada a me recompor, poderia ter ficado. Poderia até mesmo ter perguntado a Lucien a respeito... a respeito de tudo. Mas, como a covarde que era, disparei para o quarto, onde Alis me esperava com uma xícara de chocolate quente. Fiz um esforço ainda maior para não me lembrar do rugido que chacoalhara o candelabro, ou do estalo da mobília se quebrando que ecoara pela casa.

Não fui jantar. Não queria saber se havia uma sala de jantar na qual comer. E não consegui pintar, não quando não havia nada em minha mente, em minha alma.

A casa estava silenciosa já havia um tempo, mas as ondas do ódio de Tamlin ecoavam por ela, reverberando na madeira, na pedra e no vidro.

Eu não queria pensar no que Rhysand dissera, não queria pensar na tempestade da praga que pairava, ou em Sob a Montanha — qualquer que fosse o nome — e por que eu poderia ser forçada a ir até lá. E Amarantha... por fim, um nome para a presença feminina que espreitava a vida deles. Estremeci todas as vezes que considerei quanto ela deveria ser letal para comandar os Grão-Senhores de Prythian. Para segurar a coleira de Rhysand e obrigar Tamlin a me manter escondida.

A porta rangeu, e endireitei o corpo. O luar refletiu no dourado, mas meu coração não se tranquilizou quando Tamlin fechou a porta em silêncio e se aproximou da minha cama. Seus passos eram lentos e pesados, e ele não falou até se sentar na beira do colchão.

— Desculpe — disse ele. A voz estava rouca e vazia.

— Tudo bem — menti, segurando os lençóis com força. Se pensasse por muito tempo naquilo, ainda era capaz de sentir as garras afiadas do poder de Rhysand acariciando minha mente.

— Não está tudo bem — grunhiu Tamlin, e segurou uma de minhas mãos, soltando meus dedos dos lençóis. — É... — Tamlin abaixou a cabeça, suspirando profundamente quando sua mão apertou a minha. — Feyre... eu queria... — Ele balançou a cabeça e pigarreou. — Vou mandá-la para casa, Feyre.

Algo dentro de mim se partiu.

— O quê?

— Vou mandá-la para casa — repetiu ele, e, embora tivessem sido mais fortes, mais altas, suas palavras refletiam hesitação.

— E quanto aos termos do Tratado...

— Assumi a dívida de sua vida. Se alguém sair perguntando sobre leis infringidas, assumirei a responsabilidade pela morte de Andras.

— Mas você disse uma vez que não havia brecha. O Suriel disse que não havia...

Um rosnado.

— Se tiverem um problema com isso, podem falar comigo. — E acabar em pedaços.

Meu peito se apertou. Partir, *livre*.

— Eu fiz alguma coisa errada...

Tamlin ergueu minha mão e a pressionou contra sua bochecha. Estava convidativamente quente.

— Você não fez nada de errado. — Ele virou o rosto para beijar a palma da minha mão. — Você foi perfeita — murmurou Tamlin para minha pele, e, depois, abaixou minha mão.

— Então, por que preciso ir? — Puxei a mão de volta.

— Porque há... pessoas que machucariam você, Feyre. Machucariam você pelo que significa para mim. Eu achei que conseguiria lidar com elas, protegê-la disso, mas depois de hoje... não posso. Então, precisa ir para casa, para longe daqui. Estará segura lá.

— Eu posso me cuidar, e...

— *Não pode* — insistiu Tamlin, e sua voz falhou. — Porque *eu* não posso. — Ele segurou meu rosto com as mãos. — Nem mesmo eu consigo me proteger deles, do que está acontecendo em Prythian. — Senti cada palavra conforme passou da boca de Tamlin para meus lábios, com uma lufada de ar quente, desesperado. — Mesmo que tivéssemos chance contra a praga... eles caçariam você, ela encontraria um jeito de matá-la.

— Amarantha. — Tamlin fechou a cara ao ouvir o nome, mas assentiu. — Quem é...

— Quando chegar em casa — interrompeu ele —, não conte a ninguém a verdade sobre onde estava, deixe que acreditem no feitiço. Não conte quem sou; não conte onde ficou. Os espiões dela estarão à sua procura.

— Não entendo. — Segurei o antebraço de Tamlin e o apertei com força. — *Conte*...

— Precisa ir para *casa*, Feyre.

Casa. Aquilo não era minha casa... era o inferno.

— Quero ficar com você — sussurrei, minha voz falhando. — Com ou sem Tratado, com ou sem praga.

Tamlin passou a mão no rosto. Seus dedos se contraíram quando tocaram a máscara.

— Eu sei.

— Então, me deixe...

— Não tem discussão — grunhiu Tamlin, e olhei para ele com raiva. — Não entende? — Ele ficou de pé. — Rhys foi o início. Quer estar aqui quando o Attor voltar? Quer saber a que tipo de criatura o Attor responde? Coisas como o Bogge... e piores.

— Me deixe ajudá-lo...

— *Não.* — Tamlin caminhou de um lado para o outro diante da cama. — Não leu nas entrelinhas hoje?

Não tinha lido, mas ergui o queixo e cruzei os braços.

— Então vai me mandar embora porque sou inútil em uma luta?

— Vou mandá-la embora porque sinto *nojo* ao pensar em você nas mãos deles!

Silêncio, preenchido apenas pelo som da respiração ofegante de Tamlin. Ele afundou na cama e pressionou as palmas das mãos contra os olhos.

Suas palavras ecoavam por meu corpo, derretendo meu ódio, deixando tudo dentro de mim lacrimoso e frágil.

— Quanto... por quanto tempo tenho que ir embora?

Ele não respondeu.

— Uma semana? — Sem resposta. — Um mês? — Tamlin balançou a cabeça devagar. Meu lábio superior se contraiu, mas forcei uma expressão neutra. — Um ano? — Tanto tempo longe dele...

— Não sei.

— Mas não para sempre, certo? — Mesmo que a praga se alastrasse pela Corte Primaveril de novo, mesmo que ela pudesse me destruir... eu voltaria. Tamlin afastou o cabelo do meu rosto. Eu me desvencilhei dele. — Imagino que vai ser mais fácil se eu for embora — falei, virando o rosto para longe. — Quem quer alguém por perto tão coberta de espinhos?

— Espinhos?

— Espinhosa. Afiada. Azeda. Teimosa.

Tamlin inclinou o corpo para a frente e me beijou de leve.

— Não para sempre — disse ele contra minha boca.

E, embora eu soubesse que era mentira, envolvi seu pescoço com os braços e o beijei. Tamlin me puxou para seu colo, me segurando com força contra si quando abriu meus lábios com os dele. Senti cada poro do corpo quando a língua de Tamlin entrou em minha boca.

Embora o horror da magia de Rhys ainda me dilacerasse, empurrei Tamlin para a cama, subi nele, prendendo-o como se, de algum modo, aquilo evitasse que eu partisse, como se fizesse o tempo parar por completo.

As mãos de Tamlin descansaram em meu quadril, e o calor delas me incendiou através da seda fina da camisola. Meus cabelos caíram sobre nossos rostos feito uma cortina. Eu queria beijá-lo mais rápido, com mais força, para expressar o desejo urgente em meu corpo. Tamlin gemeu baixinho... e nos virou habilmente, me depositando sob seu corpo enquanto afastava os lábios de minha boca e traçava uma trilha de beijos em meu pescoço.

Meu mundo inteiro se restringiu ao toque de seus lábios em minha pele. Tudo além deles, além de Tamlin, era um vazio de escuridão e luar. Minhas costas se arquearam quando ele chegou ao ponto em que havia me mordido um dia, e passei as mãos por seus cabelos, aproveitando a maciez sedosa. Tamlin traçou a curva de meu quadril, detendo-se na borda da minha calcinha. A camisola já estava na altura da cintura, mas eu não me importava. Entrelacei as pernas nuas nas dele, percorrendo com os pés os músculos firmes de suas panturrilhas.

Ele também sussurrou meu nome contra meu peito enquanto uma das mãos explorava meu peito, subindo até a curva do seio. Estremeci, antecipando a sensação de sua mão ali, e sua boca encontrou a minha de novo quando seus dedos pararam logo abaixo dela.

Os beijos eram mais lentos agora, mais carinhosos. A ponta dos dedos de sua outra mão deslizaram para baixo do cós da minha calcinha, e inspirei, prendendo o fôlego.

Tamlin hesitou ao me ouvir, recuando levemente. Mas mordi seu lábio em um comando silencioso que fez com que ele grunhisse em minha boca. Com uma garra longa, ele rasgou seda e renda, e minha calcinha se despedaçou. A garra se retraiu, e o beijo de Tamlin ficou mais intenso quando seus dedos deslizaram entre minhas pernas, acariciando e provocando. Eu me esfreguei contra sua mão, me rendendo totalmente à ferocidade que se debatia, que rugia viva dentro de mim, e sussurrei o nome de Tamlin contra a pele dele.

Tamlin parou de novo — os dedos recuando — mas eu o segurei, puxando-o mais para cima de meu corpo. Eu o queria *ali*; queria que os obstáculos das roupas sumissem, queria lhe sentir o suor, queria me preencher com Tamlin.

— Não pare — arquejei.

— Eu... — Tamlin balbuciou, rouco, apoiando a testa entre meus seios enquanto tremia. — Se continuarmos, não vou mesmo conseguir parar.

Eu me sentei, e ele me olhou, mal conseguindo respirar. Mantive meus olhos nos dele, e minha respiração se acalmou quando tirei a camisola e a joguei no chão. Totalmente nua diante de Tamlin, observei quando seu olhar percorreu meus seios nus, firmes contra a noite fria, meu abdômen e, depois, entre minhas coxas. Um tipo de fome voraz e implacável tomou o rosto dele, os olhos. Dobrei uma perna e a deslizei para o lado, num convite silencioso. Tamlin soltou um grunhido baixo... e devagar, com determinação predatória, ergueu o olhar para mim de novo.

A força total do poder daquele Grão-Senhor selvagem e irrefreável se concentrou apenas em mim — e senti a tempestade contida sob sua pele, tão capaz de arrastar para longe tudo o que eu era, mesmo no estado enfraquecido. Mas eu podia confiar nele... e confiar em mim mesma para domar aquele poder magnífico. Eu podia atirar tudo o que eu era contra ele, e sabia que Tamlin não se deteria.

— Me dê tudo — sussurrei.

Tamlin avançou, uma besta libertada da coleira.

Éramos um emaranhado de braços, pernas e dentes. Arranquei as roupas de Tamlin até que estivessem no chão, e depois arranhei sua pele até deixar marcas nas costas, nos braços. Suas garras se projetaram, mas foram terrivelmente carinhosas em meu quadril conforme ele deslizou entre minhas coxas e se banqueteou em mim, parando apenas depois que estremeci e me desfiz. Eu estava gemendo o nome de Tamlin quando ele entrou em mim com um impulso poderoso e lento, que fez com que eu me despedaçasse ao seu redor.

Nós nos movemos juntos, infinitos, selvagens, incandescentes, e, quando alcancei o prazer pela segunda vez, ele rugiu e o alcançou comigo.

Caí no sono nos braços de Tamlin, e, quando acordei, algumas horas depois, fizemos amor de novo, preguiçosa e com vontade, num fogo que queimava devagar em comparação com o incêndio descontrolado de antes. Depois que estávamos, ambos, exauridos, ofegantes e cobertos de suor, ficamos deitados em silêncio durante um tempo, e inspirei seu cheiro fresco e terroso. Eu jamais conseguiria retratar aquilo — jamais conseguiria pintar a *sensação* e o gosto dele, não importava quantas vezes eu tentasse, não importava quantas cores usasse.

Tamlin traçou círculos preguiçosos sobre minha barriga e murmurou:

— Devíamos dormir. Você tem uma longa jornada amanhã.

— Amanhã? — Eu me sentei, sem me importar com a nudez, não depois de ele ter visto tudo, provado tudo.

A boca de Tamlin era como uma linha firme.

— Ao amanhecer.

— Mas é... — Ele se sentou com um movimento suave.

— Por favor, Feyre.

Por favor. Tamlin tinha se *ajoelhado* diante de Rhysand. Por mim. Ele se mexeu em direção à beira da cama.

— Aonde você vai?

Tamlin olhou por cima do ombro para mim.

— Se eu ficar, não vai conseguir dormir.

— Fique — pedi. — Prometo me comportar. — Mentira... era uma mentira descarada.

Tamlin me deu um meio sorriso que me disse que ele também sabia, mas se aconchegou, me puxando para os braços. Envolvi sua cintura com um braço e apoiei a cabeça sobre seu ombro.

Ele acariciou meus cabelos distraidamente. Eu não queria dormir — não queria perder um minuto com ele —, mas uma imensa exaustão me puxava para longe da consciência, até que tudo que eu sentisse fosse o toque de seus dedos em meus cabelos e os sons de sua respiração.

Eu estava partindo. Depois de aquele lugar se tornar mais que um asilo, depois de a ordem do Suriel ter sido uma bênção, e de Tamlin se revelar muito, muito mais que um salvador ou um amigo, eu estava partindo. Poderia levar anos até que visse aquela casa de novo, anos até sentir o cheiro do jardim de rosas, até que visse aqueles olhos salpicados de dourado. Casa... aquela era a minha casa.

Quando, por fim, a consciência me deixou, achei ter ouvido Tamlin falar, com a boca próxima de meu ouvido.

— Amo você — sussurrou ele, e beijou minha testa. — Com espinhos e tudo.

O Grão-Senhor tinha ido embora quando acordei, e tive certeza de que havia sonhado.

CAPÍTULO 28

Não houve muito alvoroço com minhas malas e as despedidas. Fiquei um pouco surpresa quando Alis me vestiu em uma roupa muito diferente de minhas vestimentas habituais — com babados, sufocante e apertada em todos os lugares errados. Alguma moda mortal entre os ricos, sem dúvida. O vestido era composto de camadas de seda rosa-claro, delineada com renda branca e azul-clara. Alis completou o figurino com um casaco curto e leve de linho branco, as lapelas arrematadas em rosa-chá. Sobre minha cabeça, ela apoiou um pequeno chapéu marfim absurdo, obviamente para adornar. Eu até esperava que uma sombrinha viesse com o modelito.

Dividi isso com Alis, que estalou a língua.

— Você não deveria me dar um adeus choroso?

Ajeitei as luvas de renda; inúteis e finas.

— Não gosto de despedidas. Se pudesse, apenas sairia, sem dizer nada.

Alis me olhou por um bom tempo.

— Também não gosto.

Caminhei até a porta, mas, apesar de não querer, falei:

— Espero que consiga se juntar a seus sobrinhos de novo em breve.

— Aproveite sua liberdade. — Foi tudo o que ela disse.

No primeiro andar, Lucien deu um risinho ao me ver.

— Essas roupas são o suficiente para me convencer de que jamais gostaria de entrar no reino humano.

— Não sei se o reino humano saberia o que fazer com você — retruquei.

O sorriso de Lucien estava vacilante; os ombros, tensos, quando lançou um olhar afiado por cima do meu, para onde Tamlin esperava diante de uma carruagem dourada. Quando ele se voltou para mim, aquele olho de metal se estreitou.

— Achei que fosse mais esperta que isso.

— Adeus para você também — disparei. Amigo mesmo. Não foi minha escolha, ou minha culpa, eles terem escondido a maior parte do conflito de mim. Mesmo que eu não pudesse fazer nada contra aquela praga, ou contra as criaturas, ou contra Amarantha, quem quer que fosse ela.

Lucien balançou a cabeça, a cicatriz marcante contra o sol forte, e saiu andando até Tamlin, apesar do grunhido de aviso do Grão-Senhor.

— Você nem mesmo vai dar a ela mais alguns dias? Apenas alguns, antes de enviá-la de volta para aquele esgoto humano? — indagou Lucien.

— Isso não está aberto a discussão — retrucou Tamlin, apontando para a casa. — Vejo você no almoço.

Lucien o encarou por um momento, cuspiu no chão e então disparou escada acima. Tamlin não o repreendeu.

Eu poderia ter refletido mais a respeito das palavras de Lucien, poderia ter gritado em resposta, mas... Senti um vazio no peito quando encarei Tamlin diante da carruagem dourada, minhas mãos suadas dentro das luvas.

— Lembre-se do que eu disse a você — pediu Tamlin. Assenti, ocupada demais memorizando as linhas de seu rosto para responder. Será que estava falando do que achei que ele tinha dito na noite anterior? Sobre me amar? Eu me mexi, desconfortável, já sofrendo nas pequenas sapatilhas brancas em que Alis enfiara meus pobres pés. — O reino mortal permanece seguro para você, para sua família. —

Assenti, imaginando se ele teria cogitado me persuadir a até mesmo deixar nosso território, a velejar para o sul, mas Tamlin entendia que eu teria me recusado a ficar tão longe da muralha, dele. Que voltar para minha família era o máximo de distância que eu me permitiria.

— Minhas pinturas... elas são suas — falei, incapaz de pensar em algo melhor para expressar como eu me sentia, como me afetava ser enviada para longe, e quanto me apavorava a carruagem que se erguia atrás de mim.

Tamlin ergueu meu queixo com um dedo.

— Verei você de novo.

Ele me beijou, e me afastei rápido demais. Engoli em seco, lutando contra a queimação nos olhos. *Amo você, Feyre.*

Virei antes que minha visão ficasse embaçada, mas Tamlin estava imediatamente ali para me ajudar a entrar na carruagem. Pela porta aberta, ele me observou ocupar o assento, o rosto absolutamente tranquilo.

— Pronta?

Não, não, eu não estava pronta, não depois da noite anterior, não depois de todos aqueles meses. Mas assenti. Se Rhysand voltasse, se aquela Amarantha fosse mesmo uma ameaça a ponto de eu não passar de mais um corpo para Tamlin defender... Eu precisava ir.

Ele fechou a porta, me selando do lado de dentro com um clique que ecoou em meu corpo. Tamlin se inclinou para dentro pela janela aberta para acariciar minha bochecha — e eu podia jurar que senti meu coração se partir. O cocheiro estalou o chicote.

Os dedos de Tamlin roçaram minha boca. A carruagem sacudiu quando os seis cavalos brancos começaram a trotar. Mordi o lábio para evitar que ele estremecesse.

Tamlin sorriu para mim uma última vez.

— Amo você — disse ele, e se afastou.

Eu deveria dizer — deveria dizer aquelas palavras, mas elas ficaram presas em minha garganta, porque... Por causa do que ele precisava enfrentar, porque talvez não me encontrasse de novo, apesar da promessa, porque... além de tudo aquilo, ele era um imortal, e eu envelheceria e morreria. E talvez Tamlin tivesse sido sincero no momento, e talvez a noite anterior houvesse sido tão marcante para ele quanto fora para mim, mas... eu não me tornaria um fardo para ele. Eu não me tornaria outro peso sobre seus ombros.

Então, não falei nada conforme a carruagem se moveu. E não olhei para trás quando passamos pelos portões da mansão em direção à floresta.

Quase tão rápido quanto a carruagem entrou no bosque, a faísca de magia entrou em minhas narinas e caí em um sono profundo. Fiquei furiosa quando acordei, imaginando por que aquilo tinha sido necessário, mas o ar estava cheio dos estalos tempestuosos de cascos contra uma trilha de pedra. Esfregando os olhos, mirei pela janela e vi um caminho íngreme, ladeado por iridáceas e cercas vivas cônicas. Nunca tinha estado ali.

Absorvi o máximo de detalhes que consegui quando a carruagem parou diante de um palacete de mármore branco e telhados esmeralda — quase tão grande quanto a mansão de Tamlin.

Os rostos dos criados que se aproximaram não eram familiares. Mantive uma expressão neutra enquanto segurava a mão do cocheiro e saí da carruagem.

Humano. Ele era completamente humano, com as orelhas arredondadas, o rosto rechonchudo, as roupas.

Os outros criados também eram humanos; todos estavam inquietos, diferentemente da total tranquilidade com que os Grão-Feéricos se comportavam. Eram criaturas imperfeitas, sem graciosidade, feitas de terra e sangue.

Os criados me olhavam, mas se mantinham afastados — encolhendo-se. Será que eu parecia tão grandiosa? Estiquei o corpo ao ver o borrão de movimento e cor que irrompeu das portas da frente.

Reconheci minhas irmãs antes que me vissem. Elas se aproximaram da carruagem, alisando os vestidos refinados. Pude ver as testas se enrugarem diante da carruagem dourada.

Aquela sensação partida, de vazio no peito, se intensificou. Tamlin dissera que cuidara de minha família, mas *aquilo*...

Nestha falou primeiro, fazendo uma reverência acentuada. Elain a copiou.

— Bem-vinda ao nosso lar — cumprimentou Nestha, um pouco inexpressiva, os olhos voltados para o chão. — Senhora...

Soltei uma risada cortante.

— Nestha — falei, e ela ficou rígida. Gargalhei de novo. — Nestha, não reconhece a própria irmã?

Elain arquejou.

— Feyre? — Ela estendeu a mão para mim, mas parou. — O que aconteceu com tia Ripleigh, então? Ela está... morta?

Essa era a história, lembrei; que eu tinha partido para cuidar de uma tia distante e rica. Assenti devagar. Nestha observou minhas roupas e a carruagem, e as pérolas que se entrelaçavam em seus cabelos castanho-dourados reluziram à luz do sol.

— Ela deixou a fortuna para você — constatou Nestha, seca. Não foi uma pergunta.

— Feyre, devia ter nos contado! — criticou Elain, ainda arquejando. — Ah, que horror, e você precisou suportar a perda dela sozinha, pobrezinha. Papai ficará arrasado por não ter conseguido prestar homenagem.

Coisas tão... tão simples: parentes morrendo e fortunas herdadas, e prestar homenagem aos mortos. Mesmo assim... mesmo assim... um peso que eu não percebi que ainda carregava sumiu quando vi que aquilo era tudo com o que tinham de se preocupar; aquelas eram as coisas que importavam para elas agora.

— Por que está tão calada? — perguntou Nestha, mantendo-se longe. Eu tinha me esquecido de como seus olhos eram atentos, como eram frios. Nestha fora forjada de outro modo, de algo mais duro e mais forte que osso e sangue. Ela era tão diferente dos humanos ao nosso redor quanto eu me tornara.

— Eu... fico feliz ao ver como nossa sorte melhorou. — Consegui dizer. — O que aconteceu? — O cocheiro, encantado para parecer humano, sem máscara à vista, começou a descarregar as malas, entregando-as aos criados. Eu não sabia que Tamlin me enviara com pertences.

Elain sorriu.

— Não recebeu nossas cartas? — Ela não se lembrava... ou talvez jamais soubesse, então, que eu não as conseguiria ler. Quando balancei a cabeça, Elain reclamou da inutilidade do serviço de correio e depois acrescentou: — Ah, não vai acreditar! Quase uma semana depois que você partiu para cuidar de tia Ripleigh, um estranho apareceu à porta e pediu que papai investisse dinheiro para ele! Papai hesitou porque a oferta era boa demais, mas o estranho insistiu, então papai aceitou. Ele nos deu um baú de ouro só por concordar! Em um mês, dobramos o investimento do homem, e, então, o dinheiro começou a chover. E sabe o que mais? Todos aqueles navios que tínhamos perdido foram encontrados em Bharat, com os lucros de papai!

Tamlin... Tamlin fizera aquilo por eles. Ignorei o vazio crescente em meu peito.

— Feyre, você parece tão chocada quanto ficamos — disse Elain, me dando o braço. — Entre. Vamos mostrar a casa! Não temos um quarto decorado para você, porque achamos que ficaria com a pobre e idosa tia Ripleigh durante meses, mas temos tantos quartos que pode dormir em um diferente a cada noite, se quiser!

Olhei por cima do ombro para Nestha, que me observava com o rosto cauteloso e inexpressivo. Então ela não se casara com Tomas Mandray, no fim das contas.

— Papai provavelmente vai desmaiar quando a vir — tagarelava Elain, dando tapinhas em minha mão conforme me acompanhava até a porta principal. — Ah, talvez ele dê uma festa em sua homenagem também!

Nestha caminhava atrás de nós, uma presença silenciosa que nos acompanhava. Não queria saber o que ela estava pensando. Não tinha certeza se deveria ficar furiosa ou aliviada por terem se virado tão bem sem mim; e se Nestha pensava o mesmo.

Ferraduras estalaram, e a carruagem começou a descer a entrada; para longe de mim, de volta para meu verdadeiro lar, de volta para Tamlin. Precisei de toda a força de vontade para evitar correr atrás dela.

Ele disse que me amava, e eu tinha *sentido* a verdade das palavras com nosso amor, e ele me mandara para longe a fim de me manter segura; ele me libertara daquele Tratado para me manter segura. Porque qualquer que fosse a tempestade prestes a cair em Prythian, era cruel o suficiente para que até mesmo um Grão-Senhor não conseguisse enfrentá-la. Eu precisava ficar; ficar ali era uma atitude sábia. Mas não conseguia combater a sensação, como uma sombra escurecendo dentro de mim, de que tinha cometido um erro muito, muito grande ao partir, não importava quais fossem as ordens de Tamlin. *Fique com o Grão-Senhor*, dissera o Suriel. Esse fora seu único comando.

Afastei o pensamento da mente quando meu pai chorou ao me ver, e realmente ordenou que fosse feito um baile em minha homenagem. E embora eu soubesse que a promessa que um dia eu fizera a minha mãe tinha sido cumprida, embora soubesse que estava realmente livre dela e que minha família estaria para sempre assistida... aquela sombra crescente, extensa, envolveu meu coração.

Capítulo 29

Inventar histórias sobre meu tempo com tia Ripleigh requeria um esforço mínimo: lia para ela diariamente, ela me instruía sobre bons modos deitada na cama, e eu cuidei dela até que morresse durante o sono, duas semanas antes, deixando a fortuna para mim.

E que fortuna tremenda: os baús que me acompanharam não continham apenas roupas; muitos deles estavam repletos de ouro e joias. Não joias lapidadas, mas pedras enormes e brutas que pagariam por mil propriedades.

Meu pai estava atualmente fazendo o inventário daquelas joias; ele se trancou no escritório que dava para o jardim onde me encontrava sentada ao lado de Elain, na grama. Pela janela, eu observava meu pai curvado sobre a escrivaninha, com uma pequena balança diante de si, conforme pesava um rubi bruto do tamanho de um ovo de pata. Tinha os olhos atentos de novo e se movia com um propósito, vibrante, como eu não via desde a ruína. Até mesmo a dificuldade no andar tinha melhorado; fora milagrosamente curado por algum tônico e uma oração que um estranho curandeiro itinerante dera a ele, de graça. Eu seria eternamente grata a Tamlin apenas por essa bondade.

Os ombros curvados e os olhos baixos e enevoados tinham sumido. Meu pai sorria abertamente, ria prontamente e mostrava carinho por Elain, que, por sua vez, retribuía o carinho por ele. Nestha, no entanto, estava silenciosa e observadora, dando a Elain respostas não mais extensas que uma ou duas palavras apenas.

— Estes bulbos — disse Elain, apontando com a mão enluvada para um aglomerado de flores roxas e brancas — vieram dos campos de tulipas do continente. Papai diz que, na próxima primavera, ele vai me levar para vê-los. Diz que, quilômetro após quilômetro, não há nada além dessas flores. — Elain deu tapinhas no solo rico e escuro. O pequeno jardim sob a janela era dela: cada flor e arbusto tinham sido escolhidos e plantados por suas mãos; Elain não deixava que mais ninguém cuidasse dele. Até mesmo aparar as ervas daninhas e regar era algo que ela fazia sozinha.

Embora os criados *ajudassem* a carregar as pesadas latas de água, admitiu Elain. Ela teria ficado maravilhada, provavelmente teria chorado, ao ver os jardins com os quais eu me acostumara, as flores que floresciam eternamente na Corte Primaveril.

— Você deveria vir comigo — continuou Elain. — Nestha não irá, pois diz que não quer arriscar a travessia pelo mar, mas você e eu... Ah, nós nos divertiríamos, não é?

Olhei para ela de esguelha. Minha irmã estava sorrindo, contente — mais linda do que eu jamais a vira, mesmo com o simples vestido de jardinagem, feito de musselina. As bochechas estavam coradas sob o chapéu de abas grandes.

— Acho... que gostaria de ver o continente — concordei.

E era verdade, percebi. Havia tanto do mundo que eu não vira, que nem mesmo pensara em visitar. Nem mesmo *conseguira* sonhar em visitar.

— Fico surpresa por estar tão ansiosa por ir na próxima primavera — falei. — Não é bem no meio da temporada? — A temporada das damas da sociedade, que tinha terminado poucas semanas antes, aparentemente, cheia de festas e bailes e almoços e fofoca, fofoca, fofoca. Elain me contara tudo a respeito no jantar da noite anterior, mal reparando que eu fizera um esforço para engolir minha comida. Quase tudo nela era igual: a carne, o pão, os vegetais, mas, mesmo assim... eram como cinzas em minha boca em comparação com o que eu havia consumido em Prythian. — E fico surpresa por não ter uma fila de pretendentes à porta, implorando sua mão.

Elain corou, mas mergulhou a pequena pá na terra para ceifar a erva daninha.

— Sim, bem... sempre haverá outras temporadas. Nestha não quer comentar, mas esta temporada foi meio... estranha.

— Como assim?

Ela fez um gesto com os ombros magros.

— As pessoas agiram como se todos estivéssemos doentes por oito anos, ou como se tivéssemos viajado para um país distante, não como se estivéssemos a poucas aldeias de distância, naquele chalé. Dava quase para achar que tínhamos sonhado a coisa toda, o que aconteceu conosco durante aqueles anos. Ninguém disse uma palavra a respeito.

— Achou que diriam? — Se nós fôssemos tão ricos quanto aquela casa sugeria, haveria subitamente muitas famílias dispostas a ignorar a mancha de nossa pobreza.

— Não, mas me fez... desejar aqueles anos de volta, mesmo com a fome e o frio. Esta casa parece tão grande às vezes, e papai está sempre ocupado, e Nestha... — Elain olhou por cima do ombro, para onde minha irmã mais velha estava, ao lado de uma amoreira retorcida, olhando para a extensão plana de nossas terras. Ela mal falara comigo na noite anterior, também não dissera nada durante o café da manhã. Fiquei surpresa quando Nestha se juntou a nós do lado de fora, mesmo que tivesse ficado perto das árvores o tempo todo. — Nestha não terminou a temporada. Ela não me contou o porquê. Começou a recusar todos os convites. Mal fala com alguém, e fico arrasada quando meus amigos nos visitam, porque ela os deixa tão desconfortáveis quando os encara daquele jeito característico... suspirou Elain. — Talvez você pudesse falar com ela.

Pensei em dizer a Elain que Nestha e eu não tínhamos uma conversa civilizada havia anos, mas então Elain acrescentou:

— Ela foi visitar você, sabia?

Pisquei, o sangue gelando.

— O quê?

— Bem, ela só ficou fora uma semana e disse que a carruagem quebrou antes da metade do caminho, e que foi mais fácil voltar. Mas não teria como você saber, pois jamais recebeu nenhuma de nossas cartas.

Olhei para Nestha, parada sob os galhos, a brisa de verão farfalhando a saia de seu vestido. Será que tinha ido me ver e voltara por causa de algum feitiço que Tamlin tivesse jogado sobre ela?

Voltei as costas para o jardim e surpreendi Elain me encarando.

— O quê?

Ela balançou a cabeça e voltou para as ervas daninhas.

— É que você parece tão... diferente. E também soa diferente.

De fato, não acreditei em meus olhos quando passei pelo espelho de um corredor na noite anterior. Meu rosto ainda estava igual, mas havia um... *brilho* nele, um tipo de luz reluzente que era quase indetectável. Eu sabia, sem dúvida, que era por causa do período em Prythian, que toda aquela magia tinha, de algum modo, passado para mim. Eu temia o dia em que se dissipasse para sempre.

— Aconteceu alguma coisa na casa da tia Ripleigh? — perguntou Elain. — Você... conheceu alguém?

Dei de ombros e puxei uma erva daninha próxima.

— Apenas boa comida e descanso.

Os dias se passaram. A sombra dentro de mim não melhorou, e até mesmo pensar em pintar era terrível. Em vez disso, passei a maior parte do tempo com Elain em seu pequeno jardim. Estava feliz ao ouvi-la falar de todos os botões e as flores, sobre os planos de plantar outro jardim perto da estufa, talvez uma horta, se conseguisse aprender o suficiente sobre isso nos próximos meses. Elain tinha ganhado vida ali, e sua alegria era contagiante. Não havia um criado ou jardineiro que não sorrisse para ela, e até mesmo o grosseiro cozinheiro-chefe encontrava desculpas para levar pratos de biscoitos e tortas à Elain, em diversos momentos do dia. Fiquei maravilhada com aquilo, na verdade... que aqueles anos de pobreza não tivessem arrancado aquela luz de Elain. Talvez enterrado um pouco, mas ela era generosa, amável e gentil; uma mulher que eu tinha orgulho de conhecer, de chamar de irmã.

Meu pai terminou de contar minhas joias e o ouro; eu era uma mulher extraordinariamente rica. Investi uma pequena parte nos negócios dele e, quando olhei para a grandiosa soma restante, pedi que juntasse várias sacolas de dinheiro e parti.

A mansão ficava a apenas 5 quilômetros do chalé, e a estrada era familiar. Não me importei quando a bainha do vestido ficou coberta de lama do caminho encharcado. Era tranquilo; poucas carruagens passavam por ele. Eu gostava de ouvir o vento nas árvores e o farfalhar da grama alta. Embora não fosse nem de perto tão lindo quanto Prythian, à medida que me perdia bem longe nas lembranças, conseguia me imaginar caminhando ao lado de Tamlin naquele bosque.

Não tinha motivo para acreditar que o veria tão cedo, mas ia dormir toda noite rezando para que eu acordasse e estivesse em sua mansão, ou que recebesse uma mensagem me convocando para estar ao lado de Tamlin. Pior que minha decepção por tal coisa não ter acontecido era o medo rastejante e permanente de que Tamlin estivesse em perigo... de que Amarantha, quem quer que fosse, o ferisse por algum motivo.

— *Amo você.* — Eu quase conseguia ouvir as palavras, quase o ouvia dizê-las, quase via a luz do sol reluzindo nos cabelos dourados de Tamlin e no verde deslumbrante de seus olhos. Quase sentia o corpo dele pressionado contra o meu, os dedos em minha pele.

Cheguei a uma curva na estrada pela qual eu conseguia caminhar no escuro, e ali estava.

Muito pequeno; o chalé era muito pequeno. O antigo jardim de Elain era um emaranhado selvagem de ervas daninhas e flores, e as marcas de proteção ainda estavam gravadas no portal de pedra. A porta da frente — despedaçada e quebrada da última vez que a vi — tinha sido substituída, mas uma das janelas circulares tinha rachado. O interior estava escuro, a terra intocada.

Tracei o caminho invisível que percorrera através da grama alta todas as manhãs, desde nossa porta até a estrada, e depois cruzando o campo de colinas, até o limite daquelas árvores. A floresta... minha floresta.

Parecera tão assustadora certa vez; tão letal e faminta e cruel. Agora, parecia apenas... simples. Normal.

Olhei para aquela casa triste e escura — o lugar que fora uma prisão. Elain disse que sentia falta, e imaginei o que ela via quando olhava para o chalé. Se não via uma prisão, mas um abrigo; o abrigo de um mundo que tinha tão pouco bem, mas Elain tentara encontrá-lo mesmo assim, ainda que parecesse tolice ou inútil para mim.

Ela vira aquele chalé com esperança; eu o vira com nada além de ódio. E sabia qual de nós tinha sido mais forte.

Capítulo 30

Eu tinha mais uma tarefa a cumprir antes de voltar à mansão de meu pai. Os aldeões, que certa vez tinham me olhado com desprezo ou me ignorado, agora me olhavam boquiabertos, e alguns se colocavam diversas vezes em meu caminho para perguntar sobre minha tia, minha fortuna. Determinada e educadamente, eu me recusei a conversar com eles, a dar-lhes qualquer coisa sobre a qual pudessem fofocar. Mas, mesmo assim, levei tanto tempo para chegar à parte pobre de nossa aldeia que estava esgotada quando bati à primeira porta surrada.

Os desfavorecidos de nossa aldeia não fizeram perguntas quando entreguei a eles as pequenas sacolas de prata e ouro. Tentaram recusar, alguns sequer me reconheceram, mas deixei o dinheiro mesmo assim. Era o mínimo que podia fazer.

Conforme caminhei de volta à mansão de meu pai, passei por Tomas Mandray e seus amigos, parados perto da fonte da aldeia, conversando sobre alguma casa incendiada com a família dentro há uma semana, conjecturando se haveria algo para saquear. Ele me olhou por tempo demais, os olhos percorrendo livremente meu corpo com um meio sorriso que eu o vira dar para as garotas da aldeia centenas de vezes. Por que Nestha tinha mudado de ideia? Apenas encarei Tomas com desprezo e segui.

Eu estava quase fora da aldeia quando a risada de uma mulher ecoou pelas pedras, e, quando virei a esquina, fiquei cara a cara com Isaac Hale... e com uma jovem bonita e rechonchuda que só podia ser a nova esposa dele. Estavam de braços dados, ambos sorrindo; ambos profundamente felizes.

O sorriso de Isaac hesitou quando ele me viu.

Humano... ele parecia tão *humano*, com os braços e as pernas desengonçados, a beleza simples, mas aquele sorriso que Isaac mostrara momentos antes o transformava em algo mais.

A mulher dele olhou de mim para Isaac, talvez um pouco nervosa. Como se o que quer que sentisse por ele — o amor que eu já vira brilhando — fosse tão novo, tão inesperado, que ela ainda temia seu sumiço. Com cuidado, Isaac inclinou a cabeça para mim, em cumprimento. Ele era um garoto quando parti, mas aquela pessoa que se aproximava de mim... não importa o que tivesse desabrochado com a esposa, independentemente do que houvesse entre eles, transformara Isaac em um homem.

Nada; não havia nada em meu peito, minha alma, por ele, além de uma sensação leve de gratidão.

Alguns passos a mais nos levaram a ultrapassar um ao outro. Dei um largo sorriso para Isaac, para os dois, e, então, fiz uma reverência com a cabeça, desejando que ficassem bem, de todo o coração.

O baile que meu pai faria em minha homenagem aconteceria em dois dias, e a casa já vivia um turbilhão de atividades. Tanto dinheiro desperdiçado em coisas que jamais sonháramos ter, mesmo por um segundo. Eu teria implorado para que ele não o fizesse, mas Elain tomara as rédeas do planejamento *e* encontrara para mim um vestido de última hora, e... seria apenas uma noite. Uma noite aturando as pessoas que nos haviam rechaçado e nos deixado passar fome durante anos.

O sol estava quase se pondo quando encerrei meu trabalho do dia: cavar um novo quadrado de terra para o próximo jardim de Elain. Os jardineiros tinham ficado levemente horrorizados por outra de nós ter passado a realizar a atividade — como se em breve fôssemos começar a fazer todo o trabalho deles por conta própria, e acabássemos dispensando-os. Eu os assegurei que não tinha um dedo verde, e só queria algo para ocupar o dia.

Mas ainda não tinha decidido o que faria com minhas semanas, ou o mês, ou qualquer coisa depois disso. Se havia mesmo um surto da praga acontecendo do outro lado da muralha, se aquela mulher, Amarantha, estava enviando criaturas para tirar vantagem disso... Era difícil não pensar naquela sombra em meu coração, a sombra que seguia cada passo meu. Eu não sentia vontade de pintar desde que tinha chegado; e aquele lugar dentro de mim, de onde vinham todas aquelas cores e os formatos e as luzes, tinha se tornado... quieto e silencioso e esmaecido. Em breve, falei comigo mesma. Em breve eu compraria tintas e começaria de novo.

Enfiei a pá na terra e empurrei com o pé, descansando por um momento. Talvez os jardineiros tivessem apenas se horrorizado com a túnica e a calça que eu vestia. Um deles até saíra correndo a fim de me trazer um daqueles chapéus de abas grandes que Elain usava. Eu o coloquei para agradar aos jardineiros; minha pele já se tornara cheia de sardas e bronzeada pelos meses que eu passara perambulando pelas terras da Corte Primaveril.

Olhei para minhas mãos, segurando o cabo da pá. Estavam cheias de calos, cicatrizes e sujeira sob as unhas. Certamente ficariam horrorizados quando me vissem suja de tinta.

— Mesmo que as lavasse, não teria como esconder — disse Nestha, atrás de mim, se aproximando daquela árvore sob a qual gostava de se sentar. — Para se encaixar, você precisaria usar luvas, e jamais tirá-las.

Ela usava um vestido simples, lilás-claro, de musselina, com a metade dos cabelos para cima e oscilando às costas, em ondas de marrom-dourado. Linda, imperiosa, serena como um Grão-Feérico.

— Talvez eu não queira me encaixar em seus círculos sociais — comentei, me voltando para a pá.

— Então por que se dá o trabalho de ficar aqui? — Uma pergunta ríspida e fria.

Enfiei a pá na terra com mais força, os braços e as costas se repuxando quando levantei uma pilha de solo escuro e grama.

— É meu lar, não é?

— Não, não é — refutou ela, simplesmente. Enfiei a pá na terra de novo. — Acho que seu lar é muito, muito longe.

Parei.

Devagar, soltei a pá no chão e a encarei.

— A casa da tia Ripleigh...

— Não existe tia Ripleigh. — Nestha levou a mão ao bolso e atirou algo à terra revirada.

Era um pedaço de madeira, que parecia ter sido arrancado de algum lugar. Pintado na superfície lisa estava um lindo emaranhado de gavinhas e... dedaleiras. Dedaleiras pintadas com o tom errado de azul.

Perdi o fôlego. Todo aquele tempo, todos aqueles meses...

— O truquezinho de sua besta não funcionou comigo — disse ela, com uma calma de aço. — Aparentemente, uma vontade de ferro é o necessário para evitar que um encantamento te atinja. Então, precisei observar enquanto papai e Elain passavam de histéricos chorosos para... *nada*. Precisei ouvi-los conversar sobre que sorte tinha sido você ser levada para a casa de uma tia inventada, sobre como um vento de inverno tinha destruído nossa porta. E achei que tinha perdido a sanidade, mas sempre que achava isso, olhava para aquela parte pintada da mesa, e depois para as marcas de garras mais adiante, sabia que não era invenção da minha cabeça.

Eu jamais tinha ouvido falar de um encantamento não funcionar. Mas Nestha tinha muito controle sobre a própria mente. Ela havia erguido paredes mentais tão fortes — de aço e ferro e freixo — que nem mesmo a magia de um Grão-Senhor conseguia penetrá-las.

— Elain contou... que você foi me visitar, no entanto. Que tentou.

Nestha riu com deboche, o rosto sério e cheio daquela raiva que ardia havia muito, e que ela jamais conseguia conter.

— Ele levou você pela noite, alegando alguma baboseira sobre o Tratado — disse Nestha. — Então, tudo continuou como se jamais tivesse acontecido. Não era certo. Nada daquilo era certo.

Minhas mãos penderam ao lado do meu corpo.

— Você foi atrás de mim. Você me seguiu... até Prythian.

— Cheguei à muralha. Não consegui encontrar a entrada.

Levei a mão trêmula até o pescoço.

— Você caminhou por dois dias até lá, e dois dias de volta, pelo bosque, no inverno?

Ela deu de ombros, olhando para a lasca de madeira que tinha salvado da mesa.

— Contratei aquela mercenária da cidade para me levar uma semana depois que você se foi. Com o dinheiro de sua pele. Ela foi a única que pareceu acreditar em mim.

— Você fez isso... por mim?

Os olhos de Nestha — meus olhos, os olhos de nossa mãe — encararam os meus.

— Não era certo — repetiu ela. Tamlin estava errado quando discutimos se meu pai teria ido atrás de mim; ele não tinha a coragem, ou o ódio. No máximo, teria contratado alguém para fazer aquilo por ele. Mas Nestha fora com a mercenária. Minha irmã fria e cheia de ódio estivera disposta a desbravar Prythian para me resgatar.

— O que aconteceu com Tomas Mandray? — perguntei, as palavras contidas.

— Percebi que ele não teria me acompanhado para resgatá-la de Prythian.

E aquilo, para ela, que tinha aquele coração revoltado e irredutível, teria sido a gota d'água.

Olhei para minha irmã, *olhei* de verdade para ela, para aquela mulher que não conseguia suportar os mentirosos que agora a cercavam, que jamais tinha passado um dia na floresta, mas entrara no território dos lobos... Que tinha encoberto a perda de nossa mãe, depois nossa ruína, com ódio frio e amargura, porque o ódio fora um bote salva-vidas, e a crueldade, uma válvula de escape. Mas ela se *importava* — no fundo, ela se importava, e talvez me amasse com mais intensidade do que eu poderia entender, mais profunda e lealmente.

— Tomas nunca mereceu você mesmo — falei baixinho.

Nestha não sorriu, mas uma luz brilhou em seus olhos azul-acinzentados.

— Conte tudo o que aconteceu — disse Nestha, proferindo uma ordem, não um pedido.

Então contei.

E, quando terminei minha história, ela apenas me encarou por um bom tempo, antes de me pedir que a ensinasse a pintar.

Ensinar Nestha a pintar foi tão agradável quanto eu achei que seria, mas pelo menos forneceu uma desculpa para evitarmos as partes mais ocupadas da casa, que se tornaram mais e mais caóticas conforme meu baile se aproximava. Materiais de pintura eram fáceis de conseguir, mas explicar como eu pintava, convencer Nestha a expressar o que lhe passava na mente, no coração... Ao menos ela repetia minhas pinceladas com a mão precisa e firme.

Quando saímos do quarto silencioso que havíamos ocupado, ambas sujas de tinta e manchadas de carvão, o palacete finalmente terminava os preparativos. Lanternas de vidro colorido ladeavam a longa entrada, e, do lado de dentro, guirlandas e festões com todas as flores e cores decoravam cada corrimão, cada superfície, cada arco. Lindo. Elain tinha selecionado as flores por conta própria, e dava instruções sobre onde seriam colocadas.

Nestha e eu subimos as escadas, mas, quando chegamos ao fim do lance, meu pai e Elain surgiram abaixo, de braços dados.

O rosto de Nestha se contraiu. Meu pai murmurou os parabéns a Elain, que sorriu para ele e apoiou a cabeça em seu ombro. Fiquei feliz pelos dois; pelo conforto e pela facilidade do estilo de vida dos dois, pela alegria no rosto tanto de meu pai quanto de minha irmã. Sim, tinham alguns ressentimentos, mas ambos pareciam tão... relaxados.

Nestha caminhou pelo corredor, e eu a segui.

— Há dias — disse Nestha, quando parou diante da porta do quarto dela, em frente ao meu — em que quero perguntar a ele se lembra dos anos em que quase nos deixou morrer de fome.

— Você também gastava cada moeda que eu conseguia — lembrei-a.

— Eu sabia que você conseguiria mais. E, se não conseguisse, então eu queria ver se ele sequer tentaria conseguir alguma sozinho. Em vez de entalhar aqueles pedaços de madeira. Se sairia e lutaria por nós. Eu não podia tomar conta de nós, não como você fazia. Eu a odiava por isso. Mas o odiava mais. Ainda odeio.

— Ele sabe?

— Ele sempre soube que o odiei, mesmo antes de nos tornarmos pobres. Ele deixou mamãe morrer, tinha uma frota de navios à disposição para velejar pelo mundo em busca da cura, ou poderia ter contratado homens para irem a Prythian implorar por ajuda. Mas ele permitiu que ela morresse.

— Ele a amava, ficou de luto por ela. — Eu não sabia qual era a verdade, talvez as duas coisas.

— Ele deixou que ela morresse. Você teria ido ao fim do mundo para salvar seu Grão-Senhor.

Meu peito pareceu vazio de novo, mas simplesmente respondi:

— Sim, eu teria. — Entrei no quarto para me arrumar.

CAPÍTULO 31

O baile foi como um borrão de valsa e ostentação, com aristocratas cheios de joias, com vinho e brindes em minha honra. Fiquei ao lado de Nestha, porque ela parecia fazer um bom trabalho espantando os pretendentes curiosos demais na busca de detalhes sobre minha fortuna. Mas tentei sorrir, pelo menos por Elain, que passeava pelo salão cumprimentando os convidados e dançava com cada importante filho destes.

Mas continuei pensando no que Nestha havia dito; sobre salvar Tamlin.

Eu sabia que algo estava errado. Sabia que ele estava com problemas... não apenas com a praga em Prythian; também sabia que as forças que se reuniam para destruí-lo eram letais, no entanto... No entanto, eu parara de procurar respostas, parara de lutar contra aquilo, feliz — *feliz* de um jeito tão egoísta — por poder descansar aquela parte de mim que sobrevivia hora após hora. Permitira que Tamlin me mandasse para casa. Não tentara com mais afinco entender as informações que tinha conseguido sobre a praga ou sobre Amarantha; não tentara salvar Tamlin. Nem mesmo dissera a ele que o amava. E Lucien... Lucien também se dera conta disso e demonstrara, com as palavras amargas em meu último dia, seu desapontamento.

Duas da manhã, e a festa ainda não dava sinais de acabar. Meu pai fazia companhia a diversos outros mercadores e aristocratas aos quais eu tinha sido apresentada, mas cujos nomes tinha esquecido imediatamente. Elain ria em uma roda de belos amigos, corada e brilhante. Nestha se retirara em silêncio à meia-noite, e não me dei o trabalho de me despedir quando finalmente subi.

Na tarde seguinte, com olhos vermelhos de sono e em silêncio, todos nos reunimos à mesa para almoçar. Agradeci minha irmã e meu pai pela festa, e fugi das perguntas de meu pai sobre se o filho de algum dos amigos tinha me chamado atenção.

O calor do verão havia chegado, e apoiei o queixo no punho enquanto me abanava. Dormira muito mal no calor da noite anterior. Nunca estava quente ou frio demais na mansão de Tamlin.

— Estou pensando em comprar a propriedade dos Beddor — dizia meu pai a Elain, que era a única de nós que prestava atenção nele. — Ouvi um boato de que vai ser colocada à venda em breve, pois ninguém da família sobreviveu, e seria um bom investimento. Talvez uma de vocês possa construir uma casa nela quando for o momento adequado.

Elain assentiu com interesse, mas pisquei.

— O que aconteceu com os Beddor?

— Ah, foi terrível — comentou Elain. — A casa deles queimou e todos morreram. Bem, não conseguiram encontrar o corpo de Clare, mas... — Ela abaixou o rosto para o prato. — Aconteceu na calada da noite, a família, os criados, todos morreram. No dia antes de você voltar, na verdade.

— Clare Beddor — falei devagar.

— Nossa amiga, lembra? — perguntou Elain.

Assenti, sentindo os olhos de Nestha sobre mim.

Não, não podia ser. Tinha de ser coincidência, tinha de ser coincidência, senão...

Eu dera aquele nome a Rhysand.

E ele não se esquecera dele.

Meu estômago se revirou, e lutei contra a náusea que me assolava.

— Feyre? — perguntou meu pai.

Levei a mão trêmula aos olhos, inspirando. O que tinha acontecido? Não apenas na casa dos Beddor, mas em casa, em Prythian?

— Feyre — repetiu meu pai, e Nestha sibilou para ele.

— Quieto.

Lutei contra a culpa, o nojo e o terror. Precisava de respostas; de saber se tinha sido coincidência, ou se eu ainda conseguiria salvar Clare. E, se algo havia acontecido ali, no mundo mortal, então a Corte Primaveril... Então, aquelas criaturas das quais Tamlin tinha tanto medo... A praga que tinha infectado a magia, suas terras...

Feéricos. Eles haviam atravessado a muralha e não deixaram vestígios.

Abaixei a mão, olhei para meu pai e, depois, para Nestha.

— Ouça com atenção — disse a ela, engolindo em seco. — Tudo o que contei a você deve permanecer em segredo. Não me siga. Não diga meu nome a ninguém.

— Do que está falando, Feyre? — Meu pai me encarou boquiaberto do outro lado da mesa. Elain olhou de mim para ele hesitante, mexendo-se na cadeira.

Mas Nestha continuou me olhando. Sem piscar.

— Acho que algo muito ruim pode estar acontecendo em Prythian — falei baixinho. Nunca soube que sinais de aviso Tamlin tinha acrescentado aos encantamentos sobre minha família para incitá-la a fugir, mas não arriscaria depender apenas deles. Não quando Clare tinha sido levada, a família assassinada... por minha culpa.

— Prythian! — dispararam meu pai e Elain. Mas Nestha estendeu a mão para silenciá-los.

Continuei.

— Se não forem embora, então contratem guardas, contratem batedores para observar a muralha, a floresta. A aldeia também. — Levantei da cadeira. — Ao primeiro sinal de perigo, ao primeiro boato sobre a muralha ter sido ultrapassada ou sequer sobre algo *estranho*, embarquem num navio e partam. Velejem para longe, para o mais ao sul que conseguirem, para algum lugar em que os feéricos jamais desejariam pisar.

Conforme eu falava, levantei da cadeira. Meu pai e Elain começaram a piscar, como se alguma névoa se dissipasse de suas mentes...

como se emergissem de um sono profundo. Nestha me seguiu para o corredor, escada acima.

— Os Beddor — disse ela, baixinho. — Era para sermos nós. Mas você deu um nome falso àqueles feéricos cruéis que ameaçaram seu Grão-Senhor. — Assenti. Conseguia ver os planos arquitetados em seus olhos. — Haverá uma invasão?

— Não sei. Não sei o que está acontecendo. Me contaram que existia um tipo de doença tornando seus poderes mais fracos ou descontrolados; uma praga na terra que danificara a segurança de suas fronteiras e que poderia matar pessoas se as atingisse com força o bastante. Eles... eles disseram que estava se alastrando de novo... se movendo. Até onde sei, não estava perto a ponto de prejudicar nossa terra. Mas, se a Corte Primaveril está prestes a cair, então a praga deve estar se aproximando, e Tamlin... Tamlin era um dos últimos bastiões que continha as outras cortes, as cortes letais. E acho que ele está em perigo.

Entrei no quarto e comecei a tirar o vestido. Minha irmã me ajudou e depois abriu o guarda-roupa para pegar uma túnica pesada e calça e botas. Vesti as roupas e trançava o cabelo de novo quando ela disse:

— Não precisamos de você aqui, Feyre. Não olhe para trás.

Calcei as botas e fui pegar as facas de caça que havia comprado discretamente enquanto estava ali.

— Papai certa vez disse a você que jamais voltasse — lembrou Nestha —, e estou dizendo o mesmo agora. Podemos nos cuidar.

Houve um tempo em que eu tomaria aquilo como um insulto, mas agora eu entendia... entendia o presente que ela me oferecia. Embainhei as facas na lateral do corpo e pendurei a aljava de flechas, nenhuma delas de freixo, às costas antes de pegar o arco.

— Eles *podem* mentir — contei, dando a Nestha informação que esperava que ela jamais precisasse usar. — Feéricos podem mentir, e ferro não os incomoda nem um pouco. Mas a madeira do freixo, essa parece funcionar. Pegue meu dinheiro e compre mudas para que Elain cuide.

Nestha sacudiu a cabeça, segurando o punho, a pulseira de ferro ainda nele.

— O que acha que pode fazer para ajudar? Ele é um Grão-Senhor... você é apenas humana. — Isso também não foi um insulto. Foi uma pergunta de uma mente fria e calculista.

— Não me importo — admiti, agora à porta, que tinha escancarado. — Mas preciso tentar.

Nestha permaneceu em meu quarto. Ela não diria adeus; odiava despedidas tanto quanto eu.

Não sabia o que estava prestes a enfrentar, que perigos espreitavam adiante. Mas me virei para minha irmã e falei:

— Há um mundo melhor, Nestha. Há um mundo melhor lá fora esperando que você o encontre. E, se eu tiver a chance, se as coisas algum dia melhorarem, ficarem mais seguras... encontrarei você de novo.

Era tudo o que eu podia oferecer.

Mas Nestha empertigou os ombros.

— Não se incomode. Não acho que eu gostaria muito de feéricos. — Ergui uma sobrancelha. Ela continuou com um leve gesto de ombros. — Tente dar notícias quando for seguro. E, se algum dia o for... Papai e Elain podem ficar com este lugar. Acho que eu gostaria de conhecer o que mais há lá fora, o que uma mulher pode fazer com uma fortuna e um bom nome.

Sem limites, pensei. Não havia limites para o que Nestha poderia fazer, no que poderia se transformar depois que encontrasse um lugar para chamar de seu. Rezei para ter a sorte de algum dia ver isso acontecer.

✢

Elain, para minha surpresa, preparara um cavalo, uma sacola de comida e suprimentos já prontos enquanto eu descia as escadas correndo. Meu pai não estava à vista. Mas Elain me abraçou e, me segurando com força, disse:

— Eu me lembro, eu me lembro de tudo agora.

Eu a abracei de volta.

— Fique de olho. Todos vocês.

Elain assentiu com lágrimas nos olhos.

— Eu gostaria de ter visto o continente com você, Feyre.

Sorri para minha irmã, memorizando seu lindo rosto, e limpei suas lágrimas.

— Talvez um dia — respondi. Outra promessa que eu teria sorte se conseguisse cumprir.

Elain ainda chorava quando esporeei o cavalo e galopei pela entrada. Não tive tempo de dizer adeus para meu pai mais uma vez.

Cavalguei o dia todo e só parei quando estava escuro demais para enxergar. Para o norte... era para onde partiria e seguiria até chegar à muralha. Precisava voltar; precisava ver o que tinha acontecido, precisava contar a Tamlin tudo o que estava em meu coração antes que fosse tarde demais.

Cavalguei o segundo dia todo, dormi mal e parti antes da primeira luz do dia.

Sem parar, segui pela floresta de verão, exuberante e densa e sussurrante.

Até que um silêncio absoluto se fez. Reduzi a velocidade do cavalo para um trote cauteloso e procurei na vegetação e nas árvores adiante por algum sinal, por qualquer agitação. Não havia nada. Nada, então...

Meu cavalo empinou e sacudiu a cabeça, e quase não consegui me segurar na sela quando ele se recusou a seguir adiante. Mesmo assim, não havia nada; nenhum marco. No entanto, quando desmontei, mal respirando ao estender a mão, descobri que não conseguia passar.

Ali, cortando a floresta, havia uma muralha invisível.

Mas os feéricos entravam e saíam por fendas, diziam os boatos. Então, puxei o cavalo pela extensão do muro, batendo na muralha de vez em quando para me certificar de que não tinha me desviado. Levei dois dias — e a noite entre eles foi mais assustadora que qualquer outra que eu tinha vivido na Corte Primaveril. Dois dias antes de ver as pedras cobertas de musgo, colocadas paralelamente uma a outra, com um leve redemoinho entalhado em ambas. Um portão.

Dessa vez, quando montei o cavalo e o guiei entre as pedras, ele obedeceu.

A magia fez minhas narinas arderem, me golpeando até que o cavalo empinasse de novo, mas atravessamos.

Eu conhecia aquelas árvores.

Cavalguei em silêncio, com uma flecha engatilhada e pronta, pois as ameaças que espreitavam na floresta eram piores que as do bosque do qual eu acabara de sair.

Tamlin poderia ficar furioso; poderia ordenar que eu desse meia--volta e fosse para casa. Mas eu diria a ele que o ajudaria, que o amava e que lutaria por ele como pudesse, mesmo que precisasse amarrá-lo para que me desse ouvidos.

Fiquei tão concentrada pensando em como poderia convencer Tamlin a não começar a rugir que não reparei de imediato no silêncio — em como os pássaros não cantavam, mesmo enquanto eu me aproximava da mansão, em como as cercas vivas da propriedade pareciam precisar de poda.

Quando cheguei aos portões, minha boca havia secado. Eles estavam abertos, mas o ferro tinha sido entortado, parecendo disforme, como se mãos poderosas o tivessem separado.

Cada passo dos cascos do cavalo era alto demais sobre o caminho de cascalho, e meu estômago se revirou quando vi as portas da frente escancaradas. Uma delas estava pendurada, inclinada, arrancada da dobradiça superior.

Desci do cavalo, com a flecha ainda pronta. Mas não havia necessidade. Vazio; estava completamente vazio ali. Como um túmulo.

— Tam? — chamei. Subi os degraus aos saltos e entrei na casa. Corri para dentro, xingando quando escorreguei em um caco de porcelana quebrada, os resquícios de um vaso. Devagar, me virei no saguão da entrada.

Parecia que um exército tinha marchado por ali. Tapeçarias pendiam em frangalhos, o corrimão de mármore estava rachado, e os candelabros, quebrados no chão, reduzidos a pedaços de cristal estilhaçado.

— Tamlin? — gritei, apavorada agora. Nada.

As janelas haviam sido estouradas.

— Lucien?

Ninguém respondeu.

— Tam? — sussurrei. Minha voz ecoou pela casa, debochando de mim.

Sozinha nos destroços da mansão, ajoelhei.

Ele havia desaparecido.

Capítulo 32

Eu me dei um minuto — apenas um minuto — para me ajoelhar nos escombros do saguão de entrada.

Então, me levantei devagar, com o cuidado de não espalhar o vidro estilhaçado, a madeira ou... o sangue. Havia gotas por todo lado, junto a pequenas poças e borrões nas paredes esburacadas.

Mais uma floresta, eu disse a mim mesma. Mais um conjunto de rastros.

Devagar, me movi pelo chão, seguindo a informação restante. Fora uma luta violenta — e pelos vestígios de sangue, a maior parte dos danos à casa fora feita durante a luta, e não depois. O vidro quebrado e as pegadas iam e vinham da frente e dos fundos da casa, como se o lugar todo tivesse sido cercado. Os intrusos precisaram forçar a entrada pela porta da frente; tinham destruído completamente as que davam para o jardim.

Nenhum corpo, eu repetia para mim mesma. Não havia corpos, nem muito sangue. Eles tinham de estar vivos. Tamlin *tinha* de estar vivo.

Porque se estivesse morto...

Esfreguei o rosto, inspirando e estremecendo. Não me permitiria ir tão longe. Minhas mãos tremeram quando parei diante das portas da sala de jantar, ambas mal presas pelas dobradiças.

Não sabia dizer se o dano se devia à explosão de Tamlin depois da chegada de Rhysand no dia anterior à minha partida ou se outra pessoa o havia causado. A mesa gigante estava em pedaços, as janelas estilhaçadas, as cortinas em frangalhos. Mas nenhum sangue; não havia sangue ali. E pelas impressões nos cacos de vidro...

Avaliei o rastro pelo chão. Tinha sido remexido, mas eu conseguia distinguir dois rastros diferentes — grandes e paralelos — que vinham de onde a mesa estivera. Como se Tamlin e Lucien estivessem sentados ali quando o ataque acontecera, e tivessem saído sem lutar.

Se eu estava certa... então, eles estavam vivos. Segui os passos até a porta, me agachando por um momento para entender os cacos revirados, a terra e o sangue. Eles tinham sido encontrados ali... por vários conjuntos de pegadas. E seguiram para o jardim...

Ouvi estalos de cacos no fim do corredor. Saquei a faca de caça e me abaixei mais na sala de jantar, procurando um lugar para me esconder. Mas tudo estava em pedaços. Sem outra opção, rastejei para trás da porta aberta. Levei uma das mãos à boca para evitar respirar alto demais, e olhei pela fenda entre a porta e a parede.

Alguém seguiu até a sala e farejou. Eu só conseguia ver as costas, cobertas por um manto simples, a altura mediana... Para me encontrar, a pessoa só precisava fechar a porta. Eu estava presa. Talvez, se a pessoa entrasse mais na sala de jantar, eu conseguisse sair de fininho, mas, para isso, precisaria deixar meu esconderijo. Talvez ela apenas olhasse em volta e partisse.

A figura farejou de novo, e meu estômago se apertou. Ela conseguia sentir meu cheiro. Ousei olhar melhor, esperando encontrar uma fraqueza, um lugar para enfiar a faca se as coisas chegassem a esse ponto.

A figura se virou devagar em minha direção.

Berrei, e a figura soltou um gritinho esganiçado quando empurrei a porta.

— *Alis.*

Ela me olhou boquiaberta, a mão no coração, o vestido marrom de sempre rasgado e sujo, agora sem o avental. Não estava ensanguentada; não tinha nada, exceto por uma leve dificuldade ao caminhar para poupar o tornozelo direito conforme correu até mim, a pele de casca de árvore se tornara branca como bétula.

— Você não pode estar aqui. — Alis observou minha faca, o arco e a aljava. — Recebeu ordens para ficar longe.

— Ele está vivo?

— Sim, mas...

Meus joelhos falharam com o peso do alívio.

— E Lucien?

— Vivo também. Mas você não estará se não sair daqui *agora*.

— Conte o que aconteceu, conte *tudo*. — Fiquei de olho na janela, ouvindo a mansão e a propriedade ao redor. Não havia nenhum som.

Alis segurou meu braço e me puxou da sala. Ela não abriu a boca enquanto corríamos pelos corredores vazios e silenciosos demais; todos destruídos e ensanguentados, mas... sem corpos. Ou tinham sido arrastados para fora, ou... não me permiti imaginá-lo quando entramos na cozinha.

Um incêndio tinha chamuscado o enorme cômodo, que quase não passava de cinzas e pedras escurecidas. Depois de farejar e ouvir, em busca de algum sinal de perigo, Alis soltou meu braço.

— O que está fazendo aqui?

— Precisava voltar. Achei que algo estivesse errado, não podia ficar longe. Precisava ajudar.

— Ele avisou a você que não voltasse — disparou Alis.

— Onde ele está?

Ela cobriu o rosto com as mãos longas e ossudas, a ponta dos dedos se agarrando à borda superior da máscara, como se estivesse tentando arrancá-la do rosto. Mas a máscara permaneceu, e Alis suspirou quando abaixou as mãos de casca de árvore.

— Ela o levou — respondeu Alis, e meu sangue gelou. — Ela o levou para sua corte, Sob a Montanha.

— Quem? — Mas eu já sabia a resposta.

— Amarantha — sussurrou Alis, e olhou de novo pela cozinha, como se tivesse medo de invocar a mulher caso dissesse seu nome.

— Por quê? E quem é ela... *o que* é ela? Por favor, *por favor*, apenas me conte... apenas me diga a verdade.

Alis estremeceu.

— Quer a verdade, menina? Então, aqui está: ela o levou por causa da maldição, porque sete anos vezes sete tinham passado, e ele não destruíra sua maldição. Ela convocou todos os Grão-Senhores para sua corte desta vez, para que assistam enquanto ela o destrói...

— O que ela... *q-que maldição*? — gaguejei. Uma maldição, a maldição que ela havia colocado naquele lugar. Uma maldição que eu sequer vira.

— Amarantha é a Grã-Rainha desta terra. A Grã-Rainha de Prythian — sussurrou Alis, os olhos arregalados com alguma lembrança horrível.

— Mas os sete Grão-Senhores governam Prythian igualmente. Não há Grã-Rainha.

— Assim costumava ser, como sempre foi. Até cem anos atrás, quando ela surgiu nestas terras, uma emissária de Hybern. — Alis pegou uma grande sacola que devia ter deixado à porta. Já estava quase cheia do que pareciam ser roupas e mantimentos.

Enquanto ela começava a se mexer pela cozinha destruída, reunindo facas e qualquer comida que tivesse restado, pensei na informação dada pelo Suriel, sobre um rei feérico cruel, por séculos ressentido com o Tratado que fora forçado a assinar, e que enviara seus comandantes mais letais para se infiltrar nos reinos e nas cortes feéricas, para ver se eles sentiam o mesmo; para ver se poderiam considerar reivindicar as terras humanas para si. Me recostei contra as paredes manchadas de fuligem.

— Ela foi de corte em corte — continuou Alis, que girou uma maçã na mão conforme a inspecionava, decidiu que era boa o bastante e, então, enfiou-a na sacola — seduzindo Grão-Senhores com conversas sobre mais negócios entre Hybern e Prythian, mais comunicação, mais compartilhamento de bens. A Flor que Não Desbota, era como a chamavam. E, durante cinquenta anos, ela viveu aqui, como uma cortesã não ligada a nenhuma corte, fazendo retratações, alegava ela, pelas próprias ações e as ações de Hybern durante a Guerra.

— Então ela lutou na Guerra contra os mortais?

Alis parou de recolher coisas.

— Sua história é lenda entre nosso povo; lenda e pesadelo. Ela era a general mais letal do rei de Hybern, lutou nas linhas de frente, massacrando humanos e qualquer Grão-Feérico ou feérico que ousasse defendê-los. Mas tinha uma irmã mais nova, Clythia, que lutou ao seu lado e que era tão cruel e desprezível quanto Amarantha... até que se apaixonou por um guerreiro mortal. Jurian. — Alis expirou e estremeceu. — Jurian comandava exércitos humanos poderosos, mas Clythia mesmo assim o procurava secretamente, ainda o amava com uma intensidade irrefreável. Parecia alheia demais para perceber que Jurian a usava a fim de conseguir informações sobre as forças de Amarantha. Esta suspeitava disso, mas não conseguiu persuadir Clythia a deixá-lo, e não conseguiu matá-lo, pois isso causaria muita dor à irmã. — Alis emitiu um estalo com a língua e começou a abrir os armários, verificando seu interior saqueado. — Amarantha se deliciava com tortura e morte, mas amava a irmã o suficiente para permanecer fiel a ela.

— O que aconteceu? — sussurrei.

— Ah, Jurian traiu Clythia. Depois de meses suportando ser seu amante, ele conseguiu a informação de que precisava e, então, torturou e matou Clythia, crucificando-a com freixo para que não conseguisse se mover enquanto ele o fazia. Jurian deixou os pedaços de Clythia para que Amarantha os encontrasse. Dizem que a ira de Amarantha poderia ter derrubado os céus se o rei não a proibisse de revidar. Mas Amarantha e Jurian tiveram seu confronto final mais tarde, e, desde então, Amarantha odeia humanos com uma raiva que não se pode imaginar. — Alis encontrou o que parecia ser um jarro de conservas e acrescentou-o à sacola.

— Depois que os dois lados firmaram o Tratado — disse Alis, agora verificando as gavetas —, ela massacrou aqueles que escravizava em vez de libertá-los. — Fiquei pálida. — Mas, séculos depois, os Grão-Senhores acreditaram em Amarantha quando ela alegou que a morte da irmã a havia mudado. Principalmente porque ela abriu o comércio entre nossos dois territórios. Os Grão-Senhores jamais souberam que aqueles mesmos navios que transportavam mercadorias de Hybern também traziam o exército pessoal dela. O rei de Hybern não sabia também. Mas todos logo descobrimos que, durante aqueles cinquenta anos em que esteve aqui, ela decidira que queria Prythian para si, para começar a reunir poder e usar nossas terras como base para algum dia destruir seu mundo de uma vez por todas, com ou sem a bênção do rei de Hybern. Então, há 49 anos, ela atacou.

"Amarantha sabia, sabia que mesmo com o exército pessoal, jamais conseguiria conquistar os sete Grão-Senhores com o tamanho de suas tropas, ou com seu poder apenas. Mas também era esperta e cruel, e esperou até que confiassem nela por completo, até fazerem um baile em sua homenagem, e, naquela noite, ela colocou uma poção roubada do livro de feitiços do rei de Hybern no vinho de todos. Depois que beberam, os Grão-Senhores ficaram prostrados, com sua magia exposta, e ela roubou seus poderes de onde se originavam, de dentro do corpo, colheu os poderes como se estivesse pegando uma maçã do galho, deixando os Grão-Senhores com apenas os elementos mais básicos da própria magia. Seu Tamlin, o que você viu aqui, é uma sombra do que costumava ser, do poder que costumava dominar. E com o poder dos Grão-Senhores tão reduzido, Amarantha tomou controle de Prythian em questão de dias. Durante 49 anos, fomos escravizados por ela. Durante 49 anos, ela tem se demorado, esperando pelo momento certo para quebrar o Tratado e tomar suas terras, e todos os territórios humanos além delas."

Desejei que tivesse um banquinho, um banco, uma cadeira sobre a qual eu pudesse desabar. Alis bateu a última gaveta e foi na direção da despensa.

— Agora eles a chamam de a Ardilosa; ela, que aprisionou os sete Grão-Senhores e construiu seu palácio Sob a Montanha Sagrada, no coração de nossa terra. — Alis parou diante da porta da despensa e cobriu o rosto de novo, respirando para se acalmar.

A montanha sagrada; aquele pico ermo e monstruoso que eu vira no mural da biblioteca tantos meses antes.

— Mas... a doença nas terras... Tamlin tinha dito que a praga levara seu poder...

— *Ela* é a doença nestas terras — disparou Alis, abaixando as mãos e entrando na despensa. — Não há praga além dela. As fronteiras estavam desabando porque ela as destruiu. Achou divertido enviar criaturas para atacar nossas terras, para testar que força ainda restava a Tamlin.

Se a praga era Amarantha, então a ameaça ao reino humano... *Ela* era a ameaça ao reino humano.

Alis saiu da despensa, os braços cheios de diversas raízes comestíveis.

— Poderia ter sido você a pessoa que a impediria. — Os olhos de Alis estavam sobre mim, e ela exibiu os dentes. Eram assustadoramente afiados. Alis enfiou os nabos e as beterrabas na sacola. — Você poderia tê-lo libertado, e seu poder, caso não ignorasse seu coração. Humanos — disse Alis.

Perdi o fôlego.

— Eu... eu... — Ergui as mãos, expondo as palmas para ela. — Eu não sabia.

— Não podia saber — disse Alis amargamente, com uma risada ríspida, como a de um corvo, quando ela entrou na despensa de novo. — Era parte da maldição de Tamlin.

Minha cabeça ficou zonza e encostei com mais força contra a parede.

— O que era? — Lutei contra o tom de voz agudo. — Qual era a maldição? O que ela fez com ele?

Alis tirou jarros de especiarias que restavam na prateleira da despensa.

— Tamlin e Amarantha se conheciam de antes, a família dele tinha laços antigos com Hybern. Durante a Guerra, a Corte Primaveril se aliou a Hybern para manter os humanos escravizados. Então o pai dele, que era um senhor obstinado e cruel, muito próximo do rei de Hybern, de Amarantha. Tamlin, quando criança, costumava acompanhá-lo em viagens para Hybern. E foi assim que conheceu Amarantha.

Tamlin certa vez me dissera que lutaria para *proteger* a liberdade de alguém... que nunca permitiria a escravidão. Será que era apenas por vergonha do próprio legado, ou porque ele... de alguma forma sentira na pele como era ser escravizado?

— Amarantha, por fim, cresceu e passou a desejar Tamlin, a cobiçá-lo com o coração cruel. Mas Tamlin tinha ouvido as histórias de outros sobre a Guerra e sabia o que Amarantha, o pai dele e o rei de Hybern tinham feito com feéricos e humanos. O que ela fizera com Jurian, como punição pela morte da irmã. Ele estava desconfiado quando Amarantha veio para cá, apesar das tentativas dela de levá-lo para a cama, e manteve distância, até o momento em que Amarantha roubou seus poderes. Lucien... Lucien foi enviado até Amarantha, como emissário de Tamlin, para tentar negociar a paz entre eles.

Bile subiu até minha garganta.

— Ela se recusou, e... Lucien disse a Amarantha que voltasse para o esgoto de onde tinha rastejado. Ela arrancou o olho de Lucien como punição. Arrancou o olho com a própria unha, e deixou a cicatriz em seu rosto. Amarantha enviou Lucien de volta tão ensanguentado que Tamlin... O Grão-Senhor vomitou quando viu o amigo.

Eu não podia me permitir imaginar em que estado Lucien ficara, então, se tinha feito Tamlin vomitar.

Alis bateu na máscara, e o metal tilintou sob as unhas.

— Depois disso, ela deu um baile de máscaras Sob a Montanha para si mesma. Todas as cortes estavam presentes. Uma festa, dissera Amarantha, para se retratar pelo que fizera com Lucien; um baile de máscaras para que ele não precisasse revelar a cicatriz horrorosa no rosto. A Corte Primaveril inteira deveria ir, até mesmo os criados, e usar máscaras, para honrar os poderes de transformação de Tamlin, dissera Amarantha. Ele estava disposto a tentar acabar com o conflito sem mortes, e concordou em ir, em levar todos nós.

Pressionei as mãos contra a parede de pedra atrás de mim, aproveitando a frieza, a imobilidade.

Parando no meio da cozinha, Alis apoiou a sacola, agora cheia de comida e mantimentos.

— Depois que todos estavam reunidos, ela alegou que a paz poderia ser alcançada se Tamlin se unisse a ela como amante e consorte. Mas, quando Amarantha tentou tocá-lo, Tamlin se recusou a permitir que se aproximasse. Não depois do que ela fizera com Lucien. Ele disse, diante de todos naquela noite, que preferiria levar uma humana para a cama, preferiria se *casar* com uma humana, do que tocar Amarantha. Ela poderia ter relevado se Tamlin não tivesse dito, depois, que a própria irmã de Amarantha preferira a companhia de um humano à dela, que a própria irmã tinha escolhido Jurian em vez de Amarantha.

Encolhi o corpo, já sabendo o que Alis diria quando ela apoiou as mãos nos quadris e continuou.

— Você pode adivinhar como foi a reação de Amarantha. Mas ela disse a Tamlin que estava se sentindo generosa, disse a ele que daria a chance de quebrar o feitiço que lançara a fim de roubar-lhe o poder.

"Tamlin cuspiu no rosto de Amarantha, e ela riu. Disse que ele tinha sete vezes sete anos antes que Amarantha o reivindicasse, antes que ele *tivesse* de se juntar a ela Sob a Montanha. Se quisesse quebrar a maldição, precisaria encontrar uma humana disposta a se casar com ele. Mas não qualquer garota, uma humana com gelo no coração, com ódio por nosso povo. Uma garota humana disposta a matar um feérico. — O chão tremeu sob mim, e fiquei grata pela parede na qual estava encostada. — Pior, o feérico que ela matasse precisava ser um dos homens *de Tamlin*, enviado para o outro lado do muro por ele como cordeiro para o abatedouro. A garota só poderia ser trazida para cá a fim de ser cortejada caso matasse um de seus homens em um ataque não provocado, caso o matasse apenas por ódio, exatamente como Jurian fizera com Clythia... Assim, ele poderia entender a dor da irmã de Amarantha."

— O Tratado...

— Aquilo foi uma mentira. Não havia previsão daquilo no Tratado. Você pode matar tantos feéricos inocentes quanto quiser e jamais sofrer as consequências. Você simplesmente matou Andras, sentinela de Tamlin, enviado pelo Grão-Senhor como o sacrifício daquele dia. — *Andras estava procurando uma cura*, dissera Tamlin. Não para uma praga mágica, mas uma cura para salvar Prythian de Amarantha, uma cura para a maldição.

O lobo... Andras apenas... me encarara antes de eu o matar. *Deixou* que eu o matasse. Para que aquela cadeia de eventos tivesse início, para que Tamlin pudesse ter a chance de quebrar o feitiço. E, se Tamlin tinha enviado Andras para o outro lado do muro, sabendo que ele poderia muito bem morrer... *Ah, Tamlin.*

Alis parou a fim de pegar uma faca de manteiga, retorcida e dobrada, e, devagar, com cuidado, esticou a lâmina.

— Foi uma piada cruel, uma punição inteligente para Amarantha. Vocês humanos odeiam e temem tanto os feéricos que seria impossível, impossível que a mesma garota que matasse um feérico a sangue frio se apaixonasse por outro. Mas o feitiço sobre Tamlin só poderia ser quebrado se ela fizesse exatamente isso, antes que os 49 anos tivessem terminado, se a garota dissesse a ele que o amava sinceramente, de coração. Amarantha sabe que humanos se importam com beleza, e, por isso, prendeu as máscaras aos nossos rostos, ao rosto dele, para que fosse mais difícil encontrar uma garota disposta a olhar além da máscara, além da natureza feérica, para a alma abaixo. Depois, ela nos aprisionou, para que não pudéssemos dizer uma palavra sobre a maldição. Nem uma. Mal podíamos contar para você coisas sobre nosso mundo, sobre nosso destino. Ele mesmo não podia contar a você, nenhum de nós podia. As mentiras sobre a praga eram o melhor que podia fazer, o melhor que todos podíamos fazer. Se eu consigo contar agora, significa que, para ela, tudo acabou.

Alis colocou a faca no bolso.

— Assim que ela o amaldiçoou, diariamente Tamlin mandava um dos homens para o outro lado da muralha. Para os bosques, fazendas, todos disfarçados de lobos para que fosse mais provável que um dos seus os quisesse matar. Quando eles voltavam, vinham com histórias de garotas humanas que corriam e gritavam e imploravam, que sequer erguiam a mão. Quando eles não voltavam, a ligação de Tamlin com eles, como senhor e mestre, dizia a ele que tinham sido mortos por outros. Caçadores humanos, mulheres mais velhas, talvez. Por dois anos ele os enviou, dia após dia, precisando escolher quem atravessava a muralha. Quando restava apenas uma dúzia deles, Tamlin ficou tão arrasado que parou. Cancelou tudo. E, desde então, ele ficou aqui, defendendo as fronteiras conforme o caos e a desordem reinavam nas outras cortes dominadas por Amarantha. Os outros Grão-Senhores revidaram também. Há quarenta anos, ela executou três deles e a maioria das suas famílias por terem se unido contra ela.

— Uma revolta? Que cortes? — Estiquei o corpo, me afastando um passo da parede. Talvez pudesse encontrar aliados entre eles para me ajudar a salvar Tamlin.

— A Corte Diurna, a Corte Estival, a Corte Invernal. E não, não foi tão longe ao ponto de ser considerada uma revolta. Amarantha usou os poderes dos Grão-Senhores para nos aprisionar à terra. Então, os senhores rebeldes tentaram pedir a ajuda dos outros territórios feéricos usando como mensageiros os humanos que fossem tolos o suficiente para entrar em nossas terras, a maioria deles jovens mulheres que nos adoravam como deuses.

Os Filhos dos Abençoados. Tinham mesmo cruzado a muralha, mas não para serem noivas. Eu estava chocada demais pelo que tinha ouvido para ficar triste por eles, sentir ódio por eles.

— Mas Amarantha pegou todos antes que deixassem este litoral — continuou Alis — e... pode imaginar como a coisa terminou para aquelas garotas. Depois, quando Amarantha já havia também massacrado os Grão-Senhores rebeldes, os sucessores destes ficaram apavorados demais para desafiar sua ira de novo.

— E onde eles estão agora? Podem viver nas próprias terras como Tamlin?

— Não. Ela os mantém, e a suas cortes inteiras, Sob a Montanha, onde pode atormentá-los como quiser. Outros... aos outros, caso jurem aliança, caso se curvem e sirvam a ela, Amarantha permite um pouco mais de liberdade para ir e vir de Sob a Montanha conforme quiserem. Nossa corte só teve permissão de ficar aqui até que acabasse a maldição de Tamlin, mas... — Alis estremeceu.

— É por isso que escondeu seus sobrinhos, para mantê-los longe disto — falei baixinho, olhando para a sacola cheia aos pés de Alis.

Ela assentiu, e, quando seguiu até a mesa virada, eu me mexi para ajudar, e nós duas grunhimos por causa do peso.

— Minha irmã e eu servíamos na Corte Estival, e ela e o parceiro estavam entre aqueles executados por despeito assim que Amarantha invadiu. Peguei os meninos e fugi antes que ela arrastasse todos para

Sob a Montanha. Vim para cá... porque era o único lugar que tinha para ir, e pedi que Tamlin escondesse meus meninos. Ele os escondeu e, quando implorei que ele me deixasse ajudar, de qualquer maneira, mesmo que pouco, Tamlin me deu um posto aqui, dias antes do baile de máscaras que pôs esta coisa desprezível em meu rosto. Então, estou aqui há quase cinquenta anos, observando enquanto as garras de Amarantha se apertavam no pescoço de Tamlin.

Colocamos a mesa de pé de novo, e nós duas ofegamos um pouco ao nos inclinarmos sobre ela.

— Ele tentou — disse Alis. — Mesmo com os espiões de Amarantha, ele tentou encontrar maneiras de quebrar a maldição, de fazer qualquer coisa contra ela, a fim de não precisar enviar os homens de novo para que fossem mortos por humanos. Tamlin achou que, se a garota humana o amasse de verdade, então trazê-la para cá a fim de libertá-lo seria outra forma de escravidão. E achou que, se de fato se apaixonasse por ela, Amarantha faria de tudo para destruir a garota, como a irmã dela fora destruída. Então, Tamlin passou décadas se recusando a fazer aquilo, a sequer arriscar. Mas, neste inverno, faltando meses, ele simplesmente... perdeu a cabeça. Enviou os últimos homens além da muralha, um a um. E eles estavam dispostos, tinham implorado para ir, durante muitos anos. Tamlin estava desesperado para salvar seu povo, desesperado o suficiente para arriscar a vida dos próprios homens, arriscar a vida da garota humana a fim de nos salvar. Depois de três dias, Andras finalmente esbarrou em uma garota humana no meio de uma clareira, e você o matou com ódio no coração.

Mas eu havia falhado. E, ao fazer aquilo, condenara todos.

Eu condenara cada pessoa naquela propriedade, condenara a própria Prythian.

Estava feliz por me apoiar contra a borda da mesa... caso contrário, teria caído no chão.

— Você poderia ter quebrado o feitiço — grunhiu Alis, aqueles dentes afiados a meros centímetros do meu rosto. — Só precisava ter dito que o amava, dito que o amava com sinceridade, com todo o seu inútil coração humano, e o poder dele teria sido libertado. Sua garota burra, *burra*.

Não era surpresa que Lucien tivesse se ressentido de mim, mas ainda tolerara minha presença; não era surpresa que ele tivesse ficado tão amargamente desapontado quando parti, que tivesse discutido com Tamlin para que ele me deixasse ficar mais.

— Desculpe — falei, os olhos ardendo.

Alis deu um riso de escárnio.

— Diga isso a Tamlin. Ele só tinha três dias depois que você partiu antes do fim dos 49 anos. *Três dias*, e libertou você. Ela veio até aqui, com os seguidores, no exato momento em que os sete anos vezes sete acabaram, e o pegou, com a maior parte da corte, e os levou para Sob a Montanha, para serem seus súditos. Criaturas como eu são *inferiores* demais para ela, embora ela não deixe de nos assassinar por diversão.

Tentei não visualizar a cena.

— Mas e quanto ao rei de Hybern, se ela conquistou Prythian para si e lhe roubou os feitiços, então ele a vê como insubordinada ou aliada?

— Se o relacionamento está abalado, o rei não fez menção de punir Amarantha. Durante 49 anos, ela manteve estas terras em suas garras. Pior, depois que os Grão-Senhores caíram, todos os seres cruéis de nossas terras, aqueles terríveis demais até para a Corte Noturna, se juntaram a ela como em rebanho. Ainda o fazem. Amarantha lhes ofereceu asilo. Mas sabemos, sabemos que ela está montando um exército, lentamente aguardando o momento de lançar um ataque contra o mundo mortal, armada com os feéricos mais letais e cruéis de Prythian e de Hybern.

— Como o Attor — falei, horror e pesar revirando meu estômago, e Alis assentiu. — No território humano — continuei —, rumores dizem que mais e mais feéricos têm passado pela muralha para atacar humanos. E, se nenhum feérico pode atravessar a muralha sem a permissão dela, então isso só pode significar que Amarantha está permitindo esses ataques.

E, se eu estava certa a respeito do que tinha acontecido com Clare Beddor e sua família, então Amarantha ordenara aquilo também.

Alis limpou uma sujeira que eu não consegui ver na mesa sobre a qual estávamos apoiadas.

— Eu não ficaria surpresa se ela tivesse enviado seus lacaios para o reino humano a fim de investigar suas forças e fraquezas em antecipação à destruição que um dia espera causar.

Aquilo era pior, muito pior do que eu havia pensado quando avisei a Nestha e minha família para que ficassem alertas e partissem ao menor sinal de problemas. Senti enjoo ao pensar em que tipo de companhia Tamlin teria, enjoo ao pensar nele tão desesperado, tão tomado pela culpa e pelo luto por precisar sacrificar sentinelas e jamais poder me contar... E ele havia me libertado. Permitira que todos os sacrifícios, que o sacrifício de Andras fosse em vão.

Tamlin sabia que, se eu ficasse, correria o risco de sofrer a ira de Amarantha, mesmo que o libertasse.

— *Nem mesmo consigo me proteger deles, do que está acontecendo em Prythian... Mesmo que tivéssemos chance contra a praga... eles caçariam você, ela encontraria um jeito de matá-la.*

Lembrei daquele esforço patético de me elogiar quando cheguei — e, depois, ele desistiu daquilo, de qualquer tentativa de me conquistar quando eu pareci tão desesperada para partir, para jamais falar com ele. Mas Tamlin se apaixonou por mim apesar daquilo, soubera que eu o amara, e me libertara faltando poucos dias. Ele me colocou à frente de toda a corte, à frente de toda Prythian.

— Se Tamlin fosse libertado, se ele tivesse os poderes restaurados — falei, encarando uma parte escurecida da parede —, ele conseguiria destruir Amarantha?

— Não sei. Ela enganou os Grão-Senhores usando a inteligência, não a força. Magia é algo específico, que segue regras, e Amarantha as manipulou bem demais. Ela mantém os poderes deles trancados dentro de si, como se não pudesse usá-los, ou pudesse acessar muito pouco deles, pelo menos. Amarantha tem os próprios poderes fatais e, se tiver de lutar...

— Mas ele é mais forte? — perguntei, entrelaçando as mãos.

— Ele é um Grão-Senhor — respondeu Alis, como se aquilo fosse argumento suficiente. — Mas nada disso importa agora. Tamlin deverá ser escravizado por ela e todos deveremos usar essas máscaras até que ele concorde em ser o amante de Amarantha, e, mesmo assim, jamais recuperará os poderes por completo. E Amarantha jamais permitirá que aqueles que estão Sob a Montanha partam.

Eu me afastei da mesa e endireitei a coluna.

— Como chego a Sob a Montanha?

Alis emitiu um estalo com a língua.

— Não pode ir até Sob a Montanha. Nenhum humano que vai jamais volta.

Fechei o punho com tanta força que minhas unhas arranharam minha pele.

— Como. Chego. Lá.

— Isso é suicídio; ela vai matar você, mesmo que chegue perto o bastante para vê-la.

Amarantha tinha enganado Tamlin; ela o ferira muito. Ferira muito todos eles.

— Você é humana — continuou Alis, ficando de pé também. — Sua pele é fina como papel.

Amarantha também devia ter levado Lucien; ela havia arrancado o olho dele e o deixara com aquela cicatriz. Será que a mãe de Lucien sentia tristeza por ele?

— Você estava envolvida demais para ver a maldição de Tamlin — continuou Alis. — Como espera enfrentar Amarantha? Vai piorar as coisas.

A Grã-Rainha tinha levado tudo que eu queria, tudo que eu finalmente ousara desejar.

— Mostre o caminho — pedi, a voz hesitante, mas não com lágrimas.

— Não — disse Alis, passando a sacola por cima do ombro. — Vá para casa. Levo você até a muralha. Não há o que possa ser feito agora. Tamlin vai ser escravizado para sempre e Prythian ficará sob o domínio de Amarantha. Foi isso que o Destino quis, assim decidiu o Curso do Caldeirão.

— Não acredito em Destino. Muito menos acredito em um *Caldeirão* ridículo.

Alis balançou a cabeça de novo, os cabelos castanhos despenteados feito lama reluzente à luz fraca.

— Me leve até ela — insisti.

Se Amarantha rasgasse minha garganta... pelo menos eu morreria fazendo algo por ele, pelo menos morreria tentando consertar a destruição que não tinha evitado, tentando salvar o povo que eu havia condenado. Pelo menos Tamlin saberia que eu estava fazendo aquilo por ele, e que eu o amava.

Alis me observou por um momento antes de seu olhar se suavizar.

- Como quiser.

CAPÍTULO 33

Talvez eu estivesse a caminho da minha morte, mas não chegaria desarmada.

Apertei a faixa da aljava contra o peito e depois passei os dedos pelas penas das flechas que despontavam acima do meu ombro. É claro que não havia flechas de freixo. Mas eu me viraria com o que conseguira encontrar espalhado pela mansão. Poderia ter levado mais, porém o peso das armas apenas me deteria, e não sabia usar a maioria mesmo. Então, levei uma aljava cheia, duas adagas na cintura e um arco preso sobre um dos ombros. Aquilo era melhor que nada, mesmo que eu estivesse enfrentando feéricos nascidos já sabendo matar.

Alis me guiou pelos bosques silenciosos e pelas encostas, parando de vez em quando para ouvir, para mudar nosso curso. Eu não queria saber o que ela ouvia ou farejava ali fora, não quando a terra fora encoberta por tamanha quietude. *Fique com o Grão-Senhor*, dissera o Suriel. Fique com ele, apaixone-se por ele, e tudo seria acertado. Se eu tivesse ficado, se tivesse admitido o que sentia... nada daquilo teria acontecido.

O mundo foi uniformemente preenchido pela noite, e minhas pernas doíam devido às encostas íngremes das colinas, mas Alis continuou; sem nem ao menos olhar para trás para ver se eu a seguia.

Eu estava começando a imaginar se deveria ter levado mais que um dia de provisões quando paramos no vale entre duas colinas. O ar estava frio, muito mais frio que o ar no topo da colina, e estremeci quando meus olhos recaíram sobre a abertura fina de uma caverna. De modo algum aquela era a entrada... não quando aquele mural retratava Sob a Montanha no centro de Prythian. Estava a semanas de viagem ainda.

— Todas as estradas escuras e deprimentes levam até Sob a Montanha — disse Alis, tão baixo que sua voz era como o farfalhar de folhas. Ela apontou para a caverna. — É um antigo atalho, certa vez considerado sagrado, porém não mais.

Aquela era a caverna que Lucien ordenara para o Attor não utilizar naquele dia. Tentei dominar minha tremedeira. Amava Tamlin e iria ao fim do mundo para consertar as coisas, para salvá-lo, mas, se Amarantha era pior que o Attor... se o Attor não era seu mais desprezível cupincha... se até mesmo Tamlin a temia...

— Imagino que esteja arrependida de sua impulsividade agora.

Endireitei o corpo.

— Eu *vou* libertá-lo.

— Terá sorte se ela oferecer uma morte rápida a você. Terá sorte se sequer for levada até Amarantha. — Eu devia ter ficado pálida, porque Alis contraiu os lábios e me deu um tapinha no ombro. — Vou dizer algumas regras para que se lembre, menina — avisou Alis, e nós duas olhamos para a entrada da caverna. A escuridão fedia à entrada, envenenando o ar fresco da noite. — Não beba o vinho, não é como o que tomamos no Solstício, e fará mais mal que bem. Não faça acordos com ninguém, a não ser que sua vida dependa disso, e, mesmo então, considere se vale a pena. E, acima de tudo: não confie em uma alma lá dentro, nem mesmo em seu Tamlin. Seus sentidos são seu maior inimigo; eles estarão esperando para traí-la.

Lutei contra a vontade de tocar uma de minhas adagas, então assenti em agradecimento em vez disso.

— Tem um plano?

— Não — admiti.

— Não espere que esse aço ajude em nada — advertiu Alis, olhando para minhas armas.

— Não espero. — Eu a encarei, mordendo a parte interior do lábio.

— Havia outra parte da maldição. Uma que não posso contar. Mesmo agora, meus ossos doem só de mencioná-la. Uma parte que você precisará descobrir... sozinha, uma parte que ela... ela... — Alis engoliu em seco ruidosamente. — Que ela ainda não quer que você saiba se eu não consigo contar — arquejou Alis. — Mas mantenha... mantenha os ouvidos atentos, menina. *Preste atenção* ao que ouve.

Toquei o braço de Alis.

— Eu vou. Obrigada por me trazer. — Por desperdiçar horas preciosas quando aquela sacola de mantimentos, para ela, para os meninos, dizia o suficiente sobre aonde iria.

Alis deu sua risada de corvo.

— É um dia raro quando uma pessoa agradece por você guiá-la até a morte. — Se eu pensasse por muito tempo no perigo, poderia perder a coragem, com ou sem Tamlin. Ela não estava ajudando. — Desejo sorte a você, mesmo assim — acrescentou Alis.

— Depois que os buscar, se você e seus sobrinhos precisarem de um lugar para onde fugir — ofereci —, então atravesse a muralha. Vá até a casa de meu pai. — Eu disse a ela o lugar. — Chame Nestha, minha irmã mais velha. Ela sabe quem você é, sabe de tudo. Vai abrigá-los como puder.

Nestha o faria mesmo, eu sabia, ainda que Alis e os meninos a apavorassem. Ela os manteria em segurança. Alis deu um tapinha em minha mão.

— Fique viva — disse ela.

Olhei para Alis uma última vez e, depois, para o céu noturno que se estendia sobre nós, e para o verde profundo das colinas. Da cor dos olhos de Tamlin.

Entrei na caverna.

✦

Os únicos ruídos eram minha respiração ofegante e o estalar de minhas botas nas pedras. Tropeçando pelo escuro gelado, prossegui. Eu me mantive próxima à parede, e minha mão logo ficou dormente à medida que a pedra fria e úmida feria minha pele. Dei passos pequenos, com medo de algum poço invisível que pudesse me lançar aos tropeços para a ruína.

Depois do que pareceu uma eternidade, um feixe de luz laranja cortou a escuridão. E então vieram as vozes.

Sibilando e vociferando, eloquentes e guturais; uma cacofonia irrompendo no silêncio, como um fogo de artifício. Pressionei o corpo contra a parede da caverna, mas os sons passaram e diminuíram.

Caminhei de fininho em direção à luz, piscando para conseguir enxergar quando encontrei a fonte: uma leve fissura na rocha. Ela se abriu para uma passagem subterrânea grosseiramente escavada e iluminada por tochas. Fiquei às sombras, meu coração disparado no peito. A rachadura na caverna era grande o suficiente para que uma pessoa se espremesse a fim de passar, e parecia tão afiada e áspera que obviamente não era muito usada. Um olhar para a terra não revelou nenhuma trilha, nenhum sinal de que qualquer outra pessoa tenha usado aquela entrada. O corredor além dela estava livre, mas se curvava, obscurecendo minha visão.

Agradeci a Tamlin por me dar a visão feérica, que me permitia enxergar através da maioria dos encantamentos, mas lembrei do aviso de Alis e não confiei em meus ouvidos, não quando feéricos podiam ser tão silenciosos quanto gatos. Os corredores estavam mortalmente silenciosos.

Mesmo assim, precisava sair daquela caverna... Tamlin estava ali já havia semanas. Precisava descobrir onde Amarantha o aprisionara. E esperava não esbarrar com ninguém no processo. Matar animais e os naga tinha sido uma coisa, mas matar outros...

Respirei fundo várias vezes, me preparando. Era como caçar. Mas os animais eram feéricos. Feéricos que poderiam me torturar infinitamente... me torturar até que eu implorasse pela morte. Me torturar do modo como atormentaram aquele feérico da Corte Estival cujas asas haviam sido arrancadas.

Não me permiti pensar naqueles cotocos ensanguentados enquanto passava de fininho pela minúscula fenda, encolhendo a barriga para me espremer. Minhas armas rasparam contra a pedra, e encolhi o corpo ao ouvir o chiado de pedrinhas que caíam. *Continue em frente, continue em frente*. Disparando pelo corredor aberto, pressionei o corpo contra uma reentrância na parede oposta. Ela não oferecia muita cobertura.

Arrastei o corpo pela parede, parando à curva do corredor. Aquilo era um erro; apenas um idiota iria até lá. Eu podia estar em qualquer lugar na corte de Amarantha. Alis deveria ter me dado mais informações. Eu deveria ter sido esperta o bastante para perguntar. Ou suficientemente esperta para pensar em outra forma — *qualquer* forma, menos aquela.

Arrisquei um olhar pela curva e quase solucei, frustrada. Havia outro corredor, escavado na pedra pálida da montanha, ladeado por tochas. Não havia nenhum ponto sombreado para eu me esconder, e, do outro lado, minha visão se obscurecia mais uma vez por uma curva acentuada. Eu estava totalmente descoberta. Podia muito bem ser uma corça faminta, arrancando a casca de uma árvore em uma clareira.

Mas os corredores estavam silenciosos; até mesmo as vozes que eu tinha ouvido mais cedo haviam sumido. E, se ouvisse alguém, poderia correr de volta para a abertura daquela caverna. Poderia parar e fazer o reconhecimento do território durante um tempo, reunir informações, descobrir onde estava Tamlin...

Não. Uma segunda oportunidade talvez não chegasse tão cedo. Eu precisava agir *agora*. Se parasse por muito tempo, jamais reuniria coragem de novo. Fiz menção de virar a curva.

Dedos longos e ossudos envolveram meu braço, e fiquei rígida.

Um rosto encouraçado, pontudo e cinza apareceu em meu campo visual, e as presas prateadas reluziram quando ele sorriu para mim.

— Oi — sibilou a coisa. — O que algo como você está fazendo aqui?

Eu conhecia aquela voz. Ela ainda assombrava meus pesadelos.

Então, fiz de tudo para evitar gritar quando suas orelhas de morcego se esticaram, e percebi que estava diante do Attor.

Capítulo 34

O Attor manteve a mão gelada em meu braço conforme me arrastava até a sala do trono. Ele não se incomodou em retirar minhas armas. Ambos sabíamos que eram pouco úteis.

Tamlin. Alis e os meninos. Minhas irmãs. Lucien. Cantarolei silenciosamente seus nomes, diversas vezes, enquanto o Attor se erguia acima de mim, um demônio de malícia. As asas encouraçadas farfalhavam de vez em quando — e, se eu conseguisse falar sem gritar, poderia ter perguntando por que não me matara imediatamente. O Attor apenas me puxou adiante, com aquele andar serpenteante, as garras dos pés arranhando prazerosamente o chão da caverna. Era perturbadoramente parecido com o modo como eu o havia pintado.

Rostos maliciosos — cruéis e ríspidos — me observavam passar, nenhum deles parecendo remotamente preocupado ou incomodado por eu estar nas garras do Attor. Feéricos — muitos deles —, mas poucos Grão-Feéricos à vista.

Passamos por duas enormes e antigas portas de pedra — mais altas que a mansão de Tamlin — e entramos em uma ampla câmara, entalhada em pedra pálida, escorada por inúmeras pilastras entalhadas. Aquela pequena parte de mim que mais uma vez se tornara trivial e inútil reparou que os entalhes não eram apenas desenhos decorativos, mas, na verdade, exibiam feéricos e Grão-Feéricos e animais em diferentes cenários e em várias posições. Inúmeras histórias de Prythian estavam gravadas nelas. Candelabros de joias pendiam entre as pilastras, manchando de cor o piso de mármore vermelho. Ali... ali estavam os Grão-Feéricos.

Uma multidão reunida ocupava a maior parte do espaço, alguns deles dançavam ao som de uma música estranha, desafinada, e alguns se ocupavam conversando — era um tipo de festa. Achei ter visto máscaras reluzentes entre os presentes, mas tudo era um borrão de dentes afiados e roupas finas. O Attor me empurrou para a frente, e o mundo girou.

O frio piso de mármore pareceu implacável quando me choquei contra ele, e meus ossos gemeram e gritaram. Dei um impulso para me levantar; faíscas dançavam em minha visão quando ergui a cabeça. Mas fiquei no chão, me mantive abaixada quando olhei para a plataforma diante de mim. Alguns passos levavam até ela. Ergui mais a cabeça.

Ali, aconchegada em um trono preto, estava Amarantha.

Embora bonita, não era tão avassaladoramente linda como eu a havia imaginado; não era uma deusa de escuridão e rancor, o que a deixava ainda mais aterrorizante. Os cabelos ruivo-dourados entrelaçavam-se, perfeitamente trançados, na coroa dourada, a cor intensa destacava a pele branca como neve de Amarantha, a qual, por sua vez, destacava os lábios de rubi. Mas, embora os olhos de ébano brilhassem, havia... *algo* que consumia sua beleza, algum tipo de desprezo constante nas feições que fazia com que os atrativos de Amarantha parecessem contidos e frios. Pintá-la teria me levado à insanidade.

A mais alta comandante do rei de Hybern. Amarantha massacrara exércitos humanos séculos antes, assassinara aqueles que escravizava em vez de libertá-los. E capturara Prythian inteira em questão de dias.

Então, olhei para o trono de pedra preta ao lado dela, e meus braços falharam sob o corpo.

Ele ainda usava a máscara dourada, vestia as roupas de guerreiro, aquele boldrié; embora ali não houvesse facas embainhadas... nenhuma arma sequer, em qualquer parte dele. Os olhos não se arregalaram; a boca não se contraiu. Nenhuma garra, nenhuma presa. Ele apenas me encarou, inexpressivo — insensível. Imperturbado.

— O que é isto? — perguntou Amarantha, o tom de voz aumentando, apesar do sorriso de víbora que me lançou. Do pescoço esbelto e creme de Amarantha pendia uma longa corrente fina, e da corrente oscilava um único osso envelhecido, do tamanho de um dedo. Não queria pensar a quem pertencia enquanto permaneci no chão. Se mexesse o braço, poderia sacar a adaga...

— Apenas uma coisa humana que encontrei lá embaixo — sibilou o Attor, e uma língua bifurcada disparou entre os dentes afiados como lâminas. O Attor bateu as asas uma vez, disparando ar fétido contra mim, e então, comportadamente, fechou as asas atrás do corpo esquelético.

— Obviamente — ronronou Amarantha. Evitei encará-la, e me concentrei nas botas marrons de Tamlin. Ele estava a 3 metros de mim, 3 metros, e não dizia uma palavra, nem mesmo parecia horrorizado ou com raiva. — Mas por que eu deveria me incomodar com ela?

O Attor deu uma risadinha, o som era como água chiando em uma grelha, e um pé cheio de garras me golpeou a lateral do corpo, rasgando minha túnica.

— Diga a Sua Majestade por que estava espreitando pelas catacumbas, por que saiu da velha caverna que leva até a Corte Primaveril.

Seria melhor matar o Attor ou tentar chegar a Amarantha? O Attor me chutou de novo e encolhi o corpo quando suas garras arranharam minhas costelas.

— Diga a Sua Majestade, lixo humano.

Eu precisava de tempo; precisava entender meus arredores. Se Tamlin estava sob algum tipo de feitiço, então precisaria me preocupar em pegá-lo. Fiquei de pé com cuidado, mantendo as mãos ao alcance casual das adagas. Encarei o vestido dourado reluzente de Amarantha em vez dos olhos.

— Vim reivindicar aquele que amo — falei baixinho. Talvez a maldição ainda pudesse ser quebrada. De novo, olhei para ele, e ver aqueles olhos de esmeralda foi como um consolo.

— Ah? — disse Amarantha, inclinando o corpo para a frente.

— Vim reivindicar Tamlin, Grão-Senhor da Corte Primaveril.

Um arquejo ecoou pela corte reunida. Mas Amarantha virou a cabeça para trás e gargalhou... com o riso de um corvo.

A Grã-Rainha se virou para Tamlin, os lábios retraídos em um sorriso malicioso.

— Você certamente se manteve ocupado durante todos aqueles anos. Desenvolveu um paladar por bestas humanas, foi?

Ele não respondeu, o rosto impassível. O que Amarantha tinha feito? Tamlin não se moveu, a maldição tinha funcionado, então. Eu chegara tarde demais. Tinha falhado com Tamlin, condenara-o.

— Mas — continuou Amarantha, devagar. Eu conseguia sentir o Attor e a corte inteira pairando atrás de mim. — Isso me faz pensar, se apenas *uma* garota humana podia ser levada depois que ela matasse sua sentinela... — Os olhos de Amarantha se iluminaram. — Ah, você é *delicioso*. Deixou que eu torturasse aquela garota inocente para manter esta *aqui* em segurança? Sua coisa adorável. Conseguiu mesmo que um verme humano o amasse. Maravilhoso. — Ela bateu palmas, c Tamlin simplesmente virou o rosto para longe dela, a única reação que vi nele.

Torturado. Ela havia torturado...

— Solte-o — falei, tentando manter a voz equilibrada.

Amarantha gargalhou de novo.

— Me dê um motivo para não destruir você agora, humana. — Os dentes de Amarantha eram tão retos e brancos, quase brilhavam.

Meu sangue latejou nas veias, mas mantive o queixo erguido quando falei:

— Você o enganou, ele foi injustamente aprisionado. — Tamlin ficara muito, muito imóvel.

Amarantha emitiu um estalo com a língua e olhou para uma das mãos esguias... para o anel no dedo indicador. Um anel, reparei, quando ela abaixou a mão de novo, decorado pelo que parecia... parecia ser um olho humano encapsulado em cristal. Eu podia jurar que o olho virou dentro da cápsula.

— Vocês, bestas humanas, são tão pouco criativas. Passamos anos ensinando poesia e discurso refinado a vocês, e *isso* é tudo em que consegue pensar? Eu deveria arrancar sua língua por desperdiçar tudo.

Trinquei os dentes.

— Mas estou curiosa. Que eloquência será vertida de sua boca quando contemplar o que deveria ter acontecido a você? — Minhas sobrancelhas se franziram quando Amarantha apontou para trás de mim, aquele olho horrível realmente olhava com ela, e me virei.

Ali, pregado à parede da enorme caverna, estava o cadáver devastado de uma jovem. A pele estava queimada em alguns lugares, os dedos dobrados em ângulos estranhos e linhas vermelhas vívidas entrecruzavam seu corpo nu. Eu mal conseguia ouvir Amarantha por cima do rugido nos ouvidos.

— Talvez eu devesse ter ouvido quando ela disse que jamais tinha visto Tamlin — ponderou Amarantha. — Ou quando insistiu que jamais gostara de um feérico, jamais caçara um único dia na vida. Mas os gritos foram deliciosos. Não ouvia música tão boa fazia séculos. — As palavras seguintes de Amarantha foram direcionadas a mim. — Eu deveria agradecer a você por dar a Rhysand o nome dela em vez do seu.

Clare Beddor.

Fora até ali que a levaram, aquilo era o que haviam feito com ela depois de queimarem viva a família de Clare dentro de casa. Aquilo era o que *eu* havia feito com ela, ao dar a Rhysand o nome de Clare para proteger minha família.

Meu estômago se revirou; precisei me concentrar para não vomitar nas pedras.

As garras do Attor se enterraram em meus ombros quando a criatura me virou para encarar Amarantha, que ainda me dava aquele sorriso de cobra. Eu praticamente matara Clare. Tinha salvado minha vida e condenado a dela. Aquele corpo apodrecendo na parede deveria ser o meu. Meu.

Meu.

— Vamos lá, preciosa — debochou Amarantha. — O que tem a dizer sobre isso?

Eu queria disparar que ela merecia queimar no inferno pela eternidade, mas só conseguia ver o corpo de Clare pregado ali, mesmo enquanto encarava Tamlin inexpressivamente. Ele *deixara* que matassem Clare daquela maneira, para evitar que soubessem que eu estava viva. Meus olhos arderam quando bile subiu até minha garganta.

— Ainda deseja reivindicar alguém que faria isso com uma inocente? — indagou Amarantha baixinho, de modo consolador.

Virei o olhar para ela. Não deixaria que a morte de Clare fosse em vão. Não cairia sem lutar.

— Sim — respondi. — Sim, desejo.

O lábio de Amarantha se retraiu, revelando caninos afiados demais. E, quando encarei seus olhos pretos, percebi que morreria.

Mas Amarantha se recostou no trono e cruzou as pernas.

— Bem, Tamlin — disse ela, apoiando a mão no braço dele como se o possuísse. — Não imagino que esperasse que *isto* acontecesse. — Amarantha gesticulou em minha direção. Um murmúrio de risadas daqueles reunidos ao meu redor ecoou, me golpeando como pedras. — O que *você* tem a dizer, Grão-Senhor?

Olhei para o rosto que eu amava tão intensamente, e as palavras seguintes de Tamlin quase me deixaram de joelhos.

— Nunca a vi. Alguém deve tê-la enfeitiçado como uma piada. Provavelmente Rhysand. — Ele ainda tentava me proteger, mesmo agora, mesmo ali.

— Ah, essa não é nem uma mentira parcialmente crível. — Amarantha inclinou a cabeça. — Será que... será que *você*, apesar de suas palavras tantos anos antes, corresponde os sentimentos da humana? Uma garota com ódio no coração por nosso povo conseguiu se apaixonar por um feérico. E um feérico cujo pai certa vez massacrou massas humanas ao meu lado de fato se apaixonou por ela também? — Amarantha soltou aquela risada de corvo outra vez. — Ah, isso é bom demais... é divertido demais. — Ela tocou o osso que pendia da corrente e olhou para o olho encapsulado na mão. — Imagino que, se alguém aprecia este momento — disse ela ao anel —, é você, Jurian. — Amarantha deu um sorriso agradável. —

É uma pena que a prostituta humana que você escondia jamais se incomodou em salvá-lo, no entanto.

Jurian... aquele era o olho *dele*, o osso de seu dedo. Horror se revirou em meu estômago. Por meio de qualquer que fosse o mal, qualquer que fosse o poder, Amarantha ainda lhe guardava a alma, a consciência de Jurian, no anel, no osso.

Tamlin ainda olhava para mim sem me reconhecer, sem um lampejo de sentimento. Talvez Amarantha tivesse usado o mesmo poder para enfeitiçá-lo; talvez tivesse levado todas as suas memórias.

A rainha limpou as unhas.

— As coisas andam terrivelmente entediantes desde que Clare decidiu morrer. Matar você imediatamente, humana, seria chato. — Ela voltou o olhar para mim e, depois, para as unhas, para o anel no dedo. — Mas o Destino mexe o Caldeirão de maneiras estranhas. Talvez minha querida Clare precisasse morrer para que eu me divertisse de verdade com você.

Estremeci quando minhas entranhas pareceram se liquefazer; não consegui evitar.

— Veio reivindicar Tamlin? — indagou Amarantha, e aquilo não era uma pergunta, mas um desafio. — Bem, na verdade, estou chorando de tédio com o silêncio deprimido dele. Fiquei preocupada quando ele não reagiu enquanto eu brincava com a querida Clare, quando sequer mostrou aquelas lindas garras...

"Mas vou fazer um negócio com você, humana — propôs Amarantha, e sinos de alerta ressoaram em minha mente. *A não ser que sua vida dependa disso*, dissera Alis. — Complete três tarefas escolhidas por mim, três tarefas para provar quão profundo são o senso de lealdade e o amor dos humanos, e Tamlin é seu. Apenas três pequenos desafios para provar sua dedicação, para provar a mim, ao querido Jurian, que seu tipo pode mesmo amar, e poderá ter seu Grão-Senhor. — Amarantha se virou para Tamlin. — Considere isso um favor, Grão-Senhor, esses cães humanos podem deixar nosso povo tão vidrado de desejo que perdemos todo o bom senso. É melhor que veja a verdadeira natureza dela agora."

— Também quero a maldição quebrada — disparei. Amarantha ergueu a sobrancelha, o sorriso aumentando, revelando muitos daqueles dentes brancos. — Completo todas as três tarefas; a maldição é quebrada, e nós, e toda a corte de Tamlin, podemos sair daqui. E sermos livres para sempre — acrescentei. A magia era específica, dissera Alis, fora assim que Amarantha os enganara. Não deixaria que brechas se tornassem minha ruína.

— É claro — ronronou Amarantha. — Incluirei outro elemento se você não se importar, apenas para ver se é digna de nosso povo, se é inteligente a ponto de merecê-lo. — O olho de Jurian se mexeu desesperadamente, e Amarantha estalou a língua. O olho parou de se mover. — Darei uma saída a você, menina — continuou a Grã-Rainha. — Complete as três tarefas, *ou*, quando não aguentar mais, só precisa responder uma pergunta. — Mal consegui ouvir acima da pulsação que latejava em meus ouvidos. — Um enigma. Resolva o enigma, e a maldição será quebrada. *Instantaneamente*. Nem mesmo precisarei erguer o dedo, e ele estará livre. Dê a resposta certa, e ele é seu. Pode responder a qualquer momento, mas, se responder incorretamente... — Amarantha apontou, e não precisei me virar para saber que ela indicava Clare.

— E se eu fracassar em suas tarefas? — argumentei, com mais coragem do que sentia. Eu repassava as palavras de Amarantha, procurando armadilhas e brechas no modo como ela as havia formulado. Mas tudo parecia certo.

Seu sorriso ficou quase grotesco, e ela esfregou o polegar na cápsula daquele anel.

— Se você fracassar em uma tarefa, não restará nada para eu brincar.

Um calafrio rastejou por minha espinha. Alis tinha me alertado... alertado contra acordos. Mas Amarantha me mataria imediatamente se eu dissesse não.

— Qual a natureza de minhas tarefas?

— Ah, revelar isso tiraria toda a diversão. Mas direi que você terá uma tarefa todo mês, na lua cheia.

— E enquanto isso? — Ousei olhar para Tamlin. O dourado em seus olhos estava mais brilhante do que eu me lembrava.

— Enquanto isso — disse Amarantha, em tom afiado —, deverá permanecer em sua cela, ou fazer qualquer trabalho adicional que eu solicitar.

— Se você me esgotar, isso não vai me deixar em desvantagem? — Eu sabia que ela estava perdendo o interesse, que não esperava que eu questionasse tanto. Mas precisava tentar conseguir algum tipo de vantagem.

— Nada além de afazeres domésticos básicos. É justo que trabalhe para se sustentar. — Eu poderia ter estrangulado Amarantha por aquilo, mas assenti. Imaginei se tinha feito algo tolo quando ela disse: — Então, estamos de acordo.

Eu sabia que ela esperava que eu repetisse a resposta, mas precisava me certificar.

— Se eu completar suas três tarefas, ou resolver seu enigma, fará o que peço?

— É claro — afirmou Amarantha. — Estamos de acordo?

Com o rosto de um tom de branco terrível, Tamlin me encarou, os olhos quase imperceptivelmente se arregalando. *Não.*

Mas era aquilo ou a morte; morte como a de Clare, lenta e cruel. O Attor sibilou atrás de mim, num aviso para que eu respondesse. Não acreditava em Destino ou em Caldeirão... e não tinha outra escolha.

Porque quando olhei para os olhos de Tamlin, mesmo naquele momento, sentado ao lado de Amarantha na condição de escravizado ao dispor dela, eu o amei com uma voracidade que tomou meu coração inteiro. Porque quando ele arregalou os olhos, soube que Tamlin ainda me amava.

Não me restava nada além daquilo, do fiapo tolo de esperança de que pudesse vencer, de que eu pudesse ser mais esperta e derrotar uma rainha feérica tão antiga quanto a pedra sob mim.

— Então? — indagou Amarantha. Atrás de mim, senti o Attor se preparando para golpear, para me espancar até obter uma resposta se fosse preciso. Ela havia enganado todos, mas eu não tinha sobrevivido à pobreza e aos anos no bosque por nada. Minha melhor chance seria não revelar nada a meu respeito, ou a respeito do que sabia. O que era aquela corte, senão outra floresta, outro terreno de caça?

Olhei para Tamlin uma última vez antes de dizer:

— Concordo.

Amarantha me deu um sorriso breve e horrível, e magia fervilhou no ar entre nós quando ela estalou os dedos. A Grã-Rainha se aconchegou de volta no trono.

— Deem a ela uma saudação digna de meu salão — ordenou Amarantha para alguém atrás de mim.

O chiado do Attor foi meu único aviso quando algo duro feito pedra colidiu contra meu maxilar.

Fui atirada de lado, chocada com a dor, mas outro golpe brutal contra meu rosto aguardava. Ossos se quebraram... *meus* ossos. Minhas pernas giraram sob o corpo, e a pele encouraçada do Attor roçou contra minha bochecha quando ele me socou de novo. Fui jogada longe, mas encontrei o punho de outro... um perturbado feérico inferior, cujo rosto não consegui ver. Era como ser espancada com um tijolo. *Crunch, craque*. Acho que havia três deles, e me tornei o saco de pancadas; passei de golpe em golpe, meus ossos gritando de agonia. Talvez eu também estivesse gritando de agonia.

Sangue jorrou de minha boca, e o odor pungente e metálico a preencheu antes que eu apagasse.

Capítulo 35

Meus sentidos retornaram devagar, cada um mais doloroso que o outro. O som de água pingando a princípio; depois, o eco distante de passadas pesadas. Um gosto permanente de cobre envolvia minha boca: sangue. Acima do chiado do que julguei serem minhas narinas entupidas, o cheiro pungente de bolor e o fedor de mofo tornavam o ar úmido e frio. Palhas afiadas de feno espetavam minha bochecha. Minha língua tocou meu lábio cortado, e o movimento fez meu rosto arder. Encolhendo o corpo, abri os olhos, mas só consegui abrir um pouco — inchaço. O que vi pelos olhos, sem dúvida roxos, não ajudou muito meu humor.

Estava em uma cela de prisão. Minhas armas haviam sumido, e minha única fonte de luz vinha das tochas além da porta. Amarantha dissera que uma cela seria onde eu passaria meu tempo, mas mesmo enquanto me sentava — com a cabeça tão zonza que quase apaguei de novo —, meu coração acelerou. Estava em uma masmorra. Examinei os feixes de luz que entravam pelas fendas entre a porta e a parede, e, depois, toquei o rosto com cuidado.

Ele doía; doía mais que qualquer coisa que jamais tinha suportado. Contive um grito quando meus dedos roçaram o nariz e cascas de sangue caíram das narinas. Estava quebrado. Quebrado. Eu teria trincado os dentes caso meu maxilar não fosse uma confusão latejante de dor também.

Não podia entrar em pânico. Não, precisava segurar as lágrimas, precisava manter a concentração. Precisava avaliar os danos o melhor possível, e, então, descobrir o que fazer. Talvez pudesse usar minha camisa como atadura — talvez me dessem água em algum momento, para lavar os ferimentos. Tomando um fôlego superficial, explorei o restante do rosto. Meu maxilar não estava quebrado e, embora meus olhos estivessem inchados e o lábio estivesse cortado, o pior dano ainda estava no nariz.

Dobrei os joelhos até a altura do peito, segurando-os com força enquanto controlava minha respiração. Eu tinha violado uma das regras de Alis. Não tive escolha, no entanto. Ao ver Tamlin sentado ao lado de Amarantha...

Meu maxilar protestou, mas trinquei os dentes mesmo assim. A lua cheia... Era meia-lua quando saí da casa de meu pai. Por quanto tempo tinha ficado inconsciente lá embaixo? Eu não era tola para acreditar que qualquer intervalo de tempo me prepararia para a primeira tarefa de Amarantha.

Não me permiti imaginar o que ela havia planejado para mim; bastava saber que Amarantha esperava que eu morresse — que não *restaria* o suficiente de mim para que ela torturasse.

Segurei as pernas com mais força para evitar que as mãos tremessem. Em algum lugar — não muito longe —, gritos começaram. Um berro agudo, suplicante, intensificado com tons crescentes de gritos esganiçados que fizeram com que bile subisse ardendo até minha garganta. Talvez eu soasse do mesmo jeito quando enfrentasse a primeira tarefa de Amarantha.

Um chicote estalou, e os gritos aumentaram, sem parar a fim de tomar fôlego. Clare provavelmente gritara da mesma forma. Era como se eu mesma a tivesse torturado. O que pensara daquilo tudo, de todos aqueles feéricos desejando seu sangue e desgraça? Eu merecia aquilo — merecia qualquer que fosse a dor e o sofrimento —, ao menos pelo que ela havia suportado. Mas... mas eu consertaria as coisas. De algum modo.

Devia ter cochilado em algum momento, porque acordei ao ouvir o ranger da porta da cela contra pedra. Esquecendo-me da dor insuportável no rosto, recuei para me abaixar nas sombras do canto mais próximo. Alguém entrou em minha cela e fechou a porta agilmente, deixando-a entreaberta.

— Feyre?

Tentei ficar de pé, mas minhas pernas tremeram tanto que eu não conseguia me mover.

— Lucien? — sussurrei, e o feno estalou quando ele se abaixou no chão diante de mim.

— Pelo Caldeirão, você está bem?

— Meu rosto...

Uma luz fraca acendeu ao lado de sua cabeça, e os olhos de Lucien ficaram visíveis, o de metal se estreitou.

Lucien chiou.

— Perdeu a cabeça? O que está fazendo aqui?

Lutei contra as lágrimas; eram inúteis mesmo.

— Voltei para a mansão... Alis me contou... me contou sobre a maldição, e não podia deixar que Amarantha...

— Você não deveria ter vindo, Feyre — interrompeu ele, em tom afiado. — Não era para você estar aqui. Não entende o que ele sacrificou para libertá-la? Como pôde ser tão tola?

— Bem, estou aqui agora! — retruquei, mais alto do que deveria. — Estou aqui, e não há nada que possa ser feito a respeito disso; então, não se dê o trabalho de falar sobre minha pele humana fraca e minha estupidez! Sei de tudo isso, e eu... — Queria cobrir o rosto com as mãos, mas doía demais. — Eu só... eu precisava dizer a ele que o amava. Para ver se não era tarde demais.

Lucien se sentou sobre os tornozelos.

— Então, sabe de tudo. — Consegui assentir sem apagar com a dor. Meu sofrimento devia ter transparecido, porque ele encolheu o corpo. — Bem, pelo menos não precisamos mais mentir para você. Vamos limpá-la um pouco.

— Acho que meu nariz está quebrado. Mas nada mais. — Enquanto falava, olhei ao redor de Lucien em busca de sinais de água ou de ataduras, e não encontrei nenhum. Devia ser magia então.

Lucien olhou por cima do ombro, verificando a porta.

— Os guardas estavam bêbados, mas seus substitutos vão chegar em breve — disse ele, e, depois, avaliou meu nariz. Eu me preparei quando permiti que Lucien tocasse com cuidado. Mesmo o roçar das pontas de seus dedos disparou lampejos de dor incandescente em mim. — Vou precisar colocar no lugar antes de poder curá-lo.

Contive o pânico ofuscante.

— Faça-o. Agora mesmo. — Antes que eu conseguisse mergulhar na covardia e dizer a Lucien que deixasse para lá. Ele hesitou. — *Agora* — ordenei, ofegante.

Rápido demais para que eu acompanhasse, os dedos de Lucien puxaram meu nariz. Dor percorreu meu corpo, e um estalo soou em meus ouvidos, em minha cabeça, antes que eu desmaiasse.

Quando recobrei os sentidos, consegui abrir os olhos completamente, e meu nariz — meu nariz estava desobstruído, e não latejava ou lançava dor agonizante por meu rosto. Lucien estava agachado sobre mim, franzindo a testa.

— Não pude curar por completo, ou saberiam que alguém a havia ajudado. Os hematomas estão aí, assim como um olho roxo horrível, mas... todo o inchaço sumiu.

— E meu nariz? — indaguei, sentindo-o antes que Lucien respondesse.

— Consertado, empinado e bonitinho como antes. — Lucien deu um risinho para mim. O gesto familiar me causou um aperto e uma dor no peito.

— Achei que ela tivesse levado a maior parte de seu poder — consegui dizer. Mal vira Lucien usar magia na mansão.

Ele assentiu para a luz que tremeluzia acima do ombro.

— Ela me devolveu uma fração, para instigar Tamlin a aceitar a oferta dela. Mas ele ainda a recusa. — Lucien indicou meu rosto curado com o queixo. — Eu sabia que algum bem viria do fato de eu estar aqui embaixo.

— Então você também está preso Sob a Montanha?

Um aceno sombrio de cabeça.

— Agora, Amarantha convocou todos os Grão-Senhores, e mesmo aqueles que juraram obediência estão proibidos de sair até... até que você termine suas tarefas.

Até eu estar morta era provavelmente o que Lucien queria dizer de verdade.

— Aquele anel — falei. — Ele é... é mesmo o olho de Jurian?

Lucien se encolheu.

— Sim. Então, você sabe de tudo mesmo?

— Alis não disse o que aconteceu depois que Jurian e Amarantha se enfrentaram.

— Eles destruíram um campo de batalha inteiro, usando os soldados como escudos, até que os exércitos estivessem quase todos mortos. Jurian recebera alguma proteção contra Amarantha, mas, depois que eles se enfrentaram mano a mano... Amarantha levou apenas minutos para derrubá-lo. Então, ela o arrastou de volta para o acampamento e levou semanas, *semanas*, torturando e matando Jurian. Ela rejeitou ordens de marchar para ajudar o rei de Hybern, e custou a ele os exércitos e a Guerra; Amarantha se recusou a fazer qualquer coisa até terminar a tortura de Jurian. Tudo o que guardou dele foram o osso do dedo e o olho. Clythia prometera a Jurian que ele jamais morreria; então, contanto que Amarantha mantenha aquele olho preservado pela magia, com a alma e a consciência dele presas ali, Jurian permanecerá preso, observando. Uma punição adequada pelo que fez, mas — Lucien bateu no próprio olho arrancado — fico feliz por ela não ter feito o mesmo comigo. Parece ter uma obsessão com esse tipo de coisa.

Estremeci. Uma caçadora; ela era pouco mais que uma imortal e cruel caçadora, colecionando troféus das vítimas e conquistas para se gabar ao longo das eras. O ódio, o desespero e o horror que Jurian devia sofrer todos os dias, durante a eternidade... Podia até ser merecido, mas era pior que qualquer coisa que eu pudesse imaginar. Afastei o pensamento de mim.

— Tamlin...

— Ele... — Mas Lucien ficou de pé diante de um som que meus ouvidos humanos não conseguiam ouvir. — Os guardas estão prestes a mudar de turno, e estão se dirigindo para cá. Tente não morrer, está bem? Já tenho uma longa lista de feéricos para matar, não preciso acrescentar mais a ela, mesmo que em nome de Tamlin.

E sem dúvida fora por isso que Lucien se dera o trabalho de descer. Ele sumiu — simplesmente *sumiu* à luz fraca. Um momento depois, um olho amarelado, manchado de vermelho, surgiu no buraco da fechadura, à porta, e me olhou com raiva e seguiu em frente.

Caí no sono pelo que poderiam ter sido horas ou dias. Eles me deram três refeições horríveis de pão dormido e água, em intervalos irregulares que eu não conseguia identificar. Tudo o que soube quando a porta da cela se abriu era que minha fome implacável já não importava mais, e que seria inteligente não lutar conforme os dois feéricos atarracados, de pele vermelha, me arrastaram até o salão do trono. Identifiquei o caminho, observando detalhes no corredor — rachaduras interessantes nas paredes, decorações nas tapeçarias, uma curva estranha — qualquer coisa para me lembrar da rota para fora da masmorra.

Observei melhor o salão do trono de Amarantha dessa vez, reparando nas saídas. Nele, não havia nenhuma janela, pois estávamos no subterrâneo. E a montanha que eu vira retratada naquele mapa na mansão ficava no coração da terra — longe da Corte Primaveril, e mais longe ainda da muralha. Se eu fosse escapar com Tamlin, minha melhor chance seria correr para aquela caverna no coração da montanha.

Uma multidão de feéricos estava parada ao longo de uma parede afastada. Sobre eles, eu conseguia distinguir o arco de um portal. Tentei não erguer o olhar para o corpo em decomposição de Clare quando passamos, e, em vez disso, me concentrei na corte reunida. Todos estavam vestindo roupas coloridas e requintadas; todos pareciam limpos e alimentados. Dispersados entre eles estavam feéricos com máscaras. A Corte Primaveril. Se eu teria alguma chance de encontrar aliados, seria entre eles.

Avaliei a multidão em busca de Lucien, mas não o encontrei antes de ser atirada ao pé da plataforma. Amarantha usava um vestido de rubis, chamando atenção para seus cabelos ruivo-dourados, para os lábios, os quais se abriram em um sorriso viperino quando a olhei.

A rainha feérica emitiu um estalo com a língua.

— Você parece completamente destruída — comentou Amarantha, e se virou para Tamlin, ao lado. A expressão dele permanecia distante. — Não diria que ela parece abatida?

Tamlin não respondeu; sequer me encarou.

— Sabe — ponderou Amarantha, recostando-se ao braço do trono —, não consegui dormir ontem à noite, e percebi por que esta manhã. — A Grã-Rainha me observou. — Não sei seu nome. Se nós duas seremos amigas durante os próximos três meses, eu deveria saber seu nome... não deveria?

Eu me segurei para não assentir. Havia algo de encantador e convidativo a respeito de Amarantha; parte de mim começou a entender por que os Grão-Senhores tinham caído em seus feitiços, tinham acreditado em suas mentiras. Eu a odiava por aquilo.

Quando não respondi, ela franziu a testa.

— Vamos lá, queridinha. Você sabe meu nome, não é justo que eu saiba o seu? — Houve um movimento à direita, e fiquei tensa quando o Attor surgiu em meio à multidão, sorrindo para mim com fileira após fileira daqueles dentes. — Afinal de contas — Amarantha gesticulou com a mão elegante para o espaço atrás de mim, e o cristal que encapsulava o olho de Jurian refletiu a luz —, você já descobriu as consequências de dar nomes falsos. — Uma nuvem cinzenta me envolveu quando senti a forma de Clare pregada à parede atrás de mim. Mesmo assim, fiquei de boca fechada.

— Rhysand — continuou Amarantha, sem precisar erguer a voz para convocá-lo. Meu coração se tornou chumbo quando aqueles passos casuais, vagueando, ecoaram atrás. Eles pararam ao meu lado, perto demais para meu gosto.

Pelo canto do olho, avaliei o Grão-Senhor da Corte Noturna quando se curvou em uma profunda mesura. A noite ainda parecia irradiar dele como uma capa quase invisível.

Amarantha ergueu as sobrancelhas:

— É esta a garota que viu na propriedade de Tamlin?

Rhysand afastou um grão invisível de poeira da túnica preta antes de me avaliar. Os olhos violeta exibiam tédio e desdém.

— Suponho que sim.

— Mas você me disse ou *não* que *aquela garota* — prosseguiu Amarantha, o tom de voz ficando afiado conforme ela apontava para Clare — foi a que você viu?

Rhysand enfiou as mãos nos bolsos.

— Todos os humanos se parecem para mim.

Amarantha lançou um sorriso adocicado para Rhysand.

— E quanto a feéricos?

Ele fez mais uma reverência, tão suave que pareceu uma dança.

— Entre um mar de rostos mundanos, o seu é uma obra de arte.

Se eu não estivesse me equilibrando na corda entre a vida e a morte, teria dado um riso de deboche.

Todos os humanos se parecem... Não acreditei nele por um segundo. Rhysand sabia exatamente como eu era; ele me reconhecera naquele dia na mansão. Obriguei meu rosto a exibir neutralidade quando a atenção de Amarantha voltou-se para mim de novo.

— Qual é o nome dela? — indagou Amarantha a Rhysand.

— Como eu vou saber? Ela mentiu para mim. — Ou brincar com Amarantha era uma piada para Rhysand, tanto quanto empalar uma cabeça no jardim de Tamlin, ou... era mais uma intriga de corte.

Eu me preparei para o arranhar daquelas garras contra minha mente, me preparei para a ordem que tinha certeza de que viria a seguir.

Mesmo assim, mantive os lábios fechados. Rezei para que Nestha tivesse contratado aqueles batedores e vigias; rezei para que ela tivesse persuadido meu pai a tomar precauções.

— Se está disposta a jogar, menina, então imagino que possamos fazer isso do modo mais divertido — disse Amarantha. Ela estalou os dedos para o Attor, que levou a mão à multidão e pegou alguém. Cabelos ruivos reluziram, e dei um salto quando o Attor puxou Lucien para a frente pelo colarinho da túnica verde. Não. *Não.*

Lucien se debateu contra o Attor, mas não podia fazer nada contra aquelas unhas afiadas como agulhas quando a criatura o obrigou a ficar de joelhos. O Attor sorriu, soltando a túnica de Lucien, mas se manteve próximo.

Amarantha gesticulou com o dedo na direção de Rhysand. O Grão-Senhor da Corte Noturna ergueu a sobrancelha feita.

— Segure a mente dele — ordenou Amarantha.

Meu coração afundou até o chão. Lucien ficou completamente imóvel, suor brilhava em seu pescoço quando Rhysand fez uma reverência com a cabeça para a rainha e o encarou.

Atrás deles, empurrando até chegarem à frente da multidão, vieram quatro Grão-Feéricos altos e de cabelos ruivos. De corpo tonificado e musculoso, alguns deles parecendo guerreiros prestes a colocar os pés em um campo de batalha, alguns como lindos cortesãos, todos encararam Lucien... e sorriram. Os quatro filhos restantes do Grão-Senhor da Corte Outonal.

— O nome dela, emissário? — perguntou Amarantha a Lucien. Mas ele apenas olhou para Tamlin antes de fechar os olhos e esticar os ombros. Rhysand começou a sorrir de leve, e estremeci ao me lembrar da sensação daquelas garras invisíveis enquanto seguravam minha mente. Como teria sido fácil para ele esmagá-la.

Os irmãos de Lucien espreitavam no limite da multidão, cruéis e sedentos por sangue; sem remorso, sem medo nos belos rostos.

Amarantha suspirou.

— Achei que teria aprendido a lição, Lucien. Só que dessa vez o silêncio o condenará tanto quanto sua língua. — Ele ficou de olhos fechados. Pronto, Lucien estava pronto para que Rhysand destruísse tudo o que era, para que transformasse sua mente, sua alma, em poeira.

— O nome dela? — perguntou Amarantha a Tamlin, que não respondeu. Os olhos dele permaneceram fixos nos irmãos de Lucien, como se anotando quem dava o sorriso mais largo.

Amarantha passou a mão pelo braço do trono.

— Imagino que seus belos irmãos não saibam, Lucien — ronronou a rainha.

— Se soubéssemos, senhora, seríamos os primeiros a contar — disse o mais alto. Ele era magro e bem-vestido, um desgraçado completo, treinado para a corte. Provavelmente era o mais velho, considerando a maneira como até aqueles que pareciam guerreiros natos o encaravam com deferência e frieza... e medo.

Amarantha deu um sorriso de consideração ao feérico e ergueu a mão. Rhysand inclinou a cabeça, os olhos se estreitando levemente sobre Lucien.

Lucien enrijeceu o corpo. Ele soltou um gemido e...

— Feyre! — gritei. — Meu nome é Feyre.

Fiz de tudo para evitar cair de joelhos quando Amarantha assentiu, e Rhysand recuou um passo. Ele sequer tirara as mãos dos bolsos.

Ela devia ter permitido que ele preservasse mais poder que os demais, se ainda podia infligir tanto mal enquanto aprisionado a ela. Ou o poder de Rhysand antes de Amarantha roubá-lo fora... extraordinário, para que *aquilo* fosse considerado seu mais básico resquício.

Lucien desabou no chão, tremendo. Seus irmãos franziram a testa; o mais velho chegou até a exibir os dentes para mim, em um grunhido silencioso. Eu o ignorei.

— Feyre — ecoou Amarantha, testando meu nome, o gosto das duas sílabas em sua língua. — Um nome antigo, de nossos dialetos mais velhos. Bem, Feyre — disse ela. Eu poderia ter chorado de alívio quando Amarantha não perguntou o sobrenome de minha família. — Prometi um enigma a você.

Tudo se tornou espesso e úmido. Por que Tamlin não fizera nada, não dissera nada? O que Lucien estava prestes a dizer antes de fugir de minha cela?

— Resolva isto, Feyre, e você e seu Grão-Senhor e toda a corte dele poderão partir imediatamente com minha bênção. Vejamos se é de fato inteligente o bastante para merecer um dos nossos. — Os olhos escuros de Amarantha brilharam, e limpei a mente o melhor possível enquanto ela recitou:

"Há quem me procure a vida inteira, sem jamais me encontrar,
E aqueles que beijo, mas vêm com pés ingratos me esmagar.

Às vezes parece que favoreço a inteligência e a graça,
Mas abençoo todos os que arriscam com audácia.

Suave e doce minha égide costuma ser,
Mas, se desprezado, me torno uma fera difícil de abater.

Pois embora cada um de meus golpes seja poderoso,
Quando mato, meu processo é vagaroso..."

Pisquei, e ela repetiu o enigma, sorrindo quando terminou, presunçosa, como um gato. Minha mente era um vácuo, uma confusão vazia de inutilidade. Será que era algum tipo de doença? Minha mãe morrera de febre tifoide, e a prima dela morrera de malária depois de ir para Bharat... Nenhum dos sintomas parecia se adequar ao enigma... Talvez fosse uma pessoa?

Um rompante de risadas se espalhou entre aqueles reunidos atrás de nós, as mais altas emitidas pelos irmãos de Lucien. Rhys me observava, envolto em noite e com um leve sorriso.

A resposta estava tão perto — uma pequena resposta, e todos poderíamos ser libertados. Imediatamente, dissera ela, em vez de... espere, será que as condições das tarefas eram diferentes daquelas do enigma? Ela enfatizara *imediatamente* apenas quando falara em resolver o enigma. Não, eu não podia pensar naquilo no momento. Precisava resolver aquele enigma. Poderíamos todos ficar livres. *Livres.*

Mas eu não conseguia... não conseguia nem pensar em uma possibilidade. Seria melhor cortar a própria garganta e acabar com meu sofrimento bem ali, antes que ela pudesse me fazer em frangalhos. Eu era uma tola, uma idiota humana comum. Olhei para Tamlin. O dourado em seus olhos brilhou, mas o rosto não demonstrou nada.

— Pense nisso — sugeriu Amarantha, de forma consoladora, e lançou um sorriso para o anel, para o olho que oscilava ali dentro. — Quando pensar na resposta, estarei esperando.

Olhei para Tamlin mesmo enquanto era puxada para a masmorra, a mente vazia acelerada.

Quando eles me trancaram mais uma vez na cela, eu soube que perderia.

Passei dois dias naquela cela, ou pelo menos imaginei que fossem dois dias, com base no padrão das refeições que tinha começado a entender. Comi as partes decentes da comida semibolorenta, e, embora tivesse esperança, Lucien não fora me ver. Eu sabia que não deveria esperar por Tamlin.

Tinha pouco a fazer a não ser pensar no enigma de Amarantha. Quanto mais pensava nele, menos sentido fazia. Refleti sobre vários tipos de venenos e animais venenosos — e isso não deu em nada, a não ser uma sensação crescente de estupidez. Sem falar da sensação permanente de que Amarantha poderia ter me enganado com aquele acordo quando enfatizou imediatamente em relação ao enigma. Talvez ela quisesse dizer que não nos libertaria imediatamente após o fim das tarefas. Que ela poderia levar o tempo que quisesse. Não, não, eu só estava sendo paranoica. Estava pensando demais. Mas o enigma poderia libertar a todos nós, instantaneamente. Eu precisava resolvê-lo.

Embora tivesse jurado não pensar muito nas tarefas que me aguardavam, não duvidei da imaginação de Amarantha, e costumava acordar suando e ofegante, devido ao sono inquieto — com sonhos em que eu estava presa dentro daquele anel de cristal, para sempre silenciada e forçada a testemunhar seu mundo sedento por sangue e cruel, arrancada de tudo o que eu sempre amara. Amarantha alegara que não sobraria muito de mim para brincar caso eu falhasse em alguma tarefa; e rezei para que ela não tivesse mentido. Melhor ser destruída que sofrer o mesmo destino de Jurian.

Mesmo assim, medo como eu nunca sentira me engoliu por inteiro quando a porta da cela se abriu e um guarda de pele vermelha me disse que a lua cheia havia chegado.

Capítulo 36

Os sons de uma multidão gritando reverberavam pela passagem. Minha escolta armada não se incomodou com armas empunhadas conforme me empurrava para a frente. Eu nem mesmo estava acorrentada. Alguém ou algo poderia me pegar antes que eu me movesse 10 metros, e me estripar onde eu estava.

A cacofonia de risos, gritos e urros sobrenaturais piorou quando o salão se abriu para o que só podia ser uma imensa arena. Não houve tentativas de decorar a caverna iluminada por tochas; e eu não sabia dizer se ela fora escavada na rocha ou formada naturalmente. O piso estava escorregadio e enlameado, e tive dificuldades em me manter de pé conforme caminhávamos.

Mas foi a multidão imensa e revoltada que revirou meu estômago enquanto me encarava. Eu não conseguia decifrar o que estavam gritando, mas tinha uma ideia. Os rostos cruéis e etéreos e os sorrisos largos me diziam tudo o que eu precisava saber. Não havia apenas feéricos inferiores, mas Grão-Feéricos também, e a agitação deixava seus rostos quase tão ferozes quanto os irmãos mais sobrenaturais.

Fui empurrada até uma plataforma de madeira erguida acima da multidão. No alto estavam Amarantha e Tamlin, e diante dela...

Fiz o possível para manter o queixo erguido quando vi o labirinto exposto de túneis e trincheiras que percorria o chão. A multidão, enfileirada ao lòngo das margens, bloqueava minha visão do interior, quando fui atirada de joelhos diante da plataforma de Amarantha. A lama semicongelada molhou minha calça.

Fiquei de pé sobre as pernas trêmulas. Em volta da plataforma havia um grupo de seis machos feéricos, destacados da multidão principal. Pelos rostos frios e lindos, pelo eco de poder que ainda emanava dos seis, sabia que eram os outros Grão-Senhores de Prythian. Ignorei Rhysand assim que reparei no sorriso felino e na auréola de escuridão à sua volta.

Amarantha só precisou erguer a mão para a multidão vociferante se calar.

O ambiente ficou tão silencioso que eu quase conseguia ouvir meu coração batendo.

— Então, Feyre — disse a rainha feérica. Tentei não olhar para a mão que ela apoiava no joelho de Tamlin, aquele anel tão vulgar quanto o próprio gesto. — Sua primeira tarefa está aqui. Vejamos quão profunda é sua afeição humana.

Trinquei os dentes e quase os exibi para Amarantha. O rosto de Tamlin permaneceu inexpressivo.

— Tomei a liberdade de descobrir algumas coisas a seu respeito — cantarolou Amarantha. — É justo, você sabe.

Cada instinto, cada pedaço de mim que era intrinsecamente *humano* gritou para que eu corresse, mas mantive os pés plantados, travando os joelhos para evitar que cedessem.

— Acho que vai gostar desta tarefa — disse Amarantha. Ela gesticulou com a mão, e o Attor deu um passo adiante para separar a multidão, abrindo caminho até a borda de uma trincheira. — Vá em frente. Olhe.

Obedeci. As trincheiras, provavelmente com 6 metros de profundidade, estavam escorregadias com lama; na verdade, pareciam ter sido escavadas na lama. Lutei para manter o equilíbrio quando olhei mais para dentro. As trincheiras formavam um labirinto por todo o chão da câmara, e o caminho fazia pouco sentido. Estava cheio de poços e buracos, os quais sem dúvida davam para túneis subterrâneos e...

Mãos se chocaram contra minhas costas, e gritei quando tive a sensação nauseante de cair antes de ser subitamente erguida por garras duras como ossos — para cima e para cima, até o ar. Risadas ecoaram pela câmara quando pendi do aperto do Attor, a batida das asas poderosas ecoando pela arena. O Attor voou até a trincheira e me soltou de pé.

A lama afundou, e agitei os braços quando me desequilibrei e escorreguei. Ouvi mais risadas, mesmo quando permaneci de pé.

A lama tinha um cheiro terrível, mas engoli a ânsia de vômito. Virei e vi a plataforma de Amarantha agora flutuando na borda da trincheira. Ela abaixou o olhar para mim, sorrindo aquele sorriso de serpente.

— Rhysand me contou que você é caçadora — disse Amarantha, e meu coração fraquejou.

Ele devia ter ouvido meus pensamentos de novo, ou... talvez tivesse encontrado minha família e...

Amarantha estalou os dedos em minha direção.

— Cace isto.

Os feéricos comemoraram, e vi ouro refletir entre palmas de mãos magricelas e de vários tons. Apostavam em minha vida... em quanto tempo eu duraria depois que aquilo começasse.

Ergui o olhar para Tamlin. Seus olhos de esmeralda congelaram, e memorizei as linhas de seu rosto, o formato da máscara de Tamlin, o tom de seu cabelo, uma última vez.

— Soltem o animal — gritou Amarantha. Tremi até a medula quando uma grade rangeu, e, então, um ruído de movimento rastejante e ágil preencheu a câmara.

Meus ombros se elevaram na direção das orelhas. A multidão foi se calando até emitir apenas um murmuro, silencioso o bastante para que eu pudesse ouvir um tipo de grunhido gutural; depois, consegui sentir as vibrações no chão conforme o que quer que fosse corria até mim.

A Grã-Rainha emitiu um estalo com a língua, e virei a cabeça para ela. As sobrancelhas de Amarantha se ergueram.

— Corra — sussurrou ela.

Então, a coisa surgiu.

Corri.

Era uma minhoca gigante, ou o que um dia poderia ter sido uma minhoca, caso a extremidade dianteira não tivesse se tornado uma boca imensa, cheia de anel após anel de dentes afiados como lâminas. O animal disparou em minha direção, o corpo marrom e rosado se impulsionando e se contorcendo com uma facilidade assustadora. Aquelas trincheiras eram seu lar.

E eu era o jantar.

Deslizando e escorregando na lama fétida, disparei pela extensão da trincheira, desejando ter memorizado mais de sua disposição nos poucos momentos que tivera, sabendo que meu caminho poderia muito bem levar a um beco sem saída, onde eu certamente...

A multidão rugiu, abafando os ruídos de sucção e ranger de dentes da minhoca, mas não ousei olhar por cima do ombro. O fedor, que se aproximava cada vez mais, me dizia quanto ela estava perto. Não tive fôlego para um soluço de alívio quando encontrei uma bifurcação no caminho, e fiz uma curva acentuada para a esquerda.

Precisava colocar o máximo de distância possível entre nós; precisava encontrar um ponto no qual pudesse montar um plano, um lugar em que pudesse encontrar uma vantagem.

Outra bifurcação; virei para a esquerda de novo. Talvez, se tomasse tantas esquerdas quanto conseguisse, formaria um círculo e, de algum jeito, acabaria atrás da criatura, e...

Não, aquilo era absurdo. Precisaria ser três vezes mais rápida que a minhoca e, no momento, mal conseguia me manter adiante dela. Deslizei por uma parede quando virei mais uma vez à esquerda, e me choquei contra a sujeira escorregadia. Fria, fétida, sufocante. Limpei-a dos olhos e encontrei os rostos maliciosos de feéricos acima de mim, rindo. E corri por minha vida.

Cheguei a uma extensão reta e plana da trincheira, e imprimi força nas pernas quando disparei por ela. Finalmente ousei olhar para trás, e meu medo se tornou insano, se debatendo, quando a minhoca apareceu no caminho, em meu encalço.

Quase perdi uma abertura estreita na lateral da trincheira graças a esse olhar, e abri mão de passos valiosos quando deslizei até parar, a fim de me espremer pela fenda. Era pequena demais para a minhoca, mas a criatura provavelmente poderia destruir a lama. Se não, os dentes fariam o trabalho. Mas valia o risco.

Conforme fiz menção de me impulsionar pela fenda, uma força me deteve. Não, não uma força, mas as paredes. A fenda era pequena demais, e me atirei nela tão desesperadamente que fiquei presa. De costas para a minhoca, e longe demais entre as paredes para conseguir me virar, não pude ver a criatura quando ela se aproximou. O cheiro, no entanto... o cheiro piorava.

Empurrei e puxei, mas a lama estava escorregadia demais e não cedeu.

As trincheiras reverberaram com os movimentos estrondosos da minhoca. Eu quase conseguia sentir seu hálito fétido sobre meu corpo semiexposto, conseguia ouvir aqueles dentes cortando o ar, mais e mais perto. Não desse jeito. Não poderia terminar desse jeito.

Cavei a lama, me virando, rasgando qualquer coisa para conseguir passar. A minhoca se aproximava a cada uma das batidas de meu coração, e o cheiro quase sobrepujava meus sentidos.

Arranquei lama, me debatendo, chutando e empurrando, chorando entre os dentes trincados. Não dess*e jeito*.

O chão estremeceu. Um fedor me envolveu, e ar quente se chocou contra meu corpo. Os dentes da criatura estalavam quando se uniam.

Segurando a parede, puxei e puxei. Ouvi a lama ceder, houve uma liberação repentina de pressão ao redor de meu peito, e caí pela fenda, estatelada na lama.

A multidão suspirou. Não tive tempo para lágrimas de alívio quando me vi em outra passagem, e me lancei mais profundamente no labirinto. Pelos rugidos cada vez mais baixos, soube que a minhoca não tinha me achado.

Mas aquilo não fazia sentido; a passagem não oferecia lugar para eu me esconder. Ela teria me visto presa ali. A não ser que não conseguisse atravessar a lama e agora estivesse tomando algum caminho alternativo para acabar saltando sobre mim.

Não diminuí a velocidade, embora soubesse que desperdiçava energia ao me chocar contra parede após parede, conforme fazia cada curva acentuada. A minhoca também precisava perder velocidade ao realizar tais manobras; uma criatura daquele tamanho não podia fazer as curvas sem reduzir a velocidade, não importava quanto ela fosse hábil.

Arrisquei um olhar para a multidão. Os rostos estavam tensos, com desapontamento, voltados em uma direção totalmente contrária à minha, para a outra ponta da câmara. Era onde devia estar a minhoca — era onde terminara a passagem. A minhoca não vira para onde eu fora. Ela não me vira.

Era cega.

Fiquei tão surpresa que não reparei o enorme fosso que se abriu diante de mim, escondido por uma leve elevação, e fiz de tudo para não gritar quando caí ali dentro. Ar, ar vazio, e...

Eu me choquei contra lama na altura dos tornozelos, e a multidão gritou. A lama amorteceu a queda, mas meus dentes tilintaram com o impacto. No entanto, nada estava quebrado, nada ferido.

Alguns feéricos olharam para dentro, espiando do alto da abertura do fosso. Eu me virei, avaliando o ambiente, tentando descobrir a saída mais rápida. O próprio fosso se abria em um túnel pequeno e escuro, mas eu não tinha como escalar; a parede era inclinada demais.

Eu estava presa. Arquejando, em busca de ar, dei alguns passos arrastados na escuridão do túnel. Contive o grito quando algo sob meu pé emitiu um estalo alto. Cambaleei para trás, e meu cóccix gritou de dor. Continuei recuando, mas minha mão tocou algo liso e duro, e o ergui, vendo um reluzir branco.

Entre os dedos enlameados, reconheci muito bem aquela textura. Osso.

Virando sobre mãos e joelhos, tateei o chão, entrando mais na escuridão. Mais e mais ossos, de todos os formatos e tamanhos, e engoli o grito quando percebi o que era aquele lugar. Somente quando minha mão parou no topo liso de um crânio, saltei de pé.

Precisava sair. *Já*.

— Feyre — ouvi o grito distante de Amarantha. — Está estragando a diversão de todos! — Ela disse isso como se eu fosse uma parceira ruim de peteca. — Saia!

Eu certamente não sairia, mas Amarantha me disse o que eu precisava saber. A minhoca não sabia onde eu estava, não conseguia sentir meu cheiro. Eu tinha preciosos segundos para sair.

Quando minha visão se ajustou à escuridão do covil da minhoca, montanhas e montanhas de ossos reluziram diante de mim, pilhas se elevando no escuro. A característica arenosa da lama só podia ser resultado de camadas intermináveis de esqueletos se decompondo. Eu precisava sair *já*, precisava encontrar um lugar para me esconder que não fosse uma armadilha mortal. Saí dali aos tropeços, e ossos caíram.

De novo a céu aberto, dentro do poço, me segurei em uma das paredes íngremes. Diversos feéricos de rosto verde rugiram xingamentos contra mim, mas ignorei-os conforme tentava escalar a parede; subi 3 centímetros e, então, deslizei para o chão. Não podia sair sem uma corda ou uma escada, e entrar mais na toca da criatura para ver se havia outra saída não era uma opção. É claro que havia uma porta dos fundos. O esconderijo de todo animal tinha duas saídas, mas eu não estava prestes a arriscar a escuridão — ofuscando completamente minha visão — para eliminar por completo minha pequena vantagem.

Eu precisava de um modo de *subir*. Tentei escalar a parede de novo. Os feéricos ainda murmuravam seu descontentamento; contanto que permanecessem daquela maneira, eu estava bem. De novo, subi a parede enlameada, enfiando a mão na terra macia. Só consegui lama congelando sob as unhas quando caí no chão de novo.

O fedor do lugar me invadiu por inteiro. Segurei a náusea quando continuei a tentar subir a parede diversas vezes. Os feéricos riam agora.

— Um rato em uma armadilha — disse um deles.

— Precisa de uma escada? — cantarolou outro.

Uma escada.

Virei na direção da pilha de ossos e, então, empurrei a mão, com força, contra a parede. Pareceu firme. O lugar inteiro era feito de lama compacta, e, se a criatura fosse como suas irmãs menores e inofensivas, eu podia presumir que o fedor — e, portanto, a própria lama — era o resquício do que quer que tivesse passado pelo trato digestivo do animal depois de ele ter limpado os ossos.

Desconsiderando esse fato desprezível, aproveitei a faísca de esperança e peguei os dois ossos maiores e mais fortes que consegui encontrar rapidamente. Ambos eram mais longos que minha perna, e pesados — muito pesados quando os enfiei na parede. Não sabia o que a própria criatura costumava comer, mas devia ser pelo menos do tamanho de uma vaca.

— O que está fazendo? O que está planejando? — sibilou um dos feéricos.

Segurei um terceiro osso e o enfiei profundamente na parede, o mais alto que consegui alcançar. Peguei um quarto osso, um pouco menor, e o prendi no cinto, amarrando-o às costas. Depois de testar os três ossos com alguns puxões fortes, inspirei, ignorei os pios dos feéricos e comecei a subir os degraus. Minha escada.

O primeiro osso aguentou firme, e resmunguei quando segurei o segundo e me impulsionei para cima. Estava colocando o pé no degrau quando outra ideia surgiu, e parei.

Os feéricos — não muito longe — começaram a gritar de novo.

Talvez aquilo funcionasse. Poderia funcionar se eu fizesse direito. Poderia funcionar, porque *tinha* de funcionar. Desci para a lama de novo, e os feéricos que me assistiam murmuraram em confusão. Saquei o osso do cinto e, inspirando fundo, quebrei-o contra o joelho.

Meus ossos queimaram de dor, mas o osso quebrou, me deixando com duas estacas afiadas. Funcionaria.

Se Amarantha queria que eu caçasse, eu caçaria.

Caminhei até o meio da abertura do fosso, calculei a distância e mergulhei os dois ossos no chão. Voltei para o monte de ossos e trabalhei rapidamente com o que consegui encontrar que fosse resistente e afiado. Quando meu joelho ficou dolorido demais para ser usado como alavanca, quebrei os ossos com o pé. Um a um, enfiei os ossos no chão lamacento sob a abertura do fosso, até que a área inteira, exceto por um pequeno ponto, estivesse cheia de lanças brancas.

Não verifiquei o trabalho duas vezes; daria certo, ou eu falharia e acabaria entre aqueles ossos no chão. Apenas uma chance. Era tudo o que eu tinha. Melhor que chance nenhuma.

Disparei para a escada de ossos e ignorei a ardência das farpas nos dedos enquanto subia até o terceiro degrau, no qual me equilibrei antes de enfiar um quarto osso na parede.

E, simples assim, eu me impulsionei para fora da abertura do fosso e quase chorei quando fui exposta ao ar livre novamente.

Verifiquei os três ossos que havia prendido no cinto; o peso deles era uma presença reconfortante, e corri até a parede mais próxima. Peguei um punhado da lama fétida e esfreguei no rosto. Os feéricos chiaram quando peguei mais, dessa vez cobrindo o cabelo e, depois, o pescoço. Já acostumada com o fedor nauseante, meus olhos apenas se encheram de um pouco d'água quando fiz um trabalho ágil ao me pintar. Até mesmo parei para rolar no chão. Cada centímetro do meu corpo precisava estar coberto. Cada porcaria de centímetro.

Se a criatura fosse cega, então ela dependia do cheiro — e meu cheiro seria minha maior fraqueza.

Esfreguei lama no corpo até ter certeza de que não passava de um par de olhos azul-acinzentados. Mergulhei uma última vez, as mãos estavam tão escorregadias que mal conseguia segurar um dos ossos de ponta afiada quando o saquei do cinto.

— O que ela está fazendo? — choramingou o feérico de rosto verde de novo.

Uma voz grave e elegante respondeu dessa vez.

— Está montando uma armadilha. — *Rhysand*.

— Mas o Middengard...

— Depende do cheiro para enxergar — respondeu Rhysand, e lancei um olhar particularmente irritado a ele quando virei para a borda da trincheira e o vi sorrindo para mim. — E Feyre acabou de se tornar invisível.

Os olhos violeta de Rhysand brilharam. Fiz um gesto obsceno antes de disparar, correndo direto para a minhoca.

Coloquei o restante dos ossos em curvas bem fechadas, sabendo que não conseguiria virar na velocidade que esperava correr. Não levei muito tempo para encontrar a minhoca, pois uma multidão de feéricos tinha se reunido para provocá-la, mas eu precisava chegar ao lugar certo... precisava escolher meu campo de batalha.

Reduzi a velocidade até um ritmo de perseguição e pressionei as costas contra uma parede quando ouvi o serpentear e os grunhidos da minhoca. O mastigar.

Os feéricos que observavam a minhoca — dez deles, com pele azul como gelo e olhos pretos em formato amendoado — riram. Presumi que tinham ficado entediados de mim e decidiram observar outra coisa morrer.

O que era maravilhoso, mas apenas se a minhoca ainda estivesse com fome, apenas se ela respondesse ao atrativo que eu oferecia. A multidão murmurou e grunhiu.

Passei devagar por uma curva, esticando o pescoço. Eu estava coberta demais com o cheiro dela para que a minhoca me farejasse, e, então, ela continuou se banqueteando, e esticou o corpo bulboso para cima quando um dos feéricos balançou o que parecia ser um braço cabeludo. A minhoca abriu os dentes, e os feéricos azuis riram quando soltaram o braço na boca paciente da criatura.

Eu me encolhi do outro lado da curva e ergui a espada de osso que havia feito. Lembrei do caminho que tinha tomado, das curvas que havia contado.

Mesmo assim, meu coração se alojou na garganta quando passei a ponta afiada do osso na palma da mão, abrindo a pele. Sangue se acumulou, forte e brilhante como rubis. Deixei que se acumulasse antes de fechar a mão em punho. A minhoca sentiria o cheiro em breve.

Somente então percebi que a multidão tinha ficado em silêncio.

Quase soltando o osso, eu inclinei o corpo pela curva de novo para ver a minhoca.

Ela havia sumido.

Os feéricos azuis riram para mim.

Então, quebrando o silêncio feito uma estrela cadente, uma voz — *a de Lucien* — gritou pela câmara:

— À ESQUERDA!

Disparei, percorrendo alguns metros antes de a parede atrás de mim explodir e lama jorrar quando a minhoca irrompeu, uma massa de dentes destruidores a apenas alguns centímetros.

Eu já estava correndo, tão rápido que as trincheiras eram como um borrão marrom-avermelhado. Precisava de um pouco de distância, ou a minhoca cairia bem em cima de mim. Mas também precisava que ela ficasse próxima, para que não conseguisse se conter, para que estivesse em um frenesi de fome.

Fiz a primeira curva acentuada e segurei o corrimão de osso que tinha embutido na parede da esquina. Usei o osso para virar, sem reduzir a velocidade, me impulsionando com mais rapidez, me dando mais alguns segundos à frente da minhoca.

Depois, virei à esquerda. Meu fôlego era como uma chama acesa na garganta. A segunda curva acentuada chegou, e, de novo, usei o pedaço de osso para me jogar pela esquina.

Meus joelhos e os tornozelos reclamaram conforme lutei para evitar escorregar na lama. Faltava apenas mais uma curva e, depois, uma corrida reta...

Virei na última curva, e o rugido dos feéricos ficou diferente de como estivera mais cedo. A minhoca era uma força furiosa e destruidora atrás de mim, mas meus passos estavam equilibrados quando voei pela última passagem.

A abertura do fosso se abriu, e, com uma última oração, saltei.

Vi apenas ar preto que se estendia para me engolir.

Agitei os braços conforme desci, mirando para o ponto que havia planejado. A dor irradiou por meus ossos, minha cabeça, quando colidi com o chão enlameado e rolei. Eu me virei e gritei quando algo acertou meu braço, cortando a pele.

Não tive tempo de pensar, de sequer olhar, quando saí do caminho, entrando na escuridão do covil da minhoca o tanto quanto consegui. Peguei outro osso e me virei quando a minhoca mergulhou no fosso.

Ela acertou a terra e jogou o imenso corpo para o lado, antecipando o golpe para me matar, mas um ruído úmido de algo se esmagando preencheu o ar.

E a minhoca não se moveu.

Eu me agachei ali, engolindo ar incandescente, encarando o abismo da boca destruidora de carne do animal, ainda escancarada para me devorar. Levei alguns segundos para perceber que a minhoca não me engoliria inteira, e mais outros para entender que ela realmente havia sido empalada pelas estacas de ossos. Estava morta.

Não ouvi totalmente os arquejos e, depois, a comemoração; não pensei direito, nem senti muita coisa quando passei pela minhoca e subi o fosso devagar, ainda segurando a espada de osso na mão.

Silenciosamente, ainda sem palavras, voltei aos tropeços pelo labirinto; o braço esquerdo latejava, mas meu corpo estava tão dormente que não reparei.

Assim que vi Amarantha na plataforma na beira da trincheira, fechei a mão livre. *Provar meu amor*. Dor irradiou por meu braço, mas eu a aceitei. Tinha vencido.

Ergui o rosto para ela sob as sobrancelhas abaixadas e não me contive quando cxpus os dentes. Os lábios de Amarantha estavam contraídos, e ela não segurava mais o joelho de Tamlin.

Tamlin. *Meu* Tamlin.

Segurei com mais força o longo osso na mão. Estava trêmula... totalmente trêmula. Mas não com medo. Ah, não. Não era medo mesmo. Tinha provado meu amor, e mais um pouco.

— Bem — disse Amarantha, com um risinho. — Imagino que qualquer um poderia ter feito isso.

Dei alguns passos corridos e atirei o osso contra ela com toda a força que me restava.

Ele se enterrou na lama aos pés de Amarantha, borrifando imundície no vestido branco, e permaneceu ali, oscilando.

Os feéricos arquejaram de novo, e Amarantha encarou o osso que se agitava antes de tocar a lama no tecido do vestido. Ela deu um sorriso lento.

— Malcriada — reprimiu a Grã-Rainha.

Se não houvesse uma trincheira impossível de ultrapassar entre nós, eu teria rasgado sua garganta. Algum dia — se sobrevivesse àquilo —, eu a esfolaria viva.

— Acho que vai ficar feliz ao saber que a maior parte de minha corte perdeu bastante dinheiro esta noite — provocou Amarantha, pegando um pedaço de pergaminho. Olhei para Tamlin enquanto ela observava o papel. Seus olhos verdes brilhavam, e, embora seu rosto estivesse pálido como a morte, eu podia jurar que havia um ar de triunfo ali. — Vejamos — continuou Amarantha, lendo o papel enquanto brincava com o osso do dedo de Jurian na ponta do colar. — Sim, eu diria que minha corte quase toda apostou que você morreria no primeiro minuto; alguns disseram que duraria cinco, e — ela virou o papel — e apenas uma pessoa disse que você venceria.

Aquilo era um insulto, mas não era surpreendente. Não lutei quando o Attor me puxou para fora da trincheira, me jogando ao pé da plataforma antes de sair voando. Meu braço queimou ao impacto.

Amarantha franziu a testa para a lista e gesticulou com a mão.

— Levem-na. Estou enjoada desse rosto mundano. — Amarantha segurou os braços do trono com tanta força que a parte branca dos nós dos dedos apareceu. — Rhysand, venha cá.

Não fiquei por tempo o bastante para ver o Grão-Senhor caminhar para a frente. Mãos vermelhas me agarraram, segurando firme para não deslizarem. Eu tinha me esquecido da lama presa em mim como uma segunda pele. Conforme me puxaram para longe, uma dor lancinante disparou por meu braço, e a agonia obscureceu meus sentidos.

Olhei então para o antebraço esquerdo, e meu estômago se revirou diante do sangue que pingava e dos tendões rasgados, das dobras da pele repuxadas para acomodar a lança de um caco de osso se projetando diretamente por ali.

Nem mesmo consegui virar o rosto para Tamlin, não consegui encontrar Lucien para agradecer antes de a dor me consumir por inteiro, e eu mal ser capaz de caminhar de volta à cela.

Capítulo 37

Ninguém, nem mesmo Lucien, foi consertar meu braço nos dias que se seguiram à vitória. A dor me sobrepujava ao ponto de eu gritar sempre que eu puxava o pedaço embutido de osso, e não tive outra opção a não ser ficar sentada ali, deixando que o ferimento corroesse minhas forças, tentando ao máximo não pensar no latejar constante que disparava lampejos de raios envenenados por meu corpo.

Pior que isso, no entanto, era o pânico crescente; pânico de que a ferida não tivesse estancado. Eu sabia o que queria dizer quando o sangue continuava fluindo. Ficava de olho na ferida, fosse por esperança de descobrir que o sangue estava coagulando, ou por terror por ver os primeiros sinais de infecção.

Não conseguia comer a comida podre que eles me davam. Vê-la me causava tanta náusea que um canto da cela agora fedia a vômito. Não ajudava o fato de eu ainda estar coberta de lama e de a masmorra estar eternamente numa temperatura congelante.

Eu estava sentada contra a parede mais afastada da cela, aproveitando o frio da pedra às minhas costas. Acordei de um sono inquieto e percebi que ardia. Era um tipo de fogo que deixava tudo meio anuviado. O braço ferido pendia ao meu lado enquanto eu olhava inexpressivamente para a porta da cela. Ela pareceu se mover, as linhas oscilando.

O calor em meu rosto era algum tipo de resfriado leve — não uma febre causada pela infecção. Levei a mão ao peito, e lama seca se partiu em meu colo. Cada respiração era como engolir vidro quebrado. Não é uma febre. Não é uma febre. Não é uma febre.

Minhas pálpebras estavam pesadas, ardiam. Eu não podia dormir. Precisava me certificar de que a ferida não estava infeccionada, precisava... precisava...

A porta se moveu de verdade nesse momento — não, não a porta, mas a escuridão ao redor dela, que pareceu *irradiar*. Medo de verdade se embrulhou em meu estômago quando uma figura masculina se formou daquela escuridão, como se ele tivesse se esgueirado pelas fendas entre a porta e a muralha, pouco mais que uma sombra.

Rhysand tinha a forma totalmente corpórea agora, e seus olhos violeta brilhavam à luz fraca. Ele sorriu devagar de onde estava, à porta.

— Que estado deplorável para a campeã de Tamlin.

— Vá para o inferno — disparei, mas as palavras não passaram de um chiado. Minha cabeça estava leve e pesada ao mesmo tempo. Se eu tentasse me levantar, cairia.

Ele chegou mais perto, com aquela graciosidade felina, e se agachou com facilidade diante de mim. Rhysand farejou, fazendo uma careta para o canto sujo de vômito. Tentei levar os pés até uma posição mais inclinada, para me afastar ou para chutar a cara de Rhysand, mas pareciam cheios de chumbo.

Ele inclinou a cabeça. Sua pele pálida parecia irradiar luz de alabastro. Pisquei para afastar a névoa, mas nem mesmo consegui virar o rosto quando os dedos frios de Rhysand roçaram minha testa.

— O que diria Tamlin — murmurou ele — se soubesse que sua amada está apodrecendo aqui embaixo, queimando de febre? Não que ele possa vir até aqui, não quando todos os seus movimentos são observados.

Mantive o braço oculto nas sombras. A última coisa de que precisava era que descobrissem quanto eu estava fraca.

— Saia — exigi, meus olhos ardendo quando as palavras queimaram minha garganta. Tinha dificuldades para engolir.

Rhysand ergueu uma sobrancelha.

— Venho oferecer ajuda, e você tem a audácia de me mandar sair?

— Vá embora — repeti. Meus olhos doíam tanto que era difícil mantê-los abertos.

— Ganhei muito dinheiro por sua causa, sabe. Imaginei que deveria retribuir o favor.

Recostei a cabeça contra a parede. Tudo estava girando, girando como um pião, girando como... Contive a náusea.

— Deixe-me ver seu braço — disse ele, baixinho.

Mantive o braço nas sombras, apenas porque era excessivamente pesado para levantar.

— Deixe-me ver. — Um grunhido saiu de Rhysand. Sem esperar minha reação, ele segurou meu cotovelo e forçou meu braço para a luz fraca da cela.

Mordi o lábio para evitar um grito; mordi com tanta força que tirei sangue quando rios de fogo explodiram dentro de mim, quando minha cabeça girou e todos os meus sentidos se reduziram ao pedaço de osso que se projetava do meu braço. Eles não podiam saber... não podiam saber quanto estava ruim, porque, então, usariam isso contra mim.

Rhysand examinou o ferimento, e, depois, um sorriso surgiu em seus lábios sensuais.

— Ah, isso está maravilhosamente repulsivo. — Xinguei, e Rhysand riu. — Que palavras feias para uma dama.

— Saia — protestei, chiando. Minha voz frágil era tão assustadora quanto o ferimento.

— Não quer que eu cure seu braço? — Seus dedos se fecharam em meu cotovelo.

— A que custo? — disparei de volta, mas mantive a cabeça encostada na parede, pois precisava da força da estrutura úmida.

— Ah, *isso*. Viver entre feéricos ensinou a você alguns de nossos modos.

Eu me concentrei em sentir a mão boa sobre o joelho, me concentrei na lama seca sob minhas unhas.

— Faço um acordo com você — disse Rhysand casualmente, e apoiou meu braço com cuidado. Quando o braço tocou o chão, fechei os olhos para me preparar contra aquela corrente de raios envenenados. — Curo seu braço em troca de *você*. Durante duas semanas todo mês, duas semanas de minha escolha, viverá comigo na Corte Noturna. Começando após esse caos das três tarefas.

Meus olhos se arregalaram.

— Não. — Eu já fizera um acordo tolo.

— Não? — Rhysand apoiou as mãos nos joelhos e se inclinou para mais perto. — Mesmo?

Tudo começava a dançar.

— Saia — sussurrei.

— Você recusaria minha oferta, e pelo quê? — Não respondi, e, então, ele continuou. — Deve estar esperando um de seus amigos, Lucien, certo? Afinal de contas, ele a curou antes, não foi? Ah, não pareça tão inocente. O Attor e seus seguidores quebraram seu nariz. Então, a não ser que tenha algum tipo de magia sobre o qual não nos contou, não acho que ossos humanos se curem tão rapidamente assim. — Os olhos de Rhysand brilharam, e ele ficou de pé, caminhando de um lado para o outro. — Do modo como vejo as coisas, Feyre, você tem duas opções. A primeira, e mais inteligente, seria aceitar minha oferta.

Cuspi aos pés dele, mas Rhysand continuou caminhando, me lançando apenas um olhar de reprovação.

— A segunda opção, aquela que apenas um tolo aceitaria, seria você recusar minha oferta e colocar sua vida e, portanto, a de Tamlin, nas mãos do acaso.

Ele parou de caminhar e me encarou. Embora o mundo girasse e dançasse em minha visão, algo primitivo dentro de mim ficou imóvel e frio sob aquele olhar.

— Digamos que eu saia daqui. Talvez Lucien venha ajudá-la em cinco minutos. Talvez venha em cinco dias. Talvez ele nem venha. Que isso fique só entre nós, mas Lucien anda escondido depois do vexame que deu em sua tarefa. Amarantha não está exatamente feliz com ele. Tamlin até mesmo interrompeu aquele encantador estado emburrado para implorar que fosse poupado... Um guerreiro tão nobre, seu Grão-Senhor. Ela obedeceu, é claro, mas apenas depois de obrigar Tamlin a aplicar uma punição em Lucien. Vinte chibatadas.

Comecei a tremer, enjoada de novo, ao pensar em como devia ter sido para meu Grão-Senhor ser aquele a punir o amigo.

Rhysand deu de ombros, num gesto lindo, gracioso.

— Então, a questão é realmente quanto está disposta a confiar em Lucien, e quanto está disposta a arriscar por isso. Já está imaginando se essa sua febre é o primeiro sinal de infecção. Talvez não tenha nada a ver, ou tenha. Talvez esteja tudo bem. Ou a lama daquela minhoca não estivesse cheia de imundície pútrida. Talvez Amarantha envie um curandeiro, e, quando isso acontecer, você estará morta, encontrarão seu braço tão infeccionado que terá sorte de manter qualquer coisa do cotovelo para cima.

Meu estômago se apertou em uma bola dolorida.

— Não preciso invadir seus pensamentos para saber essas coisas. Já sei o que está percebendo aos poucos. — Rhysand se agachou de novo diante de mim. — Você está morrendo.

Meus olhos arderam, e contraí os lábios para dentro da boca.

— Quanto está disposta a arriscar na esperança de que venha outro tipo de ajuda?

Eu o encarei, enviando tanto ódio quanto podia com o olhar. Fora Rhysand quem causara tudo aquilo. Ele contara a Amarantha sobre Clare; ele fizera com que Tamlin implorasse.

— Então?

Exibi os dentes.

— Vá. Para. O. Inferno.

Ágil como um relâmpago, Rhysand se revoltou, agarrou o caco de osso em meu braço e o torceu. Um grito saiu de dentro de mim, violentando minha garganta dolorida. O mundo brilhou em preto e branco e vermelho. Eu me debati e me contorci, mas Rhysand continuou segurando, girando uma última vez antes de soltar meu braço.

Ofegante, quase chorando conforme a dor reverberava por meu corpo, eu o vi rindo para mim de novo. Cuspi na cara de Rhysand.

Ele apenas riu ao ficar de pé, limpando a bochecha com a manga escura da túnica.

— Esta é a única vez que estendo minha assistência — avisou ele, parando à porta da cela. — Depois que eu deixar esta cela, minha oferta estará morta. — Cuspi de novo, e ele balançou a cabeça. — Aposto que também cuspirá na cara da Morte quando ela vier levá-la.

Rhysand começou a se dissipar na escuridão, e seu contorno se tornou um borrão de noite eterna.

Ele poderia estar blefando, tentando me enganar para que eu aceitasse a oferta. Ou poderia estar certo — eu poderia estar morrendo. Minha vida dependia daquilo. *Mais* do que minha vida dependia de minha escolha. E se Lucien não pudesse mesmo vir... ou se viesse tarde demais...

Eu *estava* morrendo. Sabia havia algum tempo. E Lucien tinha subestimado minhas habilidades no passado; jamais entendera muito bem minhas limitações como humana. Ele me enviara para caçar o Suriel com algumas facas e um arco. Até mesmo admitira que hesitara naquele dia quando gritei por ajuda. E talvez nem soubesse quanto eu estava mal. Talvez não entendesse a gravidade de uma infecção como aquela. Ele poderia chegar um dia, uma hora, um minuto muito tarde.

A pele de Rhysand, branca como a lua, começou a escurecer e se tornar nada além de sombra.

— Espere.

A escuridão que o consumia parou. Por Tamlin... por Tamlin, eu venderia minha alma, desistiria de tudo o que tinha para que ele fosse livre.

— Espere — repeti.

A escuridão sumiu, deixando Rhysand na forma sólida enquanto sorria.

— Sim?

Ergui o queixo o mais alto que consegui.

— Apenas duas semanas?

— Apenas duas semanas — ronronou Rhysand, e se ajoelhou diante de mim. — Duas minúsculas, pequenas semanas comigo todo mês é tudo o que peço.

— Por quê? E quais serão os... serão os termos? — perguntei lutando contra a tontura.

— Ah — disse ele, ajustando a lapela da túnica de obsidiana. — Se eu revelasse tais coisas, não haveria diversão, não é?

Olhei para meu braço destruído. Lucien talvez jamais viesse, talvez decidisse que não valia arriscar mais a vida dele, não agora que tinha sido punido por aquilo. E se os curandeiros de Amarantha cortassem meu braço...

Nestha faria o mesmo por mim, por Elain. E Tamlin tinha feito tanto por mim, por minha família; mesmo que ele tivesse mentido sobre o Tratado, sobre me livrar de seus termos, ainda assim salvara minha vida naquele dia contra os naga, e a salvara de novo ao me enviar para a mansão.

Eu não conseguia pensar direito na grandiosidade do que estava prestes a dar — ou poderia recusar de novo. Encontrei o olhar de Rhysand.

— Cinco dias.

— Vai barganhar? — Rhysand deu uma risada rouca. — Dez dias.

Eu o encarei com toda a minha força.

— Uma semana.

Rhysand ficou em silêncio durante um longo momento, seus olhos percorreram meu corpo e meu rosto antes de ele murmurar:

— Uma semana, então.

— Estamos de acordo — assenti. Um gosto metálico preencheu minha boca quando a magia se agitou entre nós.

O sorriso de Rhysand ficou um pouco selvagem, e, antes que eu conseguisse me preparar, ele segurou meu braço. Senti uma dor ofuscante e rápida, e meu grito ressoou nos ouvidos quando osso e carne se destroçaram, quando sangue escorreu para fora de mim e, então...

Rhysand ainda estava sorrindo quando abri os olhos. Não fazia ideia de por quanto tempo tinha ficado inconsciente, mas a febre havia sumido e minha cabeça estava leve quando me sentei. Na verdade, a lama também tinha sumido... senti como se tivesse tomado banho.

Mas, depois, ergui o braço esquerdo.

— O que você fez comigo?

Rhysand ficou de pé, passando as mãos pelos cabelos escuros e curtos.

— É costume em minha corte que acordos sejam permanentemente marcados na pele.

Esfreguei o antebraço e a mão esquerdos, estavam todos cobertos com redemoinhos e arabescos de tinta preta. Nem mesmo meus dedos tinham sido poupados, e um grande olho havia sido tatuado no centro da palma de minha mão. Era felino, e a pupila em fenda me encarava diretamente.

— Faça isso sumir — exigi, e ele riu.

— Vocês humanos são mesmo criaturas gratas, não são?

De longe, a tatuagem parecia uma luva de renda até a altura do cotovelo, mas, quando a aproximava do rosto, conseguia detectar a reprodução complexa de flores e curvas que fluíam para formar um padrão maior. Permanente. Eterno.

— Você não me disse que isso aconteceria.

— Você não perguntou. Então, como pode ser minha culpa? — Rhysand caminhou até a porta, mas se demorou, mesmo enquanto pura noite flutuava de seus ombros. — A não ser que essa falta de gratidão e de reconhecimento seja porque teme a reação de um certo Grão-Senhor.

Tamlin. Eu já podia ver seu rosto ficando pálido, os lábios se tornando finos conforme as garras se projetavam. Eu quase conseguia ouvir o grunhido que Tamlin emitiria quando me perguntasse em que eu estava pensando quando fiz aquilo.

— Acho que vou esperar para contar a ele quando chegar a hora, no entanto — disse Rhysand. O sorriso em seus olhos me disse o bastante. Rhysand não tinha feito nada daquilo para me salvar, mas para ferir Tamlin. E eu caíra na armadilha... caíra pior do que a minhoca caíra na minha.

— Descanse, Feyre — aconselhou Rhysand. Ele se transformou em nada além de sombra viva e, depois, sumiu por uma fenda na porta.

CAPÍTULO 38

Tentei não olhar para o braço esquerdo enquanto esfregava o chão do corredor. A tinta — que, na luz, era na verdade de um azul escuro, quase preto — parecia uma nuvem em meus pensamentos; e estes já eram desalentadores o suficiente antes de eu ter me vendido para Rhysand. Não conseguia encarar o olho na palma da mão; eu tinha uma sensação absurda e permanente de que ele me observava.

Mergulhei a escova grande no balde que os guardas de pele vermelha haviam atirado em meus braços. Eu mal conseguia entendê-los com aquela boca cheia de dentes amarelos, mas, quando me deram a escova e o balde e me empurraram para um longo corredor de mármore branco, entendi.

— Se não estiver limpo e brilhante na hora do jantar — dissera um deles, com os dentes estalando enquanto sorria —, vamos amarrá-la ao espeto e virar você algumas vezes sobre a fogueira.

Com isso, saíram. Eu não fazia ideia de quando seria o jantar, então, comecei a limpar freneticamente. Minhas costas já doíam como fogo, e não fazia meia hora que eu estava esfregando o corredor de mármore. Mas a água que me deram estava imunda, e, quanto mais eu esfregava o chão, mais ele ficava sujo. Quando fui até a porta para pedir um balde de água limpa, vi que estava trancada. Ninguém me ajudaria.

Um trabalho impossível; um trabalho para me atormentar. O espeto... talvez fosse essa a fonte dos gritos constantes na masmorra. Será que algumas voltas sobre o fogo derreteriam toda a carne em mim, ou apenas me queimariam a ponto de me forçar a fazer outro acordo com Rhysand? Xinguei enquanto esfregava com mais força, os pelos duros da escova se amassando e sussurrando contra os azulejos. Um arco-íris marrom se formava em seu rastro, e grunhi quando mergulhei a escova de novo. Água imunda a acompanhou, pingando no chão.

Um rastro de sujeira marrom aumentava a cada escovada. Respirando rapidamente, atirei o esfregão ao chão e cobri o rosto com as mãos molhadas. Abaixei a mão esquerda quando percebi que o olho pressionava minha bochecha.

Tomei fôlego para me tranquilizar. Tinha de haver um modo racional de fazer aquilo; tinha de haver algum truque de dona de casa. O espeto... amarrada ao espeto como um porco assado.

Peguei a escova de onde ela havia quicado para longe e esfreguei o chão até minhas mãos latejarem. Parecia que alguém espalhara lama por todo o lugar. A sujeira estava, *na verdade*, se transformando em lama quanto mais eu esfregava. Eu provavelmente choraria e imploraria por piedade quando eles me girassem naquele espeto. Havia linhas cobrindo o corpo nu de Clare... de que instrumento de tortura teriam vindo? Minhas mãos tremeram, e apoiei a escova. Eu podia enfrentar uma minhoca gigante, mas lavar um chão... *aquela* era a tarefa impossível.

Uma porta se abriu com um clique em algum lugar no fim do corredor, e fiquei de pé. Uma cabeça ruiva se virou em minha direção. Suspirei aliviada. Lucien...

Não era Lucien. O rosto que se virou para mim era feminino — e estava sem máscara.

Ela parecia talvez um pouco mais velha que Amarantha, mas a pele de porcelana era belíssima, agraciada com um leve rosado nas bochechas. Se o cabelo ruivo não fosse indicativo o suficiente, quando os olhos vermelhos encontraram os meus, soube quem era.

Fiz uma reverência com a cabeça para a senhora da Corte Outonal, e ela devolveu uma leve inclinação com o queixo. Imaginei que fosse honra o suficiente.

— Por dar a ela seu nome no lugar da vida de meu filho — disse ela, a voz doce como maçãs aquecidas pelo sol. Devia estar na multidão naquele dia. Ela apontou para o balde com a mão longa e esguia. — Minha dívida está paga. — A senhora desapareceu pela porta que tinha aberto, e eu podia jurar que tinha sentido o cheiro de castanhas assadas e fogueiras crepitantes logo atrás.

Somente depois que a porta se fechou, percebi que devia ter agradecido a ela, e apenas depois que olhei para o balde é que percebi que eu escondia o braço esquerdo atrás do corpo.

Eu me ajoelhei ao lado do balde e mergulhei os dedos na água. Eles saíram limpos.

Estremeci, me permitindo um momento para abraçar os joelhos antes de jogar um pouco de água no chão, e a observei lavar a sujeira.

Para tristeza dos guardas, eu havia completado a tarefa impossível. Mas, no dia seguinte, sorriram para mim quando me jogaram em um quarto imenso e escuro, iluminado apenas por algumas velas, e apontaram para a lareira alta.

— A criada derramou lentilhas nas cinzas — grunhiu um dos guardas, jogando um balde de madeira para mim. — Limpe antes que o ocupante volte, ou ele vai arrancar sua pele tira por tira.

A porta bateu, ouvi o clique da tranca, e estava sozinha.

Separar lentilha de cinzas e brasas — ridículo, um desperdício e...

Eu me aproximei da lareira apagada e estremeci.

Impossível.

Olhei em volta do quarto. Nenhuma janela, nenhuma outra saída, exceto aquela pela qual eu fora atirada. A cama era enorme e estava perfeitamente arrumada, os lençóis pretos de... de seda. Não havia mais nada no quarto além de mobília básica; nem mesmo roupas jogadas ou livros ou armas. Era como se o ocupante jamais dormisse ali. Eu me ajoelhei diante da lareira e acalmei a respiração.

Eu tinha olhos atentos, lembrei. Conseguia ver coelhos escondidos na vegetação rasteira e encontrar a maioria das coisas que queria permanecer oculta. Ver as lentilhas não poderia ser *tão* difícil. Suspirando, entrei mais na lareira e comecei.

Eu estava errada.

Duas horas depois, meus olhos queimavam e doíam, e, embora tivesse varrido cada centímetro daquela lareira, havia sempre mais lentilhas, mais e *mais*, que, de algum jeito, eu não vira. Os guardas não disseram *quando* o dono do quarto voltaria, então, cada tique do relógio sobre a lareira se tornara um aviso de morte, cada passo do lado de fora da porta me fazia pegar o atiçador de ferro encostado contra a parede da lareira. Amarantha jamais dissera nada sobre revidar, jamais especificara que eu não tinha permissão de me defender. Pelo menos eu cairia lutando.

Catei as cinzas diversas vezes. Minhas mãos estavam agora pretas e manchadas, as roupas cobertas de fuligem. Certamente não haveria mais; certamente...

O relógio emitiu um tique, e peguei o atiçador quando fiquei de pé, de costas para a lareira, com o espeto de metal atrás de mim.

Escuridão entrou no quarto, fazendo as velas tremeluzirem com uma brisa beijada pela neve. Segurei o atiçador com mais força, pressionando contra a pedra da lareira, mesmo quando a escuridão profunda se apoiou na cama e assumiu uma forma familiar.

— Por mais que seja maravilhoso ver você, Feyre, querida — disse Rhysand, jogado na cama, a cabeça apoiada em uma das mãos —, quero saber por que está vasculhando minha lareira?

Dobrei os joelhos levemente, preparando-me para correr, para me abaixar, para fazer qualquer coisa que me levasse até a porta, tão, tão longe.

— Eles disseram que eu precisava limpar lentilhas das cinzas, ou você arrancaria minha pele.

— Eles disseram? — Um sorriso felino.

— Devo agradecer a você por essa ideia? — sibilei. Ele não tinha permissão de me matar, não por causa do acordo com Amarantha, mas... havia outras formas de me ferir.

— Ah, não — cantarolou Rhysand. — Ninguém descobriu a respeito do *nosso* pequeno acordo ainda, e você conseguiu ficar calada. A vergonha a está sufocando?

Trinquei o maxilar e apontei para a lareira com uma das mãos, o atiçador ainda atrás de mim.

— Está limpo o suficiente para você?

— Por que havia lentilhas na minha lareira, para início de conversa?

Lancei um olhar inexpressivo para ele.

— Um dos *afazeres domésticos* de sua amante, imagino.

— Hum — disse ele, examinando as próprias unhas. — Aparentemente, ela ou seus comparsas acham que vou me divertir com você.

Minha boca secou.

— Ou é um teste para você. — Consegui falar. — Disse que apostou em mim em minha primeira tarefa. Ela não pareceu satisfeita com aquilo.

— E por que Amarantha iria me testar?

Não desviei daquele olhar violeta. *Vadia da Amarantha*, chamara Lucien uma vez.

— Você mentiu para ela. Sobre Clare. Sabia muito bem como eu era.

Rhysand se sentou em um movimento fluido e apoiou os antebraços nas coxas. Tanta graciosidade contida em uma forma tão poderosa. *Eu matava no campo de batalha antes de você sequer ter nascido*, dissera ele a Lucien. Eu não duvidava.

— Amarantha faz os jogos dela — comentou ele, simplesmente —, e eu faço os meus. As coisas ficam bem entediantes aqui embaixo, dia após dia.

— Ela o deixou sair para a Noite da Fogueira. E, de algum modo, você escapou para deixar aquela cabeça no jardim.

— Ela me pediu para colocar a cabeça no jardim. E quanto à Noite da Fogueira... — Rhysand me olhou de cima a baixo. — Tive meus motivos para sair naquela noite. Não pense, Feyre, que isso não me custou nada. — Ele sorriu de novo, e o sorriso não chegou aos olhos. — Vai soltar esse atiçador, ou devo esperar que comece a empunhá-lo em breve?

Engoli um xingamento e mostrei o atiçador, mas não o soltei.

— Um esforço de coragem, mas inútil — disse ele. Verdade... verdade absoluta quando Rhysand sequer precisava tirar as mãos dos bolsos para segurar a mente de Lucien.

— Como você ainda tem tanto poder e os outros não? Achei que ela tivesse tomado os poderes de todos.

Rhysand ergueu uma sobrancelha escura e feita.

— Ah, ela levou meus poderes. Isto... — Senti uma carícia das garras contra minha mente. Recuei um passo, me chocando contra a lareira. A pressão em minha mente sumiu. — Isto é apenas um resquício. As sobras com as quais posso brincar. Seu Tamlin tem força bruta e o poder da transfiguração; meu arsenal tinha uma variedade muito mais mortal.

Eu sabia que ele não estava blefando; não depois de sentir aquelas garras na mente.

— Então, não pode se transformar? Isso não é uma especialidade dos Grão-Senhores?

— Ah, todos os Grãos-Senhores podem. Cada um de nós tem uma fera inquieta sob a pele, rugindo para sair. Enquanto seu Tamlin prefere pelos, acho asas e garras mais divertidas.

Um toque frio beijou minha coluna.

— Pode se transformar agora, ou ela também levou isso?

— Tantas perguntas de uma pequena humana.

Mas a escuridão que pairava ao seu redor começou a se contorcer e girar e se acender quando Rhysand ficou de pé. Pisquei, e havia terminado.

Ergui o atiçador de ferro, apenas um pouco.

— Não é uma transformação completa, entende — contou Rhysand, estalando as garras afiadas como lâminas que substituíram seus dedos. Abaixo do joelho, escuridão manchava sua pele, mas garras também reluziam no lugar dos dedos dos pés. — Não gosto muito de me render totalmente ao meu lado mais primitivo.

De fato, ainda era o rosto de Rhysand, seu corpo poderoso e masculino, mas iluminadas atrás dele surgiam imensas asas membranosas e pretas... como um morcego, como o Attor. Rhysand as fechou cuidadosamente atrás do corpo, mas a garra solitária no ápice de cada asa despontava acima dos ombros largos. Horrível, assombroso; o rosto de mil pesadelos e sonhos. Aquela parte inútil de mim se agitou diante da visão, do modo como a luz da vela brilhava pelas asas, iluminando os veios, do modo como a luz refletia de suas garras.

Rhysand virou o pescoço, e tudo sumiu com um lampejo — as asas, as garras, os pés —, deixando apenas o homem para trás, bem-vestido e inabalado.

— Não vai fazer nenhuma tentativa de elogio?

Eu tinha cometido um erro muito, muito grande ao oferecer minha vida a ele.

Mas provoquei:

— Você já tem uma opinião muito forte sobre si mesmo. Duvido que os elogios de uma pequena humana importem para você.

Rhysand soltou uma gargalhada que percorreu meus ossos, aquecendo meu sangue.

— Não consigo decidir se deveria considerá-la admirável ou muito burra por ser tão ousada com um Grão-Senhor.

Parecia que apenas perto dele eu tinha dificuldades de manter a boca fechada. Então, ousei perguntar:

— Sabe a resposta para o enigma?

Rhysand cruzou os braços.

— Está trapaceando?

— Ela não disse que eu não podia pedir ajuda.

— Sim, mas depois de espancar você até que caísse, ela ordenou que nós não a ajudássemos. — Esperei. Mas Rhysand balançou a cabeça. — Mesmo que eu quisesse ajudar, não poderia. Ela dá a ordem, e todos nos curvamos. — Rhysand limpou um fiapo do casaco preto. — É bom que ela goste de mim, não é?

Abri a boca para insistir, para implorar a ele. Se aquilo significasse liberdade imediata...

— Não desperdice seu fôlego — aconselhou Rhysand. — Não posso lhe dizer, ninguém aqui pode. Se ela ordenasse que parássemos de respirar, teríamos de obedecer também. — Ele franziu a testa para mim e estalou os dedos. A fuligem, a sujeira, as cinzas sumiram de minha pele, me deixando tão limpa quanto se tivesse tomado banho. — Pronto. Um presente, por ter coragem de ao menos perguntar.

Lancei a ele um olhar inexpressivo, mas Rhysand indicou a lareira. Estava impecável, e meu balde estava cheio de lentilhas. A porta se abriu por vontade própria, revelando os guardas que tinham me arrastado até ali. Rhysand gesticulou com a mão preguiçosa para eles. — Ela cumpriu o afazer. Levem-na de volta.

Os guardas me agarraram, mas Rhysand exibiu os dentes em um sorriso que era qualquer coisa menos amigável... e os guardas pararam.

— Chega de afazeres domésticos, chega de trabalhos — ordenou ele, a voz parecendo um ronronar erótico. Os olhos amarelos dos guardas ficaram vítreos e inexpressivos, os dentes afiados reluziram quando as bocas se abriram. — Digam isso aos demais também. Fiquem longe da cela da humana e não a toquem. Se tocarem, deverão pegar as próprias adagas e se estripar. Entendido?

Depois de darem acenos de cabeça zonzos e entorpecidos, os guardas piscaram e esticaram o corpo. Escondi minha tremedeira. Feitiço, controle mental... o que quer que Rhysand tivesse feito, havia funcionado. Eles me chamaram, mas não ousaram me tocar.

Rhysand sorriu para mim.

— De nada — sussurrou ele, conforme eu saía.

Capítulo 39

Daquele momento em diante, toda manhã e toda noite uma refeição quente e fresca aparecia em minha cela. Eu a engolia, mas também amaldiçoava o nome de Rhysand. Presa naquela cela, não tinha nada a fazer a não ser pensar no enigma de Amarantha — em geral, apenas para acabar com uma dor de cabeça latejante. Eu o recitava diversas e diversas vezes, inutilmente.

Os dias se passaram, e não vi Lucien ou Tamlin, e Rhysand não apareceu para me provocar. Eu estava sozinha — completamente sozinha, trancada em silêncio —, embora os gritos na masmorra continuassem, dia e noite. Quando eles ficavam insuportáveis e eu não conseguia ignorá-los, olhava para o olho tatuado em minha palma. Imaginei se ele fizera aquilo para me lembrar silenciosamente de Jurian; um tapa cruel e mesquinho no rosto, indicando que eu talvez estivesse a caminho de pertencer a Rhysand, como o antigo guerreiro agora pertencia à Grã-Rainha.

De vez em quando, eu dizia algumas palavras à tatuagem — depois, me amaldiçoava por ser tão tola. Ou amaldiçoava Rhysand. Mas podia jurar que, quando caí no sono uma noite, o olho piscou.

Se eu estivesse contando certo o horário das refeições, cerca de quatro dias depois de eu encontrar Rhysand naquele quarto, duas fêmeas Grã-Feéricas chegaram a minha cela.

Elas surgiram pelas fendas, de fiapos de escuridão, exatamente como Rhysand o fizera. Mas, enquanto ele havia se solidificado em uma forma tangível, aquelas feéricas permaneceram em grande parte feitas de sombras, as feições quase indiscerníveis, exceto pelos vestidos largos e fluidos de teia de aranha. Elas permaneceram em silêncio quando me tocaram. Não protestei; não havia nada com que lutar contra elas, e nenhum lugar para correr. As mãos que as duas fecharam em meus antebraços eram frias, mas sólidas, como se as sombras fossem um manto, uma segunda pele.

Elas deviam ter sido enviadas por Rhysand; deviam ser serviçais dele, da Corte Noturna. Poderiam ser mudas, considerando tudo o que disseram para mim quando se aproximaram de meu corpo e saímos... fisicamente saímos *pela* porta fechada, como se ela nem estivesse ali. Como se eu tivesse me tornado uma sombra também. Meus joelhos cederam diante da sensação, que era como aranhas andando em minha coluna, nos braços, conforme caminhamos pelas opressoras masmorras escuras.

As feéricas subiram comigo por escadarias empoeiradas e corredores esquecidos até chegarmos a um quarto simples, no qual me despiram, me deram um bom banho e, depois, para meu horror, começaram a pintar meu corpo.

Seus pincéis eram insuportavelmente frios e faziam cócegas, e as mãos sombreadas das feéricas me seguravam firme quando eu me mexia. As coisas só pioraram quando elas pintaram minhas partes mais íntimas, e me esforcei para não chutar uma delas na cara. Elas não ofereceram explicação sobre o porquê — nenhuma dica se aquilo era outro tormento enviado por Amarantha. Mesmo que eu fugisse, não havia para onde escapar; não sem condenar Tamlin ainda mais. Então, parei de exigir respostas, parei de revidar e deixei que terminassem.

Do pescoço para cima, eu estava majestosa: meu rosto fora adornado com cosméticos — ruge nos lábios, uma pincelada de pó dourado nas pálpebras, delineador nos olhos —, e meus cabelos foram presos em volta de um pequeno diadema dourado, encrustado com lápis-lazúli. Mas, do pescoço para baixo, eu era o brinquedinho de um deus pagão. Elas continuaram os padrões da tatuagem em meu braço e, depois que a tinta preto-azulada secou, me colocaram um vestido branco esvoaçante.

Se é que aquilo podia ser chamado de vestido. Era pouco mais que duas faixas longas de tule, largas o suficiente apenas para cobrir meus seios, presas sobre cada ombro com broches de ouro. As partes desciam até um cinto encrustado de joias, preso em meus quadris, onde se uniam a um pedaço único de tecido que pendia entre minhas pernas, até o chão. Ele mal me cobria, e pelo ar frio na pele, eu sabia que a maior parte de minhas costas estava exposta.

A brisa fria acariciando minha pele nua foi o suficiente para despertar minha raiva. As duas Grã-Feéricas ignoraram minhas exigências de que me vestissem com outras roupas, e seus rostos impossivelmente sombreados se escondiam de mim, mas seguraram meus braços com força quando tentei arrancar o tecido.

— Eu não faria isso — disse uma voz grave e melódica à porta. Rhysand estava recostado à parede, os braços cruzados sobre o peito.

Eu deveria saber que aquilo era coisa dele, deveria saber pelos padrões que combinavam, e que haviam sido pintados em meu corpo inteiro.

— Nosso acordo ainda não começou — disparei. Os instintos que um dia me disseram para ficar calada perto de Tam e Lucien falhavam completamente quando Rhys estava por perto.

— Ah, mas preciso de uma acompanhante para a festa. — Seus olhos violeta brilharam feito estrelas. — E quando pensei em você agachada naquela cela a noite toda, sozinha... — Rhysand fez um gesto com a mão, e as criadas feéricas sumiram pela porta atrás dele. Encolhi o corpo quando elas atravessaram livremente a madeira, sem dúvida uma habilidade que todos na Corte Noturna possuíam, e Rhysand deu um risinho. — Você está exatamente como eu esperava.

Do fundo da memória, lembrei palavras semelhantes que Tamlin certa vez sussurrara ao meu ouvido.

— Isso é necessário? — indaguei, indicando a pintura e as roupas.

— É claro — disse ele, friamente. — De que outra maneira vou saber se alguém a tocar?

Rhysand se aproximou, e me preparei quando ele percorreu um dedo por meu ombro, borrando a tinta. Assim que o dedo de Rhysand deixou minha pele, a tinta se restaurou, retornando ao desenho original.

— O vestido não borrará a tinta, assim como seus movimentos — disse ele, com o rosto próximo ao meu. Os dentes de Rhysand estavam perto demais do meu pescoço. — E lembrarei exatamente de onde *minhas* mãos estiveram. Mas, se outra pessoa a tocar, digamos, um certo Grão-Senhor que gosta da primavera, eu saberei. — Ele tocou meu nariz. — E Feyre — acrescentou Rhysand, a voz um murmuro carinhoso —, não gosto que meus pertences sejam corrompidos.

Gelo envolveu meu estômago. Ele me possuiria por uma semana todo mês. E, aparentemente, achava que isso se estendia para o resto da minha vida também.

— Venha — disse Rhysand, chamando com uma das mãos. — Já estamos atrasados.

✠

Caminhamos pelos corredores. Os sons de diversão se elevavam adiante, e meu rosto queimava enquanto eu silenciosamente lamentava o tecido transparente demais do vestido. Sob ele, meus seios estavam visíveis a todos, a tinta mal deixava espaço para a imaginação, e o ar frio da caverna arrepiava minha pele. Com as pernas, as laterais do corpo e maior parte da barriga expostos, exceto pelas faixas finas de tecido, eu precisava trincar os dentes para evitar que tremessem. Meus pés descalços estavam quase congelados, e esperava que, onde quer que fôssemos, houvesse uma fogueira gigante.

Música esquisita, fora de tom, ecoava por duas portas de pedra que eu imediatamente reconheci. O salão do trono. *Não*. Qualquer lugar, exceto ali.

Feéricos e Grão-Feéricos encararam quando passamos pela entrada. Alguns fizeram reverência a Rhysand, enquanto outros ficaram apenas boquiabertos. Vi vários dos irmãos mais velhos de Lucien reunidos do lado de dentro. Os sorrisos que me deram eram puramente vulpinos.

Rhysand não me tocava, mas ele andava perto o bastante para que ficasse óbvio que eu estava com ele... que eu *pertencia* a ele. Não teria ficado surpresa caso prendesse uma coleira com uma guia a meu pescoço. Talvez fizesse isso em algum momento, agora que eu estava presa a ele, e nosso acordo marcado na pele.

Sussurros se ergueram sobre os gritos de comemoração, e até mesmo a música ficou baixa quando a multidão se abriu e formou um caminho para nós até o altar de Amarantha. Ergui o queixo, o peso da coroa pressionando meu crânio.

Tinha vencido a primeira tarefa. Tinha vencido os afazeres inferiores. Podia manter a cabeça erguida.

Tamlin estava sentado ao lado de Amarantha naquele mesmo trono, com as roupas de sempre, nenhuma arma embainhada em qualquer lugar, a máscara ainda no rosto — único sinal do desafio insistente. Rhysand dissera que queria contar a ele no momento certo, que queria ferir Tamlin ao revelar sobre o acordo que eu fizera. Porco. Porco ardiloso e desprezível.

— Feliz Alto Verão — falou Rhysand, fazendo uma reverência para Amarantha. Ela usava um vestido refinado, lavanda e roxo-orquídea, surpreendentemente modesto. Eu era uma selvagem diante de sua beleza culta.

— O que fez com minha prisioneira? — questionou Amarantha, mas o sorriso não chegou aos olhos.

O rosto de Tamlin parecia pedra — parecia pedra, exceto pelo aperto das mãos, cujos nós dos dedos ficaram esbranquiçados no braço do trono. Nenhuma garra. Pelo menos ele conseguia manter aquela característica do temperamento controlada.

Eu tinha feito algo tolo ao me aprisionar a Rhysand. Ele, e as asas e as garras que espreitavam sob aquela superfície linda, impecável; Rhysand, que podia destruir mentes. *Fiz isso por você*, eu queria gritar.

— Fizemos um acordo — declarou Rhysand. Encolhi o corpo quando ele afastou do rosto uma mecha solta de meus cabelos. Rhysand passou os dedos por minha bochecha, numa carícia gentil. O salão do trono ficou silencioso demais conforme ele dirigia as palavras seguintes a Tamlin. — Uma semana comigo na Corte Noturna todo mês, em troca de meus serviços de cura depois de sua primeira tarefa. — Rhysand ergueu meu braço esquerdo para mostrar a tatuagem cuja tinta não brilhava tanto quanto aquela em meu corpo. — Pelo resto da vida — acrescentou Rhys casualmente, mas seus olhos estavam agora sobre Amarantha.

A rainha feérica esticou um pouco o corpo; até mesmo o olho de Jurian parecia fixo em mim, em Rhysand. Pelo resto da minha vida... ele dissera como se ela fosse durar muito, muito tempo.

Rhysand achava que eu venceria as tarefas de Amarantha.

Encarei seu perfil, o nariz elegante e os lábios sensuais. Jogos — ele gostava de jogos, e parecia que eu agora seria uma peça-chave em qualquer que fosse aquele.

— Aproveite minha festa. — Foi a única resposta de Amarantha enquanto ela brincava com o osso na ponta do cordão. Dispensado, Rhysand colocou a mão em minhas costas para nos guiar para longe, me afastando de Tamlin, que ainda se agarrava ao trono.

A multidão ficou bem longe, e não consegui encarar ninguém, por medo de acabar vendo Tamlin de novo, ou Lucien; por medo de um lampejo de sua expressão quando me olhasse.

Mantive o queixo erguido. Não deixaria que os outros reparassem aquela fraqueza; não deixaria que soubessem quanto me deixava arrasada estar tão exposta, ter os símbolos de Rhysand pintados por quase cada centímetro da pele, que Tamlin me visse tão humilhada.

Rhysand parou diante de uma mesa cheia de alimentos exóticos. Os Grão-Feéricos ao redor dela rapidamente se afastaram. Se havia outros membros da Corte Noturna presentes, não irradiaram escuridão do modo com Rhysand e suas criadas; não ousaram se aproximar de mim. A música ficou alta a ponto de sugerir que provavelmente havia dança em algum lugar do salão.

— Vinho? — ofereceu ele, me entregando uma taça.

A primeira regra de Alis. Fiz que não com a cabeça.

Rhysand sorriu e estendeu a taça de novo.

— Beba. Vai precisar.

Beba, ecoou em minha mente, e meus dedos se mexeram em direção à taça. Não. Não, Alis dissera para não beber o vinho ali; o vinho que era diferente daquele vinho alegre e libertador do solstício.

— Não — repeti, e alguns feéricos que nos observavam de uma distância segura riram.

— Beba — insistiu Rhysand, e meus dedos traidores pegaram a taça.

Acordei na cela, ainda vestindo aquele lenço que ele chamava de vestido. Tudo girava tanto que mal consegui chegar ao canto da cela antes de vomitar. De novo. E de novo. Quando esvaziei o estômago, rastejei até o lado oposto da cela e desabei.

O sono veio irrequieto conforme o resto do mundo continuava rodando violentamente ao meu redor. Estava presa a uma roca, girando, girando, girando...

Não preciso dizer que vomitei muitas vezes naquele dia.

Tinha acabado de beliscar o jantar quente, que surgira momentos antes, quando a porta rangeu e um rosto de raposa surgiu — com um olho de metal semicerrado.

— Merda — resmungou Lucien. — Está congelando aqui.

Sim, mas eu estava enjoada demais para reparar. Manter a cabeça erguida era um esforço, e manter a comida *dentro* de mim, um esforço ainda maior. Lucien soltou o manto e colocou-o em volta de meus ombros. O calor pesado passou para mim.

— Olhe só para tudo isso — disse ele, encarando a tinta em mim. Ainda bem que estava toda intacta, exceto por alguns pontos na cintura. — Desgraçado.

— O que aconteceu? — Consegui perguntar, embora não tivesse certeza se queria mesmo a resposta. Minha memória era um borrão escuro de música selvagem.

Lucien se afastou.

— Não acho que você queira saber. — Observei os poucos borrões na minha cintura, marcas que pareciam indicar que mãos tinham me segurado.

— Quem fez isso comigo? — perguntei baixinho, meus olhos seguindo o arco da tinta manchada.

— Quem você acha?

Meu coração se apertou e olhei para o chão.

— Ele... Tamlin viu isso?

Lucien assentiu.

— Rhys só estava fazendo isso para provocá-lo.

— E funcionou? — Eu ainda não conseguia encará-lo. Sabia, pelo menos, que não tinha sido violada, além dos toques nas laterais. A tinta me dizia isso.

— Não — afirmou Lucien, e dei um sorriso triste.

— O que... o que eu fiz o tempo todo? — Inútil o aviso de Alis.

Lucien deu um suspiro forte e passou a mão pelos cabelos ruivos.

— Rhys obrigou você a dançar para ele durante a maior parte da noite. E, quando não estava dançando, estava sentada no colo dele.

— Que *tipo* de dança? — insisti.

— Não o tipo executada com Tamlin no Solstício — respondeu Lucien, e meu rosto esquentou. Pelo borrão das memórias da noite anterior, lembrei da proximidade de um par de olhos violeta, olhos que brilhavam com malícia enquanto me olhavam.

— Diante de todos?

— Sim — respondeu Lucien, mais gentilmente do que eu já o ouvira falar comigo antes. Enrijeci o corpo. Não queria sua piedade. Lucien suspirou e pegou meu braço esquerdo, examinando a tatuagem. — Em que estava pensando? Não sabia que eu viria assim que possível?

Puxei o braço.

— Eu estava *morrendo*! Com febre, mal conseguia ficar consciente! Como podia adivinhar que viria? Que sequer entendia quão rapidamente humanos podem morrer desse tipo de coisa? Você me disse que *hesitou* daquela vez com os naga.

— Fiz um juramento a Tamlin...

— Não tive escolha! Acha que vou confiar em você depois de tudo o que disse para mim na mansão?

— Eu me arrisquei por você durante a tarefa. Não bastou? — O olho de metal de Lucien rangeu baixinho. — Você ofereceu seu nome a mim; depois de tudo o que eu falei para você, tudo o que fiz, mesmo assim ofereceu seu nome. Não percebeu que eu a ajudaria depois daquilo? Com ou sem juramento?

Não percebi que aquilo significaria alguma coisa para ele.

— Não tive escolha — repeti, respirando com dificuldade.

— Não entende o que Rhys é?

— Entendo! — disparei, e depois suspirei. — Entendo — repeti baixinho, e olhei com raiva para o olho em minha palma. — Está feito. Então, não precisa cumprir qualquer que seja o juramento que tenha feito a Tamlin para me proteger, ou sentir que me deve alguma coisa por tê-lo salvado de Amarantha. Eu teria feito aquilo apenas para arrancar o sorrisinho dos rostos de seus irmãos.

Lucien emitiu um estalo com a língua, mas o olho vermelho que lhe restava brilhou.

— Fico feliz por ver que não vendeu seu espírito humano vivaz ou sua teimosia.

— Apenas uma semana de minha vida todo mês.

— Sim, bem... vamos ver quanto a *isso* quando o momento chegar — grunhiu Lucien, o olho de metal se voltando para a porta. — Preciso ir. O turno vai mudar.

Ele deu um passo antes que eu dissesse:

— Desculpe... por ela ter punido você por ter me ajudado durante a tarefa. Soube... — Minha garganta se apertou. — Soube o que ela obrigou Tamlin a fazer com você. — Lucien deu de ombros, mas acrescentei: — Obrigada. Por me ajudar, quero dizer.

Ele caminhou até a porta, e, pela primeira vez, reparei em como Lucien se movia com rigidez.

— Foi por isso que não pude vir mais cedo — disse ele, engolindo em seco. — Ela... usou os poderes dela, os *nossos*, para evitar que minhas costas melhorassem. Não consegui me mover até hoje.

Respirar se tornou difícil.

— Aqui — chamei, tirando o manto de Lucien e ficando de pé para entregá-lo a ele. O frio repentino fez minha pele se arrepiar.

— Fique com ele. Tirei de um guarda que estava dormindo a caminho daqui. — À luz fraca, o símbolo bordado de um dragão adormecido reluziu. O brasão de Amarantha. Fiz uma careta, mas me cobri com ele.

— Além do mais — acrescentou Lucien, com um risinho —, já vi o suficiente de você através desse vestido para durar uma vida inteira. — Corei quando ele abriu a porta.

— Espere — pedi. — Tamlin... Tamlin está bem? Quero dizer, quero dizer, esse feitiço que Amarantha lançou sobre ele, para deixá-lo tão silencioso...

— Não há feitiço. Não ocorreu a você que Tamlin se mantém calado para evitar contar a Amarantha qual de seus tormentos o afeta mais?

Não, não tinha me ocorrido.

— Mas ele está jogando um jogo perigoso — completou Lucien, saindo pela porta. — Todos estamos.

Na noite seguinte, fui novamente banhada, pintada e levada para aquele miserável salão do trono. Não era um baile dessa vez... apenas um entretenimento noturno.

O entretenimento, pelo visto, era eu. Depois que bebi o vinho, no entanto, fiquei piedosamente alheia ao que acontecia.

Noite após noite, fui vestida do mesmo jeito e acompanhada por Rhysand até o salão do trono. Então, me tornei o brinquedo de Rhysand, a meretriz da vadia de Amarantha. Acordava com vagos pedaços de lembranças — de dançar entre as pernas de Rhysand enquanto ele se sentava na cadeira e ria, das mãos dele, manchadas de azul dos lugares onde haviam tocado minha cintura, meus braços; no entanto, por algum motivo, nunca mais que isso. Rhys me fazia dançar até que eu ficasse enjoada e, depois que eu terminava de vomitar, me mandava começar de novo.

Eu acordava enjoada e exausta toda manhã, e, embora a ordem de Rhys para os guardas tivesse, de fato, funcionado, as atividades noturnas me deixavam completamente exaurida. Passava os dias dormindo para afastar o efeito do vinho feérico, cochilando para escapar da humilhação que passava. Quando podia, pensava no enigma de Amarantha, revirando cada palavra... inutilmente.

E, quando entrava novamente no salão do trono, só me permitiam um lampejo de Tamlin antes de a droga do vinho fazer efeito. Mas toda vez, toda noite, durante apenas aquele lampejo, eu não escondia o amor e a dor que se acumulavam em meus olhos quando eu encontrava os dele.

Eu tinha acabado de ser pintada e vestida — o vestido de tule era da cor de toranjas naquela noite — quando Rhysand entrou no quarto. As serviçais de sombras, como sempre, saíram pelas paredes e sumiram. Mas, em vez de me chamar até ele, Rhysand fechou a porta.

— Sua segunda tarefa é amanhã à noite — anunciou, inexpressivo. O bordado dourado e prateado na túnica preta brilhava à luz das velas. Rhysand jamais usava outra cor.

Aquilo foi como uma pedrada na cabeça. Eu tinha perdido a noção dos dias.

— E daí?

— Pode ser sua última — retrucou ele, e se recostou ao portal, cruzando os braços.

— Se está me provocando para que eu entre em outro de seus joguetes, está desperdiçando fôlego.

— Não vai me implorar por uma noite com seu amado?

— Terei essa noite, e todas as outras depois, quando vencer a última tarefa.

Rhys deu de ombros e, então, lançou um sorriso quando se desencostou da porta e se aproximou de mim.

— Imagino se era tão teimosa com Tamlin quando era sua prisioneira.

— Ele jamais me tratou como prisioneira... ou como escravizada ao dispor dele.

— Não... e como poderia? Não com a vergonha e a brutalidade dos irmãos sempre pesando sobre ele, a pobre e nobre besta. Mas, talvez, se tivesse se dado o trabalho de aprender uma ou duas coisas sobre crueldade, sobre o que significa ser um Grão-Senhor de verdade, teria evitado que a Corte Primaveril caísse.

— Sua corte também caiu.

Tristeza lampejou naqueles olhos violeta. Eu não teria reparado caso não tivesse... *sentido*... bem no fundo. Meu olhar se desviou para o olho gravado em minha palma. Que tipo de tatuagem, exatamente, ele me dera? Mas, em vez disso, perguntei:

— Quando você estava vagando livremente durante a Noite da Fogueira, no Rito, disse que aquilo lhe custou algo. Você foi um dos Grão-Senhores que vendeu sua lealdade a Amarantha em troca de não ser obrigado a viver aqui embaixo?

Qualquer tristeza nos olhos dele sumiu; apenas uma calma fria e reluzente restava. Eu podia jurar que uma sombra de asas poderosas manchara a parede atrás de Rhysand.

— O que eu faço ou fiz por minha corte não é de sua conta.

— E *o que* ela tem feito durante os últimos 49 anos? Fazendo a corte e torturando todos como quer? Com que objetivo? — *Conte-me sobre as ameaças que ela representa para o mundo humano*, eu queria implorar... *Conte-me o que tudo isso significa*, por que *tantas coisas horríveis precisaram acontecer*.

— A Senhora da Montanha não precisa de desculpas para suas ações.

— Mas...

— As festividades aguardam. — Rhysand indicou a porta atrás dele.

Eu sabia que estava entrando em um território perigoso, mas não me importava.

— O que você quer comigo? Além de provocar Tamlin.

— Provocá-lo é meu maior prazer — respondeu Rhysand, com uma reverência debochada. — E quanto a sua pergunta, por que um macho precisa de motivo para apreciar a presença de uma fêmea?

— Você salvou minha vida.

— E pela *sua* vida, salvei a de Tamlin.

— Por quê?

Ele piscou um olho, alisando os cabelos pretos macios.

— Essa, Feyre, é a verdadeira pergunta, não é?

Com isso, Rhysand me guiou para fora do quarto.

Chegamos ao salão do trono, e eu me preparei para ser drogada e desgraçada de novo. Mas foi para Rhysand que a multidão olhou... era ele quem os irmãos de Lucien vigiavam. A voz clara de Amarantha ecoou por cima da música, convocando-o.

Rhysand parou, olhando para os irmãos de Lucien, que caminhavam atrás de nós, a atenção deles fixa em mim. Ansiosos, famintos... maliciosos. Abri a boca, e não me orgulhei por haver pedido a Rhysand que não me deixasse sozinha com eles enquanto lidava com Amarantha, mas Rhys apoiou a mão em minhas costas e me empurrou com ele.

— Apenas fique por perto, e mantenha a boca fechada — murmurou ele ao meu ouvido conforme me levava pelo braço. A multidão se abriu, como se estivéssemos pegando fogo, revelando rapidamente o que estava diante de nós.

Não de nós, corrigindo, mas de Rhysand.

Um Grão-Feérico de pele marrom chorava no chão diante do altar. Amarantha sorria para ele feito uma cobra, tão determinada que nem mesmo me olhou. Ao lado dela, Tamlin permanecia impassível. Uma besta sem garras.

Rhysand virou os olhos para mim, em um comando silencioso para que eu ficasse no limite da multidão. Obedeci, e quando dirigi minha atenção para Tamlin, esperando que ele olhasse — que apenas *olhasse* para mim —, ele não olhou; estava concentrado apenas na rainha, no macho diante dela. Ok.

Amarantha acariciou o anel, observando cada movimento que Rhysand fazia conforme ele se aproximava.

— O pequeno senhor do verão — disse ela sobre o macho aos seus pés — tentou escapar para as terras da Corte Primaveril. Quero saber por quê.

Havia um Grão-Feérico alto e bonito de pé no limite da multidão, os cabelos quase brancos, olhos de um azul cristal avassalador, a pele marrom. Mas a boca parecia contraída enquanto desviava sua atenção entre Amarantha e Rhysand. Eu o vira antes, durante aquela primeira tarefa — era o Grão-Senhor da Corte Estival. Antes, ele brilhava, quase vazando luz dourada; agora, estava silencioso, apático. Como se Amarantha tivesse drenado até a última gota de seu poder enquanto interrogava o súdito.

Rhysand enfiou as mãos nos bolsos e se aproximou do macho no chão.

O feérico da Corte Estival se encolheu, o rosto brilhante de lágrimas. Meu estômago se revirou de medo e vergonha quando ele se urinou ao ver Rhysand.

— P-p-por favor — gaguejou o homem.

A multidão estava sem fôlego, silenciosa demais.

De costas para mim, os ombros de Rhysand estavam relaxados; não havia um fio de tecido fora do lugar. Mas eu sabia que suas garras tinham tomado a mente do feérico assim que o macho parou de tremer no chão.

O Grão-Senhor Estival ficara imóvel também; e era dor, dor de verdade, e medo que brilharam naqueles olhos azuis impressionantes. A Estival era uma das cortes que havia se rebelado, lembrei. Então, aquele era um novo Grão-Senhor, não testado, que ainda precisaria fazer escolhas que custariam vidas.

Depois de um momento de silêncio, Rhysand olhou para Amarantha.

— Ele queria escapar. Chegar à Corte Primaveril, atravessar a muralha e fugir para o sul, para território humano. Não tinha cúmplices, e nenhum motivo além da própria covardia patética. — Rhysand indicou com o queixo a poça de urina sob o macho. Mas, pelo canto do olho, vi o Grão-Senhor da Corte Estival fraquejar um pouco, o bastante para me fazer pensar... pensar que tipo de escolha Rhys fizera no momento em que começou a vasculhar a mente do macho.

Amarantha revirou os olhos e relaxou no trono.

— Destrua-o, Rhysand. — Ela fez um gesto com a mão na direção do Grão-Senhor da Corte Estival. — Você pode fazer o que quiser com o corpo depois.

O Grão-Senhor da Corte Estival fez uma reverência — como se tivesse recebido um presente — e olhou para o súdito, que ficara imóvel e calmo no chão, abraçando os joelhos. O feérico estava pronto, aliviado.

Rhys tirou a mão do bolso e a soltou sobre uma das laterais do corpo. Eu podia jurar que garras fantasmas reluziram ali quando os dedos dele se fecharam levemente.

— Estou ficando entediada, Rhysand — avisou Amarantha com um suspiro, brincando de novo com aquele osso. Ela não olhara para mim uma vez sequer, concentrada demais na presa do momento.

Os dedos de Rhysand se fecharam em um punho.

Os olhos do feérico se arregalaram... e depois brilharam quando ele desabou para o lado em uma poça dos próprios dejetos. Sangue vazou de seu nariz, das orelhas, empoçando-se no chão.

Tão rápido, tão fácil, tão irrevogavelmente... Ele estava morto.

— Eu disse para destruir a mente dele, não o cérebro — disparou Amarantha.

A multidão murmurou ao meu redor, agitada. Eu só queria sumir em meio a ela... me encolher na cela e queimar aquilo da mente. Tamlin não se mexera, nem um músculo. Que horrores teria testemunhado durante a longa vida para que aquilo não quebrasse aquela expressão distante, aquele controle?

Rhysand deu de ombros, e a mão deslizou de volta para o bolso.

— Peço desculpas, minha rainha. — Ele se virou, sem ser dispensado, e não me olhou conforme caminhou até os fundos do salão do trono. Caminhei ao lado dele, contendo a tremedeira, tentando não pensar no corpo estatelado atrás de nós, ou em Clare, ainda pregada à parede.

A multidão permaneceu bem afastada conforme a atravessamos. *Vadia*, sibilaram alguns para ele, baixinho, fora do alcance dos ouvidos dela; *vadia de Amarantha*. Muitos ofereceram palavras e sorrisos hesitantes e de reconhecimento — *que bom que o matou; bom que matou o traidor.*

Rhysand não ousou reconhecer nenhum deles; os ombros ainda estavam relaxados, os passos não tinham pressa. Imaginei se mais alguém além dele e do Grão-Senhor da Corte Estival sabia que a morte tinha sido por piedade. Eu estava disposta a apostar que havia outros envolvidos naquele plano de fuga, talvez até mesmo o próprio Grão-Senhor da Corte Estival.

Talvez guardar esses segredos tivesse apenas servido aos joguetes de que Rhysand gostava. Talvez poupar o feérico ao matá-lo rapidamente, em vez de destruir sua mente e deixá-lo babando feito uma casca vazia, também tivesse sido outro movimento calculado.

Rhysand não parou uma vez durante aquela longa caminhada pelo salão do trono, mas, quando chegamos à comida nos fundos do salão, ele me entregou uma taça e bebeu uma comigo. Rhysand não disse nada antes que o vinho me levasse ao esquecimento.

CAPÍTULO 40

Minha segunda tarefa chegou.

Com os dentes reluzindo, o Attor sorriu para mim enquanto eu parava diante de Amarantha. Estávamos em outra caverna; menor que o salão do trono, porém grande o suficiente para talvez ser algum tipo de área de entretenimento antiga. Não tinha decorações, nenhuma mobília, exceto pelas paredes com moldura dourada, e a própria rainha se sentava apenas em uma cadeira de madeira entalhada, com Tamlin de pé atrás dela. Não encarei por muito tempo o Attor, que ficou do outro lado da cadeira da rainha, com a longa cauda fina chicoteando o chão. Ele só sorria para me deixar nervosa.

Estava funcionando. Nem mesmo olhar para Tamlin poderia me acalmar. Fechei as mãos em punho ao lado do corpo conforme Amarantha sorria.

— Bem, Feyre, sua segunda tarefa chegou. — Ela parecia tão arrogante, tão segura de que minha morte pairava ali. Fiquei apavorada com o que estava por vir. Fora uma tola ao recusar a morte nos dentes da minhoca. Amarantha cruzou os braços e apoiou o queixo em uma das mãos. Dentro do anel, o olho de Jurian se virou, *se virou* para me olhar, a pupila se dilatando à luz fraca. — Já decifrou meu enigma?

Não ousei responder.

— Uma pena — desdenhou Amarantha, fazendo biquinho. — Mas estou me sentindo generosa esta noite. — O Attor deu um risinho, e vários feéricos lançaram risadas sibilantes para mim, risadas que subiram serpenteando por minha coluna. — Que tal um pouco de treino? — sugeriu a Grã-Rainha, e obriguei meu rosto a permanecer neutro. Se Tamlin bancava o indiferente para nos manter a salvo, eu faria o mesmo.

Ousei olhar para meu Grão-Senhor e encontrei seus olhos ríspidos sobre mim. Eu só queria segurar Tamlin, sentir-lhe a pele por apenas um momento, sentir seu cheiro, ouvir Tamlin dizer meu nome...

Era difícil conter as lágrimas, mas consegui. Não daria àquelas pessoas a satisfação de me ver desmoronar.

Um leve chiado ecoou pela sala, e vi Amarantha, de seu assento, franzir a testa para Tamlin. Não percebi que estávamos nos encarando.

— Comece — disparou Amarantha, e antes que eu conseguisse me preparar, o chão estremeceu.

Meus joelhos tremeram, e agitei os braços para me manter reta conforme as pedras sob mim começaram a afundar, me levando para baixo até um fosso grande e retangular. Alguns feéricos riram, mas encontrei o olhar de Tamlin de novo, e me fixei nele até ter descido tanto que seu rosto sumira além da borda.

Avaliei as quatro paredes ao meu redor, procurando uma porta, qualquer sinal do que estava por vir. Duas das paredes eram feitas de uma única camada de pedra lisa e brilhante — polida e lisa demais para escalar. A outra não era uma parede, mas um portão de ferro que dividia a câmara em duas, e do outro lado dele...

Perdi o fôlego na garganta.

— Lucien.

Acorrentado ao centro do chão do outro lado da câmara, o olho vermelho que lhe restava estava tão arregalado que parecia envolto em branco. O de metal girou de maneira selvagem; a cicatriz cruel se destacava contra a pele pálida de Lucien. De novo, ele era um brinquedinho para Amarantha atormentar.

Não havia portas, não havia como eu chegar até o lado de Lucien, a não ser escalando o portão entre nós. Este apresentava buracos tão espessos e grandes que eu provavelmente conseguiria galgar a fim de saltar para o lado dele. Não ousei.

Os feéricos começaram a murmurar, e ouro tilintou. Será que Rhysand apostara em mim de novo? Na multidão, cabelos vermelhos reluziram — quatro cabeças vermelhas —, e enrijeci a coluna. Eu sabia que os irmãos estariam sorrindo diante do destino de Lucien, mas onde estava a mãe dele? O pai? Certamente o Grão-Senhor da Corte Outonal estaria presente. Verifiquei a multidão. Não havia nenhum sinal deles. Em vez disso, vi Amarantha de pé com Tamlin à beira do fosso, olhando para dentro. Ela fez uma reverência com a cabeça para mim e gesticulou com a mão elegante para a parede sob seus pés.

— Aqui, Feyre, encontrará sua tarefa. Apenas responda à pergunta, selecionando a alavanca certa, e vencerá. Selecione a errada, e será sua ruína. Como há apenas três opções, acho que lhe dei uma vantagem injusta. — Amarantha estalou os dedos e algo metálico rangeu. — Quero dizer — acrescentou ela —, se conseguir resolver o problema a tempo.

Não muito acima, as duas grades gigantes e encrustadas com estacas que eu acreditava serem lustres começaram a descer, devagar, na direção da câmara...

Eu me virei para Lucien. Era o motivo pelo qual o portão dividia a câmara ao meio: para que eu o observasse ser esmagado enquanto eu mesma era macerada. As estacas, que serviam de apoio para velas e tochas, brilhavam em vermelho, e mesmo de longe eu conseguia ver o calor emanando delas.

Minha boca secou e Lucien puxou as correntes. Aquela não seria uma morte limpa. Mas qualquer que fosse o horror que eu sentia, não era nada em comparação ao terror que me tomou quando virei para a parede indicada por Amarantha.

Um longo texto se encontrava entalhado na superfície lisa, e sob o texto havia alavancas de pedra com os números *I*, *II* e *III* gravados acima delas.

Comecei a tremer. Reconhecia apenas palavras básicas — inúteis, como *o* e *mas* e *foi*. Todo o resto era um borrão de letras que eu desconhecia, letras que eu precisaria pronunciar devagar ou pesquisar para entender.

Meu fôlego ficou irregular. A grade de estacas ainda descia; agora estava no nível da cabeça de Amarantha, e em breve acabaria com qualquer chance que eu tinha de sair daquele fosso. Eu mal conseguia sentir o calor do ferro incandescente, e suor escorreu por minhas costas. Quem avisara a ela que eu não sabia ler?

— Alguma coisa errada? — Amarantha ergueu uma sobrancelha. Desviei a atenção para o texto, mantendo a respiração o mais calma possível. Ela não mencionara a leitura como um problema, teria debochado ainda mais de mim se conhecesse meu analfabetismo. Destino, aquela era uma reviravolta cruel e maligna do destino.

Ouvi as correntes se repuxarem e, depois, o xingamento de Lucien quando ele notou o que estava diante de mim. Eu me virei para ele, mas, ao ver seu rosto, soube que Lucien se encontrava muito longe das palavras para me soprar o texto, mesmo com o poderoso olho de metal. Se eu pudesse ouvir a pergunta, talvez tivesse uma chance de resolvê-la, mas enigmas não eram meu forte.

Eu seria espetada por estacas incandescentes e, então, esmagada no chão, como uma uva.

A grade agora passava sobre a abertura do poço, preenchendo-o por completo... Nenhum canto era seguro. Se eu não respondesse à pergunta antes de a grade passar pelas alavancas...

Minha garganta se fechou e li e li e li, mas nenhuma palavra surgiu. O ar ficou espesso e fedia a metal, não de magia, mas aço queimando, impiedoso, rastejando até mim, centímetro a centímetro.

— Responda! — gritou Lucien, a voz esganiçada. Meus olhos ardiam. O mundo era apenas um borrão de letras debochando de mim com suas curvas e formatos.

O metal rangeu quando raspou contra a pedra lisa da câmara, e os sussurros dos feéricos ficaram mais frenéticos. Achei ter visto o irmão mais velho de Lucien rir.

Doeria... aquelas estacas eram grandes e nada afiadas. Não seria rápido. Seria preciso força para furar meu corpo. Eu estava toda suada, encarando as letras, o *I*, o *II* e o *III*, que, de algum modo, tinham se tornado meu bote salva-vidas. Duas escolhas me condenariam — uma seguraria a grade.

Encontrei os números no texto; devia ser um enigma, um problema de lógica, um labirinto de palavras pior que o labirinto de qualquer minhoca.

— *Feyre*! — gritou Lucien, ofegante, enquanto encarava as estacas que desciam sem parar. Pelos buracos na grade, os rostos alegres dos Grão-Feéricos e dos feéricos menores me olhavam com escárnio.

Três... gafa... gafan... gafanhotos...

A grade não parava, e a distância entre mim e a primeira daquelas estacas não tinha a extensão de um corpo.

Estavam... sa... sal... salt... salta... saltan... saltando...

Eu queria fechar os olhos, queria gritar por piedade e chorar. Deveria me despedir de Tamlin. Naquele instante. Minha vida se resumira àquilo; aqueles eram meus últimos momentos, tudo se acabara, os últimos suspiros de meu corpo, as últimas batidas de meu coração.

— *Apenas escolha uma!* — gritou Lucien, e alguns daqueles na multidão riram; os irmãos dele, sem dúvida, mais alto.

Levei a mão até a alavanca e encarei os três números além de meus dedos trêmulos e tatuados.

I II III

Não significavam nada para mim além da vida e da morte. A sorte talvez me salvasse, mas...

Dois. Dois era um número de sorte, porque era como Tamlin e eu — apenas duas pessoas. Um devia ser ruim, porque um era como Amarantha, ou o Attor — seres solitários. Um era um número horrível, e três era demais — eram três irmãs enfurnadas em um chalé minúsculo, odiando umas às outras até sufocarem, até que aquilo as envenenasse.

Dois. Era dois. Eu poderia alegremente, de bom grado, fanaticamente acreditar em um Caldeirão e em Destino, se cuidassem de mim. Eu acreditava em dois. Dois.

Levei a mão à segunda alavanca, mas uma dor lancinante atingiu minha mão antes que eu conseguisse tocar na pedra. Chiei, recuando.

Abri a palma da mão e vi o olho em fenda tatuado ali. Ele se estreitou Eu devia estar alucinando.

A grade estava prestes a cobrir o texto, 2 metros acima da minha cabeça. Eu não conseguia respirar, não conseguia pensar. O calor era demais, e metal chiava muito perto das minhas orelhas.

De novo, levei a mão à alavanca do meio, mas a dor paralisou meus dedos.

O olho tinha voltado ao estado normal. Estendi a mão em direção à primeira alavanca. De novo, senti dor.

Levei a mão até a terceira alavanca. Não senti dor. Meus dedos tocaram a pedra, e ergui o rosto, observando a grade a menos de 1 metro acima da minha cabeça. Além dela, notei um olhar violeta salpicado de estrelas.

Levei a mão à primeira alavanca. Dor. Mas quando toquei a terceira alavanca...

O rosto de Rhysand permanecia uma máscara de tédio. Suor escorria por minha testa. Eu só podia confiar nele; só podia me entregar de novo, era obrigada a ceder devido a minha vulnerabilidade.

As estacas eram muito grandes de perto. Eu só precisava erguer o braço acima da cabeça para tocá-las.

— *Feyre, por favor!* — gemeu Lucien.

Eu tremia tanto que mal conseguia ficar de pé. O calor das estacas pesava sobre mim.

A alavanca de pedra era fria contra minha mão.

Fechei os olhos, incapaz de encarar Tamlin, me preparando para o impacto e a agonia, e puxei a terceira alavanca.

Silêncio.

O calor pulsante não se aproximou. Então... um suspiro. *Lucien.*

Abri os olhos e vi os dedos tatuados, com os nós esbranquiçados sob a tinta, enquanto se agarravam à alavanca. As estacas pairavam a centímetros da minha cabeça.

Imóveis... paradas.

Eu tinha vencido... eu tinha...

A grade rangeu conforme se erguia em direção ao teto, aliviando o ar, e o frio fluiu pela câmara.

Lucien entoava algum tipo de oração e beijava o chão diversas vezes. O piso abaixo de mim se ergueu, e fui forçada a soltar a alavanca salvadora ao ser levada à superfície outra vez. Meus joelhos tremeram.

Não conseguia ler, e aquilo quase me matara. Nem mesmo vencera direito. Fiquei de joelhos, permitindo que a plataforma me carregasse, e cobri o rosto com as mãos trêmulas.

Lágrimas queimaram antes de a dor irradiar por meu braço esquerdo. Eu jamais venceria a terceira tarefa. Jamais libertaria Tamlin, ou o povo dele. A dor disparou por meus ossos de novo, e, em meio à histeria crescente, ouvi palavras dentro de minha cabeça que me fizeram congelar.

Não deixe que ela a veja chorando.

Coloque as mãos nas laterais do corpo e fique de pé.

Eu não conseguia. Não conseguia me mover.

Fique de pé. Não dê a ela a satisfação de ver você desabar.

Meus joelhos e minha coluna, não totalmente por vontade própria, me obrigaram a ficar de pé, e quando o chão finalmente parou de se mover, olhei para Amarantha com olhos secos.

Bom, disse Rhysand para mim. *Encare-a. Nada de lágrimas... espere até voltar para a cela.* O rosto de Amarantha estava tenso e pálido, e seu olhos pretos pareciam ônix enquanto ela me olhava. Eu tinha vencido, mas deveria estar morta. Deveria estar esmagada, o sangue escorrendo por toda parte.

Conte até dez. Não olhe para Tamlin. Apenas encare Amarantha.

Obedeci. Foi a única coisa que me impediu de cair no choro que se acumulava dentro do meu peito, latejando para sair.

Eu me obriguei a encarar Amarantha. Seu olhar era frio, amplo e cheio de malícia antiga, mas eu a encarei. Contei até dez.

Boa garota. Agora saia. Dê meia-volta... Bom. Saia pela porta. Mantenha o queixo elevado. Deixe que a multidão se abra. Um passo após o outro.

Ouvi Rhysand, deixei que ele mantivesse minha sanidade conforme eu era escoltada de volta à cela pelos guardas — que ainda mantinham distância de mim. As palavras de Rhysand ecoavam por minha mente, me acalmando.

Mas, quando a porta da cela se fechou, ele ficou em silêncio, e então desabei no chão e chorei.

✢

Chorei durante horas. Por mim, por Tamlin, pelo fato de que eu deveria estar morta e, por algum motivo, tinha sobrevivido. Chorei por tudo o que havia perdido, cada ferimento que recebera, cada ferida — física ou não. Chorei por aquela parte trivial de mim, certa vez tão cheia de cor e luz... e agora oca e escura e vazia.

Não conseguia parar. Não conseguia respirar. Não conseguiria vencê-la. Ela vencera hoje, e não sabia disso.

Ela vencera; somente trapaceando eu sobrevivi. Tamlin jamais seria livre, e eu pereceria da pior das maneiras. Não sabia ler; era uma ignorante, uma tola humana. Minhas falhas tinham me perseguido, e aquele lugar se tornaria meu túmulo. Eu jamais pintaria de novo; nunca veria o sol novamente.

As paredes pareceram se aproximar; o teto baixou. Eu queria ser esmagada, queria ser apagada. Tudo convergia, espremendo, sugando o ar. Eu não conseguia me manter em meu corpo — as paredes me forçavam a sair de dentro dele. Eu estava me agarrando ao meu corpo, mas doía demais sempre que eu tentava manter a conexão. Tudo o que eu queria — tudo o que eu ousara querer — era uma vida tranquila, fácil. Nada além disso. Nada extraordinário. Mas agora... agora...

Senti a onda na escuridão sem precisar olhar para cima, e não me encolhi diante dos passos suaves que se aproximavam. Não me dei o trabalho de esperar que fosse Tamlin.

— Ainda chorando?

Rhysand.

Não tirei as mãos do rosto. O chão se ergueu em direção ao teto que se abaixava... eu logo seria esmagada. Não havia cor ou luz ali.

— Você acabou de vencer a segunda tarefa. Essas lágrimas são desnecessárias.

Chorei mais intensamente, e ele riu. As pedras reverberaram à medida que Rhysand se ajoelhou diante de mim, e embora eu tivesse tentado lutar contra ele, a mão de Rhys estava firme quando ele segurou meus pulsos e afastou as minhas do rosto.

As paredes não estavam se movendo, e o quarto estava aberto... escancarado. Não havia cor alguma, apenas tons de escuridão, de noite. Aqueles olhos violeta salpicados de estrelas brilhavam, cheios de cor, de luz. Rhysand me deu um sorriso preguiçoso antes de inclinar o corpo para a frente.

Eu me afastei, mas as mãos dele eram como grilhões. Não pude fazer nada quando sua boca tocou minha bochecha e Rhys lambeu uma lágrima. Sua língua era quente contra minha pele, e me assustei tanto que não consegui me mover quando ele lambeu outra trilha de água salgada, e depois outra. Meu corpo enrijeceu e relaxou ao mesmo tempo, e me senti incandescente, mesmo enquanto calafrios estremeciam meus braços e pernas. Somente quando a língua de Rhysand dançou pelas bordas úmidas de meus cílios, eu recuei.

Ele me soltou e deu uma risada quando me arrastei para o canto da cela. Limpei o rosto enquanto olhava para Rhysand com raiva.

Ele riu, sentando contra uma parede.

— Imaginei que isso fizesse com que parasse de chorar.

— Foi nojento. — Limpei o rosto de novo.

— Foi mesmo? — Rhys ergueu uma sobrancelha e apontou para a palma da mão, para onde minha tatuagem estava. — Sob todo orgulho e teimosia, podia jurar que detectei algo que pareceu diferente. Interessante.

— Saia.

— Como sempre, sua gratidão é sobrepujante.

— Quer que eu beije seus pés pelo que fez na tarefa? Quer que eu ofereça outra semana de minha vida?

— Não, a não ser que se sinta compelida a fazê-lo — respondeu Rhys, os olhos como estrelas.

Fechei a boca. Era ruim o bastante que minha vida estivesse entregue àquele senhor feérico, mas ter um laço pelo qual ele agora conseguia ler meus pensamentos e sentimentos livremente, e se comunicar...

— Quem diria que a presunçosa garota humana não sabia ler?

— Fique de boca fechada quanto a isso.

— Eu? Não sonharia em contar a ninguém. Por que desperdiçar esse tipo de conhecimento em fofocas vãs?

Se eu tivesse a força, teria saltado sobre ele e destroçado Rhysand.

— Você é um desgraçado nojento.

— Preciso perguntar a Tamlin se esse tipo de elogio conquistou o coração dele. — Rhysand resmungou ao se levantar, um ruído baixo e gutural que percorreu meus ossos. Seus olhos encontraram os meus, e ele deu um sorriso lento. Expus os dentes, quase chiando.

— Vou poupá-la dos deveres de acompanhante amanhã — decretou ele, gesticulando com os ombros conforme saía da cela. — Mas, na noite seguinte, espero que esteja com sua melhor aparência. — Rhysand me deu um sorriso que sugeriu não ser muita coisa minha melhor aparência. Ele parou à porta, mas não se dissolveu em escuridão. — Estive pensando em maneiras de atormentá-la quando for para minha corte. Estou imaginando: ordenar que aprenda a ler será tão doloroso quanto pareceu hoje?

Rhysand se dissolveu em sombras antes que eu pudesse avançar contra ele.

Caminhei de um lado para outro na cela, fazendo cara feia para o olho em minha mão. Cuspi todos os xingamentos que pude para ele, mas não houve resposta.

Levei um bom tempo para perceber que Rhys, soubesse ele ou não, tinha efetivamente evitado que eu desabasse por completo.

Capítulo 41

O que se seguiu à segunda tarefa foi uma série de dias que não gosto de lembrar. Uma escuridão permanente recaiu sobre mim, e comecei a ansiar pelo momento em que Rhysand me daria uma taça do vinho feérico e eu poderia me soltar por algumas horas. Parei de pensar no enigma de Amarantha... era impossível. Principalmente para uma humana analfabeta e ignorante.

Pensar em Tamlin só piorava tudo. Eu vencera duas das tarefas de Amarantha, mas sabia — bem no fundo dos ossos — que a terceira seria aquela que me mataria. Depois do que acontecera à irmã, do que Jurian tinha feito, Amarantha jamais me deixaria sair dali com vida. Eu não podia culpá-la totalmente; duvidava que jamais esqueceria ou perdoaria se algo como aquilo tivesse sido feito com Nestha ou com Elain, não importava quantos séculos tivessem se passado. Mas ainda não sairia dali com vida.

Aquele futuro com que eu sonhara era apenas isso: um sonho. Ficaria velha e enrugada, enquanto ele permaneceria jovem durante séculos, talvez milênios. Na melhor das hipóteses, eu teria algumas décadas com ele antes de morrer.

Décadas. Era por isso que eu estava lutando. Um lampejo no tempo para eles — uma gota na piscina de sua eternidade.

Então, bebi vorazmente aquele vinho e parei de me importar com quem eu era, e com o que um dia importara para mim. Parei de pensar em cores, em luzes, no verde dos olhos de Tamlin... em todas aquelas coisas que eu ainda queria pintar e que agora jamais conseguiria.

Não deixaria aquela montanha com vida.

Eu estava caminhando até o quarto de vestir com as duas serviçais de sombras de Rhys, encarando o nada e pensando em menos ainda, quando um chiado e o bater de asas soaram de uma curva próxima. O Attor. As feéricas ao meu lado ficaram tensas, mas ergueram levemente o queixo.

Eu não me acostumara com o Attor, mas tinha passado a aceitar sua presença maligna. Ver minha escolta enrijecer o corpo despertou um pesar dormente, e minha boca ficou seca quando nos aproximamos da curva. Embora estivéssemos envoltas e ocultas pelas sombras, cada passo me aproximava daquele demônio alado. Meus pés se tornaram chumbo.

Então, uma voz mais baixa, gutural, grunhiu em resposta ao chiado do Attor. Unhas estalaram sobre pedra, e minhas acompanhantes trocaram olhares antes de me puxarem para uma alcova, uma tapeçaria que não estava ali momentos antes de recair sobre nós, e as sombras se intensificaram, se solidificaram. Tive a sensação de que se alguém puxasse a tapeçaria, veria apenas escuridão e pedras.

Uma delas cobriu minha boca com a mão, me segurando firme contra si, e sombras serpentearam de seu braço para o meu. Ela cheirava a jasmim; eu não tinha reparado. Depois de tantas noites, nem mesmo sabia seus nomes.

O Attor e seu acompanhante fizeram a curva, ainda falando, as vozes baixas. Somente quando consegui entender as palavras é que percebi que não estávamos apenas nos escondendo.

— Sim — dizia o Attor —, que bom. Ela ficará muito satisfeita ao saber que eles estão finalmente prontos.

— Mas será que os Grão-Senhores vão contribuir com a própria força? — indagou a voz gutural. Eu podia ter jurado que a criatura grunhiu como um porco.

Eles se aproximaram mais e mais, alheios à nossa presença. Minhas acompanhantes chegaram mais perto de mim, tão tensas que notei que estavam prendendo a respiração. Damas de companhia... e espiãs.

— Os Grão-Senhores farão o que ela mandar — disparou o Attor, e sua cauda serpenteou quando açoitou o chão.

— Ouvi conversas de soldados em Hybern... O Grão-Rei não está satisfeito com a situação da garota. Amarantha fez um acordo tolo. Ela lhe custou a Guerra da última vez por causa do problema com Jurian; se lhe der as costas de novo, o rei não estará tão disposto a perdoá-la. Roubar seus feitiços e tomar um território para si é uma coisa. Falhar em ajudar na causa dele uma segunda vez é outra.

Um chiado alto soou, e tremi quando o Attor estalou o maxilar na direção de seu acompanhante.

— Minha senhora não faz acordos que não são vantajosos para ela. Permite que eles se agarrem à esperança, mas depois que esta é destruída, eles se tornam seus lindos e arrasados lacaios.

Deviam estar passando bem diante da tapeçaria.

— É melhor torcer que sim — respondeu a voz gutural. Que tipo de criatura seria aquela coisa para não ficar abalada pelo Attor? A mão sombreada da minha acompanhante se fechou com mais força sobre minha boca, e o Attor passou.

Não confie em seus sentidos, ecoou a voz de Alis em minha mente. O Attor tinha me surpreendido uma vez, quando achei que estava segura...

— E é melhor segurar sua língua — avisou o Attor. — Ou minha senhora o fará por você, e as garras dela não são gentis.

A outra criatura riu com aquele ruído suíno.

— Estou aqui sob condição de imunidade concedida pelo rei. Se sua *senhora* acha que está acima do rei porque governa esta terra desprezível, em breve vai se lembrar de quem pode lhe arrancar os poderes, sem feitiços ou poções.

O Attor não retrucou — e parte de mim desejou que ele replicasse, que respondesse. Mas ele foi silenciado pela outra criatura, e medo atingiu meu estômago, como uma pedra jogada em um lago.

Quaisquer que fossem os planos em que o rei de Hybern trabalhou durante aqueles longos anos — sua campanha para retomar o mundo mortal —, parecia que não estava mais disposto a esperar. Talvez Amarantha em breve recebesse o que queria: a destruição de todo meu reino.

Meu sangue esfriou. Nestha... eu confiava em Nestha para levar minha família para longe, para protegê-la.

As vozes dos dois sumiram, e somente quando um longo minuto a mais se passou, as duas fêmeas relaxaram. A tapeçaria sumiu e voltamos ao corredor.

— O que *foi* aquilo? — indaguei, olhando de uma para a outra conforme as sombras ao nosso redor diminuíam, mas não muito. — Quem é esse? — perguntei.

— Problemas — responderam elas, em uníssono.

— Rhysand sabe?

— Ele saberá em breve — disse uma delas. Retomamos nossa caminhada silenciosa para o quarto.

Não havia nada que eu pudesse fazer quanto ao rei de Hybern, de todo modo; não enquanto estivesse presa Sob a Montanha, não quando sequer tinha conseguido libertar Tamlin, muito menos eu mesma. E com Nestha pronta a fugir com minha família, não havia ninguém a quem avisar. Então, dias após dias se passaram, aproximando ainda mais minha terceira tarefa.

Acho que afundei tanto dentro de mim mesma que foi preciso algo extraordinário para me trazer de volta. Eu estava observando a luz dançar pela rocha úmida do teto da cela — como luar sobre água — quando um barulho viajou até mim, pelas pedras, irradiando pelo chão.

Estava tão acostumada com os estranhos violinos e tambores dos feéricos que, quando ouvi a melodia alegre, achei que fosse outra alucinação. Às vezes, se encarasse o teto por muito tempo, ele se tornava a ampla extensão do céu estrelado, e eu me tornava algo pequeno e pouco importante, soprado pelo vento.

Olhei para o pequeno buraco de ventilação em um canto do teto, pelo qual a música entrou em minha cela. A origem da música devia estar muito longe, pois era apenas um leve agitar de notas, mas, quando fechei os olhos, consegui ouvir mais claramente. Consegui... ver. Como se fosse uma grande pintura, um mural vivo.

Havia beleza naquela música... beleza e bondade. A música se dobrava sobre si mesma, como massa de bolo sendo despejada de uma tigela, uma nota sobre a outra, derretendo-se e mesclando-se para formar um todo, se elevando, me preenchendo. Não era música selvagem, mas continha uma violência de paixão, um tipo de alegria e tristeza ardentes, crescentes. Levei os joelhos até a altura do peito, precisando sentir a firmeza da pele, mesmo escorregadia pela tinta oleosa sobre ela.

A música formava uma trilha, uma subida sustentada por arcos de cores. Eu a segui, saindo daquela cela, por camadas de terra, para cima, para cima... até campos de cardos azuis, além da folhagem das árvores, para a imensidão aberta do céu. O ritmo da música era como mãos me empurrando carinhosamente para a frente, me puxando mais para o alto, me guiando pelas nuvens. Jamais vira nuvens como aquelas; e em seus cantos fofos, eu conseguia discernir rostos bonitos e tristes. Eles sumiram antes que eu conseguisse enxergar com clareza, e olhei para longe, para onde a música me chamava.

Era um pôr do sol ou uma alvorada. O sol enchia as nuvens de magenta e roxo, e os raios laranja e dourados se misturavam ao meu caminho, formando uma faixa de metal reluzente.

Eu queria me dissolver ali, queria que a luz daquele sol me queimasse para longe, me enchesse de tanta alegria que eu me tornaria um raio de sol também. Aquilo não era música feita para dançar — era música para adorar, música para preencher o vazio em minha alma, para me levar a um lugar onde não havia dor.

Não percebi que estava chorando até que o calor úmido de uma lágrima caiu em meu braço. Mas, ainda assim, me agarrei à música, segurando-a como um beiral que me impedia de cair. Não tinha percebido quanto eu não queria mergulhar naquela escuridão profunda — quanto queria ficar ali, entre nuvens e cor e luz.

Deixei que os sons me invadissem, deixei que me deitassem e atropelassem meu corpo com os tambores. Para cima e para cima, se elevando até um palácio no céu, um corredor de alabastro e opala, onde tudo o que era lindo e gentil e fantástico morava em paz. Chorei... chorei por estar tão perto daquele palácio, chorei devido à necessidade de estar ali. Tudo o que eu queria estava ali; aquele que eu amava estava ali...

A música eram os dedos de Tamlin tocando meu corpo; era o dourado de seus olhos e seu sorriso torto. Era aquela risada baixa e rouca, e o modo como ele dissera aquelas três palavras. Era Tamlin. Era por *isso* que eu estava lutando, era *isso* que eu jurara salvar.

A música aumentou — mais alta, mais grandiosa, mais rápida, de onde quer que fosse tocada —, em uma onda que atingiu seu ápice, destruindo a tristeza de minha cela. Um soluço e um estremecimento saíram de mim quando o som se dissipou em silêncio. Fiquei sentada ali, tremendo e chorando, ferida e exposta, desnudada pela música e pelas cores que restavam em minha mente.

Quando as lágrimas pararam - a música ainda ecoava em cada fôlego meu —, deitei na cama de feno, ouvindo minha respiração.

A música entremeou minhas lembranças, unindo-as, transformando-as em uma colcha de retalhos que me envolveu, que aqueceu meus ossos. Encarei o olho no centro de minha palma, mas ele apenas me encarou de volta — sem se mover.

Faltavam ainda dois dias até a última tarefa. Apenas dois dias mais e, então, descobriria o que o Curso do Caldeirão tinha planejado para mim.

Capítulo 42

Foi uma festa como nenhuma outra — mesmo que provavelmente fosse minha última. Feéricos bebiam e conversavam e dançavam, rindo e cantando músicas obscenas e etéreas. Não havia nenhum lampejo de antecipação pelo que poderia acontecer no dia seguinte; o que eu poderia mudar para eles, para seu mundo. Talvez também soubessem que eu morreria.

Fiquei à espreita em uma parede, esquecida pela multidão, esperando que Rhysand me chamasse para beber o vinho e dançar, ou fazer o que desejasse de mim. Estava com a roupa de sempre, tatuada do pescoço para baixo com aquela tinta preto-azulada. Naquela noite, meu vestido transparente tinha um tom de rosa, como o do pôr do sol. A cor parecia forte e feminina demais contra os arabescos de tinta na pele. Alegre demais para o que me aguardava no dia seguinte.

Rhysand estava demorando mais que o normal para me chamar; embora talvez fosse por causa da feérica voluptuosa empoleirada em seu colo, acariciando seus cabelos com os longos dedos esverdeados. Ele se cansaria dela em breve.

Não me dei o trabalho de olhar para Amarantha. Era melhor fingir que ela não estava ali. Lucien jamais falava comigo em público, e Tamlin... Tinha se tornado difícil olhar para ele ultimamente.

Eu só queria que tudo terminasse. Queria que aquele vinho me carregasse por aquela última noite e me levasse até meu destino. Eu estava tão determinada em antecipar a ordem de Rhysand para servi-lo que não reparei na pessoa ao meu lado, até que o calor de seu corpo passou para o meu.

Fiquei imóvel quando senti aquele cheiro de chuva e terra, e não ousei me virar para Tamlin. Estávamos lado a lado, encarando a multidão, tão parados e inconspícuos quanto estátuas.

Os dedos de Tamlin roçaram os meus, e uma linha de fogo percorreu meu corpo, me queimando tanto que meus olhos se encheram de lágrimas. Desejei... desejei que ele não tocasse minha mão manchada, que seus dedos não precisassem acariciar os contornos daquela tatuagem desprezível.

Mas aproveitei o momento; minha vida ficou linda de novo durante aqueles poucos segundos em que nossas mãos se encontraram.

Se eu era uma torrente por dentro, meu rosto era uma máscara de frieza. Tamlin abaixou a mão, e tão rapidamente quanto veio, saiu andando, entremeando a multidão. Somente quando ele olhou por cima do ombro e inclinou muito levemente a cabeça é que eu entendi.

Meu coração batia mais rápido do que tinha batido durante as tarefas, e me obriguei a parecer o mais entediada possível antes de me afastar da parede e, casualmente, caminhar atrás de Tamlin. Peguei um caminho diferente, mas segui para aquela pequena porta meio escondida por uma tapeçaria, ao lado da qual ele estava parado. Eu só tinha alguns minutos antes de Rhysand começar a procurar por mim, mas um momento sozinha com Tamlin seria o suficiente.

Eu mal conseguia respirar conforme a entrada se aproximava mais e mais, além da plataforma de Amarantha, além de um grupo de feéricos rindo... Tamlin sumiu do outro lado das portas, tão rápido quanto um raio, e reduzi os passos para uma caminhada distraída. Ultimamente, ninguém prestava muita atenção em mim até que eu me tornasse o brinquedinho de Rhysand. Rápido demais, a porta estava diante de mim, e ela se abriu silenciosamente para me deixar entrar.

A escuridão me envolveu. Só vi um borrão de verde e dourado antes que o calor do corpo de Tamlin se chocasse contra o meu e nossos lábios se encontrassem.

Não tinha como beijá-lo mais profundamente, não tinha como segurá-lo mais perto, não tinha como tocar o suficiente de Tamlin. Palavras não eram necessárias.

Rasguei sua camisa, precisava sentir a pele mais uma vez, e precisava conter o gemido que se ergueu de mim enquanto Tamlin segurava meu seio. Não queria que ele fosse carinhoso — porque o que eu sentia por ele não era nada assim. O que eu sentia era selvagem e forte e ardente, e era assim que ele me tratava.

Tamlin afastou os lábios dos meus e mordeu meu pescoço; mordeu como tinha feito na Noite da Fogueira. Precisei trincar os dentes para evitar gemer e nos denunciar. Aquela podia ser a última vez que eu tocava meu Grão-Senhor, a última vez em que poderíamos estar juntos. Eu não a desperdiçaria.

Meus dedos lutaram contra a fivela de seu cinto, e a boca de Tamlin encontrou a minha de novo. Nossas línguas dançaram; não uma valsa ou um minueto, mas uma dança de guerra, uma dança mortal com tambores de ossos e violinos estridentes.

Eu o queria... ali.

Passei a perna pela lateral do corpo de Tamlin, desejando estar mais perto, e ele pressionou os quadris com mais força em mim, me esmagando contra a parede gelada. Soltei a fivela do cinto, libertando o couro como um chicote, e Tamlin grunhiu de desejo ao meu ouvido — um tipo baixo e provocante de ruído que me fez enxergar vermelho, branco e raios. Ambos sabíamos o que o dia seguinte traria.

Atirei o cinto longe e comecei a tentar abrir sua calça. Alguém no quarto tossiu.

— Vergonhoso — ronronou Rhysand, e nos viramos para vê-lo, fracamente iluminado pela luz que entrava pela porta. Mas ele estava atrás de nós, mais para dentro da passagem, em vez de na direção da porta. Ele não tinha entrado pela sala do trono. Com aquela habilidade, Rhysand provavelmente caminhara pelas paredes. —

Simplesmente vergonhoso. — Ele seguiu em nossa direção. Tamlin continuava me segurando. — Olhe o que fez com meu bicho de estimação.

Ofegantes, nenhum de nós disse nada. Mas o ar se tornou um beijo frio em minha pele, em meus seios expostos.

— Amarantha ficaria muito chateada se soubesse que seu guerreirozinho está se agarrando com a criadagem humana — continuou Rhysand, cruzando os braços. — Imagino como ela puniria você. Ou talvez permaneça fiel ao hábito e puna Lucien. Ele ainda tem um olho a perder, afinal de contas. Talvez ela o coloque em um anel também.

Bem devagar, Tamlin tirou minhas mãos de seu corpo e se desvencilhou de meus braços.

— Fico feliz em ver que está sendo racional — disse Rhysand, e Tamlin fechou a cara. — Agora, seja um Grão-Senhor inteligente, afivele o cinto e arrume suas roupas antes de sair.

Tamlin me olhou e, para meu horror, fez como Rhysand instruíra. Meu Grão-Senhor não tirou os olhos do meu rosto quando ajustou a túnica e os cabelos, e, depois, recuperou o cinto e o fechou de novo. A tinta em suas mãos e roupas — tinta vinda de *mim* — sumira.

— Aproveite a festa — cantarolou Rhysand, apontando para a porta.

Seus olhos verdes brilharam conforme ele continuou me encarando. Tamlin disse, baixinho:

— Amo você. — Sem olhar de novo para Rhysand, ele saiu.

Fiquei temporariamente sem conseguir enxergar pela claridade que entrou quando ele abriu a porta e saiu. Tamlin não virou o rosto para mim antes de a porta se fechar e a escuridão retornar ao corredor.

Rhys riu.

— Se está tão desesperada por prazer, deveria ter me pedido.

— Porco — disparei, tapando os seios com as dobras do vestido.

Com alguns passos leves, Rhysand cobriu a distância entre nós e prendeu meus braços à parede. Meus ossos gemeram. Podia ter jurado que garras de sombra se cravaram nas pedras ao lado da minha cabeça.

— Pretende mesmo se colocar à minha mercê, ou é burra de verdade? — Sua voz continha uma ira sensual de partir os ossos.

— Sou livre.

— É uma tola, Feyre. Tem ideia do que poderia ter acontecido se a rainha encontrasse vocês dois aqui? Tamlin pode se recusar a ser amante de Amarantha, mas ela o mantém ao seu lado por esperança de convencê-lo... de dominá-lo, como ela adora fazer com nosso povo. — Fiquei em silêncio. — Os dois são tolos — murmurou ele, respirando rapidamente, irregularmente. — Como podem ter achado que alguém não repararia que tinham sumido? Deveriam agradecer ao Caldeirão que os agradáveis irmãos de Lucien não estavam observando vocês.

— Por que você se importa? — disparei, e a mão de Rhysand segurou meus pulsos com tanta força que soube que meus ossos se quebrariam com um pouco mais de pressão.

— Por que me importo? — sibilou ele, ódio deformando as feições do rosto. Asas... aquelas asas membranosas e incríveis se abriram às suas costas, feitas das sombras atrás de Rhysand. — Por que *eu* me importo?

Mas antes que ele pudesse continuar, a cabeça de Rhysand se voltou para a porta e, então, de novo para meu rosto. As asas sumiram tão rapidamente quanto surgiram, e seus lábios se chocaram contra os meus. A língua de Rhys abriu minha boca, ele se forçou para dentro de mim, para o espaço onde eu ainda sentia o gosto de Tamlin. Eu empurrei e me debati, mas Rhysand segurou firme, a língua roçando o teto da minha boca, meus dentes, reivindicando minha boca, me reivindicando...

A porta se escancarou, e a figura curva de Amarantha preencheu o espaço. Tamlin... Tamlin estava ao lado dela, os olhos levemente arregalados, os ombros tensos enquanto os lábios de Rhys ainda esmagavam os meus.

Amarantha riu, e uma máscara de pedra desceu sobre o rosto de Tamlin, desprovido de sentimentos, desprovido de qualquer coisa vagamente parecida com o Tamlin ao qual eu estivera enroscada momentos antes.

Rhys me soltou casualmente, passando a língua por meu lábio inferior quando uma multidão de Grão-Feéricos surgiu ao lado de Amarantha e ecoou sua risada. Rhysand deu um sorriso preguiçoso e arrogante para eles, e depois fez uma reverência. Mas *algo* brilhou nos olhos da rainha quando ela olhou para Rhysand. A vadia de Amarantha, era como o chamavam.

— Eu sabia que era uma questão de tempo — disse ela, colocando a mão no braço de Tamlin. O outro braço ela ergueu, ergueu para que o olho de Jurian pudesse ver enquanto ela dizia: — Vocês humanos são todos iguais.

Fiquei de boca fechada, por mais que estivesse morrendo de vergonha, por mais que eu estivesse morrendo de vontade de explicar tudo. Tamlin *precisava* perceber a verdade.

Mas não tive o luxo de descobrir se ele entendera, pois Amarantha emitiu um estalo com a língua e se virou, levando consigo o grupo.

— Lixo humano típico, os corações inconstantes e entediantes — disse ela a si mesma, sentindo-se como um felino satisfeito.

Seguindo-os, Rhys agarrou meu braço para me puxar de volta para o salão do trono. Somente quando a luz me atingiu é que vi os borrões e as manchas na tinta; borrões nos seios e na barriga, e a tinta que havia misteriosamente aparecido nas mãos de Rhysand.

— Cansei de você esta noite — disse ele, me dando um leve empurrão em direção à saída principal. — Volte para sua cela. — Atrás dele, Amarantha e sua corte sorriram com alegria, os sorrisos se alargando quando viram a tinta borrada. Procurei por Tamlin, mas ele caminhava para o trono de sempre, na plataforma, mantendo-se de costas para mim. Como se não suportasse me olhar.

Voltei para a cela aos tropeços e mal consegui dormir — incapaz de parar de me lembrar da expressão no rosto de Tamlin quando ele flagrou Rhysand me beijando.

Não sei que horas eram, mas, quatro horas depois, passos soaram *dentro* de minha cela. Sobressaltada, me sentei, e Rhysand saiu de uma sombra.

Eu ainda sentia o calor de seus lábios contra os meus, o deslizar suave da língua de Rhys dentro de minha boca, embora eu a tivesse limpado três vezes usando o balde de água na cela.

Sua túnica estava desabotoada no alto, e ele passou a mão pelos cabelos preto-azulados antes de encostar, sem dizer nada, contra a parede diante de mim e deslizar até o chão.

— O que você quer? — indaguei.

— Um momento de paz e silêncio — disparou ele, esfregando as têmporas.

Parei.

— De quê?

Rhysand massageou a pele pálida, o que fez com que os cantos de seus olhos subissem e descessem, aparecendo e sumindo. Ele suspirou.

— Dessa confusão.

Sentei mais esticada sobre a cama de feno. Nunca o vira tão sincero.

— Aquela cadela desgraçada está acabando comigo — continuou Rhysand, e abaixou as mãos das têmporas para recostar a cabeça contra a parede. — Você me odeia. Imagine como se sentiria se eu a obrigasse a me servir no quarto. Sou o Grão-Senhor da Corte Noturna... não a meretriz de Amarantha.

Então, os boatos eram verdade. E eu podia imaginar com muita facilidade quanto odiaria — o que faria comigo — ser escravizada por alguém daquela maneira.

— Por que está me contando isso?

A arrogância e a grosseria tinham sumido.

— Porque estou cansado e solitário, e você é a única pessoa com quem posso falar sem me colocar em perigo. — Rhys deu uma risada baixa. — Que absurdo: um Grão-Senhor de Prythian e uma...

— Pode sair se vai simplesmente me insultar.

— Mas sou tão bom nisso. — Ele lançou um dos seus sorrisos.

Olhei para Rhys com raiva, mas ele suspirou. — Um movimento em falso amanhã, Feyre, e estamos todos condenados.

A ideia me atingiu com tanto horror que mal consegui respirar.

— E se você falhar — continuou ele, mais para si que para mim —, então Amarantha vai governar para sempre.

— Se ela capturou o poder de Tamlin uma vez, quem garante que não é capaz de fazê-lo de novo? — Era a pergunta que eu não ousara fazer.

— Ele não será enganado de novo tão facilmente — argumentou Rhysand, encarando o teto. — A maior arma dela é que mantém nossos poderes contidos. Mas ela não pode acessá-los, não completamente. Embora possa nos controlar por meio deles. Por isso, jamais consegui destruir sua mente; por isso, ela ainda não está morta. Assim que você quebrar a maldição de Amarantha, a ira de Tamlin será tão grande que nenhuma força no mundo o impedirá de esfacelar a rainha contra a parede.

Um calafrio percorreu meu corpo.

— Por que acha que estou fazendo isto? — Ele me indicou com a mão.

— Porque é um monstro.

Rhysand riu.

— Verdade, mas também sou pragmático. Provocar Tamlin até que ele alcance uma fúria irracional é a melhor arma que temos contra ela. Ver você firmar um acordo de tolos com Amarantha foi uma coisa, mas, quando Tamlin viu minha tatuagem em seu braço... Ah, você deveria ter nascido com minhas habilidades, nem que fosse só para sentir o ódio que emanou dele.

Não queria pensar muito nas habilidades de Rhys.

— E quem disse que ele também não vai destroçar você?

— Talvez tente, mas tenho a sensação de que matará Amarantha primeiro. É a isso que tudo se resume mesmo: até mesmo sua servidão a mim é culpa dela. Então, Tamlin a matará amanhã, e eu estarei livre antes que ele possa me envolver em uma briga que vai reduzir nossa montanha, que um dia foi sagrada, a escombros. — Rhysand limpou as unhas. — E tenho algumas outras cartas na manga.

Ergui as sobrancelhas em uma pergunta silenciosa.

— Feyre, pelo Caldeirão. Eu drogo você, mas não imagina por que jamais a toco além da cintura ou dos braços?

Até aquela noite... até aquele beijo desgraçado. Trinquei os dentes, mas, mesmo quando meu ódio aumentou, entendi.

— É a única maneira de eu alegar inocência — respondeu Rhys —, a única coisa que fará Tamlin pensar duas vezes antes de entrar em uma batalha comigo que causaria a perda catastrófica de vidas inocentes. É o único jeito de eu poder convencer Tamlin de que estava do seu lado. Acredite em mim, eu não gostaria de nada mais que desfrutar de você, mas há coisas maiores em risco que levar uma fêmea humana para a cama.

Eu sabia, mas perguntei:

— Como o quê?

— Como meu território — respondeu Rhysand, e seus olhos tomaram um olhar distante que eu ainda não vira. — Como o restante de meu povo, escravizado por uma rainha tirana, que pode acabar com suas vidas com uma única palavra. Certamente Tamlin expressou sentimentos parecidos a você. — Ele não tinha, não completamente. Não conseguira, graças à maldição.

— Por que Amarantha atacou você? — Ousei perguntar. — Por que tornar você a vadia?

— Além do óbvio? — Rhysand indicou o rosto perfeito. Quando não sorri, ele suspirou. — Meu pai matou o pai de Tamlin... e os irmãos dele.

Fiquei chocada. Tamlin jamais dissera... jamais me contara que a Corte Noturna tinha sido responsável por aquilo.

— É uma longa história, e não estou com vontade de entrar nisso, mas digamos que, quando roubou nossas terras, Amarantha decidiu que queria dar uma punição especial ao filho do assassino de seu amigo, decidiu que me odiava o suficiente pelas ações de meu pai e que eu deveria sofrer.

Eu poderia ter estendido a mão para ele, poderia ter oferecido desculpas, mas todos os pensamentos tinham secado em minha mente. O que Amarantha fizera com ele...

— Então — continuou Rhysand, um pouco cansado —, aqui estamos, com o destino de nosso mundo imortal nas mãos de uma humana analfabeta. — Ele soltou uma risada desagradável quando abaixou a cabeça, apoiando a testa em uma das mãos, e fechou os olhos. — Que confusão.

Parte de mim procurou palavras para feri-lo no momento de vulnerabilidade, mas a outra metade se lembrou de tudo o que Rhysand tinha dito, tudo o que ele havia feito, como sua cabeça disparara para a porta antes de ele me beijar. Rhysand sabia que Amarantha estava a caminho. Talvez ele tivesse feito aquilo para deixá-la com ciúmes, mas talvez...

Se ele não estivesse me beijando, se não tivesse aparecido e interrompido, eu teria saído para aquele salão do trono coberta de tinta borrada. E todos — principalmente Amarantha — saberiam o que eu estava fazendo. Não seria preciso muito para entenderem com quem eu estava. Não queria pensar em qual poderia ter sido a punição.

Independentemente dos motivos ou dos métodos, Rhysand me mantinha viva. Ele o fazia desde que eu chegara a Sob a Montanha.

— Contei demais — admitiu Rhysand, ao se levantar. — Talvez eu devesse tê-la drogado primeiro. Se fosse esperta, encontraria um jeito de usar isso contra mim. E, se tivesse estômago para crueldade, iria até Amarantha e contaria a verdade sobre sua vadia. Talvez Amarantha desse Tamlin a você por isso. — Rhysand colocou as mãos nos bolsos da calça preta, mas, mesmo enquanto ele se dissolvia em sombras, algo a respeito da curvatura de seus ombros me fez falar.

— Quando você curou meu braço... Não precisava ter negociado comigo. Poderia ter exigido todas as semanas do ano. — Minhas sobrancelhas se franziram quando ele se virou, metade do corpo já consumida pela escuridão. — Todas as semanas, e eu teria dito sim. — Não chegava a ser uma pergunta, mas eu precisava da resposta.

Um meio sorriso surgiu nos lábios sensuais de Rhysand.

— Eu sei — respondeu ele, e sumiu.

Capítulo 43

Para minha última tarefa, recebi de volta a velha túnica e a calça — manchadas, rasgadas e fedidas —, mas, apesar do fedor, mantive o queixo erguido conforme fui escoltada para o salão do trono.

As portas se abriram, e o silêncio no salão me atingiu. Esperei as provocações e os gritos, esperei ver ouro reluzir conforme os espectadores faziam as apostas, mas, dessa vez, os feéricos apenas me encararam, os mascarados particularmente atentos.

Seu mundo estava sobre meus ombros, dissera Rhys. Mas não achei que fosse apenas preocupação estampada em seus rostos. Precisei engolir em seco quando alguns dos feéricos levaram os dedos aos lábios e depois estenderam as mãos para mim; era um gesto para os caídos, um adeus aos mortos honoráveis. Não havia malícia naquilo. A maioria daqueles feéricos pertencia às cortes dos Grão-Senhores... tinham pertencido àquelas cortes muito antes de Amarantha lhes tomar as terras, as vidas. E, se Tamlin e Rhysand estavam fazendo joguetes para nos manter vivos...

Segui pelo caminho que eles tinham liberado... direto até Amarantha. A rainha sorriu quando parei ao lado do trono. Tamlin ocupava o lugar de sempre, ao seu lado, mas eu não olharia para ele; ainda não.

— Duas tarefas você já deixou para trás — disse Amarantha, limpando um grão de poeira do vestido vermelho-sangue. Os cabelos brilhavam numa escuridão reluzente que ameaçava engolir sua coroa dourada. — E falta apenas uma. Imagino se será pior fracassar agora, quando você está tão perto. — Ela fez um biquinho, e ambas esperamos os risos dos feéricos.

Mas apenas poucas risadas soaram dos guardas de pele vermelha. Todo o resto permaneceu em silêncio. Até mesmo os irmãos desprezíveis de Lucien. Até mesmo Rhysand, onde quer que estivesse em meio à multidão.

Pisquei para limpar os olhos ardentes. Talvez, como com Rhysand, os juramentos de lealdade dos feéricos, as apostas em minha vida e seu comportamento desprezível tivessem sido um espetáculo. E talvez agora — agora que o fim estava próximo — também enfrentariam minha potencial morte com qualquer que fosse a dignidade que lhes restava.

Amarantha olhou para o público com raiva, mas quando seu olhar recaiu sobre mim, ela deu um sorriso largo, amável.

— Alguma palavra antes de morrer?

Pensei em uma infinidade de xingamentos, mas, em vez disso, olhei para Tamlin. Ele não reagiu, as feições eram como pedra. Desejei poder ver seu rosto — apenas por um momento. Mas só precisava ver aqueles olhos verdes.

— Amo você — declarei. — Não importa o que ela diga a respeito disso, não importa se é apenas meu tolo coração humano. Mesmo quando queimarem meu corpo, vou amar você. — Meus lábios estremeceram, e minha visão se anuviou antes de várias lágrimas mornas descerem por meu rosto frio. Não enxuguei as lágrimas.

Ele não reagiu; nem mesmo apertou os braços no trono. Imaginei que fosse a maneira de Tamlin suportar tudo isso, mesmo que me desse um aperto no peito. Mesmo que seu silêncio me matasse.

Amarantha assegurou, com meiguice:

— Terá sorte, minha cara, se ao menos sobrar o bastante de você para queimar.

Eu a encarei seriamente por um bom tempo, com ódio enchendo o peito. Mas as palavras de Amarantha não foram recebidas com provocações ou sorrisos ou aplausos da multidão. Apenas silêncio.

Aquilo foi um presente que me deu coragem, que me fez fechar os punhos, que me fez acolher aquela tatuagem no braço. Eu a derrotara até então, de maneira justa ou não, e não me sentiria sozinha quando morresse. Não morreria sozinha. Era tudo o que eu podia pedir.

Amarantha apoiou o queixo em uma das mãos.

— Você não desvendou meu enigma, não foi? — Não respondi, e ela sorriu. — Que pena. A resposta é tão adorável.

— Acabe logo com isso — grunhi.

Amarantha olhou para Tamlin.

— Nenhuma última palavra para ela? — perguntou a Grã-Rainha erguendo uma sobrancelha. Quando Tamlin não respondeu, ela sorriu para mim. — Muito bem, então. — Amarantha bateu palmas duas vezes.

A porta se abriu, e três figuras — dois homens e uma mulher —, com sacolas marrons amarradas na cabeça, foram arrastadas pelos guardas. Os rostos escondidos se viravam para todos os lados conforme tentavam discernir os sussurros que irromperam pelo salão do trono. Meus joelhos fraquejaram levemente quando se aproximaram.

Com golpes fortes e empurrões bruscos, os guardas de pele vermelha obrigaram os três feéricos a ficar de joelhos, ao pé da plataforma, mas de frente para mim. Seus corpos e suas roupas não revelavam quem eram.

Amarantha bateu palmas de novo, e três criados vestidos de preto surgiram ao lado de cada um dos feéricos ajoelhados. Nas mãos pálidas e longas, eles levavam, cada um, uma almofada de veludo escuro. E, em cada almofada, havia uma única adaga de madeira polida. Com a lâmina não de metal, mas de freixo. Freixo, porque...

— Sua última tarefa, Feyre — cantarolou Amarantha, indicando os feéricos ajoelhados. — Apunhale cada uma dessas infelizes almas no coração.

Eu a encarei, minha boca se abriu e se fechou.

— Eles são inocentes, não que isso devesse importar para você — continuou ela. — Pois não foi uma preocupação quando matou a pobre sentinela de Tamlin. E não foi uma preocupação para o querido Jurian quando ele assassinou minha irmã. Mas, se é um problema...

bem, pode se recusar. É claro que vou tomar sua vida em troca, mas um acordo é um acordo, não é? Se me perguntar, no entanto, considerando seu histórico em assassinar nosso povo, acredito que estou oferecendo um presente.

Recuse-se e morra. Mate três inocentes e viva. Três inocentes, por meu futuro. Por minha felicidade. Por Tamlin e por sua corte, e pela liberdade de uma terra inteira.

A madeira das adagas afiadas tinha sido tão cuidadosamente polida que reluzia sob os lustres de vidro colorido.

— Então? — insistiu ela. Amarantha ergueu a mão, deixando que o olho de Jurian me olhasse bem, olhasse para as adagas de freixo, e, então, ela ronronou para o anel: — Eu não iria querer que você perdesse isso, velho amigo.

Eu não podia. Não podia fazer aquilo. Não era como caçar; não era por sobrevivência ou defesa. Era assassinato a sangue-frio; o assassinato deles, de minha alma. Mas por Prythian, por Tamlin, por todos ali, por Alis e os meninos... Eu queria saber o nome de nossos deuses esquecidos para implorar que intercedessem, desejei saber qualquer oração para implorar por orientação, por absolvição.

Mas eu não sabia aquelas orações, ou os nomes de nossos deuses esquecidos; apenas os nomes daqueles que permaneceriam escravizados caso eu não agisse. Silenciosamente, recitei aqueles nomes, mesmo conforme o horror do que estava diante de mim começava a me engolir por inteiro. Por Prythian, por Tamlin, pelo mundo deles e pelo meu... Aquelas mortes não seriam em vão, mesmo que me arruinassem para sempre.

Eu me aproximei da primeira figura ajoelhada... com o passo mais longo e mais cruel que eu já dera. Três vidas em troca da libertação de Prythian — três vidas que não seriam desperdiçadas em vão. Eu poderia fazer aquilo. Poderia fazer aquilo, mesmo com Tamlin assistindo. Eu poderia fazer aquele sacrifício; sacrificá-los... eu poderia fazer aquilo.

Meus dedos tremeram, mas a primeira adaga acabou em minha mão, o cabo frio e liso, a madeira da lâmina mais pesada do que eu esperava. Havia três adagas, porque ela queria que eu sentisse a agonia de levar a mão até a faca diversas vezes. Queria que *significasse* algo.

— Não tão rápido. — Amarantha riu, e os guardas que seguravam a primeira figura de joelhos arrancaram-lhe o capuz do rosto.

Era um bonito jovem Grão-Feérico. Eu não o conhecia, jamais o vira, mas os olhos azuis do rapaz suplicavam quando ele me olhou.

— Assim é melhor — disse Amarantha, gesticulando com a mão de novo. — Prossiga, Feyre, querida. Aproveite.

Os olhos do rapaz eram da cor de um céu que eu jamais veria de novo caso me recusasse a matá-lo, uma cor que eu jamais tiraria da cabeça, da qual jamais me esqueceria, não importava quantas vezes a pintasse. Ele balançou a cabeça, aqueles olhos se arregalando tanto que o branco se destacou ao redor. O jovem jamais veria aquele céu também. E aquelas pessoas tampouco o veriam, caso eu falhasse.

— Por favor — sussurrou o jovem, o olhar disparando da adaga de freixo para meu rosto. — Por favor.

A adaga tremeu em meus dedos, e eu a segurei com mais força. Três feéricos — era tudo o que restava entre mim e a liberdade, antes que Tamlin liberasse o ódio contra Amarantha. Se ele pudesse destruí-la... *Não em vão*, eu disse a mim mesma. *Não em vão*.

— Não — implorou o jovem feérico quando ergui a adaga. — *Não!*

Tomei fôlego e arquejei; meus lábios tremiam enquanto eu hesitava. Dizer "Sinto muito" não bastava. Eu jamais pudera dizer isso a Andras, e agora... agora...

— *Por favor!* — implorou ele, e seus olhos se encheram de prateado.

Alguém na multidão começou a chorar. Eu o estava tirando de alguém que possivelmente o amava tanto quanto eu amava Tamlin.

Não podia pensar sobre aquilo, não podia pensar em quem ele era, ou na cor de seus olhos, ou em nada daquilo. Amarantha sorria com uma alegria selvagem, triunfal. Mate um feérico, apaixone-se por um feérico, e por fim seja forçada a matar um feérico para manter aquele amor. Era genial e cruel, e ela sabia disso.

Escuridão irradiou perto do trono, e então Rhysand surgiu, de braços cruzados — como se tivesse se aproximado para enxergar melhor. O rosto era uma máscara de desinteresse, mas minha mão formigou. *Faça-o*, dizia o formigamento.

— *Não* — gemeu o jovem feérico. Comecei a sacudir a cabeça. Não podia ouvi-lo. Precisava fazer aquilo imediatamente, antes que ele me convencesse do contrário. — *Por favor!* — A voz do rapaz se elevou até virar um grito.

O som me perturbou tanto que avancei.

Com um soluço irregular, mergulhei a adaga em seu coração.

O jovem gritou, se debatendo nas mãos dos guardas conforme a lâmina atravessava carne e osso, suavemente, como se fosse metal de verdade, e não freixo, e sangue — quente e brilhante — banhou minha mão. Chorei, puxando a adaga, e as reverberações dos ossos do feérico contra a lâmina lancinaram minha mão.

Os olhos do rapaz, cheios de choque e ódio, permaneceram sobre mim conforme ele desabava, me amaldiçoando, e aquela pessoa na multidão soltou um choro agudo.

Minha adaga ensanguentada quicou no piso de mármore quando cambaleei vários passos para trás.

— Muito bom — disse Amarantha, enquanto eu encarava, incapaz de pensar, de sentir, de gritar.

Queria deixar meu corpo; precisava escapar da mancha do que tinha feito; precisava sair... não podia suportar o sangue em minhas mãos, o calor grudento entre meus dedos.

— Agora, o próximo. Ah, não pareça tão arrasada, Feyre. Não está se divertindo?

Encarei a segunda figura, ainda encapuzada. Era uma fêmea dessa vez. O feérico de preto estendeu a almofada com a adaga limpa, e os guardas que a seguravam puxaram o capuz.

O rosto da mulher era simples, os cabelos castanho-dourados, como os meus. Lágrimas já desciam por suas bochechas redondas, e os olhos cor de bronze da feérica acompanharam minha mão ensanguentada quando a levei até a segunda faca. A limpeza da lâmina de madeira zombava do sangue em meus dedos.

Eu queria cair de joelhos e implorar seu perdão, dizer à mulher que sua morte não seria em vão. Queria, mas havia uma depressão tão grande dentro de mim no momento, que eu mal conseguia sentir minhas mãos, o coração destruído. O que eu tinha feito...

— Que o Caldeirão me salve — sussurrou a mulher, a voz linda e calma, como música. — Que a Mãe me acolha — continuou ela, recitando uma oração parecida com a que eu tinha ouvido certa vez, quando Tamlin aliviou a morte daquele feérico inferior que morrera no saguão. Outra das vítimas de Amarantha. — Guie-me até você. — Não consegui erguer a adaga, incapaz de dar o passo que reduziria a distância entre nós. — Permita-me passar pelos portões; permita-me sentir o cheiro daquela terra imortal de leite e mel.

Lágrimas silenciosas escorriam por meu rosto e pescoço, encharcando o colarinho imundo da minha túnica. Enquanto ela falava, eu soube que aquela terra imortal estaria para sempre fechada para mim. Sabia que qualquer que fosse a Mãe a que ela se referia, jamais me acolheria. Para salvar Tamlin, eu deveria me condenar.

Não podia fazer aquilo... não consegui erguer a adaga de novo.

— Não me permita temer o mal — sussurrou a jovem, me encarando, olhando dentro de mim, para dentro da alma que se partia. — Não me permita sentir dor.

Um soluço saiu dos meus lábios.

— Desculpe — gemi.

— Permita-me adentrar a eternidade — sussurrou a mulher, tranquilamente.

Chorei quando entendi. *Mate-me agora*, dizia ela. *Faça rápido. Que não seja doloroso. Mate-me agora.* Os olhos cor de bronze estavam firmes, se não tristes. Aquilo era infinitamente, infinitamente pior que a súplica do feérico morto ao lado dela.

Eu não conseguiria.

Mas a jovem me encarou — me encarou e assentiu.

Quando ergui a adaga de freixo, algo dentro de mim se partiu tão completamente que não haveria esperança de algum dia consertar. Não importava quantos anos se passassem, não importava quantas vezes eu pudesse tentar pintar o rosto dela.

Mais feéricos choraram agora... os parentes e amigos da jovem. A adaga era um peso em minha mão — brilhando e coberta com o sangue do primeiro feérico.

Seria mais honrado me recusar a fazê-lo; morrer, em vez de assassinar inocentes. Mas... mas...

— Permita-me adentrar a eternidade — repetiu a jovem, erguendo o queixo. — Não tema o mal — sussurrou ela, apenas para mim. — Não sinta dor.

Segurei seu ombro delicado e ossudo e enfiei a adaga no coração.

A jovem arquejou, e sangue se derramou no chão, como uma pancada de chuva. Seus olhos estavam fechados quando olhei mais uma vez para seu rosto. Ela desabou no chão e não se moveu.

Fui para algum lugar muito, muito longe de mim mesma.

Os feéricos se agitavam agora — se mexiam, muitos sussurravam e choravam. Soltei a adaga, e o clangor sobre o mármore ecoou em meus ouvidos. Por que Amarantha ainda sorria com apenas uma pessoa restante entre mim e a liberdade? Olhei para Rhysand, mas a atenção dele estava fixa em Amarantha.

Um feérico... e, então, estaríamos livres. Apenas mais um golpe do meu braço.

E talvez outro depois dele — talvez mais um golpe para cima e para dentro, dentro do meu coração.

Seria um alívio; um alívio acabar com aquilo pelas minhas mãos, um alívio morrer, em vez de enfrentar aquilo, o que eu tinha feito.

O criado feérico ofereceu a última adaga, e eu estava prestes a pegá-la quando o guarda retirou o capuz do macho ajoelhado diante de mim.

Minhas mãos desabaram, inúteis, nas laterais do corpo. Olhos verdes salpicados de âmbar me encararam.

Tudo desabou, camada após camada, se partindo e quebrando e ruindo conforme eu encarava Tamlin.

Virei a cabeça para o trono ao lado do de Amarantha, ainda ocupado por meu Grão-Senhor, e ela riu ao estalar os dedos. O Tamlin ao seu lado se transformou no Attor, que me ofereceu um sorriso malicioso.

Eu fora enganada, traída por meus sentidos de novo. Devagar, com minha alma se distanciando mais de mim, eu me voltei para Tamlin. Havia apenas culpa e tristeza em seus olhos, e cambaleei para longe, quase caindo ao tropeçar em meus pés.

— Algo errado? — perguntou Amarantha, inclinando a cabeça.

— Não... Não é justo — protestei.

O rosto de Rhysand tinha ficado pálido, muito pálido.

— Justo? — disse Amarantha, divertindo-se, brincando com o osso de Jurian no colar. — Eu não sabia que vocês humanos conheciam o conceito. Você mata Tamlin, e ele está livre. — Seu sorriso era a coisa mais terrível que eu já vira. — E, então, pode ficar com ele para você.

Minha boca parou de funcionar.

— A não ser — continuou a Grã-Rainha — que ache mais apropriado abrir mão de sua vida. Afinal de contas: qual é o objetivo? Sobreviver apenas para perdê-lo? — Suas palavras eram como veneno. — Imagine todos aqueles anos que passariam juntos... subitamente sozinha. Trágico, na verdade. No entanto, há alguns meses, você odiava nosso povo a ponto de nos massacrar; então, certamente vai superar isso com facilidade. — Ela deu tapinhas no anel. — A amante humana de Jurian o superou.

Ainda de joelhos, os olhos de Tamlin ficaram muito brilhantes... desafiadores.

— Então — desafiou Amarantha, mas não olhei para ela. — O que vai ser, Feyre?

Matá-lo e salvar a corte de Tamlin e minha vida, ou me matar e deixar que todos vivessem como escravizados sob o jugo de Amarantha, deixar que ela e o rei de Hybern travassem a guerra final contra o reino humano. Não havia acordo para sair daquilo, nenhuma parte de mim para vender e evitar aquela escolha.

Encarei a adaga de freixo naquela almofada. Alis estivera certa, tantas semanas atrás: nenhum humano que já entrou ali jamais saiu. Eu não seria exceção. Não havia como escapar daquilo. Se eu fosse esperta, apunhalaria mesmo meu coração antes que pudessem me pegar. Pelo menos então morreria rapidamente... não aturaria a tortura que certamente me esperava, possivelmente um destino como o de Jurian. Alis estivera certa. Mas...

Alis... Alis dissera algo... algo para me *ajudar*. Uma parte final da maldição, uma parte que não podiam me contar, uma parte que me ajudaria... E ela só conseguira me dizer que *prestasse atenção*. Que *prestasse atenção* ao que ouvisse; como se eu já tivesse aprendido tudo de que precisava.

Devagar, encarei Tamlin de novo. Lembranças lampejavam, uma após a outra, borrões de cor e palavras. Tamlin era o Grão-Senhor da Corte Primaveril — em que isso me ajudaria? O Grande Rito era realizado... não.

Ele mentira para mim a respeito de tudo; a respeito de por que eu tinha sido levada à mansão, sobre o que estava acontecendo em suas terras. A maldição... ele não tivera permissão de me contar a verdade, mas não chegara a fingir que tudo estava bem. Não; ele mentira e explicara do melhor jeito possível, e tornara dolorosamente óbvio para mim sempre que possível que algo estava muito, muito errado.

O Attor no jardim... tão escondido de mim quanto eu estava dele. Mas Tamlin me escondera, ele me dissera para ficar parada e *levara* o Attor até mim, *permitira* que eu ouvisse a conversa.

Tamlin deixara as portas da sala de jantar abertas quando conversava com Lucien sobre... sobre a maldição, mesmo que eu não tivesse percebido na época. Ele falara em lugares públicos. *Queria* que eu ouvisse.

Porque queria que eu soubesse, que *prestasse atenção* — porque aquele conhecimento... Revolvi cada conversa, revirando palavras, como se fossem pedras. Uma parte da maldição que eu não tinha entendido, que eles não podiam me contar explicitamente, mas Tamlin precisara que eu soubesse...

Minha senhora não faz acordos que não sejam vantajosos para ela.

Amarantha jamais mataria o que mais desejava; não quando queria Tamlin tanto quanto eu. Mas, se eu o matasse, ou ela sabia que eu não poderia fazê-lo, ou estava fazendo um jogo muito, muito perigoso.

Conversa após conversa ecoou em minha mente, até que ouvi as palavras de Lucien, e tudo congelou. E foi quando eu soube.

Não consegui respirar, não conforme repassei a lembrança, não enquanto me lembrava da conversa que ouvira certo dia. Lucien e

Tamlin na sala de jantar, a porta quase escancarada para que todos ouvissem... para que *eu* ouvisse.

Lucien deu uma risada.

— Para alguém com o coração de pedra, o seu certamente anda molenga ultimamente.

Olhei para Tamlin, meus olhos se voltaram para seu peito quando outra lembrança surgiu. O Attor no jardim, rindo.

— Embora você tenha o coração de pedra, Tamlin — dissera o Attor —, certamente mantém um punhado de medo dentro dele.

Amarantha jamais arriscaria matá-lo, porque sabia que eu *não podia* matá-lo.

Não se o coração dele não pudesse ser perfurado por uma lâmina. Não se o coração dele tivesse sido transformado em pedra.

Observei o rosto de Tamlin, procurando por algum lampejo de verdade. Havia apenas aquela revolta ousada em seu olhar.

Talvez eu estivesse errada — talvez fosse apenas uma expressão idiomática feérica. Mas todas aquelas vezes em que eu o abraçara... jamais sentira seu coração bater. Fui incapaz de enxergar todas as coisas até que elas me golpeassem o rosto, mas dessa vez seria diferente.

Era assim que ela controlava Tamlin e a magia dele. Como controlava todos os Grão-Senhores, dominando-os e colocando-os em uma coleira, como mantivera a alma de Jurian presa àquele olho e àquele osso.

Não confie em ninguém, dissera Alis para mim. Mas eu confiava em Tamlin — e, mais que isso, confiava em mim mesma. Confiava que tinha ouvido direito; confiava que Tamlin fora mais esperto que Amarantha, confiava que tudo o que eu sacrificara não tinha sido em vão.

O salão inteiro estava em silêncio, mas minha atenção estava sobre Tamlin. A revelação devia estar estampada em meu rosto, pois sua respiração se tornou um pouco mais rápida, e ele ergueu o queixo.

Dei um passo em sua direção e, depois, outro. Eu estava certa. Tinha de estar.

Inspirei quando peguei a adaga da almofada estendida. Eu podia estar errada — podia estar dolorosa e tragicamente errada.

Mas havia um leve sorriso nos lábios de Tamlin enquanto eu estava diante dele, com a adaga de freixo na mão.

O Destino era real; porque o Destino se certificara de que eu estivera lá para entreouvir quando tinham conversado em particular, porque o Destino sussurrara para Tamlin que a garota fria e recalcitrante que ele arrastara para casa seria aquela que quebraria o feitiço, porque o Destino me mantivera viva apenas para chegar àquele ponto, apenas para ver se eu prestava atenção.

E ali estava ele... meu Grão-Senhor, meu amado, ajoelhado diante de mim.

— Amo você — declarei, e apunhalei Tamlin.

CAPÍTULO 44

Tamlin gritou quando minha lâmina perfurou sua carne, partindo o osso. Por um momento nauseante, quando o sangue dele escorreu em minha mão, achei que a adaga de freixo o atravessaria.

Mas, então, ouvi um leve estampido — e uma reverberação lancinante em minha mão quando a adaga atingiu algo duro e resistente. Tamlin inclinou o corpo para a frente, seu rosto ficou pálido, e arranquei a adaga de seu peito. Conforme o sangue escorria da madeira polida, ergui a lâmina.

A ponta estava quebrada, dobrada sobre si mesma.

Tamlin segurou o peito enquanto ofegava, e o ferimento já cicatrizava. Rhysand, ao pé da plataforma, sorria de orelha a orelha. Amarantha ficou de pé.

Os feéricos murmuraram uns para os outros. Soltei a adaga, fazendo com que quicasse pelo piso de mármore vermelho.

Mate-a agora, eu queria disparar para Tamlin, mas ele não se moveu conforme pressionava a mão contra o ferimento e o sangue escorria. Devagar demais... ele estava se curando devagar demais. A máscara não caíra. *Mate-a agora*.

— Ela venceu — alguém disse na multidão.

— Liberte-os — ecoou outro.

Mas o rosto de Amarantha ficou pálido, as feições se contorcendo até se tornarem verdadeiramente viperinas.

— Vou libertá-los quando achar que devo. Feyre não especificou *quando* eu precisaria libertá-los, apenas que eu precisaria. Em algum momento. Talvez quando você estiver morta — terminou Amarantha, com um sorriso de ódio. — Presumiu que quando falei de liberdade instantânea com relação ao enigma, ela se aplicava às tarefas também, não foi? Humana tola e burra.

Dei um passo para trás à medida que ela descia os degraus da plataforma. Os dedos de Amarantha se contraíram em garras — o olho de Jurian estava desesperado dentro do anel, as pupilas se dilatavam e se contraíam.

— Mas você — sibilou ela para mim. — *Você.* — Os dentes de Amarantha reluziram, ficaram afiados. — *Vou matar você.*

Alguém gritou, mas não consegui me mover, não consegui sequer tentar sair da frente quando algo muito mais doloroso que relâmpago me atingiu e caí no chão.

— *Vou fazer com que pague por sua insolência* — grunhiu Amarantha, e um grito irrompeu de minha garganta quando dor como eu jamais sentira percorreu meu corpo.

Meus ossos se despedaçavam conforme meu corpo se ergueu e se chocou contra o piso duro, e fui esmagada sob mais uma onda de agonia torturante.

— Admita que não o ama de verdade, e vou poupá-la — sussurrou Amarantha, e por minha visão comprometida eu a vi caminhar até mim. — Admita que é um pedaço de lixo humano covarde, mentiroso e inconstante.

Eu não... eu não diria aquilo, mesmo que ela me esmagasse no chão.

Mas estava sendo destroçada de dentro para fora, e me debati, incapaz de gritar para aliviar a dor.

— *Feyre!* — rugiu alguém. Não, não alguém: Rhysand.

Mas Amarantha ainda se aproximava.

— Acha que é digna dele? Um *Grão-Senhor*? Acha que merece qualquer coisa, humana? — Minhas costas se arquearam, e minhas costelas se partiram, uma a uma.

Rhysand gritou meu nome de novo; gritou como se ele se importasse. Eu apaguei, mas Amarantha me despertou, assegurando-se de que eu sentisse tudo, assegurando-se de que eu gritaria toda vez que um osso se quebrasse.

— O que você é, senão lama e ossos e alimento para vermes? — vociferou a Grã-Rainha. — O que é você em comparação com nosso povo para achar que é digna de nós?

Feéricos começaram a gritar que aquilo era injusto, exigiram que Tamlin fosse libertado da maldição, e chamaram Amarantha de ardilosa e trapaceira. Em meio à névoa, vi Rhysand agachado ao lado de Tamlin. Não para ajudá-lo, mas para pegar a...

— São todos porcos, todos *porcos* imundos e ardilosos.

Chorei entre gritos quando o pé de Amarantha atingiu minhas costelas quebradas. De novo. E de novo.

— Seu coração mortal não é *nada* para nós.

Então, Rhysand se levantou, com minha faca ensanguentada nas mãos. Ele disparou contra Amarantha, ágil como uma sombra, a adaga de freixo apontada para a garganta dela.

Amarantha ergueu a mão — sequer se incomodando em olhar —, e Rhysand foi atirado para trás por uma parede de luz branca.

Mas a dor parou por um segundo, tempo suficiente para que eu o visse atingir o chão e se levantar de novo, e avançar contra Amarantha — com mãos que agora terminavam em garras. Rhysand se chocou contra a parede invisível que ela havia erguido em volta de si, e minha dor foi interrompida quando ela se voltou para ele.

— Sua imundície traidora — vociferou Amarantha, enfurecida, para Rhysand. — Você é tão ruim quanto essas bestas humanas. — Uma a uma, como se a mão de alguém as empurrasse, as garras de Rhysand se retraíram para dentro da pele, deixando sangue em seu rastro. Ele xingou, baixinho e cruelmente. — *Você* estava planejando isso esse tempo todo.

A magia de Amarantha atirou Rhys pelos ares e, então, o golpeou de novo, com tanta força que a cabeça dele se chocou contra as pedras e a faca caiu de seus dedos abertos. Ninguém fez menção de ajudá-lo, e Amarantha acertou Rhysand mais uma vez com a magia. O mármore vermelho se rachou onde Rhys bateu, as rachaduras espraiando até mim. Onda após onda, Amarantha o golpeou. Rhys gemia.

— Pare — sussurrei, e sangue encheu minha boca quando estiquei a mão para tocar seus pés. — Por favor.

Os braços de Rhys cederam enquanto ele tentava se levantar com dificuldade, e sangue escorreu de seu nariz, pingando no mármore. Os olhos de Rhys encararam os meus.

A ligação entre nós se intensificou. Eu disparava do meu corpo para o de Rhys, me via pelos olhos dele, sangrando e partida e chorando.

Voltei para minha mente quando Amarantha se virou para mim de novo.

— Pare? *Pare?* Não finja que se importa, humana — cantarolou ela, e dobrou o dedo. Arqueei as costas, minha coluna se estirando quase ao ponto de quebrar, e Rhys gritou meu nome quando minha mente se distanciou do salão.

Então, as lembranças começaram — uma compilação dos piores momentos da minha vida, um livro de histórias de desespero e escuridão. A última página chegou, e chorei, sem sentir totalmente a agonia do meu corpo conforme via aquela jovem coelha sangrando na clareira daquela floresta, minha faca em seu pescoço. Minha primeira morte; a primeira vida que tirei.

Eu estava faminta, desesperada. Mas, depois, quando minha família a devorou, voltei para o bosque e chorei durante horas, sabendo que havia cruzado uma fronteira, que minha alma estava maculada.

— *Diga que não o ama!* — gritava Amarantha, e o sangue em minhas mãos se tornou o sangue daquela coelha, se tornou o sangue do que eu tinha perdido.

Mas eu não diria. Porque amar Tamlin era a única coisa que me restava, a única coisa que eu não podia sacrificar.

Um caminho se abriu em meu campo visual vermelho e preto. Vi os olhos de Tamlin — arregalados enquanto ele rastejava na direção de Amarantha, me observando morrer e incapaz de me salvar enquanto o ferimento se curava devagar, enquanto ela ainda retinha seu poder.

A Grã-Rainha jamais pretendera me deixar viver, jamais pretendera libertá-lo.

— Amarantha, pare com isso — implorou Tamlin aos seus pés, enquanto agarrava o ferimento aberto no peito. — *Pare*. Desculpe, desculpe pelo que disse a respeito de Clythia há tantos anos. Por favor.

Amarantha o ignorou, mas eu não conseguia virar o rosto. Os olhos de Tamlin estavam tão verdes — verdes como os campos de sua propriedade. Aquele tom de cor arrastou as lembranças que me sufocavam, empurrou para longe o mal que me partia, osso a osso. Gritei de novo, com os joelhos estirados, ameaçando se partirem ao meio, mas vi aquela floresta encantada, vi aquela tarde em que deitamos na grama, aquela manhã em que assistimos ao nascer do sol, quando, por um momento, apenas um momento, eu soube o que era felicidade verdadeira.

— *Diga que não o ama de verdade* — disparou Amarantha, e meu corpo se contorceu, quebrando aos poucos. — *Admita para seu coração inconstante.*

— Amarantha, *por favor* — gemeu Tamlin, o sangue se derramando no chão. — Farei qualquer coisa.

— Lidarei com você depois — grunhiu ela para Tamlin, e me atirou em um fosso incandescente de dor.

Eu jamais diria aquilo; nunca deixaria que ela ouvisse aquilo, mesmo que me matasse. E se aquela seria a minha ruína, que fosse. Se aquela seria a fraqueza que me destruiria, eu a acolheria com todo o coração. Se aquela seria...

Pois embora cada um de meus golpes seja poderoso,
Quando mato, meu processo é vagaroso...

Era isso o que aqueles três meses tinham sido — uma lenta e terrível morte. O que eu sentia por Tamlin era a causa daquilo. Não havia cura; nem a dor, nem a ausência ou a felicidade.

Mas, se desprezado, me torno uma fera difícil de abater.

Ela podia me torturar quanto quisesse; aquilo jamais destruiria o que eu sentia por Tamlin. Jamais faria com que Tamlin a quisesse; jamais aliviaria a dor de sua rejeição.

O mundo se tornou escuro nos cantos da minha visão, o que acalmou a dor.

Mas abençoo todos os que arriscam com audácia.

Por muito tempo, eu fugira dele. Mas, ao me abrir para Tamlin, para minhas irmãs... aquele fora um teste de audácia tão desafiador quanto foram minhas tarefas.

— *Diga, sua besta vil* — sibilou Amarantha. Ela poderia ter mentido para fugir de nosso acordo, mas jurara outra coisa com o enigma, liberdade imediata, independentemente de sua vontade.

Sangue encheu minha boca, quente conforme escorria entre meus lábios. Olhei para o rosto mascarado de Tamlin uma última vez.

— *Amor* — sussurrei, a palavra se desfazendo em uma escuridão sem fim. Uma pausa na magia de Amarantha. — A resposta ao enigma... — falei, engasgando no próprio sangue — é... amor.

Os olhos de Tamlin se arregalaram antes de algo se partir sem parar em minha coluna.

Capítulo 45

Eu estava longe, mas ainda via — pelos olhos que não eram meus, olhos presos a uma pessoa que, devagar, se levantava de onde estava em um chão quebrado e ensanguentado.

O rosto de Amarantha ficou inexpressivo. Ali estava meu corpo, prostrado no chão, com minha cabeça virada para o lado em um ângulo terrivelmente errado. Um lampejo de cabelo vermelho na multidão. Lucien.

Lágrimas brilhavam no olho que restava a Lucien quando ele ergueu as mãos e tirou a máscara de raposa.

O rosto cruelmente marcado pela cicatriz ainda era lindo — as feições eram fortes e elegantes. Mas meu hospedeiro olhava para Tamlin agora, que olhava devagar para meu corpo morto.

O rosto ainda mascarado de Tamlin se transformou em algo realmente lupino quando ele ergueu o olhar para a rainha e grunhiu. Presas se projetaram.

Amarantha recuou... para longe de meu cadáver. Ela apenas sussurrou:

— Por favor. — Antes que luz dourada explodisse.

A rainha foi jogada para trás em uma explosão, lançada contra a parede mais afastada, e Tamlin soltou um rugido que estremeceu a montanha quando ele se lançou contra ela. Tamlin assumiu a forma bestial o mais rápido que eu já vira — pelo, garras e quilos de músculos letais.

Amarantha acabara de atingir a parede quando ele a agarrou pelo pescoço, e as pedras racharam quando Tamlin a empurrou contra elas com a pata cheia de garras.

A feérica se debateu, mas não podia fazer nada contra o ataque brutal da besta de Tamlin. Sangue escorreu pelo braço peludo onde Amarantha o havia arranhado.

O Attor e os guardas correram até a rainha, mas diversos feéricos e Grão-Feéricos, com as máscaras caindo no chão, se colocaram em seu caminho, derrubando-os. Amarantha gritou, chutando Tamlin, disparando contra ele sua magia sombria, mas uma parede de ouro envolvia o pelo de Tamlin, feito uma segunda pele. Ela não conseguia tocá-lo.

— Tam! — gritou Lucien por cima do caos.

Uma espada disparou pelos ares, uma estrela cadente de aço.

Tamlin a pegou com a pata imensa. O grito de Amarantha foi interrompido quando Tamlin atravessou-lhe a cabeça com a espada até a pedra abaixo.

Depois, ele fechou o poderoso maxilar em volta do pescoço de Amarantha e o dilacerou.

Fez-se silêncio.

Somente quando voltei a encarar meu corpo destruído é que percebi por quais olhos eu o via. Mas Rhysand não se aproximou do meu corpo, não quando patas apressadas — e um clarão de luz, e, então, passos — preencheram o ar. A besta já havia sumido.

O sangue de Amarantha sumira de seu rosto, da túnica, quando Tamlin caiu de joelhos.

Ele pegou meu corpo inerte e quebrado, me aninhando contra o peito. Tamlin não tinha removido a máscara, mas vi as lágrimas que caíram em minha túnica imunda e ouvi os soluços estremecidos emitidos por ele conforme Tamlin me balançava, acariciando meu cabelo.

— Não — sussurrou alguém... Lucien, a espada pendente na mão. Na verdade, muitos Grão-Feéricos e feéricos observavam com os olhos cheios d'água enquanto Tamlin me segurava.

Eu queria chegar a Tamlin. Queria tocá-lo, implorar seu perdão pelo que eu tinha feito, pelos outros corpos no chão, mas eu estava muito longe.

Alguém surgiu ao lado de Lucien — um homem alto, bonito, de cabelos castanhos, com um rosto parecido com o dele. Lucien não olhou para o pai, mas enrijeceu o corpo quando o Grão-Senhor da Corte Outonal se aproximou de Tamlin e estendeu a mão fechada em punho para ele.

Tamlin só ergueu o rosto quando o Grão-Senhor abriu e virou a mão. Uma faísca reluzente caiu sobre mim. Ela se inflamou e sumiu quando tocou meu peito.

Outras duas figuras se aproximaram — ambas bonitas e jovens. Pelos olhos de meu hospedeiro, as reconheci imediatamente. A de pele marrom à esquerda usava uma túnica azul e verde, e sobre o cabelo louro platinado ele usava uma grinalda de rosas — o Grão--Senhor da Corte Estival. Seu companheiro de pele pálida, vestindo branco e cinza, tinha uma coroa de gelo reluzente. O Grão-Senhor da Corte Invernal.

De queixos erguidos, os ombros empertigados, eles também soltaram aquelas sementes brilhantes sobre mim, e Tamlin fez uma reverência com a cabeça em gratidão.

Outro Grão-Senhor se aproximou, também jogando sobre mim uma gota de luz. Era o que mais brilhava entre eles, e pelas vestimentas em dourado e rubi, soube que era o Grão-Senhor da Corte Crepuscular. Então, o Grão-Senhor da Corte Diurna, vestido de branco e dourado, com a pele marrom-clara irradiando uma luz interior, ofereceu um presente semelhante e deu um sorriso triste para Tamlin antes de se afastar.

Rhysand deu um passo adiante, levando consigo o retalho de minha alma, e vi Tamlin me encarando... nos encarando.

— Pelo que ela deu — assegurou Rhysand, estendendo a mão —, concederemos o que nossos predecessores concederam a poucos no passado. — Ele parou. — Isso nos deixa quites — acrescentou Rhys, e senti o brilho de seu humor quando Rhys abriu a mão e deixou que a semente de luz caísse sobre mim.

Tamlin afastou carinhosamente meus cabelos embaraçados. Sua mão brilhava forte como o sol nascente, e, no centro da palma, aquele broto estranho e brilhante se formou.

— Amo você — sussurrou Tam, e me beijou ao pousar a mão sobre meu coração.

Capítulo 46

Tudo estava escuro e quente — e espesso. Coberto de tinta, mas emoldurado com ouro. Eu estava nadando, chutando em busca da superfície, onde Tamlin esperava, onde a *vida* esperava. Mais e mais para cima, desesperada por ar. A luz dourada aumentou, e a escuridão se transformou em vinho espumante, mais fácil de nadar, as bolhas chiando ao meu redor e...

Arquejei, e o ar invadiu minha garganta.

Estava deitada no chão frio. Sem dor; sem sangue, sem ossos quebrados. Pisquei. Um lustre pendia acima de mim... eu jamais tinha reparado como os cristais eram detalhados, como o grito sufocado da multidão ecoava deles. Uma multidão... aquilo significava que eu ainda estava no salão do trono, significava que eu... Eu realmente não estava morta. Significava que eu tinha... Que eu tinha matado aqueles... Eu tinha... O salão girou.

Gemi ao apoiar as mãos no chão, me preparando para ficar de pé, mas... ao ver minha pele, congelei. Ela refletia uma luz estranha — e meus dedos pareciam mais *longos* onde eu os apoiara, abertos, no mármore. Impulsionei o corpo para me levantar. Eu me senti... me senti *forte*, e rápida e reluzente. E...

E eu tinha me tornado uma Grã-Feérica.

Fiquei imóvel quando senti Tamlin parado atrás de mim, senti o *cheiro* daquela chuva e do campo primaveril, o cheiro dele, mais forte do que jamais tinha sentido. Não conseguia me virar para olhar para ele — não podia... não podia me mover. Uma Grã-Feérica... Imortal. O que eles tinham feito?

Eu conseguia ouvir Tamlin prendendo a respiração; ouvi quando ele expirou. Ouvi o inspirar, os sussurros e os choros e a comemoração silenciosa de todos naquele salão, ainda nos observando, *me* observando, alguns entoando um cântico de louvor ao poder glorioso de seus Grão-Senhores.

— Era a única maneira de salvarmos você — explicou Tamlin baixinho. Mas então olhei para a parede e levei a mão ao pescoço. Esqueci completamente da multidão chocada.

Ali, sob o corpo pútrido de Clare, estava Amarantha, com a boca escancarada e a espada se projetando da testa. Sua garganta estava destruída — e o sangue agora encharcava a frente do vestido.

Amarantha estava morta. E eu havia matado aqueles dois Grão-Feéricos; eu tinha...

Balancei a cabeça devagar.

— Você está... — Minha voz parecia alta demais aos ouvidos quando afastei aquele muro de escuridão que ameaçava me engolir. Amarantha estava morta.

— Veja você mesma — respondeu ele. Mantive os olhos no chão ao me virar. Ali, no mármore vermelho, estava uma máscara dourada, me encarando com os buracos vazios dos olhos.

— Feyre — disse Tamlin, tocando meu queixo com os dedos em concha e erguendo meu rosto com carinho para que eu olhasse para ele. Vi aquele queixo familiar primeiro, depois, a boca, e então...

Ele era exatamente como eu havia sonhado.

Tamlin sorriu para mim, o rosto todo iluminado por aquela alegria silenciosa que eu passara a amar tanto, e, então, ele afastou meus cabelos. Saboreei a sensação de seus dedos em minha pele e ergui meus dedos para tocar seu rosto, para traçar os contornos daquelas maçãs do rosto altas e aquele lindo nariz reto — a testa lisa e ampla, as sobrancelhas levemente arqueadas, que emolduravam os olhos verdes.

O que eu tinha feito para chegar àquele momento, para estar de pé ali... Afastei esse pensamento de novo. Em um minuto, em uma hora, em um dia eu pensaria naquilo, me obrigaria a enfrentá-lo.

Levei a mão ao coração de Tamlin, e uma batida constante ecoou em meus ossos.

Eu estava sentada na beira de uma cama e, enquanto pensava que ser imortal significava ter uma resistência maior à dor e uma cicatrização mais rápida, contraí bastante o corpo quando Tamlin inspecionou meus poucos ferimentos restantes e, depois, os curou. Mal tivemos um momento juntos a sós nas horas que se seguiram à morte de Amarantha — que se seguiram ao que eu tinha feito àqueles dois feéricos.

Mas agora, naquele quarto silencioso... Eu não conseguia me esquivar da verdade que ressoava em minha mente a cada fôlego que eu tomava.

Eu os matara. Massacrara. Nem mesmo vira seus corpos sendo levados embora.

Pois tudo fora caótico no salão do trono momentos depois de eu acordar. O Attor e os feéricos mais desprezíveis tinham sumido do salão instantaneamente, junto aos irmãos de Lucien, o que foi um movimento inteligente, pois Lucien não era o único feérico que queria ajustar as contas. Não havia nenhum sinal de Rhysand também. Alguns feéricos tinham fugido, enquanto outros começaram a comemorar, e outros ainda ficaram apenas de pé ou caminharam de um lado para outro — os olhos distantes, os rostos pálidos. Como se eles também não sentissem que aquilo fosse real.

Um a um, formando uma multidão à sua volta, chorando e rindo com alegria, os Grão-Feéricos e os feéricos da Corte Primaveril se ajoelharam ou abraçaram ou beijaram Tamlin, agradecendo a ele... agradecendo a *mim*. Fiquei afastada o suficiente para apenas assentir, pois não tinha palavras para oferecer a eles em troca de sua gratidão, a gratidão pelos feéricos que eu havia assassinado para salvá-los.

Então, houve reuniões no caótico salão do trono — reuniões rápidas e tensas com os Grão-Senhores dos quais Tamlin era aliado para decidirem os próximos passos; depois, com Lucien e alguns Grão-Feéricos da Corte Primaveril, que se apresentaram como sentinelas de Tamlin. Mas cada palavra e cada fôlego eram altos demais, cada cheiro era forte demais, a luz era clara demais. Permanecer parada durante tudo aquilo era mais fácil que me mover, que me ajustar ao corpo estranho e forte que agora era meu. Eu nem mesmo conseguia tocar meus cabelos sem que a leve diferença em meus dedos me chocasse.

Eu me mantive imóvel até que cada sentido recém-aprimorado parecesse irritadiço e sensível, e Tamlin por fim reparasse em meus olhos apáticos, minha quietude, e tomasse meu braço. Ele me levou pelo labirinto de túneis e corredores até encontrarmos o quarto silencioso em uma ala afastada da corte.

— Feyre — dizia Tamlin agora, erguendo o rosto após inspecionar minha perna exposta. Eu estava tão acostumada com a máscara que o rosto dele me surpreendia sempre que eu olhava.

Aquilo... fora por aquilo que eu assassinara aqueles feéricos. Suas mortes não tinham sido em vão, e mesmo assim... O sangue sobre mim havia sumido quando acordei — como se ser imortal, como se sobreviver, de algum modo, me garantisse o direito de lavar o sangue deles das minhas vestes.

— O que foi? — indaguei. Minha voz estava... baixa. Vazia. Eu deveria tentar... tentar soar mais alegre, para ele, pelo que acabara de acontecer, mas...

Tamlin me deu aquele meio sorriso. Se ele fosse humano, poderia estar no fim dos vinte anos. Mas não era humano — e nem eu.

Eu não tinha certeza se aquele era um pensamento feliz ou não.

Aquela era uma das minhas menores preocupações. Eu deveria implorar por seu perdão, implorar às famílias e aos amigos daqueles feéricos por seu perdão. Deveria estar de joelhos, chorando de vergonha por tudo o que tinha feito...

— Feyre — disse Tamlin novamente, abaixando minha perna para ficar entre meus joelhos. Ele acariciou minha bochecha com o dorso de um dedo. — Como posso pagar a você pelo que fez?

— Não precisa — assegurei. Que fosse assim, que aquela cela escura e úmida desaparecesse, e o rosto de Amarantha sumisse para sempre da minha memória. Mesmo que aqueles dois feéricos mortos... mesmo que seus rostos jamais sumissem. Se eu resolvesse pintar de novo, jamais conseguiria parar de ver aqueles rostos no lugar de cores e luz.

Tamlin segurou meu rosto nas mãos, se aproximando, mas depois me soltou e segurou meu braço esquerdo... meu braço tatuado. As sobrancelhas de Tamlin se franziram quando ele avaliou as marcas.

— Feyre...

— Não quero falar sobre isso — murmurei. O acordo que tinha feito com Rhysand, outra pequena preocupação em comparação com a mancha em minha alma, com o fosso dentro dela. Mas não duvidei de que veria Rhys de novo em breve.

Os dedos de Tamlin percorreram as marcas da tatuagem.

— Vamos encontrar um jeito de nos livrarmos disso — murmurou ele, e a mão de Tamlin subiu por meu braço, se apoiando em meu ombro. Ele abriu a boca, e eu sabia o que diria... O assunto no qual tentaria tocar.

Eu não conseguiria falar sobre aquilo, sobre eles... ainda não.

— Depois. — Então, prendi os pés ao redor das pernas de Tamlin, puxando-o para perto. Apoiei as mãos em seu peito, sentindo o coração batendo ali dentro. Aquilo... Eu precisava *daquilo* no momento. Aquilo não apagaria o que eu tinha feito, mas... Eu precisava dele por perto, precisava sentir o cheiro e o gosto de Tamlin, lembrar a mim mesma que ele era real, que *aquilo* era real.

— Depois — repetiu Tamlin, e se aproximou para me beijar.

Foi um beijo carinhoso, hesitante; nada como os beijos selvagens e fortes que tínhamos trocado no salão do trono. Tamlin roçou os lábios contra os meus de novo. Eu não queria desculpas, não queria conforto ou indulgência. Agarrei a frente de sua túnica e o puxei para perto quando abri a boca para ele.

Tamlin emitiu um grunhido, e o som disparou um incêndio em mim, se acumulando e queimando no interior. Deixei que queimasse aquele buraco em meu peito, minha alma. Deixei que cortasse a onda de escuridão que ameaçava me sufocar, deixei que consumisse o sangue invisível que eu ainda sentia nas mãos. Eu me entreguei àquele incêndio, a Tamlin, enquanto suas mãos percorriam meu corpo, me soltando conforme ele prosseguia.

Afastei o corpo, me desvencilhando do beijo para olhar o rosto de Tamlin. Seus olhos estavam iluminados, famintos, mas as mãos tinham parado de explorar e se detinham firmemente em meus quadris. Com a quietude de um predador, ele esperou e observou enquanto eu traçava os contornos de seu rosto, enquanto beijava cada lugar que tocava.

A respiração irregular de Tamlin era o único som; e as mãos dele logo começaram a percorrer minhas costas e meus flancos, acariciando e provocando e me despindo para ele. Quando meus dedos passearam até sua boca, ele mordeu meu dedo, sugando-o para dentro da boca. Não doeu, mas a mordida foi forte o bastante para que eu o encarasse de novo. Para que eu percebesse que ele estava cansado de esperar... e eu também.

Tamlin me colocou na cama, murmurando meu nome contra meu pescoço, contra minha orelha, contra as pontas dos dedos. Eu o instigava — mais rápido, mais forte. Sua boca explorou a curva do meu seio, a parte interior da minha coxa.

Um beijo para cada dia que ficamos separados, um beijo para cada ferimento e terror, um beijo para a tinta gravada em minha pele, e por todos os dias que ficaríamos juntos depois daquilo. Dias, talvez, que eu não merecia mais. Mas me entreguei de novo àquele fogo, me atirei a ele, para dentro dele, e me permiti queimar.

Fui tirada do sono por algo me repuxando por dentro, bem em meu íntimo.

Deixei Tamlin dormindo na cama, o corpo pesado de exaustão. Em algumas horas, deixaríamos Sob a Montanha e voltaríamos para casa, e não queria acordá-lo mais cedo que o necessário. Rezei para algum dia conseguir dormir com aquela tranquilidade de novo.

Eu sabia quem tinha me convocado muito antes de abrir a porta para o corredor e caminhar por ele, tropeçando e cambaleando de vez em quando, conforme me ajustava ao novo corpo, ao novo equilíbrio e aos ritmos. Cuidadosamente, devagar, peguei um lance estreito de escadas para cima, subindo e subindo, até, para minha surpresa, um raio de luz do sol se propagar pelas escadas, e me vi em uma pequena varanda que se projetava para fora, na lateral da montanha.

Sibilei contra a claridade, protegendo os olhos. Achei que era o meio da noite — tinha perdido completamente qualquer noção de tempo na escuridão da montanha.

Rhysand deu um risinho baixo de onde eu mal conseguia distingui-lo, parado, sozinho, no parapeito de pedra.

— Esqueci que faz um tempo para você.

Meus olhos doeram por causa da luz, e permaneci em silêncio até poder observar a vista sem sentir uma dor lancinante na cabeça. Um campo de montanhas violeta, com picos nevados, me recebeu, mas a rocha da montanha era marrom e estéril; nem mesmo uma faixa de grama ou um cristal de gelo reluziam nela.

Olhei para Rhysand, afinal. Suas asas membranosas estavam à mostra — fechadas atrás dele —, mas as mãos e os pés pareciam normais, nenhuma garra aparente.

— O que você quer? — A frase não saiu com o tom afiado que eu pretendia. Não quando me lembrei como ele lutara, diversas vezes, para atacar Amarantha, para me salvar.

— Apenas dizer adeus. — Uma brisa morna agitou seus cabelos, soprando mechas de escuridão dos ombros de Rhysand. — Antes que seu amado a leve para sempre.

— Não para sempre — corrigi, agitando os dedos tatuados para que Rhys os visse. — Não tem uma semana todo mês? — Aquelas palavras, ainda bem, saíram gélidas.

Rhysand deu um leve sorriso, e as asas farfalharam, se acalmando depois.

— Como pude esquecer?

Encarei o nariz que eu vira sangrando apenas horas antes, os olhos violeta que estavam tão cheios de dor.

— Por quê? — perguntei.

Ele sabia o que eu queria dizer, e deu de ombros.

— Porque quando as lendas fossem escritas, eu não queria ser lembrado por ficar de fora. Quero que meus futuros filhos saibam que *eu* estava lá, e que lutei contra ela no final, mesmo que não tivesse conseguido fazer nada de útil.

Pisquei, dessa vez não por causa da claridade do sol.

— Porque — continuou Rhysand, os olhos fixos em mim — eu não queria que você lutasse sozinha. Ou que morresse sozinha.

E, por um momento, lembrei daquele feérico que tinha morrido em nosso saguão, e em como eu dissera o mesmo a Tamlin.

— Obrigada — agradeci, minha garganta se apertando.

Rhys lançou um sorriso que não chegou aos olhos.

— Duvido que dirá isso quando eu a levar para a Corte Noturna.

Não me dei o trabalho de responder quando me virei para a paisagem. As montanhas se estendiam infinitamente, reluzentes e sombreadas e amplas sob o céu aberto e claro.

Mas nada em mim se agitou; nada catalogou a luz e as cores.

— Vai voar para casa? — perguntei, baixinho.

Ele soltou uma risada suave.

— Infelizmente, eu levaria mais tempo do que posso perder. Outro dia, provarei os céus de novo.

Olhei para as asas fechadas contra o corpo poderoso, e minha voz saiu rouca quando falei.

— Você nunca me disse que amava as asas, ou voar. — Não, ele fizera sua habilidade de se transformar parecer... primitiva, inútil, entediante.

Rhys deu de ombros.

— Tudo o que amo sempre teve a tendência de ser tomado de mim. Falo para poucos a respeito das asas. Ou de voar.

Alguma cor já tinha retornado àquele rosto branco como a lua, e imaginei se Amarantha o mantivera no subterrâneo por tempo demais, e se ele um dia fora bronzeado. Um Grão-Senhor que amava voar... preso sob uma montanha. Sombras que não se originavam de Rhysand ainda assombravam aqueles olhos violeta. Imaginei se algum dia sumiriam.

— Como é ser Grã-Feérica? — perguntou ele, uma pergunta baixa, curiosa.

Olhei para as montanhas de novo, pensando. E talvez fosse porque não havia mais ninguém para ouvir, talvez porque as sombras nos olhos dele também estariam para sempre nos meus, mas respondi:

— Sou uma imortal... que foi mortal. Este corpo... — Abaixei o rosto para minha mão, tão limpa e brilhante, um deboche pelo que eu tinha feito. — Este corpo é diferente, mas isto — levei a mão ao peito, ao coração —, isto ainda é humano. Talvez sempre seja. Teria sido mais fácil viver com ele... — Minha garganta se apertou. — Mais fácil viver com o que fiz se meu coração também tivesse mudado. Talvez eu não me importasse tanto; talvez pudesse me convencer de que as mortes deles não haviam sido em vão. Talvez a imortalidade leve isso embora. Não sei se quero que isso aconteça.

Rhysand me encarou por tanto tempo que me virei para ele.

— Agradeça por seu coração humano, Feyre. Tenha piedade daqueles que não sentem nada.

Eu não conseguia explicar sobre o buraco que já estava formado em minha alma; não queria, então, apenas assenti.

— Bem, adeus por enquanto — disse Rhysand, alongando o pescoço como se não estivesse falando sobre nada importante. Ele fez uma reverência, inclinando metade do corpo; aquelas asas sumiram completamente, e Rhys tinha começado a se dissipar para dentro da sombra mais próxima quando seu corpo ficou rígido.

Rhysand fixou os olhos em mim, arregalados e selvagens, e as narinas se dilataram. Choque — puro choque percorreu suas feições diante do que quer que ele tivesse visto em meu rosto, e então ele recuou um passo cambaleante. *Cambaleante* mesmo.

— O que foi... — comecei.

Rhys desapareceu — simplesmente desapareceu, sem deixar uma sombra à vista — no ar gelado.

Tamlin e eu partimos do modo como chegamos — pela caverna estreita no coração da montanha. Antes de partir, os Grão-Feéricos das sete cortes destruíram e selaram a corte de Amarantha, Sob a Montanha. Fomos os últimos a ir embora, e com um gesto do braço de Tamlin, a entrada da corte desabou atrás de nós.

Eu ainda não tinha palavras para perguntar o que tinham feito com aqueles dois feéricos. Talvez um dia, em breve, perguntaria quem eram, quais eram seus nomes. O corpo de Amarantha, ouvi, tinha sido carregado para fora a fim de ser queimado; embora o osso e o olho de Jurian tivessem, por algum motivo, sumido. Por mais que eu quisesse odiá-la, por mais que desejasse poder ter cuspido em seu corpo incandescente... eu entendia o que a motivara — uma parte muito pequena dela, mas entendia.

Tamlin segurou minha mão conforme caminhávamos pela escuridão. Nenhum de nós disse nada quando a luz tênue do sol surgiu, manchando as paredes úmidas da caverna com um brilho prateado, mas nossos passos se apressaram conforme a luz aumentou e a caverna ficou mais quente, e, então, nós dois saímos para a grama verde-primavera que cobria as saliências e as depressões das terras dele. Nossas terras.

A brisa, o cheiro de flores selvagens me atingiu, e apesar do vazio no peito, da mancha na alma, não consegui impedir o sorriso que aumentou quando subimos uma colina íngreme. Minhas pernas feéricas eram muito mais fortes que as humanas, e quando chegamos ao topo da colina, eu não estava nem de perto tão ofegante quanto poderia ter ficado um dia. Mas perdi o fôlego quando olhei a mansão coberta de rosas.

Lar.

Em todas as elucubrações que eu fizera na masmorra de Amarantha, jamais me permiti pensar naquele momento; jamais me permiti sonhar tão ousadamente. Mas tinha conseguido: eu nos levara para casa.

Apertei a mão de Tamlin conforme olhamos a mansão, com os estábulos e os jardins, e duas risadas infantis — risadas sinceras e livres — vieram de algum lugar dentro da propriedade. Um momento depois, duas figuras pequenas e reluzentes dispararam para o campo além do jardim, gritando enquanto eram perseguidas por uma figura mais alta e risonha. Eram Alis e seus meninos. A salvo e fora do esconderijo, por fim.

Ficamos parados no alto da colina em silêncio até que o sol poente emoldurasse a casa, as colinas e o mundo, e Lucien nos chamasse para jantar.

Eu me desvencilhei dos braços de Tamlin e o beijei carinhosamente. Amanhã — haveria um amanhã, e uma eternidade para encarar o que eu tinha feito, para encarar o que eu tinha despedaçado dentro de mim enquanto estivera Sob a Montanha. Mas por enquanto... por hoje...

— Vamos para casa — afirmei, e peguei sua mão.

AGRADECIMENTOS

Para ser sincera, não tenho certeza de por onde começar estes agradecimentos, porque este livro existe graças a muitas pessoas que trabalharam nele durante tantos anos. Minha gratidão e meu amor eternos para:

Susan Dennard, hábil copiloto e Threadsister, o Leonardo do meu Raphael, o Gus do meu Shawn, o Blake do meu Adam, o Scott do meu Stiles, o Aragorn do meu Legolas, a Noelle da minha Safi, o Schmidt do meu Jenko, a Senneth da minha Kira, a Elsa da minha Anna, a Sailor Jupiter (ou Luna!) da minha Sailor Moon, o Moss do meu Roy, o Martin do meu Sean, o Alan Grant do meu Ian Malcom, o Brennan do meu Dale, o Esqueleto do meu Nacho: eu literalmente não sei o que faria sem você. Ou sem nossas piadas internas. Nossa amizade é a definição de Épico — e tenho certeza de que estava escrita nas estrelas. (Tipo mil anos antes dos dinossauros. É a profecia.) Ver também: Imhotep, Tiny Cups for Tiny Hands, *Ohhhh you do??*, Cryssals, Henry Cavill, Claaaassic Peg e tudo que já existiu de Nacho Libre. Sarusan Para Sempre.

Para Alex Bracken, que foi um dos primeiros amigos que fiz nessa indústria, e ainda é um dos meus melhores amigos até hoje. Há momentos em que ainda parece que acabamos de sair da faculdade, com nossos primeiros contratos de livros, imaginando o que viria a seguir — fico tão feliz por termos conseguido compartilhar essa jornada insana um com o outro. Obrigada por todo o feedback incrível, pelas múltiplas leituras (deste livro e de tantos outros) e por sempre, sempre cuidar de mim. Não consigo dizer quanto isso significa para mim. Obrigada por acreditar nesta história durante tantos anos.

Para Biljana Likic, que leu isto basicamente conforme o escrevi, capítulo por capítulo, me ajudou a escrever todos aqueles enigmas e quintilhas sujas e me fez acreditar que esta história talvez não ficasse engavetada pelo resto de minha vida. Tão orgulhosa agora por ver você detonando, cara.

Para minha agente, Tamar Rydzinski, que se arriscou com uma escritora de 22 anos ainda não publicada e mudou minha vida para sempre com um telefonema. Você é extraordinariamente arrasadora. Obrigada por tudo.

Para Cat Onder — é maravilhoso trabalhar com você, e me sinto honrada por chamá-la de minha editora. Para Laura Bernier — muito, muito obrigada por me ajudar a transformar este livro em algo do qual sinto orgulho de verdade. Não teria conseguido sem seu feedback genial.

Para toda a equipe mundial da Bloomsbury: não consigo dizer como estou emocionada por esta série ter encontrado um lar com vocês. Vocês são os melhores de todos. Obrigada pelo trabalho árduo, pelo entusiasmo e por tornarem meus sonhos realidade. Não consigo me imaginar em melhores mãos. Obrigada, obrigada, obrigada.

Para Dan Krokos, Erin Bowman, Mandy Hubbard e Jennifer Armentrout — obrigada por estarem comigo durante tudo e qualquer coisa. Não sei o que faria sem vocês.

Para Brigid Kemmerer, Andra Maas e Kat Zhang, que leram vários rascunhos iniciais deste livro e forneceram feedbacks cruciais e entusiasmo. Devo uma a vocês.

Para Elena da NovelSounds, Alexa da AlexaLovesBooks, Linnea da Linneart e para todos os Embaixadores de *Trono de Vidro*: muito obrigada pelo apoio e pela dedicação. Conhecer todos vocês foi um ponto alto desta jornada.

Para meus pais: levei um tempo para perceber, mas sou imensamente abençoada por ter vocês como meus fãs número 1 — e por tê-los como pais. Para minha família: obrigada pelo amor incondicional e pelo apoio.

Para Annie, o melhor cachorro da história das companhias caninas: amo você para todo o sempre.

E, por fim, para meu marido, Josh — este livro é para você. Sempre foi seu, do mesmo modo que meu coração foi seu no momento em que o vi no primeiro dia da orientação de calouros na faculdade. Considerando o modo como nossas vidas misteriosamente se entrelaçaram antes de sequer nos vermos, tenho dificuldade para acreditar que não tenha sido destino. Obrigada por provar para mim que o amor verdadeiro existe. Sou a mulher mais sortuda do mundo por poder passar minha vida com você.

Este livro foi composto na tipografia Minion Pro,
em corpo 12/15, e impresso em
papel off-white no Sistema Cameron da
Divisão Gráfica da Distribuidora Record.